ANNE PERRY
Tod eines Fremden

Buch

London, Mitte des 19. Jahrhunderts: In einem Bordellviertel wird Nolan Baltimore, Chef einer florierenden Eisenbahngesellschaft, tot aufgefunden. Eine junge Dame namens Katrina Harcus engagiert Privatdetektiv William Monk, um Baltimores Firma unter die Lupe zu nehmen. Katrina ist die Verlobte von Michael Dalgarno, dem Partner von Baltimore. Sie will Gespräche gehört und Papiere gefunden haben, die auf Betrug und Spekulation, ja sogar auf die bewusste Inkaufnahme eines Unfalls hindeuten. Für Monk, der bei einem Eisenbahnunglück sein Gedächtnis verloren hatte und noch immer mit unbestimmten Schuldgefühlen kämpft, entwickelt sich dieser Auftrag zu einer zunehmend schmerzlichen Erfahrung. Als Monk sich mit Katrina trifft, um ihr erschütternde Ergebnisse seiner Recherchen mitzuteilen, ist diese so erregt, dass sie Monk einen Knopf von der Jacke reißt. Außerdem bittet sie ihn, am Abend zu ihr zu kommen, da sie ihm etwas Wichtiges mitteilen müsse. Als Monk unter der angegebenen Adresse eintrifft, findet er die Polizei vor. Eine junge Frau wurde vom Balkon ihres Hauses gestoßen – es ist Katrina. In ihrer Hand sieht Monk etwas blitzen: den Knopf von seiner Jacke ...

Autorin

Die Engländerin Anne Perry verbrachte einen Teil ihrer Jugend in Neuseeland und auf den Bahamas. Schon früh begann sie zu schreiben. Mittlerweile begeistert sie mit ihren Helden, dem Privatdetektiv William Monk sowie dem Detektivgespann Thomas und Charlotte Pitt, ein Millionenpublikum. »Tod eines Fremden« ist ihr dreizehnter William-Monk-Roman. Weitere Informationen zur Autorin unter www.anneperry.net

Von Anne Perry sind außerdem folgende Romane bei Goldmann lieferbar:

Gefährliche Trauer (41393), Im Schatten der Gerechtigkeit (43597), Dunkler Grund (43774), Sein Bruder Kain (44372), Die russische Gräfin (44993), Stilles Echo (41651), Tödliche Täuschung (41648), In feinen Kreisen (41649), In den Fängen der Macht (41660), Gefährliches Geheimnis (45220)

Anne Perry
Tod eines Fremden

Roman

Aus dem Englischen von
Elvira Willems

GOLDMANN

Die Originalausgabe erschien 2002 unter dem Titel
»Death of a Stranger«
bei Headline Book Publishing, London.

Umwelthinweis:
Alle bedruckten Materialien dieses Taschenbuches
sind chlorfrei und umweltschonend.

1. Auflage
Deutsche Erstausgabe September 2003
Copyright © der Originalausgabe 2002 by Anne Perry
Published by arrangement with Anne Perry
Copyright © der deutschsprachigen Ausgabe 2003
by Wilhelm Goldmann Verlag, München, in der
Verlagsgruppe Random House GmbH
Dieses Werk wurde vermittelt durch die Literarische
Agentur Thomas Schlück GmbH, 30827 Garbsen.
Umschlaggestaltung: Design Team München
Umschlagfoto: Arthotek/Westermann
Satz: deutsch-türkischer fotosatz, Berlin
Druck und Bindung: GGP Media, Pößneck
Titelnummer: 45509
Redaktion: Ilse Wagner
BH · Herstellung: Heidrun Nawrot
Made in Germany
ISBN 3-442-45509-X

www.goldmann-verlag.de

*Für David Thompson,
für seine Freundschaft und
seine große Hilfe.*

Anmerkung der Autorin

Alle Personen in dieser Geschichte sind Fiktion, bis auf William Colman, der sich das Recht erworben hat, als Charakter in dieser Geschichte zu erscheinen, aber natürlich sind die Dinge, die er sagt und tut, von mir erfunden. Ich hoffe, er findet sie akzeptabel.

Prolog

Monk stand auf der Uferstraße und starrte auf die Lichter, die von dem in Dunst gehüllten Wasser der Themse reflektiert wurden, während sich die Abenddämmerung über die Stadt senkte. Er hatte seinen letzten Fall zur Zufriedenheit seines Mandanten gelöst, und in seiner Tasche steckten behaglich zwanzig Guineen. Hinter ihm rollten Karren und Kutschen durch den Frühlingsabend, und hier und da wurde das Klappern der Hufe und das Klirren der Geschirre von Lachen übertönt.

Von hier war es zu weit, um zu Fuß nach Hause in die Fitzroy Street zu gehen, und ein Hansom war eine unnötige Ausgabe. Der Omnibus war genauso gut. Monk hatte keine Eile, denn Hester würde noch nicht da sein. Es war einer der Abende, an denen sie in dem Haus am Coldbath Square arbeitete, das mit dem Geld von Callandra Daviot eingerichtet worden war, um den Straßenmädchen, die sich – in der Regel, während sie ihrem Gewerbe nachgingen – Verletzungen oder Krankheiten zugezogen hatten, medizinische Hilfe zukommen zu lassen.

Er war stolz auf die Arbeit, die Hester leistete, aber abends vermisste er ihre Gesellschaft. Es überraschte ihn, wie sehr er sich seit der Hochzeit daran gewöhnt hatte, Gedanken und Ideen mit ihr auszutauschen, sie lachen zu hören, oder einfach daran, aufzublicken und sie zu sehen. Hester verbreitete im Haus eine Wärme, die er vermisste, wenn sie nicht da war.

Wie wenig das seinem früheren Ich ähnelte! Früher hätte er niemandem sein Innerstes offenbart, kein Mensch hätte ihm so wichtig werden dürfen, dass dessen Gegenwart über Glück und Elend seines Lebens bestimmte. Er war überrascht, wie sehr viel besser ihm der Mann gefiel, der er jetzt war.

Der Gedanke an medizinische Hilfe und Callandras Unterstützung brachte ihn auf seinen letzten Mordfall und auf Kristian Beck, dessen Leben dadurch zerstört worden war. Beck hatte Dinge über sich und seine Frau erfahren, die nicht nur seine Weltanschauung auf den Kopf, sondern auch seine gesamte Identität in Frage gestellt hatten. Er war nicht derjenige, der zu sein er stets geglaubt hatte, seine Kultur, sein Glaube und der Kern dessen, der er war, waren ihm essenziell fremd.

Monk konnte Becks Erschütterung und die lähmende Verwirrung, die ihn gepackt hatte, nur zu gut verstehen. Ein Kutschenunfall vor beinahe sieben Jahren hatte Monk seiner Erinnerung an die Zeit davor beraubt und ihn gezwungen, seine Identität neu zu erschaffen. Vieles hatte er aus unstrittigen Beweisen abgeleitet, und während einiges bewundernswert war, gab es doch zu viel, das ihm ganz und gar nicht gefiel und das wie ein Schatten auf dem noch Unbekannten lag.

Selbst in seinem gegenwärtigen Glück plagte ihn das schiere Ausmaß seiner Unkenntnis von Zeit zu Zeit. Kristians vernichtende Entdeckungen hatten in Monk neue Zweifel geweckt und das schmerzliche Bewusstsein, dass auch er fast nichts über seine Wurzeln, über die Menschen und den Glauben, in dem er erzogen worden war, wusste.

Er stammte aus Northumberland, aus einer kleinen Stadt am Meer, seine Schwester Beth lebte noch dort. Er hatte keinen Kontakt mehr mit ihr, was an ihm lag, zum Teil aus Angst vor dem, was sie ihm über ihn erzählen würde, zum Teil, weil er sich einer Vergangenheit, an die er sich nicht erinnerte, entfremdet fühlte. Er verspürte keine Verbindung zu jenem Leben oder dessen Sorgen.

Beth hätte ihm von seinen Eltern erzählen können, vielleicht auch von seinen Großeltern. Aber er hatte sie nie danach gefragt.

Sollte er jetzt, da es ihm drängender auf der Seele lag, versuchen, wieder eine Brücke zu ihr zu bauen, um etwas zu erfahren? Oder würde er – wie Kristian – herausfinden, dass sein gegenwärtiges Ich ganz anders war als seine Anlagen und er von seinem Volk abgeschnitten war? Vielleicht würde er, wie Kristian, herausfinden, dass ihre Moralvorstellungen mit seinen eigenen unvereinbar waren.

Kristian war die Vergangenheit, an die er geglaubt und die ihm eine Identität gegeben hatte, aus den Händen gerissen worden, sie hatte sich als Fabel erwiesen, entstanden aus dem Willen zu überleben – leicht verständlich, aber kaum zu bewundern und nur schwer anzuerkennen.

Würde Monk, falls er am Ende so viel über sich wüsste, wie die meisten Menschen ganz selbstverständlich über sich wissen – über religiöse Bande, Bindungen und Vorlieben und Abneigungen der Familie –, unter seiner Haut ebenfalls einen Fremden entdecken? Einen, den er womöglich nicht mochte?

Er wandte sich vom Fluss ab und ging über den Gehsteig auf den nächsten Platz zu, wo er sich durch den Verkehr über die Straße schlängelte, um den Pferdeomnibus nach Hause zu nehmen.

Vielleicht würde er irgendwann mal wieder an Beth schreiben, aber noch nicht. Er musste mehr herausfinden. Kristians Erfahrung lastete auf ihm und würde ihm keine Ruhe lassen. Aber er hatte auch Angst, weil es zu viele beunruhigende Möglichkeiten gab, und das, was er sich geschaffen hatte, war ihm zu lieb, als dass er es aufs Spiel setzen wollte.

1

Vor der Frauenklinik am Coldbath Square war Lärm zu hören. Hester hatte Nachtdienst. Als die Tür zur Straße aufging, wandte sie sich, das Holzscheit noch in der Hand, vom Ofen ab. In der Tür standen drei Frauen, die einander stützten. Ihre billigen Kleider waren zerrissen und ebenso wie ihre Gesichter mit Blut verschmiert. Im Licht der Gaslampe an der Wand war ihre Haut gelblich. Eine von ihnen, deren blondes Haar sich aus einem unordentlichen Knoten löste, hielt sich die linke Hand, als sei sie gebrochen.

Die mittlere Frau war größer, ihr dunkles Haar hing offen herab, und ihr Atem ging schwer und keuchend. Auf der zerrissenen Vorderseite ihres Satinkleides war Blut, ebenso wie auf ihren hohen Wangenknochen.

Die dritte Frau war älter, gut Mitte bis Ende dreißig, auf ihren Armen, an ihrem Hals und am Kinn leuchteten blaue Flecken.

»Hey, gnä' Frau!«, sagte sie und drängte die anderen beiden hinein in die Wärme des großen Raums mit den geschrubbten Dielen und den weiß getünchten Wänden. »Mrs. Monk, Sie müssen uns noch mal helfen. Kitty hier hat's übel erwischt. Und mich und die andere auch. Ich glaub, Lizzie hat sich das Handgelenk gebrochen.«

Hester legte das Scheit beiseite und trat zu den Frauen. Mit einem raschen Blick nach hinten vergewisserte sie sich, dass Margaret bereits heißes Wasser vorbereitete und Tücher, Verbände und Kräuter zum Baden bereitlegte, um damit die Wunden leichter und weniger schmerzvoll zu reinigen. In diesem

Haus kümmerten sie sich um Prostituierte, die verletzt oder krank waren, sich jedoch keinen Arzt leisten konnten und von den respektableren Wohlfahrtseinrichtungen abgewiesen wurden. Es war die Idee ihrer Freundin Callandra Daviot gewesen, und Callandra hatte auch das nötige Geld dafür zur Verfügung gestellt, bevor private Ereignisse sie von London weggeführt hatten. Durch sie hatte Hester auch Margaret Ballinger kennen gelernt, die sich verzweifelt bemüht hatte, einem anständigen, aber uninteressanten Heiratskandidaten zu entkommen. Dass sie eine solche Arbeit machte, hatte den in Frage kommenden Herrn derart beunruhigt, dass er zu Margarets Erleichterung und zum Verdruss ihrer Mutter im letzten Augenblick davor zurückgeschreckt war, ihr einen Antrag zu machen.

Hester führte die erste Frau zu einem der Stühle mitten im Raum neben dem Tisch. »Kommen Sie, Nell«, drängte sie. »Setzen Sie sich.« Sie schüttelte den Kopf. »Hat Willie Sie wieder geschlagen? Sie könnten doch sicher einen besseren Mann finden?« Sie besah sich die blauen Flecke an Nells Arm. Da hatte eindeutig jemand zu fest zugepackt.

»In meinem Alter?«, fragte Nell bitter und machte es sich auf dem Stuhl bequem. »Kommen Sie, Mrs. Monk! Sie meinen es gut, glaube ich wohl, aber Sie sollten auf dem Teppich bleiben. Wollen Sie mir nicht Ihren gut aussehenden Alten anbieten?« Sie grinste bedauernd. »Dann würde ich Sie auch mal einladen. Er hat was an sich, als sei er wirklich was Besondres. Bisschen gemein, aber fröhlich, wenn Sie versteh'n, was ich meine?« Sie stieß ein schallendes Gelächter aus, das in einen quälenden Husten überging, sodass sie sich über ihre Knie vorbeugte, weil der Hustenanfall sie so schüttelte.

Ohne darum gebeten worden zu sein, schenkte Margaret ihr aus einer Flasche einen kleinen Whiskey ein, verkorkte die Flasche wieder und goss heißes Wasser aus dem Kessel hinzu. Wortlos hielt sie das Glas, bis Nell sich so weit unter Kontrolle hatte, dass sie es nehmen konnte. Die Tränen liefen ihr noch über die Wangen. Sie rang nach Luft, trank ein Schlückchen Whiskey, würgte und nahm dann einen kräftigeren Schluck.

Hester wandte sich der Frau zu, die sie Kitty genannt hatten. Sie starrte mit weit aufgerissenen, schreckerfüllten Augen vor sich hin, ihr Körper völlig verkrampft, die Muskeln so hart, dass die Schultern den dünnen Stoff ihres Mieders fast zerrissen.

»Mrs. Monk?«, flüsterte sie heiser. »Ihr Mann ...«

»Er ist nicht hier«, versicherte Hester ihr. »Hier ist niemand, der Ihnen wehtun könnte. Wo sind Sie verletzt?«

Kitty antwortete nicht. Ihre Zähne schlugen aufeinander.

»Mach schon, du dummes Weib!«, sagte Lizzie ungeduldig. »Sie tut dir nichts, und sie erzählt auch niemandem was. Nell macht nur weiter, weil sie ihren Alten gern hat. Er ist ein anständiger Kerl. Wie aus dem Ei gepellt. Kleidet sich, als sei der Schneider ihm was schuldig und nicht umgekehrt.« Sie umfasste ihr gebrochenes Handgelenk und zuckte vor Schmerz zusammen. »Mach schon. Du hast vielleicht die ganze Nacht Zeit, ich nicht.«

Kitty warf einen Blick auf die Eisenbetten, fünf an jeder Seite des Raums, die Spülsteine am hinteren Ende und die Eimer und Krüge voll Wasser, das an der Ecke des Platzes aus dem Brunnen geholt wurde. Dann sah sie Hester an und gab sich sichtlich Mühe, sich zusammenzureißen.

»Ich bin in einen Kampf geraten«, sagte sie leise. »Es ist nicht so schlimm. Es war wohl mehr Angst als alles andere.« Ihre Stimme überraschte Hester. Sie war tief und ein wenig heiser und deutlich artikuliert. Kitty musste irgendwann einmal eine Schulbildung genossen haben. Das weckte in Hester einen Anflug von Mitleid, sodass sie einen Augenblick an nichts anderes denken konnte. Sie versuchte, es sich nicht anmerken zu lassen. Die Frau wollte kein Mitleid. Sie war sich ihres Sündenfalls nur allzu bewusst, dafür brauchte sie keine Zeugen.

»An Ihrem Hals sind böse blaue Flecken.« Hester sah sie sich genauer an. Es schien, als hätte jemand sie am Hals gepackt, und über das Brustbein lief eine tiefe Schramme, als wäre sie mit einem harten Fingernagel absichtlich gekratzt worden. »Ist das Ihr Blut?«, fragte Hester und zeigte auf die Spritzer vorn auf Kittys Mieder.

Kitty stieß einen zitternden Seufzer aus. »Nein. Nein! Ich ... Ich schätze, ich hab seine Nase erwischt, als ich zurückgeschlagen hab. Das ist nicht meines. Mir geht's gut. Nell blutet. Sie sollten sich um sie kümmern. Und Lizzie hat sich das Handgelenk gebrochen, vielleicht war's auch ein anderer.« Sie sprach ruhig, aber da sie immer noch zitterte, war Hester überzeugt, dass es ihr alles andere als gut ging und sie sie unmöglich wieder gehen lassen konnte. Sie hätte gerne gewusst, welche blauen Flecken sich unter ihren Kleidern verbargen und wie viele Schläge sie früher schon abbekommen hatte, aber sie stellte keine Fragen. Das war eine der Regeln; sie waren sich von Anfang an einig gewesen, dass keine von ihnen nach persönlichen Einzelheiten fragte oder über Beobachtungen und Vermutungen sprach. Der Zweck des Hauses war schlicht, die medizinische Hilfe anzubieten, die sie oder Mr. Lockhart, der gelegentlich hereinschaute und im Notfall leicht zu erreichen war, leisten konnten. Er hatte das Examen am Ende seiner Ausbildung wegen Trunksucht nicht bestanden, nicht weil er dumm oder unfähig war. Im Ausgleich für die fehlende Gesellschaft und wegen des Gefühls, irgendwo dazuzugehören, half er nur allzu bereitwillig mit.

Er redete gern und bot ihnen von dem Essen an, das er statt Bezahlung bekam, und wenn er knapp bei Kasse war, schlief er in einem der Betten.

Margaret bot Kitty einen mit heißem Wasser versetzten Whiskey an, und Hester wandte sich Nell zu, um sich deren tiefe, klaffende Schnittwunde anzusehen.

»Das muss genäht werden«, sagte sie.

Nell zuckte zusammen. Sie hatte schon einmal Bekanntschaft mit Hesters Nadelarbeit gemacht.

»Sonst braucht es sehr lange, bis es zuheilt«, erklärte Hester ihr.

Nell verzog das Gesicht. »Wenn Ihre Stiche immer noch so sind wie damals, als Sie mir die Hand genäht haben, würde man Sie aus jedem verdammten Ausbeutungsbetrieb werfen«, sagte sie gutmütig. »Jetzt fehlen nur noch die Knöpfe!« Sie zog die Luft zwischen den Zähnen ein, als Hester den Stoff von der Wunde abzog und diese wieder anfing zu bluten. »Meine Güte!«, sagte Nell, kreidebleich. »Seien Sie vorsichtig, ja? Sie haben ja Hände wie ein Bauarbeiter!«

Hester war an Nells Kraftausdrücke gewöhnt, sie wusste, dass sie damit nur ihre Angst und ihre Schmerzen überspielte. Seit das Haus vor viereinhalb Monaten eröffnet worden war, war sie schon zum vierten Mal dort.

»Man würd denken, wo Sie sich doch mit Florence Nightingale auf der Krim um Soldaten gekümmert haben und so, wären Sie ein bisschen sanfter, oder?«, fuhr Nell fort. »Ich wette, Sie haben von unseren Jungs genauso viele ins Jenseits befördert, wie in der Schlacht gefallen sind. Wer hat Sie dort eigentlich bezahlt? Die Russkies?« Sie sah die Nadel an, in die Margaret für Hester einen Katgutfaden eingefädelt hatte. Ihr Gesicht wurde grau, und sie wandte den Kopf ab, um nicht mit ansehen zu müssen, wie die Spitze durch ihre Haut fuhr.

»Schauen Sie auf die Tür«, befahl Hester. »Ich mache, so schnell ich kann.«

»Und das soll mir ein Trost sein?«, beschwerte sich Nell. »Da kommt der verdammte fette Schmarotzer schon wieder.«

»Wie bitte?«

»Jessop!«, schnaubte Nell verächtlich, als die Tür zur Straße auf- und wieder zuging und ein großer stattlicher Mann in Gehrock und Brokatweste hereinkam und mit den Füßen aufstampfte, als wollte er Regentropfen abschütteln, obwohl es in Wahrheit ein vollkommen trockener Abend war.

»Guten Abend, Mrs. Monk«, sagte er salbungsvoll. »Miss

Ballinger.« Sein Blick huschte über die drei anderen Frauen, und er schürzte leicht die Lippen. Er sagte nichts, aber in seinem Gesicht stand Überlegenheit, ein gewisses Vergnügen und eine Spur von Interesse an ihnen, über das er sich jedoch ärgerte und das er heftig leugnete. Er musterte Hester von Kopf bis Fuß. »Es ist nicht gerade einfach, Sie anzutreffen, aber es macht mir nichts aus, deswegen um diese Zeit noch durch die Straßen zu gehen. Das kann ich Ihnen mit völliger Aufrichtigkeit versichern.«

Hester machte sehr vorsichtig einen Stich in Nells Arm. »Ich hoffe, Sie sind stets vollkommen aufrichtig, Mr. Jessop«, sagte sie kalt ohne aufzublicken.

Nell rutschte leicht zur Seite und stieß ein Kichern aus, das rasch zu einem Schrei wurde, als sie spürte, wie der Faden durch ihre Haut fuhr.

»Seien Sie, um Himmels willen, ruhig!«, schnauzte Jessop sie an, aber seine Augen folgten fasziniert der Nadel. »Seien Sie dankbar, dass Sie Hilfe bekommen. Das ist mehr, als die meisten anständigen Leute für Sie tun würden.« Er zwang sich, woandershin zu schauen. »Also, Mrs. Monk, ich diskutiere meine Angelegenheiten nur ungern vor diesen Unglücklichen, aber ich kann nicht warten, bis Sie Zeit für mich haben. Wie Sie sicher wissen, ist es Viertel vor eins, und ich will nach Hause. Wir müssen unsere Vereinbarung überdenken.« Er lief gestikulierend durch den Raum. »Dies ist nicht gerade die beste Art, mein Eigentum zu nutzen, wissen Sie. Ich erweise Ihnen einen beträchtlichen Dienst, indem ich Ihnen diese Räumlichkeiten zu so einem niedrigen Mietzins überlasse.« Er schaukelte ganz leicht auf den Fußballen vor und zurück. »Wie schon gesagt, wir müssen unsere Vereinbarung noch einmal besprechen.«

Hester hielt die Nadel reglos in der Hand und sah ihn an. »Nein, Mr. Jessop, wir müssen uns exakt an unsere Vereinbarung halten. Sie wurde anwaltlich bezeugt. Sie steht.«

»Ich muss an meinen Ruf denken«, fuhr er fort, während sein

Blick rasch zu den Frauen und dann wieder zu Hester wanderte.

»Ein wohltätiger Ruf ist gut für jedermann«, erwiderte sie und machte vorsichtig einen weiteren Stich. Diesmal gab Nell keinen Pieps von sich.

»Ja, aber es gibt solche Wohltätigkeit ... und solche.« Jessop spitzte den Mund, schob die Daumen in die Westentaschen und nahm das leichte Schaukeln wieder auf. »Einige sind verdienstvoller als andere, falls Sie verstehen, was ich meine.«

»Ich schere mich nicht um Verdienstvolles, Mr. Jessop«, erwiderte Hester. »Ich kümmere mich um Bedürftigkeit. Und diese Frau« – sie zeigte auf Lizzie – »hat gebrochene Knochen, die gerichtet werden müssen. Wir können Ihnen nicht mehr zahlen und müssen das auch nicht.« Sie machte nach dem letzten Stich einen Knoten und schaute auf, um ihm in die Augen zu sehen. Ihr schoss der Gedanke durch den Kopf, dass sie Bonbons ähnelten. »Der Ruf, sich nicht an sein Wort zu halten, kann der Ruin sein für einen Geschäftsmann«, fügte sie hinzu. »Und nicht nur für den. Besonders in einer Gegend wie dieser muss man sich auf alle Leute verlassen können.«

Seine Züge verhärteten sich, bis auch oberflächlich gar nichts Gütiges mehr darin lag. Seine Lippen waren gespannt, seine Wangen fleckig. »Drohen Sie mir, Mrs. Monk?«, sagte er ruhig. »Das wäre äußerst unklug, seien Sie versichert. Auch Sie brauchen Freunde.« Er ahmte ihren Tonfall nach. »Besonders in einer Gegend wie dieser hier.«

Bevor Hester etwas sagen konnte, warf Nell Jessop einen wütenden Blick zu. »Passen Sie auf, was Sie sagen, Mister. Nutten wie uns können Sie vielleicht rumschubsen.« Sie sprach das Wort so gehässig aus, wie er es wohl selbst gesagt hätte. »Aber Mrs. Monk ist eine Dame, und was noch wichtiger ist, ihr Mann war mal 'n Polyp, und jetzt arbeitet er privat, für jeden, der's will. Aber das heißt nicht, dass er nicht an wichtigen Stellen gute Freunde hat.« In ihren Augen flammte Bewunderung und

Schadenfreude auf. »Und wenn's sein muss, kann er ganz schön grob sein. Dann täten Sie sich wünschen, Sie wären nie geboren! Fragen Sie ein paar von Ihren Diebesfreunden, ob die William Monk über den Weg laufen möchten. Ha, ich wette, nicht! Machen sich doch schon bei dem Gedanken in die Hosen!«

Jessop erbleichte, aber er antwortete ihr nicht. Er starrte Hester wütend an. »Warten Sie nur, bis der Vertrag verlängert werden muss, Mrs. Monk! Dann können Sie sich nach was anderem umsehen, und ich werde die Hausbesitzer warnen, was für eine Art Mieterin Sie sind. Und was Mr. Monk angeht ...« Diesmal spuckte er die Worte regelrecht aus. »Er kann mit so vielen Polizisten sprechen, wie er will! Auch ich habe Freunde, und die sind nicht alle unbedingt nett!«

»Na, so was!«, höhnte Nell in gespielter Verwunderung. »Und wir haben gedacht, er meint Seine Majestät!«

Jessop drehte sich um und machte, nach einem weiteren eisigen Blick auf Hester, die Tür auf und ließ die kalte Luft von dem kopfsteingepflasterten Platz herein, der in der Vorfrühlingsnacht feucht war. Glänzend lag der Tau auf den Steinen, schimmerte unter der Gaslaterne, die ein paar Schritte weiter die Wand des Eckhauses beleuchtete – schmutzig, die Traufe dunkel und tropfend, die Dachrinnen krumm und schief.

Er ließ die Tür hinter sich offen und ging schnellen Schrittes die Bath Street hinunter Richtung Farringdon Road.

»Mistkerl!«, schimpfte Nell empört und schaute dann auf ihren Arm. »Sie werden besser«, sagte sie widerwillig.

»Vielen Dank«, gab Hester mit einem Lächeln zurück.

Nell grinste. »Sie haben Recht, jawohl! Wenn dieser fette Kerl Ihnen Schwierigkeiten macht, sagen Sie uns Bescheid. Willie schubst mich zwar ein bisschen rum, was nicht recht ist, aber um diesem widerlichen Schwein eins überzubraten, wär er gut zu gebrauchen.«

»Vielen Dank«, sagte Hester ernst. »Ich werd's mir merken. Möchten Sie noch etwas Tee?«

»Ja! Und ein Tröpfchen Leben darin.« Nell hielt ihr ihre Tasse hin.

»Lieber weniger Leben diesmal«, meinte Hester, als Margaret ihr, ein Lächeln verbergend, gehorchte.

Nun richtete Hester ihre Aufmerksamkeit auf Lizzie, die immer ängstlicher wurde. Ihren gebrochenen Knochen zu richten würde sehr schmerzhaft sein. Auch wenn es seit einigen Jahren Betäubungsmittel gab für schwere Eingriffe wie die Entfernung von Blasensteinen oder einem entzündeten Blinddarm, gab es bei Verletzungen wie diesen und für Menschen, die nicht willens oder nicht in der Lage waren, ein Krankenhaus aufzusuchen, immer noch keine andere Hilfe als eine Portion Alkohol und Kräuter, die das Schmerzempfinden dämpften.

Um Lizzie, so gut es ging, abzulenken, redete Hester die ganze Zeit mit ihr über alles und nichts – das Wetter, die örtlichen Hausierer und was sie verkauften. Sie arbeitete rasch. Sie war an die schrecklichen Verletzungen auf dem Schlachtfeld gewöhnt, wo es keine Anästhesie und – außer um ein Messer zu säubern – oft nicht einmal Brandy gab. Das Einzige, was sie tun konnte, um Barmherzigkeit walten zu lassen, war, es rasch zu tun. Diesmal war die Haut unverletzt, es war nichts zu sehen außer dem unnatürlichen Winkel und dem Ausdruck der Schmerzen in Lizzies Miene. Hester berührte das Handgelenk leicht und hörte Lizzie aufkeuchen und dann würgen, als die rauen Knochenenden knirschten. Mit einer raschen, entschlossenen Bewegung brachte sie die Enden zusammen und hielt sie, während Margaret, die Zähne zusammenbeißend, das Handgelenk so fest wie möglich verband, ohne dass die Blutzirkulation abgedrückt wurde.

Lizzie ging es wieder schlechter. Hester reichte ihr den Whiskey und heißes Wasser, diesmal mit einer zusätzlichen Portion Kräutertee. Es war bitter, aber der Alkohol und die Hitze würden ihr Linderung verschaffen, und inzwischen würden die

Kräuter ihren Magen beruhigen und sie ein wenig schlafen lassen.

»Bleiben Sie heute Nacht hier«, redete Hester ihr sanft zu, stand auf und stützte Lizzie, als sich diese unsicher erhob. »Wir müssen darauf achten, dass der Verband hält. Wenn Ihre Hand arg anschwillt, müssen wir ihn lockern«, fügte sie hinzu und führte sie zum nächsten Bett hinüber, wo Margaret schon die Laken aufschlug.

Lizzie sah Hester voller Entsetzen an, das Gesicht blutleer.

»Der Knochen heilt wieder«, versicherte ihr Hester. »Geben Sie nur Acht, dass Sie nicht dranstoßen.« Während sie das sagte, half sie Lizzie aufs Bett, bückte sich, um ihr die Schuhe auszuziehen, und hob dann ihre Beine an, bis sie in den Kissen lag. Margaret zog die Decken über sie.

»Bleiben Sie eine Weile liegen«, meinte Hester. »Wenn Sie richtig ins Bett gehen wollen, bringe ich Ihnen ein Nachthemd.«

Lizzie nickte. »Danke, Miss«, sagte sie mit tiefer Aufrichtigkeit. Sie suchte einen Augenblick nach Worten, um noch etwas hinzuzufügen, dann lächelte sie einfach.

Hester ging noch einmal zu Kitty, die dasaß und geduldig wartete, bis sie an der Reihe war. Sie hatte ein interessantes Gesicht: kräftige Züge und einen breiten, leidenschaftlichen Mund, nicht hübsch im herkömmlichen Sinne, aber wohlproportioniert. Sie war noch nicht so lange im Gewerbe, dass ihre Haut darunter gelitten hätte oder vom schlechten Essen und von zu viel Alkohol fahl war. Hester überlegte kurz, welche häuslichen Tragödien sie wohl hergeführt hatten.

Sie sah sich ihre Verletzungen an. Die meisten bestanden aus rasch dunkler werdenden blauen Flecken, als wäre sie in einen Kampf verwickelt gewesen, der aber nicht so lange gedauert hatte, dass sie so schwer verletzt werden konnte wie Nell und Lizzie. Die tiefe Schramme über ihrem Brustbein musste gesäubert, aber nicht genäht werden. Sie blutete kaum, und ein wenig Salbe, die die Heilung beschleunigte, würde reichen. Die blauen Flecken würden noch einige Zeit wehtun, aber da würde Arnika Erleichterung bringen.

Margaret brachte noch mehr heißes Wasser und saubere Tücher, und Hester machte sich so sanft wie möglich an die Arbeit. Kitty zuckte kaum, als Hester die Schramme berührte, um das angetrocknete Blut abzuwaschen, unter dem die rau aufgerissene Haut sichtbar wurde. Wie immer fragte Hester nicht, wie das passiert war. Zuhälter pflegten ihre Frauen zu züchtigen, wenn sie glaubten, diese würden nicht hart genug arbeiten oder einen zu großen Teil ihrer Einkünfte für sich behalten. Gelegentlich kam es auch zu heftigen Auseinandersetzungen zwischen den Frauen, meistens wegen Gebietsstreitigkeiten. Es war am besten, nicht neugierig zu erscheinen, außerdem hätte ihr das Wissen darum nichts genutzt. Alle Verletzten wurden gleich behandelt, egal, wie sie sich ihre Verletzungen zugezogen hatten.

Als Hester alles getan hatte, was sie für Kitty tun konnte, und ihr eine Tasse starken, süßen Tee mit einem kleinen Tropfen Whiskey gegeben hatte, dankte Kitty ihr und ging wieder hinaus in die Nacht. Sie zog ihren Schal enger um sich. Sie sahen sie hoch erhobenen Hauptes quer über den Platz gehen und im schwarzen Schatten des Gefängnisses auf der Nordseite verschwinden.

»Ich weiß nicht.« Nell schüttelte den Kopf. »Sie sollte nicht auf den Strich gehen. Das is' nichts für Frauen wie sie, das arme Huhn!«

Darauf gab es nichts Sinnvolles zu sagen. Hundert verschiedene Umstände trieben Frauen in die Prostitution, oft nur, um das ansonsten zu spärliche Einkommen aufzustocken. Es war der ewige Kampf ums Geld.

Nell sah sie an. »Sie bleiben immer still, nicht wahr? Danke, Miss. Ich schau mal wieder rein, nehm ich an.« Sie blinzelte Hester ein wenig zu und betrachtete sie mit gespielter Liebenswürdigkeit. »Wenn ich Ihnen mal behilflich sein kann ...« Sie ließ den Satz unvollendet und zuckte leicht die Achseln. Dann nickte sie Margaret zu, ging ebenfalls hinaus und zog die Tür hinter sich zu.

Hester erwiderte Margarets Blick und sah darin gleichermaßen Amüsement wie Mitleid aufblitzen. Sie brauchten kein Wort zu wechseln; was zu sagen war, war bereits gesagt. Sie waren da, um zu heilen, und nicht, um den Frauen, deren Leben sie nur zum Teil verstanden, gute Ratschläge zu geben. Zunächst hatte Margaret die Dinge ändern und das aussprechen wollen, was ihrer Auffassung nach die Wahrheit war. Allmählich war ihr bewusst geworden, wie wenig sie über ihre eigenen Bedürfnisse wusste, außer, dass sie in der Gefangenschaft einer konventionellen Ehe, in der Gefühle nur aus wechselseitigem Respekt und Höflichkeit bestanden, alles, was in ihr steckte, verleugnet hätte. Es mochte zunächst bequem scheinen, aber wenn die Zeit verstrich und sie die Träume in ihrem Innern erstickte, hätte sie ihren Mann irgendwann als ihren Gefängniswärter empfunden und sich für ihre eigene Unehrlichkeit verachtet. Es war ihre Entscheidung, sie konnte niemand anderem die Schuld geben.

Sie hatte es getan, hatte den Schritt ins Unbekannte getan, sich durchaus bewusst, dass sie Türen hinter sich schloss – was sie später womöglich bedauern würde –, die danach nicht wieder geöffnet werden konnten. Sie dachte nicht oft darüber nach, was sie aufgab, aber in mancher langen Nacht mit wenigen Patientinnen unterhielten sie und Hester sich freimütig, auch darüber, welchen Preis man für verschiedene Arten von Einsamkeit zahlte – die Einsamkeit, die auch von anderen wahrgenommen wurde, und die Einsamkeit, die hinter Ehe und Familie verborgen blieb. Jede Wahl barg ein Risiko, aber für Margaret war es, ebenso wie für Hester, unmöglich, sich mit Halbwahrheiten zu arrangieren.

»Ich kann es nicht, auch um seinetwillen!«, hatte Margaret

mit einem unsicheren Lachen gesagt. »Der arme Mann verdient etwas Besseres. Ich würde mich verachten, und ihn ebenfalls, weil er es zugelassen hat.« Dann hatte sie, wie jetzt, einen Eimer und Wasser geholt, um den Boden zu schrubben. Sie räumten zusammen auf, legten die nicht gebrauchten Verbände und Salben weg und schliefen dann abwechselnd ein wenig.

Bis zum Morgen kamen noch zwei Frauen herein. Die erste musste mit zwei Stichen am Bein genäht werden, was Hester schnell und gekonnt erledigte. Die zweite fror und war wütend und hatte schlimme blaue Flecken. Ein Becher heißer Tee, wieder mit etwas Brandy und ein wenig Arnikatinktur versetzt, und sie fühlte sich bereit, in ihr Zimmer zurückzukehren und sich dem kommenden Tag zu stellen, den sie wahrscheinlich zum größten Teil verschlafen würde.

Die Morgendämmerung war klar und recht mild. Gegen acht Uhr aß Hester gerade einen Toast und trank eine Tasse frischen Tee, als die Haustür aufging und ein Polizist in der Tür stand. Ohne zu fragen, trat er ein.

»Mrs. Monk?« Sein Tonfall war streng und ein wenig scharf. Polizisten kamen nur selten ins Haus. Sie waren nicht willkommen, und das hatte man ihnen auch unmissverständlich gesagt. Sie respektierten weitgehend, was dort getan wurde, und wenn sie mit einer der Frauen sprechen wollten, waren sie zufrieden, zu warten und dies an einem anderen Ort zu tun. Was hatte ihn an diesem Morgen hierher geführt, und dann auch noch zu dieser frühen Stunde?

Hester stellte ihren Becher weg und stand auf. »Ja?« Sie hatte ihn schon öfter draußen auf der Straße gesehen. »Was ist, Constable Hart?«

Er schloss die Tür hinter sich und nahm seinen Helm ab. Im Licht sah sein Gesicht müde aus, nicht nur von einer schlaflosen Nacht im Dienst, sondern von einer unbestimmbaren inneren Erschöpfung. Etwas hatte ihn verletzt und aufgeschreckt.

»Waren heute Nacht irgendwelche Frauen hier, die verprügelt oder böse geschlagen worden waren, vielleicht welche mit Schnittwunden?«, fragte er. Er warf einen Blick auf die Teekanne auf dem Tisch, schluckte und wandte sich wieder Hester zu.

»Das ist in den meisten Nächten so«, erwiderte sie. »Stichwunden, Knochenbrüche, blaue Flecken, Krankheiten. Bei schlechtem Wetter haben die Frauen manchmal nur eine Erkältung. Sie wissen doch, wie es ist!«

Er holte tief Luft, seufzte und fuhr sich mit der Hand durch sein schütteres Haar. »Ich spreche nicht von einer Rauferei, Mrs. Monk. Wenn ich nicht müsste, würde ich nicht fragen. Antworten Sie einfach.«

»Möchten Sie eine Tasse Tee?« Sie versuchte, der Antwort einen Augenblick auszuweichen. »Oder Toast?«

Er zögerte. Seine Erschöpfung stand ihm deutlich ins Gesicht geschrieben. »Ja … danke«, sagte er und setzte sich ihr gegenüber an den Tisch.

Hester griff nach der Teekanne und schenkte einen zweiten Becher ein. »Toast?«

Er nickte.

»Marmelade?«, fragte sie ihn.

Sein Blick fuhr über den Tisch. Seine Miene entspannte sich zu einem kläglichen Lächeln. »Schwarze Johannisbeeren!«, stellte er mit weicher Stimme fest.

»Möchten Sie davon?« Eine rhetorische Frage, die Antwort war offensichtlich. Margaret schlief noch, und Toast zu machen gab Hester ein wenig mehr Zeit zum Nachdenken, also war sie ganz froh darüber.

Sie kam mit zwei Scheiben zurück an den Tisch und bestrich eine für sich selbst mit Butter und eine für ihn, dann schob sie ihm die Marmelade hinüber. Er nahm einen großzügigen Teelöffel voll, verteilte ihn auf dem Toast und aß diesen mit sichtlichem Appetit.

»Dann hatten Sie also jemanden«, sagte er nach einer Weile und sah sie fast entschuldigend an.

»Drei«, antwortete sie. »Gegen Viertel vor eins oder so um den Dreh. Eine später, drei Uhr oder so, und eine weitere eine Stunde später.«

»Alle in Kämpfe verwickelt?«

»Sah so aus. Ich hab sie nicht gefragt. Das tue ich nie. Warum?«

Hester wartete und beobachtete ihn. Er hatte Ringe unter den Augen, als hätte er zu viele Nächte nicht geschlafen, und auf seinen Ärmeln war Staub und etwas, das aussah wie Blut. Als sie genauer hinschaute, entdeckte sie noch mehr Blut auf seinen Hosenbeinen. Die Hand, die den Becher hielt, war zerkratzt, ein Fingernagel war abgerissen. Es hätte ihm eigentlich wehtun müssen, aber er schien es gar nicht zu merken. Sie wurde von Mitleid erfasst und einem kalten Hauch voller Angst.

»Warum sind Sie hier?«, fragte sie laut.

Er stellte den Becher ab. »Es hat einen Mord gegeben«, antwortete er. »In Abel Smiths Bordell drüben in der Leather Lane.«

»Das tut mir Leid«, sagte sie unwillkürlich. Wen auch immer es erwischt hatte, so etwas war immer traurig, zwei Menschenleben vergeudet, weitere voller Kummer. Aber Morde waren in einer Gegend wie dieser oder Dutzenden anderen, ganz ähnlichen in London nicht selten. Nur wenige Meter abseits belebter Straßen lagen schmale Gassen und Plätze, und doch war es eine andere Welt mit Pfandleihern, Bordellen, Klitschen und Mietshäusern, in denen es nach Abfall und faulem Holz roch. Prostitution war eine gefährliche Beschäftigung, in erster Linie wegen der Krankheiten, die man sich dabei zuziehen konnte, aber auch, weil man, wenn man überhaupt so lange lebte, mit fünfunddreißig oder vierzig Jahren zu alt für dieses Gewerbe war und verhungern konnte.

»Warum sind Sie denn hier?«, fragte Hester. »Wurde noch eine angegriffen?«

Er sah sie mit schmalen Augen und zusammengepressten

Lippen an. Sein Gesicht drückte Verständnis und Not aus, nicht Geringschätzung. »Das Opfer war nicht eine Frau«, erklärte er. »Sonst würde ich doch keine Hilfe von Ihnen erhoffen. Obwohl sie manchmal Streit kriegen, bringen sie sich, soweit ich weiß, nicht gegenseitig um. Hab's jedenfalls noch nie erlebt.«

»Ein Mann?« Sie war überrascht. »Ist der etwa von einem Zuhälter umgebracht worden? Was ist passiert? Glauben Sie, es war ein Betrunkener?«

Er griff nach seinem Tee und ließ die heiße Flüssigkeit durch seine Kehle rinnen. »Weiß nicht. Abel schwört, es hätte nichts mit den Frauen zu tun ...«

»Muss er ja wohl, oder?« Sie wies den Gedanken zurück, ohne ihn überhaupt in Erwägung zu ziehen.

Hart ließ nicht so schnell locker. »Die Sache ist die, Mrs. Monk, der Tote war ein feiner Pinkel ... ich meine, ein richtig feiner Pinkel. Sie hätten seine Kleider sehen sollen. Ich weiß, was Qualität ist. Und sauber. Auch seine Hände waren sauber, Nägel und alles. Und glatt.«

»Wissen Sie, wer er ist?«

Er schüttelte den Kopf. »Nein. Jemand hat sein Geld und seine Visitenkarten geklaut, falls er welche hatte. Aber irgendjemand wird ihn vermissen. Wir werden's rausfinden.«

»Auch von solchen Männern weiß man, dass sie zu Prostituierten gehen«, sagte sie sachlich.

»Ja, aber nicht in solche Häuser wie das von Abel Smith«, erwiderte er. »Aber darum geht's mir nicht«, fügte er rasch hinzu. »Die Sache ist die, wenn so ein Mann umgebracht wird, erwartet man von uns, dass wir den Mörder doppelt so schnell finden, und dann gibt's trotzdem noch 'ne Menge Geschrei und Gejammer, die Gegend müsste gesäubert werden, man müsste die Prostitution abschaffen und die Straßen für anständige Leute sicher machen.« Die Geringschätzung, mit der er sprach, war ihm kaum anzumerken. Weder verzog er höhnisch die Lippen, noch hob er die Stimme an; da war nur eine leichte, subtile Verachtung.

»Vermutlich wäre er noch am Leben, wenn er zu Hause bei seiner Frau geblieben wäre«, antwortete Hester bitter. »Aber ich kann Ihnen nicht helfen. Warum sollte ausgerechnet eine verletzte Frau etwas darüber wissen? Und meinen Sie wirklich, sie würde es wagen, mit Ihnen darüber zu reden?«

»Sie glauben, ihr Zuhälter war's?« Er zog die Augenbrauen hoch.

»Sie nicht?«, entgegnete sie. »Warum sollte eine Frau ihn umbringen? Und wie? Starb er an einer Stichverletzung? Ich kenne keine Frau, die ein Messer mit sich rumträgt oder ihre Kunden angreift. Fingernägel und Zähne sind das Schlimmste, was mir je zu Ohren gekommen ist.«

»Zu Ohren gekommen ist?«, fragte er.

Sie lächelte und zog dabei die Mundwinkel ein wenig nach unten. »Hierher kommen keine Männer.«

»Nur Frauen, was?«

»Aus medizinischen Gründen«, erklärte sie. »Wie dem auch sei, wenn ein Mann von einer Prostituierten gebissen oder gekratzt wurde, was sollten wir für ihn tun?«

»Außer herzlich darüber zu lachen? Nichts«, stimmte er ihr zu. Dann machte er wieder ein ernstes Gesicht. »Aber dieser Mann ist tot, Mrs. Monk, und so, wie die Leiche aussieht, ist er in einen Kampf mit einer Frau geraten, und dann ist die Sache irgendwie nicht gut ausgegangen. Er hat Schnitte und tiefe Wunden am Rücken und so viele gebrochene Knochen, dass ich nicht weiß, wo ich mit dem Aufzählen anfangen soll.«

Sie war überrascht. Sie hatte sich eine tragisch endende Prügelei zwischen zwei Männern vorgestellt, in der vielleicht der Größere und Schwerere einen unglücklichen Schlag gelandet oder der Kleinere Zuflucht zu einer Waffe genommen hatte, womöglich einem Messer.

»Aber Sie sagten doch, er sei ausgeraubt worden«, fragte sie nach und dachte an einen Überfall durch mehrere Männer. »Wurde er von einer Bande überfallen?«

»Das passiert hier in der Gegend nicht.« Hart verwarf den Gedanken. »Dazu sind die Zuhälter da. Schließlich steckt ihr Geld in dieser Branche. Es ist in ihrem Interesse, dass die Kunden sicher sind.«

»Und warum ist dieser dann tot?«, fragte sie leise, da ihr allmählich dämmerte, warum Hart hier war. »Warum sollte eine der Frauen ihn umbringen? Und wie, wenn er so böse zusammengeschlagen wurde?«

Hart biss sich auf die Lippe. »Sieht eher aus, als wäre er gefallen«, meinte er.

»Gefallen?« Sie begriff nicht gleich.

»Aus einer gewissen Höhe«, erklärte er. »Etwa eine Treppe runter.«

Plötzlich fügte sich ein Bild zusammen. In einem unbedachten Augenblick konnte auch eine Frau einen Mann stoßen und aus dem Gleichgewicht bringen.

»Aber was ist mit den Schnitten und den tiefen Wunden, von denen Sie sprachen?«, fragte sie. »Die zieht man sich nicht zu, wenn man die Treppe runterfällt.«

»Es waren ziemlich viele Glasscherben überall«, antwortete er. »Und Blut, sehr viel Blut. Könnte eine Scheibe durchschlagen haben und dann in die Scherben gefallen sein.« Er sah elend aus, als er das sagte, fast, als sei es eine persönliche Tragödie. Er fuhr sich in einer Geste abgrundtiefer Erschöpfung noch einmal mit der Hand durchs Haar. »Aber Abel schwört, er sei noch nie in seinem Haus gewesen, und wenn man weiß, wie's dort aussieht, möchte man ihm glauben. Aber irgendwo muss er ja hingegangen sein.«

»Warum sollte eine von Abel Smiths Frauen ihn umbringen?«, fragte sie und schenkte Tee nach. »Könnte es ein Unfall gewesen sein? Könnte er gestolpert und dann die Treppe runtergefallen sein?«

»Er wurde nicht am Fuß einer Treppe gefunden, und sie streiten es ab.« Er schüttelte den Kopf und griff nach dem Becher frischen Tees. »Er lag in einem der hinteren Schlafzimmer auf dem Boden.«

»Wo waren die Scherben?«, fragte sie.

»Auf dem Boden im Durchgang und am Fuß der Treppe.«

»Vielleicht haben sie ihn bewegt, bevor sie erkannt haben, dass ihm nicht mehr zu helfen war?«, meinte sie. »Aus Angst haben sie es dann geleugnet. Manchmal erzählen die Menschen die dümmsten Lügen, wenn sie in Panik geraten.«

Er schaute in die Ferne, auf den dickbäuchigen Ofen in der Mitte der Wand, doch ohne ihn zu sehen, seine Stimme war immer noch so leise, dass sie nicht über den Tisch, an dem sie saßen, hinausdrang. »Er war in einen Kampf verwickelt. Er hat Kratzer im Gesicht, die auf keinen Fall von einem Sturz herrühren. Sehen aus wie die Fingernägel einer Frau. Und er war tot, nachdem er auf dem Boden aufgeschlagen ist, all die gebrochenen Knochen und ein Schlag auf den Kopf. Hat sich keinen Deut mehr gerührt. Und es ist Blut an seinen Händen, obwohl diese nicht verletzt sind. Es war kein Unfall, Mrs. Monk. Zumindest keiner, an dem nicht noch jemand beteiligt war.«

»Verstehe.«

Er seufzte. »Das wird einen ziemlichen Wirbel geben. Die Familie wird Zeter und Mordio schreien! Sie werden uns alle raus auf die Straße schicken, um zu patrouillieren und jede Frau zu verhaften, die wir sehen. Verabscheuen werden sie es … und die Kunden werden es noch mehr verabscheuen. Und die Zuhälter werden es am meisten verabscheuen. Alle werden wütend sein, bis wir die Täterin haben und das arme Luder womöglich hängen müssen.« Vor lauter Niedergeschlagenheit merkte er nicht, dass er in ihrer Gegenwart eine geringschätzige Bezeichnung benutzt hatte, und entschuldigte sich auch gar nicht.

»Ich kann Ihnen nicht helfen«, sagte Hester leise und dachte an die Frauen, die in der vorangegangenen Nacht zu ihr gekommen waren, alle mehr oder weniger verletzt. »Fünf Frauen waren hier, aber sie sind alle wieder gegangen, und ich habe keine Ahnung, wohin. Ich frage nicht danach.«

»Ihre Namen?«, sagte er ohne allzu große Erwartung.

»Auch danach frage ich nicht, ich lasse mir nur einen Vornamen nennen, mit dem ich sie ansprechen kann.«

»Das würde fürs Erste genügen.« Er stellte seinen Becher ab und holte Notizbuch und Bleistift aus seiner Tasche.

»Eine Nell, eine Lizzie und eine Kitty«, antwortete sie. »Später eine Marian und eine Gertie.«

Er dachte einen Augenblick nach und steckte den Bleistift dann wieder weg. »Kaum der Mühe wert«, klagte er. »Alle heißen Mary, Lizzie oder Kate. Gott weiß, wie sie mal getauft wurden – falls überhaupt, die armen Seelen.«

Sie betrachtete ihn im hellen Morgenlicht. Seine Wangen waren von dunklen Stoppeln überschattet und seine Augen rot gerändert. Mit den Prostituierten hatte er weit mehr Mitleid als mit den Freiern. Sie hatte das Gefühl, dass er denjenigen, der den Mann die Treppe hinuntergestoßen hatte, nicht unbedingt fangen wollte. Die Mörderin würde zweifellos für etwas gehängt werden, das ebenso gut ein Unfall gewesen sein konnte. Womöglich war es gar nicht absichtlich geschehen, aber wer würde das glauben, wenn die Frau auf der Anklagebank eine Prostituierte war und der Tote ein reicher, angesehener Mann? Welcher Richter oder Geschworene konnte eingestehen, dass ein solcher Mann womöglich zumindest teilweise schuld an seinem eigenen Tod war?

»Es tut mir Leid«, sagte sie noch einmal. »Ich kann Ihnen nicht helfen.«

Er seufzte. »Und Sie würden's nicht, wenn Sie könnten … ich weiß.« Er erhob sich langsam und verlagerte das Gewicht ein wenig, als zwickten ihn seine Stiefel. »Aber fragen musste ich.«

Es war fast zehn Uhr, als vor dem Haus in der Fitzroy Street ein Hansom vorfuhr.

Monk saß im Vorderzimmer, in dem er Leute empfing, die ihn aufsuchten, um seine Dienste als privater Ermittler in Anspruch zu nehmen. Er hatte Papiere vor sich ausgebreitet und las darin.

Sie war überrascht, ihn zu sehen, und freute sich plötzlich ungeheuer darüber. Sie kannte ihn inzwischen sieben Jahre, verheiratet waren sie aber erst seit knapp drei. Immer noch empfand sie große Freude darüber und musste darüber lächeln.

Als Antwort darauf glätteten sich seine Züge, er schob die Papiere beiseite und stand auf.

In seinen Augen stand eine Frage. »Du bist spät dran«, sagte er, nicht als Kritik, sondern voller Mitgefühl. »Hast du was gegessen?«

»Toast«, antwortete sie mit einem leichten Achselzucken. Sie war zerzaust und roch sicher nach Essig und Karbol, aber sie wollte, dass er sie trotzdem küsste. Sie stand vor ihm und hoffte, dass es ihr nicht zu offensichtlich anzusehen war. So verliebt war sie, dass es ihr peinlich war, allzu leicht zu durchschauen zu sein.

Er nahm ihr den Hut vom Kopf und warf ihn lässig auf den Stuhl, dann umarmte er sie und küsste sie wärmer, als sie erwartet hätte. Sie reagierte von ganzem Herzen, und als sie an die einsamen, zurückgewiesenen Frauen dachte, die sie in der Nacht behandelt hatte, umarmte sie ihn und hielt ihn ganz fest.

»Was ist los?«, fragte er, da er spürte, dass sie anders war als sonst.

»Nur die Frauen«, antwortete sie. »Letzte Nacht ist ein Mord geschehen. Darum bin ich so spät dran. Heute Morgen hatten wir die Polizei im Haus.«

»Warum? Was solltest du darüber wissen?« Er wunderte sich.

Sie wusste, an was er dachte: Eine Prostituierte, die geschlagen worden und blutend zu ihr gekommen war und, als sie ins Bordell zurückkehrte, noch einmal geprügelt worden war, diesmal zu Tode. »Nein. Zumindest nicht das, was du meinst«, sagte sie. »Das Opfer war ein Mann, ein Kunde, wenn man ihn so bezeichnen kann. Man nimmt an, dass er sich mit einer der Frauen geschlagen hat und sie ihn irgendwie die Treppe runtergestoßen hat. Der Polizist wollte wissen, ob Frauen da gewesen seien mit Schnittverletzungen und blauen Flecken, die von einer Prügelei stammen könnten.«

»Und, hast du welche gesehen?«, fragte er.

»Natürlich. Jede Nacht! Sie sind meist verletzt oder krank. Weil ich weder weiß, wie sie sich verletzt haben, noch, wo man sie suchen soll, konnte ich ihm nicht helfen.«

Er schob sie ein wenig von sich weg, um ihr ins Gesicht zu sehen. »Würdest du der Polizei denn helfen, wenn du könntest?«

»Ich glaube nicht«, gab sie zu. »Ich weiß nicht ...«

Er lächelte ganz leicht, denn er durchschaute sie vollkommen.

»Na schön ...«, sagte sie. »Ich bin froh, dass ich ihnen nicht helfen konnte. Es befreit mich von der Bürde, entscheiden zu müssen, ob ich's tun würde oder nicht. Offensichtlich war er, mit Constable Harts Worten, ›ein feiner Pinkel‹, also wird die Polizei den Leuten ganz schön zusetzen, weil die Familie keine Ruhe geben wird.« Angewidert verzog sie das Gesicht. »Womöglich wollen sie uns weismachen, er wäre ein Philanthrop gewesen, der durch die Seitenstraßen und Gassen spazierte, um die Seelen gefallener Frauen zu retten!«

Er hob den Kopf und schob ganz vorsichtig das Haar zurück, das ihr über die Augen gefallen war. »Unwahrscheinlich ... aber ich nehme an, es wäre durchaus möglich. Wir glauben, was wir glauben müssen ... zumindest so lange wie möglich.«

Sie lehnte den Kopf an sein Kinn. »Ich weiß. Aber ich finde

es unverzeihlich, dass all die Frauen, die sowieso schon elend genug dran sind, verfolgt werden, oder die Zuhälter, die es nur wieder an den Frauen auslassen. Ändern wird das nichts.«

»Jemand hat ihn umgebracht«, sagte er vernünftig. »Das können sie nicht ignorieren.«

»Ich weiß!« Sie atmete tief durch. »Ich weiß.«

2

Hester hatte geahnt, dass die Gegend um den Coldbath Square unter dem verstärkten Eifer der Polizei zu leiden haben würde, die Frauen bedrängte, die entweder Prostituierte waren oder keine legitime Beschäftigung nachweisen konnten, aber als es dann geschah, war sie doch bestürzt. Schon als sie am nächsten Abend im Haus war, wurde sie mit den unmittelbaren Folgen konfrontiert. Margaret war nicht da; sie mischte sich gerade unter die feinen Leute, um diesen Spendengelder für Miete, Verbandszeug und Medizin zu entlocken. Aber auch andere Ausgaben für Brennholz, Karbol, Putzmittel und natürlich für Essen mussten gedeckt werden.

Die erste Frau, die ins Haus kam, war nicht verletzt, sondern krank. Sie hatte Wechselfieber, das Hester als Symptom einer venerischen Erkrankung deutete. Sie konnte wenig für sie tun, außer sie zu trösten und einen Kräutertee zu kochen, der das Fieber senkte und ihr ein wenig Erleichterung verschaffte.

»Haben Sie Hunger?«, fragte Hester und reichte der Frau den dampfenden Becher. »Ich habe Brot und ein wenig Käse, wenn Sie mögen.«

Die Frau schüttelte den Kopf. »Nein, danke. Ich nehme nur die Medizin.«

Hester betrachtete ihr fahles Gesicht und ihre hochgezogenen Schultern. Sie war wahrscheinlich kaum älter als fünfundzwanzig, sechsundzwanzig, aber sie war erschöpft. Schlaflosigkeit, schlechtes Essen und Krankheiten hatten ihr alle Energie geraubt.

»Möchten Sie heute Nacht hier bleiben?«, bot Hester ihr an. Eigentlich war das Haus nicht dazu da, aber solange keine Frau kam, die dringender Hilfe brauchte, konnte die Frau ruhig in einem der Betten schlafen.

In den Augen der Frau glühte für einen kurzen Moment ein Funke auf. »Kost' das was?«, fragte sie misstrauisch.

»Nein.«

»Und morgen früh kann ich wieder gehen?«

»Sie können jederzeit gehen, aber am Morgen wäre gut.«

»Ja, danke. Wär ja nett.« Sie traute Hester noch nicht recht. Ihr Mund verhärtete sich. »Hat keinen Sinn da draußen«, sagte sie grimmig. »Kein Geschäft zu machen. Überall Polypen – wie Fliegen, die um 'ne tote Ratte schwirren. Gibt nix zu tun, nich' mal für die, die noch sauber sind.« Sie meinte – im Gegensatz zu ihr – gesund.

Darauf konnte Hester nichts sagen. Die Wahrheit wäre eine Herablassung gewesen, mit der die Frau nichts anfangen konnte. Sie würde ihr keine Hoffnung geben, sondern sie vielmehr jeglichen Gefühls, verstanden zu werden, berauben.

»Ist wegen dem verdammten Schnösel, der letzte Nacht umgebracht wurde«, fuhr die Frau unglücklich fort. »Dumme Kuh! Warum jemand hingeht und so was tut, ich versteh's nich'!« Sie trank einen Schluck Kräutertee und verzog den Mund wegen des bitteren Geschmacks.

»Mit Zucker würd's womöglich noch schlimmer schmecken«, sagte Hester. »Aber Sie können welchen haben, wenn Sie möchten.«

»Nein danke.« Sie schüttelte den Kopf. »Ich gewöhn mich dran.«

»Vielleicht finden sie raus, wer's war, und dann kehrt wieder Normalität ein«, meinte Hester. »Wie werden Sie gerufen?« Das war nicht dasselbe, wie nach ihrem Namen zu fragen. Ein Name war eine Sache der Identität; sie wollte nur etwas haben, um sie anzureden.

»Betty«, lautete die Antwort nach einem langen Schluck Kräutertee.

»Sind Sie sicher, dass Sie nicht ein Stück Brot und Käse möchten? Oder Toast?«

»Ja ... Toast wäre gut. Danke.«

Hester machte zwei Scheiben und legte sie mit etwas Käse auf einen Teller. Betty wartete ab, bis Hester sich eine Scheibe genommen hatte, dann griff sie voller Befriedigung, fast gierig nach der anderen.

»Wette, seine Familie macht mächtig Druck«, fuhr sie nach einer Weile fort. »Die Polypen schwirren rum, als wäre der Teufel leibhaftig hinter ihnen her. Arme Kerle. Sind nicht schlecht, die meisten jedenfalls. Wissen auch, dass wir irgendwie über die Runden kommen müssen, und die Männer, die herkommen, tun's, weil sie's wollen. Geht niemanden sonst was an, wirklich.« Sie aß mehr als die Hälfte des Toasts, bevor sie weitersprach. »Nehm an, sie suchen was, was ihre Frauen ihnen nicht geben. Hab's nie rausgefunden, Gott sei Dank.«

Hester stand auf, um noch mehr Toast zu machen. Sie spießte das Brot auf eine Gabel und hielt es in die offene Ofenklappe, bis die Hitze der Kohlen es knusprig braun geröstet hatte. Sie kehrte mit einer weiteren dicken Scheibe Käse an den Tisch zurück und gab sie Betty, die sie in schweigender Dankbarkeit nahm.

Hester war ein wenig neugierig. Sie war in zu viele von Monks Fällen verwickelt gewesen, als dass ihr das Schlussfolgern nicht zur zweiten Natur geworden wäre, aber sie war auch besorgt wegen der verheerenden Auswirkungen auf die Gegend. »Warum sollte eine Frau ihren Freier umbringen?«, fragte sie. »Es muss ihr doch bewusst gewesen sein, dass es so enden würde?«

Betty zuckte die Achseln. »Wer weiß? Selbst blau bis zur Bewusstlosigkeit müsste sie doch mehr Verstand haben, was?« Sie biss in den Toast und den Käse und redete mit vollem Mund weiter. »Ruft den Zorn Gottes auf uns alle hernieder, die dumme Kuh.« Aber in ihrer Stimme war mehr Resignation als Empörung, und sie wandte dem Essen ihre ganze Aufmerksamkeit zu und sagte nichts mehr.

Erst am frühen Morgen brachte Hester das Thema noch einmal zur Sprache. Sie hatte selbst in einem der Betten geschlafen und wurde von einem Klopfen an der Tür geweckt.

Sie stand auf und ließ Constable Hart ein. Er sah beunruhigt und unglücklich aus. Er schaute sich im Raum um und sah, dass nur ein Bett belegt war.

»Ruhig?«, fragte er kaum überrascht. Seine Augen wanderten unwillkürlich zum Ofen mit dem Wasserkessel.

»Ich mache mir eine Tasse Tee«, bemerkte Hester. »Möchten Sie auch welchen?«

Er quittierte ihr Taktgefühl mit einem Lächeln und nahm dankend an.

Als der Tee und der Toast fertig waren und sie einander am Tisch gegenübersaßen, fing er an zu reden. Draußen war es inzwischen hell geworden, aber es herrschte kaum Verkehr. Im Norden erhob sich schweigend und bedrohlich der riesige Block des Coldbath-Gefängnisses, die Sonne vermochte seinen Mauern kaum ihre Härte zu nehmen. In den Ritzen zwischen den Pflastersteinen auf der Straße hielt sich noch die Feuchtigkeit. Das Licht schimmerte auf einem Abfallhaufen im Rinnstein.

»Sie haben wohl nichts gehört?«, fragte er hoffnungsvoll.

»Nur, dass überall in den Straßen Polizei ist und die Frauen kein nennenswertes Geschäft machen«, antwortete sie und trank einen Schluck Tee. »Ich vermute, das gilt auch für viele andere Gewerbe.«

Er lachte freudlos. »O ja! Einbrüche und Diebstähle sind

ganz zurückgegangen! Es ist jetzt so verdammt sicher, hier herumzuspazieren, man könnte eine goldene Uhrkette an der Weste tragen und von Coldbath nach Pentonville gehen, ohne dass sie wegkäme! Die Stammkunden haben uns fast so gerne wie eine Dosis Pocken.«

»Dann sind sie vielleicht dabei behilflich«, meinte sie, »dass die Dinge bald wieder ihren gewohnten Gang gehen können. Wissen Sie schon, wer das Opfer ist?«

Er hob den Blick und sah sie ernst und besorgt an. »Ja. Sein Sohn machte sich Sorgen, weil sie einen wichtigen Geschäftstermin hatten und er am Abend nicht nach Hause kam. Offensichtlich war er nicht der Mann, der zu so was nicht erscheint, also haben sie sich ziemliche Sorgen gemacht und bei der örtlichen Polizeiwache nach Unfällen und so gefragt.« Er verteilte reichlich Schwarze-Johannisbeer-Marmelade auf seinem Toast. »Er hat am Royal Square gewohnt, gegenüber von der St. Peter's Church, aber die auf der Wache haben rumgefragt, und wir auch, da wir wussten, dass er nicht aus unserem Revier stammte. Der Sohn kam gestern Abend rüber und hat im Leichenschauhaus einen Blick auf ihn geworfen.« Er biss in den Toast. »Hat ihn sofort erkannt«, sagte er mit vollem Mund. »Hat ganz schön Stunk gemacht. Die Straßen seien nicht sicher für anständige Menschen, wohin es mit der Welt noch käme und so weiter. Sagte, er würde an seinen Abgeordneten schreiben.« Er schüttelte verwundert den Kopf.

»Ich glaube, um seiner Familie willen wäre es klüger, so wenig wie möglich bekannt zu geben, zumindest im Augenblick«, antwortete sie. »Wenn mein Vater tot in Abel Smiths Bordell gefunden würde, würde ich das so wenig wie möglich rumerzählen. Na ja, auch, wenn man ihn dort lebend erwischen würde«, fügte sie hinzu.

Für einen winzigen Augenblick lächelte er sie an, dann war er wieder ernst. »Er hieß Nolan Baltimore«, sagte er. »Reicher Mann, Chef einer Eisenbahngesellschaft. Sein Sohn, Jarvis

Baltimore, kam ins Leichenschauhaus. Er ist jetzt Chef der Gesellschaft und wird ordentlich Krach schlagen, wenn wir denjenigen, der seinen Vater auf dem Gewissen hat, nicht finden und aufhängen.«

Hester konnte sich eine Reaktion aus Schock, Schmerz und Empörung vorstellen, aber der junge Mr. Jarvis Baltimore würde sein Verhalten von heute noch bereuen. Was auch immer sein Vater in der Leather Lane getan hatte – es war äußerst unwahrscheinlich, dass seine Familie wollte, dass Freunde davon erfuhren. Da es um Mord ging, musste die Polizei alles unternehmen, um die Sache aufzuklären und möglichst jemanden vor Gericht zu stellen, aber die Familie Baltimore hätte es wohl vorgezogen, wenn das Ganze ein Geheimnis geblieben und er einfach auf tragische, unerklärliche Weise verschwunden wäre.

Aber sie hatten keine Wahl mehr. Es war nur ein vorüberziehender Gedanke, ein kurzer Augenblick des Mitleids für die Desillusionierung und die öffentliche Demütigung, das Lachen, das plötzlich verstummte, wenn sie einen Raum betraten, die geflüsterten Worte, die Einladungen, die ausblieben, die Freunde, die unerklärlicherweise zu beschäftigt waren, Besucher zu empfangen oder vorbeizuschauen. Nicht mit allem Geld in der Welt konnten sie das zurückkaufen, was sie jetzt verloren.

»Und was, wenn es überhaupt nichts mit den Frauen in Abel Smiths Haus zu tun hat?«, meinte sie. »Vielleicht ist ihm jemand in die Leather Lane gefolgt und hat die Gelegenheit einfach genutzt?«

Er starrte sie an, und in seiner Miene kämpften Hoffnung und Ungläubigkeit. »Gott steh uns bei, wenn das wahr ist!«, sagte er flüsternd. »Dann finden wir ihn nie. Könnte jeder gewesen sein!«

Hester sah, dass ihre Bemerkung nicht unbedingt hilfreich gewesen war. »Haben Sie irgendwelche Zeugen?«

Er zuckte leicht die Achseln. »Weiß nicht, wem man glauben kann. Der Sohn sagt, er sei ein aufrichtiger, anständiger

Mensch gewesen, ein wichtiger Geschäftsmann, von allen respektiert, mit einer Menge mächtiger Freunde, die nach Gerechtigkeit verlangen und die Straßen von London gesäubert sehen wollen, damit anständige Menschen da rumlaufen können.«

»Natürlich.« Sie nickte. »Etwas anderes kann er kaum sagen. Er muss doch seine Mutter schützen.«

»Und seine Schwester«, fügte Hart hinzu. »Die noch nicht verheiratet ist, denn sie ist eine Miss Baltimore. Erhöht nicht gerade ihre Chancen, wenn rauskommt, dass ihr Vater Orte wie die Leather Lane aufgesucht hat.« Er runzelte die Stirn. »Seltsam, was? Ich meine, ein Mann, der selbst in solche Etablissements geht, weist eine junge Frau zurück, weil ihr Vater dasselbe tut. Ich begreife diese Leute nicht ... jedenfalls nicht solche Herrschaften.«

»Nicht sein Vater, Constable, seine Mutter«, berichtigte sie ihn.

»Was?« Er stellte seinen leeren Becher auf den Tisch. »Ach ja, natürlich. Verstehe. Trotzdem hilft es uns nicht weiter. Weiß wirklich nicht, wo wir anfangen sollen, außer bei Abel Smith, und er versichert hoch und heilig, Baltimore sei nicht in seinem Haus umgebracht worden.«

»Was sagt der Polizeiarzt?«

»Weiß ich noch nicht. Gestorben ist er an den Knochenbrüchen und an inneren Blutungen, aber ich weiß nicht, ob er am Fuß von Abels Treppe gestorben ist oder ganz woanders. Wenn's die Treppe war, hätte ihn jeder stoßen können.«

»Vielleicht war er auch betrunken und ist einfach gestürzt?«, sagte sie voller Hoffnung.

»Hätte ich drei Wünsche frei, würde ich mir genau das wünschen«, sagte er heftig. »Die ganze Gegend ist wie ein Wespennest, von Coldbath bis rauf nach Pentonville und runter bis Smithfield. Es wird noch schlimmer kommen! Jetzt sitzen uns nur die Frauen und die Zuhälter im Nacken.« Er seufzte. »Ein oder zwei Tage, dann werden diese ach so korrekten Lackaffen, die für ein bisschen Spaß hierher kommen, erst richtig losjammern, weil sie's jetzt nicht mehr können, ohne an jeder Straßenecke über einen Polizisten zu stolpern. Wenn sie doch kommen, gibt's böses Blut, und wenn nicht, dann ist man auch verärgert! Egal, wir können nicht gewinnen.«

Insgeheim hatte sie Mitleid mit ihm, holte noch etwas Tee und dann frischen Toast mit Schwarzer-Johannisbeer-Marmelade, den er mit Appetit aß, bevor er ihr dankte und in den noch hellen Tag trat, untröstlich, sich wieder seiner undankbaren Aufgabe widmen zu müssen.

Am nächsten Tag waren die Zeitungen voll von Schlagzeilen über den schockierenden Tod des hochverehrten Eisenbahnbesitzers Nolan Baltimore, der unter merkwürdigen Umständen in der Leather Lane, einer Seitenstraße der Farringdon Road, aufgefunden worden war. Seine Familie war außer sich vor Kummer, und die ganze Gesellschaft war empört, dass ein anständiger Mann von tadellosem Ruf auf der Straße angegriffen wurde und unter solchen Umständen sterben musste. Es war ein landesweiter Skandal, und sein Sohn, Jarvis Baltimore, hatte geschworen, er werde dafür zu Felde ziehen, dass Kriminalität und Prostitution, die die Ehre der Hauptstadt befleckten und einen solchen feigen Mord möglich machten, ausgemerzt würden. Die Londoner Polizei hatte gegenüber den Bürgern des Landes ihre Pflichten vernachlässigt, und es war die Verantwortung jedes Einzelnen, dafür zu sorgen, dass das nicht so blieb.

Hester sorgte sich weit mehr um die Tatsache, dass in der Nacht nach Constable Harts zweitem Besuch eine junge Frau von ihren Freundinnen ins Haus gebracht worden war, die so schlimme Schläge abbekommen hatte, dass sie getragen werden musste. Verängstigt und wütend hockten die drei Frauen in der Ecke und starrten vor sich hin.

Die verletzte Frau lag zusammengekrümmt auf dem Tisch,

sie hielt sich den Bauch und zitterte, Blut sickerte zwischen ihren Fingern hervor.

Weiß wie eine Wand sah Margaret Hester an.

»Gut«, sagte Hester ruhig. »Schick eine der Frauen zu Mr. Lockhart. Er soll so schnell wie möglich kommen.«

Margaret nickte und wandte sich ab. Sie erklärte einer der wartenden Frauen, wo sie zuerst nach dem Arzt suchen sollte und dass sie nicht aufhören sollte, bis sie ihn gefunden hätte. Dann ging sie zum Herd, um Wasser zu holen, Essig, Brandy und saubere Tücher. Wie eine Blinde tastete sie nach den Gegenständen, weil sie zu erschüttert und zu entsetzt war, um zu sehen, was sie tat.

Hester musste ihren Schreck über eine solche Verletzung überwinden und die Blutung stoppen. Sie ermahnte sich, an die Schlachtfelder zu denken, an die schwer verletzten Männer, die sie nach dem Sturm der leichten Brigade in Sewastopol und nach der Schlacht an der Alma auf die Wagen zu laden geholfen hatte, blutdurchtränkt, tot oder im Sterben liegend, mit abgerissenen Gliedmaßen, von Säbeln zerhackt oder von Schüssen durchsiebt.

Ihnen hatte sie helfen können. Warum nicht dieser Frau? Hester war hier, um eine Arbeit zu tun, nicht, um ihren Gefühlen freien Lauf zu lassen, wie tief oder mitleidsvoll diese auch sein mochten. Die Frau brauchte Hilfe, kein Mitleid.

»Lassen Sie los«, redete sie ihr gut zu. »Ich werde jetzt die Blutung stillen.« Bitte, Gott, dachte sie. Die Hände der Frau nehmend, spürte sie deren Anspannung und Furcht, die sich auf Hester übertrugen als steckte sie einen Augenblick lang in ihrer Haut. Sie spürte, wie ihr der Schweiß ausbrach und kalt über ihren Körper rann.

»Können Sie ihr helfen?«, fragte eine der Frauen hinter ihr. Sie war leise näher getreten, konnte trotz ihrer Angst nicht wegbleiben.

»Ich glaube schon«, antwortete Hester. »Wie heißt sie?«

»Fanny«, sagte die Frau heiser.

Hester beugte sich über die Frau. »Fanny, lassen Sie mich einen Blick draufwerfen«, sagte sie fest. »Lassen Sie mich sehen.« Mit Kraft zog sie die Hände der Frau weg und erblickte den von scharlachrotem Blut durchtränkten Stoff ihres Kleides. Sie betete, dass sie Lockhart fanden und er rasch käme. Hierbei brauchte sie Hilfe.

Margaret reichte ihr eine Schere; die nahm sie und schnitt den Stoff durch, um die Haut freizulegen. »Verbandszeug«, sagte sie, ohne aufzuschauen. »Gerollt«, fügte sie hinzu. Sie hob das Kleid von der Wunde ab und sah rohes Fleisch, aus dem immer noch Blut rann, aber nicht pulsierend. Während sie erneut in kribbelnden Schweiß ausbrach, durchströmte sie Erleichterung. Vielleicht war es doch nur eine oberflächliche Wunde. Es war nicht das hervorschießende arterielle Blut, das sie gefürchtet hatte. Trotzdem konnte sie es sich nicht leisten, auf Lockhart zu warten. Kaum brachte sie die Worte heraus, aber dann bat sie um Tücher, Brandy, Nadel und Faden.

Hinter ihr fing eine der Frauen an zu weinen.

Während sie arbeitete, redete Hester die ganze Zeit. Das meiste war wahrscheinlich Unsinn, denn ihre Gedanken waren ganz bei dem blutigen Gewebe. Sie gab sich Mühe, es gleichmäßig und glatt zusammenzunähen, dabei keines der Gefäße, aus denen immer noch Blut sickerte, zu übersehen und der Frau nicht unnötigen Schmerz zu verursachen.

Schweigend reichte Margaret ihr immer neue Tücher und nahm diejenigen weg, die voll gesogen waren.

Wo war Lockhart? Warum kam er nicht? War er schon wieder betrunken, lag in einem fremden Bett, unter einem Tisch oder, noch schlimmer, in einem Rinnstein, wo ihn niemand erkennen, geschweige denn finden und nüchtern bekommen würde? Sie stieß einen leisen Fluch aus.

Sie wusste nicht mehr, wie lange es her war, dass Margaret die Frau weggeschickt hatte. Alles, was zählte, waren die Wunde und der Schmerz. Sie bemerkte nicht einmal, dass die Tür zur Straße auf- und wieder zuging.

Dann war da plötzlich ein zweites Paar Hände, zart und stark und vor allem sauber. Hesters Rücken war so verspannt, dass er wehtat, als sie sich aufrichtete, und sie brauchte einen Augenblick, um ihren Blick auf den jungen Mann neben ihr einzustellen. Seine Hemdsärmel waren bis über die Ellenbogen aufgerollt, sein blondes Haar war über den Augenbrauen feucht, als hätte er sich Wasser ins Gesicht gespritzt. Er schaute auf die Verletzung hinunter.

»Gute Arbeit«, sagte er anerkennend. »Sieht aus, als hätten Sie's geschafft.«

»Wo waren Sie?«, fragte sie leise, überwältigt vor Erleichterung, dass er da war, und wütend, dass er nicht eher gekommen war.

Wie zur Entschuldigung grinste er, zuckte die Achseln und wandte seine Aufmerksamkeit dann wieder der Wunde zu. Er erforschte sie mit vorsichtigen, kundigen Berührungen, während er der Patientin immer mal wieder ins Gesicht schaute, um sich zu vergewissern, dass es ihr nicht schlechter ging.

Hester überlegte, ob sie sich für ihre unterschwellige Kritik bei ihm entschuldigen sollte, und kam zu dem Schluss, dass das jetzt keine Rolle spielte. Es würde nichts nützen, und sie bezahlte ihm nichts, also schuldete er ihr wohl auch nichts. Sie sah, dass Margaret sie anschaute, und bemerkte auch in ihren Augen Erleichterung.

Ihr war, als sei die Blutung gestillt. Sie reichte Lockhart die letzten in Balsam getränkten Verbände, und er legte sie an. Dann trat er zurück.

»Nicht schlecht«, sagte er ernst. »Wir müssen darauf achten, dass es sich nicht entzündet.« Er fragte nicht, was passiert war. Er wusste, dass er darauf keine Antwort bekommen würde. »Ein bisschen Fleischbrühe oder Sherry, falls Sie welchen haben. Nicht gleich, später. Sie wissen, was sonst noch nötig ist.«

Er hob die Schultern zu einem leichten Achselzucken und lächelte. »Wahrscheinlich besser als ich.«

Hester nickte. Jetzt, wo die unmittelbare Gefahr vorbei war, wurde sie von Müdigkeit überwältigt. Ihr Mund war trocken, und sie zitterte leicht. Margaret war zum Ofen gegangen, um heißes Wasser zu holen, damit sie sich das Blut abwaschen konnten und um Tee zu machen.

Hester wandte sich an die wartenden Frauen, die sie fragend anschauten. »Lassen Sie ihr Zeit«, sagte sie ruhig. »Wir können noch nichts sagen. Es ist zu früh.«

»Kann sie hier bleiben?«, fragte eine von ihnen. »Bitte, Miss! Er tut's nur wieder, wenn sie zurückgeht.«

»Was hat der bloß?« Schließlich ließ Hester ihre Wut doch heraus. »Er hätte sie umbringen können. Er muss verrückt sein – Sie sollten ihn loswerden. Haben Sie denn keine ...«

»Es war nicht Bert!«, sagte eine andere Frau schnell. »Ich weiß das, weil ich ihn gesehen habe. Großer, nutzloser verdammter Esel!«

»Ein Freier?«, fragte Hester überrascht und mit wachsender Wut.

»Nein!« Die Frau schauderte.

»Weißt du doch nicht«, sagte die dritte Frau grimmig. »Fanny hat nicht gesagt, wer's war, Miss. Sie hat so viel Angst, sie sagt überhaupt nichts, aber es war bestimmt ein Kerl, den sie kennt, aber doch nicht ihr gewohnter Zuhälter, weil, wie Jenny sagte, der war stockbesoffen und hätte nicht mal 'ner Fliege was zu Leide tun können, geschweige denn einem Menschen.« Sie verzog das Gesicht. »Abgesehen davon wäre es ja wohl ziemlich blöd, die eigene Frau so zu schlagen, dass sie nicht mehr anschaffen kann. Gott noch mal! Es gibt zurzeit schon wenig genug zu tun, ohne dass man 'ner Frau auch noch den Bauch aufzuschlitzen braucht. Das kapiert doch der letzte Idiot!«

»Wer sollte dann so was tun?«, fragte Hester, während Margaret am anderen Tisch heißes Wasser in eine Schüssel goss und kaltes nachschenkte, um die richtige Waschtemperatur zu erreichen. Karbol war bereits zur Hand.

Lockhart rollte seine Ärmel noch weiter auf, ohne auf das Blut daran zu achten, und wusch sich. Hester tat es ihm gleich, und er reichte ihr das Handtuch.

Margaret machte für alle Tee und brachte ihn heiß und sehr stark herüber. Hester war froh, sich endlich hinzusetzen, und erhob keine Einwände, als Lockhart die Schüssel wegtrug, um sie im Abfluss auszugießen.

Fanny lag auf dem großen Tisch, ihr Kopf auf einem Kissen, das Gesicht aschfahl. Es war zu früh, sie woanders hinzulegen, nicht mal in ein Bett.

»Wer tut so etwas?«, fragte Hester noch einmal und sah die Frauen an.

»Weiß nich'«, antwortete die Erste. »Danke.« Sie nahm den Becher Tee von Margaret. »Gerade das macht uns Angst. Fanny ist ein gutes Mädchen. Sie nimmt nichts, was ihr nicht gehört. Sie tut, was man ihr sagt, das arme Huhn! Sie war wohl mal ziemlich anständig.« Sie senkte die Stimme. »Stubenmädchen oder so. Kam in Schwierigkeiten, und eh sie sich's versieht, sitzt sie auf der Straße. Redet nich' viel, aber ich wette, sie hat 'ne harte Zeit gehabt.«

Lockhart kam mit der leeren Schüssel zurück und nahm seinen Tee.

»Wenn ich den Kerl in die Hände bekäme, der ihr das angetan hat«, sagte die mittlere Frau. »Ich würde ihm sein ... aufschlitzen, tut mir Leid, Miss, aber so isses.«

»Halt den Mund, Ada!«, sagte ihre Gefährtin drohend. »Überall sind Polypen. Tauchen auf wie aus dem Nichts. Die armen Schweine kriegen's aber auch von allen Seiten ab. Die einen sagen, sie sollen uns wegschaffen. Die anderen sagen, sie sollen uns in Ruhe lassen, damit sie ihren Spaß haben können. Und die Ärmsten schwirren rum wie die Schmeißfliegen und sind sich dauernd gegenseitig im Weg.«

»Ja! Und die arme kleine Fanny kriegt von einem verdammten Irren den Bauch aufgeschlitzt!«, erwiderte Ada mit verkniffener Miene und einer Stimme, die sich vor kaum kontrollierter Hysterie überschlug.

Hester stritt nicht mit ihnen. Sie saß schweigend da und dachte nach, aber sie stellte keine Fragen mehr. Die drei Frauen dankten ihnen, verabschiedeten sich von Fanny, versprachen wiederzukommen und gingen dann in die Nacht hinaus.

Nach einer Stunde sah Lockhart nach Fanny, der es sehr viel besser zu gehen schien, zumindest was ihre Angst betraf. Er half Hester und Margaret, sie zum nächsten Bett zu tragen und darauf zu legen. Dann versprach er, am nächsten Tag noch einmal hereinzuschauen, und verabschiedete sich.

Hester schlug Margaret vor, eine Runde zu schlafen, während sie wach blieb, und sich dann abzuwechseln. Am Morgen würde Bessie Wellington kommen, um das Haus zu hüten und sauber zu machen. Sie war selbst einmal Prostituierte gewesen und hatte dann ein Bordell geführt, bis die wachsende Konkurrenz sie aus dem Geschäft gedrängt hatte. Jetzt war sie froh, einen warmen Raum zu haben, wo sie den Tag verbringen konnte. Sie war freundlich zu bettlägerigen Patientinnen und verlangte keine Bezahlung. Dabei war ihre Kenntnis der örtlichen Gegebenheiten fast so viel wert wie ihre Arbeit.

Als Hester am nächsten Abend zurückkehrte, kam Bessie ihr mit hochrotem Gesicht an der Tür entgegen. Aus ihrem zu einem unordentlichen Knoten hochgesteckten schwarzen Haar standen in alle Richtungen Strähnen ab. Sie platzte fast vor Entrüstung.

»Dieser widerliche Jessop war schon wieder hier und wollte mehr Geld!«, sagte sie in einem Bühnenflüsterton, der noch auf dem halben Coldbath Square zu hören war. »Hab ihm 'ne Tasse Tee angeboten, und er wollte sie nicht! Misstrauischer Kerl!«

»Was haben Sie reingetan, Bessie?«, fragte Hester und verbarg ein Lächeln. Sie trat ein und schloss die Tür hinter sich. Sie tauchte in den vertrauten Raum mit den geschrubbten Dielen ein, die noch nach Lauge und Karbol rochen, dem leisen Hauch von Essig, der Hitze des Ofens, dem scharfen Geruch von Whiskey und dem würzigeren, frischeren Aroma von Kräutern. Automatisch ging ihr Blick zu dem Bett, in dem sie Fanny zurückgelassen hatte. Sie sah ihre dunklen zerzausten Haare und die Konturen ihres Körpers unter den Decken.

»Es geht ihr gut, der armen Kleinen«, sagte Bessie mit vor Zorn grollender Stimme. »Krieg kein Wort aus ihr raus, wer ihr das angetan hat. Versteh das nicht. Wenn ich sie wär, würd ich ihn verfluchen, und zwar vor jedem, der's hören möchte – und auch vor denen, die's nicht hören wollten!« Sie schüttelte den Kopf.

»Nur ein bisschen Süßholz«, beantwortete sie Hesters ursprüngliche Frage. »Und ein Tropfen Whiskey, um den Geschmack zu übertünchen. Eine Schande. Vergeudung von gutem Whiskey. Nicht dass es eine andere Sorte gäbe!« Sie grinste und entblößte ihre Zahnlücken.

»Haben Sie ihn weggeschüttet?«, fragte Hester besorgt.

Bessy sah sie von der Seite an. »Meine Güte, na klar! Was denken Sie! Möchte doch niemandem kalten Tee anbieten, oder?« Sie erwiderte Hesters Blick mit vorgeblicher Unschuld, und Hester konnte nicht anders, als zumindest mit halbem Herzen zu wünschen, Jessop hätte ihn getrunken. Bessie würde ihm doch sicher nichts Schlimmeres antun als ein vorübergehendes Unbehagen oder vielleicht ein wenig Übelkeit. Oder?

Sie ging hinüber, um einen Blick auf Fanny zu werfen, die immer noch Angst und schlimme Schmerzen hatte. Es dauerte eine halbe Stunde, die Verbände abzunehmen, um nachzuschauen, ob sich die Wunde nicht infiziert hatte, sie wieder zu verbinden und Fanny zu überreden, ein wenig Brühe zu sich zu nehmen. Sie war eben fertig, als die Tür aufging und ein Schwall kühler, feuchter Luft hereinwehte. Sie drehte sich um und sah eine Frau unbestimmten Alters in der Tür stehen. Sie war einfach gekleidet, wie die Kammerzofe einer feinen Dame, und verzog vor Missbilligung das Gesicht. Sie rümpfte sogar die Nase, obwohl es schwer zu sagen war, ob wegen des Geruches nach Lauge und Karbol oder weil sie von heftigem Widerwillen erfüllt war.

»Ja?«, fragte Hester. »Kann ich Ihnen helfen?«

»Ist dies ein … Haus, wo Sie verletzte Frauen aufnehmen, die … die …« Sie hielt inne, offensichtlich konnte sie das Wort nicht aussprechen, das ihr auf der Zunge lag.

»… Prostituierte sind«, vollendete Hester den Satz ein wenig schroff. »Ja. Sind Sie verletzt?«

Die Frau lief scharlachrot an vor Beschämung, dann wurde ihr Gesicht blutleer und grau. Sie drehte sich auf dem Absatz um und ging zur Tür hinaus, die immer noch offen stand.

Bessie unterdrückte ein Lachen.

Im nächsten Augenblick stand eine andere junge Frau in der Tür, die ein völlig anderes Bild bot. Sie wirkte insgesamt sehr hell, hatte dichtes flachsblondes Haar, blasse Wimpern und Augenbrauen, aber eine gesunde Farbe im Gesicht, dessen Züge zu flach waren, um hübsch zu sein, jedoch eine Offenheit und Ausgewogenheit ausstrahlten, die sie auf Anhieb sympathisch machten. Offensichtlich war sie nervös und darum bemüht, ihre starken Gefühle in den Griff zu bekommen, aber sie zeigte kein Anzeichen einer Verletzung oder körperlicher Schmerzen. Die Qualität ihrer Kleider, die, obwohl sie pechschwarz waren, erkennen ließen, dass sie eine beträchtliche Summe dafür ausgab, und ihr Gebaren – Kopf hoch aufgerichtet, offener Blick – verrieten jedoch, dass sie keine Frau von der Straße war. Hester wurde verlegen, als ihr durch den Kopf ging, dass die erste Frau womöglich ihr Dienstmädchen gewesen war, das gegen seinen ausdrücklichen Willen dort in der Tür gestanden hatte. Vielleicht hätte sie sich ihre Bemerkung verkneifen sollen.

Sie stellte den Teller und den Löffel, mit dem sie Fanny gefüttert hatte, zur Seite und wandte sich der Besucherin zu.
»Guten Abend. Kann ich Ihnen helfen?«

»Sind Sie hier verantwortlich?«, fragte die junge Frau. Ihre Stimme war tief und ein wenig heiser, als koste es sie so viel Mühe, ihre Gefühle im Zaum zu halten, dass es ihr schier den Hals zuschnürte, aber ihre Aussprache war vollkommen.

»Ja«, antwortete Hester. »Ich bin Hester Monk. Was kann ich für Sie tun?«

»Ich bin Livia Baltimore.« Sie atmete tief durch. »Ich habe gehört, dieses Haus« – sie vermied es geflissentlich, sich umzusehen – »sei ein Zufluchtsort für verletzte ... Straßenmädchen? Ich bitte um Verzeihung, wenn ich mich irre. Ich wollte Sie nicht beleidigen, aber mein Dienstmädchen hat mir versichert, dies sei das richtige Haus.« Sie hatte die Hände zu Fäusten geballt, und ihr Körper war steif vor Anspannung.

»Es ist keine Beleidigung, Miss Baltimore«, erwiderte Hester ruhig. »Ich tue dies, weil ich es tun möchte. Die Medizin kümmert sich um die Bedürftigen, sie fällt keine sozialen Urteile.« Sie war unsicher, ob sie etwas über Nolan Baltimores Tod sagen sollte oder nicht, und zögerte, doch ihr Instinkt siegte. »Mein Beileid, Miss Baltimore. Bitte kommen Sie herein.«

»Vielen Dank.« Sie schaute sich noch einmal um, dann schloss sie die Tür. »Vielleicht können Sie mir helfen ...«

»Wenn ich etwas darüber wüsste, hätte ich es bereits der Polizei gesagt«, erwiderte Hester, drehte sich um und ging zum Tisch zurück. Sie wusste, was Livia Baltimore hier suchte. Es war nur natürlich und zeigte großen Mut, wenn auch wenig Klugheit. Sie hatte Mitleid mit der jungen Frau, die schmerzlich würde erkennen müssen, welche Orte ihr Vater, zu welchem Zweck auch immer, aufgesucht hatte. Wäre sie zu Hause geblieben, hätte sie ihre Gefühle, ihre Träume, ihren Kummer sehr viel sicherer bewahren können. Aber vielleicht wollte sie nicht nur Informationen sammeln, sondern konnte auch welche geben. Selbst wenn das Leben ihres Vaters ihr größtenteils fremd gewesen war, konnte sie doch etwas über seine Persönlichkeit sagen.

»Bitte, setzen Sie sich«, bat Hester sie. »Möchten Sie einen Tee? Es ist ein scheußlicher Abend.«

Livia nahm dankend an. Offensichtlich hatte sie das Dienstmädchen fortgeschickt, damit es in der Kutsche auf sie warten konnte, wenn sie denn in einer Kutsche gekommen war. Entweder wollte Livia dieses Gespräch unter vier Augen führen, oder aber das Dienstmädchen hatte sich geweigert, an einem solchen Ort zu bleiben. Womöglich auch beides.

Schwer atmend füllte Bessie den Kessel aus einem Wasserkrug auf dem Boden wieder auf und stellte ihn auf den Ofen. »Dauert aber ein paar Minuten«, murrte sie. Sie spürte die Herablassung der jungen Frau und nahm sie ihr übel.

»In Ordnung«, meinte Hester, dann wandte sie sich Livia zu. »Ich habe wirklich keine Ahnung, was Mr. Baltimore zugestoßen ist«, sagte sie vorsichtig. »Ich kümmere mich hier nur um Verletzungen und Krankheiten. Ich stelle keine Fragen.«

»Aber Sie müssen doch etwas gehört haben!«, drängte Livia.

»Mir erzählt die Polizei ja nichts. Meinem Bruder haben sie gesagt, es beträfe eine Frau, die womöglich verletzt wurde.«

Ihre schwarz behandschuhten Hände, die auf ihrem Ridikül lagen, ballten sich ein ums andere Mal zu Fäusten. »Vielleicht hat er gesehen, dass eine Frau angegriffen wurde, und hat versucht, ihr zu helfen, und dann sind sie über ihn hergefallen?« In ihrem Blick brannte die Verzweiflung. »Wenn dem so war, wäre sie doch sicher hierher gekommen?«

»Ja«, stimmte Hester ihr zu, da sie wusste, dass sie zwar Recht hatte, aber dennoch ganz falsch lag.

»Dann hätten Sie sie doch gesehen, oder Ihre Mitarbeiterin?« Livia nickte halb in Bessies Richtung, die mit verschränkten Armen neben dem Ofen stand.

»Ich hätte sie gesehen«, räumte Hester ein. »Aber hierher

kommen jede Nacht mehrere Frauen, alle sind verletzt ... oder krank.«

»Aber in dieser Nacht ... in der Nacht, in der er ... umgebracht wurde?« Livia beugte sich ein wenig über den Tisch, in ihrem Eifer vergaß sie ihren Widerwillen. »Wer war hier? Wer war verletzt und hat den ... Mörder vielleicht gesehen?« Ihre Augen füllten sich mit Tränen, aber sie kümmerte sich nicht darum. »Wollen Sie keine Gerechtigkeit, Mrs. Monk? Mein Vater war ein guter, anständiger Mann. Und großzügig. Er hat sehr hart gearbeitet für das, was er besaß, und er liebte seine Familie! Kümmert es Sie gar nicht, dass jemand ihn getötet hat?«

»Doch, natürlich macht es mir etwas aus«, antwortete Hester und überlegte, wie sie der Frau, die fast noch ein Kind war, antworten sollte, ohne sie mit Tatsachen zu konfrontieren, die sie weder begreifen noch glauben konnte. »Kein Mord lässt einen unberührt.«

»Dann helfen Sie uns!«, flehte Livia. »Sie kennen diese Frauen. Erzählen Sie mir etwas!«

»Nein, ich kenne sie nicht«, widersprach ihr Hester. »Ich kümmere mich, so gut ich kann, um ihre Verletzungen ... das ist alles.«

Livia machte große Augen. »Aber ...«

»Durch diese Tür da kommen sie herein.« Hester nickte zur Haustür. »Manchmal habe ich sie schon einmal gesehen, manchmal auch nicht. Entweder haben sie Schnittverletzungen, blaue Flecken oder Knochenbrüche oder leiden unter schweren Infektionen, meist Syphilis oder Tuberkulose oder aber etwas anderem. Ich frage sie nur nach ihrem Vornamen, um sie irgendwie ansprechen zu können. Ich tue, was ich kann, und das ist oft nicht viel. Wenn es ihnen einigermaßen gut geht, verlassen sie uns wieder.«

»Aber wissen Sie denn nicht, wo sie sich ihre Wunden zugezogen haben?«, hakte Livia mit schriller Stimme nach. »Sie müssen doch wissen, was passiert ist!«

Hester blickte auf die Tischplatte. »Ich muss nicht fragen. Entweder ist ein Kunde wütend geworden, oder sie haben ein bisschen Geld für sich behalten, und der Zuhälter hat sie geschlagen«, antwortete sie. »Und ab und zu geraten sie in Streit, weil sich eine auf fremdem Terrain etwas verdient hat. Die Konkurrenz ist hart, warum auch immer – aber für das, was ich hier tue, spielt es keine Rolle.«

Livia begriff das offensichtlich nicht. Es war eine Welt, auch eine Sprache, die jenseits ihrer Erfahrung und ihrer Vorstellungskraft lag. »Was ist ein – Zuhälter?«

»Der Mann, der sich um die Frauen kümmert«, erklärte Hester. »Und den größten Teil von dem kassiert, was sie verdienen.«

»Aber warum?« Livias Augen drückten blankes Unverständnis aus.

»Weil es gefährlich ist für eine Frau, die auf sich gestellt ist«, erklärte Hester. »Die meisten haben keine andere Wahl. Die Zuhälter besitzen die Häuser, in gewisser Weise besitzen sie auch die Straßen. Sie halten andere davon ab, den Frauen was zu tun, aber wenn sie glauben, sie wären faul oder würden sie betrügen, dann schlagen sie die Frauen, normalerweise aber nur so viel, dass sie keine Narben im Gesicht haben und noch fit sind zum Arbeiten. Nur ein Narr zerstört, was er besitzt.«

Livia schüttelte den Kopf, als müsste sie den Gedanken loswerden. »Und wer hat sie dann verletzt, wenn sie zu Ihnen kommen?«

»Ein Freier vielleicht, der betrunken ist und nicht merkt, wie stark er ist, oder der einfach die Kontrolle verloren hat«, sagte Hester. »Manchmal auch andere Frauen. Oft kommen sie mit Infektionen.«

»Tuberkulose bekommen viele«, sagte Livia. »Menschen aller Art. Ich hatte eine Cousine, die daran gestorben ist. Sie war erst achtundzwanzig. Man nennt das den weißen Tod, nicht wahr.« Es war eine Feststellung. »Und das andere ist …« Sie würde es nicht aussprechen. Ihre Verlegenheit bei diesem Thema war zu tief, um wirklich offen zu sein. Schließlich brachte sie es über sich, sich in dem Raum mit den weiß getünchten Wänden und den Schränken, von denen einige verschlossen waren, umzusehen.

Hester bemerkte es.»Karbol, Lauge, Pottasche, Essig«, sagte sie.»Zum Saubermachen. Und Tabak. Den halten wir unter Verschluss.«

Livia machte große Augen.»Tabak? Sie lassen die Leute rauchen? Sogar Frauen?«

»Zum Abbrennen«, erklärte Hester.»Tabak ist ein gutes Ausräucherungsmittel, besonders wenn wir es mit Läusen oder Zecken oder Ähnlichem zu tun haben.«

Livia verzog das Gesicht, als könnte sie den Gestank bereits riechen.»Ich möchte nur wissen, was Sie gesehen haben«, bat sie.»Was ist meinem Vater zugestoßen?«

Hester musterte die Jugend in den weichen Linien ihrer Wangen und ihres Halses, die faltenlose Haut, den ernsten Blick. Doch schon hatte der Schatten des Kummers sie berührt; um ihre Augen lagen dunkle Ränder, die Haut war wie Papier, ihr Mund verkniffen. Die Welt war anders als noch vor ein paar Tagen, ihre Unschuld war für immer verloren.

Hester suchte nach Worten, die das Mädchen – denn mehr war sie, trotz ihrer Jahre, nicht – von ihrem Vorhaben abbringen und sie zurück in ihr Leben schicken würden, damit sie glauben konnte, was sie glauben wollte. Wenn es keinen Prozess gab, würde sie nie erfahren müssen, was ihr Vater in der Leather Lane gemacht hatte.»Lassen Sie das die Polizei herausfinden, falls es ihr gelingt«, sagte sie laut.

»Die findet nichts!«, antwortete Livia ungehalten.»Mit der reden diese Frauen nicht! Warum auch? Sie kennen den Mörder. Sie trauen sich bloß nicht, ihn zu verraten.«

»Wie war Ihr Vater denn so?«, fragte Hester und bereute es im selben Augenblick. Es war eine dumme Frage. Was sagte eine

Frau über ihren toten Vater? Dass er so war, wie sie ihn haben wollte, die Wirklichkeit verzerrt durch Verlust, Loyalität und ein Gefühl für Schicklichkeit, das einem verbietet, etwas Schlechtes über einen Toten zu sagen. »Ich meine, warum sollte er in der Nacht in die Leather Lane gekommen sein«, fügte sie hinzu.

Aus Verlegenheit ging Livia in die Defensive. »Ich weiß nicht. Es muss wegen etwas Geschäftlichem gewesen sein.«

»Und was sagt Ihre Mutter?«

»Wir reden nicht darüber«, antwortete Livia, als wäre es das Natürlichste der Welt. »Mama ist leidend. Wir versuchen, alles Unangenehme oder Erschütternde von ihr fern zu halten. Jarvis, mein Bruder, sagt, er habe sich sicher mit jemandem getroffen, vielleicht hätte es etwas mit den Streckenarbeiten zu tun oder so. Mein Vater besaß eine Eisenbahngesellschaft. Sie haben ein neues Gleis gebaut, das fast fertig ist. Es führt von den Docks hier in London bis hinauf nach Derby. Und wir haben auch eine Fabrik in der Nähe von Liverpool, wo Eisenbahnwaggons gebaut werden. Vielleicht traf er sich mit jemandem, um über Arbeiter, Stahl oder Ähnliches zu sprechen?«

Hester konnte ihr nicht in die Augen sehen und antworten. Solche Geschäfte führten Männer normalerweise nicht bei Nacht in die Leather Lane, aber welchen Sinn hatte es, Baltimores Tochter darauf hinzuweisen? »Darüber wissen diese Frauen nichts«, sagte sie stattdessen. »Sie schlagen sich mühselig durch, indem sie ihren Körper verkaufen, und sie bezahlen einen hohen Preis dafür ...« Wieder sah sie Unverständnis. »Sie meinen, sie sollten in einer Fabrik arbeiten? In so einem Ausbeutungsbetrieb? Wissen Sie, was die bezahlen?«

Livia zögerte. »Nein ...«

»Oder wie viele Stunden man dort arbeitet?«

»Nein ... aber ...«

»Es ist redlich, nicht wahr?« In Hesters Stimme schwang unbeabsichtigt eine Spur Verachtung mit, und an Livias Gesicht war abzulesen, dass es sie verletzte. »Bei den paar Kröten, die sie für vierzehn oder fünfzehn Stunden Arbeit am Tag bekommen, können sie sich es nicht leisten, redlich zu sein«, sagte sie schon freundlicher, aber immer noch mit Wut in der Stimme – nicht auf Livia, sondern auf die Tatsachen. Sie sah, wie sich Livias Augen weiteten. »Besonders wenn sie Kinder haben, um die sie sich kümmern müssen, oder Schulden«, fügte Hester hinzu. »Auf der Straße können sie jede Nacht ein oder zwei Pfund verdienen, selbst wenn sie ihrem Zuhälter seinen Teil abgeben.«

»Aber ...«, setzte Livia noch einmal an und blickte zu Fanny, die zusammengerollt im Bett lag.

»Die Risiken? Verletzungen, Krankheit, die Unerfreulichkeit des Ganzen?«, fragte Hester. »Gehen Sie einmal in eine solche Tretmühle und schauen Sie, ob Sie es dort besser finden. Die sind eng, schlecht beleuchtet und überfüllt. Dort gibt's genauso viele Krankheiten wie hier. Andere vielleicht, aber bestimmt keinen Deut besser. Tot ist tot, egal, wodurch.«

»Können Sie mir denn überhaupt nicht helfen?«, fragte Livia leise, Schock und etwas wie Demut in der Miene. »Sie wenigstens fragen?«

»Fragen kann ich sie«, versprach Hester, erneut von Mitleid überwältigt. »Aber versprechen Sie sich bitte nicht zu viel davon. Ich glaube nicht, dass jemand etwas weiß. Und wenn es um Geschäftliches ging, haben diese Frauen natürlich überhaupt nichts damit zu tun. Die Polizei sagt, er wurde in Abel Smiths ... Haus ... in der Leather Lane gefunden, aber Abel schwört, dass keine seiner Frauen ihn umgebracht habe. Vielleicht sagen sie die Wahrheit, und er wurde von dem umgebracht, mit dem er sich dort treffen wollte?« Sie sprach nur äußerst ungern aus, was sie im Grunde für eine Lüge hielt. Aber sehr wahrscheinlich würde man nie herausfinden, wer Baltimore umgebracht hatte, ganz zu schweigen davon, warum, also konnte seine Tochter ruhig an ihren trügerischen Hoffnungen festhalten.

»So war es bestimmt«, sagte Livia und klammerte sich an die Hoffnung wie an einen Rettungsring. »Vielen Dank für Ihre Logik und Ihren gesunden Menschenverstand, Mrs. Monk.«

Hester wollte den gewonnenen Vorteil nutzen, auch in Livias Sinn. »Könnte Ihr Bruder nicht aufhören, Druck auf die Polizei auszuüben, damit sie die Frauen von der Straße vertreiben?«, schlug sie vor. »Womöglich haben sie gar nichts damit zu tun, und je mehr sie bedrängt werden, desto unwahrscheinlicher ist es, dass sie überhaupt etwas sagen.«

»Aber wenn sie nichts wissen ...«, setzte Livia an.

»Gesehen haben sie vielleicht nichts«, räumte Hester ein. »Aber sie kriegen einiges mit. An Orten wie diesen sprechen sich die Dinge schnell herum.«

»Ich weiß nicht. Jarvis hört nicht auf ...«

Bevor sie ihren Satz zu Ende sprechen konnte, flog die Haustür weit auf, und ein junger Mann schrie wie panisch um Hilfe. Sein Gesicht war weiß, sein Haar hing ihm regennass in die Augen, und seine dünnen Kleider klebten ihm feucht an der schmalen Brust.

Livia wirbelte herum, und Hester erhob sich in dem Moment, als noch ein sehr viel größerer Mann hereingetaumelt kam, der eine Frau in den Armen hielt. Sie war so blass, dass ihre Haut im Licht der Gaslaternen wie durchsichtig aussah. Ihre Augen waren geschlossen, und ihr Kopf baumelte herum, als sei sie bewusstlos.

»Legen Sie sie hierher.« Hester zeigte auf den großen leeren Tisch.

»Ham Sie noch nich' mal 'n Bett?« Der Große unterdrückte ein Schluchzen. Sein Gesicht war verzerrt vor Wut, die aber weniger schmerzte als das Entsetzen, das ihn gepackt hatte.

Hester war an außer Kontrolle geratene Gefühle gewöhnt. Weder urteilte sie darüber, noch reagierte sie auf Ungerechtigkeiten.

»Ich muss erst sehen, was mit ihr los ist«, erklärte sie. »Dafür brauche ich eine feste Unterlage und genügend Licht. Legen Sie sie hierher.«

Er gehorchte. Sein Blick beschwor sie, ihr zu helfen und ihm für das Unvorstellbare eine Erklärung zu geben.

Hester betrachtete das Mädchen, das vor ihr lag. Der Mann hatte sie so vorsichtig wie möglich niedergelegt, aber es war klar, dass ihre Knochen gebrochen waren. Ihre Arme und Beine waren ganz verdreht; das Gewebe schwoll an, und die blauen Flecke wurden so schnell dunkler, dass man zuschauen konnte. Die Venen im Hals und in den Schultern des Mädchens traten blau aus der gräulich-weißen Haut hervor. Sie atmete, aber ihre Augenlider flatterten nicht einmal.

»Können Sie ihr helfen?«, wollte der Mann wissen. Der Junge war neben ihn getreten.

»Ich versuche es«, versprach Hester. »Was ist passiert? Wissen Sie es?«

»Jemand hat sie fast zu Tode geprügelt!«, explodierte er. »Können Sie das nicht sehen? Sind Sie blind oder was?«

»Ja, das sehe ich«, sagte Hester und sah nicht ihn, sondern die Frau an. »Ich möchte wissen, wie lange es her ist, dass Sie sie gefunden haben, und ob sie Schnitt- oder Stichwunden hat. Wenn Sie mir das sagen können, ohne dass ich sie bewegen muss, umso besser. Ich sehe, was mit ihren Armen und Beinen los ist. Was ist mit ihrem Leib? Haben Sie gesehen, wo sie geschlagen oder getreten wurde?«

»Meine Güte, Lady! Glauben Sie wirklich, ich hätte das zugelassen? Ich hätte d... den Schweinehund umgebracht, wenn ich d... dort gewesen wäre«, stotterte er, in dem vergeblichen Versuch, die richtigen Worte für die ihn verzehrende Wut zu finden. »Wenn Sie ihr nicht helfen können, dann tun Sie ihr wenigstens nicht noch mehr weh, verstanden?«

Hester legte ihre Hände sehr vorsichtig auf die Arme der Frau und tastete nach den Kanten der Knochen, wo das Gewebe bereits unförmig und zerstört war. Sie stellte einen Bruch am linken Arm fest und zwei am rechten. Das linke Knie war geschwollen, und im linken Fuß waren mindestens zwei kleinere Knochen gebrochen. Das Schlüsselbein war auf einer Seite gebrochen, aber da konnte sie kaum etwas tun. Sie schnitt das Mieder des Mädchens auf, wodurch ein purpurfarbener Fleck sichtbar wurde, der mindestens fünfzehn Zentimeter breit über die Rippen verlief und sich bis über die Taille erstreckte. Genau das hatte sie gefürchtet – innere Blutungen, die sie nicht stillen konnte. Sie wusste einiges über Anatomie. Das meiste davon hatte sie auf dem Schlachtfeld gelernt, indem sie aufgerissene Körper betrachtete hatte, statt ein ordentliches Medizinstudium zu absolvieren, wo man in Ruhe Leichen sezieren konnte. Den Verlauf der Hauptarterien kannte sie auch und wusste, was geschehen konnte, wenn sie verletzt wurden.

»Tun Sie was! Verdammt!«, sagte der Mann verzweifelt und verlagerte erregt seinen immensen Körper immerzu von einem Fuß auf den anderen.

Ohne ihm zu antworten, fuhr Hester fort, so viel wie möglich herauszufinden, ohne den zerschmetterten Körper der Frau zu bewegen. Sie wünschte, Margaret wäre da, um ihr zu helfen. Bessie war nett, aber sie besaß nicht Margarets innere Ruhe und deren sichere Hand. Sie identifizierte sich zu sehr mit den Frauen, unter denen sie ihr ganzes Leben verbracht hatte. Sie sah den Schmerz und die Angst von innen, und das raubte ihr die Leidenschaftslosigkeit, die man bei kritischen Verletzungen wie diesen brauchte, um praktische Hilfe leisten zu können.

»Suchen Sie Mr. Lockhart«, ordnete sie an und sah die Erleichterung in Bessies Miene, dass sie etwas Nützliches tun und gleichzeitig der schrecklichen Situation entkommen konnte. Sie war so schnell aus der Tür, dass sie nicht einmal mehr nach ihrem Hut griff.

»Miss Baltimore!«, sagte Hester entschlossen. »Wären Sie so freundlich, mir die Binde dort auf dem Tisch zu reichen? Und dann holen Sie mir eine Schiene aus dem Schrank da drüben.« Sie zeigte mit der anderen Hand darauf. »Nein, gleich drei.«

Sehr langsam stand Livia auf. Sie sah so blass aus, als würde sie gleich in Ohnmacht fallen.

»Bitte machen Sie schnell«, wies Hester sie an und streckte die Hand aus.

Livia gehorchte, bewegte sich aber immer noch wie in Trance, hantierte mit dem Verband herum, rollte die Enden ein und ging dann zum Schrank hinüber. Nach einem Augenblick kam sie mit drei Schienen zurück und reichte eine Hester.

Hester griff danach. »Würden Sie jetzt bitte die Schultern des Mädchens festhalten. Lehnen Sie sich über sie. Sie muss ganz ruhig liegen.«

»Was?«

»Tun Sie's einfach! Drücken Sie mit Ihrem Gewicht auf ihre Schultern. Halten Sie sie fest, aber vorsichtig.« Sie schaute auf. »Machen Sie schon! Ich werde die Knochen richten, damit sie so gerade wie möglich wieder zusammenwachsen. Jemand muss sie festhalten. Es ist sehr viel besser, das zu tun, solange sie sowieso bewusstlos ist. Können Sie sich vorstellen, wie weh ihr das tut, wenn wir sie so liegen lassen, bis sie wieder zu sich kommt?«

Livia stand wie angewurzelt da.

»Sie können sich dabei nicht anstecken! Tun Sie's einfach!«, fuhr Hester sie an. »Ich kann es nicht allein. Sie sind hergekommen, um herauszufinden, wer Ihren Vater umgebracht hat. Wenn Sie es nicht einmal über sich bringen, sich diese Welt genauer anzuschauen, wie wollen Sie dann etwas darüber in Erfahrung bringen? Sie möchten, dass diese Menschen Ihnen helfen? Dann sollten Sie besser selbst mal zupacken.«

Livia sah immer noch so aus, als würde sie gleich in Ohnmacht fallen, aber sie legte der Frau langsam die Hände auf die Schultern und beugte sich vor, um ihr Körpergewicht zu verlagern.

»Vielen Dank«, sagte Hester. Dann nahm sie vorsichtig den Unterarm, wo sie das widerliche Knirschen der Knochen spürte, und zog den Arm gerade. Der junge Mann reichte ihr die Schiene und die Bandagen, legte sie mit sanften Händen an den Arm, und sie band sie so fest, wie sie es wagte, zusammen. Zum Glück war die Haut unverletzt, sodass es keine Infektionen durch Schmutz geben konnte, aber sie wusste sehr wohl, dass sie womöglich beträchtliche innere Blutungen hatte, gegen die sie nichts tun konnte.

Mit Livias verschreckter, zögerlicher Hilfe richtete sie auch die übrigen Knochen. Der große Mann schürte das Feuer und holte mehr Wasser. Hester machte Umschläge für die gebrochenen Rippen und das Schlüsselbein und legte sie vorsichtig darauf.

»Jetzt können wir nur noch abwarten«, sagte sie schließlich.

»Wird sie wieder gesund?«, fragte der große Mann.

»Ich weiß nicht«, sagte Hester aufrichtig. »Wir werden alles tun, was in unserer Macht steht.«

»Ich …« Er schluckte. »Es tut mir Leid, wenn ich vorhin ein bisschen schroff war. Sollte 'n Auge auf sie haben, aber sie gehört nich' hierher. Die halbe Zeit hab ich keine Ahnung, was sie treibt.« Er fuhr sich mit seiner breiten Hand über das Gesicht, wie um die Gefühle wegzuwischen. »Heiliger Strohsack! Warum musste die blöde Kuh ihr Maul auch so aufreißen? Wie oft hab ich ihr gesagt, sie soll die Klappe halten! Manche haben einfach nicht den Verstand eines Neugeborenen! Diese Schweine glauben, mit einer halben Krone könnte man deine Seele kaufen. Scheißkerle!« Aus seiner Kehle drang ein tiefes Knurren, als wollte er sich räuspern und ausspucken, dann überlegte er es sich anders.

»Sie können jetzt erst einmal nichts mehr für sie tun«, sagte Hester sanft. »Sie können ruhig nach Hause gehen.« Sie wandte sich an Livia Baltimore. »Und Sie auch. Steht denn Ihre Kutsche noch irgendwo in der Nähe?«

»Ja«, erwiderte Livia leise. Hester fragte sich, welchen Empfang das Dienstmädchen ihr bereiten würde. Wahrscheinlich würde es die Missbilligung, die es nicht auszusprechen wagte, durch eisiges Schweigen zum Ausdruck bringen. Aber sie könnte auch am Morgen kündigen – und die leidende Mrs. Baltimore mit einem empörten Bericht über die ganze Episode völlig aus der Fassung bringen. Um damit zurechtzukommen, würde Livia all ihren Mut und ihre Geduld brauchen.

»Vielen Dank für Ihre Hilfe«, sagte Hester mit einem angedeuteten Lächeln. »Falls ich etwas erfahre, was Ihnen helfen könnte, sage ich es der Polizei.«

Livia nahm eine Karte aus ihrem Ridikül und reichte sie Hester.

»Bitte. Schreiben Sie, oder kommen Sie einfach vorbei.«

»Das werde ich«, versprach Hester.

»Ich bringe Sie zu Ihrer Kutsche«, bot der Mann an.

Über Livias Miene huschten Schreck und Erleichterung, und dann blitzte vielleicht sogar ein wenig Humor auf. »Vielen Dank«, sagte sie und trat, von dem Mann gefolgt, aus der Tür hinaus auf den Coldbath Square.

Zehn Minuten später kam Bessie mit Lockhart herein, müde und ungepflegt wie immer, aber in voller Bereitschaft zu helfen.

»Sie essen nicht richtig!«, schimpfte Bessie. Offensichtlich hatte sie ihm den ganzen Weg über zugesetzt. »Sie brauchen 'ne ordentliche Fleischpastete!« Sie ging zum Ofen hinüber. »Ich bring Ihnen 'ne Tasse heißen Tee. Mehr kann ich nich' für Sie tun. Is' Ihre eigene Schuld!« Sie führte nicht weiter aus, was sie damit meinte, und Lockhart warf Hester einen gequälten Blick zu, in dem auch Zuneigung lag. Er verstand Bessie besser als sie sich selbst.

Hester erklärte ihm, was sie für das Mädchen getan hatten, und führte ihn hinüber zu ihr.

Er sah sie sich lange und gründlich an, aber das eine, was

Hester unbedingt wissen wollte – ob sie innere Blutungen hatte –, konnte er ihr auch nicht sagen.

»Es tut mir Leid«, sagte er kopfschüttelnd und betrachtete das Mädchen voller Mitleid. »Ich weiß es einfach nicht. Aber wenn sich ihr Zustand bis zum Morgen nicht verschlechtert, überlebt sie es vielleicht. Ich schaue gegen Mittag noch einmal herein. Bis dahin können Sie genauso viel für sie tun wie ich. Die Knochen haben Sie jedenfalls gut hingekriegt.«

Es war kurz nach sieben und volles Tageslicht, als Hester aufwachte. Bessie stand mit strahlenden Augen über ihr, ihr Haar löste sich aus seinem festen Knoten, und ihr Kleid war noch zerknitterter als gewöhnlich.

»Sie ist zu sich gekommen!«, sagte sie in ihrem durchdringenden Flüsterton. »Sieht nicht allzu gut aus, das arme Ding. Sie sollten besser nach ihr sehen. Der Kessel ist schon auf'm Herd. Sie sehen aber selbst aus wie aus der Leichenhalle.«

»Vielen Dank«, sagte Hester trocken, setzte sich auf und zuckte zusammen. Ihr Kopf hämmerte, und sie war so müde, dass sie sich schlimmer fühlte, als bevor sie sich hingelegt hatte. Sie schwang die Beine über die Bettkante und stand auf. Ihr Blick fiel auf das Mädchen in dem anderen Bett nur wenige Meter weiter. Sie lag mit offenen Augen da, und ihr Gesicht war so weiß, dass es kaum wärmer schien als das Kissen.

»Nicht bewegen«, sagte Hester sanft. »Hier sind Sie sicher.«

»Ich bin innen drin ganz zerbrochen.« Das Mädchen hauchte die Wörter eher, als dass es sie aussprach. »Himmel, tut das weh!« Ihre Stimme war weich, ihre deutliche Aussprache zeigte, dass sie zum Gesinde gehörte.

»Ich weiß, aber mit der Zeit wird es besser«, versprach Hester und hoffte, dass das auch stimmte.

»Nein«, sagte das Mädchen resigniert. »Ich sterbe. Das ist wohl meine Strafe.« Sie schaute Hester nicht an, sondern blickte mit leeren Augen an die Decke.

Hester berührte die Hand des Mädchens sehr sanft. »Ihre Knochen werden heilen«, erklärte sie ihr. »Ich weiß, dass es jetzt wehtut, aber das wird besser. Wie soll ich Sie nennen?«

»Alice.« Plötzlich füllten sich ihre Augen mit Tränen, aber sie war zu schwach und zu müde, um zu schluchzen. Sie war so verletzt, dass Hester sie unmöglich in den Arm nehmen konnte.

»Ruhen Sie sich aus«, sagte Hester, die gerne mehr für die junge Frau getan hätte. »Hier sind Sie sicher. Wir lassen Sie nicht allein. Gibt es jemanden, dem ich Bescheid sagen soll?«

»Nein!« Sie schaute Hester mit verängstigten Augen an. »Bitte!«

»Wenn Sie es nicht möchten«, versprach Hester, »dann tue ich's auch nicht. Keine Sorge!«

»Ich will nicht, dass man es erfährt«, fuhr Alice fort. »Lassen Sie mich einfach hier sterben, und begraben Sie mich ... da, wo Sie Menschen begraben, die niemand kennt.« Sie sagte es ohne Selbstmitleid. Sie bat um das Ende, wollte keine Hilfe, sondern allein sein.

Hester hatte keine Ahnung, ob das Mädchen sich erholen würde oder nicht. Sie war unsicher, ob sie ihr helfen konnte, und wenn ja, wie. Vielleicht war es das Beste, sie allein zu lassen, aber das konnte sie nicht. Ihr eigener Lebenswille nötigte sie zu verhindern, dass ein anderer aufgab. Etwas anderes war, sich geschlagen zu geben, aber so weit war sie noch nicht.

»Wer hat Ihnen das angetan?«, fragte sie. »Möchten Sie den nicht aufhalten, bevor er jemand anderem etwas antut?«

Alice drehte den Kopf ein wenig zur Seite. »Den können Sie nicht aufhalten. Das kann niemand.«

»Man kann jeden aufhalten, wenn man weiß, wie, und wenn genug von uns es versuchen«, sagte Hester entschlossen. »Wenn Sie mithelfen. Wer ist er?«

Alice wandte den Blick wieder ab. »Es geht nicht. Er ist im Recht. Ich schulde ihm Geld. Ich habe zu viel geborgt, und dann konnte ich es nicht zurückzahlen.«

»Wem? Ihrem Zuhälter?«

Alice starrte an die Decke. »Ich kann es Ihnen genauso gut sagen. Jetzt kann er mir nichts mehr tun. Aber seinen Namen kenne ich nicht, nicht seinen richtigen Namen. Damals war ich anständig, ich war Gouvernante! Können Sie sich das vorstellen? Ich habe Kinder feiner Leute unterrichtet. In Kensington. Dann habe ich mich verliebt.« In ihrer Stimme war unermessliche Bitterkeit, und sie sprach so leise, dass Hester Mühe hatte, sie zu verstehen. »Wir haben geheiratet. Sechs glückliche Monate hatten wir ... dann wurde mir klar, dass er spielte. Könnte nichts dagegen tun, sagte er. Vielleicht hatte er Recht. Jedenfalls hörte er nicht auf ... und fing an zu verlieren.« Sie atmete tief durch und keuchte auf vor Schmerz. Erst nach einem Moment konnte sie weitersprechen.

Hester wartete.

»Ich habe Geld geborgt, um seine Schulden zu zahlen ... dann verließ er mich«, sagte Alice. »Und das Geld musste ich immer noch zurückzahlen. Damals sagte der Geldverleiher, er könnte dafür sorgen, dass man sich um mich kümmert ... insbesondere ... wenn ich in dieses Bordell gehen würde. Es ist für Männer, die saubere Mädchen möchten ... die sich gepflegt unterhalten und sich erstklassig benehmen. Man verdiene dort viel mehr. So könnte ich meine Schulden begleichen und wäre frei.«

»Und das taten Sie dann ...«, sagte Hester langsam. Es war sehr leicht nachzuvollziehen – Angst, Versprechungen, Flucht vor der Ausweglosigkeit. Der verlangte Preis konnte nicht schlimmer sein als die Alternative.

»Zuerst nicht«, antwortete Alice. »Drei Monate lang weigerte ich mich. Bis dahin waren die Schulden um das Doppelte angewachsen. Das war vor zwei Jahren.« Sie verstummte.

Bessie kam mit einer Tasse Fleischbrühe herüber. Ihre Augen blickten fragend.

Hester sah Alice an. »Versuchen Sie ein wenig«, sagte sie.

Alice reagierte nicht. Sie war in Gedanken bei dem Schmerz, der erlittenen Niederlage, vielleicht bei den Kränkungen, die mehr waren, als sie hatte ertragen können.

Hester legte Alice den Arm um die Schulter und hob sie wenige Zentimeter an. Das Mädchen stöhnte auf vor Schmerzen, aber sie wehrte sich nicht. Wie Blei lag sie in Hesters Armen, die geschienten Arme steif von sich gestreckt, den Körper starr.

Die Stirn in Sorgenfalten gelegt, hielt Bessie ihr die Tasse an die Lippen, so sanft, dass ihre Berührung kaum mehr war als ein wenig Wärme.

Es dauerte eine Viertelstunde, bis Alice die Brühe getrunken hatte, und Hester hatte keine Ahnung, ob sie ihr gut getan hatte oder nicht, aber was hätten sie sonst tun sollen?

Alice fiel in einen ruhelosen Schlaf. Um kurz vor neun kam Margaret, deren Begeisterung über die aufgetriebenen Spendengelder in dem Augenblick schwand, in dem Hester ihr erzählte, was in der Nacht geschehen war.

»Das ist ungeheuerlich!«, schimpfte sie. »Sie meinen, da draußen leiht jemand anständigen Frauen, die in finanziellen Schwierigkeiten stecken, Geld, und dann verlangt er, dass sie es zurückzahlen, indem sie in einem Bordell arbeiten, das von Männern aufgesucht wird, die Frauen wollen, die sie für anständig halten ... um ... Gott weiß was zu treiben!«

»Und jetzt, wo die Polizei überall herumläuft, fehlen ihnen die Einkünfte, um ihre Schulden abzuzahlen, und sie werden geschlagen«, setzte Hester die Tirade fort. »Das ist ja genau das, was ich meine. Fanny gehört womöglich auch dazu, nur dass sie zu verängstigt ist, um es uns zu erzählen.« Sie dachte an Kitty, die sich auch gut ausgedrückt und einen gewissen Stolz gezeigt hatte. »Weiß der Himmel, wie viele es noch sind.«

»Was sollen wir tun?«, fragte Margaret. Sie zweifelte nicht im Geringsten daran, dass sie etwas tun würden. Und von Hester erwartete sie das Gleiche; es war ihrer Miene und ihrem tapferen, offenen Blick deutlich anzusehen.

Hester wollte sie nicht enttäuschen, ebenso wenig wie diese Frauen, die darauf vertrauten, dass sie etwas unternehmen konnte, was die Frauen nicht konnten. Aber das war belanglos. Über allem schwebte das Böse, das, wie Hester sich leicht vorstellen konnte, Hunderten von Frauen, die sie kannte, hätte passieren können – oder auch ihr selbst, wäre das Schicksal nur ein wenig anders verlaufen.

»Ich weiß nicht«, gestand sie. »Noch nicht. Aber ich lasse mir etwas einfallen.« Sie würde Monk fragen. Er war klug und einfallsreich, und er gab niemals auf. Der Gedanke, dass er ihr sicher helfen würde, beruhigte sie. Er würde diese Sache mit der gleichen Leidenschaft verabscheuen wie sie. »Ich lasse mir etwas einfallen«, wiederholte sie.

3

Bevor Hester am folgenden Morgen vom Coldbath Square nach Hause kam, empfing Monk in der Fitzroy Street eine neue Mandantin. Sie betrat den Raum mit der Anspannung und streng kontrollierten Nervosität, die fast alle seine Mandanten an den Tag legten. Er schätzte sie auf etwa dreiundzwanzig. Sie war nicht hübsch, obwohl ihr Betragen so voller Anmut und Vitalität war, dass es einen Augenblick dauerte, bis er es bemerkte. Sie trug einen dunklen Rock und eine passende, auf Taille geschnittene Jacke, deren Stoff sehr teuer sein musste, so perfekt, wie sie saß. Sie trug eine Tasche, die viel größer war als ein Ridikül.

»Mr. Monk?«, fragte sie. Eine reine Formalität. Sie strahlte eine Entschlossenheit aus, die deutlich machte, dass sie da war, weil sie wusste, wer er war. »Ich bin Katrina Harcus. Sie stellen private Ermittlungen an. Ist das richtig?«

»Guten Tag, Miss Harcus«, antwortete er und wies auf einen der beiden großen, bequemen Sessel links und rechts vom Kamin. Heute brannte ein Feuer. Es war Frühling, aber frühmorgens und abends war es immer noch frisch, insbesondere wenn man stillsaß oder bedrückt war.«Sie haben ganz Recht. Bitte, setzen Sie sich, und erzählen Sie mir, wie ich Ihnen helfen kann.«

Sie dankte ihm. Die Tasche, die sie zu ihren Füßen abstellte, schien, der Form nach zu urteilen, Schriftstücke zu enthalten, was die Frau bereits als ungewöhnlich kennzeichnete. Die meisten Frauen kamen weniger aus geschäftlichen Gründen zu ihm denn aus persönlichen: verlorener Schmuck, ein Misstrauen erregender Hausangestellter, ein zukünftiger Schwiegersohn – oder eine Schwiegertochter –, über den oder die sie mehr zu erfahren wünschten, ohne sich jedoch zu verraten, indem sie sich bei deren Bekannten erkundigten.

Er setzte sich ihr gegenüber.

Sie räusperte sich, als müsste sie ihre Nervosität unterdrücken, und sprach dann mit tiefer, klarer Stimme.»Ich werde mich bald mit Mr. Michael Dalgarno verloben und habe die Absicht, ihn zu heiraten.« Bei der Nennung seines Namens musste sie unwillkürlich lächeln, und in ihren Augen war ein Strahlen, das ihre Gefühle deutlich verriet. Dennoch fuhr sie fort, ohne auf Monks Anerkennung oder Gratulation zu warten.»Er ist Teilhaber einer großen Gesellschaft, die Eisenbahnen baut.« Hier verhärteten sich ihre Züge, und Monk spürte wachsende Angst. Er war es gewöhnt, Menschen sorgfältig zu beobachten, die Neigung des Kopfes, die Hände, die verschränkt oder entspannt waren, die Schatten in einem Gesicht, alles, was ihm verriet, welche Gefühle die Menschen hinter ihren Worten verbargen.

Er unterbrach sie nicht.

Sie atmete tief ein und stieß die Luft leise aus.»Das ist sehr schwer, Mr. Monk. Ich muss vertraulich mit Ihnen sprechen, als wären Sie mein Rechtsbeistand.« Sie sah ihn fest an. Sie hatte sehr schöne Augen, eher goldbraun als dunkel.

»Ich kann ein Verbrechen nicht verschweigen, Miss Harcus, wenn ich Kenntnis davon habe«, warnte er sie. »Aber davon abgesehen ist alles, was Sie mir eröffnen, vertraulich.«

»Das hat man mir berichtet. Bitte verzeihen Sie mir, dass ich mich vergewissern musste, aber ich muss Ihnen Dinge erzählen, die mir, wenn sie weitergetragen würden, großes Ungemach bereiten würden.«

»Wenn es nicht darum geht, ein Verbrechen zu decken, wird das nicht geschehen.«

»Und wenn es dabei auch um ein Verbrechen geht?« Sie sprach fest und wandte den Blick nicht ab, aber ihre Stimme war zu einem Flüstern geworden.

»Wenn es um ein geplantes Verbrechen geht, muss ich es mit allen mir zur Verfügung stehenden Mitteln zu verhindern suchen, und das heißt auch, die Polizei darüber zu informieren«, antwortete er. »Wenn es um eines geht, das bereits verübt wurde, dann muss ich ihr alles sagen, was ich erfahre, falls ich mir sicher bin, dass es der Wahrheit entspricht. Andernfalls würde ich mich zum Mittäter machen.« Seine Neugier war geweckt. Welche Art von Hilfe wollte diese ruhige junge Frau von ihm? Ihr Verhalten war ungewöhnlich, und es schien, als sei ihr Ersuchen noch ungewöhnlicher. Er würde sehr enttäuscht sein, wenn sich herausstellte, dass er diesen Fall nicht übernehmen konnte.

»Verstehe.« Sie nickte. »Ich fürchte ein Verbrechen, aber ich möchte, dass Sie es, wenn dies irgend möglich ist, verhindern. Wenn ich die Macht dazu hätte, würde ich es selbst tun. Meine größte Sorge ist jedoch, Michael – Mr. Dalgarno – zu beschützen. Ich mag mich natürlich irren, aber so oder so: Es darf nie ein Wort über meinen Verdacht an die Öffentlichkeit dringen.«

»Natürlich nicht«, stimmte er ihr zu. Die Erklärung, die sie offensichtlich so schmerzlich fand, hätte er ihr gerne erspart. »Wenn es nichts ist, wäre es peinlich, und wenn etwas dran ist, darf man die Betroffenen nicht warnen.« Er sah die Erleichterung in ihrer Miene, weil er so rasch begriff. »Erzählen Sie mir von Ihren Befürchtungen, Miss Harcus.«

Sie zögerte, vertraute sich ihm nur ungern vorbehaltlos an. Das war leicht zu verstehen, und er wartete schweigend.

»Das Folgende habe ich dem entnommen, was Mr. Dalgarno mir im Verlaufe eines Gespräches erzählt hat«, fing sie an, die Augen unverwandt auf sein Gesicht gerichtet, um seine Reaktion zu beobachten und einzuschätzen. »Informationen, die ich zufällig mit angehört habe ... und Unterlagen, die ich mitgebracht habe, damit Sie sie sich anschauen und darüber nachdenken können. Ich –«, zum ersten Mal wandte sie den Blick ab, »– ich habe sie genommen ... gestohlen, wenn Sie so wollen.«

Er bemühte sich, sein Erstaunen nicht zu zeigen. »Verstehe. Wo?«

Sie hob den Blick. »Aus Mr. Dalgarnos Wohnung. Ich mache mir Sorgen um ihn, Mr. Monk. Ich glaube, beim Bau der neuen Eisenbahngleise ist Betrug im Spiel, und ich fürchte sehr, dass er mit hineingezogen wird, obwohl ich mir sicher bin, dass er unschuldig ist ... zumindest ... zumindest bin ich mir fast sicher. Manchmal geben auch ehrliche Menschen der Versuchung nach, den falschen Weg einzuschlagen, wenn ihre Freunde in etwas Unrechtes verwickelt sind. Loyalität kann ... unangebracht sein, besonders, wenn man viel Gutes in seinem Leben der Großzügigkeit und dem Vertrauen eines anderen verdankt.« Sie sah ihn aufmerksam an, als wollte sie herausfinden, wie viel er begriff.

Eine ferne Erinnerung quälte ihn bei dem Gedanken, aber er ließ es sich nicht anmerken. Er konnte ihr nicht sagen, wie gut er genau diese Art von Verpflichtung und auch den Schmerz des Scheiterns kannte.

»Ist es ein Betrug, von dem Mr. Dalgarno profitieren könnte?«, fragte er ruhig.

»Sicher. Er ist Juniorpartner der Gesellschaft, und wenn die Gesellschaft mehr Geld macht, profitiert auch er davon.« Sie beugte sich ein wenig vor, es war nur eine winzige Bewegung, aber der Ernst in ihrem Gesicht war eindringlich. »Ich würde alles geben, was ich habe, um seine Unschuld zu beweisen und ihn vor möglichen Anschuldigungen zu beschützen.«

»Was genau haben Sie gehört, Miss Harcus, und aus wessen Mund?« Die Erwähnung von Eisenbahnen rührte eine alte Erinnerung in ihm auf – Licht und Schatten, Unbehagen, das Wissen um Schmerzen vor dem Unfall. Er hatte sein Leben seither wieder aufgebaut, etwas Neues und Gutes geschaffen, indem er sich die Fakten über sich, die er ausgegraben hatte, und die Erinnerungsfetzen, die zurückgekehrt waren, angesehen und zusammengesetzt hatte. Aber das meiste war verloren wie ein Traum, irgendwo in seinem Kopf und doch unzugänglich. Gerade das machte es so beängstigend. Was er herausgefunden hatte, war nicht immer angenehm: ein vom Ehrgeiz getriebener Mann – rücksichtslos, klug, mutig, mehr gefürchtet als geliebt.

Sie beobachtete ihn mit ihren intensiven goldbraunen Augen. Aber ihr eigener Kummer verzehrte sie.

»Gespräche über einen großen Gewinn, der geheim gehalten werden muss«, antwortete sie. »Die neue Strecke soll sehr bald fertig sein. Sie arbeiten gerade am letzten Abschnitt, und dann kann sie eröffnet werden.«

Er versuchte, dem Ganzen einen Sinn abzugewinnen, zu verstehen, warum sie daraus auf Unredlichkeit schloss. »Ist es nicht normal, bei einem solchen Unternehmen einen großen Gewinn zu machen?«

»Natürlich. Aber nicht einen, der geheim gehalten werden muss, und ... und es gibt noch etwas, das ich Ihnen noch nicht gesagt habe.«

»Ja?«

Ihre Augen suchten sein Gesicht sorgfältig ab, als sei jede

noch so winzige Regung für sie von Bedeutung. Dalgarno schien ihr so wichtig zu sein, dass ihre Sorge um seine Verstrickung alles andere übertraf. Schätzte Monk die Sache falsch ein, konnte dies zur Katastrophe führen.

Sie fasste einen Entschluss. »Wenn es Betrug gegeben hat und dieser mit dem Ankauf von Land zu tun hat, wäre das moralisch sehr verwerflich«, sagte sie. »Aber wenn es um den eigentlichen Bau der Gleise geht, wenn Hügel abgetragen oder Brücken und Viadukte gebaut werden müssen, und es wird etwas gemacht, das nicht rechtens ist, etwas, das mit der Konstruktion oder dem Material zu tun hat, das nicht auf den ersten Blick offensichtlich ist, verstehen Sie nicht, Mr. Monk, dass die Folgen sehr viel ernster ... sogar verheerend sein könnten?«

Eine Erinnerung regte sich in ihm, so kurz, dass er sich nicht einmal sicher war, ob er es sich nicht eingebildet hatte, wie ein dunkler Schatten am Rand des Bewusstseins. »An was für Folgen denken Sie, Miss Harcus?«

Sie stieß einen Seufzer aus und schluckte. »Das Schlimmste, was ich mir vorstellen kann, Mr. Monk, wäre, wenn ein Zug entgleisen würde. Das Zugunglück könnte Dutzende von Menschenleben kosten ... sogar Hunderte ...« Sie hielt inne. Der Gedanke war zu furchtbar, um ihn weiter auszuspinnen.

Zugunglück. Das Wort bewegte etwas in Monk. Wie ein blitzender, tückischer Dolch fuhr es durch seinen Kopf. Er hatte keine Ahnung, warum. Gut, ein Zugunglück war eine furchtbare Angelegenheit, aber war es schlimmer als ein Unglück auf See oder irgendeine andere von Menschen verursachte oder durch Naturgewalten ausgelöste Katastrophe?

»Verstehen Sie?« Ihre Stimme drang von sehr weit weg zu ihm.

»Ja!«, sagte er heftig. »Natürlich.« Er zwang sich dazu, sich wieder auf die Frau vor ihm und ihr Problem zu konzentrieren. »Sie fürchten, dass ein Betrug bei der Konstruktion der Eisenbahn, entweder beim Ankauf von Land oder Material, zu einem Unfall führen könnte, bei dem viele Menschen ihr Leben verlieren könnten. Sie halten es für möglich, dass Mr. Dalgarno mit dafür verantwortlich gemacht wird, obwohl sie es für äußerst unwahrscheinlich halten, dass er moralisch gesehen schuldig ist. Sie möchten, dass ich die Wahrheit über die Sache herausfinde, bevor so etwas passiert, und es dadurch verhindere.«

»Es tut mir Leid«, sagte sie leise, ohne jedoch den Blick zu senken. »Ich hätte nicht daran zweifeln sollen, dass Sie mich verstanden haben. Das ist genau das, was ich möchte. Bitte sehen Sie sich diese Unterlagen an, die ich mitgebracht habe, bevor Sie noch etwas dazu sagen. Ich wage nicht, sie Ihnen zu überlassen, falls sie gebraucht werden, aber ich glaube, dass sie wichtig sind.« Sie griff nach der Tasche zu ihren Füßen, öffnete sie, nahm fünfzehn oder zwanzig Blätter heraus, beugte sich vor und reichte sie ihm.

Automatisch griff er danach. Das erste Blatt war zusammengefaltet, und er faltete es auseinander. Es war ein Messtischblatt eines recht großen Areals mit vielen Hügeln und Tälern. Deutlich eingezeichnet war eine Eisenbahnlinie. Er brauchte einen Augenblick, um die Namen zu erkennen. Es war eine Strecke in Derbyshire an der Linie von London nach Liverpool.

»Ist das die neue Strecke, die Mr. Dalgarnos Gesellschaft baut?«, fragte er.

Sie nickte. »Ja. Sie verläuft durch eine sehr schöne Landschaft, zwischen Bergbaugegenden und den großen Städten. Sie soll größtenteils sowohl für Güter- als auch für Personenzüge genutzt werden.«

Er verzichtete darauf, seine Bemerkung über den ziemlich normalen Profit zu wiederholen. Er hatte es einmal gesagt. Er sah sich das nächste Blatt an, eine Karte eines sehr viel kleineren und daher weit detaillierteren Ausschnitts desselben Gebietes. Hier waren die Gitternetzmarkierungen in den Ecken, der Maßstab am unteren Rand und jeder Anstieg und Abfall des Geländes eingetragen und an den meisten Stellen die Zusammensetzung des Bodens und des Felsens unter der Erdoberfläche benannt. Wie er so darauf starrte, kam ihm das Blatt merkwürdig vertraut vor, als hätte er es schon einmal gesehen. Und doch war er, soweit er wusste, nie in Derbyshire gewesen. Die Namen der Städte und Dörfer waren ihm unbekannt. Ein oder zwei höhere Berge wurden benannt, aber sie waren ihm gleichermaßen fremd.

Katrina Harcus wartete, ohne etwas zu sagen.

Er sah sich das nächste Blatt an und das übernächste. Es waren Kaufverträge für Land. So etwas hatte er schon oft gesehen, beim Bau einer Eisenbahn waren viele davon notwendig. Jedes Stück Land gehörte irgendjemandem. Wenn sie ihren Zweck erfüllen sollten, mussten Eisenbahnen in Städten Halt machen, und der Weg in eine Stadt hinein und wieder hinaus führte in der Regel durch bebautes Gebiet. Sich da durchzukaufen war mitunter eine lange und schwierige Angelegenheit.

Einige Enthusiasten glaubten, das Recht des Fortschritts habe Vorrang vor allem anderen. Alle Gebäude, die der Eisenbahn im Weg waren, sollten abgerissen werden, selbst alte Kirchen, historische Denkmäler, bedeutende Baukunstwerke und Wohnhäuser. Andere nahmen den entgegengesetzten Standpunkt ein und verabscheuten den Lärm und die Zerstörung mit einer Intensität, die vor Gewaltaktionen nicht Halt machte.

Er blätterte zu der ersten Karte zurück. Dann erkannte er, was seine Erinnerung wachgerüttelt hatte, nicht die Landschaft an sich, sondern die Tatsache, dass es ein Messtischblatt war. Solche Karten, auf denen der Verlauf einer geplanten Eisenbahnstrecke provisorisch eingezeichnet war, hatte er schon früher einmal gesehen. Es hatte mit Arrol Dundas zu tun, seinem Freund und Mentor, als er als junger Mann Northumberland verlassen hatte und in den Süden gegangen war, dem Mann, dem er genau die Loyalität schuldete, von der Katrina Harcus gesprochen hatte: Ehrenschuld. Monk war damals bei einer Bank angestellt gewesen, entschlossen, sein Glück im Finanzwesen zu machen. Dundas hatte ihm beigebracht, sich wie ein Gentleman zu kleiden und zu verhalten, seinen Charme, Gewandtheit und seine Rechenkünste so einzusetzen, dass er andere bei Geldanlagen beraten und gleichzeitig selbst Profit machen konnte.

Vieles hatte er von den bruchstückhaften Fakten aus anderen Fällen abgeleitet und nicht wirklich erinnert. Und stets verband er mit diesen plötzlichen Bildern Hilflosigkeit und Schmerz. Er hatte ganz schrecklich versagt. Als er jetzt die Karte betrachtete, hüllte der Kummer ihn wieder ein. Arrol Dundas war tot. Monk wusste das. Dundas war im Gefängnis gestorben, in Ungnade gefallen für etwas, das er nicht getan hatte. Monk war dort gewesen und hatte ihn nicht retten können. Er hatte die Wahrheit gekannt und immer wieder versucht, andere davon zu überzeugen, doch das war ihm nicht gelungen.

Aber er wusste weder genau, wo, noch wann. Irgendwo in England, bevor er Polizist geworden war. Es war seine Unfähigkeit, Gerechtigkeit zu erwirken, die ihn dazu getrieben hatte, ein Teil des Rechtssystems zu werden. Mehr hatte er nicht erfahren, vielleicht, weil er es nicht gewollt hatte. Es gehörte zu dem Mann, der er einst gewesen war und den er heute kaum noch bewundern konnte. Seine Jugend gehörte zu dem harten, ehrgeizigen Mann, den nach Erfolg verlangt hatte, der die Schwachen verachtet und die Verletzlichen nur zu oft nicht beachtet hatte. Nichts von dem, was er jetzt tat, würde Dundas helfen oder seine Unschuld wiederherstellen. Er hatte damals versagt, als er alles gewusst hatte. Was konnte er jetzt erreichen?

Nichts! Es war nur so, dass das Messtischblatt mit der eingezeichneten Eisenbahnroute und die Grunderwerbsverträge eine Vergangenheit heraufbeschworen hatten, über die er nichts wusste; fast als sei er aus einem Traum aufgewacht, um in die Wirklichkeit einzutreten. Als sei alles vorher nur Einbildung gewesen.

Dann war es wieder verschwunden, und er saß in der Gegenwart in seinem Haus in der Fitzroy Street, hielt einen Stapel Papiere in der Hand und sah eine verstörte junge Frau an, die wollte, dass er der Welt – und vielleicht vor allem ihr – bewies, dass der Mann, den sie heiraten würde, keinen Betrug begangen hatte.

»Kann ich mir hiervon ein paar Notizen machen, Miss Harcus?«, fragte er.

»Selbstverständlich«, sagte sie schnell. »Ich wünschte, ich könnte Ihnen erlauben, sie zu behalten, aber sie würden sicher vermisst.«

»Natürlich.« Er bewunderte ihren Mut, dass sie sie überhaupt an sich genommen hatte. Er stand auf, holte Feder und Papier von seinem Schreibtisch, brachte auch das Tintenfass mit und setzte sich an einen kleinen Tisch neben seinem Sessel. Er machte rasch Notizen von der ersten Karte, dann von der zweiten, notierte die Gitternetzmarkierungen, die Namen der größeren Städte und grob den Verlauf der Route.

Den anderen Unterlagen entnahm er Umfang, Preise und Namen der Vorbesitzer der erworbenen Ländereien. Dann sah er sich die übrigen Unterlagen an. Es gab Kaufverträge für enorm viel Material, einschließlich Holz, Stahl und Dynamit, für Werkzeuge, Waggons, Pferde, Lebensmittel, Futter und endlose Lohnanteile für die Streckenarbeiter, die das Land durchschnitten, Brücken und Viadukte bauten, die Schienen verlegten – aber auch für Stallknechte, Hufschmiede, Stellmacher, Zimmerleute, Landvermesser und Dutzende anderer Handwerker.

Es war ein riesiges Unterfangen, das ein Vermögen kostete. Aber beim Bau von Eisenbahnen war es seit jeher darum gegangen, zu spekulieren und Kapital aufs Spiel zu setzen, zu gewinnen oder alles zu verlieren. Deshalb waren Männer wie Arrol Dundas so fasziniert davon, und umgekehrt erforderte es auch deren ganzes Geschick und Risikobereitschaft.

Arrol Dundas früher, Dalgarno jetzt, und wer weiß vor wie vielen Jahre auch Monk.

Er ermahnte sich, die Papiere sorgfältig durchzulesen. Notizen reichten nicht. Sollte es tatsächlich einen Betrug gegeben haben, dann war er nicht so offen, dass jeder zufällige Beobachter ihn entdecken konnte. Sonst hätte Katrina Harcus ihn entdeckt und aller Wahrscheinlichkeit nach auch durchschaut. Es sei denn, sie hatte ihn durchschaut, brachte es aber nicht über sich, Dalgarno damit zu konfrontieren, und wollte, dass Monk ihn aufhielt, bevor er so tief in der Sache drinsteckte, dass es kein Zurück mehr gab.

Er las die Rechnungen und Quittungen sorgfältig durch. Die Ausgaben kamen ihm angemessen vor. Zwei waren von Michael Dalgarno unterzeichnet, die anderen von einem Jarvis Baltimore. Die Zahlen waren korrekt addiert, und es gab nichts, was nicht belegt war. Sicher waren einige der gekauften Grundstücke teuer gewesen, aber das war der Abschnitt, wo zuvor Häuser gestanden hatten, Arbeiterunterkünfte, Pachtfarmen. Die gezahlte Summe schien nicht höher zu sein, als das Land wert war.

Er schaute sich die letzten beiden Aufstellungen über die Löhne der Streckenarbeiter an. Sie waren das, was ein hart arbeitender, qualifizierter Mann erwarten konnte. Er überflog die Liste. Steinmetze bekamen vierundzwanzig Shilling pro Woche. Maurer bekamen das Gleiche, ebenso Zimmerleute und Hufschmiede. Die mit den Spitzhacken arbeitenden Bergarbeiter bekamen neunzehn Shilling, die Schaufler siebzehn. Die letzten beiden Posten wirkten ein wenig hoch. Er blickte auf die Unterschrift am unteren Ende – Michael Dalgarno. War das schon Betrug – ein oder zwei Shilling über dem Preis für Bergarbeiter?

Er betrachtete das letzte Blatt. Die Bergarbeiter bekamen

vierundzwanzig Schilling, die Schaufler zweiundzwanzigeinhalb. Die Unterschrift war ... er spürte, wie das Blut in seinem Schädel pochte. Er blinzelte, aber er sah immer noch dasselbe. Es war direkt vor seiner Nase – William Monk!

Er hörte, dass Katrina Harcus etwas sagte, aber es war kaum mehr als ein Rauschen in seinen Ohren.

Das ergab keinen Sinn. Sein Name auf der Aufstellung! Und seine Handschrift! Er konnte es nicht abstreiten. Er hatte die Vergangenheit bis zum Jahr 1856 verloren, konnte sich aber seither genauso gut wie jeder andere an alles erinnern. Welches Datum? Wann war das? Er konnte nachweisen, dass er nichts damit zu tun hatte.

Das Datum! Da war es, am oberen Rand, direkt unter dem Namen der Gesellschaft. Baltimore und Söhne, 27. August 1846. Vor siebzehn Jahren. Warum lag dieser Beleg bei den aktuellen? Er sah Katrina Harcus an. Sie beobachtete ihn mit glänzenden Augen.

»Haben Sie etwas gefunden?«, fragte sie atemlos.

Sollte er es ihr sagen? Bei dem Gedanken zog sich alles in ihm zusammen. Bis er die Sache begriffen hatte, musste er seine Ängste unbedingt für sich behalten. Ihr ging es nur um Dalgarno. Rein zufällig hatte jemand ein Blatt Papier gegriffen, und so war ein alter Beleg zwischen die laufenden Unterlagen geraten. Es war Zufall, dass es sich um dieselbe Gesellschaft handelte. Und warum auch nicht? Es gab nicht so sehr viele große Fabrikanten und Bauunternehmer in dieser Branche. Und es ging um dieselbe Gegend, den Nordwesten von London. Kein allzu großer Zufall.

»Noch nicht.« Sein Mund war trocken, das Sprechen bereitete ihm Mühe. »Die Zahlen scheinen zu stimmen, aber ich sollte mir alle Fakten notieren und ihnen nachgehen. Das, was Sie hier haben, deutet jedoch nicht auf Unregelmäßigkeiten hin.«

»Ich habe gehört, dass sie von einem gewaltigen Gewinn gesprochen haben, weit höher als normal«, sagte sie ängstlich und mit gerunzelter Stirn. »Wenn es offen in den Unterlagen wäre« – sie zeigte auf die Papiere –, »hätte ich es selbst finden können. Aber ich bin zutiefst besorgt, Mr. Monk, zunächst um Michael, seinen Ruf und seine Ehre, ja sogar um seine Freiheit. Männer können wegen Betrugs ins Gefängnis gesteckt werden …«

Monk fror innerlich. Als wüsste ausgerechnet er das nicht! Als wäre es erst Tage, ja, erst wenige Stunden her, sah er Dundas mit bleichem Gesicht vor sich auf der Anklagebank, als er verurteilt wurde. Er erinnerte sich noch gut an ihren letzten Abschied. Und er wusste noch genau, wo er gewesen war, als Mrs. Dundas ihm vom Tod ihres Mannes erzählt hatte. Er hatte sie besucht. Sie saß im Speisezimmer. Er sah die Sonne hell und kalt durch die Fenster auf die Vitrinen scheinen, sodass die Porzellanhunde darin kaum zu sehen waren. Der Tee war kalt geworden. Sie hatte ganz allein dort gesessen, und die Zeit war verstrichen, als hätte die Welt aufgehört, sich zu drehen.

»Ja, ich weiß«, sagte er kurz angebunden. »Ich werde die Landkäufe und die Qualität des Materials sehr sorgfältig unter die Lupe nehmen und überprüfen, ob die Arbeiten tatsächlich so ausgeführt wurden wie hier angegeben. Wenn es etwas gibt, das zu einem Zugunglück führen könnte, werde ich es finden, das verspreche ich Ihnen, Miss Harcus.« Das war voreilig, und in dem Augenblick, in dem er es aussprach, wusste er das, aber der Zwang in ihm war größer als das leise warnende Flüstern in seinem Kopf.

Sie entspannte sich, und zum ersten Mal, seit sie den Raum betreten hatte, zeigte sie ein Lächeln, so strahlend und lebhaft, dass das Gesicht beinahe schön war. Sie erhob sich.

»Vielen Dank, Mr. Monk. Was Sie da sagen, könnte mich nicht glücklicher machen. Ich bin überzeugt, dass Sie alle meine Hoffnungen erfüllen werden. Sie sind in der Tat genau der Mann, den ich mir vorgestellt hatte.«

Sie wartete auf die Unterlagen. Konnte er das Blatt mit seiner eigenen Unterschrift behalten? Nein. Sie beobachtete ihn. Es war unmöglich.

Sie nahm die Papiere und steckte sie wieder in ihre Tasche, dann holte sie sorgfältig fünf Sovereigns aus ihrer Geldbörse und hielt sie ihm hin. »Wird dies als Honorarvorschuss für Ihre Bemühungen genügen?«

Seine Lippen waren trocken. »Sicher. Wo kann ich Sie erreichen, um Ihnen zu berichten, was ich herausgefunden habe?«

Ihr Gesicht wurde wieder ernst. »Ich muss mit äußerster Diskretion vorgehen. Wie Sie sicher verstehen werden, dürfen weder Mr. Dalgarno noch die Familie Baltimore von meinem Anliegen erfahren.«

»Selbstverständlich.«

»Ich weiß nicht, wem ich trauen kann oder wer von meinen Freunden nicht wüsste, zu wem er halten sollte, wenn er von meinen Befürchtungen erführe. Daher finde ich es nur vernünftig, niemandem diese Last aufzubürden. Ich werde von übermorgen an jeden Nachmittag gegen zwei Uhr im Regent's Park sein.« Sie lächelte leicht. »Das macht mir nichts aus. Ich hatte immer schon ein Faible für Pflanzen, und meine Anwesenheit dort wird kein Befremden auslösen. Vielen Dank, Mr. Monk. Guten Tag.«

»Guten Tag, Miss Harcus. Ich komme, sobald ich etwas herausgefunden habe.«

Nachdem sie weg war, saß er eine Weile da und las ein ums andere Mal seine Notizen durch. Abgesehen von der Order, die seine Unterschrift trug, gaben die Papiere ein stimmiges Bild ab. Es war genau das, was er erwartet hätte. Offensichtlich war es nur eine Auswahl aus dem gesamten Material, das sich über viele Jahre hinweg angesammelt hatte. Aber wer war so unverfroren, Belege zu verändern oder zu fälschen, sodass man bei Prüfung der Unterlagen Unstimmigkeiten entdecken würde? Die Unstimmigkeiten lagen doch sicher eher zwischen dem, was in den Unterlagen stand, und der Wirklichkeit. Dafür würde er nach Derbyshire fahren und die Eisenbahnlinie in Augenschein nehmen müssen.

Sehr viel wahrscheinlicher war, dass der Betrug beim Landkauf passiert war. Wenn er in Derbyshire die entsprechenden Büros aufsuchte, wo sich die Originale der Messtischblätter befanden, konnte er die Besitzverhältnisse, den Geldtransfer und alles andere Relevante leicht in Erfahrung bringen.

Als Hester, erschöpft und verängstigt von den Ereignissen der Nacht, kurz vor elf nach Hause kam, war er erleichtert, sie zu sehen. Sie war später dran als gewöhnlich, und er hatte sich schon Sorgen gemacht. Er bemühte sich, alles, was mit Eisenbahnen zu tun hatte, aus seinen Gedanken zu verbannen, sogar die Tatsache, dass eines der Dokumente seine Unterschrift getragen hatte. Sie war die ganze Nacht auf gewesen und wollte offensichtlich mit ihm über etwas so Dringendes sprechen, dass sie kaum wartete, bis sie sich gesetzt hatte.

»Nein, danke«, antwortete sie, als er ihr Tee anbot. »William, was in Coldbath vorgeht, ist ganz und gar abscheulich.« Sie erzählte ihm von den jungen Frauen, denen man Geld geliehen hatte und von denen man verlangt hatte, es mit horrenden Zinssätzen zurückzuzahlen, indem sie sich für die speziellen Bedürfnisse von Männern, die Frauen aus guten Familien wollten, prostituierten. »Sie ergötzen sich daran, sie zu erniedrigen. Bei einem gewöhnlichen Straßenmädchen kriegen sie das niemals«, sagte sie wütend. »Wie können wir dagegen angehen?« Sie schaute ihn an, Zorn flammte in ihren Augen, und ihre Wangen waren erhitzt.

»Ich weiß nicht«, antwortete er wahrheitsgemäß und hatte dabei ein schlechtes Gewissen. »Hester, seit Menschengedenken werden Frauen auf diese Weise ausgebeutet. Ich weiß nicht, was man, außer ab und zu in einzelnen Fällen, dagegen tun könnte.«

Eine Niederlage würde sie nicht einstecken. Steif und kerzengerade saß sie auf der Kante ihres Sessels. »Es muss doch etwas geben!«

»Nein ... nicht unbedingt«, verbesserte er sie. »Nicht auf dieser Seite von Gottes Gerechtigkeit. Aber wenn du etwas finden kannst, helfe ich dir, so gut ich kann. In der Zwischenzeit habe ich einen neuen Fall, der möglicherweise mit Betrug beim Bau der Eisenbahn zu tun hat ...« Er sah die Ungeduld in ihrem Blick. »Nein, es geht nicht nur um Geld!«, sagte er schnell. »Wenn eine Eisenbahnstrecke auf Land gebaut wird, das auf betrügerische Weise erworben wurde, oder wenn in die eigene Tasche gewirtschaftet wird, ist das gesetzeswidrig und unmoralisch, aber was ist, wenn auf Land gebaut wird, das falsch vermessen wurde, das sich unter dem Gewicht eines Kohlezuges senkt? Oder wenn die Brücken oder Viadukte mit billigem oder unzulänglichem Material gebaut wurden? Dann besteht die Gefahr, dass es zu einem Unfall kommt. Hast du mal darüber nachgedacht, wie viele Tote und Verletzte es bei einem Eisenbahnunglück gibt? Wie viele Menschen passen in einen Passagierzug?«

Ihre Ungeduld verflüchtigte sich. Sie atmete langsam seufzend aus. »Es könnte Landbetrug sein; davon verstehe ich nichts. Aber die Streckenarbeiter kennen sich mit den Baumaterialien aus. Sie würden niemals mit etwas bauen, was nicht gut genug ist, und sie würden keinesfalls etwas Unzulängliches bauen.« Sie sagte dies mit vollkommener Sicherheit, nicht, als wäre es eine Möglichkeit, sondern eine Tatsache.

»Woher, um alles in der Welt, willst du das wissen?«, fragte er sie, nicht herablassend, sondern so, als hätte sie darauf eine Antwort. Sie war müde und hatte zu viel Schmerz gesehen, und er wollte ihr nicht noch mehr wehtun.

»Ich kenne Streckenarbeiter«, erwiderte sie und unterdrückte ein Gähnen.

»Was?« Er hatte sich sicher verhört. »Woher kennst du denn Streckenarbeiter?«

»Von der Krim«, sagte sie und schob sich das Haar aus der Stirn. »Als wir im Winter 54/55 bei der Belagerung von Sewastopol neun Meilen vor dem Hafen von Balaklava festsaßen und die einzige Straße so ausgewaschen war, dass man nicht mal mit einem Karren durchkam. Die Soldaten froren sich zu Tode oder starben an der Cholera.« Sie schüttelte ein wenig den Kopf, als schmerzte die Erinnerung heute noch. »Wir hatten nichts zu essen, keine Kleider, keine Medikamente. Aus England haben sie Hunderte von Streckenarbeitern geschickt, um eine Eisenbahnlinie zu bauen. Mitten im russischen Winter arbeiteten sie ohne Hilfe und fluchten und bekämpften einander, und im März war sie fertig. Doppelte Gleisführung, sogar mit Nebenstrecken. Und sie war perfekt.« Sie sah ihn mit einem Funkeln aus Stolz und Trotz an, als wären es ihre eigenen Männer gewesen. Vielleicht hatte sie auch welche gepflegt, wenn sie einen Unfall erlitten oder Fieber gehabt hatten.

Er versuchte sich vorzustellen, wie Arbeitstrupps mitten im tiefen Schnee eine Trasse durch die Berge legten, Tausende Meilen von zu Hause weg, um die Armee zu befreien, für die es sonst keinen Ausweg gab. Er wagte nicht, an die Soldaten zu denken oder an die Inkompetenz, die zu einer solchen Situation geführt hatte.

»Darüber hast du noch nie gesprochen«, sagte er.

»Ich hatte keinen Anlass«, antwortete sie und unterdrückte erneut ein Gähnen. »Es waren alles unbezahlte Kräfte, aber ich glaube nicht, dass die Verhältnisse hier anders sind. Aber sieh's dir an. Prüf nach, ob es jemals einen Unfall gegeben hat, der durch schlechten Aushub oder mangelhafte Bauweise der Trasse verursacht wurde. Schau, ob du einen Tunnel findest, der eingebrochen, oder ein Viadukt, das eingestürzt ist, oder Schienen, die auf schlechtem Untergrund oder mit dem falschen Gefälle verlegt wurden, oder was die Streckenarbeiter sonst noch gemacht haben.«

»Das werde ich«, meinte er. »Und jetzt geh zu Bett. Du hast getan, was du konntest.« Er legte seine Hand auf ihre. »Denk nicht an den Wucherer und die Frauen. Gewalt wird es immer geben. Du kannst sie nicht aufhalten; alles, was du tun kannst, ist, den Opfern zu helfen.«

»Das klingt ziemlich jämmerlich!«, sagte sie wütend.

»Wie bei der Polizei«, sagte er mit einem halben Lächeln. »Wir haben nie ein Verbrechen verhindert, immer nur hinterher die Täter gefangen.«

»Du hast sie vor Gericht gebracht!«, wandte sie ein.

»Manchmal, nicht immer. Tu das, was in deiner Macht steht. Blockiere dich nicht selbst, indem du über das verzweifelst, was du nicht erreichen kannst.«

Sie lenkte ein, gab ihm noch rasch einen zärtlichen Kuss und taumelte dann ins Schlafzimmer.

Monk verließ das Haus und fuhr in die Stadt, um nach den Informationen zu forschen, die ihm helfen würden, Katrina Harcus' Fragen zu beantworten. Er versuchte, sich zu konzentrieren, aber das Bild seiner eigenen Unterschrift auf dem Dokument von Baltimore und Söhne von vor siebzehn Jahren nagte wie ein dumpfer Zahnschmerz an ihm. Es fiel ihm nicht im Traum ein zu leugnen, dass es seine Unterschrift war. Er hatte sie zweifelsfrei wiedererkannt, die vertraute kühne Handschrift, energischer als heute, die zu dem Mann gehörte, der er einst gewesen war, noch bevor er einen genaueren Blick auf sich selbst geworfen und sich gefragt hatte, wie andere ihn wahrnahmen.

Er ging zu dem Leiter einer Handelsbank, zu dessen Freude er ein kleines Familiengeheimnis gelöst hatte.

»Baltimore und Söhne?« John Wedgewood hatte Mühe, seine Neugier zu verbergen. Sie saßen in seinem eichengetäfelten Büro. Auf dem Beistelltisch stand eine kristallene Karaffe, aber Monk lehnte den Whiskey ab. »Hoch geachtete Gesellschaft. Finanziell solide«, fuhr Wedgewood fort. »Eine große Tragödie, besonders für die Familie. Ich nehme an, die Familie hat Sie beauftragt zu ermitteln? Traut der Polizei nicht.« Er schürzte die Lippen. »Sehr klug. Aber Sie müssen sich sehr beeilen, wenn Sie einem Skandal zuvorkommen möchten.«

Monk hatte keine Ahnung, wovon der Mann sprach. Es stand ihm wohl ins Gesicht geschrieben, denn bevor er noch die Zeit hatte, über eine Antwort nachzudenken, ging Wedgewood ein Licht auf.

»Nolan Baltimore wurde in einem Londoner Bordell tot aufgefunden«, sagte Wedgewood und zog vor Abscheu, vielleicht sogar vor Mitleid, die Augenbrauen hoch. »Ich bitte um Verzeihung. Mein Schluss, man habe Sie gebeten, die Wahrheit herauszufinden, und zwar schneller als die Polizei, und diese dann um Diskretion anzuhalten, war wohl verfrüht.«

»Nein«, antwortete Monk und wunderte sich einen Augenblick, warum er in den Schlagzeilen nichts darüber gelesen hatte, doch er wusste die Antwort, bevor er die Frage ausgesprochen hatte. Das war bestimmt der Mord gewesen, von dem Hester gesprochen hatte und der dazu geführt hatte, dass die Polizei in der Gegend um die Farringdon Street herumschwirrte, um eine aller Wahrscheinlichkeit nach hoffnungslose Suche durchzuführen. Die Presse würde den Grund für diese Aktivitäten zweifellos bald herausgefunden haben. Sie mussten nur einen der Bewohner fragen, dem das Ganze lästig genug war, und dann würde man die ganze Geschichte früher oder später ans Tageslicht zerren und gehörig aufbauschen.

»Nein«, wiederholte er. »Ich interessiere mich für den Ruf der Gesellschaft, nicht für Mr. Baltimore persönlich. Wie gut ist ihre Arbeit? Wie fähig und rechtschaffen sind ihre Leute?«

Wedgewood runzelte die Stirn. »In welcher Hinsicht?«

»In jeder.«

»Fragen Sie im Interesse eines möglichen Investors?«

»Sozusagen.« Es lag einigermaßen nah an der Wahrheit. Katrina Harcus investierte ihr Leben und ihre Zukunft in Michael Dalgarno.

»Finanziell gesund«, sagte Wedgewood, ohne zu zögern. »Das

war nicht immer so. Hatten vor fünfzehn oder sechzehn Jahren eine Krise, haben sie aber überstanden. Weiß nicht genau, um was es dabei eigentlich ging, aber damals ging's vielen Leuten schlecht. War die große Zeit der Expansion. Leute sind Risiken eingegangen.«

»Und ihr handwerkliches Können?«, fragte Monk.

Wedgewood sah ein wenig überrascht aus. »Sie haben wie alle anderen auch Wanderarbeiter eingesetzt. Streckenarbeiter, Bergleute, Steinmetze, Maurer, Zimmerleute und Hufschmiede – und so weiter. Dann sind da noch Maschinisten und Schlosser, Vorarbeiter, Zeitnehmer, Vorsteher, Zeichner und Ingenieure.« Er zuckte leicht die Achseln und sah Monk verwirrt an.

»Aber die sind alle kompetent, sonst würden sie sich nicht halten. Dafür sorgen die Männer selbst. Ihr Leben hängt davon ab, dass jeder das tut, was er tun soll, und zwar richtig. Die besten Arbeiter der Welt, und die Welt weiß das! Britische Streckenarbeiter haben überall in Europa, Amerika, Afrika und Russland Eisenbahnen gebaut und werden zweifellos auch nach Indien, China und Südamerika gehen. Warum auch nicht? Überall werden Eisenbahnen gebraucht. Jeder braucht sie.«

Monk wappnete sich für die Frage, die er fürchtete. »Was ist mit Unfällen?«

»Gott allein weiß, wie viele Männer beim Bau umkommen.« Wedgewood schürzte die Lippen, Ärger und Trauer in den Augen. »Aber ich habe nie von einem Unfall gehört, der auf schlechte Bauweise zurückzuführen war.«

»Unzulängliche Materialien?«, fragte Monk.

Wedgewood schüttelte den Kopf. »Sie kennen ihre Materialien, Mr. Monk. Kein Streckenarbeiter würde den falschen Stein oder das falsche Holz benutzen. Sie wissen, was sie tun. Müssen sie ja auch. Wenn Sie eine Mauer nicht ordentlich abstützen oder untaugliches Holz dafür benutzen, bricht das

Ganze über Ihnen zusammen. Schließlich kenne ich mich in der Branche aus, und ich habe nie von Streckenarbeitern gehört, die sich geirrt haben.«

»Aber es hat Unfälle gegeben!«, beharrte Monk. »Einstürze, Tote!«

Wedgewood machte große Augen. »Natürlich hat es die gegeben, Gott steh uns bei. Schreckliche Unfälle. Aber sie hatten nichts mit der Trasse zu tun.«

»Womit dann?« Monk merkte, dass er die Luft anhielt, nicht wegen Katrina Harcus, sondern um seiner selbst willen. Arrol Dundas und seine eigene Schuld an dem, was vor siebzehn Jahren geschehen war, kamen ihm in den Sinn.

»Alles Mögliche.« Wedgewood sah ihn neugierig an. »Fehler des Fahrers, überladene Waggons, schlechte Bremsen, falsche Signale.« Er beugte sich ein wenig vor. »Hinter was sind Sie her, Mr. Monk? Wenn jemand in Baltimore und Söhne investieren will, muss er sich nur in der Finanzwelt erkundigen. Dafür braucht man keinen privaten Ermittler. Jeder Bankangestellte könnte Auskunft geben.«

»Mein Mandant hat keine Nerven«, räumte Monk ein. »Wie ist es mit ungeeignetem Untergrund?«

»Nichts dergleichen«, antwortete Wedgewood sofort. »Gute Streckenarbeiter können überall bauen. Im Sand. Sogar im Sumpf – es kostet einfach nur mehr. Sie müssen Pontons legen oder Pfähle einrammen, bis sie auf Grundgestein stoßen. Sicher, dass es nicht um etwas Persönliches geht?«

Monk lächelte. »Ja, ganz sicher. Mein Mandant ist weder die Familie Baltimore, noch ist er mit ihr verwandt. Ich habe kein Interesse an Nolan Baltimores Tod, außer, er hätte etwas mit der Rechtschaffenheit oder der Sicherheit seiner Eisenbahnen zu tun.«

»Das bezweifle ich«, sagte Wedgewood bedauernd. »Nur ein sehr bedauerlicher Mangel an persönlichem Urteilsvermögen.«

Monk dankte ihm und verließ ihn, um die andere Idee zu

verfolgen, die immer drängender an ihm nagte. Vielleicht würde niemand einen Betrug riskieren, hinter den ein scharfäugiger Streckenarbeiter leicht kommen konnte. Der Profit, den er dabei machen konnte, war nur gering. Weit einfacher, weniger gefährlich und sicher auch weitaus profitabler war ein Betrug beim Ankauf von Land für die Eisenbahnstrecke.

Hester erzählte er nichts. Es war ihm zu nahe, zu real, um einen anderen damit zu belasten, obwohl er sich nicht einmal klar und deutlich daran erinnern konnte. Da war nur diese namenlose Angst irgendwo im Hintergrund.

Am folgenden Tag stellte er sich ganz gezielte Fragen. Wer entschied, wo eine Eisenbahntrasse verlief? Welche Vorschriften gab es für den Erwerb von Land? Wer vermaß es? Wer kaufte es? Woher kam das Geld?

Erst als er all diese Fragen beantwortet hatte, die ihn alle zu der Eisenbahngesellschaft zurückführten, kam ihm der Gedanke, was denn eigentlich mit denjenigen Menschen geschah, die einst in den Häusern gewohnt hatten, die abgerissen wurden, um Platz für den Fortschritt zu machen, oder mit denjenigen, die das Land bebaut hatten, das jetzt zerteilt oder unterhöhlt wurde?

Die Antworten überraschten ihn nicht, als wären sie ihm von früher her so selbstverständlich wie jetzt dem adrett gekleideten Schreiber, der ihm am Schreibtisch gegenübersaß und bei der Frage etwas perplex dreinschaute.

»Sie ziehen woandershin, Sir. Dort können sie doch nicht bleiben!«

»Sind sie denn alle damit einverstanden?«

»Nein, Sir, nicht stillschweigend«, meinte der Schreiber. »Und bei einem großen Anwesen – von Adligen und dergleichen – muss die Eisenbahnstrecke schon mal außen herumgeführt werden. Notgedrungen. Wer im Parlament oder so die Macht hat, kann dafür sorgen, dass man seinen Besitz nicht antastet. Manche von denen wehren sich mit Händen und Füßen dagegen, dass ihr Jagdrevier geteilt wird.«

»Jagd? Etwa auf Moorhühner und Fasane?«, fragte Monk leicht überrascht. Er hatte eher an landwirtschaftlich genutzte Flächen gedacht.

»Füchse«, korrigierte ihn der Schreiber. »Sie reiten gerne hinter ihnen her und können ihre Pferde einfach nicht dazu bringen, über die Schienen zu springen wie über Hecken.« Das Glitzern in seinen Augen verriet eine gewisse Befriedigung darüber, aber er ging nicht weiter darauf ein. So wie es aussah, hatte er vor langer Zeit gelernt, keine persönliche Meinung zu haben oder sie zumindest nicht kundzutun.

»Verstehe.«

»Waren Sie im Ausland, Sir?«

»Warum?«

»Hab mich nur gefragt, wieso Sie das alles nicht wissen. War 'ne Menge Wirbel darum in den Zeitungen, vor 'ner Weile schon. Proteste und so. Teufelswerk ... die Eisenbahn. Wenn der Herr gewollt hätte, dass wir so reisen und in einer solchen Geschwindigkeit, hätte er uns stählerne Haut und Räder an den Füßen gegeben.«

»Und wenn er nicht gewollt hätte, dass wir nachdenken, hätte er uns keinen Verstand gegeben«, erwiderte Monk sofort, und als er die Worte aussprach, war ihm, als hörte er ihr Echo, als hätte er sie schon einmal gesagt.

»Erklären Sie das mal den Pfarrern, deren Kirchen abgerissen und verlegt werden!« Das Gesicht des Schreibers drückte beredt seinen gewaltigen Respekt aus und eine Belustigung, die er mit aller Kraft zu verbergen suchte.

»Abgerissen und verlegt?« Monk wiederholte die Worte, als könnte er seinen Ohren nicht trauen, und doch wusste er im Grunde, dass es stimmte. Wieder hatte ihn eine Erinnerung gestreift: ein hageres, wutverzerrtes Gesicht über einem Kollar. Dann war es verschwunden. »Ja, selbstverständlich«, sagte er schnell. Er wollte nicht, dass der Mann ihm noch mehr darüber erzählte. Das Erinnerte war unangenehm und schuldbeladen.

»Natürlich protestieren sie.« Der Schreiber zuckte die Achseln. »Haufenweise. Reden von Mammon und dem Teufel, vom Ruin des Landes und so weiter.« Er kratzte sich am Kopf. »Muss zugeben, dass ich auch nicht allzu freundlich reagieren würde, wenn man die Grabsteine meiner Eltern rausreißen und sie dann unter den Gleisen des Siebzehn-Uhr-vierzig-Zuges von Paddington oder so liegen lassen würde. Ich würde wohl auch mit einem Schild in der Hand da draußen stehen und den Profitmachern mit dem Höllenfeuer drohen.«

»Hat irgendjemand jemals mehr getan, als zu drohen?« Monk musste danach fragen. Wenn nicht, würde die Frage stets in ihm rumoren und alles überschatten, bis er die Antwort gefunden hatte. »Hat jemand mal eine Strecke sabotiert?«

Der Schreiber zog ruckartig die Augenbrauen hoch. »Sie meinen, einen Zug in die Luft gesprengt? Großer Gott! Ich hoffe nicht!« Er biss sich auf die Lippen. »Wenn ich so darüber nachdenke – es gab ein paar schlimme Unfälle, bei einem oder zweien weiß bis heute niemand so genau, wie sie eigentlich passiert sind. Normalerweise gibt man dem Lokführer oder dem Bremser die Schuld. Vor etwa sechzehn Jahren gab es einen ganz bösen Unfall auf der Strecke nach Liverpool rauf, das war so eine, wo die Kirche versetzt werden musste und der Vikar darüber zutiefst betrübt war.« Er starrte Monk mit wachsendem Entsetzen an. »Schrecklich. Ich habe damals noch zu Hause gewohnt, und ich erinnere mich, wie mein Vater, weiß wie eine Wand, in die Stube kam, und zwar ohne die Zeitung. Es war Sonntagmittag; wir waren in der Kirche gewesen und hatten noch keinen Blick in die Morgenzeitungen geworfen.

›Wo ist die Zeitung, George?‹, fragte meine Mutter.

›Gibt heute keine Zeitung, Lizzie‹, antwortete er.

›Auch nicht für dich, Robert‹, sagte er zu mir. ›Auf der Strecke rauf nach Liverpool hat es einen schrecklichen Unfall gegeben. Fast hundert Menschen sind umgekommen, und Gott weiß, wie viele Verletzte es gab. Ich erzähl's euch, weil ihr es sowieso auf der Straße hören werdet, aber seht euch bloß keine Zeitung an. Da stehen Sachen drin, die ihr gar nicht wissen wollt. Und Bilder, die ihr nicht sehen wollt.‹ Er wollte meine Mutter schonen.«

»Aber Sie haben sie trotzdem angeschaut?«, fragte Monk, obwohl er die Antwort bereits wusste.

»Natürlich!« Bei der Erinnerung wurde der Schreiber ganz blass. »Ich wünschte, ich hätt's nicht getan. Was mein Vater wegen meiner Mutter nicht erwähnt hatte, war, dass ein Kohlenzug einen Sonderzug mit einer Gruppe Kinder auf einem Ferienausflug erwischt hatte. Sie kamen gerade von einem Tag am Meer zurück, die armen kleinen Würmer.« Wie um sie zu vertreiben, die qualvollen Schreckensbilder von zerquetschten Körpern in zertrümmerten Waggons und von Rettern, die voller Angst vor dem, was sie vorfinden würden, in verzweifelter Eile zu ihnen vorzudringen versuchten, blinzelte er.

War es das, was verschüttet am Rand von Monks Bewusstsein lauerte wie eine Pestbeule, die darauf wartete, geöffnet zu werden? Was für ein Mensch war er, dass er von einer solchen Sache gewusst – ja, sogar daran teilgehabt – und sie doch vergessen hatte? Und wenn er nicht daran beteiligt gewesen war, warum war seine Trauer dann nicht so unschuldig wie die des Mannes?

Was hatte er damals getan? Wer war er gewesen vor dieser Nacht vor fast sieben Jahren, als er in einem einzigen Augenblick ausgelöscht und neu erschaffen worden war, geistig rein gewaschen, körperlich aber immer noch derselbe Mensch, immer noch verantwortlich?

Gab es auf der Welt irgendetwas Wichtigeres, als dies zu erfahren? Oder irgendetwas Schrecklicheres?

»Was hat den Unfall verursacht?« Er hörte seine eigene Stimme wie von weit weg, ein Fremder, der in der Stille sprach.

»Weiß nicht«, sagte der Schreiber leise. »Hat man nie rausgefunden. Haben, wie schon gesagt, dem Zugführer und dem Bremser die Schuld gegeben. War ja leicht. Die waren schließlich tot und konnten sich nicht mehr wehren. Kann sein, dass sie's waren, wer weiß.«

»Wer hatte die Strecke gebaut?«

»Weiß ich nicht, Sir, aber sie war perfekt. Wurde seither ständig befahren, und es ist nie wieder was passiert.«

»Wo war das genau?«

»Weiß nicht mehr, Sir. War natürlich auch nicht der einzige Eisenbahnunfall. Hab mich nur daran erinnert, weil er der schlimmste war – wegen der Kinder.«

»Irgendetwas hat ihn ausgelöst«, beharrte Monk. »Züge stoßen nicht einfach so zusammen.« Er wünschte sich sehnlichst, man würde ihm sagen, es sei ganz sicher menschliches Versagen gewesen und habe nichts mit der Planung oder dem Bau der Strecke zu tun gehabt, aber ohne Beweise konnte er das nicht glauben. Arrol Dundas war vor Gericht gestellt und ins Gefängnis geworfen worden. Die Geschworenen waren überzeugt gewesen, dass er einen Betrug begangen hatte. Warum? Welchen Betrug? Monk wusste nichts darüber. Hatte er damals etwas gewusst? Hätte er Dundas retten können, wenn er bereit gewesen wäre, seine Beteiligung einzugestehen? Das war die Angst, die von allen Seiten auf ihn zukroch wie die herannahende Nacht und ihm all seine neu gewonnene Wärme und Freude zu rauben drohte.

»Weiß nicht«, beharrte der Schreiber. »Das wusste niemand, Sir. Oder wenn doch, dann hat niemand darüber gesprochen.«

»Nein ... natürlich nicht. Es tut mir Leid«, entschuldigte sich Monk. »Wo kann ich etwas über Grunderwerb und die Vermessungsarbeiten für die Eisenbahn herausfinden?«

»Am besten gehen Sie in die dem betreffenden Streckenabschnitt am nächsten liegende Kreisstadt«, antwortete der Schreiber. »Wenn's Ihnen um die alte Strecke geht, sollten Sie am besten in Liverpool anfangen.«

»Für Derbyshire ist das wohl Derby, nicht wahr?« Das war eigentlich keine Frage. Er hatte sich die Antwort selbst gegeben. »Vielen Dank.«

»Bitte, jederzeit. Hoffentlich nützt's Ihnen was«, sagte der Schreiber zuvorkommend.

»Doch, ja, danke.« Als Monk das Büro verließ, war er ein wenig benommen. Liverpool war wichtig, aber wenn er herausfand, welche Landverkäufe mit der jetzigen Baltimore-Linie zu tun hatten, wäre er zumindest mit den Abläufen vertraut. Liverpool hatte sechzehn Jahre gewartet, und er musste Katrina Harcus berichten. Wenn Betrug auf irgendeine Weise zu dem ersten Unfall geführt hatte, war er mehr als jeder andere moralisch verpflichtet, dafür zu sorgen, dass so etwas nicht wieder vorkam. Er konnte nicht nach Liverpool fahren und die Geister seiner Erinnerung jagen und zulassen, dass der ganze Albtraum sich wiederholte, weil er zu beschäftigt war, um sich darum zu kümmern.

Er ging zurück in die Fitzroy Street, um saubere Kleider und genug Geld zu holen und Hester zu sagen, wohin er fuhr und warum. Dann nahm er einen Hansom zur Euston Station und von dort den nächsten Zug nach Derby.

Die Reise kostete neunzehn Shilling und drei Pence und dauerte mit einmal Umsteigen in Rugby fast vier Stunden. Der Wagen der zweiten Klasse war in drei Abteile aufgeteilt, die weniger als anderthalb Meter lang und mit je zwölf nackten, niedrigen Sitzen ausgestattet waren. Die Abteile waren nicht verbunden, und die Trennwände waren mit Werbeplakaten beklebt. Das Ganze war so niedrig, dass Monk sich bücken musste, um sich nicht den Kopf zu stoßen. Die erste Klasse war höher, aber sie war auch teurer und nicht unbedingt besser geheizt oder sauberer – obwohl die Jalousiefenster zumindest die fliegenden Händler hindern würden, auf den Bahnhöfen den Kopf hereinzustecken und den Fahrgästen ihren Gin-Atem ins Gesicht zu blasen!

Es war ein kühler Tag, an dem sich Sonne und Regen abwechselten, was für Ende März ganz normal war, aber wie zu erwarten war der Zug unbeheizt. Die mit heißem Wasser gefüllten metallenen Fußwärmer waren so oder so der ersten Klasse vorbehalten. Dennoch war der Zug weit besser als die so genannten »Parlamentszüge«, die gemäß Lord Palmerstons Gesetz Durchschnittsbürgern das Eisenbahnfahren zum Preis von einem Penny pro Meile ermöglichten.

Monk war froh, als er in Rugby aussteigen und sich die Beine vertreten, auf die Toilette gehen und von einem Händler auf dem Bahnsteig ein Sandwich kaufen konnte.

Um auf der nächsten Etappe etwas zu lesen zu haben, kaufte er auch eine Zeitung. Da er zu Anfang des Bürgerkriegs, der dort getobt hatte, in Amerika gewesen war, interessierte er sich für einen Artikel über das Vorrücken der Unionstruppen unter einem Generalmajor Samuel R. Curtis, der in Missouri einen Feldzug begonnen hatte. Den letzten Kriegsberichten zufolge hatten sich die in der Minderheit befindlichen Konföderierten in den Nordwesten von Arkansas zurückgezogen.

Er erinnerte sich mit Entsetzen an das Blutbad, dessen Zeuge er in der Schlacht im vergangenen Sommer geworden war, an das schiere Grauen, das ihn erfasst hatte, und an Hesters Tapferkeit bei der Versorgung der Verwundeten. Nie war seine Bewunderung für sie größer gewesen. Zum ersten Mal sah er die zerfetzten Körper, die sie zu retten versuchte. Er betrachtete alles, was er je zuvor über sie gedacht und für sie empfunden hatte, von nun an mit anderen Augen – ihren Zorn, ihre Ungeduld – und hatte größtes Verständnis, wenn sie manchmal barsch reagierte.

Während er durch das Abteilfenster die friedliche Landschaft betrachtete, spürte er Dankbarkeit in sich aufwallen und den Willen, sie zu schützen und sie vor Gewalt oder Gleichgültigkeit zu bewahren.

Als der Zug in den Bahnhof von Derby einfuhr, war er hocherfreut. Nun konnte er mit seinen Nachforschungen beginnen.

Er verbrachte den ganzen Tag im Stadtarchiv, wo er sich alle Landverkäufe entlang der ganzen Trasse von einer Grenze der Grafschaft bis zur anderen anschaute, bis ihm die Buchstaben vor den schmerzenden Augen verschwammen. Aber er fand nichts Ungesetzliches. Sicher wurden Gewinne eingestrichen, Vorteile gezogen aus der Unwissenheit des anderen und Hunderte von Familien ihres Zuhauses beraubt – obwohl es auch einige Bemühungen gab, neue Häuser für sie zu finden –, und eine immense Summe Geld war von einer Hand in die andere gewandert.

Monk versuchte, sein altes Rechentalent wieder zu aktivieren, das er als Bankangestellter gehabt haben musste, um genau zu verstehen, was passiert war und wohin die Gewinne geflossen waren. Er brütete über den Seiten, aber wenn es Gesetzesübertretungen gegeben hatte, waren sie zu schlau versteckt, als dass er sie finden konnte. Vielleicht hätte er sie vor sechzehn oder siebzehn Jahren erkannt, aber wenn er diese Fähigkeiten damals gehabt hatte, dann hatte er sie zwischenzeitlich verloren.

Eisenbahn bedeutete Fortschritt. In einem Land wie England mit seinen Minen, Mastbetrieben, Werften, Baumwollspinnereien und Fabriken mussten Kanäle zwangsläufig von der schnelleren, flexibleren Eisenbahn abgelöst werden. Mit ihr konnte man den Weg abkürzen, durch Berge hindurchfahren oder oben drüber, von einem Tal zum anderen, ohne dass man Zeit und Geld verlor, weil Schleusenkammern gefüllt und geleert und Wassermassen ständig hin und her bewegt werden mussten. Die Zerstörungen auf der Strecke waren nur ein Teil dieses Prozesses, den keine Macht verhindern konnte. Den Bau neuer Kanäle hätten die Bewohner von Dörfern wie von

Städten, Bauern, Landadel und Pfarrer nicht weniger verflucht.

Er sah Artikel mit Zeichnungen von Protestierern, die Spruchbänder hochhielten, Zeitungskarikaturen, welche die dröhnenden, Dampf ausstoßenden Eisenmaschinen als Teufelswerk bezeichneten, wo sie doch eigentlich nur das Ergebnis von Zeit und Arbeit waren. Und Korruption lag in der Natur des Menschen.

Er saß da und durchforschte alle Dokumente, die er sich vorgenommen hatte, bis ihm der Kopf brummte und seine Schultern schmerzten. Es gab Gewinne und Verluste, aber in diesem Geschäft war das nun mal Schicksal. Es gab dumme Entscheidungen, daneben solche, die er mit der Weisheit einiger halb erinnerter Erfahrungen als Fehlentscheidungen hätte vorhersehen können. Und natürlich gab es auch einfach Pech – aber auch Glück. Fehleinschätzungen, kaum der Rede wert, hier mal eine Entfernung, dort mal eine falsche Vermessung, kamen auch vor.

Während er über den Seiten grübelte, wurde ihm die Arbeit zunehmend vertrauter. Das Rad der Zeit schien stillzustehen, und er hätte von dem Lampenschein auf den Papieren aufschauen können und statt des leeren Gasthauszimmers oder des einsamen Tisches im Archiv oder in der Bibliothek genauso gut Dundas erblicken können, der ihn anlächelte.

In der zweiten Nacht wachte er im Dunkeln auf, lag angespannt im Bett, verwirrt über die Stille und ohne eine Ahnung zu haben, wo er war. In seinem Kopf erklangen noch wütende und anklagende Schreie, erschienen ihm noch die Menschen, die einander anrempelten, und deren weiße, vor Kummer verzerrte Gesichter.

Er war außer Atem, als wäre er gelaufen. Ohne es zu merken, hatte er sich im Bett aufgesetzt. Er war wie gelähmt. Wovon hatte er geträumt? Er wollte entkommen, laufen und laufen und es für immer hinter sich lassen!

Doch es würde ihm folgen. Das sagte ihm sein Verstand. Wenn man vor seinen Ängsten floh, verfolgten sie einen. Das wusste er von dem Kutschenunfall, der ihn seiner Vergangenheit beraubt hatte, und den darauf folgenden Albträumen.

Er war nicht bereit, sich umzudrehen und in diese anklagenden Gesichter der Menschen zu schauen. Er fühlte sich wie wund, als hätte man ihn körperlich berührt, so real waren sie gewesen. Aber es gab kein Entrinnen, denn sie waren in ihm, Teil seines Bewusstseins, seiner Identität.

Sehr langsam legte er sich wieder hin, sank auf die Laken, die jetzt kalt waren. Er zitterte. Die Angst war noch da, ein namenloser Schrecken, der, selbst als er den Mut aufbrachte oder einfach nicht anders konnte, als ihn anzuschauen, keine Form annahm. Er konnte sich an die Wut erinnern, den Verlust, aber die Gesichter selbst waren verschwunden. Was glaubten sie, was er getan hatte? Ihnen ihr Land genommen? Einen Hof geteilt, einen Besitz ruiniert, Häuser zerstört, sogar einen Friedhof geschändet? Es war doch nichts Persönliches, er hatte es im Auftrag der Eisenbahn getan!

Aber für diejenigen, die verloren hatten, war es sehr persönlich. Was war persönlicher als das eigene Zuhause? Oder das Land, das Eltern und Großeltern seit Generationen bebaut hatten? Oder die Erde, in der die Toten der Familie begraben lagen?

Ging es darum? Um den blinden, verängstigten Widerstand gegen Veränderung? Dann war er nur insofern schuldig, als er das Werkzeug des Fortschritts war. Warum schmerzte sein Körper, und warum hatte er Angst, wieder einzuschlafen? Wegen der Dämonen, die zurückkehren würden, wenn er keinen Wächter hatte, sie abzuhalten?

Ging es gar nicht um Land, sondern um die unendlich viel schlimmere Sache, an die er überhaupt nicht zu denken wagte – den Unfall?

Er hatte nichts entdeckt, außer dass Baltimore und Söhne

dort, wo die Schienen um den Hügel herumgeführt wurden, wohl zu viel Gewinn gemacht hatte. Laut einer anderen, älteren Vermessung war der Hügel mindestens fünfzehn Meter kleiner. Mit einer geschickten Mischung aus Gefälle und Einschnitten wäre nicht mal ein Tunnel notwendig gewesen. Aber die Sprengungen wären trotzdem teuer gewesen. Granit war fest, und ihn fortzuschaffen war kostspielig. War der Gewinn hoch genug, um es einen Betrug zu nennen? Nur wenn er vorherige Kenntnis und Absicht nachweisen konnte. Und selbst das war zweifelhaft.

4

Monk brauchte am nächsten Morgen, nachdem er die Stadt verlassen hatte, anderthalb Stunden, um zu der Baustelle zu kommen, wo die neue Eisenbahn gebaut wurde.

Es war ein schöner Tag, über das Gras strich ein leichter Wind, der den Geruch nach Erde und Frühling und das ferne Blöken der Schafe mit sich trug.

Von der Höhe des Pferderückens fiel sein Blick auf die niedrigen Weißdornhecken, an denen bereits die ersten Blätter sprossen und die später fast bis zum Boden mit weißen Blüten bedeckt sein würden. Er folgte einem Weg, der allmählich zur fast zwei Kilometer entfernten Kuppe anstieg, hinter der die letzte Krümmung der Schienen lag. Der Wind wehte ihm leicht und kühl ins Gesicht.

Ein gutes, starkes Tier unter sich zu spüren machte ihm enorm Freude. Er war lange nicht mehr geritten, doch in dem Augenblick, in dem er sich in den Sattel geschwungen hatte, hatte es sich vertraut und sicher angefühlt. Wie frei er sich fühlte in dieser Landschaft, wie neugeboren!

In der Ferne entdeckte er zu seiner Rechten die Dächer eines Dorfes, das halb zwischen Bäumen versteckt lag und über dem sich ein Kirchturm erhob, und eine mit Ulmen bestandene Parklandschaft.

Fast direkt vor den Hufen des Pferdes kam ein Kaninchen aus dem Gras und hoppelte mit weiß aufblitzendem Schwanz ein Stück weiter, bevor es wieder verschwand.

Er wollte sich schon umwenden, um zu sagen, wie überrascht er über den Anblick sei, da wurde ihm schlagartig bewusst, dass er allein war. Wen hatte er erwartet? Er konnte ihn so deutlich vor sich sehen, als wäre er tatsächlich da, einen hoch gewachsenen Mann mit weißem Haar, schmalem Gesicht, markanter Nase und dunklen Augen. Er hätte ebenfalls gelächelt, da er genau wusste, was Monk meinte, und so musste er sich nicht weiter darüber auslassen. Es war ein beruhigender Gedanke.

Arrol Dundas. Genauso war es! An strahlenden Frühlingstagen wie diesem waren sie zusammen kreuz und quer durch das Gelände geritten, hinauf zu den Gleisbaustellen, auf denen Hunderte von Streckenarbeitern arbeiteten. Als wären sie direkt hinter der Erhebung, konnte er ihre Rufe hören und die Spitzhacken, die in die Erde schlugen, den hellen Klang von Eisen auf Stein, das Rumpeln von Rädern auf Bohlen. Vor seinem geistigen Auge erschienen die gekrümmten Rücken von Männern mit den für die Streckenarbeiter so typischen Bärten, die Schaufeln hoben, Schubkarren voller Steine und Erde schoben und die Pferde vorwärts trieben. Er und Dundas waren da, um zu sehen, wie weit sie vorangekommen waren, um einzuschätzen, wie lange sie wohl noch brauchten, oder um das eine oder andere Problem zu lösen.

Hier war es still, bis auf den Wind, der das ferne Muhen von Kühen und das Blöken von Schafen und gelegentlich ein Bellen herübertrug. Gut achthundert Meter vor ihm bewegte sich ein Karren den Weg entlang, aber der Schlamm in den Furchen verschluckte das Rattern seiner Räder, und außerdem war er zu weit weg.

Was für Probleme? Protestierende, wütende Dorfbewohner,

Bauern, deren Land zerteilt wurde und die behaupteten, ihre Kühe würden wegen der Unruhe keine Milch geben, und wenn die Züge erst durchratterten und den Frieden auf den Weiden störten, würde es noch schlimmer werden.

In den Städten lag die Sache anders. Häuser wurden abgerissen, und viele hundert Menschen wurden zur Räumung gezwungen. Er erinnerte sich vage an einen Plan, die Bögen der Viadukte als Häuser für die Obdachlosen zu nutzen. Es gab drei Klassen von Unterkünften von unterschiedlicher Qualität zu unterschiedlichen Preisen. Die niedrigste Kategorie bot sauberes Stroh und kostete nichts. Er konnte sich nicht erinnern, ob dieser Plan je in die Tat umgesetzt worden war.

Aber es ging nicht um moralische oder praktische Erwägungen. Der Fortschritt war unaufhaltsam.

Er versuchte, seiner Erinnerung weitere Einzelheiten zu entreißen, keine Emotionen, sondern Fakten. Worüber hatten sie sich unterhalten? Was wusste er im Einzelnen über die Landkäufe? Worin lag der Betrug? Wedgewood hatte gesagt, es gebe kein Land, auf dem man keine Eisenbahnlinie verlegen könnte, es sei nur eine Frage der Kosten. Und Streckenarbeiter wussten, wie man Schienen notfalls auf Pontons verlegte und damit Sumpfland und alle möglichen schwierigen Untergründe überqueren konnte. Sie bohrten Tunnel durch Schiefer, Lehm, Kreide oder Sandstein, was auch immer. Hauptsache, man konnte es bezahlen. Und wieder war er beim Geld.

Das ganze Land musste gekauft werden. Wie kam das Vorstandsmitglied der Gesellschaft, das entschied, wie die Route verlief, nur so leicht an Geld? Wurde ein Schienenverlauf von einer Stelle zur anderen umgelenkt und das Vorstandsmitglied von dem Landbesitzer bestochen, damit sein Besitz unangetastet blieb? Oder wurde ansonsten wertloses Land zu einem überhöhten Preis verkauft und der Gewinn mit dem Vorstandsmitglied geteilt, das ihn direkt in die eigene Tasche schob und sowohl die Firma als auch die Investoren betrog?

Offensichtlich ja, aber war es so viel, dass es, zumindest für eine Weile, übersehen wurde? Was für eine Anmaßung, zu glauben, man würde ihnen nicht irgendwann dahinter kommen.

War Dundas anmaßend gewesen? Monk versuchte noch einmal, ein Gefühl für den Mann heraufzubeschwören, den er einst so gut gekannt hatte, und je mehr er sich bemühte, desto rascher entschwand ihm jegliche klare Erinnerung. Es war, als könnte er sie nur am Rand seines Gesichtsfeldes wahrnehmen, sobald er sie genauer betrachten wollte, verschwand sie.

Der Wind strich nun wärmer über das Gras, und weit über sich hörte er durchdringend süß die Lerchen singen. Zeitlos. So musste es auch gewesen sein, als Züge nur in der Fantasie existierten, als Wellingtons oder Marlboroughs Armeen sich versammelten, um den Kanal zu überqueren, oder zu der Zeit, als Heinrich VIII. versuchte, zum Camp du Drap d'Or, dem Goldbrokatfeld, zu gelangen. Schade, dass er sich nicht einfach im Sattel umdrehen konnte, um einen deutlicheren Blick auf Dundas zu erhaschen.

Die Sonnenstrahlen auf seinem Gesicht brachten ein Gefühl der Zuneigung und des Wohlbefindens zurück, aber mehr als das war es nicht, nur die Erinnerung daran, sich mit jemandem vollkommen wohl zu fühlen und über dieselben Witze zu lachen, eine Art vergangenes Glück, das vorbei war, denn Dundas war tot. Er war im Gefängnis gestorben, allein und in Ungnade gefallen, sein Leben ruiniert, seine Frau so isoliert, dass sie es nicht mehr in der Stadt, die ihre Heimat gewesen war, aushielt.

Hatte er Kinder gehabt? Monk glaubte nicht. Er konnte sich nicht an Kinder erinnern. In gewisser Weise war Monk selbst wie ein Sohn für ihn gewesen, der junge Mann, den er aufgezogen und unterrichtet hatte, dem er sein Wissen weitergegeben hatte, seine Liebe zu schönen Dingen, Kunst und Vergnügungen, guten Büchern, gutem Essen, gutem Wein, guter Kleidung. Monk erinnerte sich an einen wunderschönen, wie Seide schimmernden Holztisch mit Einlegearbeiten von einer Farbe wie Licht, das durch ein Glas Brandy scheint.

Plötzlich sah er sich selbst, jünger und schmalschultriger als jetzt, wie er bei einem Schneider vor dem Spiegel stand, und hinter ihm Dundas. So deutlich, dass er die vielen kleinen Fältchen rund um die Augen erkennen konnte, die verrieten, dass er sich viel im Freien aufhielt und gerne lachte.

»Um Himmels willen, stehen Sie gerade!«, hatte er gesagt. »Und nehmen Sie eine andere Krawatte! Binden Sie sie richtig. Sie sehen ja aus wie ein Geck!«

Monk hatte sich elend gefühlt, denn er hatte sie ziemlich elegant gefunden.

Später wusste er, dass Dundas Recht hatte. In Geschmacksfragen hatte er immer Recht. Monk hatte seinen Rat aufgesogen wie Löschpapier und stellte eine unscharfe, aber erkennbare Kopie seines Mentors dar.

Was war mit Dundas' Geld geschehen? Wenn er des Betrugs für schuldig befunden worden war, musste das Geld irgendwo geblieben sein. Hatte er es ausgegeben, etwa für feine Kleider, Bilder, Wein? Oder war es konfisziert worden? Monk hatte keine Ahnung.

Er erklomm die Kuppe, und das Panorama, das sich vor ihm ausbreitete, raubte ihm den Atem. Felder und Moorland erstreckten sich bis zu den sieben oder acht Kilometer entfernten Hügeln und um die Biegung des Steilhangs, auf dem er stand. Die noch nicht fertige Strecke schlängelte sich durch Ackerland und offene Weiden bis zu einem Fluss und einem angrenzenden sumpfigen Streifen, über den sich die unvollendeten Bögen eines Viaduktes spannten. Wenn er fertig war, würde er fast zwei Kilometer lang sein. Er war von ungewöhnlicher Schönheit. Diese technische Meisterleistung erfüllte ihn mit einem fast spirituellen Hochgefühl über die Möglichkeiten des Menschen und die Tatsache, dass er sehr genau wusste, wie es sein würde, wenn die letzte Schwelle gesetzt war. Die großen Eisenlokomotiven mit mehr Kraft als die von Hunderten von Pferden würden, ohne innezuhalten, mit halsbrecherischer Geschwindigkeit tonnenweise Güter und unzählige Menschen von einer Stadt zur anderen transportieren. Er sah darin eine fantastische, komplizierte Schönheit der Stärke, mit der der Mensch durch seinen Genius die Macht der Natur nutzbar gemacht hatte, um der Zukunft zu dienen.

Er erinnerte sich an seine eigenen Worte: »Es wird rechtzeitig fertig!« Wieder konnte er Dundas' Gesicht so deutlich sehen, als stünde dieser vor ihm, das Haar ein wenig vom Wind zerzaust, sonnenverbrannte Haut, die Augen gegen das Licht ein wenig zusammengekniffen. Monk wurde von Einsamkeit überwältigt, denn vor ihm lag nichts anderes als die endlose Weite leerer Wiesen, die sich über die lange Kurve bis hin zum Tal zogen, das Grün nur unterbrochen vom Weiß und Goldgelb einiger Wildblumen.

Die Erinnerung an die Freude von damals durchfuhr ihn mit einem kräftigen Pulsschlag. Es ging nicht um Geld oder den Erwerb materieller Dinge; es war die Erfüllung, der Augenblick, in dem sie in der Ferne das Pfeifen und das Dröhnen des Zuges hörten und die weiße Rauchwolke sahen, als der Zug in Sicht kam, eine Schöpfung unermesslicher, vollkommen disziplinierter Macht. Einfach perfekt.

Dundas hatte genau das Gleiche empfunden, da war Monk sich ganz sicher. Er hörte das Schwingen in der Stimme seines Mentors, als hätte er eben etwas gesagt, sah es in seinem Gesicht, seinen Augen. Immer wieder waren sie bis zur Erschöpfung geritten, nur um eine großartige Lokomotive zu sehen, deren Kessel befeuert wurden, bis sie Rauch ausstießen und sie sich zu einer Einweihungsreise in Bewegung setzte. Er sah diese Lokomotiven, die mit ihrem schimmernd grünen Lack, polierten Stahl und den riesigen Rädern schweigend auf den Schienen standen, bis das Pfeifsignal ertönte. Die Aufregung stieg bis zum Siedepunkt, die bleichen Gesichter der Eisenbahner strahlten, als sich das gewaltige Biest am Ende rührte wie ein erwachender Riese. Es würde langsam Fahrt aufnehmen – ein Puffen, ein Keuchen, eine Umdrehung der Räder, noch eine und noch eine, die Kraft so gewaltig und unabwendbar wie bei einer Lawine, jedoch von Menschen gemacht und von Menschen kontrolliert. Es war eine der größten Errungenschaften der Zeit. Es würde ganze Nationen verändern, und am Ende die ganze Welt. Daran teilzuhaben bedeutete, die Geschichte mitzubestimmen.

Das hatte Dundas gesagt, es waren nicht Monks Worte. Er konnte Dundas' Stimme hören, tief, ein wenig scharf, die Aussprache sehr korrekt, als habe er geübt, um einen ungeliebten Akzent loszuwerden. Genau wie er Monk beigebracht hatte, seinen singenden ländlichen Northumberland-Tonfall abzulegen.

Was hatte Monk wirklich für Arrol Dundas empfunden? Es hatte vermutlich mit Ehrgeiz angefangen und, wie er hoffte, Dankbarkeit. Später war es doch sicher mehr Zuneigung gewesen? Jetzt war da ein Gefühl des Verlustes, ihm fehlte die Wärme der Freundschaft. Und dann war da noch die Gewissheit, dass Dundas ihm nicht nur Wissen vermittelt und Vorteile verschafft, sondern ihm vor allem auch Persönliches geschenkt hatte, Dinge, die er niemals zurückzahlen konnte.

Er versuchte weitere Teile zusammenzusetzen, Erinnerungen an gemeinsames Lachen, die Kameradschaft unterwegs. Sie waren geritten, hatten in einer Gastwirtschaft gegessen und, während die Sonne auf einen Wiesenstreifen an einem Kanal schien, Brot und Eingelegtes genossen. Da war der Geruch von Ale, Stimmen, die er nicht zuordnen konnte. Aber das Gefühl war dasselbe – eine Behaglichkeit, in der sich sowohl Vergangenheit als auch Zukunft ohne Angst betrachten ließen.

So hätte es auch jetzt sein sollen. Er hatte die Frau gefunden, die er wirklich liebte und die sehr viel besser zu ihm passte als die Frauen, hinter denen er damals her gewesen war. Trotz der Angst, die sein Denken beherrschte, musste er über seine Ignoranz lächeln. Er hatte gedacht, er wollte eine sanfte, anschmiegsame Frau, die sich um seine körperlichen Bedürfnisse kümmerte, die ihm das Zuhause gab, auf dessen Basis er seinen Erfolg baute, und seinem Ehrgeiz nicht im Wege stand.

Ob er das wollte oder nicht, Hester mischte sich immer ein; sie nahm Anteil an allen seinen Lebensbereichen. Ihr Mut und ihre Klugheit machten es ihm unmöglich, sie auszuschließen. Sie forderte seine Gefühle ein. Sie leistete seinen Träumen Gesellschaft, ebenso wie seinem Körper und Geist. Seine Vorstellung, wie Frauen zu sein hatten, war erschreckend unvollständig gewesen. Wenigstens hatte er sich nicht an eine andere Frau gebunden und damit sowohl sich selbst als auch die Frau verletzt.

Er zwang sich zurück in die Gegenwart und schaute auf das Gelände vor sich. Überall waren Arbeiter, zu Hunderten wimmelten sie in der Ferne herum. Etwa achthundert Meter vor dem Viadukt war ein Bergkamm, in den sie gerade einen Durchstich machten. Er sah die blasse Schramme in der Felswand und den Abhang, wo Männer die Schubkarrenladungen Erde und Steine zu einem Hügel aufschütteten und dabei mit großem Geschick auf den schmalen Bohlen balancierten. Monk wusste, dass das eine der gefährlichsten Arbeiten war. Rutschte man aus, konnte man stürzen, und die ganze schwere Ladung donnerte auf einen drauf.

Sie waren fast durch. Es war gar nicht so hoch, dass man an dieser Stelle einen Tunnel gebraucht hätte. Er erinnerte sich an Mauerwerk, an das Graben und das Abstützen des Tunnels. Der Geruch nach Lehm war in seiner Nase, als wäre er erst vor wenigen Minuten ins Freie getreten, und er spürte fast das stete Tropfen von oben, die nassen Spritzer auf Kopf und Schultern. Er wusste, dass es eine Knochenarbeit war. Die Männer arbeiteten manchmal sechsunddreißig Stunden am Stück und hatten nur ein paar Minuten, um rasch etwas zu essen, dann wurden sie von der nächsten Schicht abgelöst, die ebenfalls Tag und Nacht arbeitete.

Er gab seinem Pferd die Zügel und ritt vorsichtig den Abhang hinunter, folgte einem Pfad, bis er nur etwa hundert Meter von den Gleisen entfernt in der Ebene herauskam. Jetzt drangen die Geräusche von allen Seiten auf ihn ein, das dumpfe Schlagen von Spitzhacken, die auf Fels und Erde trafen, das Rattern von Rädern auf hölzernen Laufschienen den Durchstich hinauf, das Klingen von Hämmern auf Stahl, Stimmen.

Der Mann, der ihm am nächsten stand, blickte auf und streckte, die Schaufel einen Augenblick müßig in der Hand, langsam den Rücken durch. Sein Gesicht war mit Staub verkrustet, durch den sich der Schweiß kleine Bäche bahnte. Er betrachtete Monks lässige Kleidung und seine gut geschnittenen Stiefel und das Pferd, das hinter ihm stand. »Gehören Sie zu den Leuten des Landvermessers?«, fragte er. »Der ist noch nicht da. Sie sind 'nen Tag zu früh.« Er wandte sich halb um. »Eh! Edge'og!«, rief er einem kleinen Mann mit breiten Schultern und rötlichem Haar zu. »Biste sicher, dass ihr an der richtigen Stelle grabt?«

Ein halbes Dutzend Männer, die weiter weg standen, brachen in schallendes Gelächter aus, dann machten sie sich wieder ans Graben und Schaufeln.

Hedgehog verzog das Gesicht. »Nein, Con, wir sollten besser noch mal ganz von vorn anfangen und uns durch den verdammt großen Hügel da drüben graben!«, antwortete er.

»Drei Wochen vielleicht«, sagte Con zu Monk. »Wenn's das ist, was Sie wissen wollen. Hab Sie hier noch nie gesehen. Sie kommen von London?«

Offensichtlich gingen sie davon aus, dass er aus der Zentrale von Baltimore und Söhne kam.

»Wo ist Ihr Vorarbeiter?«, fragte Monk.

»Ich bin der Vorarbeiter, Contrairy York«, antwortete der Mann. »Wie gesagt, drei Wochen. Geht nicht schneller.«

»Das sehe ich.« Monk schielte die Trasse entlang. Für das letzte Stück des Viadukts würden sie mindestens noch zwei weitere Wochen brauchen, und dann mussten Schwellen gelegt und die Gleise verlegt und verschraubt werden. Der größte Teil der Strecke sollte eine doppelte Gleisführung bekommen, durch den Durchstich und über den Viadukt nur einfache Gleise. Die Zeiten, in denen die Züge dieses Stück passierten, mussten genau abgestimmt sein. Man baute keine so lange Strecke, um dann nur eine Lok auf einmal fahren zu lassen.

Er hatte sich das Messtischblatt angesehen. Der kürzeste Verlauf führte durch den Hügel, über den er eben geritten war. »Hätten Sie den Durchstich nicht dort machen können?«, fragte er. »Dann hätten Sie kein Viadukt bauen müssen.«

»Klar, hätten wir«, sagte Contrairy abschätzig. »Kostet aber! Zu hoch für einen direkten Durchstich, und Tunnel sind mit das Teuerste, was es gibt. Werfen Sie 'nen Blick auf Ihre Karte. Sehen Sie sich die Höhe an! Und Granit! Braucht Zeit und so.«

Monk drehte sich um und schaute den Hügel hinauf. Er zog die Karte aus der Tasche und sah sich die Höhenangabe an, dann wandte er den Blick wieder auf die Kuppe. Etwas blitzte in seiner Erinnerung auf und war verschwunden, bevor er es greifen konnte, aber es war ein Moment des Unbehagens, aber nichts, was er erklären konnte. Er sollte die alternativen Streckenführungen überprüfen, sich ansehen, wer welches Land besaß, wo die persönlichen Interessen lagen, die Kosten veranschlagen, wenn man den Hügel durchbohrt und untertunnelt hätte, und sie mit denen für den kleinen Durchstich und den Viadukt und den Ankauf des zusätzlichen Landes und der Schienenstrecke vergleichen. Es war eine lange, ermüdende Aufgabe, aber wenn es eine Lösung gab, dann lag sie in den Zahlen. Das Metier hatte er einst beherrscht. Es war sein tägliches Geschäft gewesen – seines und Dundas'. Das war ein

Gedanke, den er lieber nicht gedacht hätte, aber er wollte einfach nicht verschwinden.

Er dankte dem Streckenarbeiter, stieg wieder auf sein Pferd und ritt langsam und in Gedanken versunken den Hügel hinauf. Er hatte sich die Messtischblätter und Berichte und den Kostenvoranschlag von Baltimore und Söhne für die Verlegung der Strecke angesehen. Auf dem Papier war sie vernünftig erschienen. Die Investoren hatten sie akzeptiert. Das Land für die neue Strecke war zum Teil teuer, aber das Land für die alte Streckenführung wäre auch teuer gewesen. Es waren die versteckten Kosten, die den Unterschied ausmachten: die Bestechungsgelder, damit das eine oder das andere getan wurde, was gekauft wurde und was nicht. Dort konnte irgendwo Betrug verborgen sein.

Es war warm hier, auch wenn eine leichte Brise durch das Gras fuhr. Ein Kaninchen sprang auf, sah sich um und hoppelte dann mit weiß aufblitzendem Schwanz zwanzig Meter weiter, bis es in einem Erdloch verschwand.

Es dauerte einen Augenblick, bis ihm das etwas sagte. Er durchforschte seine Erinnerung. Es war das Kaninchen. Es bedeutete etwas. Er war auf einem anderen Hügel in der Sonne, aber es war kälter, der Wind wehte aus Osten, Wolken jagten über den Himmel, und trotz des hellen Sonnenscheins herrschte ein Gefühl der Dunkelheit.

Er erinnerte sich, dass er ein Kaninchen beobachtet hatte, das in der Sonne saß und mit der Nase zuckte und dann Angst bekam und davonsprang und in einem Loch verschwand.

Er hatte ihm mit immer größer werdendem Entsetzen hinterhergesehen!

Warum? Was konnte gewöhnlicher sein als ein Kaninchen im Gras, das weglief und in einem seiner Löcher verschwand, in dem riesigen Kaninchenbau, der den Hügel durchzog? Zweifellos würde es hundert Meter weiter wieder herauskommen.

Aber: Wenn ein Kaninchen nur mit bloßen Pfoten ein Tunnelsystem durch den Hügel graben konnte, hätte ein Heer von Streckenarbeitern mit Sprengstoff keine Mühe, einen Tunnel für einen Zug zu graben. Der Hügel konnte unmöglich aus Granit sein! Das Gutachten hatte gelogen!

Jetzt erinnerte er sich wieder an den Schock, als es ihm klar wurde, an das Gaslicht, das über das Papier flackerte, als er es auf dem Tisch in seinem Hotelzimmer auseinander faltete und die Legende der Karte las. Aber sosehr er sich auch bemühte, er konnte sich nicht darauf besinnen, was da noch gewesen war. Und so saß er da, Sonne und Wind im Gesicht, hielt die Augen geschlossen und versuchte, die Vergangenheit heraufzubeschwören.

Natürlich war bei einigem Land mehr Gewinn zu machen als bei anderem. Aber die Investoren hatten das doch sicher überprüft? Sie hatten Fachleute, die das wussten. Es musste noch etwas geben, was sehr viel klüger, sehr viel spitzfindiger war als diese plumpe Lüge, der Hügel wäre aus Granit statt aus Lehm, Kreide oder beidem oder aus was auch immer.

Am Rand seines Bewusstseins war stets der wirre Schrecken vor etwas Dunklem, Unklarem und Gewalttätigem, die Erinnerung an Stahl, das Kreischen von reißendem Metall, Funken in der Nacht, dann Flammen, und alles durchzogen von einer Angst, die so schrecklich war, dass sie ihm den Magen zusammenzog und die Muskeln sich verkrampften.

Aber es schien keine Verbindung zwischen den Ereignissen zu geben. Arrol Dundas war, schuldig oder nicht, wegen Betrugs verurteilt worden. Es hatte einen Zusammenstoß gegeben, an den Monk sich zu erinnern schien, und kurz nach Dundas' Tod hatte er seine Stelle bei der Handelsbank aufgegeben und war, angetrieben von dem leidenschaftlichen Wunsch, künftig der Gerechtigkeit zu dienen, zur Polizei gegangen. Das hieß, dass er damals leidenschaftlich geglaubt hatte, Dundas sei Unrecht geschehen.

Aber mehr konnte er nicht tun, um Katrina Harcus zu helfen oder mehr Wahrheiten über Michael Dalgarno herauszufinden. Wenn bei Baltimore und Söhne betrogen wurde, dann war Dalgarno mit großer Wahrscheinlichkeit in den Betrug verwickelt, aber mehr als eine ungerechtfertigte Bereicherung beim Kauf von Land war es nicht. Dadurch kam niemand zu Schaden, bis auf die Investoren, die mehr Gewinn hätten machen können. Auch das musste noch bewiesen werden, Spekulationen konnten ebenso leicht mit einem Erfolg enden wie mit einem Misserfolg. Falls irgendwelche Beweise dies rechtfertigten, würde er eine offizielle Rechnungsprüfung verlangen.

Es war Zeit, dass er aufhörte, der alten Wahrheit, die die Quelle seiner Furcht bildete, auszuweichen. Die erinnerten Bruchstücke waren ihm keine große Hilfe. Er musste seine seither entwickelten detektivischen Fähigkeiten einsetzen. Wo würde er anfangen, wenn er im Auftrag eines Mandanten handeln würde, wenn er selbst und nicht Dalgarno derjenige wäre, über den er etwas herausfinden müsste?

Er sollte mit dem Bekannten anfangen, mit den Fakten, die überprüft und bewiesen werden konnten, ohne dass es dabei zu Fehlinterpretationen kommen konnte. Er kannte das Datum auf der Order, auf der sein Name stand, die Katrina ihm mit den anderen Dokumenten gegeben hatte. Sie bewies, dass er einst für Baltimore und Söhne gearbeitet hatte, aber nicht, wo, und nicht, dass er irgendetwas mit dem Betrug, für den Dundas verurteilt worden war, zu tun hatte.

Konnte dieser Betrug mehr als einmal vorgekommen sein? Nein, das wäre ein zu großer Zufall.

Unsinn – tröstliche Lügen! Natürlich war es möglich. Ein Mann, der einmal betrügt, macht es sich, wenn er damit durchkommt, zur Gewohnheit. Die Frage war dann: War Dundas beim ersten Versuch erwischt worden, beim zweiten, dritten oder zwanzigsten Mal?

Mit einem Ruck, der so heftig war, dass er sein Pferd irritierte, weil er unvermutet am Zügel zog, erkannte Monk, dass er damit tatsächlich einräumte, dass Dundas womöglich schuldig war. Er hatte es sogar angenommen. Was für ein Verrat an der Überzeugung, an der er bis jetzt unerschütterlich festgehalten hatte!

Er machte kehrt, ritt den Weg hinauf und um die lange Böschung des Hügels herum, zurück zu dem Stall, wo er das Pferd gemietet hatte. Am Bahnhof würde er den Zug nach London nehmen.

Wo konnte er etwas über Dundas' Bank und deren Geschäfte herausfinden? Er wusste nicht einmal, in welcher Stadt sie ihre Zentrale hatte. Es gab Dutzende von Möglichkeiten. Vermutlich hatte man Dundas in das Gefängnis geworfen, das dem Gericht, vor dem er sich zu verantworten hatte, am nächsten lag. Dort in der Nähe musste dann auch der Betrug stattgefunden haben.

Oder war es dort, wo die wichtigsten Investoren ihre Konten hatten?

Er überlegte immer noch, wo er anfangen sollte, als er auf den Hof des Stallknechts ritt und zögernd abstieg. Es war ein gutes Tier, und er hatte den Ritt genossen, auch wenn er die schmerzlichen Erinnerungen zurückgebracht hatte.

Er zahlte den Stallknecht und verließ den Hof mit seinem Geruch nach Leder, Stroh und Pferden, dem Schlagen der Hufe auf Stein und den sanften Stimmen der Männer, die mit den Pferden sprachen. Er schaute nicht zurück, er wollte es nicht sehen, obwohl es ihm deutlich vor Augen stand.

Der Stationsvorsteher auf dem Bahnsteig nahm fast Haltung an in seinem hohen Zylinderhut, der in der Sonne schimmerte, und seinen Orden vom Krimkrieg auf der Brust. Was sie im Einzelnen bedeuteten, wusste Monk nicht. Hester hätte es sicher gewusst.

Er sprach kurz mit dem Mann und ging dann auf dem Bahnsteig auf und ab, während er auf den nächsten Zug wartete. Ursprünglich hatte er die Absicht gehabt, mit den Informationen, die er für Katrina Harcus auftreiben konnte, nach London zurückzukehren. Das Versprechen, das er ihr gegeben hatte, war ihm noch deutlich im Sinn. Zumindest war er in der Sache einen Schritt weitergekommen. Auch diese Eisenbahn hier war um einen Hügel herumgeleitet worden, der falsch vermessen worden war. Es wäre absolut möglich und obendrein noch billiger gewesen, ihn zu durchschneiden, zunächst mit einem Durchstich, später, falls notwendig, mit einem Tunnel.

Falls notwendig?

Etwas anderes zerrte an seiner Erinnerung, etwas über Gitternetzmarkierungen auf der Karte, aber er konnte es nicht enträtseln. Sobald er etwas zu fassen glaubte, entglitt es ihm, ohne ihn weiterzubringen.

Er hörte den Zug, bevor dieser glänzend, stampfend und Dampf ausstoßend um die Kurve bog und dann mit einem Zischen und einem metallenen Klirren zum Stehen kam. Der Zugführer grinste. Der Heizer, der voller Rußflecken war, fuhr sich mit seiner kräftigen Hand über die Stirn und verteilte Kohlenstaub auf der Haut.

Türen flogen krachend auf und wieder zu. Jemand plagte sich mit einer großen Kiste ab. Ein Gepäckträger lief vorbei.

Monk stieg wieder in ein Abteil zweiter Klasse und setzte sich auf eine der harten Holzbänke. Ein paar Minuten später ertönte ein Pfiff, und der Zug fuhr mit einem Rucken an und nahm langsam Fahrt auf.

Die Reise nach London schien ewig zu dauern. Unzählige Stationen, an denen er aussteigen, sich die Beine vertreten und wieder einsteigen konnte. Sie ratterten über die Gleise und wurden rhythmisch von einer Seite zur anderen geschaukelt. Er glitt in einen traumreichen Schlaf und wachte mit steifem Nacken und dem Gefühl auf, auf etwas Schreckliches zu warten. Er zwang sich, wach zu bleiben, und betrachtete mit weit aufgerissenen Augen die Landschaft, die an ihm vorbeiglitt.

Hatte Katrina Recht, und Nolan Baltimore war hinter den

Landbetrug gekommen, und Dalgarno hatte ihn umgebracht, um ihn zum Schweigen zu bringen? Aber der Beleg mit Monks Unterschrift war siebzehn Jahre alt, und der Betrug, der Arrol Dundas ruiniert hatte, war kurz danach geschehen, lange bevor Dalgarno überhaupt irgendeinen Posten bei der Firma hätte haben können. Damals hatte er kaum die Schule beendet.

War der erste Betrug überhaupt zu Lasten von Baltimore und Söhne gegangen? Oder war Monks Verbindung mit ihnen reiner Zufall? Wenn Dundas' Bank den Bau von Eisenbahnlinien finanziert hatte, hatte er sicher mit vielen Gesellschaften zu tun gehabt.

Aber das Muster war dasselbe! So schien es zumindest. Er konnte sich an die Kaninchen erinnern, die Umleitung auf die längere Trasse, die Protestierer, die Fragen, welches Land man nutzen sollte, und den Vorwurf der Preistreiberei.

Übertrug er das alles aus der Vergangenheit und seiner bruchstückhaften Erinnerung in die Gegenwart, wo es nicht hingehörte?

Nein. Katrina Harcus war zu ihm gekommen, weil sie mit angehört hatte, wie Dalgarno und Jarvis Baltimore über große und gefährliche Gewinne gesprochen hatten, die man verheimlichen musste, und weil sie Angst vor Betrug hatte. Das war eine Tatsache und hatte nichts mit wahren oder falschen Erinnerungen zu tun. Es war die Gegenwart. Ebenso wie der Mord an Nolan Baltimore, ob er etwas mit der Eisenbahn zu tun hatte oder nicht.

Schließlich fuhr der Zug in die Euston Station ein, und Monk stieg aus und drängelte sich zwischen müden und ungeduldigen Reisenden den Bahnsteig entlang. Der riesige, von einem prächtigen Dach überwölbte Platz hinter dem Bahnsteig war voll mit Straßenhändlern, Menschen, die zu ihren Zügen eilten, Gepäckträgern mit Kartons und Koffern und Freunden und Verwandten, die Reisende abholen oder verabschieden wollten. Kutscher suchten nach ihren Herrschaften.

Ein Zeitungsjunge rief die neuesten Schlagzeilen aus. Als er an ihm vorbeieilte, hörte Monk etwas über die Unionstruppen, die in Amerika Roanoke Island an der Grenze zu Kentucky erobert hatten. Die Gewalt und Tragödie des Krieges schienen weit weg; die sengende Hitze, der Staub und das Blut der Schlacht, in die er und Hester geraten waren, fanden jetzt in einer anderen Welt statt.

Als er schließlich nach Hause kam, schlief Hester schon, halb auf seine Seite gerutscht, als habe sie nach ihm gegriffen und ihn nicht gefunden. Einen Arm hatte sie immer noch ausgestreckt.

Er stand einen Augenblick still da und zögerte, ob er sie wecken sollte oder nicht. Die Tatsache, dass sie sich nicht regte, nicht mitbekommen hatte, dass er da war, zeigte, wie müde sie war. Es gab Zeiten, da hätte er sie einem Impuls folgend geweckt. Es hätte ihr nichts ausgemacht. Sie hätte gelächelt und sich ihm zugewandt.

Jetzt widerstand er. Was sollte er ihr sagen? Dass er in Derby nichts gefunden hatte außer vertraute Geister, die er nicht einzuordnen wusste? Dass es vor langer Zeit einen so schrecklichen Unfall gegeben hatte, dass er sich weder daran erinnern noch ihn vergessen konnte und nicht wagte, sich die Gründe dafür anzuschauen, weil er fürchtete, dass dabei auch seine Schuld ans Tageslicht käme, auch wenn er keine Ahnung hatte, für was? Zudem hatte er bislang noch nichts herausgefunden, was seiner Mandantin weiterhalf.

Er wandte sich ab und ging, um sich zu waschen, zu rasieren und saubere Kleider anzuziehen. Hester schlief immer noch, als er das Haus verließ, um in den Park zu gehen, wo er Katrina Harcus treffen würde.

Es war ein strahlender, windiger Märznachmittag, und etliche Menschen hatten sich entschlossen, ihn damit zu verbringen, die ersten Blumen zu bewundern, das intensive Grün des Rasens und die riesigen Bäume, die noch keine Blätter trugen und durch deren Äste und Zweige der Wind fegte. Trotz des hellen Lichts hatten die Damen keine Sonnenschirme dabei und hatten beide Hände frei, um Hüte festzuhalten und Röcke daran zu hindern, vom Wind erfasst und über den Unterrock gehoben zu werden.

Nach einem Moment entdeckte er Katrina. Ihr Verhalten unterschied sich von dem der anderen, wodurch sie ihm auffiel. Offensichtlich hatte sie ihn ebenso schnell erkannt und ging rasch auf ihn zu, ohne so zu tun, als träfen sie sich zufällig.

Ihr Gesicht war gerötet, aber das konnte auch an Wind und Sonne liegen und nicht unbedingt an gespannter Erwartung.

»Mr. Monk!« Sie blieb atemlos vor ihm stehen. »Was haben Sie erfahren?«

Ein älterer Gentleman, der allein spazieren ging, drehte sich um und lächelte sie nachsichtig an, offensichtlich hielt er das Ganze für ein Stelldichein. Ein anderes Paar, das Arm in Arm ging, nickte ihnen zu.

»Sehr wenig, Miss Harcus«, antwortete er leise. Er wollte nicht, dass ihnen jemand zuhörte.

Sie senkte die Augen, und in ihrem Gesicht machte sich eine Enttäuschung breit, die sie nicht verbergen konnte.

»Ich habe Nachforschungen über handwerkliches Können und Material angestellt«, fuhr er fort. »Soweit ich erfahren habe, sind die Streckenarbeiter bei der Eisenbahn viel zu gut, um mangelhaftes Material zu verwenden. Davon hängen nicht nur ihr Ruf und ihr zukünftiges Auskommen ab, sondern auch ihr Leben und ihre Zeit. Sie haben überall in der Welt Eisenbahnen gebaut, und es ist kein einziges Beispiel bekannt, wo sie gepfuscht hätten.«

Sie hob rasch die Augen, um ihm ins Gesicht zu sehen. »Woher kommt dann der unterschlagene Gewinn?«, wollte sie wissen. »Das ist nicht genug, Mr. Monk! Wenn das Material in Ordnung ist, hat es vielleicht Betrügereien beim Landkauf gegeben?« Sie beobachtete ihn aufmerksam, ihr Gesicht glühte vor Erregung. Wieder wurde ihm klar, wie sehr sie Dalgarno liebte und wie schrecklich besorgt sie war, dass er in ein Verbrechen hineingezogen und dadurch ruiniert werden könnte, nicht nur moralisch, sondern auch in jedem anderen Sinn, vielleicht sogar im Gefängnis enden würde wie Arrol Dundas. Monk wusste nur zu gut, wie bitter das war. Das war eine Sache, die selbst sein zerstörtes Erinnerungsvermögen nicht völlig vergessen hatte.

Er bot ihr den Arm, und nach kurzem Zögern hakte sie sich unter, und sie spazierten zwischen den Blumenbeeten entlang.

»Ich habe den Verdacht auf Betrug noch nicht näher in Betracht gezogen«, sagte er leise, damit zufällige Passanten sie nicht belauschen konnten. Er war sich ihrer Neugier bewusst, die sie artig hinter höflichem Nicken und Lächeln maskierten, wenn sie vorübergingen. Er und Katrina gaben sicher ein eindrucksvolles Bild ab, beide gut aussehend, elegant gekleidet und offensichtlich in ein Gespräch über emotionale Angelegenheiten vertieft.

Sie ließ ihre Hand leicht auf seinem Arm ruhen, eine zarte Geste, die mehr Vertrauen zeigte als Vertrautheit. »Das müssen Sie sich genauer ansehen, Mr. Monk, ich bitte Sie inständig«, drängte sie. »Ich habe schreckliche Befürchtungen, was passieren würde, wenn niemand die Wahrheit herausfindet, bevor es zu spät ist. Wir können vielleicht nicht nur die Tragödie verhindern, dass ein Unschuldiger in ein Verbrechen verwickelt wird, sondern auch den Verlust unzähliger Menschenleben bei einer Katastrophe, wie sie nur ein Eisenbahnunglück auslösen kann.«

»Warum fürchten Sie ein Unglück, Miss Harcus?«, fragte Monk und runzelte leicht die Stirn. »Es gibt überhaupt keinen Grund, schlampige Arbeit oder unzureichendes Material anzunehmen. Wenn es um Landbetrug geht, dann ist das sicher unlauter, aber es führt nicht zu Unfällen.«

Sie senkte den Blick, wandte sich so weit ab, dass er nur noch ihr Profil sehen konnte, und ließ seinen Arm los. Als sie sprach, war sie kaum zu verstehen.

»Ich habe Ihnen nicht alles erzählt, Mr. Monk. Ich hatte gehofft, nicht darüber sprechen zu müssen. Ich schäme mich, dass ich auf dem Treppenabsatz stehen geblieben bin und ein Gespräch in der Halle unten mit angehört habe. Ich habe einen leichten Schritt und werde oft nicht gehört. Das ist keine Absicht, nur eine Angewohnheit aus der Kindheit, als meine Mutter mir einschärfte: ›Damen sollten sich leise und anmutig bewegen.‹« Sie atmete tief durch, und er sah, dass sie rasch blinzelte, als kämpfte sie mit den Tränen.

»Was haben Sie gehört, Miss Harcus?«, fragte er freundlich und wünschte sich, er könnte ihr mehr Trost bieten und den ungenannten, aber leicht zu erahnenden Kummer in ihr erreichen. »Ich beharre nur ungern darauf, aber ich muss wissen, ob ich an den richtigen Stellen nach der Unredlichkeit suche, die Sie fürchten.«

Sie hielt den Blick abgewandt. »Ich habe gehört, wie Jarvis Baltimore zu Michael sagte, solange niemand entdeckte, was sie gemacht hätten«, sagte sie leise, »wären sie beide reiche Männer, und diesmal würde es keinen Unfall geben, der den Gewinn beeinträchtigte, und wenn doch, würde niemand eine Verbindung ziehen.« Sie wandte sich ihm mit blassem Gesicht wieder zu, ihre Augen blickten fordernd. »Kann es eine Rolle spielen, wo ein Unfall sich ereignet? Es geht immer um menschliches Leben, Menschen, die so verletzt werden, dass man ihnen nicht mehr helfen kann. Bitte, Mr. Monk, wenn Sie die Fähigkeit oder das Talent besitzen, dies zu verhindern, dann tun Sie es, nicht nur um meinet- oder um Michael Dalgarnos willen, den ich, wie Gott weiß, vor jedem Schaden schützen möchte, sondern um der Menschen willen, die womöglich in dem Zug sitzen, wenn es passiert!«

Er fröstelte innerlich, die Bilder verstümmelter Menschen standen ihm allzu deutlich vor Augen.

»Ich sehe nicht, wie Betrug beim Landkauf einen Unfall verursachen könnte, aber ich verspreche Ihnen, dass ich alles in meiner Macht Stehende tun werde, um herauszufinden, ob es bei Baltimore und Söhne Diebstahl oder Unredlichkeiten gegeben hat«, sagte er. Er musste es tun, um ihretwillen ebenso wie um seinetwillen. Das Wissen um den Unfall in Liverpool und die Erinnerung an Arrol Dundas waren zu stark, um sie zu ignorieren. Niemand kannte den Grund für dieses Blutbad. Wenn er mehr über Landvermessung, Landkauf und die Bewegungen von Geld in Erfahrung bringen konnte, würde er die Verbindung vielleicht entdecken. »Ich werde Ihnen alles berichten, was ich weiß«, fuhr er fort. »Aber rechnen Sie frühestens in drei bis vier Tagen mit einer Antwort.«

Sie lächelte ihn an, Erleichterung breitete sich in ihrem Gesicht aus wie Sonnenlicht. »Vielen Dank«, sagte sie mit einer plötzlichen Freundlichkeit, einer Wärme, die ihn zu berühren schien. »Sie sind genau so, wie ich erhofft hatte. Von heute an in drei Tagen werde ich jeden Nachmittag hier sein und auf Ihre Nachricht warten.« Mit einer leichten Berührung seines Arms wandte sie sich ab und ging den Weg entlang an zwei älteren Damen vorbei, die sich unterhielten, nickte ihnen freundlich zu und verschwand durch das Tor, ohne sich noch einmal umzusehen.

Monk drehte sich auf dem Absatz um und ging wieder zur Straße zurück, aber es gelang ihm nicht, den Druck abzuschütteln, der auf ihm lastete. Es waren keine speziellen Bilder, nur ein Schatten, als hätte er etwas so lange aus seiner Erinnerung verbannt, dass die scharfen Umrisse inzwischen verschwommen waren, auch wenn es ihn stets begleitet hatte. Was war es, dem gegenüberzutreten er sich bislang geweigert hatte? Schuld. Er kannte dieses Gefühl des Versagens bereits, das durch Dundas' Tod noch verstärkt worden war. Aber welchen Anteil hatte er an dem ersten Betrug gehabt? Sie hatten zusammen gearbeitet, Dundas als Mentor, Monk als Schüler. Monk hatte an

Dundas' Unschuld geglaubt. Dessen war er sich ganz sicher. Bewunderung und Respekt waren immer noch vollkommen klar.

War er damals hoffnungslos naiv gewesen? Oder hatte er gar die Wahrheit gewusst und war aber nicht bereit gewesen, sie bei Dundas' Prozess offen auszusprechen oder sie zu beweisen, weil sie auch ihn selbst betraf?

Konnte ein Zusammenstoß zwischen einem Kohlenzug und einem Sonderzug irgendetwas mit Betrug zu tun haben? Der Schreiber, der ihm von dem Unfall erzählt hatte, hatte gesagt, man habe die Unfallursache nie herausgefunden. Sicher hatte es Untersuchungen gegeben. Experten hatten jede Einzelheit unter die Lupe genommen und hätten bei Verdacht auf Betrug so lange alles auseinander genommen, bis sie alle Tatsachen offen gelegt hätten.

Diesen Gedanken sollte er sich aus dem Kopf schlagen. Seine einzige Schuld bestand darin, dass er Dundas für unschuldig gehalten hatte und es ihm nicht gelungen war zu erreichen, dass er freigesprochen wurde. Es hatte nichts mit dem Zusammenstoß zu tun. Dundas war ins Gefängnis gekommen und dort gestorben. Ein guter Mann, der Monk gegenüber bedingungslos großzügig gewesen war, war Opfer eines juristischen Fehlers geworden. Menschen waren fehlbar, und einige waren schlecht oder taten zumindest Schlechtes.

Was war mit Michael Dalgarno, den Katrina Harcus so leidenschaftlich liebte? Es war Zeit, dass Monk ihn von Angesicht zu Angesicht kennen lernte und sich seine eigene Meinung bildete.

Er überquerte den äußeren Ring und ging flotten Schrittes die York Gate hinunter zur Marylebone Road, wo er den nächsten leeren Hansom Richtung Süden in die Dudley-Street nahm zu den Büros von Baltimore und Söhne.

Er ging die Stufen hoch und trat durch die Tür des Gebäudes. Dort stieg er die eichengetäfelte Treppe hinauf. Seine Gedanken rasten. Als er drin war und vor dem Sekretär stand, der auf sein Läuten am Empfangstresen herbeikam, hatte er sich zumindest grob zurechtgelegt, was er sagen würde. Eine Visitenkarte hatte er bereits in seiner Westentasche.

»Guten Tag, Sir. Was kann ich für Sie tun?«, fragte der Sekretär.

»Guten Tag«, antwortete Monk selbstsicher. »Mein Name ist Monk. Ich vertrete Findlay und Braithwaite aus Dundee, die gebeten wurden, bestimmtes rollendes Material für Eisenbahnen in Frankreich zu erwerben, und, sollte ihre Unternehmung dort erfolgreich sein, auch in der Schweiz.«

Der Sekretär nickte.

»Baltimore und Söhne hat einen tadellosen Ruf«, fuhr Monk fort. »Ich wäre Ihnen äußerst verbunden, wenn jemand abkömmlich wäre, der mir den allerbesten Rat bezüglich möglicher Geschäfte von großem Umfang geben könnte. Wenn der für den Ankauf von Land und Material Verantwortliche Zeit für mich hat, könnte dies von großem Vorteil für uns alle sein.«

Er zog die Karte heraus, auf der sein Name stand, eine Adresse in Bloomsbury und die sehr allgemein gehaltene Berufsbezeichnung »Berater und Vermittler«. Sie war ihm schon bei mancherlei Gelegenheit von Nutzen gewesen.

»Sicher, Mr. Monk«, sagte der Sekretär ruhig und schob seine Brille die breite Nase hinauf. »Ich werde Mr. Dalgarno fragen, ob er Zeit für Sie hat. Wenn Sie so freundlich wären, dort zu warten, Sir.« Das war eine Anweisung, keine Frage, und er verschwand mit der Karte in der Hand durch eine Tür und ließ Monk allein.

Monk betrachtete die Wände, an denen etliche bemerkenswerte Gemälde und Radierungen hingen, von denen einige dramatische Eisenbahnszenen zeigten: hoch aufragende Felsen und enge Schluchten, die von Schwärmen von Streckenarbeitern aus dem Fels gehauen wurden, winzige Gestalten vor einer grandiosen Kulisse. Zufahrtswege führten aus der Ebene in die Höhe, darauf Wagen voller Steine, deren Gewicht von Pferden gezogen wurde. Männer schwangen Spitzhacken, hoben Schaufeln, schleppten und gruben.

Er ging zum nächsten Bild, das den herrlichen Bogen eines Viadukts zeigte, der sich den halben Weg über ein Tal mit Marschland erstreckte. Auch hier waren Arbeitstrupps und Pferde bei der Arbeit, damit die Eisenbahn unbarmherzig ihren Weg fortsetzen konnte, um den industriellen Fortschritt, wie viel Wegstrecke auch immer dazwischen lag, von einer Stadt in die nächste zu bringen.

Er ging hinüber zur anderen Wand, wo Gemälde von Lokomotiven hingen – großartige, glänzende Maschinen, die Dampf ausstießen, mit schimmernden Rädern, leuchtend lackiert. Er spürte einen längst vergessenen Genuss, ein Schaudern aus Aufregung und Furcht, ein außergewöhnliches Hochgefühl.

Die Tür ging auf, und er drehte sich fast schuldbewusst um, als hätte man ihn bei einem verbotenen Vergnügen erwischt. Der Sekretär wartete auf ihn.

»Schön, nicht wahr?«, sagte er stolz. »Mr. Dalgarno hat jetzt Zeit für Sie. Wenn Sie mir bitte folgen würden, Sir.«

»Vielen Dank«, sagte Monk rasch. »Ja, sie sind sehr schön.« Er wandte sich nur widerstrebend von den Bildern ab, fast als würden sie ihm, wenn er sie nur lange genug anschaute, mehr verraten. Aber Dalgarno wartete, also hatte er dafür jetzt keine Zeit. Er folgte dem Sekretär in ein geräumiges, aber sehr bescheiden möbliertes Büro. Die Gesellschaft schien alles, was sie verdiente, in weitere Projekte zu stecken statt in Luxus für ihre Angestellten.

Geschnitzte Tische oder frisch gepolsterte Stühle hätten nur überflüssig gewirkt, so wurde der Raum von Michael Dalgarno dominiert. Er war etwa so groß wie Monk und bewegte sich mit der entspannten Anmut eines Mannes, der um seine Eleganz weiß. Seine Kleider saßen nicht nur vollkommen, sie waren seiner Situation auch in jeder Hinsicht angemessen – stilvoll, diskret und doch mit einem Hauch von Individualität, der ihn aus der Masse heraushob. In Dalgarnos Fall war es der ungewöhnliche Knoten seiner Krawatte. Sein Haar war dunkel und stark gewellt, seine Züge waren gleichmäßig, aber erfreulicherweise nicht unbedingt gut aussehend. Vielleicht war seine Nase ein wenig zu lang, seine Oberlippe etwas zu breit. Es war ein starkes Gesicht, in dem Gefühle schwer zu lesen waren.

»Guten Tag, Mr. Monk«, sagte er höflich, aber ohne die Beflissenheit, die zu viel Geschäftseifer verriet. »Wie kann ich Ihnen helfen?« Er bot Monk mit einer Geste einen Stuhl an und nahm dann hinter dem Schreibtisch Platz.

Monk setzte sich, er fühlte sich in dem Büro beinahe heimisch, als wäre es sein eigenes. Papierstapel, Rechnungen und Lieferscheine waren ihm vertraut. Die Bücher auf dem Regal hinter Dalgarno handelten von den großen Eisenbahnen der Welt, dazu gab es Atlanten, alphabetische Ortsverzeichnisse, Messtischblätter und Verzeichnisse von Stahlfabrikanten, Sägewerken und etlichen größeren und kleineren mit dem Bau von Eisenbahnen beschäftigten Gewerbezweigen.

»Ich vertrete eine Gesellschaft, die für einen Herrn handelt, der es vorzieht, im Augenblick noch nicht genannt zu werden«, sagte er, als wäre dies ganz normal, wenn man ein Geschäft beginnen wollte. »Er hat die Gelegenheit zum Export großer Mengen rollenden Materials, insbesondere Passagierwagen und Güterwaggons.«

Er sah Dalgarnos Interesse, dessen Intensität aber geschickt verborgen blieb.

»Natürlich suche ich nach der besten Ware zum besten Preis«, fuhr er fort. »Einen, bei dem alle Parteien vom Handel profitieren. Baltimore und Söhne wurde mir als Gesellschaft genannt, die einfallsreicher ist als die meisten und von einer Größe, die einem guten Kunden individuellen Rat und Aufmerksamkeit zukommen lassen kann.« Er sah ein Zucken in Dalgarnos Augen, nur eine leichte Dehnung, eine längere

Atempause, aber Monk war es gewöhnt, Menschen zu beobachten und die unausgesprochenen Worte zu lesen, und er ließ Dalgarno das spüren. Er lehnte sich ein wenig zurück, lächelte und schwieg.

Dalgarno begriff. »Verstehe. Von welchen Mengen sprechen wir, Mr. Monk?«

Die Antwort kam aus einer bislang ungenutzten Nische seiner Erinnerung. »Für den Anfang achthundert Kilometer Schienen«, antwortete er. »Wenn es gut läuft, können es in den nächsten zehn Jahren bis zu dreitausend werden. Ungefähr die Hälfte davon auf leichtem Terrain, die andere Hälfte würde ziemlich viele Durchstiche und Sprengungen erfordern und wahrscheinlich mindestens acht Kilometer Tunnel. Beim rollenden Material würde man bei hundert Güterwaggons anfangen, und vielleicht noch einmal ebenso viele Passagierwagen, aber für Letztere haben wir ausgezeichnete Fabrikanten im Sinn. Natürlich könnten wir jederzeit ein anderes Angebot in Erwägung ziehen, wenn es sich als besser herausstellt.«

»Nur damit ich Sie richtig verstehe, Mr. Monk.« Dalgarnos Miene war vollkommen entspannt, als wäre er nur gelinde interessiert, aber Monk sah die Anspannung der Muskeln unter den eleganten Linien seines Jacketts. Doch abgesehen von dem, was er sah oder in Dalgarnos Stimme hörte, wusste er genau, wie Dalgarno sich fühlte. In Dalgarnos Alter hatte er auch auf einem solchen Stuhl gesessen. Er konnte es fühlen, als würde er jetzt dort sitzen. Es ging tiefer als Erinnerung; er spürte es quasi in den Knochen. Ohne zu wissen, warum das so war, konnte er sich vollkommen mit Dalgarno identifizieren.

»Sie fragen mich, ob besser billiger bedeutet«, sagte Monk an seiner Stelle. »Es bedeutet bessere Qualität fürs gleiche Geld, Mr. Dalgarno. Das Ganze muss sicher sein, Unfälle sind teuer. Eine Sache, die vor ihrer Zeit ersetzt werden muss, ist teuer, egal, wie wenig man dafür bezahlt hat. Im Kauf, in den Verträgen, im Transport, in der Vernichtung des Alten stecken überall Kosten, vor allem aber in dem Stillstand, während man das Neue beschafft.«

Dalgarno lächelte – ein breites, instinktives Lächeln. Er hatte ausgezeichnete Zähne. »Ihre Argumente sind wohlerwogen, Mr. Monk. Ich kann Ihnen versichern, dass jedes Angebot von Baltimore und Söhne ihre Kriterien erfüllen würde.«

Monk lächelte noch breiter. Er hatte nicht die Absicht, ihm entgegenzukommen, zum einen, weil Dalgarno dann keinen Respekt mehr für ihn haben würde, und zum anderen, weil er so lange wie möglich in Dalgarnos Firma bleiben wollte. Es war seine einzige Gelegenheit, sich ein Bild von dem Mann zu machen. Es fiel ihm schon jetzt schwer zu glauben, dass Dalgarno sich von irgendjemandem zum Narren halten ließ. Nolan Baltimore würde er jedenfalls niemals kennen lernen, um zu erfahren, ob er die jüngeren Mitarbeiter seiner Firma womöglich benutzt und zu etwas angestiftet hatte, aber wenn er das getan hatte, bezweifelte Monk, dass es ihm bei dem Mann vor ihm gelungen war. Dalgarno besaß eine Wachsamkeit und ein Selbstvertrauen, die er so deutlich spürte, als kenne er die Gedanken und die Natur des Mannes. Er verstand vollkommen, warum Katrina Harcus in ihn verliebt war, nicht jedoch, wieso sie so von seiner Unschuld überzeugt war. War das nicht die Blindheit des Herzens?

»Wenn ich Ihnen alle Einzelheiten unterbreite«, fuhr Monk fort, »könnten Sie mir dann innerhalb eines Monats Lieferzeit, Kosten und technische Daten geben, Mr. Dalgarno?«

»Ja«, sagte Dalgarno, ohne zu zögern. »Die Lieferung könnte ein Weilchen dauern, insbesondere bei dem rollenden Material. Wir haben bereits eine sehr große Bestellung, die nach Indien verschifft werden soll. Dieses Land baut in großem Umfang, wie Sie sicher wissen.«

»Ja, natürlich. Aber ich bin beeindruckt, dass Sie nach Indien verschiffen!« Er war verblüfft, obwohl er nicht hätte sagen können, warum.

Dalgarno entspannte sich und legte die Fingerspitzen aneinander. »Nicht von uns, Mr. Monk. Bedauerlicherweise sind wir dafür noch nicht groß genug. Aber einer anderen Gesellschaft liefern wir einzelne Komponenten. Aber ich nehme an, das wissen Sie.«

Das war eigentlich keine Frage. Er betrachtete es als gegeben, dass Monk ihn auf den Prüfstand stellte, und er ließ seine Aufrichtigkeit durchscheinen.

Monk erholte sich schnell. »Können Sie auch für Ihren Seniorpartner sprechen?«

Dalgarnos Gesicht verdüsterte sich. Unmöglich zu sagen, ob sein Zögern echt war oder eine Sache des Anstands. »Tragischerweise ist unser Seniorpartner vor kurzem verstorben«, antwortete er. »Aber sein Sohn, Mr. Jarvis Baltimore, wird seine Nachfolge antreten, wozu er mehr als fähig ist.«

»Das tut mir Leid«, sagte Monk. »Darf ich Ihnen mein Beileid aussprechen?«

»Vielen Dank«, sagte Dalgarno. »Sie werden verstehen, dass Mr. Jarvis Baltimore im Augenblick mit Familienangelegenheiten beschäftigt ist und sich darum bemüht, seine Mutter und seine Schwester zu trösten. Auch ich sollte heute Abend dort sein, Mr. Monk. Mr. Baltimore starb plötzlich und vollkommen unerwartet. Aber das ist natürlich nicht Ihre Angelegenheit, und Eisenbahnen lassen sich nicht aufhalten. Ich gebe Ihnen mein Wort, dass wir uns durch diese persönliche Tragödie nicht von unserer Pflicht abhalten lassen. Und Versprechen von Baltimore und Söhne werden bis auf den Buchstaben erfüllt.« Er stand auf und streckte Monk die Hand hin.

Auch Monk erhob sich. Es war ein fester, aufrichtiger Händedruck. Dalgarno war äußerst selbstsicher, aber mit einem heftigen Verlangen, einem Ehrgeiz, in dem Monk sich selbst erkannte, wie er einst gewesen war – im Grunde vor noch gar nicht so langer Zeit. Er hatte die Handelsbank und finanzielle Unternehmungen weit hinter sich gelassen, aber als Polizist war dieser Ehrgeiz nur umgelenkt worden. Immer noch war jeder Fall ein Kampf, eine persönliche Herausforderung.

Katrina Harcus' Auftrag lautete, Dalgarno zu retten und ein mögliches Unheil zu verhindern, und um dies zu tun, musste er so viel wie möglich über Jarvis Baltimore herausfinden.

»Eine weitere Frage, Mr. Dalgarno«, sagte er beiläufig. »Es gibt immer das Risiko, dass es bei Landkäufen zu Problemen kommt. Die besten Geschäfte können scheitern, wenn ein Abschnitt der anvisierten Streckenführung Schwierigkeiten bereitet. Nicht jeder betrachtet den Fortschritt als einen Segen.«

Dalgarnos Miene war stummer Zeuge seines Verständnisses.

»Wer kümmert sich in Ihrer Firma um so etwas?«, fragte Monk. »Sie selbst? Oder Mr. Baltimore?«

War da ein leichtes Zögern, oder sah Monk nur, was er sehen wollte?

»Wir haben uns alle darum gekümmert, je nachdem«, antwortete Dalgarno. »Wie Sie sagen, es ist ein Thema, das zu großen Problemen führen kann.«

Monk runzelte die Stirn. »Alle?«

»Der verstorbene Mr. Nolan Baltimore hat sich auch um Grundstücksangelegenheiten gekümmert«, erklärte Dalgarno.

»Tatsächlich.« Monk wollte eben fortfahren, als die Tür aufging und ein Mann, in dem er sofort Jarvis Baltimore erkannte, mit leicht gerötetem Gesicht und ungeduldiger Miene in der Tür stand. »Michael, ich ...« Er erblickte Monk und unterbrach sich augenblicklich. »Es tut mir Leid. Ich wusste nicht, dass Sie Besuch haben.« Er streckte die Hand aus. »Jarvis Baltimore«, stellte er sich vor.

Monk griff nach Baltimores Hand, die die seine ein wenig zu fest drückte, als wollte jemand unbedingt seine Autorität geltend machen.

»Mr. Monk vertritt einen Mandanten, der am Ankauf einer großen Menge rollenden Materials interessiert ist«, erklärte Dalgarno.

Baltimores Miene war jetzt entspannt und interessiert, obwohl sein Körper immer noch kaum unterdrückte Anspannung verriet. »Ich bin mir sicher, dass wir Ihnen helfen können, Mr. Monk. Wenn Sie uns die Wünsche Ihres Mandanten mitteilen, werden wir Ihnen einen Kostenvoranschlag über alle Waren erstellen.«

»Wie steht es mit Dienstleistungen?« Monk hob die Augenbrauen. »Mr. Dalgarno sagte, Sie besäßen einige Geschicklichkeit im Kauf von Land und Wegerechten.«

Baltimore lächelte. »Sicher. Gegen Honorar, natürlich!« Er warf einen raschen Blick auf Dalgarno und sah dann wieder Monk an. »Ich fürchte, wir müssen das Gespräch für heute beenden. Meine Familie hat erst kürzlich einen schweren Verlust erlitten, und Dalgarno ist ein enger Freund – fast wie einer von uns. Meine Mutter und meine Schwester erwarten uns heute Abend...«

Monk sah Dalgarno an und bemerkte die unmittelbare Reaktion in dessen Miene. War das Ehrgeiz, Zuneigung, Mitleid? Monk hatte keine Ahnung.

»Sie werden das sicher verstehen«, fuhr Baltimore fort.

»Selbstverständlich«, sagte Monk. »Darf ich auch Ihnen meine Anteilnahme aussprechen? Dies war nur ein erstes Gespräch. Ich werde meinen Auftraggebern Bericht erstatten und weitere Anweisungen abwarten. Haben Sie vielen Dank, dass Sie sich Zeit für mich genommen haben, Mr. Baltimore, Mr. Dalgarno.«

Er verabschiedete sich. Auf dem Weg nach Hause ließ er sich die Eindrücke noch einmal durch den Kopf gehen.

»Wie war Dalgarno?«, fragte Hester ihn eine Stunde später beim Abendessen, das aus gegrilltem Fisch mit Kartoffelbrei und Zwiebeln bestand. »Glaubst du, er ist in einen Betrug verwickelt?«

Überrascht darüber, wie eindeutig seine Meinung war, zögerte er, bevor er antwortete. Sie beobachtete ihn mit Interesse, ihre Gabel schwebte in der Luft.

»Ich weiß nicht, ob es überhaupt um Betrug geht«, antwortete er ruhig. »Aber wenn, dann fällt es mir schwer zu glauben, dass er sich hinters Licht führen ließe. Er wirkte gut unterrichtet, intelligent und viel zu ehrgeizig, um irgendetwas dem Zufall – oder dem Urteil eines anderen – zu überlassen. Ich glaube, er wäre der Letzte, der sein Wohl einem anderen anvertraut.«

»Dann beruht Miss Harcus' Meinung über ihn mehr auf Verliebtheit als auf der Wirklichkeit?« Sie lächelte ein wenig reumütig. »Wir neigen alle dazu, die Menschen, die uns am Herzen liegen, so zu beurteilen, wie wir sie gerne sehen würden. Wirst du ihr sagen, dass er sehr wohl in der Lage ist, selbst für seinen guten Ruf zu sorgen?«

»Nein«, antwortete er mit vollem Mund. »Zumindest nicht, bevor ich weiß, ob beim Landkauf betrogen wurde oder nicht. Morgen fahre ich nach Derbyshire, um mir die Berichte der Landvermessung und dann das Gelände selbst anzusehen.«

Sie runzelte die Stirn. »Warum ist sie so überzeugt, dass etwas nicht stimmt? Wenn sie Dalgarno nicht für den Verantwortlichen hält, wen dann?« Sie legte die Gabel nieder und achtete nicht mehr auf das Essen. »William, ist es möglich, dass Nolan Baltimore, der Mann, der in der Leather Lane umgebracht wurde, und sein Tod mit dem Landbetrug zu tun hatten und überhaupt nicht mit Prostitution? Ich weiß, dass er wahrscheinlich nicht wegen Geschäften dort war«, fuhr sie rasch fort. »Ich weiß, womit sich Abel Smith seinen Lebensunterhalt verdient!« Ihr Mund verzog sich zu einem winzigen Lächeln. »Und ich nehme an, genau aus diesem Grund war er dort. Aber, nicht wahr, es klingt doch vollkommen logisch, dass sein Mörder ihm dorthin gefolgt und den Ort gewählt haben könnte, um sein wahres Motiv zu verschleiern?«

Diesmal ignorierte sie sein wachsendes Interesse.

»Dann hat er Baltimore dort liegen lassen, damit jeder genau das glaubt, was er glaubt«, fuhr sie fort. »Außer seine Familie natürlich. Habe ich dir erzählt, dass seine Tochter zu mir an den Coldbath Square gekommen ist, um mich zu fragen, ob ich etwas wüsste, was helfen könnte, seinen Namen rein zu waschen?«

»Was?« Er beugte sich vor. »Das hast du mir nicht erzählt!«

»Oh ... also, ich wollte es«, entschuldigte sie sich. »Nicht dass es etwas zu bedeuten hätte. Ich kann natürlich nicht. Ihr etwas sagen, meine ich. Aber die Familie möchte glauben, dass es nichts mit Prostitution zu tun hat, oder?«

»Sie wären auch nicht allzu entzückt, wenn es Landbetrug wäre«, sagte er mit einem Lächeln. Aber der Gedanke loderte in seinem Kopf auf. Er passte zu dem, was er von den beiden jüngeren Männern in Baltimores Büro gesehen hatte und was Katrina von Dalgarno glaubte. Und es war eine weit bessere Erklärung für Nolan Baltimores Tod, als dass eine Prostituierte oder ein Zuhälter ihn umgebracht haben sollte.

Hester sah ihn an, sie wartete auf eine Antwort.

»Ja«, stimmte er ihr zu und legte sich Fisch und Kartoffeln nach. »Aber ich weiß immer noch nicht, ob es überhaupt einen Betrug gibt. Wenn du Recht hast, sollte ich wohl eher sagen, gab! Ich muss morgen nach Derbyshire fahren und mir das Gelände ansehen. Ich brauche alle Karten, in großem Maßstab, ich muss mir genau ansehen, was sie da treiben.«

Sie runzelte die Stirn. »Weißt du das denn so einfach? Ich meine, indem du dir einfach die Karten und das Gelände ansiehst?«

Der Zeitpunkt war gekommen, ihr von seinen erschreckenden Erinnerungen zu erzählen, seinem Gefühl von Vertrautheit mit den Vermessungsarbeiten für Eisenbahnen und dem Ankauf von Land mit all seinen Schwierigkeiten. Er hatte ihr vor langer Zeit von den winzigen Bruchstücken erzählt, die ihm von Arrol Dundas wieder eingefallen waren, und wie hilflos er sich damals gefühlt hatte, als er die Wahrheit nicht hatte beweisen können. Sie würde verstehen, warum er jetzt gezwungen war, die Wahrheit über Baltimore und Söhne herauszufinden, ob sie Katrina Harcus nützte oder nicht. Wenn er ihr seine Ängste erklärte, würde es ihm später leichter fallen, wenn er zugeben musste, dass er zumindest teilweise in den Betrug – und die Katastrophe, die vielleicht daraus resultierte – verwickelt war.

Er dachte an ihre Arbeit mit den Frauen am Coldbath Square. Sie würde heute Abend wieder dorthin gehen. Sie hatte sich bereits dafür umgezogen, für eine lange Nacht voller schwerer, undankbarer Arbeit. Er sah sie wahrscheinlich erst wieder, wenn er von Derbyshire zurückkam. Er sollte damit warten, bis er die Möglichkeit hatte, bei ihr zu sein, um sie ... wessen ... zu versichern? Dass er, was auch immer für ein Mensch er früher gewesen war, heute ein anderer war?

»Ich weiß nicht«, sagte er. Das war im Kern die Wahrheit, wenn auch nicht die ganze. »Ich weiß nicht, was ich sonst versuchen soll.«

Sie griff nach Messer und Gabel und fing wieder an zu essen. »Wenn ich noch etwas über Nolan Baltimore höre, sage ich es dir«, versprach sie.

5

Hester hatte nach Monks Rückkehr einen merkwürdigen, unglücklichen Abend verbracht. Sie war sich bewusst, dass da etwas sehr Machtvolles in ihm war, an das sie nicht herankam. Er war entweder nicht willens oder nicht in der Lage, sich ihr mitzuteilen. Sie hatte ihn vermisst, als er weg war, und die Gelegenheit genutzt, in dem Haus am Coldbath Square so viel Arbeit wie möglich zu erledigen, und sie wäre überglücklich gewesen, sehr viel später oder auch gar nicht hinzugehen, hätte er nur einmal gesagt, er würde sich freuen, wenn sie zu Hause bliebe. Aber das tat er nicht. Er war reizbar, in Gedanken versunken und wirkte fast erleichtert, als sie sich kurz vor zehn Uhr verabschiedete und in die von Straßenlaternen erleuchtete Dunkelheit hinaustrat und mit dem nächsten Hansom zum Coldbath Square fuhr.

Die Nacht war kühl, und als sie die Tür der Ambulanz öffnete und eintrat, war sie froh über die Wärme, die sie umfing. Bessie saß am Tisch und nähte Knöpfe an eine weiße Bluse. Sie schaute auf, und Freude überzog ihr Gesicht, als sie Hester sah.

»Sie sehen bedrückt aus«, sagte sie besorgt. »'ne hübsche Tasse heißer Tee wird Ihnen gut tun.« Sie legte die Näharbeit weg und stand auf. »Mit 'nem Tropfen von dem harten Zeug?« Sie griff nicht danach, weil sie wusste, dass Hester ablehnen würde. Das tat sie stets, aber Bessie bot ihr immer wieder etwas an. Es war eine Art Ritual.

»Nein, vielen Dank«, antwortete Hester mit einem Lächeln und hängte ihren feuchten Mantel an den Haken an der Wand. »Aber lassen Sie sich durch mich nicht stören.«

Das war auch ein Ritual. »Jetzt, wo Sie es erwähnen«, meinte Bessie, »machen Sie sich nichts draus, wenn ich's tue.« Sie ging zum Herd, um dafür zu sorgen, dass das Wasser im Kessel bald kochte, und Hester schaute nach den Patientinnen.

Fanny, das Mädchen mit der Stichverletzung, fieberte und hatte große Schmerzen, aber es schien ihr nicht schlechter zu gehen, als Hester erwartet hatte. Solche Wunden heilten nicht schnell, doch ihr Fieber schien bereits leicht zurückzugehen.

»Haben Sie etwas gegessen?«, fragte Hester sie.

Fanny nickte. »Ein wenig«, flüsterte sie. »Man hat mir etwas Rindfleischbrühe gebracht. Vielen Dank.«

Bessie kam auf sie zu, ein großer, mildtätiger Schatten zwischen den Betten, beleuchtet von dem Licht am anderen Ende des Raums.

»Mr. Lockhart war sehr zufrieden mit ihr«, sagte sie erfreut. »Kam gegen Mittag. Stocknüchtern.« Das letzte Wort sprach sie voller Stolz aus, als sei es zum Teil ihr Verdienst, was es vielleicht sogar war.

»Haben Sie ihm Mittagessen gegeben?«, fragte Hester, ohne Bessie anzusehen.

»Und wenn schon!«, meinte Bessie. »Ein bisschen Gemüse und Kartoffeln und ein oder zwei Würstchen sollten wir doch für ihn übrig haben.«

Hester lächelte, denn sie wusste, dass Bessie es aus ihrer eigenen kärglichen Vorratskammer mitgebracht hatte. »Natürlich haben wir das«, sagte sie und tat so, als wüsste sie es nicht. »Als Lohn für das, was er tut, ist das wenig genug.«

»Da haben Sie Recht!«, sagte Bessie leidenschaftlich, warf Hester einen argwöhnischen Blick zu und sah dann wieder weg. »Und er hat nach Alice geschaut, dem armen Ding. Meinte, es gehe ihr einigermaßen. Hat sich 'ne ganze Weile mit ihr unterhalten. Er und Miss Margaret haben ihr Arnikaumschläge gemacht, wie wir gestern, es schien ihr ein wenig zu helfen.« In Bessies Stimme lag Angst. Hester wusste, dass sie wissen wollte, ob Alice überleben würde, und doch hatte sie zu viel Angst vor der Antwort, um die Frage zu stellen.

Die Tatsache, dass Alice seit ihren Verletzungen bereits drei Tage überlebt hatte, war ein äußerst hoffnungsvolles Zeichen. Hätte sie, wie sie fürchteten, innere Blutungen gehabt, wäre sie inzwischen gestorben.

Hester ging zu ihr und sah, dass sie halb schlief, immer wieder wegdämmerte und leise murmelte, als würde sie von Träumen geplagt. Sie konnten nichts für sie tun. Entweder heilte ihr Körper mit der Zeit, oder sie bekam Fieber oder Brand und starb. Wenn sie wacher war, würden sie ihr nachher ein wenig mehr zu trinken geben, sie mit einem Schwamm mit kaltem Wasser abwaschen und ihr ein frisches Nachthemd anziehen.

Hester ging zu dem Tisch am anderen Ende des Raums zurück, wo Bessie den Tee ziehen ließ und einen ordentlichen Schuss Whiskey in ihre eigene Tasse goss.

In der Gegend um den Coldbath Square waren immer noch viele Polizisten unterwegs, die Fragen stellten und die Leute schikanierten. Hester hatte sie bemerkt, sie sahen zutiefst unglücklich aus, konnten dem Unvermeidlichen aber nicht entkommen. Die meisten stammten aus der Gegend und kannten die Frauen – und die Männer, die regelmäßig kamen, um sich ihr Vergnügen zu holen. Im gegenwärtigen Klima waren das jeden Tag weniger. Auch in anderen Bereichen liefen die Geschäfte schlecht; alle, die sich am Rande des Gesetzes bewegten, waren nervös und reizbar. Es gab kein Geld, das für kleine Genüsse wie Pfefferminzwasser, Blumen, Schinkensandwiches, einen neuen Hut oder ein Spielzeug für ein Kind ausgegeben werden konnte. Die Einzigen, die noch etwas verdienten, waren Verkäufer von Streichhölzern und Schnürsenkeln.

Kurz vor Mitternacht kam Jessop wieder vorbei, um noch einmal mehr Miete zu verlangen. Er stand, die Daumen in die Armlöcher seiner roten Brokatweste gehakt, mitten im Raum, wollte ihnen Einschränkungen auferlegen und wurde richtig lästig. Die wenigen Patientinnen beschwerten sich schon über seine Anwesenheit. Er verunsicherte sie, denn er verkörperte, wenn auch nur am Rande, die Autorität. Hester wies ihn darauf hin und bat ihn zu gehen. Er lächelte zufrieden und blieb umso länger, bis Bessie die Geduld verlor und den Eimer mit heißem Wasser, Lauge und Essig füllte. Sie machte sich daran, den Fußboden zu schrubben, und schüttete dabei den Inhalt des Eimers absichtlich über seine Stiefel, sodass er sich verärgert davonmachte. Dann unternahm Bessie noch einen eher halbherzigen Anlauf, den Fußboden zu putzen, doch schon nach ein paar Quadratmetern schüttete sie das Wasser weg. Sie und Hester legten sich in zwei leere Betten schlafen, wobei sie den größten Teil der Nacht nicht von Patientinnen gestört wurden und nur zweimal aufstanden, um Alice zu helfen.

»Ich habe ihm das Messer auch noch selbst in die Hand gedrückt!«, sagte Margaret zerknirscht, als Hester ihr früh am nächsten Morgen von Jessops Besuch erzählte. Sie kam kurz nach neun, als Bessie schon unterwegs war, um ein paar Einkäufe zu erledigen.

Margaret war zu aufrichtig, als dass Hester sie mit Ausflüchten hätte abspeisen können. Heute vor allem hatte sie das brennende Bedürfnis, ehrlich zu sein.

»Ich fürchte, ja«, sagte sie, jedoch mit einem entschuldigenden Lächeln, um ihren Worten die Schärfe zu nehmen. Sie waren damit beschäftigt, von den benutzten und gewaschenen Binden die auszusortieren, die noch zu brauchen waren, denn sie konnten sich keine unnötigen Ausgaben leisten. »Aber ich glaube, dass es bald keinen Unterschied mehr macht. Wir müssen so schnell wie möglich eine neue Bleibe finden. Bei der ersten Gelegenheit wird er uns rausschmeißen. Das hat er doch schon immer gewollt.«

Margaret antwortete nicht. Ihre Finger bewegten sich flink über die Stoffrollen, warfen einige weg, legten andere zur Seite. »Was sollen wir in Bezug auf die Wucherer und die misshandelten Frauen tun?«, fragte sie schließlich.

Genau darüber hatte Hester nachgedacht, seit sie von Alice die Wahrheit erfahren hatte, und war zu dem Schluss gekommen, dass sie allein nichts tun konnten, was die Situation nicht noch schlimmer gemacht hätte. Wucherei war kein Verbrechen, das vom Gesetz auf dem gewöhnlichen Weg verfolgt werden konnte. Sie hatte verschiedene Ideen durchgespielt, aber noch keinen in sich geschlossenen, durchführbaren Plan gefasst.

An diesem Morgen fühlte sie sich angesichts des Schmerzes noch hilfloser als sonst, weil ihr eigenes Glück getrübt war, ihr Selbstvertrauen überschattet von der Tatsache, dass Monk eine Distanz zwischen ihnen aufgebaut hatte. Etwas schmerzte ihn, und er war nicht fähig, sich ihr mitzuteilen.

»Wir brauchen Hilfe«, sagte sie laut. Sie fasste einen Entschluss. »Jemanden, der das Gesetz sehr viel besser kennt als wir.«

»Mr. Monk?«, fragte Margaret schnell.

»Nein, ich meinen einen Anwalt.« Hester wollte nicht zulassen, dass der Gedanke, sich nicht an Monk zu wenden, ihr wehtat. »Jemand, der sich mit Wucherei und derlei auskennt«, antwortete sie. »Ich glaube, sobald die Anwaltsbüros offen haben, sollten wir uns auf den Weg machen. Bis dahin ist Bessie zurück, und ich halte es für unwahrscheinlich, dass am Vormittag jemand kommt, der nicht auf unsere Rückkehr warten könnte.«

»Aber wer sollte sich für Fälle wie den von Fanny oder Alice interessieren?«, wollte Margaret wissen. »Zudem haben wir kein Geld übrig. Es ist bereits alles für Miete und Material verplant.« Sie sagte das sehr bestimmt, nur für den Fall, dass Hester etwas Unpraktisches im Sinn hatte und ihre Prioritäten aus dem Auge verlor.

»Ich weiß zumindest, wo wir anfangen können«, sagte Hester sachlich. »Und das Geld für unsere Ausstattung werde ich nicht ausgeben, versprochen.« Sie wollte Margaret noch nicht sagen, dass sie vorhatte, Sir Oliver Rathbone aufzusuchen. Er war einst kurz davor gewesen, Hester zu fragen, ob sie ihn heiraten wolle. Er hatte gezögert und die Worte dann nicht ausgesprochen. Vielleicht hatte er in ihrer Miene gesehen, dass sie noch nicht bereit war, eine solche Entscheidung zu treffen, oder auch, dass sie nie jemand anderen mit der gleichen Heftigkeit und Magie lieben würde wie Monk. Sie konnte nicht anders, ob Monk ihre Gefühle je erwiderte oder nicht, was sie damals noch nicht gewusst hatte. Erst später hatte sie herausgefunden, dass Monk ihre Gefühle leidenschaftlich und tief erwiderte und endlich akzeptiert hatte, dass seine Gefühle zu unterdrücken bedeuten würde, sowohl das Beste als auch das Veletzlichste in sich zu verleugnen.

Sie waren zwar Freunde, sie drei, doch mehr schlecht als recht. Rathbone empfand immer noch starke Zuneigung zu ihr. Sie wusste es, und auch Monk war sich dessen bewusst. Aber in einem Fall, der Vorrang hatte vor persönlichen Verletzungen und Verlusten, waren sie Verbündete. Mochte der Fall auch noch so schwierig und aussichtslos sein – wenn er an ihn glaubte, hatte Rathbone noch nie abgelehnt, erst recht nicht, wenn Monk ihm die Sache antrug.

Sie und Margaret würden in die Vere Street gehen und Oliver alles, was sie wussten, erzählen. So konnten sie sich die Last zumindest teilen. Plötzlich wusste Hester, dass es ihr gut tun würde, ihn zu sehen, seine Wärme und sein Vertrauen in sie zu spüren.

Es war dann doch schon nach elf Uhr, als Hester und Margaret in Rathbones Büro geführt wurden. Der Schreibtisch hatte eine wunderschöne Lederauflage, die Schränke waren voller Bücher, und die hohen Fenster überblickten die Straße.

Rathbone kam mit einem breiten Lächeln auf Hester zu. Er war durchschnittlich groß, und sein Charme lag in seinen intelligenten Zügen, seinem verschrobenen, trockenen Humor und der überragenden Sicherheit seines Betragens. Er war ein richtiger Gentleman, und er besaß die Zwanglosigkeit, die Privilegien und Bildung verliehen.

»Hester, was für eine Freude, Sie zu sehen, auch wenn es ein Problem sein muss, das Sie hierher führt«, sagte er aufrichtig. »Wer wird fälschlicherweise wessen beschuldigt? Ich vermute, es geht um Mord? Darum geht es doch gewöhnlich bei Ihnen.«

»Noch nicht«, antwortete sie. Allein die Freundlichkeit in seiner Stimme hüllte sie schon mit Wärme ein. Sie wandte sich um, um Margaret vorzustellen, dabei bemerkte sie ein interessiertes Flackern in seinen dunklen Augen, als würde er sie wiedererkennen oder etwas in ihr, das er gerne sah. »Miss Margaret Ballinger«, sagte sie schnell. »Sir Oliver Rathbone.«

Margaret holte Luft, um zu antworten, und eine leise Röte überzog ihre Wangen.

»Wir sind uns schon einmal begegnet«, meinte Rathbone, bevor Margaret etwas sagen konnte. »Auf einem Ball, ich habe vergessen, wo, aber wir haben getanzt. Es war kurz vor dieser dummen Angelegenheit mit dem Architekten. Es ist mir eine Freude, Sie wieder zu sehen, Miss Ballinger.« Sein Gesichtsausdruck verriet, dass seine Worte ehrlich gemeint und keine bloße Höflichkeitsfloskel waren.

Margaret atmete tief durch, ein wenig zittrig. »Vielen Dank, dass Sie uns empfangen, obwohl wir unangemeldet kommen, Sir Oliver. Das ist sehr freundlich von Ihnen.«

»Hester kommt immer mit den faszinierendsten Problemen«, wandte er ein und bat sie mit einer Geste, doch Platz zu nehmen. Als sie saßen, setzte er sich hinter seinen Tisch. »Sie sagten, bisher sei noch niemand ermordet worden. Soll ich daraus schließen, dass Sie glauben, dass das noch passieren wird?« Sein Ton war ohne jeden Spott, er war leicht, aber vollkommen ernst.

»Zwei Menschen wurden sehr schwer verletzt, und das sind noch nicht die letzten«, sagte Hester ein wenig schneller, als sie beabsichtigt hatte. Sie merkte, dass Rathbone Margaret die gleiche Aufmerksamkeit widmete wie sie ihm. Wie wenig sie über sein Leben wusste! Dabei ging es nicht nur um reine Fakten, sondern um das Wertvolle, das er im Menschen sah, um die Gefühle, das Lachen und die Verletzungen, die Träume, die diesen Mann im Innern ausmachten.

Er wartete darauf, dass sie fortfuhr.

»Miss Ballinger und ich haben am Coldbath Square ein Haus gemietet, in dem wir hilfsbedürftige Frauen medizinisch behandeln«, sagte sie, die merkwürdige Mischung aus Zärtlichkeit, Bewunderung und Entsetzen in seinem Blick ignorierend.

»Vor kurzem hatten wir ein paar, die sehr übel zugerichtet worden waren«, fuhr sie fort. »Eine von ihnen hat gesagt, sie sei früher Gouvernante gewesen, bevor sie heiratete und von ihrem Mann in Schulden gestürzt wurde. Sie hat sich Geld geliehen und konnte es dann nicht zurückzahlen.« Sie sprach zu schnell, also drosselte sie ihr Tempo. »Der Wucherer hat ihr angeboten, sich für Männer zu prostituieren, die gerne einst respektable Frauen demütigen und missbrauchen.« Sie sah die Entrüstung in seiner Miene. Könnte er ihr zuhören, ohne etwas zu empfinden, würde sie ihn dafür verachten.

Rathbone warf einen Blick auf Margaret, und ihre Wut besänftigte ihn.

»Fahren Sie fort«, sagte er und wandte sich wieder Hester zu.

»Ich glaube wohl, Sie wissen, dass vor etwas mehr als einer Woche ein Mr. Nolan Baltimore in der Leather Lane ermordet wurde?«, fragte sie.

Er nickte. »Ja.«

»Seither patrouillieren mehr Polizisten als gewöhnlich in der Gegend, mit dem Ergebnis, dass diese Frauen kaum noch Geschäfte machen. Sie verdienen nur wenig oder gar kein Geld und können den Wucherer nicht bezahlen. Sie werden geschlagen, weil sie ihre Schulden nicht tilgen können.« Die Erinnerung an die zwei Frauen löschte für einen Augenblick jedes Gefühl ihrer eigenen Einsamkeit aus. Entschlossen beugte sie sich vor. »Bitte, Oliver, irgendetwas müssen wir doch dagegen tun können. Sie sind viel zu verängstigt und beschämt, um sich zu wehren.« Sie sah, wie er nach Worten für eine freundliche Absage suchte. Sie verlangte zu viel. Gerne hätte sie sich zurückgezogen, wäre vernünftig gewesen, aber der Schmerz brannte zu heiß in ihr.

»Hester ...«, setzte er an.

»Ich weiß, dass die ganze Welt um den Coldbath Square und die Leather Lane außerhalb des Gesetzes steht«, sagte sie schnell, bevor er sie fallen lassen konnte. »Das sollte nicht so sein! Müssen wir immer warten, bis Menschen zu uns kommen, bevor wir ihnen helfen können? Manchmal müssen wir das Problem schneller erkennen und es einfach angehen.« Margaret erstarrte. Vielleicht war sie es nicht gewöhnt, dass eine Frau so freimütig mit einem Mann sprach. Es war ungebührlich, und auf diesem Weg gewann oder hielt man keinen Ehemann.

»Sie meinen, für sie entscheiden?«, sagte Rathbone mit einem trockenen Lächeln. »Das klingt aber gar nicht nach Ihnen, Hester.«

»Ich bin Krankenschwester und keine Anwältin!«, sagte sie scharf. »Ich muss sehr oft Menschen helfen, die längst nicht mehr für sich selbst entscheiden können. Es ist meine Aufgabe zu wissen, was sie brauchen, und es dann auch umzusetzen.«

Diesmal war sein Lächeln voller Wärme und ungekünstelter Freundlichkeit. »Ich weiß. Diese Zivilcourage bewundere ich an Ihnen, seit ich Sie kenne. Doch weil ich selbst keine besitze, finde ich sie ein wenig überwältigend.«

Sie spürte, dass Tränen in ihren Augen brannten. Sie wusste, dass es ihm ernst war damit, und es bedeutete ihr mehr, als sie erwartet hatte. Trotzdem wollte sie noch weiterstreiten. Bloß, dass das Frauen wie Alice und Fanny nichts nützte. »Oliver ...«

Margaret beugte sich vor. »Sir Oliver«, sagte sie drängend. Ihre Wangen hatten sich gerötet, doch ihr Blick war fest. »Wenn Sie den Körper dieser armen Frau gesehen hätten, ihre gebrochenen Arme und Beine, ihre Angst, ihren Schmerz und die Scham, die sie empfindet, weil sie sich prostituieren muss, um die Schulden ihres Mannes zu bezahlen, würden Sie das Gleiche empfinden wie wir. Wenn wir ihr den täglichen Schmerz erleichtern und sie gesund pflegen, nur um sie dann wieder hinaus auf den Coldbath Square zu schicken, wo sich alles wiederholt, weil ihre Schulden immer größer werden ...«

»Miss Ballinger ...«

»Dann ...« Sie hielt abrupt inne, die Röte in ihrem Gesicht vertiefte sich, als ihr bewusst wurde, wie dreist sie war. »Es tut mir Leid«, sagte sie zerknirscht. »Sicher interessiert ein solcher Fall Sie nicht. Und wir haben kein Geld, um Sie zu bezahlen.« Sie stand auf, die Augen vor Verlegenheit gesenkt. »Es war ein Akt der Verzweiflung ...«

»Miss Ballinger!« Auch er stand auf und ging um den Tisch auf sie zu. »Bitte«, sagte er freundlich. »Ich wollte gar nicht ablehnen, ich weiß nur einfach nicht, was ich tun könnte! Aber ich verspreche Ihnen, dass ich der Sache meine Aufmerksamkeit widmen werde, und wenn ich eine gesetzliche Möglichkeit sehe, werde ich es Ihnen sagen und Ihre Anweisungen entgegennehmen. Geld spielt keine Rolle. Ich zögere nur, weil ich nichts versprechen möchte, was außerhalb meiner Macht steht.«

Margaret schaute rasch zu ihm auf, ihr Blick war offen und direkt und ihr Gesicht voller Dankbarkeit. »Vielen Dank ...«

Hester war erstaunt und schockiert darüber, dass Rathbone bereit war, einer Bitte nachzukommen, die ihn nicht interessierte und ihm völlig gegen den Strich ging, um Margaret nichts abzuschlagen. Es war nicht wie früher Hester, der er einen Gefallen tun wollte. Sie war natürlich froh, dass er einverstanden war, und dankbar, aber sie empfand es als Abfuhr, dass es nicht um ihretwillen geschah. Es war nicht offensichtlich – er war in keiner Weise weniger freundlich zu ihr gewesen, aber die Natur seiner Freundlichkeit war eine andere. Sie spürte es so deutlich wie eine Veränderung der Lufttemperatur. Sie hätte sich für die beiden freuen sollen. Sie freute sich! Sie wollte nicht, dass Rathbone den Rest seines Lebens in sie verliebt war. Aber gerade heute war es, als sei eine Tür vor ihr zugeschlagen, und das schmerzte sie.

Rathbone hatte sich ihr zugewandt. Sie konnte nicht anders, sie musste lächeln.

»Vielen Dank«, fügte sie Margarets Worten hinzu. »Ich glaube, wir haben Ihnen alles erzählt, was wir wissen. Es geht bisher mehr um das Prinzip als um die einzelnen Frauen, aber wenn wir noch etwas erfahren, werden wir Sie natürlich informieren.«

Es gab nichts mehr zu sagen, und sie wussten, wie liebenswürdig es von ihm gewesen war, sie überhaupt zu empfangen und andere Mandanten warten zu lassen. Sie entschuldigten sich und dankten ihm noch einmal, und fünf Minuten später saßen sie in einem Hansom, der sie zurück zum Coldbath Square brachte. Sie schwiegen, jede in ihre eigenen Gedanken vertieft. Margarets Wangen waren immer noch gerötet, ihre Augen waren weit aufgerissen und von Hester abgewandt, sie starrte aus dem Fenster auf die vorbeihuschenden Straßen. Keine Worte hätten beredter von der Tatsache berichten können, dass sie ihr erstes Zusammentreffen mit Rathbone ganz offensichtlich nicht vergessen hatte, und der Eindruck, den er auf sie gemacht hatte, hatte sich in der Zwischenzeit nicht abgenutzt. Aber das war zu heikel, um darüber zu sprechen. Umgekehrt hätte Hester auch nichts gesagt, und sie wollte sich jetzt nicht aufdrängen. Sie und Margaret verband eine offene und herzliche Freundschaft. Zu einer solchen Freundschaft gehörten Respekt und das Wissen darum, wann man besser schwieg.

Auch sie wollte ihre privaten Gedanken für sich behalten. Außer die oberflächlichen, etwa, wie schwierig es sein würde, die Frauen zu finden, die dem Halsabschneider Geld schuldeten, wie man ihnen klar machen sollte, dass Hilfe möglich war – falls sie das denn war –, und die Anstrengung, die notwendig sein würde, um sie davon zu überzeugen, dass sie, wenn sie mutig wären, etwas anderes erreichen könnten als weiteren Schmerz. Vor allem mussten sie absolut sicher sein, dass das auch stimmte.

Aber Margaret arbeitete lange genug am Coldbath Square, um das selbst zu wissen, also sah auch Hester auf die Straßen hinaus und dachte an praktische Dinge.

Am Nachmittag wurde eine weitere Frau gebracht, die wegen Schulden zusammengeschlagen worden war. Sie war nicht sehr schwer verletzt, aber sie hatte große Angst, und das war es, wodurch sie sich von der Wut und dem Elend der Verletzten unterschied. Sie sagte fast nichts, während Hester und Margaret sich um ihre schmerzhaften, nicht sehr tiefen Schnittwunden kümmerten. Sie wollte nicht sagen, wer sie ihr zugefügt hatte, weder Lügen noch die Wahrheit, aber ganz offensichtlich waren sie ihr absichtlich zugefügt worden. Kein Unfall konnte zu so vielen bösen Stichwunden führen.

Sie blieb ein paar Stunden, bis sie sicher waren, dass die Blutungen gestillt waren und die Frau sich wenigstens ein wenig von dem Schock erholt hatte. Gerne hätte Margaret es gesehen, wenn sie länger geblieben wäre, aber sie griff kopfschüttelnd nach ihrem zerrissenen Schal, der mit seinen Fransen und Blumen sicher einst sehr hübsch gewesen war, und ging hinaus auf den Platz in Richtung Farringdon Road.

Margaret stand mitten im Raum und sah sich um, betrachtete die reinlichen Schränke, die geschrubbten Tische und den Fußboden.

Hester zuckte die Achseln. »Ich nehme an, wir sollten froh sein, dass nicht noch jemand verletzt wurde«, sagte sie mit einem angedeuteten Lächeln. »Möchten Sie nach Hause gehen? Es gibt wirklich nichts zu tun, und Bessie kommt später, wenn etwas sein sollte.«

Margaret verzog das Gesicht. »Und hinter Mama herlaufen und nette Damen besuchen, die mich mit freundlicher Verzweiflung anschauen und sich fragen, warum ich ein vernünftiges Heiratsangebot nicht angenommen habe?«, sagte sie ironisch. »Dann nehmen sie an, dass mit mir irgendetwas Schreckliches nicht stimmt – zu skandalös, um es zu erwähnen, und sie glauben, ich hätte meine Tugend verloren!« Sie stieß ein leises enttäuschtes Stöhnen aus. »Warum schreibt man jungen Frauen nur zwei Tugenden zu – Keuschheit und Gehorsam?«, wollte sie mit plötzlicher Heftigkeit wissen. »Was ist mit Mut oder geistiger Selbstständigkeit, statt immer nur nach dem zu greifen, was einem sowieso schon gehört?«

»Weil das den Leuten unbehaglich ist«, antwortete Hester ohne Zögern, warf Margaret dabei aber ein schiefes, mitfühlendes Lächeln zu.

»Können Sie sich etwas Einsameres vorstellen, als mit jemandem verheiratet zu sein, der stets sagt, was Sie hören möchten, ungeachtet dessen, was er eigentlich denkt?«, fragte Margaret, die Augenbrauen zu einem Stirnrunzeln zusammengezogen. »Es wäre, als lebte man in einem Raum voller Spiegel, wo jedes andere Gesicht, das man sähe, nur das eigene Spiegelbild wäre.«

»Ich glaube, das wäre eine ganz besondere Art der Hölle«, entgegnete Hester, und ein Schauer aus Verwunderung und Mitleid überkam sie, dass irgendjemand wirklich glaubte, sie wollten so etwas, und doch kannte sie viele Männer, die das tatsächlich glaubten. »Sie haben das Talent, es in sehr deutliche Worte zu kleiden«, fügte sie bewundernd hinzu. »Vielleicht sollten Sie versuchen, es irgendwann einmal bildlich darzustellen?«

»Das wäre etwas, das zu zeichnen sich wirklich lohnen würde«, erwiderte Margaret. »Es langweilt mich, das Vorhersagbare zu tun, und nur das, was ich vor mir sehe, einfach so nachzubilden.«

»Ich kann kaum eine gerade Linie zeichnen«, räumte Hester ein.

Margaret warf ihr ein Lächeln zu. »In der Kunst gibt es keine geraden Linien – außer vielleicht beim Meereshorizont. Soll ich rausgehen und sehen, ob ich uns etwas Warmes zum Mittagessen besorgen kann? An der Ecke Mount Pleasant und Warner Street ist ein guter Straßenhändler.«

»Eine ausgezeichnete Idee«, sagte Hester begeistert. »Mit Blätterteig, bitte, und viel Zwiebeln.«

Am späten Nachmittag kam Bessie mit einem Korb voller Kräuter, Tee, einer Flasche Brandy und einem Laib Brot. Sie stellte alles auf den Tisch und sah sich im Raum um.

»Niemand!«, sagte sie empört, legte Cape und Hut ab und hängte sie an die Haken neben der Tür. »In den Straßen trifft man auch kaum eine verdammte Seele, außer die verfluchten Polypen! Angeblich war's die ganze Nacht so.« Sie sah Hester vorwurfsvoll an, als hätte diese es versäumt, etwas dagegen zu unternehmen.

»Ich weiß!«, antwortete Hester scharf. »Sie stehen immer noch unter Druck, den Mörder von Nolan Baltimore zu finden.«

»Irgendein Zuhälter, den er hintergangen hat«, erwiderte Bessie. »Wer sonst? Glauben die wirklich, irgendjemand würde ihnen was erzählen, wenn sie nur oft genug fragen? Denken doch, dass außer dem, der's war, keiner was weiß. Und der wird nix sagen. Würde im Handumdrehen am Ende eines Stricks baumeln.« Sie ging zum Schrank hinüber und schob die Sachen darin zur Seite, um ihre Einkäufe zu verstauen. »Witzig, was? Irgendein Halsabschneider prügelt ein Mädchen halb zu Tode, und allen ist es scheißegal! Wenn aber so'n feiner Pinkel, der sich weigert, seine Schulden zu bezahlen, umgebracht wird, ist die halbe Londoner Polizei auf der Straße und vergeudet ihre Zeit mit Fragen, auf die sie sowieso keine Antworten kriegt. Manchmal glaub ich wirklich, die sitzen auf ihrem Hirn und denken mit dem Hintern!« Sie warf einen wütenden Blick in den Korb. »Hab keine Butter bekommen. Gibt's eben nur Brot und Marmelade.«

Margaret hörte auf, den Herd zu rütteln, und schob den Kessel auf die Kochstelle.

»Niemand arbeitet!«, fuhr Bessie unerbittlich fort. »Die, die das Geld reinbringen, haben Angst, vor der Polizei ... und dem ganzen ›Haltet die Straßen sauber‹-Mist. Und die von hier machen keine Geschäfte, weil keiner Geld hat! Das ist richtig mies.«

Darauf gab es keine Antwort. Es war, wie Hester bemerkte, sinnlos, dass Hester und Margaret den ganzen Nachmittag dort blieben. Bessie stimmte ihr zu.

»Sie gehen jetzt.« Sie nickte. »Hier wird nicht viel passieren. Wenn der fette Faulpelz Jessop kommt und Sie sucht, geb ich ihm 'ne hübsche Tasse Tee!« Sie grinste teuflisch.

»Bessie!«, sagte Hester drohend.

»Was?« Sie machte große Augen. »Wenn's ihm nicht bekommt, geb ich ihm was, damit er's wieder auskotzt! Ich lass den Scheißkerl schon nicht krepieren, mein Wort drauf.« Sie spuckte aus und legte sich umständlich die Hand aufs Herz.

Hester blickte zu Margaret hinüber, und die beiden lächelten leicht.

Aber auf dem Heimweg und für den Rest des Abends, bis Monk müde nach Hause kam, dachte Hester über die Frauen und die Polizei in der Gegend um die Farringdon Road und den Coldbath Square nach. Die Polizeipräsenz wieder zu reduzieren wäre keine moralische Antwort auf das Böse, sondern eine praktische Antwort auf den Rückgang der Geschäfte, der alle lähmte und die Gemüter erhitzte.

Sie hatte versucht, nicht zu diesem Schluss zu kommen, aber er war zwangsläufig: Das Einzige, was die Polizei vertreiben würde, war die Aufklärung des Mords an Nolan Baltimore. Wenn die Polizei dazu fähig wäre, hätte sie es inzwischen längst geschafft. Das Viertel hatte sich, wie nicht anders zu erwarten, gegen sie verschworen. Keiner würde etwas Wichtiges verraten, um sich nicht mit Prostitution oder dergleichen zu belasten. Die meisten Bewohner der Gegend um die Leather Lane hatten, zumindest am Rande, damit zu tun. Da wurde mit gestohlener Ware gehandelt und Geld gefälscht und manchmal auch Papiere, es gab Taschendiebstähle, Einbrüche, Falschspielerei und ein weiteres Dutzend ungesetzlicher Betätigungen.

Wenn sie Monk schon nicht um praktische Hilfe bitten konnte, so doch wenigstens um einen Rat. Er kannte sich mit

Mord aus und wusste, wie man ermittelte. Vielleicht lag es auch im Interesse seines eigenen Falles, so viel wie möglich über den Mann zu erfahren, der bis vor ein oder zwei Wochen dem Unternehmen Baltimore und Söhne vorgestanden hatte. Von einem Betrug hätte er sicher gewusst; womöglich hatte er ihn sogar selbst begangen. Dass sein Tod etwas damit zu tun hatte, klang doch gar nicht so abwegig?

Der unangenehme, hässliche Gedanke, dass Michael Dalgarno ihm in die Leather Lane gefolgt war und ihn umgebracht hatte, war de facto unwiderlegbar, denn er wusste von dem Betrug und hätte ihn aufgedeckt.

Warum hatte Monk das nicht in Erwägung gezogen?

So beschäftigt war er herauszufinden, worin der Betrug bestand und ob er eine Katastrophe auslösen konnte, dass er den Mord an Nolan Baltimore einfach ignorierte.

Sie wartete auf ihn, ohne viel darüber nachzudenken, was sie noch tun könnte. Ab sechs Uhr lauschte sie auf Hufgeklapper auf der Straße, auf das Öffnen und Zuschlagen der Tür und auf seine Schritte. Als sie schließlich gegen Viertel vor acht zu hören waren, war sie doch überrascht und stürzte fast in die Halle.

Er sah ihr erwartungsvolles Gesicht, schenkte ihr ein kurzes Lächeln und sah dann weg. Seine Müdigkeit und Besorgnis waren so offenkundig, dass sie einen Augenblick unsicher zögerte, ob sie mehr sagen sollte als ein paar Worte zur Begrüßung. Sollte sie ihn fragen, ob er hungrig war oder ob er gegessen hatte, oder ihm eine Frage nach seinen Fortschritten stellen, die er mit ein paar höflichen Worten beantworten konnte – oder auch ehrlich, falls er das wollte? Sie konnte es nicht einfach auf sich beruhen lassen. Wenn er die Mauer nicht einriss, musste sie es tun.

»Hast du noch etwas über den Betrug herausgefunden?«, fragte sie, und zwar nicht beiläufig, sondern so, als warte sie dringend auf eine Antwort.

»Nichts, was mir weiterhilft«, antwortete er, zog sein Jackett aus und hängte es an den Haken. »Es gibt zweifelhafte Gewinne beim Ankauf von Land, aber vermutlich nicht mehr als bei den meisten Gesellschaften. Es gibt auch einige Verluste.«

Ihr war, als hätte er eine Tür geschlossen. Es gab kaum noch etwas, was sie fragen konnte, aber sie wollte noch nicht aufgeben. Sie sah ihm zu, wie er rastlos im Zimmer herumging, ohne sie direkt anzusehen, Dinge anfasste, sich aufrichtete, sie wieder wegstellte. Bemutterte sie ihn genau dann, wenn er eher das schweigende Verständnis eines Freundes brauchte? War sie selbstsüchtig, weil sie erwartete, dass er ihr seine Aufmerksamkeit widmete, ihr zuhörte, über ihre Probleme nachdachte, wenn er erschöpft war?

Oder wollte sie nur rechtzeitig die Mauer durchbrechen, solange diese noch dünn und leicht zu bezwingen war, bevor das Schweigen zur Gewohnheit wurde?

»Wir müssen herausfinden, wer Nolan Baltimore umgebracht hat«, sagte sie sehr deutlich.

»Tatsächlich?« In seiner Stimme schwang Zweifel mit. Er stand beim Kaminsims und schaute in die glühenden Kohlen. Es war ein frostiger Abend, und sie hatte das Feuer angefacht, um es warm und gemütlich zu haben. »Ich wüsste nicht, was seine persönliche Schwäche mit einem Eisenbahnbetrug zu tun haben sollte, falls das überhaupt stimmt.«

»Wenn er jemanden um Geld betrogen hat, dann ist die Leather Lane doch ein ausgezeichneter Ort, um ihn umzubringen«, erwiderte sie und wünschte, er würde sie anschauen.

»Perfekt, um den Verdacht in eine andere Richtung zu lenken, und obendrein eine hübsche Revanche zu Lasten seines guten Rufes.«

Diesmal schaute er auf und lächelte, aber ohne Freude. Einen kurzen Augenblick flackerte in seinen Augen Offenheit auf, als hätte es keinen Schatten gegeben, dann war sie wieder verschwunden. Die Besorgnis war wieder da, und damit die Distanz zwischen ihnen.

»Mit ›wir‹«, verbesserte Hester sich, »habe ich eigentlich Margaret Ballinger und mich gemeint. Oder vielleicht uns alle in Coldbath. Immer mehr Frauen werden verprügelt, weil sie ihre Schulden nicht zurückzahlen können. Überall ist Polizei, sodass niemand Geschäfte macht.«

»Du möchtest also herausfinden, wer Baltimore umgebracht hat, damit die Polizei verschwindet und die Prostituierten wieder ihrem Geschäft nachgehen können«, sagte er mit einem Anflug von Spott, der ihr nicht entgehen konnte. »Du hast ja merkwürdige moralische Überzeugungen, Hester.«

War das in seiner Stimme jetzt Schmerz? Hatte sie ihn enttäuscht? Hätte sie einen puritanischeren Standpunkt einnehmen müssen? Er war frustriert, und sie fühlte sich zurechtgewiesen.

»Wenn ich die Welt verändern könnte, damit keine Frau mehr als Prostituierte arbeiten müsste, würde ich das tun!«, sagte sie wütend. »Vielleicht kannst du mir verraten, wo ich anfangen soll? Vielleicht jeder Frau ein anständiges Auskommen durch ordentliche Arbeit besorgen? Oder verhindern, dass Männer sich ihr Vergnügen außerhalb der eigenen vier Wände kaufen wollen – oder müssen?« Sie sah die Überraschung in seiner Miene, ging jedoch darüber hinweg. »Vielleicht sollten alle Männer verheiratet sein und alle Frauen sich den Wünschen ihrer Ehemänner beugen? Noch besser wäre, wenn kein Mann Bedürfnisse hätte, die er nicht ehrenvoll erfüllen kann ... das würde schon die Hälfte retten! Dann müssen wir nur noch der Wirtschaft auf die Sprünge helfen ... danach sollte die Veränderung der menschlichen Natur nur noch ein Klacks sein!«

»Du hast deine Forderungen ganz schön in die Höhe geschraubt«, sagte er ruhig. »Ich dachte, du wolltest eigentlich nur, dass ich den Mord an Nolan Baltimore aufkläre.«

Ihr Zorn verpuffte. Sie wollte nicht mit ihm streiten. Sie wünschte sich sehnlichst, ihn in den Armen zu halten und das mit ihm zu teilen, was ihn so sehr verletzte, ihm wenn schon nicht das Ganze, dann doch zumindest die Hälfte davon abzunehmen, mit ihm zu kämpfen, an seiner Seite.

Es war besser, es zu versuchen und eine Abfuhr zu bekommen, als es überhaupt nicht versucht zu haben. Selbst Zurückweisung würde nicht mehr wehtun als diese Distanz, die ein wenig wie ein kleiner Tod war. Sie ging auf ihn zu und blieb direkt vor ihm stehen, zwang ihn, ihr entweder in die Augen zu schauen oder den Blick abzuwenden.

»Alles, was ich will, ist, dass du mir einen Rat gibst«, sagte sie. »Was soll ich tun? Was für Fragen soll ich stellen? Einige der Frauen vertrauen mir, wo sie der Polizei nicht trauen.«

»Hester, lass es.« Er hob eine Hand, als wollte er ihre Wange berühren, dann ließ er sie wieder sinken. »Es ist zu gefährlich. Du glaubst, sie vertrauen dir, und das tun sie auch, damit du dich um ihre Verletzungen kümmerst. Aber du bist keine von ihnen, und das wirst du auch nie sein.«

»Aber, William, darum geht's doch gerade!« Sie bekam seine Hand zu fassen und hielt sie fest. »Das hätte mir doch genauso passieren können! Diese Schuldnerinnen waren vor kurzem noch ganz ehrbare Frauen. Gouvernanten, Stubenmädchen, Ehefrauen, die verlassen wurden oder deren Männer sich in Schulden gestürzt haben. Vielleicht sogar Krankenschwestern! Ich habe mir meinen Lebensunterhalt im Haus fremder Leute verdient, bevor ich dich geheiratet habe. Ein Fehler, ein Missgeschick, und ich hätte mir Geld leihen und anschaffen gehen müssen, um es zurückzuzahlen.« Sie verzog spöttisch das Gesicht. »Zumindest wenn ich ein wenig jünger wäre.«

»Nein«, sagte er sehr sanft, aber mit unerschütterlicher Sicherheit. »Du hättest niemals so etwas getan, in keinem Alter. Du hättest rebelliert oder ein Schiff nach Amerika genommen oder dem Kerl vielleicht sogar ein Messer zwischen die Rippen gejagt, aber du hättest dich nicht widerstandslos zur Schlachtbank führen lassen.«

»Manchmal schätzt du meinen Mut zu hoch ein«, erwiderte

sie, auch wenn der Gedanke, wie stark seine Bewunderung war, sie innerlich wärmte. »Ich weiß nicht, was ich getan hätte. Gott sei Dank wurde ich nie vor die Frage gestellt.«

Er stand einen Augenblick schweigend da, dann beugte er sich über sie und küsste sie lange und mit einer schmerzlichen Zärtlichkeit, die ihr Tränen in die Augen trieb.

Dann ließ er sie los, ging in sein Arbeitszimmer und schloss die Tür.

Sie war schon eingeschlafen, als er zu Bett ging. In der Nacht wachte sie auf und spürte, dass er neben ihr lag, aber er bewegte sich nicht und berührte sie auch nicht, als sie näher zu ihm heranrückte.

Am Morgen war er weg. Auf der Frisierkommode lag ein Brief:

Hester,
ich werde weitere Überprüfungen durchführen, was den Landkauf für die Eisenbahn angeht, zum Teil, weil es der einzige Betrug ist, den ich im Fall Baltimore entdecken kann, doch vor allem, weil ich weiß, dass Arrol Dundas unter – wie es scheint – fast identischen Umständen des Landbetrugs für schuldig erklärt wurde. Es könnte sogar dieselbe Gesellschaft sein: Baltimore und Söhne. Es bestehen noch Zweifel, aber ich bin mir ziemlich sicher. Ich hoffe, Du verstehst, warum ich das unbedingt herausfinden muss.

Wenn ich irgendwie dafür sorgen kann, dass Dalgarno nicht wie Dundas damals für etwas, das er nicht getan hat, im Gefängnis landet, dann muss ich es tun. Ich werde ihn nicht ebenso im Stich lassen. Ich muss vielleicht sogar noch einmal zu dieser Stelle nach Derbyshire fahren.

Bitte, Hester, sei vorsichtig! Es ist genug, dass Du in der Gegend um den Coldbath Square arbeitest und Menschen beistehst, die es hart erwischt hat und die es Dir nicht vergelten können, nicht einmal, indem sie Dir die Wahrheit sagen. Und wenn Du die Aufmerksamkeit der Männer auf Dich ziehst, die sie derart misshandeln, können sie Dich auf keinen Fall schützen.

Wenn Du nicht um Deinetwillen oder um meinetwillen auf Dich Acht gibst, dann tu es wenigstens um ihretwillen. An wen sollen sie sich wenden, wenn Du verletzt wirst oder Dir Schlimmeres zustößt?

Die Generäle auf der Krim, die ihre Truppen in der Manier von Don Quichote vergeudeten, hast du früher in aller Schärfe kritisiert. Und zu Recht. Du hast oft gesagt, eine Frau wäre verantwortungsvoller vorgegangen und hätte weniger nach Ruhm gestrebt – beweis es jetzt!

Ich hoffe, wenn ich zurückkehre, werde ich feststellen, dass Du Dich um Deine Angelegenheiten kümmerst – und nicht um meine –, dann werde ich Dir, wenn ich kann, helfen, den Mörder von Nolan Baltimore zu finden – falls die Polizei das bis dahin noch nicht getan hat.

Auch wenn es nicht immer den Anschein erweckt, ich liebe Dich von ganzem Herzen, und ich bewundere Dich sehr viel mehr, als Du glaubst.
William

Sie hielt das Blatt in den Händen, als könnte es ihr einen Teil von ihm bringen oder als würde er die Gefühle in ihrem Innern kennen, die Liebe und das Bedürfnis, die Einsamkeit ohne ihn, die Sehnsucht, ihm bei dem persönlichen Kampf, den er ausfocht, zu helfen.

Warum konnte er ihr so offen schreiben, es ihr aber nicht von Angesicht zu Angesicht sagen? Noch während sie die Frage formulierte, wusste sie die Antwort schon. Es war offensichtlich – weil sie einen Brief in Händen halten und ihn ein ums andere Mal lesen und ihn mit sich herumtragen konnte, ohne jedoch in der Lage zu sein, weitere Antworten von ihm zu fordern. Monk indessen war gegangen – allein.

Und sie war hier – ebenso allein. Er liebte sie, sicher. Aber warum konnte er ihr nicht auch vertrauen – ihrer Loyalität, ihrem Verständnis, ihrem Mut? Welcher Teil von ihr, glaubte er, werde ihn enttäuschen?

Es schmerzte sie, darüber nachzudenken. Sie würde zum Coldbath Square fahren und arbeiten. Dort würde sie etwas zu tun haben, selbst wenn sie sich nur hinsetzte und überlegte, wie Geld aufzutreiben war. Vielleicht sollten sie anfangen, nach anderen Räumlichkeiten zu suchen? Dabei war Margarets Freundschaft, selbst wenn sie seit dem Besuch bei Rathbone ein wenig an Leichtigkeit und Ungezwungenheit eingebüßt hatte, von unschätzbarem Wert.

Sie durfte keine Eifersucht zeigen, das wäre engherzig und unglaublich hässlich! Sie würde sich dafür verachten.

Und natürlich musste sie versuchen, alles über Nolan Baltimores Tod herauszufinden, und dabei vorsichtig vorgehen, um sich niemanden zum Feind zu machen.

Margaret kam spät zum Coldbath Square, aber das war im Augenblick nicht wichtig. Überall in der Gegend lagen die Nerven der Menschen bloß, also kam es zu etlichen Streitereien, und viele schlugen vor Enttäuschung oder Angst um sich, aber die Opfer waren meist Männer, und die Verletzungen waren von der Art, die mit der Zeit ohne viel Aufhebens heilten – blaue Flecken, leichte Schnittwunden und Kopfschmerzen. Die Zuhälter achteten mehr darauf, ihren Frauen keine blauen Flecken oder Schnittwunden zuzufügen, waren sie doch ihr einziges Kapital auf einem schrumpfenden Markt.

Natürlich wussten alle, dass das nicht ewig so weitergehen würde, aber es dauerte schon lange genug, um einigen das Leben wirklich schwer zu machen. Das Ende war noch lange nicht in Sicht, sie lebten von einem Tag zum nächsten.

»Wie geht es Fanny?«, fragte Hester, als sie aus dem Nieselregen hereintrat und Mantel und Hut ablegte. »Und Alice?«

»Leidlich«, antwortete Bessie, die an dem bis auf ihre halb ausgetrunkene Tasse Tee leeren Tisch saß und ihr einen unheilvollen Blick zuwarf. »Ruhig ist es. Wie auf einem verdammten Friedhof. Hatte zwei Mädchen mit Krankheiten hier, das war alles. Kann nicht viel für sie tun, die armen Dinger. Miss Ballinger ist noch nicht da. Täte mich nicht wundern, wenn sie da draußen in den feinen Häusern unterwegs wäre. Hab noch nie erlebt, dass sich jemand so verändert hat!« Sie sagte das mit grimmiger Befriedigung und ohne das leiseste Lächeln. »Als sie das erste Mal hier reinkam, kriegte sie den Mund nicht auf. Und jetzt ist sie frech wie Oskar. Fragt jeden nach Geld. Ich wette einen Sixpence, dass sie mit 'nem Grinsen im Gesicht hier reingetanzt kommt und uns erzählt, sie hat wieder 'n paar Pfund für uns aufgetrieben.«

Hester lächelte, trotz des trüben Morgens. Es stimmte, Margaret hatte bei der Arbeit sehr viel Selbstsicherheit und Freude entwickelt. Abgesehen von ihren Heilversuchen an Patientinnen, die sich womöglich hinterher nur wieder in die gleichen Schulden und Misshandlungen zurückbegaben, war das allein schon eine Leistung.

Bessie hatte Recht; eine halbe Stunde später kam Margaret herein und strahlte eine Zufriedenheit aus, die wie ein heller Sonnenstrahl war.

»Ich habe zwanzig Guineen!«, sagte sie stolz. »Und das Versprechen auf mehr!« Sie hielt sie Hester mit strahlenden Augen und glühendem Gesicht hin.

Hester musste sich zwingen, den Erfolg anzuerkennen, da sie selbst das Gefühl hatte, auf der ganzen Linie zu versagen. »Das ist hervorragend«, sagte sie lobend. »Das wird Jessop 'ne Weile in Schach halten und gibt uns Zeit. Vielen Dank.«

Margaret machte ein gequältes Gesicht. »Sie werden ihm doch nicht etwa mehr gegeben als verabredet?«

Hester entspannte sich ein wenig, sie musste fast lachen. »Nein, ganz sicher nicht!«

Margaret erwiderte ihr Lächeln und machte sich daran, Jacke und Hut auszuziehen. »Was können wir heute tun? Wie geht's Fanny und Alice?« Dabei schaute sie zu den Betten hinüber.

»Schlafen«, antwortete Bessie für Hester. »Sie können nichts für sie tun, außer dafür zu sorgen, dass sie ein Dach über dem Kopf haben, und ihnen ab und zu mal was zu essen zu geben.« Sie runzelte die Stirn über den Regen, der ans Fenster klatschte. »Ich nehme an, das Beste, was ich tun kann, ist, zum Markt zu gehen.«

»Bleiben Sie noch eine Weile im Trockenen.« Hester fasste einen Entschluss. »Margaret und ich haben in einer halben Stunde einen Botengang zu erledigen. Einen wichtigen.«

Bessie war misstrauisch. »Ach ja?« Sie traute Hester nicht zu, dass sie auf sich aufpassen konnte, aber sie wagte es nicht, das offen auszusprechen. »Und was haben Sie vor, was ich nicht für Sie erledigen könnte?«

Was Hester jedenfalls nicht vorhatte, war, Bessie ins Vertrauen zu ziehen, zum Teil aus reiner Vorsicht und zum Teil auch, weil sie sich nicht sicher war, ob ihr Plan Aussicht auf Erfolg hatte. Jetzt überlegte sie es sich plötzlich anders und beschloss, aufrichtig zu sein.

»Wenn wir dieses Problem, dass die Polizei überall herumläuft und die Frauen deswegen keine Arbeit haben, lösen wollen«, sagte sie forsch, bevor sie die Nerven verlor, »müssen wir herausfinden, was Nolan Baltimore zugestoßen ist.« Sie achtete weder auf Margarets ungläubigen Blick noch auf Bessie, die die Luft durch die Lücke zwischen ihren Schneidezähnen einsog. »Ich habe vor, wenigstens ein paar Fragen zu stellen. Mit mir reden die Leute vielleicht eher als mit der Polizei.«

»Wie wollen Sie das denn hinkriegen?«, fragte Bessie mit Ablehnung in der Stimme. »Wer soll Ihnen denn was erzählen? Und überhaupt, wen wollen Sie eigentlich fragen?«

»Die Leute in der Leather Lane natürlich«, antwortete Hester und breitete ihren Umhang zum Trocknen aus. »Wir müssen wissen, ob Baltimore regelmäßig dort verkehrte oder ob es sein erster Besuch war. Wenn er oft dort war, wird irgendjemand was über ihn wissen: wen er sonst noch kannte, was für ein Mann er außerhalb von Heim und Familie war. Ich würde gerne wissen, ob er wegen der Frauen dort war oder noch etwas anderes vorhatte. Vielleicht ist ihm jemand von zu Hause bis hierher gefolgt? Es könnte doch sein, dass sein Tod gar nichts mit den Leuten aus der Gegend hier zu tun hat.«

Bessie strahlte. »Mensch! Das wär ja was!«

»Aber die Leute in der Leather Lane kennen seinen Namen vielleicht gar nicht«, wandte Margaret ein. »Ich glaube nicht, dass er ihn benutzt hat.«

»Glaube ich auch nicht«, stimmte Hester ihr zu. »Wir brauchen ein Bild, das wir den Leuten zeigen können.«

Margaret machte große Augen. »Ein Bild! Woher sollen wir ein Bild auftreiben? Nur die Familie hat eines, und die gibt es uns sicher nicht.«

Hester atmete tief durch und wagte sich mutig vor. »Also ... da habe ich schon eine Idee. Ich kann nicht sehr gut zeichnen, aber Sie.«

»Ach!« Margarets Stimme schoss abwehrend in die Höhe, und sie schüttelte den Kopf, aber sie blickte Hester weiter unverwandt in die Augen. »Ach, nein!«

»Haben Sie denn eine bessere Idee?«, fragte Hester mit unschuldiger Miene.

Bessie begriff – mit wachsendem Entsetzen. »Sie werden doch nicht!«, sagte sie zu Hester. »Das Leichenschauhaus! Sie wollen einen Toten zeichnen?«

»Ich nicht«, verbesserte Hester sie. »Wenn ich ihn zeichnen würde, würde nicht mal seine eigene Mutter ihn wiedererkennen, aber Margaret zeichnet sehr gut. Sie kann ein Gesicht wirklich einfangen, auch wenn sie zu bescheiden ist, um es zuzugeben.«

»Das ist es nicht ...«, setzte Margaret an, verstummte dann jedoch. Sie starrte Hester an, und Unglaube verwandelte sich langsam in Begreifen. »Wirklich?«, flüsterte sie. »Glauben Sie ... ich meine ... würde man uns das erlauben ...«

»Also, wir müssen die Geschichte an ein oder zwei Stellen noch etwas frisieren«, gab Hester trocken zu. »Aber ich habe vor, mein Bestes zu versuchen.« Sie wurde sehr ernst. »Es ist wirklich wichtig.«

»Solange Sie das mit dem Frisieren übernehmen«, sagte Margaret in einem letzten Versuch, vernünftig zu sein.

»Natürlich«, meinte Hester, obwohl sie noch keine klare Vorstellung von dem hatte, was sie sagen würde. Sie hatte auf den anderthalb Kilometern zum nächsten Leichenschauhaus, wohin man Baltimore gebracht hatte, viel Zeit, darüber nachzudenken.

»Ich habe weder Bleistift noch Papier«, sagte Margaret. »Aber ein paar Shillings ... Ich meine, die nicht für das Haus sind ...«

»Ausgezeichnet«, freute Hester sich. »Dann kaufen wir, was Sie brauchen, in Mrs. Clarks Laden an der Ecke Farringdon Road. Und ich würde sagen, auch einen Radiergummi. Wir haben vielleicht nicht die Zeit, immer wieder von vorne anzufangen.«

Margaret zuckte die Achseln und stieß ein nervöses Lachen, fast ein Kichern aus. Hester hörte darin einen Anflug von Hysterie.

»Alles in Ordnung!«, sagte Margaret schnell. »Ich dachte nur gerade, was mein Zeichenlehrer wohl sagen würde, wenn er das wüsste. Sein Gesicht möchte ich sehen. So richtig altbacken, ließ mich immer sittsame junge Damen zeichnen. Meine Schwester und ich mussten uns gegenseitig zeichnen. Noch nicht mal einen Gentleman durften wir zeichnen. Allein der Gedanke daran war schlimm genug – er würde einen Anfall kriegen, wenn er wüsste, dass ich eine Leiche zeichnen will! Die wird doch hoffentlich mit einem Laken oder so zugedeckt sein.«

»Wenn nicht, haben Sie meine ausdrückliche Anweisung, eines zu zeichnen«, versprach Hester, während sie vor Lachen übersprudelte – nicht, weil sie es lustig fand, sondern weil der Gedanke an die Absurdität der Situation das einzig Erträgliche daran war.

Sie zogen sich Mäntel und Hüte an und machten sich auf den Weg, raschen Schrittes gingen sie durch den Regen. Sie kauften einen Block, Bleistifte und einen Radiergummi und eilten zum Leichenschauhaus, einem hässlichen Steingebäude, das ein wenig von der Straße zurückgesetzt stand.

»Was soll ich sagen?«, fragte Margaret, als sie nebeneinander die Stufen hinaufgingen.

»Sagen Sie einfach das Gleiche wie ich«, antwortete Hester flüsternd. Sobald sie durch die Tür waren, standen sie vor einem älteren Herrn mit weißem Backenbart und beängstigend hoher Stimme, beinahe Falsett.

»Guten Morgen, meine Damen. Womit kann ich Ihnen dienen?« Er verbeugte sich leicht, womit er ihnen den Durchgang so effektiv blockierte, als hätte er den Arm ausgestreckt. Ohne zu blinzeln, fixierte er Hesters Gesicht und wartete darauf, dass sie sich erklärte.

Hester starrte ihn unverwandt an. »Guten Morgen, Sir. Ich hoffe, dass Sie in Anbetracht der misslichen Situation von Miss Ballinger unserer Bitte entsprechen können.« Mit kummervoller Miene zeigte sie auf Margaret. »Sie ist eben erst aus dem Ausland zurückgekehrt, wo sie ihre Mutter besucht hat, die in ein wärmeres Klima gezogen ist – wegen ihrer Gesundheit, Sie verstehen.« Sie biss sich auf die Lippen. »Nur um vom schrecklichen und äußerst tragischen Tod ihres Onkels zu hören.« Sie wartete ab, ob er ein Zeichen des Mitgefühls zeigte. Vergeblich. Sie wagte nicht, Margaret anzusehen, um seine Aufmerksamkeit nicht auf deren verblüffte Miene zu lenken.

Der Leichenschauhauswärter räusperte sich. »Ja?«

»Ich habe sie begleitet, damit sie ihrem Onkel, Mr. Nolan Baltimore, ihre letzte Ehre erweisen kann«, fuhr Hester fort. »Sie kann nicht bis zur Beerdigung bleiben. Der Himmel weiß, wann die sein wird.«

»Sie möchten eine der Leichen sehen?« Er schüttelte den Kopf. »Ich würde Ihnen abraten, meine Damen. Kein schöner Anblick. Wenn ich Sie wäre, würde ich ihn so in Erinnerung behalten, wie er war.«

»Meine Mutter wird mich nach ihm fragen«, sagte Margaret schließlich mit heiserer Stimme.

»Sagen Sie ihr, er habe in Frieden geruht«, sagte der Wärter fast ausdruckslos. »Sie wird's nicht merken.«

Margaret brachte es fertig, ein schockiertes Gesicht zu machen. »Ach, das würde ich nicht wagen!«, sagte sie hastig. »Außerdem ... sie wird mich bitten, ihn zu beschreiben, und es ist so lange her, dass ich ihn gesehen habe, ich könnte einen Fehler machen. Dann würde ich mich schrecklich fühlen. Ich ... ich wäre Ihnen äußerst dankbar, wenn Sie mir einfach erlauben würden, ein paar Augenblicke bei ihm zu verweilen. Sie können natürlich auch die ganze Zeit bei uns bleiben, wenn Sie das Gefühl haben, dass sich das so gehört.«

Hester knirschte mit den Zähnen und fluchte innerlich. Eine Beschreibung von Nolan Baltimore würde ihr nichts nützen. Sie brauchten Skizzen, die sie den Leuten zeigen konnten! Hatte Margaret das denn nicht begriffen? Sie versuchte, Margarets Blick auf sich zu lenken, aber Margaret sah sie nicht an; sie konzentrierte sich vollkommen auf den Wärter – auch um wegen des feuchten, modrig-süßlichen Geruchs nicht umzukippen.

»Also ...«, sagte er nachdenklich. »Mir macht's ja nichts aus, und ihm wohl auch nicht. Aber machen Sie mich nicht verantwortlich, wenn Sie ohnmächtig werden!« Er sah Hester an. »Stellen Sie sich daneben. Falls eine von Ihnen umkippt, hole ich Ihnen keinen Quacksalber. Sie stehen selbst wieder auf, verstanden?«

»Sicher«, sagte Hester schroff. Dann erinnerte sie sich an die Rolle, die sie sich auferlegt hatte, und änderte ihre Haltung. »Sicher«, wiederholte sie mit erheblich mehr Respekt. »Sie haben ganz Recht. Wir sollten uns entsprechend verhalten.«

»Also gut.« Er drehte sich um und führte sie durch die Tür und den Gang hinunter zum Kühlraum, wo die Leichen aufbewahrt wurden, wenn sie für einen längeren Zeitraum gebraucht wurden.

»Warum haben Sie ihn denn bloß aufgefordert, uns zu begleiten?«, flüsterte Hester mit erstickter Stimme.

Der Bedienstete blieb stehen und drehte sich um. »Wie bitte?«

Hester spürte, dass sie rot anlief. »Ich … ich sagte, wie nett von Ihnen, dass Sie sagten, Sie würden uns begleiten«, log sie.

»Muss ich ja schließlich«, sagte er mürrisch. »Ich bin für die Leichen hier verantwortlich. Man hält es für unwichtig, aber Sie wären überrascht, was manche so mit Leichen anstellen. Tatsache ist, dass es ganz schön viele Verrückte gibt!« Er schnaubte. »Es gibt Leute, die stehlen Leichen, um sie aufzuschneiden, Gott steh uns bei!«

Margaret schluckte, ihr Gesicht war bleich, aber sie wahrte bewundernswert die Fassung. »Alles, was ich möchte, ist einen Blick auf Onkel Nolan werfen«, sagte sie heiser. »Ich wäre Ihnen dankbar, wenn ich das tun könnte, ohne mir noch mehr solche … Scheußlichkeiten anhören zu müssen. Ich weiß anzuerkennen, warum Sie … und … und Sorgfalt ist notwendig. Ich bin sehr dankbar dafür.«

»Tue nur meine Pflicht«, sagte er steif, öffnete die nächste Tür und schob sie in einen kleinen, sehr kalten Raum mit nackten, weiß getünchten Wänden. »Sie sagten Nolan Baltimore? Der Letzte da drüben.« Er ging über den feuchten Steinfußboden zum vierten Tisch, wo eine Gestalt auf dem Rücken lag, zugedeckt mit einem großen ungebleichten Baumwolllaken. Der Wärter warf Margaret einen skeptischen Blick zu, als wollte er einschätzen, wie wahrscheinlich es war, dass sie ohnmächtig wurde oder ihm sonst wie zur Last fallen würde. Schließlich gab er auf und zog mit einem resignierten Seufzen das Laken vom Kopf und von den Schultern des Toten.

Margaret stieß mit einem leisen Zischen die Luft zwischen den Zähnen aus und schwankte, als wäre der Boden unter ihren Füßen ein Schiffsdeck.

Hester trat rasch einen Schritt vor, legte die Arme eng um sie und drückte so fest, dass es wehtat.

Margaret schrie kurz auf, aber Hesters fester Griff schien sie zu stabilisieren.

Sie schauten auf das gefleckte grau-weiße Gesicht hinunter. Es hatte grobe Züge, fleischige Wangen und Kinnpartie. Die großen Augen waren jetzt geschlossen, aber die Augenhöhlen deuteten ihre Form an. Er hatte eine beginnende Stirnglatze, sein Haar war wellig und von dunkler, rötlich gelber Farbe. Er war offensichtlich groß, mit breiter Brust und kräftigen Armen. Es war schwer, seine Größe zu schätzen, wahrscheinlich um einen Meter achtzig.

Das Schwierigste war, sich Leben und Farbe in den Zügen vorzustellen, wie sie wohl gewesen waren, als Intelligenz sie belebt hatte. Denn um eine Gesellschaft wie Baltimore und Söhne aufzubauen, musste er Sachkenntnis, Vorstellungskraft und sehr viel Ehrgeiz besessen haben.

»Vielen Dank«, flüsterte Margaret. »Er ... er sieht so friedlich aus. Wie ist er gestorben?«

»Wir tun unser Bestes«, sagte der Wärter, als hätte sie ihm ein Kompliment gemacht.

»Wie?«, wiederholte sie mit kratzender Stimme.

»Weiß nicht. Die Polizei meint, er sei wahrscheinlich 'ne Treppe runtergefallen. Man kann nicht sehen, wie kaputt er innen ist. Und natürlich waschen wir sie.«

»Vielen Dank«, wiederholte Margaret und hatte Mühe zu atmen. Die Kälte und der Karbolgestank waren unerträglich.

Hester starrte auf die Gestalt auf dem Tisch. Sie hatte schon viele tote Männer gesehen, obwohl die meisten von ihnen nicht so ordentlich und sauber ausgestreckt dagelegen hatten wie dieser hier. Aber auch ohne ihn zu berühren oder zu bewegen, bemerkte sie, dass er nicht ganz gerade dalag. Gewaschen oder nicht, sie vermutete, dass viele seiner Knochen gebrochen oder ausgerenkt waren. Es musste ein harter Aufprall gewesen sein. Als sie seinen Kopf betrachtete, fielen ihr feine Kratzer am Hals auf, die sich von unterhalb des linken Ohrs bis zur Kehle erstreckten und dann vorne über dem Brustbein wieder anfingen. Fingernägel? Es waren Kratzer, keine Schnitte, und die Kanten waren frisch und roh, jetzt natürlich ohne Blut, aber die Haut sah abgerissen aus, als habe sie nicht mehr heilen können.

»Genug gesehen?«, fragte der Wärter, sah Margaret an und runzelte die Stirn.

»Ja ... ja, vielen Dank«, antwortete Margaret. »Ich ... ich sollte jetzt gehen. Ich habe meine Pflicht getan. Armer Onkel Nolan. Vielen Dank für Ihre ...« Sie verstummte, unfähig, die Fassung zu wahren und den Satz zu beenden.

Hester erkannte, dass Margaret am Ende ihrer Kraft war. Womöglich war es das erste Mal, dass sie einen toten Mann sah, obwohl in dem Haus am Coldbath Square schon einmal eine Frau gestorben war, aber das war anders gewesen, mit einer Art von Frieden am Ende. Und die Frau war alt gewesen.

Sie legte Margaret den Arm um die Schultern und ging mit ihr hinaus in den Durchgang. Sie musste ihre Enttäuschung herunterschlucken. Zumindest hatte sie ein Bild vor Augen, das sie mit Worten beschreiben konnte.

Am Eingang dankten sie dem Bediensteten noch einmal und traten dann so schnell, wie es anständigerweise möglich war, hinaus auf die Straße in den leise fallenden Regen.

»Tee!«, keuchte Margaret. »Und hinsetzen, irgendwo, wo es trocken ist!«

»Möchten Sie nicht lieber zum Coldbath Square zurück?«, fragte Hester besorgt. »Ich bin mir nicht sicher, welche Art von Etablissement hier in der Gegend ...«

»Ich möchte ihn zeichnen, bevor ich ihn vergesse!«, zischte Margaret. »Das geht hier im Regen nicht.«

Hester war vollkommen verdutzt. »Können Sie ... ich meine, könnten ...«

»Natürlich! Wenn ich es tue, solange er mir noch deutlich in Erinnerung ist! Im Augenblick fühlt es sich zwar an, als wäre er das für immer, aber der gesunde Menschenverstand und eine gewisse Hoffnung sagen mir, dem wird nicht so sein.« Margaret schaute sich um und schritt, um einen solchen Ort zu finden, energisch aus, und Hester musste ein paar Schritte laufen, um mit ihr mithalten zu können, und sie dann am Arm packen, damit sie nicht in einen Straßenhändler lief, der ihnen gerne ein paar Schnürsenkel verkauft hätte.

Schließlich fanden sie eine Schänke, wo sie sich an einen Tisch in der Ecke setzten und zwei halbe Pint Apfelwein und zwei heiße Pasteten bestellten. Sobald dies serviert worden war, nahm Margaret Papier und Bleistift heraus und fing an zu zeichnen. Ab und zu trank sie einen Schluck, aber die Pastete rührte sie nicht an. Vielleicht war ihr der Gedanke, etwas zu essen, während sie das Gesicht eines toten Mannes vor sich sah, unerträglich.

Hester war plötzlich sehr hungrig. In ihrem Fall wog die Erleichterung schwerer als Empfindlichkeit, und alles, an was sie denken konnte, war, wie geschickt Margaret Charakter und Leben in ein auf Papier geschaffenes Bild brachte. Nolan Baltimores Gesicht nahm vor ihren Augen Form an, bis sie das Gefühl hatte, sie müsste ihn gekannt haben.

»Das ist ja unglaublich!«, sagte sie mit großem Respekt, wischte sich die Finger an ihrem Taschentuch ab und trank den letzten Schluck Apfelwein. »Wenn wir das den Leuten zeigen, wissen sie bestimmt, ob sie ihn schon einmal gesehen haben oder nicht.«

Margaret schaute zu ihr auf, ihre Augen strahlten vor Freude über das Lob. »Ich mache besser gleich noch eine«, sagte sie ernst. »Wenn wir die verlieren, wird's schwierig.« Und sofort begann sie, Baltimore aus einem etwas anderen Blickwinkel noch einmal zu zeichnen, im Halbprofil.

Hester holte noch zwei Gläser Apfelwein und sah geduldig zu, wie Margaret eine dritte Zeichnung anfertigte, bemerkenswert detailliert und schattiert, um eine fast dreidimensionale Ähnlichkeit zu zeigen.

Bevor sie das Risiko eingingen, Aufmerksamkeit auf sich zu ziehen, packten sie die Zeichnungen ein und zahlten, dann traten sie hinaus auf die feuchte Straße. Der Himmel war klar, und eine milde Brise versprach, dass das auch so bleiben würde.

Sie hatten einen sehr ruhigen Nachmittag in Coldbath. Hester machte zur Vorbereitung für das, was sie einen Großteil der Nacht wach halten würde, ein kleines Nickerchen. Sie wusste, dass Monk nicht zu Hause war und sie folglich nicht zu erklären brauchte, warum sie auch nicht zu Hause sein würde. Sie hatte nicht die Absicht, Margaret mitzunehmen. Margaret hatte heute bereits großartige Arbeit geleistet.

Zudem war es für den Fall, dass Mr. Lockharts Hilfe gebraucht wurde, notwendig, dass zwei Personen hier waren. Jemand musste ihn holen, und das war meist Bessie. Sie schien die magische Fähigkeit zu besitzen, ihn immer und überall aufzutreiben. Vielleicht spürten seine Freunde ihre Zuneigung zu ihm, und ihre eigene Vergangenheit hatte sie gelehrt, weder zu fragen noch zu urteilen.

Margaret wollte widersprechen, aber als Hester ihr klar machte, dass Bessie im Fall einer ernsthaft Verletzten nicht allein zurechtkäme, stand in ihren Augen eine gewisse Erleichterung.

»Ja, das stimmt wohl«, sagte sie zögernd. »Aber was ist mit Ihnen? Sie sollten auch nicht allein unterwegs sein! Es könnte Ihnen alles Mögliche zustoßen, und wir wüssten es nicht mal. Warum machen Sie nicht ...« Sie hielt inne.

Hester lächelte. »Warum mache ich was nicht? Ihnen fällt auch kein besserer Plan ein. Ich werde wirklich sehr vorsichtig sein, versprochen. Ich sehe doch mehr oder weniger aus wie die Frauen, die hier in der Gegend wohnen, und die gehen auch allein herum. Im Augenblick ist überall in den Straßen Polizei. Das wissen die anderen so gut wie wir. Solange ich nicht den Eindruck erwecke, ich sei auf Geschäfte aus, und das werde ich tunlichst vermeiden, bin ich so sicher wie alle anderen auch.« Ohne auf weitere Einwände von Margaret, Bessie oder einer zur Vorsicht mahnenden Stimme in ihrem Kopf zu warten, nahm sie ein altes Umhängetuch aus dem Schrank und trat hinaus auf die Straße. Der Abend war schön und ziemlich warm. Sie richtete den Blick geradeaus und ging schnell in Richtung Leather Lane.

Sie wollte mit dem Haus beginnen, in dem Nolan Baltimore gefunden worden war, aber sie musste vorsichtig sein. Sie durfte nicht die Aufmerksamkeit der durch die Straßen und Gassen patrouillierenden Polizei auf sich ziehen, insbesondere nicht die von Constable Hart, der sie sofort erkennen und wahrscheinlich ahnen würde, was sie vorhatte.

Sie verlangsamte ihre Schritte, bis sie ungefähr so langsam war wie die Frau mittleren Alters vor ihr, hielt etwa sechs Meter Abstand und versuchte, keine Aufmerksamkeit zu erregen. Sie kam an die Ecke, wo die Bath Street in die Lower Bath Street überging, dann die breite Hauptverkehrsstraße Theobald's Road querte und in die Leather Lane mündete.

An der Ecke stand ein Polizist, der müde und niedergeschlagen aussah. Wie sollte sie irgendjemandem das Bild zeigen, ohne seine Aufmerksamkeit auf sich zu ziehen? Das ging nur unter einer der wenigen Straßenlaternen. Denn in den düsteren Schatten in der Nähe der Mauern oder in einem Torweg oder einer Gasse würde ihn wohl kaum jemand auf dem Bild erkennen können.

Der Wachtmeister beobachtete sie, ohne etwas zu sagen und ohne offensichtliches Interesse. Gut. Das hieß, dass er sie für eine Anwohnerin hielt, was zwar nicht schmeichelhaft war, aber im Augenblick genau das, was sie brauchte. Angespannt lächelnd ging sie die Leather Lane hinunter.

In der Nähe der nächsten Straßenlampe stand ein Mädchen. Das Licht, das auf sie herunterschien, ließ ihr Haar erstrahlen. Sie war noch längst nicht zwanzig und auch nicht besonders hübsch, aber sie hatte doch eine bestimmte Frische an sich. Hester kannte sie nicht, und plötzlich war sie sehr nervös, einer vollkommen Fremden ihre Fragen zu stellen.

Aber vielleicht kannte nur ein Fremder die Antwort, und sie wollte nicht nach Coldbath zurückgehen und erzählen, dass sie zu feige gewesen war zu fragen! Das wäre schlimmer als alles, was das Mädchen zu ihr sagen konnte.

»Entschuldigen Sie bitte«, fing sie zaghaft an.

Das Mädchen sah sie an, Feindseligkeit blitzte in ihren Augen. »Bleib bloß nich' hier stehen«, sagte sie mit tiefer, ruhiger Stimme. »Das ist mein Revier, und mein Alter poliert dir die Fresse, wenn du's hier versuchst. Such dir 'nen eigenen Platz.« Sie betrachtete Hester mit mehr Aufmerksamkeit. »Hübsch biste ja nich' gerade, gehst aber herum, als wärst du was Besseres. Gibt einige, die das mögen. Versuch's mal da oben.« Sie zeigte in Richtung der hohen Mauern der Brauerei in der Portpool Lane.

Hester schluckte ihren Ärger mühsam hinunter. Die Beleidigung schmerzte, was lächerlich war. Sie wusste sehr wohl um ihre eigene Leidenschaft, dazu erinnerte sie sich an zu viele Nächte, aber sie konnte es trotzdem nicht leiden, wenn jemand ihr sagte, sie sehe nicht besonders gut aus. Aber jetzt war nicht der Zeitpunkt, das zurückzugeben, was sie hatte einstecken müssen.

»Ihren Platz möchte ich nicht«, sagte sie kühl. Ihr besserer Verstand sagte ihr, dass das Mädchen nur ums Überleben kämpfte. Sie musste wahrscheinlich um alles kämpfen, was sie bekam, und dann weiterkämpfen, um es zu behalten. »Ich möchte nur wissen, ob Sie einen bestimmten Mann schon mal in der Gegend hier gesehen haben.«

»Sieh mal«, antwortete das Mädchen mitleidig, »wenn dein Alter herkommt, um sein Vergnügen zu haben, solltest du wegschauen und dich an dein Haus und deine Kinder halten. Mit 'nem Dach überm Kopf und was zu essen im Bauch braucht man nicht den Mond anzuheulen. Davon kriegst du nur 'nen wunden Hals – und wenn du andere Leute ärgerst, kriegste noch 'nen Eimer kaltes Wasser über – oder Schlimmeres.«

Hester zögerte. Welche erfundene Geschichte würde das Mädchen ihr glauben und ihr dann noch die nötigen Informationen geben? Das Mädchen wandte sich schon ab. Vielleicht war die Wahrheit die einzige Lösung.

»Es ist der Mann, der umgebracht wurde«, sagte sie abrupt und spürte, wie Hitze durch ihren Körper wallte, und dann Kälte, als sie sich unwiederbringlich kompromittierte. »Ich will, dass die Polizei aus der Gegend verschwindet und alles wieder normal wird.« Sie sah den Unglauben im Gesicht des Mädchens. Jetzt gab es keine andere Möglichkeit, als fortzufahren. »Die kriegen nicht raus, wer es war!«, sagte sie abrupt. »Die einzige Möglichkeit, sie endlich von hinten zu sehen, ist, dass jemand anderes es rausfindet.« Sie griff in ihre Tasche und zog das Bild von Nolan Baltimore hervor.

Das Mädchen warf einen Blick darauf. »Isser das?«, fragte sie neugierig. »Hab ihn nie gesehen. Tut mir Leid.«

Hester musterte das Gesicht des Mädchens und versuchte herauszufinden, ob sie ihr glauben konnte oder nicht.

Das Mädchen lächelte freudlos. »Nee. Ich weiß, dass er bei Abel Smith gefunden wurde, aber ich hab ihn hier noch nie nich' gesehen.«

»Vielen Dank.« Sie überlegte, ob sie dieses sehr selbstbeherrschte Mädchen auch noch fragen sollte, wo das Bordell war, in dem höher stehende Frauen wie sie arbeiteten. Womöglich war es das des Wucherers. Sie holte Luft.

Das Mädchen starrte sie wütend an, das warnende Flackern war wieder in ihren Augen.

»Vielen Dank«, wiederholte Hester, schob das Bild in ihre Tasche zurück und ging weiter bis fast zur High Holborn und dann die Farringdon Road hinauf und über die Hatton Wall zurück zur Leather Lane. Von all den Leuten, die sie ansprach, um ihnen die Zeichnung zu zeigen, wollte niemand zugeben, Nolan Baltimore je gesehen zu haben.

Inzwischen war es richtig dunkel und entschieden kälter. Nur wenige Leute waren unterwegs. Ein Mann in einem zu großen Mantel eilte den Gehweg entlang. Er zog einen Fuß ein wenig nach, sein Schatten krümmte sich auf den Steinen, als er unter der Straßenlaterne durchging.

Auf der anderen Straßenseite stolzierte eine Frau gemächlich vorbei, sie hielt den Kopf hoch, als sei sie voller Selbstvertrauen. Als sie um die Ecke in die Hatton Wall einbog, verlangsamte ein Hansom. Hester sah nicht, ob die Frau einstieg oder nicht.

Ein Bettler verschwand in einer engen Türöffnung, als wollte er sich für die Nacht dort niederlassen.

Hester hatte nichts erreicht. Sie war sich nicht einmal sicher, ob die Leute aus Angst oder Halsstarrigkeit logen oder ob tatsächlich niemand Baltimore gesehen hatte.

Hieß das, dass er nicht hier gewesen war? Oder war er einfach nur äußerst vorsichtig gewesen? Würde ein Mann wie Nolan Baltimore nicht automatisch vorsichtig sein, um nicht erkannt zu werden? Wozu war er hierher gekommen? Ein geheimes geschäftliches Treffen, das mit Landbetrug zu tun hatte? Oder, sehr viel wahrscheinlicher, um einer Vorliebe für ein derbes Vergnügen und Praktiken nachzugehen, was er zu Hause nicht konnte.

Zumindest wusste sie, wo Abel Smiths Etablissement war, und sie beschloss als letzte Rettung, dorthin zu gehen und ihm gegenüberzutreten. Sie lenkte ihre Schritte wieder die Leather Lane hinunter und trat schließlich in eine kurze Gasse, die von der Straße abzweigte und eine schiefe Treppe hinaufführte. Sie hörte schwaches Tropfen, das Knarren von Holz und ab und zu das Huschen kleiner Klauen. Das letzte Geräusch erinnerte sie an die Ratten in dem Krankenhaus in Scutari, und sie biss die Zähne zusammen und ging ein wenig schneller.

Die Tür ging auf, als sie just davor stand, und erschrocken zuckte sie zusammen. Ein kahlköpfiger Mann mit einem freundlichen Gesicht stand vor ihr. Das Licht hinter ihm verwandelte die wenigen weißen Haare auf seinem Schädel in einen Heiligenschein.

»Haben Sie sich verlaufen?«, fragte er zischend, als hätte er einen abgebrochenen Zahn. Erst als sie die oberste Treppenstufe erreichte, bemerkte sie, dass er einige Zentimeter kleiner war als sie.

»Das hängt davon ab, ob dies das Haus von Abel Smith ist oder nicht«, antwortete sie, froh, dass sie, wenn sie schon ohne Verstand, dann nicht auch noch außer Atem war. »Denn wenn es das ist, dann bin ich genau da, wo ich sein will.«

Er schüttelte den Kopf. »Ich bin ja bereit, so manches zu versuchen, aber für hier taugen Sie nichts.« Er sah sie von oben bis unten an. »Wenn Sie in Not sind, gebe ich Ihnen ein Bett für die Nacht, aber morgen müssen Sie sich was anderes suchen. Mit Ihnen mache ich kein Geschäft.«

»Nein«, stimmte sie ihm zu. »Aber ich kenne ein paar Mädchen, die gut hierher passen. Ich führe das Haus in Coldbath, das sich um kranke und verletzte Frauen kümmert.«

Er kniff die Augen zusammen und pfiff durch die Zahnlücke. »Hier gibt's keine Kranken, und ich hab nicht um einen Hausbesuch gebeten!«

»Deswegen bin ich auch nicht hier«, erwiderte sie und beschloss, die Wahrheit ein bisschen weiter auszulegen. »Ich bin hier, um dafür zu sorgen, dass die Polizei die Gegend wieder verlässt und wir alle zu unserem normalen Alltag zurückkehren können.«

»Ach ja? Und wie wollen Sie das bewerkstelligen?« Skeptisch betrachtete er ihren schlanken, kerzengeraden Körper und ihren offenen Blick. »Sie sagen, weil dieser ermordete Lackaffe hier in meinem Haus war ... aber das war er nie, außer als er tot war!« Er schniefte. »Ich habe noch nie im Leben einen Freier kaltgemacht! Wär ja auch ziemlich dämlich. Aber denken Sie, die Blödmänner würden mir glauben?«

»Wo ist die Treppe, die er angeblich hinuntergefallen ist?«, fragte sie.

»Warum? Was interessiert Sie denn das?«, fuhr er sie an.

»Warum wollen Sie sie mir nicht zeigen?«, erwiderte sie.

»Gehen Sie! Raus hier!« Er wedelte mit den Händen vor ihr herum. »Sie machen nur Ärger. Gehen Sie!«

Irgendwo hinter ihr stieß eine Ratte ein leere Kiste um. Sie schlug mit einem gedämpften Geräusch auf.

Hester rührte sich nicht vom Fleck. »Ich versuche doch nur, Ihnen zu helfen, Sie Narr!«, sagte sie wütend. »Wenn er nicht hier gestorben ist, dann ist er woanders gestorben! Es hatte womöglich überhaupt nichts mit Frauen zu tun, und wenn ich das beweisen kann, dann hört die Polizei auf, uns zu schikanieren, und wir können uns alle wieder unserem Alltag zuwenden! Möchten Sie das oder nicht?«

Seine Augen waren kaum mehr als Schlitze in seinem rosafarbenen Gesicht. »Warum?«, fragte er vorsichtig. »Ich dachte, Sie seien nur 'ne Wohltäterin, die versucht, die Seelen der gefallenen Frauen zu retten. Sie haben doch sonst noch was vor, was?« Er nickte mehrmals. »Was ist das? Was machen Sie in dem Haus da oben in Coldbath?«

»Das geht Sie nichts an!«, fuhr sie ihn an und ergriff die Chance. »Müssen wir das hier draußen vor der Tür klären, wo uns jeder hören kann?«

Zögernd trat er einen Schritt zurück und hielt ihr die Tür auf. Sie trat hinter ihm ein und fand sich auf einem schmalen Treppenabsatz, von dem ein halbes Dutzend Türen abgingen. Er ging mit einem seltsam schlingernden Gang vor ihr her, als wäre er lange auf See gewesen. An der vierten Tür blieb er stehen und trat ein. Sie folgte ihm in ein Wohnzimmer, dessen Möbel, einst grün und rot, jetzt verblichen und abgenutzt, in den verschiedenen Braunschattierungen verwelkter Blätter prangten. Ein Tisch an der Rückwand war mit Papier übersät. Vor ihr stand ein weicher Sessel, und es gab einen sehr kleinen offenen Kamin, in dem sich aber nur graue Asche häufte. Der Geruch nach abgestandener Luft war erdrückend. Wärme hätte es nur noch schlimmer gemacht.

»Ich würde gerne mit einigen Ihrer Mädchen sprechen.«

»Die wissen nichts«, sagte er teilnahmslos.

»Ich kümmere mich nicht um Ihr erbärmliches Geschäft!« Sie wusste, dass ihre Stimme schriller wurde, konnte aber nichts dagegen tun. »Sie haben diesen Mann vielleicht auf der Straße gesehen. Jemand hat ihn hergebracht. Sie sagten, er sei nicht reingekommen ... wer hat ihn dann reingebracht? Haben Sie sich nicht gefragt, wer Ihnen das angetan hat?«

»Das habe ich, verdammt!«, fauchte er, und sein Gesicht verlor plötzlich den rosafarbenen, unschuldigen Ausdruck und brannte stattdessen wie das eines übel gelaunten Säuglings, was böse wirkte und merkwürdig aussah, weil es so lächerlich war. Plötzlich hob er die Stimme. »Ada!«, rief er mit überraschender Lautstärke.

Unten war etwas zu hören, aber niemand erschien.

»Ada!«, brüllte er.

Die Tür flog auf, und eine dicke Frau, etwa so groß wie er, platzte ins Zimmer, schwarze Ringellöckchen umrahmten ihr rotes Gesicht, ihre Augen loderten vor Empörung. Sie sah erst ihn an, dann Hester.

»Nicht gut«, sagte sie, ohne gefragt worden zu sein. »Zu dünn. Wozu rufst du mich, du dämlicher Affe? Siehst du das nicht selbst? Hast wohl Mitleid mit ihr, was?« Sie wies mit einem kurzen, dicken Finger auf Hester. »Also, nicht in diesem Haus, du Miststück von ...« Sie hielt inne, weil er keinen Versuch machte, sich zu rechtfertigen. Sie bemerkte ihren Irrtum und drehte sich um, um Hester anzusehen. »Also, was wollen Sie dann? Haben Sie Ihre Zunge verschluckt?«

Hester zog die Zeichnung von Nolan Baltimore hervor und zeigte sie ihr.

Ada warf kaum einen Blick darauf. »Er ist tot«, sagte sie ungerührt. »So 'n Haufen Scheiße, der bei uns abgeladen wurde, aber er hat nichts mit uns zu tun. Hab ihn noch nie vorher gesehen, da kann uns keiner das Gegenteil beweisen!«

»Da steht Ihr Wort gegen das der anderen«, wandte Hester ein.

Ada war ungemein praktisch veranlagt. Sie hatte zu viel durchgestanden, um lange herumzufackeln. »Und was wollen Sie? Was geht's Sie an, wer ihn hier abgelegt hat?«

»Ich möchte herausfinden, wer ihn umgebracht hat, damit die Polizei wieder verschwindet und uns in Ruhe lässt. Und ich möchte herausfinden, wer den Frauen Geld leiht und sie es zurückzahlen lässt, indem er sie anschaffen schickt«, antwortete Hester. Sie wagte sich weit vor, und ihre Haut prickelte.

Ada riss ihre schwarzen Augen noch weiter auf. »Wirklich? Wieso?« Ihre Frage kam herausgeschossen wie ein Projektil.

»Weil es, solange die Polizei überall herumläuft, nichts zu verdienen gibt«, erwiderte Hester. »Und die Leute können ihre Schulden nicht bezahlen. Die Gemüter erhitzen sich, und es werden immer mehr Frauen zusammengeschlagen.«

Ada war immer noch misstrauisch. »Und seit wann kümmern sich so anständige Frauen wie Sie drum, ob Frauen wie wir ihren Geschäften nachgehen können oder nicht?«, sagte sie und kniff die Augen zusammen. »Dachte, Sie wären Feuer und Flamme, die Straßen zu säubern und aus der Ecke hier wieder 'ne anständige Gegend zu machen.« Die letzten Worte waren mit der Schärfe eines offenen Rasiermessers gesprochen.

»Wenn Sie glauben, dazu bräuchte man nur Polizei an jede Ecke zu stellen, sind Sie eine Närrin!«, entgegnete Hester. »Es gibt kein ›wie ich‹ und ›wie Sie‹. Alle Frauen können in Schwierigkeiten geraten und gezwungen sein, anschaffen zu gehen, um das Geld zurückzuzahlen. Sie müssen womöglich spezielle Bedürfnisse bedienen, aber sie nehmen, was sie kriegen können. Immer noch besser, als halb zu Tode geprügelt zu werden.«

»Das tun wir niemandem an«, sagte Ada entrüstet, aber hinter ihrer Selbstgerechtigkeit klang in ihrer Stimme auch Aufrichtigkeit mit, und Hester hörte es.

»Erfüllen Sie spezielle Bedürfnisse?«, fragte Hester.

»Jedenfalls nicht mit Mädchen, die hier sind wegen Schulden«, antwortete Ada. »Es sind ganz gewöhnliche Mädchen, die sich ihren Lebensunterhalt verdienen möchten und den Hals nicht voll genug kriegen.«

Hester sah sich im Raum um. Was Ada sagte, klang ziemlich glaubwürdig, obwohl es auch möglich war, dass es ein zweites Etablissement gab oder auch ein drittes, das anders war als dieses hier. Aber soweit sie es sagen konnte, hatte niemand Nolan Baltimore hier in der Gegend gesehen. Falls Abel Smith noch andere Häuser hatte und Baltimore dort umgebracht worden war, hätte Smith die Leiche wohl kaum hier abgelegt. Hester war geneigt, den beiden zu glauben.

Ihr Schweigen entnervte Ada. »So was tun wir nicht!« Ada wiederholte sich. »Nur das Übliche. Und geschlagen wird hier auch keine.« Sie schniefte wütend. »Außer sie werden hochnäsig und benehmen sich nicht. Man muss für Disziplin sorgen, sonst kommt man nicht weit. Vor einem großen, weichen Kerl wie dem da haben die Leute keinen Respekt!« Sie warf Abel einen Blick voller Verachtung zu.

»Könnte ich mit ein paar von Ihren Mädchen sprechen, um sie zu fragen, ob eine von ihnen Mr. Baltimore hier irgendwo in der Gegend gesehen hat oder weiß, wohin er gegangen sein könnte?«, fragte Hester.

Ada dachte einen Augenblick darüber nach. »Geht in Ordnung«, sagte sie schließlich. Offensichtlich hatte sie über das nachgedacht, was Hester gesagt hatte, und beschlossen, ein wenig Vertrauen würde ihr eher weiterhelfen. »Aber nicht die ganze Nacht! Die Zeiten sind hart. Wir dürfen keine Gelegenheit versäumen!«

Hester schwieg.

Sie unterhielt sich fast eine Stunde lang mit einer gelangweilten oder verängstigten Frau nach der anderen, aber soweit sie sehen konnte, hatte keine von ihnen blaue Flecken. Keine von ihnen war bereit zuzugeben, dass sie Nolan Baltimore je in der Leather Lane gesehen hatte, nur am Fußende der Treppe in der Nacht seines Todes.

»Blöde Frage, wenn Sie's wissen wollen«, sagte eine Frau namens Polly verächtlich. »Der war doch so 'n Feiner. Dem kam doch das Geld aus den Ohren raus.« Ihr Lachen wurde zu einem Zähnefletschen, das mehr Ekel als Wut ausdrückte. »Sehen Sie uns an, Lady! Glauben Sie wirklich, so einer kommt zu Frauen wie uns? Der will was Besonderes, und er kann dafür zahlen.« Sie zuckte die Achseln und zog das Kleid, das ihr über die Schulter gerutscht war, mit einem Ruck wieder hoch. »Vielleicht geht er zu Squeaky Robinson. Dem seinen Preis kann er bestimmt mit links zahlen.«

»Squeaky Robinson?«, wiederholte Hester, die es fast nicht glauben konnte. »Wer ist das?«

»Weiß nicht«, sagte Polly sofort. »In der Nähe von Coldbath und der Brauerei. Hatton Wall oder auch Portpool Lane. Will's gar nicht so genau wissen. Sollten Sie auch nicht, wenn Sie wissen, was gut für Sie ist.«

»Vielen Dank.« Hester stand auf. »Sie haben mir sehr geholfen. Ich weiß das zu schätzen.«

»Ich hab nix gesagt«, leugnete Polly unverblümt, zog das Kleid noch einmal hoch und fluchte leise.

»Nein«, sagte Hester. »Außer, dass Baltimore nicht hier gestorben ist. In Wahrheit hat er hier überhaupt nichts zu suchen gehabt.«

»Richtig«, sagte Polly mit Nachdruck. »Gar nichts!«

Hester glaubte ihr. Den ganzen Weg zurück zum Coldbath Square ließ sie es sich immer wieder durch den Kopf gehen. Sie war sich sicher, dass Nolan Baltimore seinem Mörder woanders begegnet war und in Abel Smiths Haus geschafft worden war, um dem die Schuld zuzuschieben.

Aber in der Frage, wo oder warum er umgebracht worden war, war sie keinen Schritt weitergekommen, obwohl sie den Namen Squeaky Robinson nicht vergessen würde, ebenso wenig wie die Tatsache, dass man sich in seinem Etablissement um Männer mit teuren und exquisiten Vorlieben kümmerte.

6

Monk hatte alle Informationen über die Eisenbahn von Baltimore und Söhne sehr sorgfältig geprüft und weder beim Kauf von Land noch bei irgendeinem anderen Teil des Projekts einen offensichtlichen Betrug erkennen können. Aber selbst wenn aus dem Kauf oder Nicht-Kauf bestimmter Streckenabschnitte unrechtmäßiger Profit geschlagen worden war, konnte er sich nicht vorstellen, wie dies zu einem erhöhten Unfallrisiko führen sollte. Das beschäftigte ihn auf eine Weise, von der sich Katrina Harcus keine Vorstellung machte. Natürlich war eine drohende Gefahr von Wichtigkeit, und er war sich eindringlich bewusst, dass er, falls sie real existierte, sowohl die moralische Pflicht als auch den Wunsch hatte, alles in seiner Macht Stehende zu tun, um sie zu verhindern. Aber was ihn mit gewaltigen, erstickenden Schmerzen peinigte, war die Angst, dass der Betrug, für den Arrol Dundas gestorben war, auf irgendeine Weise zu dem Unfall geführt hatte, an den Monk sich mit solch furchtbaren Schuldgefühlen erinnerte.

Er ging über die Wiese im Regent's Park auf den Treffpunkt zu und bemerkte kaum die Menschen um ihn herum. Seine Gedanken waren zwischen Vergangenheit und Gegenwart hin und her gerissen. Jede Zeit hielt den Schlüssel zu einer anderen Zeit, und vielleicht erhielt er von Katrina ein paar Informationen, die sie wohl verwahrt hinter ihren Gefühlen verborgen hütete. Zumindest das hatten sie gemeinsam. Sie hatte Angst um Dalgarno und das, was sie nicht über ihn wusste und von dem sie fürchtete, es könnte wahr sein. Monk hatte die gleiche Angst, nur um sich selbst.

Der strahlende Sonnenschein verlieh dem Frühlingstag eine silbrig-goldene Klarheit, und der Garten war voller Menschen. Nachdem er sich aufgerafft hatte, sie zu treffen, war er herb enttäuscht, dass er mehrere Minuten vergeblich nach ihr Ausschau halten musste. Er sah Dutzende von Frauen aller Altersstufen. Sein Blick fiel auf gefärbte Seide und Spitzen, bestickten Musselin, Hüte mit Blumen, Sonnenschirme in einem Wald aus Spitzen über den ausgebreiteten Stoffkuppeln. Sie gingen zu zweit oder dritt spazieren und lachten miteinander oder hatten sich bei einem Bewunderer untergehakt, hoch erhobenen Hauptes und die Röcke raffend. Er stand enttäuscht im Torweg. Er hatte sich für die Begegnung gewappnet, was er nun morgen aufs Neue tun musste. Er hatte keine Ahnung, wo sie lebte oder wie er sie finden sollte, und solange er nicht mit ihr gesprochen hatte, konnte er nichts weiter tun.

»Mr. Monk!«

Er drehte sich herum. Sie stand hinter ihm. Er war so froh, sie zu sehen, dass er gar nicht mitbekam, was sie trug, außer, dass es blass war und kaum gemustert. Es war ihr Gesicht mit den verblüffend dunkel bewimperten Augen, auf das er seinen Blick richtete. Er lächelte, was wahrscheinlich dazu führte, dass sie glaubte, er habe gute Nachrichten, und obwohl er wusste, dass dem nicht so war, konnte er es nicht ändern. Pure Erleichterung wallte in ihm auf.

»Miss Harcus! Ich ... ich fürchtete schon, Sie würden nicht kommen«, sagte er hastig. Das war nicht genau das, was er hatte sagen wollen, aber etwas Passenderes fiel ihm nicht ein.

Sie blickte forschend in sein Gesicht. »Haben Sie Neuigkeiten?«, fragte sie fast atemlos. Erst jetzt bemerkte er, wie blass sie war. Er spürte ihre Gefühle wie seine eigenen. Sie war gespannt wie eine Sehne, die jederzeit reißen kann.

»Nein«, sagte er barscher als beabsichtigt, weil er sich darüber ärgerte, dass er sie irregeführt hatte. »Außer dass ich bei Mr. Dalgarno kein Fehlverhalten entdecken konnte.« Er unterbrach sich. In ihren Augen lag keine Erleichterung, was ihn nicht überraschte. Als wäre es ihr unmöglich, ihm zu glauben. Wenn überhaupt, dann hatte ihre Anspannung noch zugenommen. Unter dem zarten Stoff ihres Kleides waren ihre Schultern starr, ihr Atem äußerst kontrolliert. Ihm war, als würde sich ihre Anspannung körperlich auf ihn übertragen. Sie schüttelte langsam den Kopf. »Nein ... nein ...«

»Ich habe alles durchsucht!«, insistierte er. »Es mag Unregelmäßigkeiten beim Ankauf von Land geben ...«

»Unregelmäßigkeiten?«, fragte sie scharf. »Was bedeutet das? Ist es ehrlich oder nicht? Ich bin nicht dumm, Mr. Monk. Es sind schon Menschen wegen ›Unregelmäßigkeiten‹, wie Sie das nennen, ins Gefängnis gekommen, wenn diese mit Absicht geschahen und sie davon profitiert haben. Manchmal sogar, wenn sie nicht beabsichtigt waren, man es jedoch nicht beweisen konnte.«

Ein älterer Gentleman verlangsamte seine Schritte und sah Katrina an, als sei er sich nicht sicher, was ihr Tonfall zu bedeuten habe. Zorn oder Schmerz? Sollte er sich einmischen? Er entschied sich dagegen und ging ziemlich erleichtert davon.

Zwei Damen gingen lächelnd an ihnen vorbei.

»Ja, ich weiß«, sagte Monk sehr ruhig, und wieder kamen ihm an diesem sonnigen Tag unerträglich düstere Erinnerungen hoch. »Aber Betrug muss bewiesen werden, und ich kann nichts finden.« Katrina holte Luft, als wollte sie ihn noch einmal unterbrechen, aber er fuhr eilig fort. »Man kann zum Beispiel eine Eisenbahnlinie durch ein bestimmtes Gebiet führen statt durch ein anderes, um einem Bauern oder Gutsbesitzer den Gefallen zu tun, dass sein Land nicht zerteilt wird. Es mag Bestechung gegeben haben, aber ich wäre sehr überrascht, wenn sich das nachweisen ließe. Die Leute gehen mit so etwas normalerweise sehr diskret um.« Er bot ihr den Arm, da er fürchtete, sie würden Aufmerksamkeit erregen, wenn sie zu lange an einem Fleck stehen blieben.

Sie griff so fest danach, dass er durch den Stoff seiner Jacke ihre Finger spürte.

»Aber der Unfall!«, sagte sie mit aufsteigender Panik. »Was ist mit den Gefahren? Das ist keine Sache von« – sie schluckte – »von persönlichem fragwürdigem Profit. Es ist« – sie flüsterte das Wort – »Mord! Zumindest moralisch.« Sie hielt ihn fest, sodass er stehen bleiben musste, und starrte ihn mit so abgrundtiefem Entsetzen an, dass er erschrak.

»Ja, ich weiß«, sagte er sanft und wandte sich ihr zu. »Aber ich bin die Trasse persönlich abgeschritten, Miss Harcus, und ich kenne mich aus mit Eisenbahnen. Beim Erwerb von Land, nicht einmal schlechtem Land, ist nichts, was das Leben der Menschen im Zug gefährdet.«

»Wirklich nicht?« Sie ließ zu, dass er langsam weiterging und mit den anderen, die zwischen den Blumenbeeten umherschlenderten, verschmolz. »Sind Sie ganz sicher?«

»Wenn das Land mehr – oder weniger – kostet als vorgesehen«, erklärte er ihr, »und der Firmenbesitzer die Differenz in seine eigene Tasche steckt statt in die der Anteilseigner, ist das Diebstahl, aber es hat keine Auswirkungen auf die Sicherheit der Eisenbahnlinie.«

Sie sah mit ernsten Augen zu ihm auf. Er sah den Schmerz und die Verwirrung in ihrer Miene, ihre wachsende Verzweiflung. Warum? Was wusste sie über Dalgarno, was sie ihm immer noch nicht erzählt hatte? »Um welche Beträge könnte es da gehen?«, unterbrach sie seine Gedanken. »Doch sicher um große, oder? Genug, dass ein gewöhnlicher Mann sich für den Rest seines Lebens eine schöne Zeit machen kann?«

Monk sah plötzlich Arrol Dundas vor sich, so lebendig, dass er sogar die Falten in Dundas' Gesicht erkennen konnte, die Form seiner Nase und die Sanftheit in den Augen, mit denen er Monk anschaute. Er war wieder bei Gericht, sah die erstaunten Gesichter der Menschen über die riesigen Summen, über die gesprochen wurde, Summen, die in ihren Augen unvorstellbaren Reichtum bedeuteten, die in der Eisenbahnwelt jedoch ganz alltäglich waren. Er sah die offenen Münder, hörte Menschen nach Luft schnappen und sich überall im Raum regen, Stoffe rascheln, Fischbeinkorsetts knarren.

Was war mit dem Geld passiert? Hatte Dundas' Witwe es? Nein, unmöglich. Niemand behielt den Gewinn aus einem Verbrechen. War es verschwunden? Um ihn zu überführen, musste bewiesen worden sein, dass er es zu irgendeinem Zeitpunkt besessen hatte.

Monk weigerte sich einfach, an die andere Möglichkeit zu glauben: dass er selbst das Geld gehabt hatte. Er wusste genug über seine Zeit im Polizeidienst, um sich sicher zu sein, dass ein solcher Wohlstand aufgedeckt worden wäre.

Katrina wartete auf eine Antwort.

Er zwang sich in die Gegenwart zurück. »Ja, es geht wohl um sehr viel Geld«, räumte er ein.

Sie hatte die Lippen zu einer dünnen Linie zusammengepresst. »Genug, um Männer zu einem schweren Verbrechen zu verführen«, sagte sie heiser. »Dass Menschen bereitwillig das Schlimmste von jemandem annehmen. Mr. Monk, diese Antwort genügt mir nicht.« Sie senkte den Blick, weg von seinen Augen und dem, was er womöglich in ihren Augen lesen könnte. Ihre Stimme war kaum mehr als ein Flüstern. »Ich habe solche Angst um Michael, dass ich kaum weiß, wie ich überhaupt die Nerven behalten soll. Ich bin Risiken eingegangen, die ich unter anderen Umständen niemals eingegangen wäre. Ich habe an Türen gelauscht, Gespräche mit angehört, ich habe sogar Unterlagen auf anderer Leute Schreibtischen gelesen. Und ich schäme mich, es zuzugeben.« Plötzlich schaute sie auf. »Aber ich versuche mit aller Macht, die, die ich liebe, und ganz gewöhnliche unschuldige Männer und Frauen, die nur von einer Stadt in die andere reisen möchten und darauf vertrauen, dass die Eisenbahn sie sicher transportiert, vor einer Katastrophe zu bewahren.«

»Was verschweigen Sie mir?«

Wieder starrten Passanten sie an, vielleicht, weil sie erneut stehen geblieben waren, jedoch eher, weil sie die Leidenschaft und die Not in Katrinas Miene bemerkten. Zudem hielt sie immer noch Monks Arm fest.

»Ich weiß, dass Jarvis Baltimore vorhat, für mehr als zweitausend Pfund einen Grundbesitz zu erwerben«, sagte sie atemlos. »Ich habe die Pläne gesehen. Er hat darüber gesprochen, dass er das Geld in knapp zwei Monaten zusammenhat, aus dem Gewinn, den sie aus dem Plan, über den er und Michael gesprochen haben, erzielen werden.« Sie sah ihn eindringlich an, versuchte herauszufinden, was er davon hielt. »Aber er und Michael haben gesagt, es müsse absolut geheim bleiben, sonst würde es sie stattdessen in den Ruin treiben.«

»Sind Sie ganz sicher, dass Sie die beiden nicht missverstanden haben?«, fragte er. »War das nach Nolan Baltimores Tod?«

»Nein ...« Es war kaum mehr als ein Ausatmen.
Also war es keine Erbschaft.
»Der Verkauf von Anteilen fremder Eisenbahngesellschaften?«
»Warum sollten sie das geheim halten wollen?«, fragte sie. »Würde man darüber nicht ganz offen sprechen? Machen Gesellschaften das nicht andauernd?«
»Ja«, sagte er.
»Es gibt ein Geheimnis, hinter das Sie noch nicht gekommen sind, Mr. Monk«, sagte sie heiser. »Etwas, das ebenso schrecklich wie gefährlich ist und Michael ins Gefängnis bringen wird, vielleicht kommt er sogar dabei um, wenn wir es nicht herausfinden, bevor es zu spät ist!«
Angst durchlief ihn wie eine brennende Welle, aber sie war namenlos und ohne Sinn. Er griff nach dem Einzigen, von dem er wusste, dass es der Gewalt und der Ungeheuerlichkeit dessen, was sie andeutete, gleichkam. »Miss Harcus! Nolan Baltimore wurde vor kurzem umgebracht. Die meisten Menschen sind davon ausgegangen, sein Tod stehe im Zusammenhang mit seinen häufigen Besuchen eines Bordells in der Leather Lane. Aber vielleicht sollten sie das ja auch denken.«
Sie hob den Kopf und sah ihn ängstlich an. Ihr Gesicht war kreidebleich. Sie hatte die Menschen um sie herum mit ihrer Neugier und ihrer Besorgnis vollkommen vergessen. »Sie glauben, es hat etwas mit der Eisenbahn zu tun?« Sie atmete die Wörter voller Angst aus und schlug die Hand vor den Mund, als könnte das die Wahrheit ersticken.
Er wusste um die schlimme Angst, die sie ergriffen hatte, und ihr Schmerz tat ihm weh, aber es war sinnlos, ihm jetzt auszuweichen. Er würde dadurch nicht verschwinden.
»Ja«, antwortete er leise. »Wenn Sie Recht haben, und es geht wirklich um solche großen Summen, könnte er umgebracht worden sein, damit er, falls er von dem Plan wusste, nichts verrät.«

Jetzt war sie so weiß, dass er befürchtete, sie könnte in Ohnmacht fallen. Instinktiv griff er nach ihrem Arm, damit sie nicht stürzte.

Sie ließ sich nur einen kurzen Augenblick von ihm stützen, dann zog sie sich mit einem so heftigen Ruck zurück, dass der zarte Musselin ihres Ärmels zerriss.

»Nein!« In ihrem Gesicht stand Entsetzen, und ihre Stimme verriet so viel aufgestaute Emotionen, dass mehrere Menschen in der Nähe sich umdrehten und die beiden anschauten und sich, als sie dabei erwischt wurden, verlegen abwandten.

»Miss Harcus!«, sagte er. »Bitte!«

»Nein«, erwiderte sie, aber weniger heftig. »Ich ... ich kann nicht glauben, dass ...« Sie ließ den Satz unvollendet.

Sie wussten beide, was sie quälte. Die Möglichkeit war allzu offensichtlich. Wenn der Betrug so immens und der Gewinn so hoch war, wie sie fürchtete, dann konnte Nolan Baltimore leicht deswegen ermordet worden sein. Er hatte es womöglich gewusst, und er und sein Mörder hatten sich gestritten, weil er einen zu großen Anteil wollte oder den Plan auf andere Weise bedroht hatte. Vielleicht war er auch nicht eingeweiht gewesen, hatte es aber herausgefunden und musste zum Schweigen gebracht werden, bevor er sie verriet. Michael Dalgarno war der erste Verdächtige. Soweit Katrina wusste, steckten nur Dalgarno und Jarvis Baltimore dahinter.

Monk fühlte mit ihr. Er wusste aus eigener Erfahrung, wie es war, wenn man Angst vor der Wahrheit hatte und doch gezwungen war, nach ihr zu suchen. Alles Leugnen in der Welt änderte nichts, und doch würde das Wissen endgültig und unwiderlegbar alles, was wichtig war, zerstören.

Für sie würde das bedeuten, dass der Mann, den sie liebte, in gewisser Weise nie existiert hatte. Selbst bevor er an dem betreffenden Abend in die Leather Lane gegangen war, bevor irgendetwas unwiderruflich war, hatte er die Saat davon in sich getragen, die Grausamkeit und die Gier, die Überheblichkeit, die seinen eigenen Vorteil über das Leben eines anderen Mannes stellte. Er hatte sich selbst betrogen, lange bevor er Katrina oder seinen Mentor und Arbeitgeber betrogen hatte.

Und wenn Monk Arrol Dundas betrogen und auch nur das Geringste über den Eisenbahnunfall gewusst hatte oder gar daran beteiligt gewesen war, dann war er nie der Mann gewesen, den Hester in ihm sah, und alles, was er so sorgfältig und unter schmerzhaftem Verzicht auf seinen Stolz aufgebaut hatte, würde zusammenbrechen wie ein Kartenhaus.

Plötzlich war ihm diese Frau, die er kaum kannte, näher als irgendjemand sonst. Sie empfanden beide eine Angst, die ihr Leben beherrschte und alles andere ausschloss.

Sie starrte ihn immer noch entsetzt schweigend an.

»Miss Harcus«, sagte er mit einer Zärtlichkeit, die ihn erstaunte, und diesmal zögerte er nicht, sie zu berühren. Es war nur eine kleine Geste, aber voll tiefem Verständnis. »Ich werde die Wahrheit herausfinden«, versprach er ihr. »Wenn ein Betrug begangen wurde, werde ich ihn aufdecken und zukünftige Unfälle verhindern. Und ich werde alles in meiner Macht Stehende tun, um herauszufinden, wer Nolan Baltimore umgebracht hat.« Er sah sie ernst an. »Aber wenn nicht, dann hätte Michael Dalgarno kein Motiv gehabt, ihm etwas anzutun. Baltimore wurde womöglich im Streit um Geld getötet, nicht wegen eines Vermögens, sondern wegen ein paar Pfund, von denen ein betrunkener Zuhälter glaubte, er schuldete sie ihm. Vielleicht hatte man keine Ahnung, wer er war. Hatte er ein hitziges Gemüt?«

Ein winziges Lächeln huschte über ihre Lippen, und ihr Körper entspannte sich ein wenig. »Ja«, flüsterte sie. »Ja, er ging schnell in die Luft. Ich danke Ihnen mehr, als ich sagen kann, Mr. Monk. Sie haben mir zumindest Hoffnung gegeben. Daran werde ich mich festhalten, bis Sie mir Neuigkeiten bringen.« Sie senkte den Blick, dann sah sie ihn wieder an. »Ich schulde Ihnen sicher noch mehr, und Sie haben Ausgaben wegen all der Reisen, die Sie um meinetwillen unternommen haben. Würden weitere fünfzehn Pfund im Augenblick genügen? Es ... es ist alles, was ich Ihnen geben kann.« Vor Verlegenheit überzog eine leichte Röte ihre Wangen.

»Das würde ausreichen«, antwortete er, nahm das Geld und schob es so unauffällig wie möglich in seine Innentasche, wobei er so tat, als suchte er nach einem Taschentuch. Er zog es heraus und sah Begreifen und Anerkennung in ihren Augen aufblitzen, als Zeichen des Dankes.

Es war Zeit, dass Monk die Möglichkeit ernsthaft in Erwägung zog, dass Baltimores Tod nicht der Prostitutionsskandal war, den alle dahinter vermuteten, sondern ein sehr persönlicher Mord, der nur zufällig in der Nähe des Bordells in der Leather Lane begangen worden war. Falls Dalgarno oder Jarvis Baltimore den älteren Mann hatten umbringen wollen, war der Mord hinter der Maske seiner privaten Laster das perfekte Verbrechen.

Den Superintendent zu fragen, der die Untersuchung leitete, würde nichts bringen, er würde sich über Monks Einmischung nur ärgern. Der arme Mann wurde von der Obrigkeit und den empörten Bürgern, die sich moralisch verpflichtet fühlten zu protestieren, mehr als genug unter Druck gesetzt. Egal, was er tat, es würde ihnen nicht gefallen. Die einzig akzeptable Lösung wäre gewesen, dass sich die ganze Angelegenheit in Luft auflöste, ohne Spuren zu hinterlassen, und das war unmöglich. Wenn sie sich nicht beschwerten, konnte es leicht den Anschein haben, sie würden Prostitution und den Mord an einem angesehenen Bürger billigen; wenn sie sich beschwerten, lenkten sie noch mehr Aufmerksamkeit auf Gepflogenheiten, denen sie – ohne es zuzugeben – alle nur zu gerne nachgingen.

Es hatte auch wenig Sinn, mit den Polizisten zu sprechen, die ihre Runde machten und gezwungen waren, die Leute in der Gegend um die Farringdon Road gegen ihren Willen zu schützen. Wenn sie wüssten, wer Nolan Baltimore umgebracht hatte, wäre der Mörder längst verhaftet und die Angelegenheit abgeschlossen worden.

Was Monk interessierte, waren zum einen die Wege, die Nolan Baltimore in der Nacht seines Todes zurückgelegt hatte, und zum anderen, was genau Michael Dalgarno darüber gewusst hatte und wo er sich aufgehalten hatte. Wie waren sie auseinander gegangen? Welche Rolle spielte Jarvis Baltimore?

Wer konnte das wissen? Die Bewohner des Hauses Baltimore, Familie und Bedienstete, möglicherweise die Polizisten, die in der Nähe des Hauses oder, falls keiner der Männer an dem Abend nach Hause gegangen war, der Büros Streife gingen, Straßenhändler, Menschen, deren tägliche Runde sie durch diese Gegend führte.

Er fing da an, wo er am leichtesten und wahrscheinlichsten etwas Brauchbares erfahren würde. Sie saß auf einer klapprigen Kiste, die neben der Straßenecke aufgestellt war, einen Schal um den Kopf und eine Tonpfeife fest zwischen den wenigen Zähnen. Verschiedene Sorten Hustenbonbons und Weinbrandtrüffel waren in Schalen und auf Zinntellern um sie herum aufgebaut, und ein Packen quadratischer Blätter wurde von einem Stein beschwert.

»Schön'n Tag, Sir«, sagte sie in einem weichen irischen Akzent. »Was kann ich Ihnen anbieten?«

Er räusperte sich. »Hustenbonbons, wenn Sie so nett wären«, sagte er lächelnd. »Für drei Pence, denke ich.« Er fischte ein Dreipencestück aus seiner Tasche und hielt es ihr hin.

Sie nahm es und schöpfte mit einem Weißblechlöffel eine Portion klebriger Bonbons, die sie auf ein Stück Papier häufte, das sie dann zu einer kleinen Tüte drehte und ihm reichte. Sie zog fest an der Pfeife, aber die schien ausgegangen zu sein. Sie griff in ihre Tasche, aber er war schneller und hielt ihr ein Päckchen Streichhölzer hin.

»Sie sind ein Gentleman«, sagte sie, griff danach, holte ein Hölzchen heraus, zündete es an, hielt die Flamme in den Pfeifenkopf und zog kräftig. Die Pfeife begann zu qualmen, und sie paffte zufrieden. Die Streichhölzer wollte sie ihm zurückgeben.

»Behalten Sie sie nur«, antwortete er großzügig.

Sie erwiderte nichts, aber ihre hellen, halb hinter den Falten der wettergegerbten Haut verborgenen Augen blitzten auf vor Vergnügen. »Und was wollen Sie?«, fragte sie unverhohlen.

Er schenkte ihr ein breites Lächeln. Er besaß Charme, wenn er wollte. »Sie wissen ja, dass Mr. Baltimore vor ein paar Tagen in der Leather Lane ermordet wurde«, sagte er offen. Es wäre unsinnig, sie für dumm verkaufen zu wollen. Wer in ihrem Alter noch auf der Straße arbeitete, ließ sich nichts vormachen.

»Weiß das nicht ganz London?«, antwortete sie. Ihre Miene verriet ihre Geringschätzung, wahrscheinlich weniger für seine Moral als für seine Heuchelei.

»Sie haben ihn kommen und gehen sehen«, fuhr er fort und nickte in Richtung des Baltimore-Hauses die Straße runter.

»Natürlich, der Teufel soll ihn holen«, meinte sie. »Hat nicht mal an 'nem kalten Tag 'nen halben Penny rausgerückt, der nicht!« Vielleicht wollte sie Monk damit wissen lassen, dass sie kein Interesse hatte, bei der Suche nach seinem Mörder behilflich zu sein. Ob es ehrlich gemeint war oder nur ein Trick, um für ihre weitere Hilfe bezahlt zu werden, spielte keine Rolle; so oder so, wenn sie ihm irgendetwas erzählte, würde er sie gerne dafür belohnen.

»Ich halte es für möglich, dass er von jemandem ermordet wurde, der ihn gekannt hat«, gab er zu. »Haben Sie ihn an jenem Abend gesehen? Irgendeine Idee, wann er das Haus verlassen hat und ob er allein war oder in Begleitung?«

Sie sah ihn unverwandt an, um sich ein Bild von ihm zu machen.

Er erwiderte ihren Blick und überlegte, ob sie Geld wollte

oder ob es ihren Stolz verletzen würde, wenn er es ungeschickt anging.

»Es wäre sehr erfreulich, wenn sich herausstellen würde, dass es nichts mit den Frauen in der Leather Lane zu tun hat«, bemerkte er.

In ihren Augen blitzte ehrliches Interesse auf. »Allerdings«, stimmte sie ihm zu. »Aber selbst wenn ich ihn gesehen hätte, und jemand wäre ihm gefolgt, heißt das noch lange nicht, dass sie weiter als bis zum Ende der Straße gegangen sind, oder?«

»Nein, keineswegs«, sagte er und versuchte, sich seine Gefühle nicht anmerken zu lassen. Er wusste nicht einmal, ob er aufgeregt war oder sich fürchtete. Er wollte nicht, dass Dalgarno schuldig war! Es war nur eine Fährte, die seinen Eifer entfachte, endlich ein Faden Wahrheit zwischen diesem Knäuel voller Knoten. »Aber wenn ich wüsste, in welche Richtung sie gegangen sind, könnte ich womöglich die Droschke finden, die sie mitgenommen hat.«

»Josiah Wardrup«, sagte sie, ohne mit der Wimper zu zucken. »Hab ihn selbst gesehen. Fast, als hätte er den alten Mistkerl erwartet.«

»Sehr interessant«, sagte Monk aufrichtig. »Vielleicht hat er das? Vielleicht ging Mr. Baltimore diesen Weg regelmäßig um diese Zeit?«

Aus der Tiefe ihrer Kehle stieg ein anerkennendes Geräusch auf. »Ganz schön clever sind Sie, was?«

»Na, ab und zu«, meinte er. Er griff in seine Tasche und holte zwei Shilling hervor. »Ich glaube, ich belohne mich mit Weinbrandtrüffeln für ein paar Pence.«

»Klar, und für wie viele Pence soll's denn sein?«, fragte sie und nahm die zwei Shilling.

»Vier«, sagte er, ohne zu zögern.

Sie grinste und gab ihm eine großzügige Portion.

»Vielen Dank. Behalten Sie das Wechselgeld. Ich bin Ihnen sehr verbunden.«

Sie schob sich die Tonpfeife wieder in den Mund und saugte höchst zufrieden daran. Sie hatte eine vergnügliche Unterredung genossen, ein paar Shillings für nichts verdient und vielleicht der Sache der Gerechtigkeit gedient, den armen Frauen, die in der Gegend um die Farringdon Avenue arbeiteten, die Polypen vom Hals zu schaffen. Nicht schlecht für kaum 'ne halbe Stunde Arbeit.

Monk brauchte bis zum nächsten Tag, um Josiah Wardrup zu finden, und auf nur milden Druck gab der Droschkenkutscher zu, dass er Nolan Baltimore in den letzten zwei oder drei Jahren mindestens einmal die Woche an dieser Ecke aufgenommen und zur Ecke Theobald's Road und Gray's Inn Road gebracht hatte, was nur einen Katzensprung von der Leather Lane entfernt war.

Monk war sich nicht sicher, ob es das war, was er hören wollte. Es sah sehr danach aus, als wäre Baltimore regelmäßig hierher gekommen, in diesem Fall hätte aber jeder, der ihm schaden wollte, es herausfinden und ihm folgen können.

Falls Wardrup noch jemanden gesehen hatte, dann gab er es nicht zu. Er sah Monk mit verdutztem, unschuldigem Blick an und verlangte die verdiente Anerkennung. Und nein, er hatte keine Ahnung, wohin Mr. Baltimore von dort aus zu gehen pflegte. Immer noch stand Monk dort und wartete, bis Wardrup gefahren war, was diesen merkwürdig amüsierte. Was machte ein Gentleman schon in einer solchen Gegend?

Die einzige Tatsache, die Monk einigermaßen interessant fand, war, dass es jedes Mal dieselbe Ecke gewesen war. Die Zeiten variierten, die Wochentage, aber niemals der Ort.

In dem Bordell in der Leather Lane, wo seine Leiche gefunden worden war, leugnete man jedoch, ihn je zuvor gesehen zu haben. Er sei nicht nur an jenem Abend nicht dort gewesen, sondern auch nie zuvor.

Monk mochte noch so viel schmeicheln und drohen – keine Frau sagte etwas Abweichendes, und obwohl man sie im Allgemeinen nicht für ehrlich hielt und trotz der Tatsache, dass Baltimore unzweifelhaft dort gefunden worden war, stellte er zu seiner Überraschung fest, dass er ihnen glaubte. Natürlich war er sich auch bewusst, dass er bei weitem nicht der Erste war, der sie fragte, und sie mehr als genug Zeit gehabt hatten, ihre Geschichten miteinander abzusprechen.

Dennoch war Abel Smiths dubioses und alles andere als verlockendes Etablissement nicht die Art von Lokalität, die gemeinhin von wohlhabenden Männern wie Baltimore frequentiert wurde. Aber die Geschmäcker waren verschieden, die einen mochten Schmutz, die anderen Gefahr. Monk kannte allerdings niemanden, der Krankheit mochte – außer denen natürlich, die bereits infiziert waren.

Nach zwei Tagen war er kaum klüger.

Er wandte seine Aufmerksamkeit Dalgarno zu und war überrascht, wie sehr er sich vor dem, was er herausfinden würde, fürchtete. Zudem war die Suche selbst alles andere als einfach. Dalgarno war ein Mann, der sehr viele Dinge allein zu tun schien. Herauszufinden, um welche Zeit er die Büros von Baltimore und Söhnen verlassen hatte, war nicht schwierig. Ein paar Erkundigungen am Empfang erbrachten diese Information, aber sie war von geringem Nutzen. Dalgarno war um sechs Uhr gegangen, fünf Stunden bevor Baltimore einen Hansom bestiegen hatte und zur Ecke Gray's Inn Road gefahren war.

Ein Zeitungsjunge hatte gesehen, wie jemand – mit großer Wahrscheinlichkeit Dalgarno – das Haus der Baltimores betreten hatte, und eine halbe Stunde später war auch Jarvis Baltimore nach Hause gekommen, aber der Zeitungsjunge hatte den Platz vor acht Uhr verlassen, und keiner der Befragten wusste mehr. Die Dienstboten der Baltimores würden es wissen, aber er hatte keine Befugnis, mit ihnen zu sprechen, und eine Entschuldigung fiel ihm nicht ein. Und selbst wenn, Baltimore konnte jederzeit zwischen Mitternacht und Morgendämmerung umgebracht worden sein. Auch bei Dalgarno ergaben Monks Nachforschungen nicht, ob er die ganze Nacht in seinem Zimmer gewesen war. Hinein- und herauszukommen war einfach, und so hatten weder der Postbote noch einer seiner Diener ihn gesehen.

Monk sprach mit dem Pfefferkuchenverkäufer an der Ecke fünfzig Meter weiter, einem kleinen, schlanken Mann, der aussah, als würden ihm eine dicke Scheibe seiner eigenen Pfefferkuchen und eine heiße Tasse Tee gut tun. Er hatte gesehen, dass Dalgarno am Abend von Baltimores Tod gegen halb zehn nach Hause gekommen war. Dalgarno war rasch gegangen, seine Miene war wutverzerrt gewesen, den Hut hatte er stramm auf dem Kopf sitzen, und er war ohne ein Wort vorbeigelaufen. Der Pfefferkuchenverkäufer hatte jedoch kurz darauf seine Sachen zusammengepackt und war nach Hause gegangen, also hatte er keine Ahnung, ob Dalgarno noch einmal weggegangen war oder nicht.

Vielleicht wusste es der Wachtmeister, der in der Nacht Dienst gehabt hatte. Er kam ab und zu auf seiner Runde hier vorbei. Aber er grinste Monk schief an und zwinkerte ihm halbherzig zu. Sicher, er kannte jemanden, der diese Straßen frequentierte, um sonst was zu treiben; in ein paar Tagen würde er sich erkundigen.

Monk gab ihm eine halbe Krone und versprach ihm weitere sieben, was zusammen einen Sovereign geben würde, wenn er ihm behilflich wäre. Allerdings brauchte er mehr als eine Aussage aus zweiter Hand. Wenn es Zeugen gab, musste er selbst mit ihnen reden. Was irgendjemand in der Straße wollte, ging ihn nichts an, danach würde er nicht fragen.

Der Wachtmeister dachte einen Moment nach, dann erklärte er sich einverstanden. Monk dankte ihm, sagte, er würde in drei oder vier Tagen wieder vorbeischauen, und verabschiedete sich.

Es war gegen drei Uhr am Nachmittag, kalt und stürmisch, grau, Regen kündigte sich an. Fürs Erste hatte er alles getan, was er in Bezug auf Dalgarno und auf Baltimores Tod tun konnte. Womöglich verhielt es sich genau so, wie es aussah und wie alle vermuteten. Er konnte die Suche, von der er von Anfang an gewusst hatte, dass er sie aufnehmen musste, nicht länger aufschieben. Er musste zurück zu Arrol Dundas' Prozess und sehen, ob die Einzelheiten seine Erinnerung wachrütteln würden und er sich daran erinnerte, was er damals über den Betrug, wie er entdeckt worden war, und vor allem über seine eigene Rolle dabei gewusst hatte.

Wo der Prozess stattgefunden hatte, wusste er nicht, aber alle Sterbefälle waren registriert, und die Akten wurden hier in London aufbewahrt. Er kannte genug Einzelheiten, um Dundas' Akte zu finden, und dort würde der Gerichtsort verzeichnet sein. Heute Abend würde er dorthin gehen und sich seiner Vergangenheit stellen, den Deckel von seinen Albträumen lüften.

Zuerst musste er nach Hause, sich waschen, etwas essen, sich umziehen und einen Koffer packen, bereit, dorthin aufzubrechen, wohin er reisen musste.

Hester würde wohl nicht zu Hause sein, sondern entweder in dem Haus am Coldbath Square arbeiten oder unterwegs sein, um mehr Geld für Miete, Essen und Medikamente zu sammeln. Er nahm es an, weil er es sich wünschte, um der Konfrontation mit seinen eigenen Gefühlen aus dem Weg zu gehen. Das war feige, und er schämte sich dafür, aber er stellte sich vor, was sie empfinden würde, wenn sie gezwungen wäre, der Wahrheit ins Gesicht zu sehen, dass er nämlich sehr viel weniger wert war, als sie glaubte. Dazu war er noch nicht bereit. Wenn er sein Versprechen gegenüber Katrina Harcus halten und ein neues Eisenbahnunglück verhindern wollte, durfte er nicht zulassen, dass seine Gedanken von diesem Schmerz abgelenkt wurden.

Selbst das war eine Ausflucht. Er tat es um seinetwillen. Es war ein Zwang, niemals zuzulassen, dass so etwas noch einmal geschah. Er musste es tun, bevor er sich den früheren Ereignissen stellen konnte, die irgendwo in seiner Erinnerung verborgen lagen, bruchstückhaft, unvollständig, aber unleugbar.

Er öffnete die Tür und trat ein, um sich umzuziehen, zu packen, eine Tasse Tee zu trinken und eine Scheibe Brot mit kaltem Fleisch zu essen, falls überhaupt welches da war. Er würde Hester eine Nachricht hinterlassen und ihr seine Abwesenheit erklären. Stattdessen stieß er fast mit ihr zusammen, als sie lächelnd aus der Küche kam, um ihn mit einer Umarmung zu begrüßen. Aber er sah die Unsicherheit in ihren Augen, die davon sprach, dass sie um seine Einsamkeit wusste, um den Verlust der alten Offenheit zwischen ihnen. Sie war verletzt und versteckte es um seinetwillen.

Er zögerte, denn er verabscheute die Lüge und hatte gleichzeitig doch Angst vor der Wahrheit. Er durfte keine Sekunde länger zaudern, er musste eine Entscheidung fällen! Jetzt. Er tat es instinktiv. Er trat vor, nahm sie in die Arme, hielt sie zu fest, bis er spürte, wie sie nachgab und sich an ihn klammerte. Dies zumindest war ehrlich. Nie hatte er sie mehr geliebt, mit ihrem Mut, ihrer Großzügigkeit, der Heftigkeit, mit der sie andere schützen wollte, und ihrer Verletzlichkeit, die sie so gut zu verbergen glaubte und die in Wirklichkeit doch so offensichtlich war.

Er drückte die Wange in ihr weiches Haar und bewegte leise die Lippen, ohne jedoch etwas zu sagen. Zumindest hatte er sie nicht mit Worten absichtlich irregeführt. Gleich würde er ihr erzählen, dass er wieder wegfahren würde und vielleicht sogar, warum, aber für eine Weile wollte er einfach nur die Berührung sprechen lassen, ohne Komplikationen. Er würde sich später daran erinnern, es in Gedanken bewahren und in der stillschweigenden Erinnerung seines Körpers, die noch tiefer reichte.

Es war spät, als er zum Archiv kam. Er wusste nicht einmal das Datum von Dundas' Tod, nur das Todesjahr. Es konnte eine

Weile dauern, bis er die richtige Akte fand, da er sich auch in Bezug auf den Ort nicht sicher war. Aber zumindest handelte es sich um einen ungewöhnlichen Namen. Wenn er noch bei der Polizei gewesen wäre, hätte er verlangt, dass das Archiv für ihn offen bliebe, bis er gefunden hatte, was er suchte. Als Privatperson konnte er das nicht.

Er fragte einfach nach dem Abschnitt, nach dem er suchte, und als er dorthin geführt wurde, setzte er sich auf einen hohen Hocker und strengte seine Augen an, um Seite um Seite krakeliger Handschrift zu lesen.

Der Angestellte trat gerade neben ihn, um ihm zu sagen, dass sie schließen würden, da sah er den Namen Dundas und den restlichen Eintrag: Er war im April 1846 im Gefängnis in Liverpool an einer Lungenentzündung gestorben.

Er schloss das Buch und wandte sich dem Mann zu. »Vielen Dank«, sagte er heiser. »Das ist alles, was ich brauche. Ich bin Ihnen sehr verbunden.« Es war irrational, dass die in Tinte festgehaltenen Worte es so viel wirklicher machten. Sie entrissen es der Sphäre der Vorstellung und Erinnerung und versetzten es in die der unauslöschlichen Fakten, die der Welt so bekannt waren wie ihm.

Er schritt durch die Tür, ging die Stufen hinunter und folgten den Straßen zurück zum Bahnhof, wo er sich ein Schinkensandwich und eine Tasse Tee kaufte und auf den letzten Zug Richtung Norden wartete.

Als der Nachtzug kurz vor der Morgendämmerung in die Lime Street Station in Liverpool einlief, stieg Monk vor Kälte zitternd und mit steifen Gliedern aus und kaufte sich etwas Heißes zu trinken und zu essen. Dann suchte er sich eine Unterkunft, wo er sich waschen und rasieren und ein sauberes Hemd anziehen konnte, bevor er sich auf die Suche nach der Vergangenheit machte.

Es war noch viel zu früh, als dass irgendein Archiv offen hatte, aber ohne zu fragen, wusste er, wo das Gefängnis war. Um sieben Uhr brach ein grauer Tag an, und vom Mersey wehte ein steifer Wind herauf. Um ihn herum gingen die Menschen mit schnellen Schritten und gesenkten Köpfen zur Arbeit. Er hörte den flachen, nasalen Liverpooler Akzent, bei dem die Stimme am Ende des Satzes angehoben wurde, den trockenen Humor und die fröhlichen Beschwerden über das Wetter, die Regierung und die Preise und stellte fest, dass ihm das alles merkwürdig vertraut war. Er verstand sogar die Alltagssprache. Er nahm eine Droschke und sagte dem Kutscher einfach, wo er abbiegen musste, Straße für Straße, bis die dunklen Mauern sich vor ihnen auftürmten und er von Erinnerungen überflutet wurde: der Geruch nasser Steine, das Gurgeln des Regens in der Dachrinne, die unebenen Pflastersteine und der kühle Wind, der um die Ecken fegte.

Er bat den Kutscher zu warten, stieg aus und starrte auf die verschlossenen Tore. In Dundas' letzten Tagen war er so oft hier gewesen, dass ihm sogar das Muster von Licht und Schatten auf den Mauern vertraut war.

Mächtiger als die Schwärze der Steine um ihn herum und der Geruch nach tief sitzendem Schmutz und Elend war das alte Gefühl der Hilflosigkeit, das mit vernichtender Macht wiederkehrte, als sei die Luft in seinen Lungen dünn und ließe ihn ersticken.

Er stand reglos da und versuchte, an etwas Greifbares heranzukommen – Worte, Fakten, Einzelheiten –, aber je mehr er sich bemühte, desto schneller entglitt es ihm. Das Gefühl zu ersticken blieb.

Hinter ihm verlagerte das Kutschenpferd sein Gewicht, Hufeisen schlugen laut auf das Pflaster, das Geschirr knarrte.

Hier war nichts zu erreichen. Aus der Erinnerung geholter Schmerz brachte ihn nicht weiter. Dass Dundas tatsächlich hier gestorben war, hatte er nie bezweifelt. Er brauchte etwas, dem er folgen konnte.

Langsam ging er zum Hansom zurück und stieg ein.

»Ich möchte mir alte Zeitungen ansehen«, sagte er zu dem Kutscher. »Von vor sechzehn Jahren. Bringen Sie mich dahin, wo ich die finde.«

»Bibliothek«, antwortete der Kutscher. »Es sei denn, Sie möchten zum Gericht?«

»Nein, vielen Dank. Die Bibliothek ist vollkommen in Ordnung.« Wenn er eine Kopie der Gerichtsakte brauchte, würde er danach fragen, aber so weit war er noch nicht. Um Akteneinsicht zu erhalten, würde er seinen Namen und seine Gründe nennen müssen. In den Zeitungsarchiven konnte er anonym etwas erfahren. Er verachtete sich für den Gedanken, doch er wusste, dass er sich aus reinem Selbsterhaltungstrieb, so gut es ging, vor dem Schmerz zu schützen bemühte. Schmerz machte einen kampfunfähig, und er musste das Katrina Harcus gegebene Versprechen halten.

So früh am Tag interessierte sich sonst niemand für alte Aufzeichnungen, und er hatte die Zeitungsordner ganz für sich. Es dauerte keine fünfzehn Minuten, da hatte er den Bericht über den Prozess von Arrol Dundas gefunden. Es wusste bereits das Datum von Dundas' Tod, und von dort arbeitete er sich rückwärts. Die Schlagzeile lautete: FINANZIER ARROL DUNDAS WEGEN BETRUGS VOR GERICHT.

Er fing an zu lesen.

Es war genau das, was er befürchtet hatte. Die Buchstaben verschwammen ihm vor den Augen, aber er hätte die Worte aufsagen können, als wären sie in zentimetergroßen Buchstaben geschrieben. Es gab sogar eine Federzeichnung von Dundas in der Anklagebank. Sie war hervorragend. Monk musste keinen Augenblick darüber nachdenken, ob sie den Mann so porträtierte, wie er gewesen war. Sie war so lebendig, der Charme, die Würde, der innere Anstand, es war alles da, eingefangen in ein paar Linien, und die Angst und die Müdigkeit in den feinen, aber ausgemergelten Zügen, die Nase zu spitz, das Haar ein wenig zu lang, die Falten am Hals zu tief, wodurch er insgesamt zehn Jahre älter aussah als die zweiundsechzig, die in der Zeitung standen.

Monk starrte die Zeichnung an und war wieder im Gerichtssaal, spürte den Druck der Körper um ihn herum, den Geruch von Zorn in der Luft, die schroffen Liverpooler Stimmen mit ihrem ungewöhnlichen Rhythmus und Akzent, den ihnen eigenen Humor, der sich heftig gegen das wendete, was sie für Verrat hielten. Die ganze Zeit spürte er die Enttäuschung, wie er bei seinen Bemühungen auf Schritt und Tritt behindert wurde. Hoffnung versickerte wie Wasser in trockenem Sand.

Er fand auch ein Bild des Staatsanwalts, eines großen Mannes mit einem sanften, ruhigen Gesicht, das über seinen Erfolgshunger hinwegtäuschte. Er hatte sich seinen Dialekt abgewöhnt, aber wenn er aufgeregt war, kamen die nasalen Klänge noch durch. Ab und zu vergaß er es und benutzte ein Dialektwort, was der Menschenmenge sympathisch war. Monk hatte damals nicht erkannt, wie viel Effekthascherei er betrieb, aber inzwischen hatte er vielen anderen Verfahren beigewohnt und erkannte, dass der Ankläger wie ein schlechter Schauspieler gewesen war.

Hing alles vom Können der Anwälte ab? Was, wenn Dundas jemanden wie Oliver Rathbone gehabt hätte? Wäre es am Ende vielleicht anders ausgegangen?

Er las den Bericht über die Zeugenvernehmung: zuerst andere Bankangestellte, die jedes Wissen über ungesetzliche Geschäfte abstritten, eilig ihre Hände davon freiwuschen und laut ihre Unschuld beteuerten. Er erinnerte sich an ihre gut geschnittenen Röcke und Hemden mit engen Kragen, ihre sauberen, rosigen Gesichter und korrekten Stimmen. Sie hatten ängstlich ausgesehen, als sei Schuld ansteckend. Monk spürte, dass seine eigene Wut sich in ihm zusammenballte, immer noch eindringlich und real und nicht wie etwas vor sechzehn Jahren Abgeschlossenes.

Als Nächstes kamen die Investoren an die Reihe, die Geld verloren hatten oder zumindest allmählich begriffen, dass sie nicht den erhofften Gewinn machen würden. Ausgesprochene Unkenntnis mündete in offenen Zorn, als sie sahen, dass ihr Finanzgeschick untergraben worden war. Da man hinterher immer klüger war, schrien sie nun am lautesten, voller Tücke in ihrer schlechten Meinung über Dundas' Charakter. Es hatte Monk wütend gemacht, dass er ihnen ohnmächtig zuhören musste, ohne seine Ansicht vertreten und Dundas verteidigen zu können. Es war ihm nicht erlaubt, über die Habgier dieser Männer zu sprechen, darüber, wie bereitwillig sie sich von der neuen Route hatten überzeugen lassen – ein Kauf mehr oder weniger, wenn's nur billiger wurde.

Er hätte gerne ausgesagt. Und jetzt spürte er seine Wut, als wäre es gestern gewesen. Wie hatte er den Anwalt der Verteidigung unter Druck gesetzt, damit der ihn sprechen ließ. Und jedes Mal war es ihm verweigert worden.

»Beeinflussung der Geschworenen«, hatte man ihm gesagt. »Sie können Baltimore nicht angreifen, sonst machen Sie es nur schlimmer. Seine Familie hat Geld in jedem größeren Unternehmen in Lancashire. Er ist eine Säule der Gesellschaft. Machen Sie sich ihn zum Feind, und Sie bringen das halbe Land gegen sich auf.« So war es weitergegangen, bis seine Zeugenaussage so verwässert war, dass sie im Grunde nutzlos war. Er trat in den Ring wie ein Boxer, dem man einen Arm auf den Rücken gebunden hat und der Schläge einstecken muss, die er nicht erwidern kann.

Der Grundbesitzer hatte ihn überrascht. Er hatte Empörung und Eigennutz erwartet, doch stattdessen war der Mann bestürzt gewesen, hatte vom Gefeilsche beim Verkauf berichtet und erklärt, wie man versucht hatte, die Strecke umzuleiten, um das eine oder andere Stück Land nicht zu teilen. Aber er zeigte weder Groll, noch war er verzweifelt bemüht, seinen Ruf zu wahren.

Große Summen hatten den Besitzer gewechselt, doch trotz aller Versuche des Anklägers, sie unredlich oder maßlos erscheinen zu lassen, entsprachen sie im Großen und Ganzen genau den Erwartungen.

Wie auch immer, als alle Beträge in die Beweisführung eingegangen waren, hörte Monk in dieser akribischen Auflistung das Totengeläut der Verteidigung. Selbst in seiner fragmentierten Erinnerung wusste er jetzt, wie das Urteil ausfallen würde, nicht weil es wahr war, sondern weil zu viele der Kaufverhandlungen von Dundas geführt worden waren, zu viele Verträge seine Unterschrift trugen, zu viel Geld auf seinem Konto war. Er konnte es leugnen, aber er konnte es nicht widerlegen. Er handelte im Auftrag anderer. Das war sein Beruf.

Andere Namen waren jedoch nicht schriftlich festgehalten. Er hatte ihnen vertraut. Sie behaupteten, sie hätten ihm vertraut. Wer hatte wen betrogen?

Natürlich kannte Monk das Urteil – schuldig.

Aber er musste Einzelheiten erfahren, wie man es angestellt hatte, dass der Betrug bis zum letzten Augenblick nicht aufgeflogen war. Wie hatte Dundas erwartet, damit durchzukommen?

Er fand eine Skizze von Nolan Baltimore bei seiner Zeugenaussage. Monk betrachtete fasziniert die wenigen Linien. Ein hässliches Gesicht war es, aber ungeheuer vital, die schweren Knochen verrieten Stärke und der Schwung seiner Lippen Appetit. Es war intelligent, besaß aber keine Sensibilität und wenig Scharfsinn oder Humor. Schon die Zeichnung löste Widerwillen aus. Monk konnte sich nicht erinnern, den Mann je lebend gesehen zu haben. Er war der Eigentümer von Dalgarnos Gesellschaft, der Mann, dessen Mord Hester und die Frauen, um die sie sich kümmerte, so viel Unannehmlichkeiten bereitet hatte. Er war in der Leather Lane gestorben, war aller Wahrscheinlichkeit nach von einer Prostituierten die Treppe hinuntergestoßen worden, die er wohl nicht hatte bezahlen wollen.

Oder aber der Eisenbahnbetrug hatte ihn am Ende doch eingeholt, und er war, wie Katrina befürchtete, umgebracht worden, damit es nicht noch einmal passierte oder damit es nicht an den Tag kam und weitergeführt werden konnte. Hatte er vorgehabt, auch diesen Betrug aufzudecken, diese beinahe exakte Kopie des damaligen Betrugs, der funktioniert hätte, wenn ... wenn was?

Monk legte die Zeitung auf den Tisch und starrte auf die Reihen mit Aktendeckeln und Hauptbüchern vor ihm. Was hatte Arrol Dundas verraten? Warum war der Plan nicht unentdeckt geblieben? Hatte ihn jemand betrogen, oder war es Unbedachtheit gewesen, eine Überweisung, die nicht sorgfältig genug verborgen worden war, eine Eintragung, die nicht durchgezogen wurde, etwas Unvollständiges, ein Name, der nicht hätte erwähnt werden dürfen?

Wenn jemand Monk erzählt hatte, was er im Vertrauen erfahren oder aus Beobachtungen geschlussfolgert hatte, konnte er es sich jetzt nicht wieder in Erinnerung rufen, sosehr er sich auch bemühte.

Seine Augen schmerzten vom vielen Abschreiben, und die Zeilen hüpften, aber jeden Tag ging er zurück, um die Berichte über die Zeugenaussagen zu lesen. Betrugsverfahren waren stets langwierig; wollte man die komplexen Prozesse des An- und Verkaufs von Land, der Vermessung, des Aushandelns von Streckenführungen, der Erwägungen zu Methoden, Materialien und Alternativen zurückverfolgen, gab es sehr viele Einzelheiten zu beachten.

Er rieb sich die Augen und blinzelte, als sei Sand darin.

Auch er hatte ausgesagt, aber von ihm gab es keine Zeichnung. Er war nicht interessant genug, um den Leser zu fesseln. Also war, ob der Künstler ihn gezeichnet hatte oder nicht, kein Bild von ihm veröffentlicht worden. War er enttäuscht? War er damals wirklich eine unwichtige Randfigur gewesen? Es schien so.

Er las, was über seine eigene Befragung durch den Ankläger berichtet wurde. Zunächst war er verblüfft, dass der Ton der Fragen darauf hindeutete, dass offensichtlich auch er verdächtigt worden war. Aber vernünftig und ohne instinktiven Selbstverteidigungstrieb betrachtet, hätte der Mann pflichtvergessen gehandelt, hätte er die Möglichkeit nicht ebenso ernsthaft erwogen.

Wenn Monk aber damals verdächtigt worden war, warum hatte man ihn später für so unwichtig erachtet, dass man nicht einmal ein Bild von ihm gedruckt hatte? Es musste etwas zu seiner Verteidigung vorgebracht worden sein. Zu dem Zeitpunkt, als die Zeitung in Druck ging, war er tatsächlich nicht mehr betroffen. Warum? Spielte es heute noch eine Rolle? Wahrscheinlich nicht.

Den Zeitungsberichten zufolge hatte Monk einige der Kaufverhandlungen geführt. Man schien ihm nur sehr mühsam aus der Nase gezogen zu haben, dass er den Landvermesser nicht angestellt hatte, und diese Tatsache hatte ihn entlastet. Insgesamt war er keine halbe Stunde im Zeugenstand gewesen. Falls er überhaupt etwas zu Dundas' Entlastung gesagt hatte, dann stand es nicht in der Zeitung. Von der Staatsanwaltschaft war er als gegnerischer Zeuge betrachtet worden, aber die meisten Fragen betrafen Dokumente, die kaum geleugnet werden konnten.

Er konnte sich nicht daran erinnern, was er gesagt hatte, nur an das Gefühl, in der Falle zu sitzen, von der Menge angestarrt und vom Richter mit finsteren Blicken bedacht zu werden, von den Geschworenen abgewogen und eingeschätzt, vom gegnerischen Anwalt angegriffen und von Dundas Hilfe suchend angeschaut zu werden. Hilfe, die er nicht geben konnte. Das stand ihm selbst jetzt noch deutlich vor Augen. Er empfand Schuld, weil er nicht clever genug gewesen war, Dundas zu helfen.

Dann sah er ganz deutlich ein anderes Gesicht, das, aus welchem Grund auch immer – vielleicht aus Mitleid –, nicht gezeichnet worden war: Dundas' Frau. Sie hatte während des ganzen Prozesses mit schrecklicher Ruhe dagesessen. Ihre Loyalität war das Einzige, was zu loben selbst der Ankläger sich genötigt gesehen hatte. Er hatte mit Respekt über sie gesprochen, war er sich doch sicher, dass ihr Glaube an ihren Mann echt und unerschütterlich war.

Monk erinnerte sich daran, wie sie hinterher gewesen war, wie tief ihr leiser Kummer gewesen war, als sie ihm von Dundas' Tod erzählt hatte. Er konnte sich das Zimmer vergegenwärtigen, das Sonnenlicht, ihr blasses Gesicht, die Tränen auf ihren Wangen, als gäbe es nur noch diesen, den verborgenen, tiefsten, nie endenden Schmerz. An sie dachte er mehr als an Dundas, sie, deren Kummer größer war als sein eigener.

Da war auch noch etwas anderes, aber er konnte es nicht wieder hervorholen. Er saß da und blickte auf die alten Zeitungen mit ihren vergilbten Rändern und mühte sich, es wieder lebendig werden zu lassen. Immer wieder schien es in Reichweite zu sein, und dann zersplitterte es in sinnlose Bruchstücke.

Er gab auf und wandte sich dem nächsten Verhandlungstag zu. Weitere Zeugen, diesmal die der Verteidigung. Buchhalter wurden aufgerufen, Menschen, die Einträge in Hauptbücher gemacht hatten, die Bücher führten, Geldanweisungen, Kaufverträge für Land, Eigentumsurkunden und Prüfberichte abhefteten. Bei diesen äußerst komplizierten Vorgängen war die Hälfte von ihnen im Kreuzverhör unsicher geworden. Der heftigste Stoß der Verteidigung war nicht der gewesen, dass es keinen Betrug gab, sondern dass auch Nolan Baltimore verdächtig war.

Während Nolan Baltimore jedoch im Zeugenstand war, saß Arrol Dundas auf der Anklagebank – das machte den Unterschied. Es hing davon ab, wem man glaubte. Sämtliche Beweise konnten so oder so gedeutet werden. Monk wusste, wie es gelaufen war, trotzdem konnte er in dem Gewirr keine Spur finden, die zur Wahrheit führte.

Niemand bezweifelte, dass Dundas auf eigenen Namen minderwertiges Ackerland gekauft hatte, und zwar zu einem Marktpreis, der niedrig genug war, wenn man lediglich Schafe darauf halten wollte. Als die ursprüngliche Streckenführung der Eisenbahn allerdings geändert wurde und um einen Hügel herum und genau über dieses Ackerland führte, musste es zu einem erheblich höheren Betrag gekauft werden, und Dundas machte in kürzester Zeit einen riesigen Gewinn.

An sich war das nichts weiter als eine außergewöhnlich glückliche Spekulation, auf die man neidisch blickte, ohne sie jedoch zu tadeln. Man mochte sich darüber ärgern, dass man nicht das Gleiche getan hatte, aber nur ein engstirniger Mann hasst jemanden für einen solchen Gewinn.

Der Verdacht des Betrugs kam erst auf, als sich herausstellte, dass die Verlegung der Strecke nicht nur unnötig gewesen war, sondern auch auf Dokumentenfälschung und Dundas' Lügen basierte. Auch wenn ein bestimmter Gutsbesitzer gegen die Strecke zu Felde zog, weil sie durch sein Jagdgebiet führte und ihm den Ausblick auf die prächtige Landschaft ruinierte, wäre man bei der ursprünglichen Streckenführung geblieben. Den Hügel, der als Vorwand für die Verlegung diente, gab es wirklich, und er lag auch tatsächlich auf der ursprünglichen Streckenführung, aber in Wirklichkeit war er weniger hoch als in der Vermessung, von der sie ausgegangen waren, die in Wahrheit von einem anderen Hügel stammte, der ähnliche Umrisse hatte, aber höher war und aus Granit. Die Gitternetzmarkierungen waren in einem einfallsreichen Betrugsmanöver gefälscht worden. Der eigentliche Hügel, der die Streckenführung störte, hätte mit einem einfachen Durchstich und leichter Steigung bezwungen werden können. Zur Not hätte es auch ein kurzer Tunnel getan. Die Kosten dafür waren in Dundas' Kalkulation viel zu hoch angesetzt, und zwar so hoch, dass es nicht auf Unfähigkeit zurückzuführen war.

Alle früheren Pläne von Dundas wurden überprüft, und nirgends fand man einen Fehler, der mehr als einen Meter ausmachte. Dieser Kalkulationsfehler hier jedoch machte über dreißig Meter aus. Addierte man das zu seinem Gewinn durch den Landverkauf hinzu, kam man zwangsläufig zu dem Schluss, dass er vorsätzlich betrogen hatte.

Unfähigkeit, Fehleinschätzung und zufälligen Gewinn hätte man sicher erfolgreich verteidigen können, aber auf dem Kaufvertrag und auf dem Vermessungsbericht stand Dundas' Name, und das Geld lag auf seinem Konto, nicht auf Baltimores.

Angesichts der Beweise fällten die Geschworenen das einzig mögliche Urteil. Arrol Dundas wurde zu zehn Jahren Haft verurteilt. Innerhalb weniger Monate starb er.

Monk fror, während er von Erinnerungen durchdrungen wurde. Erneut empfand er die Niederlage als überwältigend. So stark war der Schmerz, dass er ihn körperlich spürte. Es tat ihm weh um Dundas willen, der blass und eingesunken dasaß, als habe das Alter ihn eingeholt und ihn innerhalb von einem Tag zwanzig Jahre älter gemacht. Auch um seiner Frau willen. Bis zum Ende hatte sie gehofft und eine Stärke an den Tag gelegt, die sie alle getragen hatte, aber jetzt gab es nichts mehr zu hoffen. Es war vorbei.

Und auch um seiner selbst willen. Zum ersten Mal hatte er bittere und schreckliche Einsamkeit erleben müssen. Es war ein Wissen um Verlust, darum, dass etwas wirklich Kostbares aus seinem Leben verschwunden war.

Wie viel hatte er damals gewusst? Er war viel jünger gewesen, ein guter Bankangestellter, aber was kriminelle Machenschaften anging, hoffnungslos naiv. Das war vor seiner Zeit als Polizist. Er war es gewöhnt, den Charakter von Menschen einzuschätzen, aber noch hatte er nicht das Auge für Unredlichkeit, das er später entwickeln würde. Noch hatte er nichts über alle möglichen Arten von Betrug, Veruntreuung und Diebstahl gewusst – und noch hatte sich der Argwohn nicht so tief in jede einzelne seiner Gedankenbahnen eingegraben.

Er hatte Dundas glauben wollen. All seine Gefühle und seine Loyalität hingen an dessen Ehrlichkeit und Freundschaft. Es war, als würde man gezwungen zu akzeptieren, dass der eigene Vater einen jahrelang getäuscht hatte und alles, was man von ihm gelernt hatte, nicht nur gegenüber der Welt, sondern besonders einem selbst gegenüber mit Lügen befleckt war.

Hatte er Dundas deshalb geglaubt? Und die anderen nicht? Alle Beweise existierten nur auf dem Papier. Jeder hätte Papiere beibringen können, jeder einzelne der an dem Unternehmen Beteiligten, sogar Baltimore selbst. Aber Dundas hatte sich kaum gewehrt! Zuerst hatte es so ausgesehen, dann allerdings war er in sich zusammengesunken, als spürte er die Niederlage, noch bevor er überhaupt zu kämpfen begonnen hatte.

Aber Monk war sich seiner Unschuld so sicher gewesen!

Hatte er etwas gewusst, was er vor Gericht nicht gesagt hatte, etwas, was bewiesen hätte, dass entweder keine bewusste Täuschung vorlag, oder wenn doch, dann von Seiten Baltimores? Schließlich gab es keinen Beweis dafür, dass es Dundas' Idee gewesen war, die Strecke umzuleiten. Es gab auch keinen Beweis dafür, dass er den Landbesitzer getroffen oder irgendein – finanzielles oder anderweitiges – Geschenk von ihm angenommen hatte. Die Bücher des Landbesitzers waren von der Polizei nicht überprüft worden, um Geldtransaktionen zu verfolgen. Auf Dundas' Konto wurde nichts anderes gefunden als der Gewinn aus dem Verkauf seines eigenen Grundstücks. Schlimmstenfalls hätte man hier von besonderer Geschäftstüchtigkeit sprechen können, so etwas geschah ja täglich. Das lag nun einmal im Wesen der Spekulation. Jede zweite Familie in Europa hatte schließlich ihr Glück auf Wegen gemacht, über die man nicht zu reden beliebte.

Was konnte er selbst gewusst haben? Wo mehr Geld war? Warum hatte er geschwiegen? Um Dundas' Tat zu verschleiern? Damit das Geld nicht eingezogen wurde? Für wen – für Mrs. Dundas oder für ihn selbst?

Er rutschte auf dem Stuhl hin und her, seine verspannten

Muskeln schmerzten. Er zuckte zusammen und fuhr sich mit der Hand über die Augen.

Er musste herausfinden, welche Rolle er dabei gespielt hatte – das war der Kern dessen, wer er damals gewesen war.

Damals? Er benutzte das Wort so, als könnte er sich damit von dem Mann distanzieren, der er damals gewesen war, und sich somit jeglicher Verantwortung entledigen.

Schließlich blickte er der Sache ins Gesicht, die fest mit der Geschichte verwoben war und die er, indem er den Aussagen über das Geld nachgegangen war, ignoriert hatte – dem Unfall. In den Berichten über das Verfahren wurde er nicht erwähnt, nicht einmal indirekt. Entweder war der Unfall irrelevant, oder er war zu der Zeit noch nicht passiert. Es gab nur einen Weg, es herauszufinden.

Monk blätterte weiter und sah sich nur noch die Überschriften an. Sie würde sicher in dicken schwarzen Buchstaben gedruckt sein.

Genau das war sie – fast einen Monat später, oben auf der ersten Seite: EISENBAHNUNGLÜCK TÖTET ÜBER VIERZIG KINDER, ALS KOHLENZUG IN SONDERZUG AUS LIVERPOOL RAST.

Die Worte waren ihm nicht vertraut, obwohl er sie damals sicher gelesen hatte. Er hatte auf jeden Fall darüber Bescheid gewusst. Die Überschrift an sich hatte ihm sicher nichts bedeutet. Es war nur irgendein Bericht über ein unsagbares Grauen. Als er jetzt auf die Zeilen schaute, bedeuteten sie ihm alles. Lange hatte er nicht gewusst, ob er die Wahrheit wirklich finden oder sie für immer begraben lassen wollte, war hin und her gerissen gewesen zwischen dem Zwang, sie zu erfahren, und der großen Angst, sie am Ende bestätigt zu finden, sodass es kein Albtraum mehr war, sondern die Wirklichkeit, der man niemals mehr ausweichen und die man niemals mehr leugnen konnte.

Vergangene Nacht stieß ein Sonderzug, in dem sich rund einhundert Kinder befanden, die von einem Ausflug aufs

Land in die Stadt zurückkehrten, mit einem Güterzug zusammen und entgleiste. Der Unfall ereignete sich auf der neuen, vor kurzem von Baltimore und Söhne eröffneten Eisenbahnstrecke in der Kurve hinter der alten St.-Thomas-Kirche, wo die Schienen auf etwa anderthalb Kilometern durch zwei Durchstiche nur einspurig verlaufen. Als ein schwerer, mit Kohlen beladener Güterzug kurz vor der Stelle, wo die Schienen zusammenlaufen, die Neigung herunterkam, schaffte er es nicht anzuhalten. Er stieß mit dem Personenzug zusammen und schleuderte diesen den Hang hinunter ins flache Tal. Durch das Gas von der Beleuchtung fingen viele Eisenbahnwagen Feuer. Schreiende Kinder waren darin gefangen und verbrannten oder wurden hinausgeschleudert. Etliche wurden unter den Trümmern eingeklemmt, viele wurden verstümmelt und zum Krüppel gemacht, und nur einige wenige entkamen mit einem Schock und blauen Flecken. Beide Zugführer wurden durch den Zusammenprall getötet, ebenso wie die Heizer und Bremser.

Monk überflog die nächsten Absätze, in denen von den Rettungsversuchen und dem Transport der Verletzten und Toten in die nächste Ortschaft berichtet wurde. Danach folgte die Beschreibung des Kummers und Entsetzens der Verwandten und das Versprechen, die Sache gründlich zu untersuchen.

Mit steifen Fingern und benommenem Kopf suchte er in den Ausgaben der folgenden Wochen und Monate, fand jedoch keine zufrieden stellende Erklärung der Unfallursache. Am Ende wurde der Unfall menschlichem Versagen seitens des Zugführers des Güterzugs zugeschrieben. Er lebte nicht mehr, um sich zu verteidigen, und niemand hatte eine andere Unfallursache zu Tage gefördert. Die Schienen waren sicher durch den Unfall aufgerissen und verbogen worden, und nichts deutete darauf hin, dass sie schon vorher fehlerhaft gewesen waren. Die mit Bauholz beladenen Güterzüge, die zuvor die Strecke befahren hatten, hatten keine Probleme gehabt und waren sicher und pünktlich an ihrem Ziel angekommen.

Wie er bereits vom Sekretär erfahren hatte, waren die Schienen in Ordnung – es gab keine wie auch immer geartete Verbindung zu dem Betrug oder zu Dundas und daher auch nicht zu Monk.

Mit überwältigender Erleichterung sagte er sich dies immer wieder. Er würde nach London fahren und Katrina Harcus versichern, dass es keinen Grund gab, auf der neuen Strecke einen Zusammenstoß zu befürchten. Baltimore und Söhne hatte nichts mit dem Unfall in Liverpool zu tun gehabt, und Baltimore selbst war in Dundas' Prozess von dem Vorwurf des Betrugs entlastet worden.

Was nicht hieß, dass er unschuldig war.

Aber wenn heute im gleichen Umfang wie damals beim Landkauf betrogen wurde, dann war es nicht abwegig, anzunehmen, dass Nolan Baltimore darin verwickelt war und nicht Michael Dalgarno. Das zumindest konnte Monk Katrina sagen.

Im selben Augenblick wusste Monk, dass sie mehr fordern würde als Hoffnung, sie würde Beweise verlangen – ebenso wie er.

Er ging zurück zum Bahnhof, wo er noch den Abendzug nach London erwischte. Er hatte fast den ganzen Tag gelesen und in der letzten Nacht wenig und schlecht geschlafen, und so wurde er trotz der Holzsitze und der unbequemen aufrechten Position von den rhythmischen Bewegungen des Zuges und dem Rattern der Räder in den Schlaf gelullt und in eine Dunkelheit getrieben, in der ihm die Geräusche umso bewusster waren. Sie schienen die Luft zu erfüllen und überall um ihn herum zu sein und immer lauter zu werden. Sein Körper war verkrampft, sein Gesicht prickelte, als wehte ein kalter Luftzug an ihm vorbei, und doch konnte er rote Funken in der Nacht sehen wie kleine Feuer.

Es gab etwas, was er tun musste: Es war wichtiger als alles andere, selbst wenn er sein Leben dabei riskierte. Es beherrschte Geist und Körper, löschte alle Gedanken an seine eigene Sicherheit, körperliche Schmerzen und Erschöpfung aus und trug ihn sogar über die Angst hinweg – und es gab vieles zu fürchten! Es brauste und wogte im Dunkeln um ihn herum und versetzte ihm Schläge, bis er voller schmerzender blauer Flecken war und sich fest an ... was ... klammerte, gegen ... was kämpfte? Er wusste es nicht! Es gab etwas, was er tun musste. Das Schicksal aller, die ihm wichtig waren, hing davon ab – aber was war es?

Er zerbrach sich den Kopf und fand nur den brennenden Zwang zu siegen. Der Wind strömte an ihm vorbei wie flüssiges Eis. Er stemmte sich gegen eine Kraft, warf sich mit seinem ganzen Gewicht dagegen, aber sie wollte nicht weichen.

Es war ein unbeschreiblicher Lärm, ein Aufprall, und dann lief er davon, kroch weg, blind vor Angst. Von allen Seiten durchzuckten ihn Schreie wie körperlicher Schmerz, und er konnte nichts tun! Er war von Aufruhr umgeben, schlug sinnlos um sich, stieß in einem Augenblick im Dunkeln mit irgendetwas zusammen, wurde im nächsten von Flammen geblendet, spürte die Hitze im Gesicht und die Kälte hinter ihm. Seine Füße waren wie Blei, hielten ihn fest, während ihm am Körper der Schweiß hinunterlief.

Wieder erschien das Gesicht über dem Kollar, dasselbe wie zuvor, diesmal – grau vor Entsetzen – kletterte der Geistliche über die Trümmer und schrie die ganze Zeit.

Monk wachte mit einem heftigen Ruck auf, sein Kopf pochte, seine Lungen schmerzten, und sein Mund war trocken. Sobald er sich bewegte, merkte er, dass er tatsächlich schwitzte, die Kleider klebten ihm am Leib, obwohl es in dem Waggon kalt war, und die Füße waren ihm eingeschlafen.

Er war allein in dem Abteil. Den Geruch nach Rauch hatte er sich nur eingebildet, aber die Angst war real, ebenso wie die

Schuld. Das Wissen um sein Versagen lastete auf ihm, als sei es fest mit seinem Leben verwoben und beflecke alles, krieche in jede Ecke und verderbe jede andere Freude.

Aber welches Versagen? Er hatte Dundas nicht gerettet, aber das wusste er seit Jahren. Und jetzt war er sich nicht mehr ganz sicher, ob Dundas wirklich unschuldig war. Er fühlte es, aber was waren seine Gefühle wert? Sie entstammten der Loyalität und Unwissenheit eines jungen Mannes, der jemandem, der wie ein Vater zu ihm gewesen war, sehr viel schuldete. Er hatte diesen Mann so gesehen, wie er ihn zu sehen wünschte, wie es Millionen vor ihm und Millionen nach ihm taten.

Er hatte von einem Zusammenstoß geträumt – das war offensichtlich. Aber war es ein wirklicher Zusammenstoß oder ein eingebildeter, angeregt von den vielen Augenzeugenberichten derer, die ihn erlebt hatten, oder von einem Besuch vor Ort zur Untersuchung dessen, was geschehen war?

Die Strecke war es nicht. Auch nicht der Landbetrug, der keine anderen Folgen hatte als finanzielle.

Warum empfand er dann diese schreckliche Verantwortung, diese Schuld? Was war so fürchterlich, dass er es anzusehen immer noch nicht ertrug? War es Dundas – oder er selbst?

Konnte er es herausfinden? Wurde er genau wie Katrina Harcus getrieben, eine Wahrheit zu finden, die alles, was ihm etwas bedeutete, zerstören konnte?

Zitternd und frierend kauerte er auf seinem Sitz und ratterte durch die Dunkelheit auf London zu, während seine Gedanken von den Schienen weg durch Tunnel eilten – zu einem weiteren, einem anderen Zusammenstoß.

7

In dem Haus am Coldbath Square war kaum etwas zu tun, denn die Frauen, die sonst kamen, arbeiteten nicht und kamen folglich auch nicht zu Schaden. Die Anwohner hatten zum Großteil Möglichkeiten gefunden, der ständigen Polizeipräsenz aus dem Weg zu gehen, und betätigten sich jetzt anderswo, aber auf den ersten Blick war die Farringdon Road fast so wie immer. Nur ein geübtes Auge sah, wie zurückhaltend sich die Straßenhändler benahmen und dass die Menschen sich ständig über die Schulter sahen, nicht weil sie Taschendiebe oder Kleinganoven fürchteten, sondern wegen der allgegenwärtigen Polizisten, die in frustrierter Langeweile überall herumstanden.

»Sitzen uns im Nacken wie ein Jockey, der sein Pferd prügelt, das nicht laufen will«, sagte Constable Hart unglücklich und hielt einen Becher heißen Tee in beiden Händen. Er saß Hester gegenüber an dem kleineren der beiden Tische. »Und wir laufen nicht, weil wir nicht können!«, fuhr er fort. Es war Nachmittag, und es regnete. Sein nasser Umhang hing an einem Haken neben der Tür. »Wir stehen nur rum und sehen dumm aus und machen alle wütend auf uns«, beschwerte er sich. »Nur damit die Familie Baltimore und ihre Freunde das Gefühl haben, wir räumen London auf.« Seine empörte Miene brachte seine Gefühle eindeutig zum Ausdruck.

»Ich weiß«, sagte sie mitleidig.

»Das ist noch niemandem gelungen, und das wird auch niemandem gelingen«, fügte er hinzu. »London will nicht aufgeräumt werden. Die Straßenmädchen sind nicht das Problem. Das Problem sind die Männer, die sie aufsuchen!«

»Natürlich«, räumte Hester ein. »Möchten Sie etwas Toast?«

Die Frage war, wie vorauszusehen gewesen war, natürlich vollkommen überflüssig. Sein Gesicht erhellte sich.

Er räusperte sich. »Haben Sie Schwarze-Johannisbeer-Marmelade?«, fragte er hoffnungsvoll.

»Natürlich.« Sie lächelte, und er wurde ein bisschen rot. Sie stand auf und schnitt Brot, röstete es, auf eine Gabel gespießt, am Herdfeuer und brachte es dann zusammen mit Butter und Marmelade an den Tisch.

»Danke«, sagte er mit vollem Mund.

Sie und Margaret hatten in den letzten Tagen versucht, mehr Spendengelder aufzutreiben, und weitere Gespräche mit Jessop geführt, die je nach Stimmung von beschwichtigend bis streitbar verlaufen waren. Noch nie hatte Hester eine so starke Abneigung gegen jemanden empfunden. »Sind Sie der Aufklärung des Mordes an Baltimore einen Schritt näher gekommen?«, fragte sie Hart.

Er starrte finster auf die Krümel auf seinem Teller und zuckte die Achseln. »Nicht, soweit ich weiß«, räumte er ein. »Die Mädchen von Abel Smith versichern hoch und heilig, dass sie es nicht waren, und ich für meinen Teil glaube ihnen. Was nicht heißt, dass die hohen Tiere auf das hören würden, was ich sage.« Als er aufschaute, war sein Gesicht voller Zorn.

»Aber ich will verflucht sein, wenn ich zulasse, dass irgendein armes Weib für Mord gehängt wird, nur um Baltimores Familie und seinesgleichen zufrieden zu stellen und die Lage wieder zu beruhigen. Sie können noch so sehr beteuern, dass sie es gerne anders hätten!«

Hester fröstelte. »Glauben Sie, jemand würde so etwas tun wollen?«

Er hörte den Zweifel in ihrer Stimme. »Sie sind eine nette Dame, anständig erzogen. Sie gehören nicht hierher«, sagte er freundlich. Er sah sich in dem großen Raum mit den Eisenbetten, den gemauerten Spülsteinen am anderen Ende und den Krügen und Eimern mit Wasser um. »Klar, wenn's draufankommt. So kann's ja nicht mehr lange weitergehen. Richtig und Falsch bekommt 'nen anderen Anstrich, wenn man 'ne

Weile hungrig gewesen ist oder in einer Türöffnung geschlafen hat. Ich hab's gesehen. Es verändert die Menschen, und wer wollte ihnen was vorwerfen?«

Sie überlegte, ob sie ihm von Squeaky Robinson und seinem Etablissement der besonderen Art erzählen sollte, das offensichtlich irgendwo in der Nähe der Brauerei Reid's an oder in der Portpool Lane lag. Sie hörte ihm nur halb zu, während sie darüber nachdachte.

»Aber sicher«, stimmte sie ihm geistesabwesend zu. Wenn sie es Hart erzählte, würde er sich verpflichtet fühlen, es seinen Vorgesetzten zu berichten, und sie würden hineinstolpern und Robinson womöglich warnen, ohne irgendetwas über Baltimore zu erfahren. Robinson würde es abstreiten wie alle anderen. Wahrscheinlich hatte er das längst getan.

»So sicher bin ich mir gar nicht, dass wir die Wahrheit herausfinden möchten«, fuhr Hart düster fort. »Wenn man bedenkt, was wohl dabei rauskommt.«

Jetzt wurde sie aufmerksam. »Nicht herausfinden?«, sagte sie. »Sie meinen, sie bleiben einfach, so lange sie lustig sind, und sagen dann, sie geben auf? Sie können die halbe Polizei von London ja nicht ewig in Coldbath abstellen.«

»Höchstens noch ein paar Wochen«, stimmte er ihr zu. »Letztendlich wäre es einfacher.«

»Einfacher für wen?« Ohne ihn zu fragen, schenkte sie ihm noch Tee ein, und er dankte ihr mit einem Nicken.

»Für die, die ihr Vergnügen in den Häusern hier suchen«, meinte er. »Aber in erster Linie für diejenigen, die bei der Polizei das Sagen haben.« Er schnitt eine Grimasse und schüttelte leicht den Kopf. »Möchten Sie der Familie Baltimore erzählen müssen, dass Mr. Baltimore herkam, um sich zu befriedigen und sich am Ende womöglich weigerte zu bezahlen, was er schuldig war, und deswegen irgendwo in einer Gasse Streit mit einem Zuhälter bekam? Aber der Zuhälter hat die Oberhand gewonnen und ihn umgebracht. Vielleicht wollte er es nicht mal, aber als es passiert war, war's zu spät, und dann hat er die eine oder andere alte Rechnung beglichen, indem er den Toten bei Abel Smith abgeladen hat?«

Sie kniff die Lippen zusammen und runzelte die Stirn.

»Wir wissen, dass es so gewesen sein kann«, fuhr er fort. »Aber wissen und sagen sind zwei verschiedene Dinge. Und dafür zu sorgen, dass andere Leute es erfahren, ist noch mal was völlig anderes! Einiges sagt man besser nicht laut.«

Damit war ihr Entschluss gefasst. Wenn die Wahrheit die war, die Hester fürchtete – wenn der Mord an Baltimore aus persönlicher Rache geschehen war, entweder weil er sich als Kunde einer Prostituierten schlecht benommen hatte oder weil er in den Eisenbahnbetrug verwickelt war, den er oder ein anderes Familienmitglied angezettelt hatte –, dann wäre die Polizei auf keine dieser beiden Antworten erpicht.

»Sie haben Recht«, stimmte sie ihm zu. »Möchten Sie noch etwas Toast mit Marmelade?«

»Das ist sehr höflich von Ihnen, Miss«, dankte er ihr und lehnte sich im Stuhl zurück. »Ach ja, warum nicht?«

Hester wusste, dass sie eine Ausrede brauchte, um Squeaky Robinson einen Besuch abzustatten. Kurz nachdem Hart gegangen war, kam Margaret, und die beiden kümmerten sich erst einmal um Fanny und Alice, die sich allmählich erholten. Als der Nachmittag dahinschwand und die Luft deutlich kühler wurde, holte Hester mehr Kohlen für den Kamin herein und überlegte, ob sie Margaret nach Hause schicken sollte. Die Straßen waren ruhig, und Bessie würde die ganze Nacht da sein.

Margaret saß am Tisch und schaute unglücklich auf den Medizinschrank, den sie vor kurzem wieder aufgefüllt hatte.

»Ich habe noch einmal mit Jessop gesprochen«, sagte sie mit angespannter Miene. Die Verachtung ließ die Linien ihres Mundes hart werden. »Als ich ein Kind war, hat meine Gouvernante mir immer gesagt, eine gute Frau sehe in jedem Menschen nur die guten Seiten.« Sie zuckte bedauernd die Achseln. »Ich habe ihr geglaubt, vermutlich, weil ich sie wirklich gern hatte. Die meisten Mädchen rebellieren gegen ihre Lehrer, aber sie war so nett und witzig. Sie hat mir alles Mögliche beigebracht, was nicht von praktischem Nutzen, aber einfach interessant war. Ich kann mir nicht vorstellen, dass ich jemals irgendwo Deutsch sprechen muss. Und sie ließ mich auf Bäume klettern und Äpfel und Pflaumen pflücken – solange ich ihr welche abgab. Sie liebte Pflaumen!«

Hester hatte ein Bild vor Augen, wie die junge Margaret, das Haar zu Zöpfen geflochten, in einem fremden Obstgarten gegen das Verbot ihrer Eltern auf einen Apfelbaum kletterte, ermutigt von einer jungen Frau, die ihre Stellung aufs Spiel setzte, um einem Kind eine Freude zu machen und ihr ein kleines verbotenes, aber weitgehend harmloses Vergnügen zu bereiten. Sie lächelte. Es war ein anderes Leben, eine ganz andere Welt als diese hier, wo Kinder stahlen, um zu überleben, und nicht wussten, was eine Gouvernante war. Nur wenige gingen, wenn überhaupt, in eine Armenschule. Geschweige denn, dass sie Privatunterricht erhielten oder in den Genuss von Lektionen über Moral kamen.

»Aber selbst eine Miss Walter hätte wohl nichts Gutes an Mr. Jessop finden können«, schloss Margaret. »Ich wünschte mir leidenschaftlich, wir hätten nicht ausgerechnet ihn als Vermieter.«

»Ich auch«, meinte Hester. »Nur um ihn loszuwerden, suche ich schon die ganze Zeit nach etwas anderem, aber bislang habe ich noch nichts gefunden.«

Margaret wandte den Blick von Hester ab, über ihre Wangen zog sich eine leichte Röte. »Glauben Sie, Sir Oliver kann den Frauen, die bei dem Wucherer in der Kreide stehen, helfen?«, fragte sie vorsichtig.

Wieder empfand Hester die merkwürdige Beklommenheit einer Veränderung, einer ganz schwachen Einsamkeit, da

Rathbone sie nicht mehr so verehrte wie früher. Sie waren immer noch in Freundschaft verbunden, und wenn sie sich nicht gerade danebenbenahm, würde das auch so bleiben. Mehr als Freundschaft hatte sie ihm nie geboten. Monk jedoch liebte sie. Und wenn sie auch nur ein kleines bisschen ehrlich war, dann hatte sie das schon immer getan. Liebe unter Freunden fühlte sich anders an, ruhiger und so viel sicherer. Diese Wärme verbrannte weder Fleisch noch Herz, doch entzündete sie auch nicht das Feuer, das alle Dunkelheit vertrieb.

Darum ging es doch. Wenn sie etwas für Rathbone oder Margaret empfand, und sie lagen ihr beide am Herzen, dann sollte sie sich für sie freuen, voller Hoffnung sein, dass sie kurz davor standen, die Art von Glück zu entdecken, die alle Kraft und alle Verpflichtung forderte, die man geben konnte.

Margaret schaute sie wartend an.

»Ich weiß, dass er sein Bestes tun wird«, sagte Hester. »Wenn etwas getan werden kann, dann wird er das tun.« Sie holte tief Luft. »Aber ganz unabhängig davon möchte ich vorher noch ein paar Erkundigungen darüber einholen, wo Mr. Baltimore umgebracht wurde, denn ich glaube Abel Smith, dass es nicht in seinem Haus geschah.«

Margaret warf ihr einen raschen Blick zu, und in ihren Augen lag jetzt eine andere Angst. »Hester, bitte seien Sie vorsichtig. Soll ich mit Ihnen kommen? Sie sollten nicht allein gehen. Wenn Ihnen etwas zustieße, würde niemand es je erfahren …«

»Sie würden es herausfinden«, unterbrach Hester sie. »Aber wenn Sie mich begleiteten, wüsste es niemand, außer Bessie vielleicht. Ich glaube, ich würde mich lieber darauf verlassen, dass Sie mich retten.« Sie lächelte, um der Bemerkung ihre Schärfe zu nehmen. »Aber ich verspreche Ihnen, dass ich vorsichtig sein werde. Ich habe eine Idee, die, selbst wenn ich nichts erfahre, für uns von Vorteil sein könnte. Jedenfalls was Spendengelder anbelangt, und zudem ein Knüppel zwischen Mr. Jessops Beine wäre, was mir wirklich gefallen würde.«

»Mir auch«, meinte Margaret. »Aber nicht, wenn Sie sich dafür in Gefahr begeben.«

»Es ist nicht gefährlicher, als jeden Abend hierher zu kommen«, versicherte Hester ihr, wobei sie nicht ganz die Wahrheit sagte. Aber sie fand, es war das Risiko wert, zumal dieses alles in allem nur gering war. Sie stand auf. »Sagen Sie Bessie, ich bin spätestens gegen Mitternacht wieder da. Wenn nicht, können Sie Constable Hart informieren und einen Suchtrupp nach mir ausschicken.«

»Ich bleibe auch hier«, antwortete Margaret. »Sagen Sie mir, wohin Sie gehen, damit ich weiß, wo sie suchen sollen.« Sie lächelte zurückhaltend, aber ihre Augen waren vollkommen ernst.

»In die Portpool Lane«, sagte Hester. »Ich habe so ein Gefühl, dass ich einen Mr. Robinson aufsuchen sollte, der dort ein Etablissement unterhält.« Sie fühlte sich besser, als sie es Margaret gesagt hatte, und während sie ihr Umschlagtuch umlegte und die Tür zum Coldbath Square öffnete, war sie zuversichtlicher als noch wenige Augenblicke zuvor. In der Tür drehte sie sich um. »Vielen Dank«, sagte sie ernst und ging, bevor Margaret antworten konnte, rasch durch den Regen über den Gehsteig und bog in die Bath Street ein.

Auch als sie außer Sichtweite des Coldbath Square war, verlangsamte sie ihr Tempo nicht, denn eine Frau, die allein unterwegs war, erweckte besser den Eindruck, sie habe ein Ziel. Zudem wollte sie sich nicht die Zeit geben, noch einmal darüber nachzudenken, was sie vorhatte, um nicht die Nerven zu verlieren. Dass Margaret sie besonders für ihren Mut so überaus bewunderte, war, wie Hester nun überrascht feststellte, sehr kostbar. Die flatternde Angst in ihrer Magengrube zu überwinden, nur um zum Coldbath Square zurückkehren und sagen zu können, dass sie ihren Plan ausgeführt hatte, egal, ob sie etwas in Erfahrung brachte oder nicht – das war es ihr wert.

Es ging nicht um Stolz, obwohl sie zugeben musste, dass er

auch dazugehörte. Sie wollte auch Margarets hoher Meinung von ihr gerecht werden. Desillusionierung war bitter, und womöglich hatte sie Margaret bereits enttäuscht. Sie war ein paar Mal kurz angebunden gewesen und hatte in Situationen, wo es angemessen gewesen wäre, mit Lob gegeizt. Das Wissen, dass Monk etwas vor ihr verbarg, was ihn quälte, hatte sie in eine ungewohnte Isolierung hineingetrieben, was sich auch auf ihre Freundschaften auswirkte.

Sie konnte zumindest die Rolle der Tapferen so spielen, wie man es von ihr erwartete. Auch für sie selbst war es wichtig, allem, was sie sich vornahm, gewachsen zu sein. Körperlichen Mut zu beweisen war leicht, verglichen mit der inneren Stärke, die man brauchte, um seelisches Leid zu ertragen.

Wie auch immer, Squeaky Robinson war womöglich ein ganz gewöhnlicher Geschäftsmann, der nicht die Absicht hatte, gegen jemanden anzugehen, wenn er nicht bedroht wurde, und sie würde sich vorsehen. Sie unternahm nur eine kleine Expedition, um sich umzusehen und etwas zu erfahren.

Die riesigen Mauern der Brauerei erhoben sich dunkel in den regengepeitschten Himmel, und in der Luft lag ein süßer, fauliger Geruch.

Dort, wo die Portpool Lane direkt unter den gewaltigen Mauern entlanglief, war Hester gezwungen, stehen zu bleiben. Sie sah nicht mehr, wohin sie trat. Unaufhörlich tropfte es von den Dachvorsprüngen. In den Torwegen lagen Schatten, Bettler ließen sich für die Nacht nieder. Eingedenk der Tatsache, dass sie sich in unmittelbarer Nähe eines Bordells befand, in dem sie selbst hätte landen können, wäre das Schicksal nicht so gnädig zu ihr gewesen, war die Chance, dass man sie für eine Prostituierte hielt, ziemlich hoch. Aber keine hundert Meter von hier war sie erst an einem Wachtmeister vorbeigekommen. Sicher, er war nicht mehr in Sichtweite, aber seine Gegenwart reichte, solche Kunden abzuschrecken, die mehr als häufig hier verkehrten.

Sie lehnte sich an die Mauer der Brauerei, blieb von der Kante des schmalen Randsteins weg, wo das Licht der Straßenlaternen auf die nassen Pflastersteine schien. Mit dem Schultertuch auf dem Kopf, das den größten Teil ihres Gesichts verdeckte, sah sie nicht gerade aus, als wollte sie Aufmerksamkeit erregen. Die Gasse war mehrere hundert Meter lang und führte in die Gray's Inn Road, eine breite Straße, auf der bis weit nach Mitternacht Betrieb herrschte. Gleich um die Ecke lag das Rathaus. Squeaky Robinson hatte sein Haus wahrscheinlich eher in einer der düsteren Gassen an diesem Ende, hier gegenüber der Brauerei. Sicher liebten seine Kunden es so diskret wie möglich.

Ob sich Männer mit bestimmten Neigungen wohl schämten? Sicher wollten sie es vor der Allgemeinheit geheim halten, aber auch voreinander? Würden sie hierher kommen, auch wenn ihresgleichen es wüsste? Sie hatte keine Ahnung, aber vielleicht sollte ein solches Haus klugerweise mit mehr als einem Eingang ausgestattet sein – vielleicht sogar mit mehr als zwei Türen? Eignen würden sich für Hinterausgänge die gegenüberliegenden Gassen, nicht am anderen Ende, wo sich ein großes vornehmes Gebäude und ein Hotel befanden, sondern hier.

Jetzt, da sie sich entschieden hatte, hatte es keinen Sinn, länger zu warten. Sie richtete sich auf, atmete tief ein, ohne an den süßlich, modrigen Geruch zu denken, und wünschte sich, sie wäre nicht so gedankenlos gewesen, denn sie musste husten und keuchen, wobei sie noch mehr einatmete. Sie sollte nie vergessen, wo sie war, keinen einzigen Augenblick! Ihre Unaufmerksamkeit verfluchend, überquerte sie die Straße und ging flott die erste Gasse rechts hinauf bis zum Ende, wo das Gebäude liegen musste, von dem aus man Zugang zu beiden Gassen und auf die schmale Straße auf der anderen Seite hatte.

Die Gasse war eng, aber weniger verdreckt, als sie erwartet hatte, und an einer Wandkonsole den halben Weg hinunter hing eine Lampe, die den Weg über die unebenen Steine beleuchtete. War es Zufall, oder kümmerte Squeaky Robinson sich um die Empfindlichkeiten seiner Kunden, indem er dafür sorgte, dass sie auf dem Weg zu ihrem Vergnügen nicht über Abfall stolperten?

Sie kam ans Ende der Gasse, und am Rand des Lampenscheins sah sie Stufen und eine Türöffnung. Sie hatte sich bereits zurechtgelegt, was sie sagen würde, und es gab keinen Grund zu zögern. Sie trat an die Tür und klopfte.

Diese wurde augenblicklich von einem Mann geöffnet. Er trug einen dunklen Anzug, der an den Rändern abgetragen und ihm trotz seiner durchschnittlichen Größe zu groß war. So wie er dastand, war er bei Bedarf jederzeit zu einem Kampf bereit. Er sah aus wie ein Raufbold, der einen heruntergekommenen Butler nachäffte. Vielleicht gehörte das zum Image des Etablissements. Er betrachtete sie ohne Interesse. »Ja, Miss?«

Sie sah ihm direkt in die Augen, denn sie wollte nicht für eine in Not geratene Bittstellerin gehalten werden, die im Bordell unterkommen wollte, um ihre Schulden zu begleichen.

»Guten Abend«, antwortete sie förmlich. »Ich würde gerne mit dem Besitzer sprechen. Ich glaube, einem Mr. Robinson? Wir haben vielleicht gemeinsame Geschäftsinteressen, bei denen wir einander von Nutzen sein könnten. Wären Sie so freundlich, ihm zu sagen, dass Mrs. Monk vom Coldbath Square ihn sprechen möchte?« Sie sagte es in dem Befehlston, den sie früher in ihrem alten Leben, vor ihrem Krim-Aufenthalt, gegenüber Dienstboten angeschlagen hatte, wenn sie die Tochter eines Freundes ihres Vaters besuchte.

Der Mann zögerte. Er war es gewöhnt, der Kundschaft zu gehorchen – das gehörte zum Geschäft –, aber Frauen waren »Inventar«, und als solche sollten sie tun, was man ihnen sagte.

Sie sah ihm weiterhin fest in die Augen.

»Verstehe«, räumte er ungnädig ein. »Sie kommen wohl besser rein.« Beinahe hätte er noch etwas hinzugefügt, doch im letzten Augenblick überlegte er es sich anders und führte sie den Gang hinunter in ein sehr kleines Zimmer, das kaum mehr war als ein großer Schrank, in dem ein Stuhl stand. »Warten Sie hier«, sagte er, ging hinaus und schloss hinter sich die Tür.

Sie tat, wie ihr geheißen. Jetzt war nicht der Augenblick, Risiken einzugehen. Sie würde nichts erfahren, wenn sie herumschnüffelte, und sie hatte noch kein Interesse an dem Innern eines Bordells und hoffte, auch nie ein solches zu entwickeln. Es war leichter, mit den verletzten Frauen umzugehen, wenn sie nicht viel über deren Leben wusste. Sie kümmerte sich lediglich um medizinische Belange. Wenn man sie erwischt hätte, hätte sie sich Squeaky Robinson gegenüber nicht erklären können, und es war wichtig, dass er ihr glaubte. Sie musste die Wahrheit ohnehin schon beugen und dehnen.

Etwa eine Viertelstunde musste sie warten, bis die Tür wieder aufging und der Möchtegernbutler sie weiter in das Labyrinth des Gebäudes geleitete. Der Gang war schmal und niedrig. Die Fußböden unter den alten roten Teppichen waren zwar uneben, aber die Dielen knarrten nicht. Sie waren mit großer Sorgfalt festgenagelt worden, damit niemand sich durch einen Schritt verriet. Es war kein Geräusch zu hören, außer einem zufälligen Knacken im Gebäude, das Seufzen eines alten Balkens, der langsam faulte. Die Treppen waren steil und führten von dem einen Korridor nach oben und nach unten, als wären zwei oder drei verschachtelte Häuser miteinander verbunden worden, um ein Dutzend Ein- und Ausgänge zu schaffen.

Schließlich blieb der Butler stehen, öffnete eine Tür und bedeutete Hester mit einer Geste einzutreten. Das Zimmer überraschte sie, obwohl sich Hester erst beim Eintreten ihrer Erwartung bewusst wurde. Statt Düsterkeit und Gewöhnlichkeit fand sie einen großen Raum mit niedriger Decke, dessen Wände fast vollständig mit Regalen und Schränken voll gestellt waren. Der Holzfußboden war mit Teppichen belegt, und das wichtigste Möbelstück war ein riesiger Tisch mit einer Vielzahl von Schubladen. Auf ihm stand eine hell brennende Öllampe, die ein gelbliches Licht in alle Richtungen warf. Der Raum wurde von einem schwarzen Ofen an der gegenüberliegenden Wand gewärmt, und es war unaufgeräumt, aber sauber.

Der Mann, der in dem lederbezogenen Sessel saß, hatte ein schmales Gesicht, scharfe Augen, widerspenstiges grau-braunes Haar und leicht hochgezogene Schultern. Er betrachtete Hester mit intelligenter Wachsamkeit, aber nicht mit der üblichen Neugier angesichts einer Unbekannten. Es würde sie nicht wundern, wenn es sich bis hierher herumgesprochen hätte, dass sie das Haus am Coldbath Square führte.

»Also, Mrs. Monk«, sagte er ruhig. »Und welches Geschäft soll das sein, das Sie und mich verbinden sollte?« Seine Stimme war hell und weich, ein wenig nasal, aber nicht so quietschend, dass sie seinen Spitznamen erklärt hätte. Hester überlegte, wer ihm den wohl gegeben hatte.

Sie setzte sich, ohne dazu aufgefordert worden zu sein, um ihm zu verstehen zu geben, dass sie sich nicht abwimmeln lassen würde, bevor die Angelegenheit nicht zu ihrer Zufriedenheit geregelt war.

»So viele Frauen wie möglich für die Arbeit gesund zu halten, Mr. Robinson«, antwortete sie.

Er neigte den Kopf ein wenig zur Seite. »Ich dachte, Sie, Mrs. Monk, seien eine wohltätige Frau. Würden Sie die Frauen nicht lieber in den Fabriken sehen, wo sie sich ihren Lebensunterhalt auf eine Weise verdienen, die von dem Gesetz und der Gesellschaft akzeptiert wird?«

»Mit gebrochenen Knochen verdient sich niemand seinen Lebensunterhalt«, entgegnete sie. Sie unterdrückte Wut und Verachtung und versuchte, so beiläufig wie möglich zu klingen. Sie war hier, um ein Ziel zu erreichen, nicht um sich zu amüsieren. »Und meine Interessen gehen Sie nichts an, außer wenn sie sich mit Ihren überschneiden, die, wie ich vermute, darin bestehen, so viel Gewinn wie möglich zu machen.«

Er nickte langsam, und als das Licht über sein Gesicht zuckte, sah sie die Sorgenfalten darin, sah, wie grau seine Haut war, obwohl er gut rasiert war, selbst zu dieser frühen Abendstunde. In seinen Augen war ein winziges überraschtes Aufflackern zu erkennen, so winzig, dass es leicht missverstanden werden konnte.

»Und welche Art von Gewinn erwarten Sie?«, fragte er. Er griff nach einem Papiermesser und spielte damit herum. Seine langen, tintenverschmierten Finger waren ständig in Bewegung.

»Das ist meine Angelegenheit«, sagte sie schneidend und richtete sich so gerade auf, als säße sie in einer Kirchenbank.

Er war sichtlich verblüfft. Dass sie auch seine Neugier geweckt hatte, konnte er besser verbergen.

Sie lächelte. »Ich habe nicht die Absicht, Ihnen Konkurrenz zu machen, Mr. Robinson«, sagte sie leicht belustigt. »Ich nehme an, Sie haben von meinem Haus am Coldbath Square gehört?«

»Das habe ich«, räumte er ein und sah sie eindringlich an.

»Ich habe einige Frauen behandelt, die, wie ich glaube, für Sie gearbeitet haben, aber das ist nur eine Vermutung«, fuhr sie fort. »Sie sagen es mir nicht, und ich frage sie nicht danach. Ich erwähne es nur, um Ihnen deutlich zu machen, dass sich unsere Interessen überschneiden.«

»Das sagten Sie bereits.« Er rollte das Papiermesser unablässig zwischen den Händen hin und her. Auf dem Tisch waren Papiere verstreut, die wie Bilanzunterlagen aussahen. Es waren Linien darauf und mehr Zahlen als Wörter. Die fehlenden Einkünfte setzten ihm sicher mehr zu als den meisten, was sie sich schon gedacht hatte. Und das stärkte sie.

»Das Geschäft läuft für niemanden gut«, bemerkte sie.

»Ich dachte, Sie machen's umsonst«, erwiderte er abrupt. »Insofern vergeuden Sie meine Zeit.«

»Dann will ich auf den Punkt kommen.« Sie konnte es nicht zulassen, dass er sie wegschickte. »Was ich tue, dient auch Ihren Interessen.« Sie formulierte es als Tatsache und ließ ihm nicht die Zeit, ihr zuzustimmen oder zu widersprechen. »Um meine Arbeit zu tun, muss ich Räumlichkeiten anmieten, und im Augenblick habe ich gewisse Probleme mit meinem Vermieter. Er stellt sich quer und droht immer wieder, die Miete zu erhöhen.«

Sie sah, dass sich sein Körper unter dem dünnen Jackett anspannte, eine leichte Veränderung der Sitzposition auf dem großen Stuhl. Sie überlegte, wie viel ihn die gegenwärtige Situation wohl schon gekostet hatte. War er knapp bei Kasse? War er selbst der Wucherer oder nur dessen Geschäftsführer? Von der Antwort auf diese Frage konnte ziemlich viel abhängen.

»Ich bin Geschäftsmann, Mrs. Monk, kein Wohltätigkeitsverein«, sagte Robinson scharf. Seine Tonlage stieg höher, seine Hände packten das Papiermesser noch fester.

»Natürlich«, sagte sie mit unveränderter Miene. »Ich erwarte aufgeklärtes Eigeninteresse von Ihnen, keine Spende. Sagen Sie mir, Mr. Robinson, haben Sie seit dem unglücklichen Tod von ... Mr. Baltimore, wie er, glaube ich, hieß, viel eingenommen?«

Er kniff die Augen zusammen. »Sie kannten ihn?«, fragte er misstrauisch.

»Durchaus nicht«, antwortete sie. »Ich sagte ›unglücklich‹, weil sein Tod etwas unterbrochen hat, das man für diese Gegend als leidlich zufrieden stellende Lage der Dinge bezeichnen könnte, und für eine Polizeipräsenz gesorgt hat, ohne die wir alle besser zurechtkämen.«

Er schien etwas sagen zu wollen, überlegte es sich dann jedoch anders. Sie sah, dass er etwas schneller atmete und erneut sein Gewicht verlagerte, als täten ihm die Knochen weh.

»Die Polizei wird so lange bleiben, bis sie den Mörder gefunden hat«, fuhr sie fort. »Und das wird ihr vermutlich nicht gelingen. Man glaubt, dass er in Abel Smiths Haus in der Leather Lane gestorben ist.« Sie blickte ihn unverwandt an. »Ich halte das für unwahrscheinlich.«

Robinson schien kaum noch zu atmen. »Wirklich?« Er dachte sorgfältig über ihre Worte nach, woraufhin sie überlegte, ob er Angst hatte, und wenn ja, vor was oder wem.

»Es bestehen mehrere Möglichkeiten.« Sie blieb bei ihrem lässigen Ton, als besprächen sie etwas von nur geringer Wichtigkeit. »Und niemand wird bei der Entscheidung behilflich sein«, fügte sie hinzu. »Er wurde woanders umgebracht, entweder absichtlich oder zufällig. Und derjenige, der dafür verantwortlich ist, wollte verständlicherweise nicht dafür verantwortlich gemacht werden oder die Aufmerksamkeit der Polizei auf sich lenken, und so hat er, ebenso verständlich, die Leiche woandershin gebracht. Das hätte jeder so gemacht.«

»Ich habe nichts damit zu tun«, erwiderte Robinson, aber sie bemerkte, dass sich seine Hände zu Fäusten ballten.

»Außer dass Sie es, wie wir alle, gerne sehen würden, wenn die Polizei abzöge und uns alle wieder unser normales Leben führe ließe.«

In seinen Augen flackerte für einen Augenblick Hoffnung auf, sehr kurz, aber unmissverständlich.

»Und Sie wissen, wie man das erreichen kann?«, fragte er. Jetzt waren seine Hände reglos, als müsste er sich mit aller Kraft auf sein Gegenüber konzentrieren.

Wenn sie es nur wüsste! Jeder Plan wäre in dieser Situation von Vorteil. Wenn dies das Haus war, wo Fanny und Alice gearbeitet hatten, würde sie alles daransetzen, ihn mit gesetzlichen Mitteln zu erledigen, sodass er und seine Partner, falls er welche hatte, den Rest ihres Lebens im Gefängnis verbringen würden, vorzugsweise in der Tretmühle.

»Ich habe da gewisse Ideen«, wich sie aus. »Aber im Augenblick gilt meine größte Sorge der Suche nach neuen Räumlichkeiten zu besseren Bedingungen. Da es in Ihrem Interesse liegt, dass die ... verunglückten ... Frauen rasch, kostenlos und absolut diskret behandelt werden, dachte ich, Sie seien der geeignete Mann, mir in dieser Angelegenheit ... einen Rat zu geben.«

Robinson saß ganz still da und musterte sie, während sich die Sekunden zu Minuten dehnten. Auch sie versuchte, ihn einzuschätzen. Sie erwartete keine Hilfe bei der Suche nach einem neuen Quartier; das war nur eine Ausrede, um ihn kennen zu lernen und sich das Haus anzusehen. Hatten Fanny, Alice und die anderen Frauen hier gearbeitet? Wenn sie Rathbone einen Namen und eine Adresse geben konnte, hatte er wenigstens eine erste Spur. War dieser schmalgesichtige Mann mit den sehnigen Schultern und dem sorgfältig rasierten Gesicht tatsächlich der profitgierige und prügelnde Wucherer? Oder war er nur ein einfacher Bordellbesitzer mit einem etwas besseren Etablissement?

Wegen irgendetwas war er nervös. Die hektischen Bewegungen seiner langen, dünnen Finger, die Blässe seines Gesichts, seine körperliche Anspannung, all das verriet Angst. Oder ging es ihm einfach nicht gut, und machte er sich um etwas ganz anderes Sorgen? Vielleicht ging er tagsüber nie nach draußen, und seine Blässe war Folge seines Lebenswandels.

Sie hatte wenig erfahren. Wenn sie etwas erreichen wollte, musste sie sich etwas weiter vorwagen. »Sie machen bestimmt Verluste«, sagte sie kühn.

Etwas in ihm veränderte sich. Es war so subtil, dass sie es nicht hätte beschreiben können, aber es schien, als hielte ihn eine verborgene Angst noch fester in ihren Klauen. Sie verlor den Mut. Sicher war sie am falschen Ort. Squeaky Robinson hatte weder die Nerven noch die Intelligenz für solch ein dreistes und kompliziertes Unternehmen. Um so etwas durchzuziehen, musste man langfristig planen können, den Gewinn im Auge behalten und dabei ruhig Blut und einen kühlen Kopf bewahren. Squeaky Robinson machte auf sie nicht den Eindruck, als besäße er auch nur eine dieser Eigenschaften. Die Panik in ihm war schon jetzt, da sie einander anstarrten, zu sehr spürbar.

Doch lag das sicher nicht an ihr. Sie hatte keine Drohung ausgesprochen, weder direkt noch indirekt. Sie besaß gar nicht die Macht, ihm an den Kragen zu gehen, und hatte auch nichts dergleichen angedeutet.

Fürchtete er sich womöglich vor seinem Partner? Der dies alles aufgebaut hatte und sich darauf verließ, dass er es Gewinn bringend führte, ohne das Auge des Gesetzes auf sich zu ziehen? War es das?

»Vielleicht sollten Sie sich lieber mit Ihrem Partner beraten, bevor Sie eine Entscheidung fällen«, sagte sie laut.

Squeaky fuhr so plötzlich zusammen, dass er sich mit dem Papiermesser stach und aufschrie. Er schien etwas sagen zu wollen, überlegte es sich jedoch rasch wieder. »Ich habe keinen Partner!« Er starrte wütend auf den roten Fleck an seiner Hand, dann blickte er sie zornig an, als wäre es ihre Schuld, dass er sich verletzt hatte.

Sie lächelte erstaunt.

»Sie suchen nach anderen Räumlichkeiten?«, sagte er vorsichtig.

»Womöglich«, antwortete sie. »Aber zu einem sehr guten Mietzins, und ohne Hin und Her, wie's Ihnen gerade passt, sondern mit einer richtigen geschäftlichen Vereinbarung. Wenn Sie sich mit niemand anderem beraten müssen, dann lassen Sie sich das, was ich gesagt habe, durch den Kopf gehen, und überlegen Sie sich, ob Sie mir helfen können. Es ist in Ihrem eigenen Interesse.«

Squeaky kaute auf der Lippe herum. Er wusste offensichtlich nicht, was er tun sollte, und der Druck, eine Entscheidung treffen zu müssen, brachte in noch mehr in Bedrängnis.

Hester beugte sich ein wenig vor. »Mr. Robinson, es wird

noch schlimmer kommen. Je länger die Polizei hier ist, desto wahrscheinlicher ist doch, dass Ihre Freier gezwungen sind, sich andere Orte zu suchen, um sich zu amüsieren, und dann ...«

»Was soll ich denn tun?«, platzte es aus ihm heraus, und jetzt quietschte seine Stimme so hoch, dass sie seinen Spitznamen rechtfertigte. »Ich weiß nicht, wer ihn umgebracht hat.«

»Ich auch nicht«, antwortete sie. »Sie vielleicht schon. Ein Mann, der ein solches Haus hier führen kann, muss gewiss die Ohren offen halten. Sie wären nicht so erfolgreich, wenn Sie nicht ...« Sie stockte. Ihm schien so unwohl zu sein, dass sie fürchtete, er habe tatsächlich körperliche Schmerzen. Auf seiner Haut glänzte der Schweiß, und seine Knöchel traten vor lauter Anspannung weiß hervor.

»... wenn Sie nicht ausgezeichnet über die Gegend und alles, was sich hier abspielt, Bescheid wüssten«, fuhr sie fort. Der Mann, der ihr gegenübersaß, war dermaßen angespannt, dass sie plötzlich nur noch wegwollte. Die Verzweiflung in seiner Miene wollte nicht so recht zu seiner Verschlagenheit passen. Er wirkte, als wäre er einer Sicherheit beraubt worden, die für ihn lange selbstverständlich gewesen war, sodass er sich seiner neuen Blöße noch nicht richtig bewusst war und keine Zeit gehabt hatte, sich zu schützen oder damit umgehen zu lernen.

»Ja!«, sagte er barsch. »Natürlich weiß ich das!« Er war jetzt in der Defensive, als müsste er sie überzeugen. »Ich werde darüber nachdenken. Wir müssen wieder zum Normalzustand zurückkehren. Wenn ich etwas über diesen Baltimore erfahre, werde ich zusehen, ob wir nicht ... etwas arrangieren können.« Er breitete die Hände aus und wies auf die Papierstapel. »Jetzt muss ich mich um das hier kümmern. Ich habe keine Zeit mehr, um ... um zu reden ... wo es nichts zu reden gibt.«

Sie erhob sich. »Vielen Dank, Mr. Robinson. Und Sie werden nicht vergessen, Ihrem Partner gegenüber zu erwähnen, ob es nicht ein Haus zu mieten gäbe ... sehr preisgünstig, in unser aller Interesse?«

Er zuckte wieder hoch. »Ich habe keinen ...«, setzte er an, und dann glättete sich seine Miene zu einem Lächeln. Es war ein gespenstisches Lächeln, mehr wie ein Zähnefletschen. »Ich sag's ihm. Ha, ha!« Er lachte heftig. »Mal sehen, was er dazu sagt!«

Sie verabschiedete sich und wurde erneut von dem Mann in dem zu großen dunklen Anzug durch die Korridore geführt. Dann stand sie wieder in der Gasse, die in die Portpool Lane mündete. Im Nebel wirkte die einsame Wandlaterne wie hinter einem Schleier. Hester stand ein paar Augenblicke still, um sich an die kühle Luft und den Geruch von der Brauerei zu gewöhnen, die sich gewaltig gegen den Himmel erhob und genau wie das Coldbath-Gefängnis am Platz mit seinem massiven Schatten alle anderen Umrisse auslöschte. Dann machte sie sich auf den Weg, wobei sie sich, um nicht aufzufallen, nah an den Mauern hielt und hoffte, nicht auf jemanden zu treten, der auf den Pflastersteinen des Gehwegs schlief oder in einem Türweg kauerte.

Nachdem sie mit Squeaky Robinson gesprochen und seine Reaktionen gesehen hatte, war sie sich fast sicher, dass er das Bordell führte, wo junge Frauen wie Fanny und Alice arbeiten mussten, um ihre Schulden an den Wucherer abzuzahlen. Aber wegen irgendetwas war Squeaky in Panik! Etwa wegen der momentanen Flaute? Wenn er der Wucherer war, konnte er es sich sicher leisten zu warten, bis die Polizei entweder herausfand, wer Baltimore umgebracht hatte, oder aufgab.

Aber was, wenn nicht? Was, wenn er nur ein Teilhaber war und der andere ihn unter Druck setzte? Wer war dieser andere, und warum brach Squeaky der Angstschweiß aus, wenn man nur seine Existenz erwähnte?

Sie überquerte die Portpool Lane und bog mit eiligen Schritten in den Coldbath Square ein. Es waren noch andere Menschen unterwegs. Die Lichter einer Gastwirtschaft fielen auf das Pflaster, als jemand eine Tür öffnete. An einer Ecke stand ein Straßenhändler, an einer anderen ein Constable, der gelangweilt aussah und zu frieren schien, wahrscheinlich, weil er die ganze Zeit auf einem Fleck stehen musste. Er war allen im Weg und hatte die Hoffnung, etwas Nützliches zu erfahren, längst aufgegeben.

Hatte Squeaky Robinson solche Angst, weil er denjenigen, der Kopf und treibende Kraft des Unternehmens war, verloren hatte? Wie? War der Partner im Gefängnis, krank – oder sogar tot? War Squeaky Robinson in Panik, weil er plötzlich allein war und nicht wusste, wie er ohne Hilfe weitermachen sollte? Nach der Unterhaltung war sie überzeugt, dass er nicht der Wucherer war. Er hatte nicht die Ausstrahlung, nicht das Selbstvertrauen, um die jungen Frauen zu umgarnen und sie dann auszubeuten. Sonst hätte er sich von ihr nicht dermaßen aus der Fassung bringen lassen.

Was war mit dem Wucherer passiert? Hoffnung wallte wie ein Geysir in ihr auf, und sie beschleunigte ihre Schritte. Wenn Squeaky so nicht weitermachen konnte, spielte es kaum eine Rolle, warum oder wohin er verschwunden war. Vielleicht war seine Angst der Grund dafür, dass er gewalttätig geworden war und Fanny und Alice entweder selbst halb zu Tode geprügelt oder, was wahrscheinlicher war, jemanden wie den Möchtegernbutler damit beauftragt hatte. Aber seine Tage waren gezählt. Es würden keine Frauen mehr umgarnt werden, und wenn der Wucherer weg war, konnte er die Rückzahlung nicht mehr erzwingen, jedenfalls kaum vor einem Gericht? Am Ende konnte Oliver Rathbone wahrscheinlich doch helfen!

Als sie zum Coldbath Square zurückkam, fand sie Margaret im Raum auf und ab gehend und auf sie wartend. Sobald Hester durch die Tür trat, erhellte sich ihr Gesicht.

»Ich bin so erleichtert, Sie zu sehen!«, sagte sie und stürzte sich auf sie. »Alles in Ordnung?«

Hester strahlte vor Freude. Sie hatte Margaret wirklich sehr gern. »Ja, danke. Mir ist nur kalt«, antwortete sie freiheraus. »Eine Tasse Tee wäre jetzt wunderbar, um den Geschmack von diesem Haus von der Zunge zu kriegen.« Sie legte ihr Umschlagtuch ab und hängte es an einen Haken, während Margaret schon zum Ofen eilte.

»Was haben Sie rausgekriegt?«, fragte Margaret, während sie noch überprüfte, ob der Kessel voll war, und ihn auf die Kochstelle schob. Sie wandte den Blick nicht von Hester ab, und ihr Gesicht war gespannt, die Augen groß und glänzend.

»Ich glaube, die Frauen bei Abel Smith haben mir die Wahrheit erzählt«, antwortete Hester, während sie zwei Becher aus dem Schrank holte. »Es ist das Haus, wo sie sich um ›individuellere Bedürfnisse‹ kümmern.« Sie benutzte diese Umschreibung mit heftiger Abscheu und sah ihre eigenen Gefühle in Margarets Miene widergespiegelt. »Ich habe Squeaky Robinson getroffen ...«

»Wie war er?« Margaret tat nicht einmal mehr so, als achte sie auf den Kessel. Ihre Stimme war schrill vor Erwartung.

»Sehr nervös«, antwortete Hester knapp. »Ich würde sogar sagen, absolut verängstigt.« Sie stellte die Becher auf den Tisch.

Margaret war erstaunt. »Warum? Glauben Sie, Baltimore wurde dort umgebracht?«

Der Gedanke an Squeaky Robinsons Partner und die Möglichkeit, dass er für immer verschwunden war und infolgedessen das Wuchergeschäft zusammenbrach, hatte Hester so beschäftigt, dass sie gar nicht auf die Idee gekommen war, Squeaky könnte sich weniger vor dem finanziellen Ruin fürchten als vor der Polizei. Aber der Strick war eine unendlich viel schlimmere Perspektive als Armut, selbst für den habgierigsten Mann der Welt.

»Das wäre möglich«, sagte sie ein wenig zögerlich und erklärte, was sie sich erhoffte.

»Vielleicht hat der Wucherer ihn umgebracht?«, meinte Margaret, auch wenn ihr anzusehen war, dass sie das eher wünschte, als wirklich glaubte. »Vielleicht konnte er nicht zahlen, und dem Wucherer sind die Nerven durchgegangen. Es kann auch ein Unfall gewesen sein. Schließlich liegt es nicht in ihrem Interesse, einen Kunden umzubringen, oder? Das kann doch nicht gut sein fürs Geschäft. Es ist ja nicht so, als müsste man unbedingt dorthin gehen. Es gibt jede Menge andere Orte, auch in anderen Stadtteilen.«

»Und genau wie er gesagt hat, haben sie die Leiche in Abel Smiths Haus geschafft«, stimmte Hester ihr zu. »Ja, das klingt plausibel.« Sie konnte eine leichte Enttäuschung nicht verbergen. Hätte Baltimores Tod etwas mit dem Landbetrug bei der Eisenbahn zu tun gehabt, könnte auch Monk bei seinen Nachforschungen davon profitieren. Es hätte die Gegenwart mit der Vergangenheit verknüpft und seinen Glauben, dass Arrol Dundas unschuldig war, bestätigt. Allerdings hätte es auch Monks Schuldgefühl verstärkt, dass er das damals nicht hatte beweisen können.

»Sollen wir das Constable Hart erzählen?«, fragte Margaret hoffnungsvoll. »Das würde helfen, den Mord aufzuklären, und die Polizei würde verschwinden.« Hinter ihr fing der Kessel an zu pfeifen. »Und wir würden gleichzeitig die treibende Kraft hinter dem Wucherer loswerden!« Sie drehte sich zu dem Kessel um und schwenkte die Teekanne aus, dann tat sie Teeblätter hinein und goss kochendes Wasser auf.

»Noch nicht«, sage Hester vorsichtig. »Erst würde ich noch gerne ein bisschen mehr über Mr. Baltimore erfahren, Sie nicht?«

»Doch. Aber wie?« Margaret trug die Teekanne zum Tisch hinüber und stellte sie neben die Milch und die Becher. »Kann ich helfen? Ich könnte mich bei jemandem anbiedern und Fragen stellen ... Oder lieber Sie? Ich wüsste gar nicht, was ich sagen sollte.« Ihre Wangen wurden von einer leichten Röte überzogen, und sie wich Hesters Blick aus. »Wenn wir eine Verbindung nachweisen könnten, wäre das ganz nützlich für Sir Oliver.« Sie sagte es sehr beiläufig, und Hester lächelte, da sie genau wusste, was in Margaret vor sich ging und warum sie es selbst vor ihrer besten Freundin – oder vielleicht gerade besonders vor ihr – verbergen musste.

»Das wäre eine gute Idee«, meinte sie. »Ich schreibe an Livia Baltimore und frage sie, ob ich ihr morgen Abend einen Besuch abstatten und ihr ein paar Fragen über den Tod ihres Vaters stellen kann. Wenn ich den Brief per Boten schicke, habe ich eine Antwort, lange bevor ich losgehen muss.«

Margaret sah verblüfft aus. »Was wollen Sie ihr sagen? Doch sicher nicht, dass ihr Vater in der Portpool Lane war?«

»Also, jedenfalls nicht, aus welchem Grund.« Hester lächelte mit herabgezogenen Mundwinkeln und griff nach der Teekanne.

Am frühen Morgen schickte Hester den Brief von der Fitzroy Street ab. Sie zahlte einen Boten, damit der ihn zum Haus der Baltimores am Royal Square brachte, und vor dem Mittagessen erhielt sie die Antwort, Miss Baltimore würde sich freuen, sie am Nachmittag zu empfangen, und erwarte ihren Besuch.

Inzwischen hatte Margaret diskrete Erkundigungen eingeholt und für sich und Hester einen Besuch bei ihrem Schwager arrangiert, der mit geschäftlichen Angelegenheiten vertraut war und ihnen erzählen konnte, was über Baltimore und Söhne bekannt war, und vielleicht auch, was man insgeheim glaubte. Sie verabredete sich mit ihm für den nächsten Abend.

Am Nachmittag machte sich Hester auf den Weg. Sie trug einen blassblauen Rock und eine Jacke und einen Hut – ein Kleidungsstück, das sie normalerweise verabscheute – und hatte gegen die helle Sonne einen Sonnenschirm dabei. Er war ein Geschenk, und bisher hatte sie ihn nie benutzt. Er verlieh ihr jedoch einen Hauch Respektabilität, da er an junge Damen erinnerte, die die Zeit hatten und sich die Mühe machten, ihren Teint vor der Sonne zu schützen.

Von der Tottenham Court Road nahm sie einen Omnibus und war froh, die letzten paar hundert Meter zum Haus der Baltimores am Royal Square zu Fuß gehen zu können. Sie wurde umgehend eingelassen und in ein kleines Wohnzimmer geführt, in dem die Damen des Hauses ihren Besuch empfingen. Es war auf sehr weibliche Art möbliert. An den Fenstern hingen Vorhänge in einem hellen, zarten Gelbton, die Stühle waren gepolstert, und pastellfarbene Kissen machten sie besonders einladend. In einer Ecke stand ein Stickrahmen, daneben ein Korb mit gefärbter Seide und Wolle. Der Funkenschirm vor dem Kamin war mit Blumen bemalt, und an dem runden Tisch in der Mitte des Zimmers verströmte eine große Porzellanschale mit weißen und gelben Tulpen einen zarten, angenehmen Duft.

Livia Baltimore erwartete sie voller Neugier. Sie war in das obligatorische Trauerschwarz gekleidet, was ihre helle Haut jeglicher Farbe beraubte. In dem Augenblick, in dem Hester das Zimmer betrat, erhob sich Livia von dem Stuhl, legte ein Lesezeichen in ihr Buch und trat auf sie zu.

»Wie freundlich von Ihnen, hierher zu kommen, Mrs. Monk. Ich hatte gehofft, dass Sie mich über all Ihrer Arbeit an den Leidenden nicht vergessen. Sie hätten sicher gerne eine Tasse Tee?« Ohne auf eine Antwort zu warten, nickte sie dem Mädchen zu, um ihre Anweisung zu unterstreichen.

»Nehmen Sie bitte Platz.« Sobald die Tür geschlossen war, deutete sie auf einen Stuhl und nahm selbst wieder Platz. »Sie sehen sehr gut aus. Ich hoffe, es geht Ihnen auch gut?«

Es wäre wahrscheinlich höflich gewesen, über eine Vielzahl von Themen zu sprechen, wie man das gemeinhin tat. Auch wenn keines eine Rolle spielte, so war es doch eine Möglichkeit, miteinander bekannt zu werden. Es kam nicht darauf an, was man sagte, sondern wie. Aber dies war eine gesellschaftlich ungewöhnliche Bekanntschaft, sicher würden sie sich niemals wiedersehen. Es gab nur eines, was sie zusammenbrachte, und ungeachtet dessen, was die Konventionen verlangten, war es das Einzige, was den beiden Frauen am Herzen lag.

»Ja, danke«, antwortete Hester und machte es sich auf dem

Stuhl bequem. »Natürlich gibt es bei uns im Augenblick ziemliche Probleme, und Frauen werden geschlagen, einfach aus Gereiztheit und Enttäuschung darüber, dass die Geschäfte nicht laufen.« Während sie sprach, beobachtete sie Livias Miene und sah, wie die junge Frau bei dem Wort »Geschäfte« gegen ihren Widerwillen ankämpfte. Dieses Thema war ihr doch recht fremd. Wohlerzogene junge Damen kannten sich mit Prostitution kaum aus, geschweige denn mit dem Leben der Betroffenen. Wäre sie vor dem Tod ihres Vaters gefragt worden, hätte sie noch weniger darüber gewusst, aber unfreundliche Zungen hatten dafür gesorgt, dass sie inzwischen zumindest mit den wichtigsten Tatsachen vertraut war.

»An jeder Ecke steht ein Polizist«, fuhr Hester fort. »Seit Wochen hat es keine Taschendiebstähle gegeben, aber es ist auch kaum noch etwas in den Taschen, das die Mühe lohnen würde. Wer kann, geht natürlich woandershin. Wie kommt es, dass die Polizei selbst ehrbare Leute nervös macht?«

»Das weiß ich nicht«, antwortete Livia. »Wer unschuldig ist, hat doch sicher nichts zu befürchten?«

»Vielleicht sind die wenigsten von uns wirklich vollkommen unschuldig«, wandte Hester ein. Sie sagte es so sanft wie möglich, denn sie wollte diese junge Frau, deren Leben so plötzlich von einer Tragödie heimgesucht worden war, nicht kränken. Zudem hatte sie Dinge erfahren müssen, auf die sie niemand vorbereitet hatte und mit denen sie unter anderen Umständen niemals konfrontiert worden wäre. »Ich bin hier, um Ihnen zu sagen, dass ich mich weiterhin umgehört habe, auch nach den Umständen von Mr. Baltimores Tod.«

Livia saß reglos da. »Ja?« Ihre Stimme war kaum mehr als ein Flüstern. Sie blinzelte, ohne auf die Tränen zu achten, die ihr in den Augen standen.

Hester tat, als bemerkte sie es nicht. »Ich bin zu dem Haus in der Leather Lane gegangen, wo man seine Leiche gefunden hat«, sagte sie ernst. Sie kannte Livia nicht gut genug, um sich ihr aufzudrängen. »Ich habe mit den Leuten dort gesprochen, und sie haben mir gesagt, dass sie nichts damit zu tun haben. Er starb woanders und wurde dorthin geschafft, um sie mit hineinzuziehen und, wie ich vermute, den Verdacht von jemand anderem abzulenken.«

»Glauben Sie ihnen?« Livias Stimme verriet weder Zustimmung noch Ablehnung, als versuchte sie mit aller Macht, sich nicht allzu viele Hoffnungen zu machen.

»Ja«, sagte Hester.

Livia entspannte sich und lächelte unwillkürlich.

Hester empfand so heftige Schuldgefühle, dass sie sich fragte, ob sie überhaupt in diesem Haus sein und der jungen Frau Dinge erzählen sollte, die wahr waren und doch bei weitem nicht die ganze Wahrheit. Das, was die junge Frau hier erfuhr, würde die Erinnerungen an Glück und Unschuld ihrer Jugend für immer zerstören.

»Dann ist er vielleicht einfach auf der Straße überfallen worden?«, fragte Livia, und die Farbe kehrte in ihre Wangen zurück. »Der Mörder meines Vaters wollte Mr. Smith eine alte Geschichte heimzahlen und natürlich selbst der Verfolgung entkommen. Haben Sie das der Polizei gesagt?«

»Noch nicht«, sagte Hester vorsichtig. »Ich möchte zuerst noch mehr erfahren, damit sie mir auch glauben. Wissen Sie, warum er in der Gegend um die Farringdon Road war? War er dort öfter?«

»Ich habe keine Ahnung.« Livia blinzelte ein paar Tränen weg. »Papa ist oft abends weggegangen, mindestens zwei- oder dreimal die Woche. Manchmal in seinen Club, aber meistens aus geschäftlichen Gründen. Er war ... ich meine, wir waren ...« Sie schluckte, als die Erkenntnis sie wieder überwältigte. Sie zwang sich, ihre Stimme ruhig zu halten. »Wir stehen kurz vor einem großen Durchbruch. Er hat hart dafür gearbeitet; es schmerzt uns, dass er nicht mehr da ist, um den Erfolg zu erleben.«

»Die Eröffnung der neuen Eisenbahnstrecke in Derbyshire?«, fragte Hester.

Livia machte große Augen. »Sie wissen davon?«

Hester merkte, dass sie zu viel verraten hatte. »Ich habe es wohl jemanden erwähnen hören«, erklärte sie. »Schließlich sind der weitere Ausbau von Verkehrswegen und neue, bessere Eisenbahnverbindungen von allgemeinem Interesse.« Das Mädchen kam mit dem Tee herein, und Livia dankte ihr und entließ sie. Sie wollte selbst einschenken.

»Es ist sehr aufregend«, meinte sie und reichte Hester eine Tasse. Einen Augenblick verriet ihre Miene gemischte Gefühle – ein Hochgefühl, das Gefühl, kurz vor der Vollendung einer wunderbaren Neuerung zu stehen, und gleichzeitig Trauer um den Verlust des Vertrauten.

Hester war sich nicht sicher, ob es um Baltimores Tod ging oder um Monk, aber sie war begierig, mehr zu erfahren. »Wird das für Sie Veränderungen bedeuten? Dieses Haus ist bezaubernd. Man könnte sich nur schwerlich etwas Schöneres denken.« Sie griff nach ihrer Tasse und trank den heißen, duftenden Tee.

Livia lächelte. Es machte ihre Züge weicher und ließ sie wie das junge, etwas schüchterne Mädchen aussehen, das sie vor einem Monat noch gewesen sein musste. »Freut mich, dass es Ihnen gefällt. Ich bin hier stets glücklich gewesen. Aber mein Bruder versichert mir, dass es dort, wo wir hinziehen, noch besser ist.«

»Sie ziehen um?«, fragte Hester überrascht.

»Wir werden dieses Haus für die Londoner Saison behalten«, erklärte Livia mit einer leichten Handbewegung. »Aber unser Wohnsitz soll in Zukunft ein großes Landgut sein. Das Einzige, was die Sache trübt, ist die Tatsache, dass mein Vater nicht mehr hier ist. Er wollte das alles für uns bauen. Es ist so ungerecht, dass er den Lohn für seine lebenslange Arbeit, für die er alles riskiert und in die er all sein Können gesteckt hat, nicht erhalten soll.« Sie griff ebenfalls nach ihrem Tee, ohne jedoch davon zu trinken.

»Er muss ein bemerkenswerter Mann gewesen sein«, meinte Hester und hatte dabei das Gefühl, ihre Heuchelei müsste ihr ins Gesicht geschrieben stehen. Denn sie verachtete Baltimore.

»Allerdings«, sagte Livia, die das Lob so bereitwillig entgegennahm, als könnte es das Herz ihres Vaters noch immer erwärmen.

Hester fragte sich, wie gut Livia ihn gekannt hatte. War die Veränderung ihres Tonfalls der Tatsache geschuldet, dass sie weniger aus der Erinnerung, sondern vielmehr aus Wunschdenken schöpfte?

»Er muss sehr klug gewesen sein«, sagte Hester. »Und sehr energisch. Ein schwacher Mann wäre niemals fähig gewesen, andere so zu befehlen, wie das für den Bau einer Eisenbahn notwendig ist. Jedes Zeichen von Unentschlossenheit, jede Abweichung von Prinzipien, und er wäre gescheitert. Man muss einen solchen Geist ... bewundern.«

»Ja, er war sehr stark«, sagte Livia gefühlvoll. »In Papas Nähe fühlte man sich immer beschützt, solch eine Sicherheit strahlte er aus. Ich nehme an, das ist bei Männern so – zumindest bei den besten, denen mit Führungsbefähigung.«

»Ich glaube, die Führungspersönlichkeiten sind diejenigen, die uns ihre Unsicherheiten nicht sehen lassen«, antwortete Hester. »Denn kann jemand, der seinen eigenen Entscheidungen nicht traut, von uns erwarten, dass wir ihm bereitwillig folgen?«

Livia dachte einen Augenblick nach. »Sie haben Recht«, sagte sie mit einem plötzlichen Verständnis. »Wie scharfsinnig Sie sind. Doch, Papa war immer ... ich glaube, *mutig* ist das richtige Wort. Ich weiß heute, dass er, als ich noch ein Kind war, schwere Zeiten hatte. Viele Jahre haben wir auf den großen Erfolg gewartet. Und jetzt steht er vor uns.« Ein Lächeln huschte über ihr Gesicht. »Es ist nicht nur die Eisenbahnlinie, wissen

Sie, es ist eine neue Erfindung, die mit rollendem Material – also Waggons und Güterwagen und so weiter – zu tun hat. Ich bitte um Verzeihung, falls ich Ihnen Dinge erzähle, die Sie schon wissen.«

»Keineswegs«, versicherte ihr Hester. »Ich weiß nur, was man im Allgemeinen so lesen oder aufschnappen kann. Welche Art von Erfindung?«

»Ich fürchte, das weiß ich nicht so genau. Papa hat zu Hause nur wenig darüber erzählt. Er und mein Bruder Jarvis haben bei Tisch nicht über Geschäftliches geredet. Er hat immer gesagt, es schicke sich nicht, in Gegenwart von Damen darüber zu sprechen.« In ihren Augen war der Schatten einer leichten Unsicherheit, aber noch kein Zweifel. »Er war der Meinung, man sollte Familie und Geschäft voneinander trennen.« Ihre Stimme verlor sich. »Das war ihm sehr wichtig … dass das Zuhause ein Ort des Friedens und der Güte bleiben und nicht von Geld und geschäftlichen Problemen gestört werden sollte. Wir haben über das wirklich Wichtige gesprochen: Schönheit und Klugheit, die Erforschung der Welt, die Sphären des Geistes.«

»Wie wunderbar für Sie«, sagte Hester und gab sich Mühe, ehrlich zu klingen. Sie wollte Livias Gefühle nicht verletzen, aber sie wusste, dass wahre Schönheit nur möglich war, wenn man eine Wahrheit anstrebte, die Hässlichkeit und Schmutz mit einbezog. Aber darüber zu sprechen war weder die Zeit noch der Ort. »Sie waren wohl sehr glücklich«, fügte sie hinzu.

»Ja«, meinte Livia, »das waren wir.« Sie zögerte und trank einen Schluck Tee.

»Mrs. Monk …«

»Ja?«

»Halten Sie es für wahrscheinlich, dass die Polizei je herausfinden wird, wer meinen Vater umgebracht hat? Bitte, seien Sie ehrlich … Versuchen Sie nicht, mich mit tröstlichen Lügen abzuspeisen, weil Sie glauben, das mache es mir leichter.«

»Es ist möglich«, sagte Hester vorsichtig. »Ich weiß nicht, wie wahrscheinlich es ist. Es hängt womöglich davon ab, ob es ein persönliches Motiv gab oder ob er einfach durch einen unglücklichen Zufall im falschen Augenblick durch die falsche Straße ging. Wissen Sie, ob er dort mit jemandem verabredet war?« Das war die Frage, auf die sie am dringendsten eine Antwort wollte, und doch war sie sich bewusst, dass die Lösung des Falles Baltimores Familie ruinieren konnte, besonders Livia, die jung und noch unverheiratet war.

Livia schaute sie verdutzt an, dann schien sie etwas sagen zu wollen, hielt jedoch inne, dachte nach und stellte ihre Tasse wieder weg. »Ich weiß nicht. Er hat uns bestimmt nichts gesagt, aber er hat ja, wie gesagt, mit Mama und mir nie über Geschäftliches gesprochen. Mein Bruder weiß es vielleicht. Ich könnte ihn fragen. Glauben Sie, dass es wichtig ist?«

»Möglich.« Wie offen sollte sie sein? Bereits ihr Besuch war Livia gegenüber nicht ehrlich. Sie dachte an Monk, der unbedingt etwas über den Betrug herausfinden musste, und an Fanny und Alice und all die anderen jungen Frauen – im Grunde an alle Frauen in der Gegend um den Coldbath Square, die immer noch anschaffen gingen, aber wegen der ständigen Polizeipräsenz nichts verdienten. Sie war nicht auf der Suche nach dem Mörder von Nolan Baltimore, um den Kummer seiner Familie zu lindern oder weil sie nach abstrakter Gerechtigkeit strebte.

»Ich weiß, was die Leute denken«, sagte Livia leise, und ihre Wangen röteten sich. »Ich kann es nur einfach nicht glauben. Unmöglich.«

Niemand würde das so mir nichts, dir nichts vom eigenen Vater glauben. Auch Hester nicht. Der Verstand sagte einem, dass der eigene Vater ein Mensch war wie jeder andere, aber das Herz und der Wille leugneten die Vorstellung, dass er sich dazu herabließ, seine sinnlichen Gelüste bei einem käuflichen Weib zu befriedigen. Es war ein unvorstellbarer Verrat.

»Natürlich können Sie das nicht«, sagte Hester verständnisvoll. »Vielleicht weiß Ihr Bruder, ob er vorhatte, sich mit jemandem zu treffen, oder doch zumindest, wohin er wollte.«

»Ich habe es bereits versucht«, sagte Livia ebenso verlegen wie wütend. »Er hat mir nur gesagt, ich solle mir keine Sorgen machen, die Polizei würde die Sache schon aufklären, und ich solle nicht auf das hören, was die Leute sagen.«

»Kein schlechter Rat«, räumte Hester ein. »Zumindest Letzteres.«

Es klopfte, und Livia hatte kaum darauf geantwortet, da ging schon die Tür auf. Ein dunkelhaariger Mann Mitte dreißig kam herein und zögerte den Bruchteil einer Sekunde, als er Hester sah. Er strahlte ein Selbstvertrauen aus, das arrogant, wenn nicht sogar aggressiv wirkte, und doch hatte er eine gewisse Anziehungskraft. Es lag an seiner Energie, die fast wie ein Feuer war, gleichzeitig gefährlich und lebendig. Er bewegte sich anmutig und trug seine Kleidung, als wäre ihm Eleganz auf den Leib geschneidert. Er erinnerte Hester flüchtig an Monk, wie er mit Anfang dreißig gewesen sein musste. Dann war der Eindruck verschwunden. Diesem Mann mangelte es an Tiefe. Sein Feuer war eine Sache des Kopfes, nicht des Herzens.

Livia sah zu ihm hinüber, und ihre Miene erhellte sich augenblicklich. Es geschah nicht bewusst, und doch war es unmöglich, ihre Freude zu übersehen.

»Michael! Dich habe ich gar nicht erwartet!« Sie wandte sich an Hester. »Ich möchte Ihnen Mr. Michael Dalgarno vorstellen, den Partner meines Bruders. Michael, dies ist Mrs. Monk, die so freundlich war, mich im Zusammenhang mit einer Wohltätigkeitseinrichtung, für die ich mich interessiere, aufzusuchen.« Sie wurde kaum rot bei der Lüge. Sie war vollkommen an die Erfordernisse des gesellschaftlichen Umgangs gewöhnt.

»Guten Tag, Mrs. Monk.« Dalgarno verbeugte sich leicht. »Ich bin erfreut, Sie kennen zu lernen, und ich bitte um Verzeihung, das ich hier so hereinplatze. Ich wusste nicht, dass Miss Baltimore Besuch hat, sonst wäre ich nicht so einfach hereingeschneit.« Er sah Livia an und schenkte ihr ein überwältigend charmantes Lächeln. Es besaß eine Offenheit, die so intim war wie eine Berührung.

Röte stieg Livia ins Gesicht, und weder Hester noch Dalgarno hätten an Livias Gefühlen für ihn zweifeln können.

Er legte die Hand auf die Rückenlehne von Livias Stuhl, so sanft, als wäre es ihre Schulter. Die Geste war merkwürdig besitzergreifend. Jede weitere Bekundung wäre so kurz nach dem Tod ihres Vaters und unter den gegebenen Umständen vielleicht unangemessen gewesen, aber die Geste war unmissverständlich.

Hester schoss der Gedanke durch den Kopf, dass Livia Baltimore als Tochter eines wohlhabenden Mannes, die durch den Verkauf des rollenden Materials noch um einiges wohlhabender werden würde, eine ganze Menge Heiratskandidaten erwarten konnte, von denen viele sich nicht unbedingt von edlen Motiven leiten lassen würden. Dalgarno kannte sie immerhin schon eine Weile. War es eine aufrichtige Liebe, die lange vor dem in Aussicht stehenden Wohlstand aus Freundschaft entstanden war, oder war es ein klassischer Fall von Opportunismus seitens eines ehrgeizigen jungen Mannes? Sie würde es nie erfahren, und das musste sie auch nicht, aber sie hoffte zutiefst, dass Ersteres zutraf.

Da sie alles erfahren hatte, was sie erfahren konnte, wollte sie nicht länger bleiben und das Risiko eingehen, etwas zu sagen, das Livias Lüge über den Grund für Hesters Anwesenheit aufdecken konnte. Die einzige Wohltätigkeitseinrichtung, mit der sie zu tun hatte, war das Haus am Coldbath Square, und es sah nicht so aus, als würde es Mr. Dalgarno leicht fallen zu glauben dass Livia sich dafür interessierte.

Sie erhob sich. »Vielen Dank, Miss Baltimore«, sagte sie lächelnd. »Sie waren äußerst liebenswürdig, und wenn Sie möchten, werde ich Sie wieder aufsuchen oder auch nicht weiter belästigen, falls Sie das Gefühl haben, wir hätten ....«

»Aber nicht doch!«, unterbrach Livia sie hastig und erhob sich ebenfalls mit einem Rascheln ihrer gestärkten Röcke. »Ich würde mich sehr gerne wieder mit Ihnen unterhalten, falls ... falls Sie so freundlich wären?«

»Selbstverständlich«, sagte Hester. »Noch einmal vielen Dank für Ihre Liebenswürdigkeit.« Sie wandte sich an Dalgarno. »Ich freue mich, Ihre Bekanntschaft gemacht zu haben, Mr. Dalgarno.« Er ging, um ihr die Tür zu öffnen. Sie trat hinaus und wurde von einem Diener zur Haustür begleitet, wobei sie an einem hoch gewachsenen, blonden jungen Mann vorbeikam, der eben das Haus betrat. Seine Vitalität war ebenso bemerkenswert wie seine großen Ohren. Er beachtete sie nicht, sondern schritt auf Dalgarno zu und sprach ihn schon von weitem an. Unglücklicherweise war Hester gezwungen, auf die Straße hinauszutreten, bevor sie irgendetwas mit anhören konnte.

Am folgenden Abend trafen sich Hester und Margaret wie verabredet im Haus von Margarets Schwester, um möglichst viel über Nolan Baltimore zu erfahren.

Hester kleidete sich entsprechend sorgfältig und zog eine gedeckte Jacke und einen passenden Rock an, was sie sonst nur getragen hätte, wenn sie eine private Anstellung als Krankenpflegerin gesucht hätte. Margaret trug ein kleidsames, äußerst modisch geschnittenes Kleid in dunklem Weinrot. Gemeinsam bestiegen sie einen Hansom, der sie kurz nach sechs in der Weymouth Street, südlich des Regent's Parks absetzte. Es war ein sehr beeindruckendes Haus, und als sie den Gehweg überquerten und die Stufen zur Haustür hinaufstiegen, bemerkte Hester in Margaret eine leichte Veränderung. Sie bewegte sich weniger flott, ihre Schultern waren nicht mehr ganz so straff, und fast zaghaft zog sie am Messingknauf der Glocke.

Auf der Stelle wurde die Tür von einem Diener geöffnet. Er war ungewöhnlich groß und hatte bemerkenswerte Beine, Eigenschaften, die in seinem Beruf sehr gefragt waren.

»Guten Abend, Miss Ballinger«, sagte er förmlich. »Mrs. Courtney erwartet Sie und Mrs. Monk. Wenn Sie so freundlich wären, mir zu folgen.« Er geleitete sie hinein, und Hester konnte nicht umhin, sich genauestens in dem wohlproportionierten, schwarz-weiß gefliesten Flur umzusehen, der zu einem prächtigen Treppenhaus führte. An den Wänden hingen alte Rüstungen, Schwerter und Steinschlossgewehre, deren Schäfte mit Golddraht- und Perlmuttintarsien verziert waren.

Der Diener öffnete die Salontür, kündigte sie an und bat sie hinein. Hester sah, dass Margaret tief Luft holte, bevor sie eintrat.

Eichenholzvertäfelte Wände und schwere pflaumenfarbene Vorhänge umrahmten die hohen Fenster, die auf einen gepflegten Garten hinausführten. Drei Personen erwarteten sie. Die Frau war offensichtlich Margarets Schwester. Sie war nicht ganz so groß und, ihrer Haut und ihrer etwas fülligeren Figur nach zu urteilen, vier oder fünf Jahre älter als diese. Sie sah auf durchschnittliche Weise gut aus und strahlte eine äußerste Zufriedenheit aus mit dem, was sie umgab. Sie war modisch, aber unauffällig gekleidet, als habe sie das nicht nötig, um bemerkt zu werden.

Sobald sie Margaret sah, trat sie vor und strahlte vor Freude übers ganze Gesicht. Entweder freute sie sich wirklich, ihre Schwester zu sehen, oder sie war eine äußerst begabte Schauspielerin.

»Meine Liebe!«, sagte sie und gab Margaret einen flüchtigen Kuss auf die Wange, dann trat sie einen Schritt zurück, um sie mit großem Interesse zu betrachten. »Wie schön von dir, herzukommen. Es ist schon viel zu lange her. Ich schwöre, ich hatte die Hoffnung schon fast aufgegeben!« Sie wandte sich an Hester. »Sie müssen Mrs. Monk sein, Margarets neue Freundin.« Dieses Willkommen war bei weitem nicht so herzlich – in Wahrheit war es kaum höflich zu nennen. In ihren Augen lag Zurückhaltung. Hester erkannte mit einem Blick, dass Marielle Courtney sich überhaupt nicht sicher war, ob sie es gutheißen sollte, dass Hester so viel Einfluss auf ihre Schwester hatte. Womöglich hatte sich ihr eigener dadurch verringert, und das nicht unbedingt mit den gewünschten Folgen. Und dass sie Hester sozial nicht einordnen konnte, wurde bei der Einschätzung ihrer Vorzüge negativ bewertet.

»Guten Abend, Mrs. Courtney«, antwortete Hester mit einem höflichen Lächeln. »Ich halte so viel von Margaret, dass es mir eine große Freude ist, ihre Verwandten kennen zu lernen.«

»Nett von Ihnen«, murmelte Marielle und wandte sich an den Mann, der rechts hinter ihr stand. »Darf ich Ihnen meinen Mann vorstellen? Mr. Courtney.«

»Guten Abend, Mrs. Monk«, antwortete er pflichtschuldig. Er hatte ein langweiliges Gesicht und war annähernd vierzig, bereits ein wenig korpulent, aber voller Selbstvertrauen und bereit, die Familie seiner Frau und deren Gäste einigermaßen korrekt zu empfangen.

Die dritte Person im Zimmer war diejenige, wegen der sie hier waren, der Mann, der ihnen womöglich mehr über Nolan Baltimore erzählen konnte. Er war schlank und von ungewöhnlicher Erscheinung. Das dicke Haar hatte er sich aus der hohen Stirn zurückgekämmt, an den Schläfen war es leicht grau, was andeutete, dass er älter war, als sein ungezwungenes Verhalten und seine elegante Kleidung vermuten ließen. Seine Züge waren adlerartig, sein Mund humorvoll. Marielle stellte ihn als Mr. Boyd vor und machte dabei mehr Getue um Margaret, als Hester erwartet hatte.

Sie sah, dass Margaret sich innerlich zusammenzog und ihre Wangen sich röteten, obwohl sie ihr Unbehagen so gut wie möglich verbarg.

In aller Formalität wurden die üblichen Erfrischungen herumgereicht. Marielle lud sie ein, zum Abendessen zu bleiben, doch Margaret lehnte, ohne Hester zu fragen, ab, indem sie eine Verpflichtung vorbrachte, die es nicht gab.

»Es ist sehr nett von Ihnen, dass Sie hergekommen sind, um uns mit Ihren Informationen weiterzuhelfen, Mr. Boyd«, sagte sie ein wenig umständlich. »Ich hoffe, es verdirbt Ihnen nicht den Abend.«

»Keineswegs, Miss Ballinger«, antwortete er mit einem leichten Lächeln. Schalk blitzte ihm aus den Augen, als sehe er einen Witz, der zwar unausgesprochen blieb, über den man sich jedoch gemeinsam amüsieren konnte. »Bitte, sagen Sie mir, was Sie wissen wollen, und wenn ich Ihnen eine Antwort darauf geben kann, will ich das gerne tun.«

»Ich verstehe die Vorbehalte«, sagte sie hastig. »Ich bin mir sicher, Sie wissen, dass Mr. Baltimore vor etwas mehr als zwei Wochen ... in der Leather Lane auf tragische Weise ums Leben kam?«

»Ja.« Falls er Widerwillen empfand, dann war er zu wohlerzogen, ihn sich anmerken zu lassen.

Hesters Achtung vor ihm stieg. Sie sah, wie Marielle mit regem Interesse immer wieder zwischen Boyd und Margaret hin und her blickte, als könnte sie etwas von höchster Bedeutung feststellen. Blitzartig wurde Hester klar, warum Margaret von zu Hause wegwollte: Sie wollte dem Druck entkommen, wie Marielle und – falls sie noch welche hatte – ihre anderen Schwestern eine angemessene Ehe eingehen zu müssen. Hester erinnerte sich, dass eine jüngere Schwester erwähnt worden war, die zweifellos ungeduldig darauf wartete, an die Reihe zu kommen.

War Boyd sich dessen bewusst? Wusste er, dass er freundlich, aber beharrlich in die gewünschte Richtung gedrängt wurde? Er machte den Eindruck, als wäre er durchaus in der Lage, seine eigenen Entscheidungen zu treffen. Er wurde nicht von einer ambitionierten Mutter oder Schwester dirigiert, da war

Hester sich ganz sicher. Es waren vielmehr Margarets Gefühle, um die sie sich sorgte.

»Ich arbeite dort in der Gegend in einer Wohltätigkeitseinrichtung«, fuhr Margaret fort. Ihre Freimütigkeit ließ Marielle zusammenzucken, während ihr Mann zunächst verblüfft und dann unglücklich dreinschaute.

»Wirklich, Margaret ...«, sagte er missbilligend. »Ein wenig Geld für die Armen zu sammeln ist eine Sache, aber du solltest dich persönlich nicht zu sehr engagieren, meine Liebe ...«

Margaret überhörte ihn und richtete ihre Aufmerksamkeit weiter auf Boyd. »Mrs. Monk war als Krankenschwester auf der Krim«, fuhr sie unerbittlich fort. »Sie bietet Frauen, die sich keinen Arzt leisten können, medizinische Hilfe. Ich habe die Ehre, ihr, so gut ich kann, zu helfen und Geld für Miete und Medikamente zu sammeln.«

»Bewundernswert«, sagte Boyd aufrichtig. »Ich verstehe nicht, was ich beitragen kann, abgesehen von Geld, was ich Ihnen gerne anbiete. Was hat die Sache mit Nolan Baltimore damit zu tun? Er war gut situiert, aber auch wieder nicht so gut. Zudem ist er jetzt, wie Sie bemerkten, tot.«

Hester beobachtete sein Gesicht, konnte aber keinen persönlichen Kummer und keine Spur von Überraschung oder Bestürzung darin erkennen. Ebenso wenig die halbwegs erwartete Empörung.

»Er wurde umgebracht«, fügte Margaret hinzu. »Wie Sie sich vorstellen können, hat das in der Gegend für Wirbel gesorgt, starke Polizeipräsenz ...«

»Das ist doch klar!«, sagte Marielle heftig und trat einen Schritt vor, als wollte sie sich zwischen Margaret und Hester drängen, die schuld an dieser bedauernswerten Entwicklung ihrer Schwester war. »Es ist zutiefst schockierend, dass ein ehrbarer Mann auf der Straße von unmoralischen und räuberischen Kreaturen, die an solchen Orten leben, überfallen und ermordet wird.« Sie wandte Hester die Schulter zu. »Ich weiß nicht, warum du überhaupt über solche Dinge reden willst, Margaret. Noch nie warst du im Gespräch so kühn.« Sie sah Boyd an. »Ich fürchte, Margarets weiches Herz lenkt sie zuweilen in merkwürdige, um nicht zu sagen unangebrachte Bahnen ...«

»Marielle ...«, setzte Mr. Courtney an.

»Es ist nicht notwendig, dass du dich für mich entschuldigst!«, fuhr Margaret dazwischen. Dann sah sie Boyd freimütig an und fuhr, bevor ihre Schwester etwas sagen konnte, fort: »Mr. Boyd, Mrs. Monk und ich haben Grund zu der Annahme, dass Mr. Baltimore womöglich von einem Konkurrenten und nicht von einer Prostituierten ermordet wurde.« Dass Marielle hier nach Luft schnappte, ignorierte sie beflissen. »Und wir wären Ihnen sehr verbunden, wenn Sie erzählen würden, was Sie möglicherweise über seine geschäftlichen Interessen und seinen Charakter gehört haben. Ist es möglich, dass er sich mit jemandem, mit dem er geschäftlich zu tun hatte, an einem Ort wie der Leather Lane oder deren Umgebung treffen wollte und nicht in seinem Büro?«

Hester fühlte sich verpflichtet, ihr beizustehen. »Was seine Familie über seine geschäftlichen Interessen und sein Verhalten sagt, wissen wir. Ich bin mit seiner Tochter bekannt. Aber ihre Sicht ist wenig hilfreich, weil sie befangen ist. Was für einen Ruf hatte er denn in der Stadt?«

»Sie sprechen sehr offen, Mrs. Monk.« Boyd richtete den Blick auf sie, und sie wusste augenblicklich, dass er es aus Respekt gesagt hatte und nicht aus Missbilligung, obwohl immer noch ein leichter Anflug von Humor in seinen Augen war. Sie stellte fest, dass sie ihn mochte. Wäre sie an Margarets Stelle und hätte Oliver Rathbone noch nicht kennen gelernt, hätte sie sich womöglich äußerst unbehaglich gefühlt, diesem Mann dermaßen aufgedrängt zu werden, statt ihn von sich aus gewählt zu haben. Seine nähere Bekanntschaft könnte sich als höchst vergnüglich erweisen.

»Genau«, sagte sie. »Die Angelegenheit duldet keine Missverständnisse. Ich bitte um Verzeihung, wenn es Sie kränkt.« Sie wusste, dass dem nicht so war. »Ich fürchte, meine guten Manieren haben durch die Arbeit in der Krankenpflege etwas gelitten.« Plötzlich lächelte sie ihn breit an. »Das ist untertrieben. Ich hatte nie welche.«

»Dann sollte ich Ihrem Beispiel folgen«, antwortete er mit einer angedeuteten Verbeugung. Seine Augen funkelten. »Nolan Baltimore war ein Mann mit großen Zielen, und er nahm außerordentliche Risiken auf sich, um sie zu erreichen. Er besaß Mut und Vorstellungskraft, wofür er hoch geschätzt wurde.« Beim Sprechen beobachtete er sie abschätzend, um zu sehen, wie sie seine Worte aufnahm.

»Und ...«, drängte sie ihn.

Er bewunderte ihre Auffassungsgabe. »Und einige der eingegangenen Risiken zahlten sich wohl aus; andere nicht. Er kam besser durch als manch anderer seiner Freunde. Er war nicht gerade für seine Loyalität bekannt.«

»Ganz allgemein?«, fragte Hester. »Oder im Besonderen?«

»Ich hatte nie persönlich mit ihm zu tun.«

Sie wusste, dass er wegen Courtney so taktvoll war. Er erwartete von ihr, dass sie das, was unausgesprochen blieb, ebenso verstand wie das, was er sagte.

»Freiwillig?«, fragte sie schnell.

»Ja.« Er lächelte.

»Könnte irgendeines der ... Risiken ... ihn in die Leather Lane geführt haben?«, fragte sie.

»Dubiose Finanzgeschäfte?« Er machte große Augen. »Auszuschließen ist das nicht. Wenn jemand Geld braucht und die gewohnten Quellen nicht zur Verfügung stehen, geht er woandershin. Ein kurzfristiges Darlehen, das zurückgezahlt wird, wenn eine Investition einen hohen Profit abwirft, kann man an einem solchen Ort sicher bekommen. In dem ein oder anderen Laster steckt eine Menge Geld. Menschen, die es auf diese Art und Weise erwerben, investieren es gerne in ein legitimes Geschäft.«

»Wirklich ... Boyd!«, knurrte Courtney. »Ich glaube, das ist kein Thema, das man in Anwesenheit von Damen besprechen sollte!«

»Wenn Mrs. Monk als Krankenschwester bei der Armee war und jetzt in der Gegend um den Coldbath Square arbeitet, James, bezweifle ich, dass ich ihr etwas erzählen kann, was sie nicht bereits besser weiß als ich«, meinte Boyd mehr mit Humor als mit Verärgerung.

»Ich dachte an meine Schwägerin!«, sagte Courtney ein wenig bissig, blickte rasch zu Marielle und wieder zurück, als würde er sich mehr auf sie beziehen als auf seine eigenen Gedanken. »Und meine Frau«, fügte er hinzu, ohne zu merken, dass er Hester damit beleidigte.

Boyd sah ihn einen Augenblick kalt an und bemerkte, dass er errötete. Dann wandte er sich an Margaret. »Es tut mir Leid, wenn ich Sie beunruhigt habe, Miss Ballinger«, sagte er mit einem leichten Lächeln und fragendem Blick.

»Ich würde eine Entschuldigung erwarten, wenn Sie mich für nicht in der Lage hielten, der Wahrheit ins Gesicht zu sehen, oder weniger als Mrs. Monk!«, antwortete Margaret hitzig. »Sie haben uns sehr freimütig geantwortet, und dafür bin ich Ihnen dankbar. Bitte verderben Sie Ihren Respekt für unsere Aufrichtigkeit nicht dadurch, dass Sie jetzt ausweichen.«

Boyd ignorierte Courtney und Marielle, als wären sie gar nicht anwesend.

»Dann muss ich Ihnen sagen«, antwortete er, »dass ich glaube, dass Nolan Baltimore ebenso wahrscheinlich aus dem allgemein angenommenen Grund in die Leather Lane gegangen sein kann wie aus geschäftlichen Gründen, ehrbar oder auch nicht. Sein Lebensstandard, die Kosten für Kleidung, Kutschen, Essen und Wein deuteten nicht darauf hin, dass die Firma in Geldverlegenheiten war.« Er winkte Courtney, der etwas einwenden wollte, ungeduldig ab und fuhr, ohne den Blick von Margaret zu nehmen, fort. »Seit ich ihn das erste Mal in der City gesehen habe, hat er sich nie einschränken müssen. Es geht das Gerücht, dass seine Gesellschaft kurz vor einem großen Durchbruch steht. Vielleicht hat er wider Erwarten etwas geliehen oder hatte einen Geldgeber mit sehr tiefen Taschen. Doch wenn Sie mich fragen, wer das gewesen sein könnte: Ich habe absolut keine Ahnung. Nicht einmal eine wohl begründete Vermutung. Es tut mir Leid.«

Ein abwegiger Gedanke ging Hester durch den Kopf, anfangs nur wie ein seltsames Flackern, aber je mehr Zeit verrann, je weniger unsinnig schien er ihr. »Bitte, entschuldigen Sie sich nicht, Mr. Boyd«, sagte sie aufrichtig. »Sie haben uns sehr geholfen.« Sie ignorierte Margarets überraschten Blick und Marielles deutliches Missfallen.

Boyd lächelte sie an, Neugier und Befriedigung im Gesicht.

»Welch ein Glück«, sagte Marielle kühl und erklärte das Thema damit für beendet. »Hast du schon die neue Ausstellung im British Museum gesehen, Margaret? Mr. Boyd hat uns eben erzählt, wie faszinierend sie ist. Ägypten wollte ich immer schon einmal besuchen. Die Vergangenheit muss dort sehr gegenwärtig sein. Es würde einem eine ganz andere Perspektive auf die Zeit eröffnen, findest du nicht?«

»Nur leider hätte ich dann immer noch nicht mehr davon«, sagte Margaret, indem sie versuchte, ungezwungen auf dieses peinliche Manöver zu reagieren. Sie blickte Boyd an. »Vielen Dank für Ihre Freundlichkeit, Mr. Boyd. Ich hoffe, Sie entschuldigen uns, dass wir uns so plötzlich verabschieden, aber falls jemand eine Verletzte zu dem Haus am Coldbath Square bringen sollte, werden wir dort gebraucht.« Sie sah ihre Schwester an. »Vielen Dank für deine Großzügigkeit, Marielle. Ich bin dir äußerst dankbar.«

»Beim nächsten Mal musst du wirklich länger bleiben«, sagte Marielle verärgert. »Du musst zum Abendessen kommen oder uns ins Theater begleiten. Im Augenblick werden viele ausgezeichnete Stücke gespielt. Deine Interessen werden zu einseitig, Margaret. Das ist nicht gut für dich!«

Margaret hörte nicht auf sie, verabschiedete sich von allen, und ein paar Augenblicke später standen sie und Hester draußen in der kühlen Luft auf der Straße und gingen zu der Ecke, wo sie am ehesten einen Hansom finden würden.

»Was hat er denn so Hilfreiches gesagt?«, wollte Margaret wissen. »Ich begreife nicht, was das alles bedeutet und was davon wirklich von Nutzen sein soll.«

»Mr. Boyd hat angedeutet, dass Baltimore neben der Eisenbahngesellschaft noch andere Einkommensquellen hatte«, sagte Hester vorsichtig.

»Er ging also aus geschäftlichen Gründen in die Leather Lane?« Margaret war unsicher. »Bringt uns das etwas? Wir haben keine Ahnung, welche Geschäfte oder mit wem. Und haben Sie nicht gesagt, er sei gar nicht in der Leather Lane gestorben?«

»Genau. Ich habe gesagt, es könnte sehr gut sein, dass er in der Portpool Lane starb.«

Mit einem Ruck blieb Margaret stehen und drehte sich zu Hester um. »Sie meinen ... in dem Bordell, das von dem Wucherer geführt wird?«

»Ja ... genau.«

»Er hatte Gefallen daran ... junge ehemals anständige Frauen zu demütigen?« Abscheu und Wut waren ihr deutlich ins Gesicht geschrieben.

»Möglicherweise«, meinte Hester. »Aber was war seine andere Einkommensquelle? Seine Familie wird nichts darüber wissen, ebenso wenig wie die Steuereintreiber. Es würde sehr gut erklären, wieso er mehr Geld für seine Vergnügungen ausgeben konnte, als Baltimore und Söhne abwarf. Und sein Tod trifft zufällig genau mit Squeaky Robinsons Panik zusammen. Vielleicht hat die Sache nichts mit der Eisenbahn zu tun. Vielleicht sollten wir uns fragen ... ob er als Kunde umgebracht wurde, weil er zu weit ging, oder als Wucherer, weil er zu gierig wurde?«

Margaret war angespannt, aber ihr Blick war fest, nicht so ihre Stimme. »Was müssen wir jetzt tun? Wie können wir das herausfinden?«

»Ich habe noch keinen Plan«, antwortete Hester. »Aber ich werde mir sicher etwas einfallen lassen.«

Sie sah einen Hansom, trat vom Bordstein zurück und hob die Hand.

Margaret folgte ihr mit gleicher Entschlossenheit.

8

Monk war erschöpft, als er auf dem Bahnhof in London ankam. Er hatte Schmerzen, sodass er nichts anderes wollte, als nach Hause zu gehen, wenn möglich ein heißes Bad zu nehmen, dann mehrere Tassen Tee zu trinken, ins Bett zu gehen und sich zwischen sauberen Laken auszustrecken. Am besten wäre, wenn Hester neben ihm liegen, alles verstehen und ihn weder kritisieren noch ihm Vorwürfe machen würde, aber das war unmöglich. Dazu dürfte sie kein moralisches Gewissen besitzen. Doch was für ein Mensch wäre sie dann, wäre sie dann überhaupt eine reale Person? Wenn sie einfach nur da wäre, freundlich und warm im Dunkeln, ohne seine Ängste zu spüren.

So würde es nicht sein, denn natürlich würde sie wissen, was er empfand: Angst vor der Wahrheit, Angst davor, Habgier und Feigheit in sich zu entdecken, die er verachten würde, oder Betrug, für den es keine Entschuldigung gab. Größer als sein Unrecht gegenüber Dundas war sein Unrecht gegenüber sich selbst, gegenüber allem, was er seit dem Unfall aus seinem Leben gemacht hatte. Hätte sie das nicht gewusst, in welchem Sinne wäre sie dann wirklich da gewesen? Gar nicht. Dann könnte sie genauso gut woanders sein. Sie würden miteinander reden, sich berühren, sich sogar lieben, aber sein Herz würde vollkommen allein bleiben. Diese Einsamkeit wäre schlimmer, als wären sie nie zusammengekommen, denn sie wäre eine Negation all dessen, was wirklich und wichtig gewesen war.

Er würde also in eine öffentliche Badeanstalt gehen und sich einfach ein neues Hemd kaufen. Er würde einen Barbier aufsuchen, damit er ordentlich aussah, um am Nachmittag Katrina Harcus zu treffen und ihr zu sagen, dass man Michael Dalgarno nichts nachsagen konnte, was unter Geschäftsleuten nicht gängige Praxis war. Es gab keine Aufzeichnung darüber, dass er auf eigenen Namen Land ge- oder verkauft oder außerhalb seiner Firmentätigkeit Profit gemacht hatte.

Monk würde auch berichten, dass er Erkundigungen eingezogen hatte über den Unfall, von dem Baltimore und Söhne vor sechzehn Jahren am Rande betroffen gewesen war, und dass der Landbetrug, den man einer ihrer Bankangestellten nachgewiesen hatte, damit nichts zu tun hatte. Der Grund für diese Tragödie war nicht bekannt, aber die Gleise waren repariert worden und wurden heute noch befahren. Sie waren genauestens untersucht worden, und man hatte keine Fehler oder Unzulänglichkeiten entdeckt.

Er war so müde, dass er sich nach Schlaf sehnte, selbst auf einer Parkbank in der strahlenden Aprilsonne, aber er hatte Angst vor dem Entsetzen, das sich seiner in dem Augenblick bemächtigen würde, in dem er die Kontrolle über seine Gedanken verlor. Er wusste nicht, auf welche Weise er schuldig sein konnte, aber das Gefühl von Schuld blieb, die Hilflosigkeit, das Blut, die Schreie, das schreckliche Kreischen von Metall auf Metall und der grelle Schein und der Geruch des Feuers und stets das sichere Wissen, dass er es hätte verhindern können.

Bei einem Straßenhändler trank er einen Kaffee und ging

dann zu dem Pfefferkuchenverkäufer, um zu hören, ob der von seinen einschlägigen Bekannten etwas erfahren hatte. Der Mann war gerade dabei, Scheiben von einem warmen, würzigen Laib an eine Gruppe Kinder zu verteilen, und Monk wartete ein paar Meter abseits, bis er fertig war.

»Und?«, fragte er. Es musste nicht fragen, ob der Mann sich an ihn erinnerte, sein verbeultes Gesicht strahlte.

»Er ist weggegangen, jawoll«, sagte er triumphierend. »Gegen Mitternacht. Gesicht wie ein Donnerwetter. Und nich' mehr als 'ne halbe Stunde später zurückgekommen.«

Eine halbe Stunde. Zu wenig Zeit, um zur Leather Lane zu gehen, Nolan Baltimore zu suchen, ihn umzubringen und zurückzukommen. Monk war dermaßen überwältigt vor Erleichterung, dass er es körperlich spürte. Er konnte Katrina sagen, dass Dalgarno unschuldig war.

»Und er ist nicht noch einmal weggegangen?«

»Erst kurz vor'm Morgengrauen«, sagte der Pfefferkuchenverkäufer bestimmt. »Luchse haben scharfe Augen. Denen entgeht nichts. Können sie sich nicht leisten!«

Er hatte Recht. Wer für einen Einbrecher Schmiere stand, überlebte nur, wenn er sehen, sich erinnern und berichten konnte.

»Vielen Dank«, sagte Monk erleichtert. Er war so froh, dass er dem Mann einen Sovereign gab und noch eine halbe Krone drauflegte, um sich ein Stück Pfefferkuchen zu kaufen.

Um zwei Uhr war er müde, und die Füße taten ihm weh, aber sein Schritt war leicht, als er durch das Parktor ging und einen raschen Blick auf die leuchtend bunten Frühlingsblumen warf. Er musste nur fünf Minuten warten. Sie kam zum Eingang, wo sie stehen blieb und nach ihm Ausschau hielt. Leute drehten sich nach ihr um. Es überraschte ihn nicht, denn sie war sehr eindrucksvoll mit ihrem dramatischen Gesichtsausdruck und ihrer stolzen, aufrechten Körperhaltung. Sie trug ein weißes, dunkelblau eingefasstes Musselinkleid, dessen leuchtendes Mieder ihre femininen Linien betonte, dazu einen breitkrempigen, mit Rosen besetzten Hut und einen mit blauen Bändern verzierten Sonnenschirm. Von ein paar Herren wurde sie regelrecht angestarrt, ihr Lächeln dauerte länger, als die Etikette erlaubte, aber da sie sie aufrichtig bewunderten, hatten ihre Blicke nichts Beleidigendes.

Als sie Monk entdeckte, strahlte sie über das ganze Gesicht wie vor Erleichterung. Er wusste, dass sie sich Tag um Tag hier eingefunden hatte, jedes Mal in der Hoffnung, ihn zu treffen. Er verspürte Befriedigung in sich aufsteigen, denn endlich konnte er ihr sagen, dass Dalgarno, soweit seine Untersuchung ergeben hatte, keinen Betrug begangen hatte, und selbst wenn jemand anders beim Landkauf betrogen hatte, dies nicht zu einem Unfall führen konnte. Ihre Ängste in allen Ehren, aber sie waren unbegründet.

Rasch kam sie auf ihn zu und blieb so nah vor ihm stehen, dass er ihr Parfüm riechen konnte, warm und nach Moschus duftend, ganz anders als das süße, frische Aroma der Blumen um sie herum.

»Sie haben Neuigkeiten?«, sagte sie mit einem Keuchen. »Ich sehe es an Ihrer Miene.«

»Ja.« Er erwiderte ihr Lächeln.

Ihre Augen blitzten, und er sah, dass ihr Busen sich hob und senkte, als bemühte sie sich, ein Keuchen zu unterdrücken. Um sie zu beruhigen, hob er die Hand, als wollte er ihren Arm berühren, doch dann wurde ihm klar, wie wenig er sie im Grunde kannte. Das Verständnis für ihre Ängste, das Gefühl der Seelenverwandtschaft war einseitig. Mit Recht würde sie seine Berührung als aufdringlich empfinden, und er ließ den Arm wieder sinken.

»Vor allem ist es mir gelungen, in Erfahrung zu bringen, dass Mr. Dalgarno sein Haus zu keiner Zeit verlassen hat, die ihn mit dem Tod von Nolan Baltimore in Verbindung bringen könnte.«

Sie war verdutzt. »Wie?«, fragte sie ungläubig. »Wie kann das jemand wissen?«

»Wenn man für Einbrecher Schmiere steht«, erklärte er trocken. »Man nennt sie Luchse. Mindestens einer von ihnen war zwischen Mitternacht und Morgendämmerung auf der Straße.«

Sie atmete langsam aus, ihr Gesicht war sehr blass. »Vielen Dank. Haben Sie vielen Dank. Aber ... aber was ist mit ...«

»Ich habe in London und in Liverpool, wo die Gesellschaft früher ihren Sitz hatte, umfassende Nachforschungen angestellt, Miss Harcus«, sagte er. »Und ich kann keinen Beweis für irgendeinen Betrug finden.«

»Keinen ...«, fing sie mit hoher Stimme an und schüttelte in einer Geste des Leugnens, des Unglaubens, sehr langsam den Kopf.

»Ein bisschen Mehrgewinn hier und da«, räumte er ein. »Aber das passiert überall.« Er sprach souverän und merkte erst hinterher, dass er das aus seinem Erinnerungsschatz heraus gesagt hatte. Statt Vermutungen anzustellen, wusste er es. »Und alles im Namen der Gesellschaft, nicht in Mr. Dalgarnos. Er ist ein erfolgreicher Geschäftsmann und so rechtschaffen wie die meisten.«

»Sind Sie sich sicher?«, flehte sie, staunend und voll von aufkommender Freude. »Ganz sicher, Mr. Monk?«

»Ich bin mir sicher, dass es nichts gibt, was an seiner Ehre zweifeln lässt«, wiederholte er. »Sie können ruhig darauf vertrauen, dass sein Ruf nicht in Gefahr ist.«

Mit weit aufgerissenen Augen zuckte sie zurück. Ein zufälliger Betrachter hätte den Unglauben in ihrer Miene leicht mit Wut verwechseln und annehmen können, er habe sie beleidigt. »Ruhig?«, sagte sie heftig. »Aber der Unfall! Was ist mit der Gefahr, dass sich das wiederholt?«

»Der Unfall in Liverpool hatte nichts mit den Gleisen zu tun«, sagte er geduldig. »Es war ein Fehler des Lokführers, und es besteht die Möglichkeit, dass die Bremser ebenfalls ...«

Jetzt war sie wütend und riss die Hand zurück, fast so, als wollte sie den Menschen neben ihr schlagen. »Was – alle zusammen?«, fuhr sie ihn an. »Alle haben sich denselben Augenblick ausgesucht, um einen Fehler zu machen?«

Er erwischte ihr Handgelenk. »Nein, das sollte es nicht heißen. Es sollte heißen, dass es einer von ihnen war, und die anderen gerieten möglicherweise in Panik und wussten nicht, wie sie reagieren sollten.«

»Heißt dass, Baltimore und Söhne war unschuldig?«, wollte sie wissen. »Immer? Damals wie heute?«

»Unschuldig an dem Unfall, ja.« Er hörte seine Stimme und merkte, dass er unsicher klang. Warum? Es gab nichts, was Nolan Baltimore mit dem Unfall in Liverpool oder dem Betrug, der Arrol Dundas ruiniert hatte, in Verbindung brachte. Es waren seine eigenen Schuldgefühle, die versuchten, jemandem, an dem ihm nichts lag, die Verantwortung zuzuschieben.

Sie trat einen Schritt auf ihn zu. Jetzt wirkte sie fast erregt. Ihre Augen strahlten, ihre Wangen glühten, ihr Körper stand unter Spannung. Sie legte ihm die Hände auf die Brust und schloss die Finger fest um die Kanten seiner Jacke. »Gibt es einen Beweis für ihre Unschuld?«, fragte sie heiser. »Einen wirklichen Beweis? Etwas, was vor Gericht standhalten würde? Ich muss sicher sein. Es wurde schon einmal ein Unschuldiger verurteilt.«

Monk spürte, wie sich alles in ihm zusammenzog und das Blut in seinen Adern pochte. Er packte ihre Handgelenke. »Woher wissen Sie das?«, fragte er mit zusammengebissenen Zähnen. Es war erschreckend, wie sehr sie zitterte.

Ruckartig machte sie sich von ihm frei. Er spürte, dass sie ihm einen Knopf von der Jacke riss, aber das war unwichtig. Sie steigerte sich so hinein, dass ihre Augen und ihr Gesicht wie im Fieber brannten. Sie schaute ihn einen langen verzweifelten Augenblick an, dann drehte sie sich auf dem Absatz um und rannte schier auf das Tor zu.

Monk war sich bewusst, dass sie von mehreren Passanten angestarrt wurden, aber er kümmerte sich nicht darum. Woher wusste sie von Arrol Dundas? Diese Frage ergriff so von ihm Besitz, dass er an nichts anderes mehr denken konnte. Er ging ihr nach und hatte sie am Tor des Inner Circle fast eingeholt, aber sie schritt rasch aus. Sie überquerte den Weg und folgte ihm zwischen Wiesen und Bäumen hindurch auf die Brücke zu, die über einen Arm des Sees führte. Am anderen Ende gelang es ihm, sie aufzuhalten, und auch hier reagierten Passanten erschreckt und neugierig.

»Woher wissen Sie das?«, wiederholte er seine Frage. »Was haben Sie gehört? Und von wem … von Dalgarno?«

»Dalgarno?«, sagte sie noch einmal ungläubig und brach in ein wildes, fast hysterisches Lachen aus. Aber sie antwortete ihm nicht. Stattdessen wandte sie sich wieder von ihm ab und lief die York Gate in Richtung der stark befahrenen Marylebone Road hinunter. »Ich gehe nach Hause!«, rief sie ihm über die Schulter zu.

Er lief ihr nach, holte sie wieder ein und ging neben ihr her, als sie an die Straße kam und den Sonnenschirm hob, um eine Droschke herbeizuwinken. Sogleich hielt eine an, und Monk half ihr hinein, bevor er ebenfalls einstieg.

Sie widersprach nicht, als hätte sie erwartet, dass er sie begleitete.

»Wenn nicht von Dalgarno, von wem dann?«, fragte er noch einmal, nachdem sie dem Kutscher gesagt hatte, er solle sie in die Cuthbert Street in Paddington fahren.

Sie sah Monk an. »Sie meinen den Betrugsfall vor vielen Jahren?«

»Ja, natürlich!« Er hatte die größte Mühe, nicht aus der Haut zu fahren. Es war ungeheuer wichtig. Was wusste sie? Woher konnte sie überhaupt etwas wissen, wenn nicht aus Baltimores Berichten oder aus dem, was er gesagt und sie mit angehört hatte?

Sie schaute starr geradeaus und lächelte, aber ihr Blick war leer. »Haben Sie geglaubt, ich ziehe nicht auch selbst Erkundigungen ein, Mr. Monk?« Ihre Stimme war hart, heiser. »Haben Sie geglaubt, ich hätte mich nicht nach der Geschichte von Baltimore und Söhne erkundigt, als ich erfuhr, wie tief Michael darin steckte und wie sehr er hoffte, sein Glück mit ihnen zu machen?«

»Sie haben gesagt, Sie wüssten, dass damals ein Unschuldiger verurteilt wurde«, sagte er grimmig, entsetzt, wie sehr seine Stimme die Gefühle, die ihn schüttelten, verriet. »Woher wissen Sie das? Damals wusste es niemand.«

»Tatsächlich nicht?«, fragte sie und starrte vor sich hin.

»Natürlich nicht, sonst wäre er nicht im Gefängnis gestorben!« Er griff nach ihrem Arm. »Woher wissen Sie es? Was ist passiert?«

Sie drehte sich zu ihm herum, und ihr Gesicht war vor Wut dermaßen verzerrt, dass er zurückzuckte und sie losließ.

»Ein großes Unrecht, Mr. Monk«, sagte sie leise, ihre Stimme zitterte, ihre Worte waren fast ein Zischen. »Damals wurde Menschen Unrecht getan, ebenso wie heute. Aber Rache wird kommen ... das verspreche ich Ihnen. Sie wird kommen ... am Grab meiner Mutter ... und an meinem, wenn das notwendig ist.«

»Miss Harcus ...«

»Steigen Sie bitte aus!« Ihr Gesicht war jetzt aschgrau. »Ich muss nachdenken, und zwar allein.« Sie entriss ihm ihre Hand, griff nach dem Sonnenschirm und klopfte damit an die Trennwand, um die Aufmerksamkeit des Kutschers zu erregen. »Ich werde es Ihnen sagen ... heute Abend.«

Sie klopfte noch einmal kräftiger.

»Ja, Miss?«, fragte der Kutscher.

»Mr. Monk möchte aussteigen. Wären Sie so freundlich anzuhalten?«, bat sie ihn.

»Ja, Miss«, sagte er gehorsam und fuhr an den Bordstein. Sie waren an der Ecke Marylebone Street, Edgeware Road, und der Verkehr brauste in beide Richtungen an ihnen vorbei.

Monk war von tiefer Sorge um sie erfüllt. Sie war so von widerstreitenden Leidenschaften zerrissen, dass sie fast krank aussah. Er hätte alles gegeben, um zu erfahren, was sie gemeint hatte, als sie so vehement behauptet hatte, Dundas sei unschuldig gewesen und dass Rache kommen würde, oder was das gegenwärtige Unrecht war, das er nicht sehen konnte. Aber jetzt, da er wusste, wo sie wohnte, konnte er sie zumindest wieder aufsuchen, wenn sie sich etwas beruhigt hatte. Vielleicht konnte er ihr sogar helfen. Jetzt brauchte sie Ruhe, um sich zu sammeln.

»Ich werde Sie besuchen, Miss Harcus«, sagte er sehr viel freundlicher. »Natürlich brauchen Sie Zeit, um nachzudenken.«

Sie gab sich äußerste Mühe, sich zusammenzunehmen, atmete tief ein und stieß die Luft mit einem Seufzen wieder aus. »Vielen Dank, Mr. Monk. Das ist sehr nett von Ihnen. Sie sind sehr geduldig. Wenn Sie mich heute Abend besuchen würden – nach acht, wenn Sie so freundlich wären –, dann sage ich Ihnen, was Sie zu erfahren wünschen. Ich werde noch einmal mit Michael Dalgarno sprechen, und das wird das Ende sein, versprochen. Sie haben Ihre Rolle perfekt gespielt, Mr. Monk. Ich hätte es mir nicht besser wünschen können. Sie kommen also nach acht? Geben Sie mir Ihr Wort – unbedingt?«

»Ja«, schwor er.

»Gut.« Der schwache Hauch eines Lächelns huschte über ihr Gesicht. »Cuthbert Street Nummer dreiundzwanzig. Sie haben mir Ihr Wort gegeben!«

»Ja. Ich werde da sein.«

Er stieg aus und stand auf dem Pflaster, als die Droschke wieder anfuhr und allmählich im Verkehrsgetümmel verschwand.

Monk fuhr nach Hause in die Fitzroy Street in ein leeres Haus. Er wusch sich und schlief dann endlich. Um zehn nach acht, als das Licht schwand, fuhr er in die Cuthbert Street dreiundzwanzig. Er wurde aus seinen Gedanken gerissen, als sie abrupt anhielten und der Droschkenkutscher hereinschaute und ihm sagte, er könnte nicht weiterfahren.

»Tut mir Leid, Sir«, sagte er entschuldigend. »Die Polizei hat die Straße gesperrt. Weiß nicht, was passiert ist, aber da vorne ist mordsmäßig was los. Kann nicht weiter. Sie müssen zu Fuß gehen, falls man Sie durchlässt.«

»Vielen Dank.« Monk stieg aus, entlohnte den Kutscher und gab ihm acht Pence Trinkgeld. Dann ging er auf die Gestalten unter den Straßenlaternen zu. Es waren drei Männer, von denen zwei miteinander stritten, der dritte, der ihm wegen seiner hohen, schlanken Gestalt bekannt vorkam, schaute auf etwas wie ein Bündel Kleider hinunter, das zu seinen Füßen lag. Es war Runcorn, der früher sein Gegner gewesen war und dann sein Vorgesetzter; der ihn stets gehasst und gefürchtet hatte, bis zu dem Streit, bei dem er Monk im selben Augenblick entließ, als dieser wütend kündigte. Der Fall des ermordeten Modells hatte sie vor wenigen Monaten wieder zusammengeführt, und in geteilten Gefühlen und schmerzlichem, unerwartetem Mitleid waren sie ein unsicheres Bündnis eingegangen.

Aber was tat Runcorn hier?

Monk machte größere Schritte, musste sich beherrschen, um die letzten Meter nicht zu laufen.

»Was ist passiert?«, fragte er, obwohl er es, als Runcorn sich zu ihm umdrehte, bereits sehen konnte. Eine Frau lag auf dem Boden. Ihr weißes, blau eingefasstes Musselinkleid war zerknittert, schmutzig und blutbefleckt. Sie lag halb auf dem Bauch, halb auf der Seite, als hätte sie sich die Wirbelsäule gebrochen. Ihr Hals war in einem merkwürdigen Winkel abgeknickt, ein Arm unter dem Körper verschränkt, die Beine gekrümmt.

Er schaute instinktiv nach oben und sah über der dritten Etage einen flachen Dachvorsprung mit einem Geländer außen herum wie bei einem Balkon. Darüber befand sich noch ein weiteres Stockwerk mit einer Wohnung, deren Tür er wegen einer Mauer von hier aus nicht sehen konnte.

Eine Welle der Übelkeit überkam ihn – und dann alles verzehrendes Mitleid. Er sah Runcorn an, und sein Mund war so trocken, dass er kein Wort herausbrachte.

»Sieht aus, als wäre sie heruntergestürzt«, antwortete Runcorn auf Monks ursprüngliche Frage. »Außer dass sie dem Augenschein nach ein wenig weit weg vom Haus liegt. Und normalerweise stürzen die Menschen rückwärts. Hat sich vielleicht in der Luft gedreht.« Er blinzelte nach oben. »Ganz schön hoch. Von da oben bekommt man sicher einen besseren Eindruck. Schätze, sie könnte auch gesprungen sein.«

Monk wollte etwas sagen, unterbrach sich jedoch.

»Was ist?«, fragte Runcorn schroff.

»Nichts«, sagte Monk hastig. Er sollte nichts sagen ... noch nicht. Seine Gedanken rasten. Was, um Himmels willen, konnte da geschehen sein? Sie wäre nie im Leben gesprungen! Nicht Katrina Harcus. Sie war kurz davor gewesen, eine frühere Ungerechtigkeit zu enthüllen. Sie wollte Rache, und diese war greifbar nah gewesen. Und Dalgarno war unschuldig, was sie sich von Anfang an mehr als alles andere gewünscht hatte.

Ein Wachtmeister kam über den Bürgersteig und schob sich an den Schaulustigen vorbei, die sich inzwischen eingefunden hatten. »Hab einen Zeugen, Sir«, sagte er zu Runcorn. Sein Gesicht war verkniffen und unglücklich, die Schatten, welche die Straßenlaternen warfen, verstärkten den Ausdruck noch. »Sagt, es waren ganz sicher zwei Leute da oben. Er sah, wie sie miteinander rangen, vor und zurück. Hörte sie was schreien, und dann stolperte sie rückwärts, und er setzte ihr nach, und als Nächstes dreht er sich um, und sie fällt über die Brüstung.« Er blickte auf die Gestalt auf der Erde. »Armes Ding. Sieht aus, als wäre sie jung gewesen ... und ziemlich hübsch obendrein. Eine himmelschreiende Schande.«

»Was ist mit dem Mann?«, fragte Runcorn und warf einen kurzen Blick auf Monk, bevor er wieder den Wachtmeister anschaute.

Der richtete sich auf. »Weiß nicht, Sir. Ich habe den Zeugen gefragt, aber ihn hat er nicht gesehen. Die Laterne flackerte zu sehr. Sie hat er besser gesehen, weil sie Weiß trug. Der Mann hat was sehr Dunkles getragen, und er hatte einen Umhang an, eine Art ...« Er zuckte die Achseln. »Also, einen Umhang. Der Zeuge sagt, er sah, wie er sich bauschte, als sie kämpften, kurz bevor sie stürzte.«

Monk wurde übel, als er sich vorstellte, wie Katrina mit jemandem gekämpft und um Hilfe geschrien hatte, und alle hatten bloß zugeschaut! Sie wussten nicht einmal, wer mit ihr dort oben auf dem Dach gewesen war und mit ihr gekämpft ... sie umgebracht hatte! Dalgarno? Ganz sicher. Er war der einzige Beteiligte. Vermutlich war er gekommen, da sie mit ihm Kontakt aufgenommen hatte, wie sie Monk ja angekündigt hatte. Sie hatte etwas gesagt, einen Beweis gefunden, den er trotz seiner akribischen Suche übersehen hatte, und das hatte Dalgarno dazu getrieben, sich auf diese mörderische Weise zur Wehr zu setzen.

Aber was? Wie hatte er den Betrug begangen? Warum hatte Monk es nicht herausgefunden? Warum war er schon wieder so dumm, so blind gewesen? Und jetzt war noch jemand umgekommen, jemand, für den er alles in seiner Macht Stehende getan hatte, um zu helfen. Er hatte es ihr versprochen – und versagt.

Runcorn unterhielt sich noch mit dem Wachtmeister. Monk hockte sich neben die Tote. Ihre Augen waren weit aufgerissen. Diese Seite ihres Gesichts hatte kaum eine Blessur davongetragen; da war nur ein winziges Rinnsal Blut. Er war klug genug, sie nicht zu berühren, aber er hätte ihr gerne das Haar aus dem Gesicht gestrichen, als könnte sie es noch auf der Haut spüren. Eine Hand lag unter ihrem Körper, die andere war ausgestreckt, und als er genauer hinschaute, entdeckte er, dass sie etwas fest hielt, etwas sehr Kleines. Hatte sie sich im letzten Augenblick, bevor er sie hinunterstürzte, an ihrem Mörder festgehalten und etwas von seinen Kleidern abgerissen?

Runcorn und der Wachtmeister waren immer noch in ein Gespräch vertieft. Monk streckte einen Finger aus und bewegte Katrinas Hand ein wenig, gerade genug, dass das Objekt sich aus dem schwachen Griff ihrer Finger löste und zu Boden fiel. Es war ein Knopf von einer Herrenjacke oder einem Herrenmantel. Er holte Luft, um es Runcorn zu sagen, und dann wurde ihm heiß, und der Schweiß brach ihm aus, und im nächsten Augenblick fror er entsetzlich. Es war sein Knopf, den sie ihm in einem aufgeregten Augenblick im Park von der Jacke gerissen hatte! Aber das war viele Stunden her!

»Was haben Sie?« Runcorns Stimme drang in sein betäubendes Entsetzen ein und setzte seiner Unentschlossenheit ein Ende. Er konnte im Augenblick nichts tun und den Knopf keinesfalls verstecken. Mit ungeschickten Fingern knöpfte er die unteren Knöpfe seiner Jacke zu, sodass der obererste auch zu war und man nicht mehr sah, dass ein Knopf fehlte, sondern annehmen konnte, er sei einfach nicht zugeknöpft. Er stand mit zitternden Beinen auf. »Ein Knopf«, sagte er heiser. Er räusperte sich. »Sie hatte einen Knopf in der Hand.«

Runcorn bückte sich, hob ihn vom Pflaster auf und drehte ihn neugierig hin und her.

Monk hielt die Luft an. Bitte, Gott, lass Runcorn nicht merken, dass es genau der gleiche ist wie an meiner Jacke! Es war dunkel, und er stand halb vom Licht der Straßenlaterne abgewandt da. Er würde so schnell wie möglich gehen.

»Allem Anschein nach von einer Herrenjacke«, bemerkte Runcorn. »Hat sie wohl bei der Rangelei abgerissen.« Er steckte ihn in seine Brusttasche. »Gutes Beweisstück.« Dann wandte er seine Aufmerksamkeit wieder dem Wachtmeister zu. »Reden Sie mit den Leuten in der Gegend. Sehen Sie zu, was Sie rausfinden. Wissen wir schon, wer sie ist?«

»Nein, Sir«, sagte der Wachtmeister. »Sie haben sie kommen und gehen sehen, aber sie hat mit niemandem gesprochen. Schien sehr anständig zu sein. Eine Miss Barker oder Marcus oder etwas in der Art, aber nicht ganz sicher.«

Dem auszuweichen wäre eine sinnlose Lüge, bei der man ihn früher oder später ertappen würde. »Harcus«, sagte Monk leise. »Katrina Harcus.«

Runcorn starrte ihn an. »Sie kennen sie?«

»Ja. Ich habe an einer Untersuchung für sie gearbeitet.« Die Würfel waren gefallen, aber er hätte es nicht geheim halten können, und das wollte er auch nicht. Es war ein Knopf, leicht zu erklären. Es waren womöglich sogar Passanten im Park gewesen, die sie gesehen hatten und sich an die Geste erinnerten, bei der sie ihn zufällig abgerissen hatte. »Ich kann helfen«, fuhr er fort. Er wollte sie rächen, herausfinden, wer das getan hatte, und ihn bestraft sehen. Das war alles, was er jetzt noch für sie tun konnte. In jeder anderen Hinsicht hatte er versagt. Nur allzu deutlich erinnerte er sich an ihr wutverzerrtes Gesicht. Sie hatte Rache gewollt, und die konnte er ihr wenigstens verschaffen.

Runcorn machte große Augen. Er atmete langsam aus. »Also waren Sie nicht zufällig hier? Ich hätte es wissen müssen. Was machen Sie um diese Abendstunde in der Cuthbert Street?« Es war eine rhetorische Frage, auf die er keine Antwort erwartete. »Was war das, der Fall, an dem Sie gearbeitet haben?«, fragte er. »Wissen Sie, wer ihr das angetan hat?«

»Nein«, antwortete Monk. »Aber ich habe eine Ahnung, und ich werde es, verdammt noch mal, herausfinden – und beweisen! Sie war die Verlobte eines Michael Dalgarno, eines leitenden Angestellten von Baltimore und Söhne, einer Eisenbahngesellschaft ...«

»Moment mal!«, unterbrach ihn Runcorn. »Wurde nicht in der Leather Lane vor wenigen Wochen erst ein Nolan Baltimore umgebracht? Besteht da eine Verbindung?«

»Ich habe bislang keine entdecken können«, räumte Monk ein. »Sehen Sie, dieser Baltimore war nur dort, um seine Gelüste zu befriedigen, und wurde in einen Streit verwickelt, der böse endete. Vielleicht hat er nicht genug gezahlt, oder er war betrunken und hat Streit gesucht, was ich für wahrscheinlicher halte.«

»Und was wollten Sie hier?«, fragte Runcorn.

»Hat damit nichts zu tun«, antwortete Monk.

»Sie brauchen nicht mehr so geheimnisvoll zu tun, Monk. Sie ist tot, die Arme.« Er blickte nach unten. »Die einzige Hilfe, die Sie ihr noch geben können, ist, herauszufinden, wer sie getötet hat.«

»Das weiß ich!«, erwiderte Monk heftig. Er riss sich nur mit Mühe zusammen. »Wie gesagt, sie war mit Michael Dalgarno verlobt. Sie machte sich Sorgen, er könnte in einen Betrug verwickelt sein, der mit der neuen Eisenbahnlinie zwischen London und Derby zu tun hat.« Er sah, dass Runcorn aufmerksam wurde. »Insbesondere mit dem Ankauf von Land ...«

»Und?«, fuhr Runcorn eifrig dazwischen.

»Ich konnte nichts finden, und ich habe sehr sorgfältig nachgeforscht.« Monk wusste, dass er defensiv klang. Er empfand es auch so. Wenn er den Beweis gefunden hätte, wäre Katrina vielleicht noch am Leben.

Runcorn sah ihn zweifelnd an. »Wenn es offensichtlich wäre, hätten andere es auch entdeckt.«

»Ich weiß mehr über Eisenbahnen als die meisten«, antwortete Monk und fühlte sich augenblicklich verletzlich. Er hatte zu viel von sich preisgegeben, sich dort geöffnet, wo er nur raten konnte und noch immer ein Stück nach dem anderen zusammensetzte – ausgerechnet Runcorn gegenüber!

Zwischen ihnen herrschte ein unsicherer Waffenstillstand;

die alten Ressentiments waren nur abgedeckt, nicht verschwunden.

»Tatsächlich?«, sagte Runcorn überrascht. »Wie das? Dachte, Sie wären im Finanzgeschäft gewesen, bevor Sie als einfacher Polizist bei uns eingestiegen sind.« Obgleich seine Worte ebenso wie sein Tonfall einigermaßen höflich blieben, wusste Monk, dass Runcorn ihn um sein Geld, sein Selbstbewusstsein und seinen etablierten, behaglichen und eleganten Lebensstil beneidete.

»Weil Eisenbahnen finanziert werden müssen«, antwortete er. »Das Letzte, um das ich mich gekümmert habe, bevor ich die Bank verließ, war eine neue Eisenbahnlinie in der Nähe von Liverpool.«

Runcorn schwieg einen Augenblick. Vielleicht hatte er die Anspannung in Monks Stimme gehört oder etwas von seinem Kummer und seiner Wut gespürt.

»Dann konnten Sie keinen Betrug feststellen?«, fragte er schließlich. »Heißt das, dass es mit Sicherheit keinen gegeben hat?«

»Nein«, gab Monk zu. »Es bedeutet, dass er, wenn er begangen wurde, wirklich sehr gut verborgen ist. Aber sie war davon überzeugt ... bei unserem letzten Treffen noch stärker als beim ersten.«

»Dann hatte sie etwas herausgefunden, auch wenn Sie nichts entdecken konnten?« Runcorn blickte ihn von der Seite an. »Hat sie angedeutet, was es war?«

»Nein. Aber sie war so überzeugt, dass etwas faul sei, weil sie in Baltimores Büro oder Haus etwas mit angehört hat. Als Dalgarnos Verlobte konnte sie an Gesprächen teilnehmen, die mir nicht offen standen.«

Runcorn stöhnte. »Dann sollten wir reingehen und nachschauen – und wehe, er hat alles mitgenommen! Vielleicht der Grund, warum er sie umgebracht hat.« Er ging auf das Haus zu.

Monk beschloss, Runcorns Worte als Einladung zu verstehen, ihn zu begleiten. Er konnte es sich nicht leisten, sie auszuschlagen. Nur allzu bereitwillig folgte er ihm, holte ihn an der Haustür ein und trat einen Schritt hinter ihm ins Haus.

Es war immer noch früher Abend, aber inzwischen hatte es sich herumgesprochen, dass eine Frau vom Dach gefallen oder hinuntergestoßen worden war und tot auf der Straße lag. Nachbarn standen herum, manchen hatte es vor Schreck die Sprache verschlagen, andere flüsterten eifrig miteinander. Einer nach dem anderen wurde von den Wachtmeistern befragt, nach allem, was ihnen in dieser Nacht oder auch schon früher aufgefallen war.

Man zeigte Runcorn die Treppe zu Katrinas Wohnung. Monk war ihm dicht auf den Fersen, als gehörte er dazu, und niemand stellte ihn zur Rede.

»Also!«, sagte Runcorn, sobald sie in der Wohnung waren und die Tür hinter ihnen zuging. Das Gaslicht brannte noch, aber in den Ecken war es trotzdem stockfinster. Monk war dankbar dafür, denn er war sich des fehlenden Knopfes so deutlich bewusst, als wäre es ein Blutfleck.

»Wo hat sie wohl ihre Unterlagen aufbewahrt? Etwas, was uns vielleicht über diese Eisenbahngeschichte aufklärt?«, fragte Runcorn und blickte ihn an.

»Ich weiß nicht. Ich war noch nie hier«, antwortete Monk und wandte sich vom Licht ab.

»Ich dachte, Sie hätten gesagt, sie hätte Sie beauftragt? Und Sie wären heute Abend auf dem Weg hierher gewesen? Haben Sie mir doch gesagt.« In Runcorns Stimme schwang Herausforderung mit.

»Es war das erste Mal, dass ich herkam«, erklärte Monk. »Sie kam in mein Büro, oder wir haben uns im Park getroffen.« Es klang merkwürdig, als er es so sagte.

»Wieso das denn?«, fragte Runcorn neugierig und mit einer gewissen Skepsis.

»Ihr Ruf war ihr sehr wichtig«, antwortete Monk. »Sie war

mit einem ehrgeizigen Mann verlobt. Sie wollte die Tatsache, dass sie mich beauftragt hatte, mit absoluter Diskretion behandeln. Deshalb sollte es so aussehen, als wären wir flüchtige Bekannte.« Er wollte die Hände in die Taschen schieben, doch als ihm klar wurde, dass das den Sitz seiner Jacke verändern und womöglich den fehlenden Knopf verraten würde, überlegte er es sich anders. »Nach dem ersten Mal trafen wir uns stets an öffentlichen Plätzen und wie zufällig. Sie ging jeden Tag um die gleiche Zeit in den Park, und wenn ich etwas zu berichten hatte, wusste ich, wo ich sie finden konnte.«

»Äußerst vorsichtig«, meinte Runcorn. »Armes Geschöpf«, fügte er sanft hinzu. »Vielleicht wusste sie, dass Dalgarno gefährlich war.« Er schüttelte den Kopf. »Komisch, was Frauen an solchen Männern finden. Das werde ich nie verstehen. Also, wir sollten besser weitermachen. Wir müssen nur suchen.«

Monk sah sich im Zimmer um. Es war einfach, aber äußerst geschmackvoll eingerichtet, und die wenigen Möbel waren von guter Qualität und verliehen dem Zimmer eine ungewöhnliche Geräumigkeit. Er war nicht überrascht. Katrina war eine Frau mit Charakter und Stärke gewesen und von großer Individualität. Wieder stieg Wut auf Dalgarno in ihm auf, und er ging hinüber zum Sekretär und öffnete ihn. Er wandte Runcorn den Rücken zu, der sich immer noch umschaute, um einen Eindruck vom Stil des Zimmers zu gewinnen, und dann instinktiv auf die Glastüren zuging, die sich zu dem Balkon öffneten, von dem sie gestürzt sein musste.

Im Sekretär fanden sich ein paar geschäftliche Unterlagen, und Monk sah sie flüchtig durch. Er wusste nicht, wonach er suchte, und falls Dalgarno Katrina umgebracht hatte, weil sie einen Beweis für seinen Betrug entdeckt hatte, hatte sie ihm diesen Beweis aller Wahrscheinlichkeit nach gezeigt, und er hatte ihn an sich genommen, um ihn zu zerstören. Trotzdem gab es vielleicht mehr als ein interessantes Schriftstück, und er musste danach suchen.

Er fand überraschend schnell etwas, aber es war nicht das, was er erwartet hatte. Es war ein Brief, der geschrieben und niemals abgeschickt worden war, adressiert an eine Frau namens Emma.

Liebe Emma,
ich habe Dir versprochen, Dir alles zu berichten, was ich erfahren habe, also muss ich mein Wort halten, obwohl es äußerst schmerzlich für mich ist, einen solchen Fehler zuzugeben. Ich habe Unterlagen entdeckt, die mit dem ursprünglichen Betrug in Liverpool zu tun haben, und jetzt scheint es unstrittig zu sein, dass Mr. Monk, dem ich vollkommen vertraut habe, selbst in diese schreckliche Angelegenheit verwickelt war. Zwischen den Baltimore-Unterlagen fand ich eine alte Order, die seine Unterschrift trug!

Durch weitere Nachforschungen habe ich herausgefunden, dass er früher bei einer Handelsbank gearbeitet hat und mit den Darlehen für die Eisenbahn betraut war, die Baltimore und Söhne baute. Er hat es vor mir verheimlicht, was kein Wunder ist, denn der Betrug war groß und folgenschwer. Ein Mann starb deswegen, und eine große Geldsumme ist immer noch nicht belegt, bis zum heutigen Tag. Und dann gab es ja noch den Unfall! Mr. Monk ist tief darin verstrickt. Du kannst Dir vorstellen, wie sehr mich das grämt.

Ich habe ihn noch nicht damit konfrontiert, aber ich glaube, ich muss es tun. Wie soll ich sonst ehrenhaft handeln?

Liebe Emma, ich wünschte, Du wärest hier, damit ich mich mit Dir beraten könnte, was ich tun soll. Ich fürchte mich plötzlich sehr.

Das war alles.

Monk starrte den Brief an. Wer war Emma? Wo lebte sie? Der Brief war nicht adressiert. Was hatte Katrina ihr noch geschrieben?

Sehr sorgfältig blätterte er den übrigen Papierkram in der ersten Schublade durch und fand Rechnungen, eine alte Einladung und einen weiteren Brief, geschrieben in einer gedrängten, schräg nach links geneigten Handschrift.

Meine liebste Katrina,
es ist gut, von Dir zu hören, wie immer, aber ich muss zugeben, ich gebe nichts auf das Gerede dieses Mannes, Monk, den Du beauftragt hast, und alles, was Du mir geschrieben hast, bestätigt nur meine Vorahnungen. Bitte, meine Liebe, sei sehr vorsichtig. Vertraue ihm nicht.

Den Rest überflog er nur, es war nur freundlicher Klatsch über gemeinsame Bekannte, die nur beim Vornamen genannt wurden. Wenn Runcorn diese Briefe fand, würde er glauben, Monk könnte sie getötet haben. Mit ungeschickten Fingern schob er die Briefe langsam, damit das Papier nicht knisterte, von dem Stapel.

Runcorn kam vom Balkon herein. Er hielt einen großen, ein wenig zerknitterten Herrenumhang hoch. Im Gaslicht sah er schwarz aus.

»Was ist das?«, fragte Monk und trat einen Schritt zur Seite, um die Briefe vor Runcorns Blick zu verbergen. Die andere Hand streckte er aus, um die Seiten durchzublättern und so das Rascheln der beiden Blätter, die er herausnahm, zu übertönen. Er faltete sie schnell zusammen und schob sie in sein Hemd, um die Taille herum, wo sie nicht mehr knistern würden.

»Der lag da draußen«, sagte Runcorn stirnrunzelnd. »Auf dem Boden neben der Brüstung, über die sie gestürzt sein muss.« Er betrachtete ihn. »Für sie ist er zu lang, außerdem ist es kein Damenumhang.«

Monk war überrascht. »Wie unvorsichtig, ihn zurückzulassen.«

»Muss im Eifer des Gefechts runtergefallen sein.« Runcorn legte ihn, das Futter nach außen, zusammen. »Kein Schneideretikett dran, aber wir kriegen raus, wo er herkommt und wem er gehört. Haben Sie etwas gefunden?«

»Noch nichts von Bedeutung«, antwortete Monk und hielt seine Stimme auffällig ruhig. Er blätterte weitere Unterlagen durch und entdeckte eine handgeschriebene Notiz. Der Schweiß stand ihm auf der Stirn, als er sie las.

Monk von dem Gespräch erzählen, das ich mit angehört habe, was mich sicher macht, dass es zurzeit Betrügereien bei Baltimore und Söhne gibt, und dass ich zutiefst besorgt bin, dass Michael Dalgarno darin verwickelt ist. In Kürze werden sie sehr viel Geld machen, aber die Sache muss vollkommen geheim gehalten werden.

Der Landbetrug funktioniert im Großen und Ganzen wie damals – er wird es erkennen, wenn er es sich sorgfältig anschaut. Wichtige Fragen: Ist es billiger, die Strecke umzuleiten? Und ist es dann nicht illegal, wenn man den Investoren den Unterschied vorenthält und den Profit selbst einsteckt? Oder handelt es sich um Bestechung, um entweder zu erreichen, dass die Bahnlinie über ein bestimmtes Stück Land führt oder eben nicht? Es gibt mehrere Möglichkeiten.

Noch einmal: Michael muss darüber Bescheid wissen! Die Lohnquittungen und die Instruktionen für den Ankauf von Land tragen seine Unterschrift.

Es war wohl als Gedächtnisstütze geschrieben worden.

Runcorn sah Monk an. »Und?«, wollte er wissen. »Haben Sie sich alles angesehen?«

»Ja.«

»Und doch haben Sie nichts gefunden, was diesen Dalgarno belasten könnte?« Runcorn war skeptisch. »Sieht Ihnen gar nicht ähnlich, was zu übersehen – besonders, da Sie sich doch mit Eisenbahnen auskennen! Sie waren auch schon mal besser, was?« In seiner Stimme war nur eine feine Spur der alten Feindseligkeit, aber Monk hörte sie. Die jahrelange Feindschaft hatte ihn empfindlich gemacht für jede Nuance eines Seitenhiebs. Er hatte selbst welche verteilt und dabei oft genug auf Runcorn gezielt.

»Hier gibt es keinen Landbetrug wie beim ersten Fall«, sagte er abwehrend.

Runcorn machte große Augen. »Oh ... Sie konnten den von damals also aufklären!«

»Ja, natürlich!« Monk wollte Runcorn auf keinen Fall von Arrol Dundas erzählen oder irgendwas, was seine Vergangenheit mit all ihren Geheimnissen und Verletzungen preisgab. »Damals wurde beim Landkauf betrogen, und diesmal sah es aus, als wäre es genauso gelaufen, aber Dalgarno hat kein Land gekauft, also schlug er auch keinen Profit aus dem Verkauf.«

Runcorn sah ihn nachdenklich an. »Und wie funktionierte der Betrug beim ersten Mal genau?«

»Jemand hat schlechtes Land zu einem niedrigen Preis gekauft. Dann sorgte er dafür, dass die Streckenführung der Eisenbahn geändert wurde, was eigentlich nicht notwendig gewesen wäre, und verkaufte das Land der Eisenbahngesellschaft zu einem sehr viel höheren Preis«, antwortete Monk, obwohl er es überhaupt nicht gerne in Worte fasste.

»Und sie dachte irrtümlicherweise, es wäre diesmal dasselbe?«, schlussfolgerte Runcorn.

»Scheint so.«

»Und warum hat dieser Dalgarno sie dann umgebracht?«

»Ich weiß es nicht.« Es kam Monk nicht in den Sinn, dass es vielleicht gar nicht Dalgarno gewesen war. Sie hatte von ihm mit solch einem verzehrenden Hunger nach Rache gesprochen, dass nur jemand, den sie einst geliebt hatte, solch eine Wut in ihr hatte entfachen können. Ein Fremder hätte niemals eine so leidenschaftliche Reaktion auslösen können.

»Also, ich habe vor, es herauszufinden«, sagte Runcorn hitzig. »Ich werde ihn zur Strecke bringen, und ich werde ihn eigenhändig zum Galgen schleifen. Das verspreche ich Ihnen, Monk!«

»Gut. Ich helfe Ihnen – falls ich kann.«

»Helfen Sie mir, den Rest hier durchzusehen, für den Fall, dass Sie das eine oder andere erklären können – sollte es mit Eisenbahnen oder so zu tun haben«, sagte Runcorn. »Dann können Sie nach Hause gehen, und ich suche Mr. Dalgarno auf. Mal sehen, was er zu sagen hat!«

Um Viertel nach zehn war Monk zu Hause in der Fitzroy Street. Hester saß am Kamin, in dem ein kleines Feuer schwelte, aber sie stand auf, sobald sie ihn an der Tür hörte. Sie sah müde und ein wenig blass aus; ihr Haar war ziemlich schief hochgesteckt, als hätte sie es ohne Spiegel gemacht. Sie sah ihn fragend an. Falls sie etwas hatte sagen wollen, hatte der Blick in sein Gesicht wohl genügt, sie zum Schweigen zu bringen.

Das Elend seines Versagens hüllte ihn ein wie dichter Nebel. Er sehnte sich danach, ihr alles zu erzählen und sich von ihr trösten zu lassen, sie immer wieder sagen zu hören, es spiele keine Rolle, es sei wirklich nicht sein Verschulden, sondern ein Zusammentreffen widriger Umstände.

Doch selbst wenn sie all das sagte, würde er ihr nicht glauben. Er fürchtete, dass es wahr war, und er fürchtete noch mehr, dass sie die Wahrheit aus Mitleid und Loyalität leugnen und nicht aus vollem Herzen an seine Unschuld glauben würde. Sie wäre so enttäuscht. Solch eine Tat zu begehen und sie dann auch noch zu verheimlichen entsprach ganz und gar nicht ihrer Auffassung von Integrität.

Es war die Vergangenheit, die gierig nach ihm griff, um ihm alles, was er aufgebaut hatte, zu entreißen, die Gegenwart zu beschmutzen und ihn daran zu hindern, der Mann zu sein, der er zu sein versuchte.

Aber er musste ihr etwas sagen, und es musste die Wahrheit sein, wenn auch nicht die ganze.

»Ich wollte Miss Harcus besuchen«, sagte er und zog die Jacke mit dem abgerissenen Knopf aus. Er würde den Knopf ersetzen oder das Kleidungsstück loswerden müssen. »Um ihr zu sagen, dass ich keinen Beweis dafür finden kann, dass Dalgarno irgendetwas vorzuwerfen ist ... in Wahrheit sieht es nicht so aus, als gäbe es überhaupt etwas Verwerfliches.«

Sie wartete mit blassem Gesicht und großen Augen.

»Sie war tot«, sagte er ihr. »Jemand hat sie vom Balkon ihrer Wohnung gestoßen. Runcorn war da.«

»William ... wie Leid mir das tut ...« Sie meinte es ehrlich, sie empfand Mitleid – für ihn, aber mehr noch für die Frau, die sie nie kennen gelernt hatte. »Hast du irgendeine Vorstellung, wer ...«

»Dalgarno«, sagte er, bevor sie ihren Satz zu Ende gesprochen hatte. Plötzlich merkte er, wie kalt ihm war, und er ging zum Feuer hinüber.

»Michael Dalgarno?«, fragte sie langsam und drehte sich um, um ihn anzusehen.

»Ja. Warum?« Er musterte ihr Gesicht, die tiefe Traurigkeit darin, die sich noch verstärkte. »Hester?«

»In welcher Beziehung stand sie zu Dalgarno?«, fragte sie, ohne den Blick abzuwenden. »Warum hat sie geglaubt, er habe sich schuldig gemacht, und warum glaubst du, dass er sie umgebracht hat, William?«

»Sie war mit ihm verlobt. Habe ich dir das nicht erzählt?«

»Nein, den Namen hast du nicht genannt.«

»Warum fragst du? Sag es mir!«

Sie senkte den Blick, dann hob sie ihn rasch wieder. »Ich habe Livia Baltimore besucht, um ihr ein wenig von dem zu berichten, was ich in Bezug auf den Tod ihres Vaters herausgefunden habe. Es ist nicht viel ...« Sie musste seine Ungeduld bemerkt haben. »Ich habe Michael Dalgarno getroffen. Er war dort.«

»Er arbeitet für Baltimore und Söhne. Das ist keine Überraschung.« Als er es sagte, wusste er, dass sie ihm nicht alles erzählt hatte.

»Er hat Livia den Hof gemacht«, antwortete sie. »Und so, wie sie ihn empfangen hat, hat sie es erwartet, also tut er es schon eine ganze Weile. Wenn er mit Miss Harcus verlobt war, dann hat er sich schändlich benommen.«

Er wusste, dass sie sich bei so etwas nicht irrte. Sie kannte die Feinheiten des Werbens, auch wenn sie selbst nie herumgetändelt hatte. Sie wusste auch, wie sich eine junge Dame benehmen sollte und was sich für einen Mann gehörte und was nicht.

Dann hatte Dalgarno Katrina also in der Liebe ebenso betrogen wie in finanzieller Hinsicht. Hatte sie es gewusst? Hatte sie es heute Abend herausgefunden, als sie ihn wegen des Landbetrugs herausgefordert hatte? Hatte er sich als der absolute Opportunist erwiesen, und hatte sie ihm, als sie erfuhr, dass er sie jetzt, wo Baltimores Tochter seinem Werben nachgab, nicht heiraten würde, gedroht, den Betrug aufzudecken? Sodass er sie dann umgebracht hatte?

Monk bückte sich, um das Feuer zu schüren, ebenso froh über das Auflodern der Flammen wie über den Vorwand, Hester nicht ansehen zu müssen.

»Arme Katrina«, sagte er. »Er hat sie auf jede Weise betrogen. Zuerst war er ein Dieb, dann hat er ihr wegen einer anderen Frau den Laufpass gegeben, und als sie ihn damit konfrontierte, hat er sie ... umgebracht.« Es fiel ihm schwer, es auszusprechen.

»Aber du wirst es beweisen ... nicht wahr?«, sagte Hester leise. »Du lässt ihn damit nicht durchkommen ...«

»Nein, niemals«, versprach er ihr und erhob sich wieder. »Ich konnte sie nicht retten, aber bei Gott, ich werde dafür sorgen, dass ihr Gerechtigkeit widerfährt!«

»Ich wünschte, das wäre tröstlicher«, antwortete Hester. Sie näherte sich ihm fast scheu, dann legte sie ihm zärtlich den

Kopf auf die Schulter und schlang die Arme um ihn, hielt ihn sanft fest, als wäre er körperlich verletzt worden und sie könnte ihm wehtun. Es tröstete ihn, aber der Schmerz in ihm saß zu tief, um wirklich davon berührt zu werden. Dass sie ihn liebte, war so unendlich kostbar, dass er alles, was er besaß, dafür geben würde, um sie nicht zu verlieren. Aber es gab nichts, was man dafür weggeben konnte. Er hob die Hände, strich ihr über das Haar und die Hände und hielt sie fest.

Monk schlief lange. Es war schon einige Zeit her, dass er mit Hester neben sich in seinem eigenen Bett gelegen und eine Art geistigen Frieden empfunden hatte, auch wenn dieser nur von seiner Erschöpfung herrührte und dem Wissen, dass er nichts mehr tun konnte, um Katrina Harcus zu helfen. Sie zu rächen, das war etwas anderes. Es war wichtig, aber er war nicht allein. Runcorn würde nicht lockerlassen. Monk konnte und würde ihm helfen, wenn sich die Gelegenheit ergab.

Als er am Morgen aufstand, bot er an, den Küchenherd sauber zu machen und ihn zum Frühstück einzuheizen. Hester war überrascht. Schwere Sachen trug Monk ihr bereitwillig, aber er war nicht besonders häuslich. Er war es gewöhnt, dass sich jemand um ihn kümmerte, und ließ es fraglos geschehen, ohne die Einzelheiten zu bemerken.

Als er allein in der Küche war, machte er sich daran, die alte Asche aufzurütteln, dann nahm er sie mit der Schaufel heraus und kippte sie in den Ascheneimer. Er holte ein wenig Anmachholz herein, um das Feuer rasch anzufachen, dann legte er Kohlen auf, und sobald das Feuer einigermaßen brannte, zog er die Briefe unter seinem Hemd hervor, wo er sie beim Anziehen wieder versteckt hatte, und stopfte sie in den Herd. Sie waren im Nu verbrannt, aber es waren nur zwei, und es musste noch mehr gegeben haben. Wer war Emma? Wie konnte er sie finden? Wo sollte er anfangen zu suchen? Er machte gerade die Ofentür zu, als Hester aus dem Esszimmer hereinkam.

»Es brennt gut«, sagte er lächelnd.

»Das ging schnell!« Sie sah ihn erstaunt an. »Wenn du das so gut hinkriegst, sollte ich es dir jeden Tag überlassen.«

Es war als Neckerei gemeint, und er entspannte sich, weil sie es so ungezwungen sagte. Vertrautes Geplänkel. »Zufall«, sagte er munter. »Reines Glück. Ich bekomme es womöglich nie mehr so gut hin.«

»Tu nicht so bescheiden!«, erwiderte sie mit einem Blick von der Seite.

Die Briefe waren verbrannt. Er fühlte sich schuldig deswegen, denn es waren Beweismittel, aber er spürte auch eine Welle der Erleichterung, zumindest für den Augenblick. Es gab ihm Zeit. Er wusste noch nicht, was er wegen der Jacke und des fehlenden Knopfes tun würde. »Ich dachte, du würdest Bescheidenheit schätzen«, sagte er und zog die Augenbrauen hoch.

Sie verdrehte die Augen, aber sie lächelte.

Sie waren eben erst mit dem Frühstück fertig, als Runcorn kam. Er sah angespannt und wütend aus. Zuerst lehnte er den Tee ab, den Hester ihm anbot, dann überlegte er es sich von einem Moment zum nächsten anders und setzte sich schwer an den Tisch, während sie eine frische Kanne aufgoss.

»Der Mann ist ein Schwein!«, sagte er wütend. Er hatte nicht einmal den Mantel ausgezogen, als wäre er zu wütend, um sich zu entspannen. »Ich werde dafür sorgen, dass er hängt, und wenn es das Letzte ist, was ich tue!« Er warf Monk einen wütenden Blick zu. »Ein Lügner von der schlimmsten Sorte. Er sagt, er habe nie die Absicht gehabt, Katrina Harcus zu heiraten. Können Sie das glauben?«

»Nein«, sagte Monk kalt. »Aber ich kann glauben, dass er, als er feststellte, dass er eine Chance bei Baltimores Tochter hatte, die Gelegenheit mit beiden Händen ergriff und Katrina ihm plötzlich nur noch lästig war.«

Runcorn erstarrte. »Sie haben es gewusst!«, beschuldigte er

ihn. »Sie haben mich angelogen. Um Gottes willen, Monk, was haben Sie sich dabei gedacht? Wollten Sie ihre Gefühle schonen oder ihre Würde wahren? Sie ist tot! Und ich wette hundert zu eins, dass Dalgarno sie umgebracht hat! Es ...«

»Ich habe es erst gestern Abend herausgefunden, als ich nach Hause kam!«, schnitt Monk ihm das Wort ab, und seine Stimme war schneidend vor Wut, weil Runcorn ihn vorschnell verurteilte, weil Dalgarno habgierig, falsch und grausam war, weil Katrina so leidenschaftlich einen Mann geliebt hatte, der ihrer, und jeder anderen Frau, nicht würdig war.

Runcorn betrachtete ihn ungläubig.

»Hester hat es mir gesagt«, fuhr Monk ihn an. Als er sah, dass Runcorn immer noch zweifelte, fuhr er fort: »Sie hat gemerkt, dass etwas nicht stimmte. Ich habe ihr gesagt, dass Katrina Harcus tot sei und dass es aussehe, als habe Dalgarno sie umgebracht. Als sie seinen Namen hörte, sagte sie, sie habe Livia Baltimore besucht ...«

»Warum?«, unterbrach Runcorn ihn.

»Weil Livia Baltimores Vater in der Leather Lane ermordet wurde, und zwar, wie alle annehmen, von einer Prostituierten«, antwortete Monk barsch. »Das wissen Sie doch. Hester hat am Coldbath Square ein Haus eingerichtet, wo Frauen medizinische Hilfe bekommen können.« Er empfand eine gewisse Befriedigung, als er die Verblüffung und dann die Bewunderung in Runcorns Miene sah. Er erinnerte sich an den tiefen und mächtigen Sinneswandel, dessen Zeuge er geworden war, als sie zusammen den Tod des Künstlermodells untersucht hatten, das in die Prostitution gezwungen worden war. Nur widerwillig hatte Monk damals Runcorns Güte erkannt, die er weder ignorieren noch gering schätzen konnte. Er hatte ihn dafür wirklich gemocht.

»Also ging sie Miss Baltimore besuchen ...«, drängte Runcorn.

Hester kam mit einer Kanne frischen Tees zurück, schenkte, ohne etwas zu sagen, Runcorn eine Tasse ein und schob sie ihm hin. Er nickte dankend, wandte den Blick jedoch nicht von Monk ab.

»Ja«, antwortete Monk auf die Frage. »Dalgarno war dort, und ihre Gefühle füreinander waren nicht zu übersehen.«

Sie sahen beide zu Hester hinüber, und diese nickte.

Runcorn stieß ein entrüstetes Räuspern aus, das ohne viele Worte seine Wut und seine Verachtung ausdrückte.

»Wo war er letzte Nacht«, fragte Monk, der wusste, dass Runcorn das herausgefunden hatte.

Runcorn verzog das Gesicht plötzlich zu einem Lächeln. »Allein in seiner Wohnung«, sagte er mit tiefer Befriedigung. »So behauptet er zumindest. Aber er kann es nicht beweisen. Der Diener hatte frei, kein Pförtner, keine Besucher.«

»Also hätte er in die Cuthbert Street gehen können?« Monk war überrascht über die Mischung aus Gefühlen, die in ihm wach wurden. Hätte Dalgarno Rechenschaft über seine Zeit ablegen können, hätte das bedeutet, dass er nicht schuldig sein konnte – zumindest hätte er Katrina dann nicht eigenhändig umbringen können. Das hätte die Frage neu aufgeworfen. Monk kannte niemanden sonst, der einen Grund haben könnte, Katrina etwas anzutun. Aber es bereitete ihm auch mehr Unbehagen, als er sich hätte vorstellen können, denn er dachte daran, wie sie dem Mann entgegengetreten war, den sie so tief geliebt hatte, und in seinen Augen gesehen hatte, dass er sie umbringen wollte. Hatte sie es gleich gewusst? Oder hatte sie im Zimmer oder auf dem Balkon gewartet und bis zum letzten Augenblick nicht glauben können, dass er es tun würde, hatte dann seine starken Hände gespürt und gemerkt, wie sie rückwärts taumelte und stürzte?

»Monk!« Runcorns Stimme unterbrach ihn in seinen Gedanken.

»Ja ...«, knurrte er. »Was hat er noch gesagt? Wie hat er reagiert?«

»Auf ihren Tod?« Runcorns Abscheu war offensichtlich. »Mit vorgetäuschter Überraschung – und Gleichgültigkeit. Er ist das kälteste Schwein, mit dem ich je zu tun hatte. Von seinem Betragen hätte man schließen können, die ganze Angelegenheit sei eine Tragödie, die ihn kaum berührt, eine Sache, die er anstandshalber bedauert, die ihn aber in Wahrheit völlig gleichgültig lässt. Er hat ein Auge darauf geworfen, Partner bei Baltimore und Söhne zu werden, und das ist alles, was ihn interessiert. Ich kriege ihn, Monk, ich schwöre es!«

»Wir müssen ihm ein Motiv nachweisen«, sagte Monk und konzentrierte seine Gedanken auf das Thema. Wut, Empörung und Mitleid waren verständlich, aber damit erreichte er im Augenblick nichts.

»Gier«, sagte Runcorn einfach, als sei das eine Wort Verdammnis genug. Er griff nach seiner Tasse und trank, da er sich nicht verbrennen wollte, behutsam einen Schluck.

»Das beweist nicht, dass er sie umgebracht hat«, erwiderte Monk mit mühsam beherrschter Geduld. »Viele Menschen sind gierig. Er wäre nicht der erste Mann, der um einer reichen Erbin willen einer nicht so wohlhabenden Frau gegenüber sein Versprechen bricht, sobald er sicher ist, dass er bei Ersterer eine Chance hat. Es ist zwar abscheulich, aber noch kein Verbrechen.«

»Er hat kein Alibi.« Runcorn stellte seine Tasse ab und zählte die Punkte an den Fingern auf. »Er hätte in der Cuthbert Street sein können. Er ähnelt von der Gestalt her dem Mann, den der Zeuge auf dem Dach gesehen hat. Es war zwar nur ein flüchtiger Eindruck, aber mit Sicherheit war er elegant, dunkel, ein wenig größer als sie. Wobei sie für eine Frau ziemlich groß war.« Runcorn streckte einen zweiten Finger aus. »Er brauchte nur sein Gewicht und seine Körperkraft, um sie umzubringen. Und dann ist da noch dieser Knopf, den wir in ihrer Hand gefunden haben. Wir werden alle seine Kleider untersuchen.«

Monk spürte, wie ihn ein Frösteln durchlief und ihm dann am ganzen Körper der Schweiß ausbrach. Er betete darum, dass Runcorn es nicht merkte. Die Jacke mit dem fehlenden Knopf war in seinem Kleiderschrank im Schlafzimmer. Gott sei Dank hatte er sie nicht mit dem Papier zusammen in den Herd gestopft. Er hatte darüber nachgedacht!

»Hoffe, er hat das Kleidungsstück nicht beseitigt«, fuhr Runcorn fort. »Aber selbst wenn, irgendjemand wird wissen, dass er einen Umhang oder Mantel besaß, und wie will er dessen Verschwinden dann erklären?«

Monk sagte nichts. Sein Mund war trocken. Wo konnte er einen Knopf auftreiben, um den fehlenden zu ersetzen? Wenn er zu einem Schneider ging, fand Runcorn es womöglich heraus.

Runcorn hielt einen dritten Finger hoch. »Und ihre Beschuldigung, er sei in einen Betrug verwickelt; wir wissen, dass sie Sie beauftragt hat, es zu beweisen!«

Monk fuhr sich mit der Zunge über die Lippen.

»Im Grunde, es zu widerlegen«, entgegnete er.

»Und er wollte sie fallen lassen und die reiche Baltimore-Erbin heiraten«, fuhr Runcorn unbarmherzig fort. »Das ist mehr als Motiv genug.«

Hester blickte schweigend von einem zum anderen.

»Nur dann, wenn wir den Betrug beim Landankauf beweisen«, meinte Monk. »Und Livia Baltimore ist zwar möglicherweise ziemlich wohlhabend, aber sie ist keine reiche Erbin.«

»Sie wird eine sein, wenn Baltimore und Söhne rollendes Material nach Indien verkauft«, antwortete Runcorn leidenschaftlich. »Es wird sie alle reich machen, und das wird nur der Anfang sein. Da wird unendlich viel Geld fließen.«

Etwas huschte Monk durch den Kopf und verschwand wieder.

»Was ist?«, wollte Runcorn wissen und sah ihn eindringlich an.

Monk saß reglos da und versuchte, sich darauf zu besinnen,

es an den Rändern seines Bewusstseins zu packen, aber es war verschwunden. »Ich weiß nicht«, gab er zu.

In Runcorns Augen flackerte kurz Wut auf, die dann aber in Verständnis überging. »Also, sagen Sie's mir, wenn es Ihnen wieder einfällt. In der Zwischenzeit muss ich sehen, dass ich Dalgarno auf den Betrug festnagle.« Er hob am Ende des Satzes leicht die Stimme, als wollte er, dass Monk den Gedanken für ihn zu Ende sprach.

»Ich helfe Ihnen«, sagte Monk sofort. Es war eine Feststellung. Er wollte etwas tun, ob es Runcorn recht war oder nicht.

Runcorn hatte doch sicher Katrinas Wohnung weiter durchsucht. Hatte er Briefe von Emma gefunden? Darauf wäre bestimmt ein Absender. Konnte er es wagen, danach zu fragen? Welche Ausrede konnte er vorbringen?

Der Augenblick verstrich.

Runcorn lächelte säuerlich. »Dachte ich mir.« Er zog einen Packen Papier aus der Tasche, etwa ein halbes Dutzend Blätter, und einen Augenblick hatte Monk das Gefühl, als hätte er laut gesprochen. »Hab die in Miss Harcus' Wohnung gefunden.« Runcorn sah ihn an, jeglicher Anflug von Bitterkeit war aus seinen Augen verschwunden. »Bestellscheine und Quittungen von Baltimore und Söhne. Sie hat ihn wirklich verdächtigt. Ganz schön riskantes Unterfangen, die an sich zu nehmen. Sie war eine tapfere Frau mit einer leidenschaftlichen Liebe zur Wahrheit.« Er hielt die Papiere hoch in die Luft. »Egal, wie sehr sie ihn liebte, sie hätte ihn nicht gedeckt. Als der Verdacht in ihr aufkam, war sie noch mit ihm verlobt, und in absehbarer Zeit hätte sie mit ihm geteilt, was er herausgeholt hätte.« Er schüttelte sehr langsam den Kopf. »Warum sind Menschen solche Narren, Monk? Warum war ihm unredlich verdientes Geld wichtiger als eine wirklich anständige Frau? Und obendrein war sie gut aussehend und jung.«

»Ich nehme an, weil sie ehrlich war«, antwortete Hester an Monks Stelle. »Sie liebte ihn nicht für das, was er war, sondern trotzdem. Vielleicht konnte sein Stolz damit nicht leben. Er sucht Bewunderung.«

»Dann hätte er ein Heiliger sein müssen«, sagte Runcorn angewidert. »Wie es aussieht, wird man ihn dafür hängen. Tut mir Leid, Mrs. Monk, aber so ist es nun mal.« Er hielt Monk die Papiere hin. »Hier, nehmen Sie die, und schauen Sie nach, ob Sie etwas finden. Ich werde mir mal Baltimores Finanzen vorknöpfen. Mal sehen, wie viel Geld Dalgarno bekam, entweder jetzt oder nach der Heirat mit Miss Baltimore.« Er wandte sich an Hester. »Vielen Dank für den Tee. Ich bitte um Verzeihung, dass ich Sie gestört habe.«

Hester lächelte und stand auf, um ihn zur Tür zu bringen.

Monk stand mitten im Zimmer, die Hände geballt und zitternd, sodass die Papiere von seinem Griff ganz zerknittert waren.

Monk las alles, was Runcorn ihm dagelassen hatte, sorgfältig durch. Nichts, was Dalgarno mit irgendetwas anderem in Verbindung brachte als dem Wunsch, einen möglichst großen Profit zu erzielen, und das hatten alle Geschäftsleute gemein. Nichts Ungesetzliches, nicht einmal eine Unterschlagung. Alles, was die Unterlagen zeigten, war, dass Dalgarno mit allen Aspekten der Vermessung und dem Angebot und Kauf von Land zu tun gehabt hatte. Aber das gehörte zu seinen Pflichten. Jarvis Baltimore war offensichtlich für den Ankauf von Bauholz, Stahl und anderen für die Strecke notwendigen Materialien verantwortlich gewesen, und Nolan Baltimore hatte das ganze Unternehmen geleitet und sich um die Regierung und die Konkurrenz gekümmert. In den Pioniertagen der Eisenbahn, etwa eine Generation vor ihnen, war der Wettstreit zwischen den Eisenbahngesellschaften sehr viel erbitterter geführt worden, aber auch heute noch brauchte man Wissen, Können und die richtigen Verbindungen, um erfolgreich zu sein.

Die einzige Sache, die sich Monk einprägte, als er die Papiere ein drittes Mal durchblätterte und Hester die wichtigsten Briefe laut vorlas, war, dass die erwarteten Gewinne nicht übermäßig hoch waren.

»Den Baltimores muss es sehr gut gehen«, bemerkte sie. »Aber ein Vermögen ist es nicht gerade.«

»Nein«, pflichtete er ihr zerknirscht bei. »Für den Besitzer einer Eisenbahngesellschaft wohl kaum.«

Ihn bestürmte die Erinnerung, dass man Dundas der Veruntreuung weit größerer Summen als hier angeklagt hatte. Sie war nur flüchtig, so kurz, dass sie schon wieder verschwunden war, bevor er sie verstehen konnte. Sie hatte womöglich nichts mit dem gegenwärtigen Thema zu tun, aber vielleicht war sie auch der Schlüssel, das eine Element, das noch fehlte. Da war etwas, das alles miteinander verband und in einen logischen Zusammenhang stellte, aber es trieb stets knapp außerhalb seiner Reichweite, schmolz in einem Augenblick zu etwas Formlosem, um sich im nächsten beinahe zu offenbaren. Er griff danach, und schon war nur noch eine diffuse Angst da.

Es gab jedoch noch mehr Angst, und zwar mit klaren Konturen: Emma, der Katrina ganz offen anvertraut hatte, dass sie Monk nicht traute. Wer war sie, und warum hatte sie sich nicht gemeldet? Irgendwoher hatte sie sicher erfahren, dass Katrina ermordet worden war, durch Freunde, Klatsch, vielleicht sogar von einem Anwalt, dem Katrina ihre Angelegenheiten anvertraut hatte. Der kurze Blick in ihre Wohnung und die Kleider, die sie bei ihren Treffen getragen hatte, deuteten darauf hin, dass sie nicht mittellos war.

Wenn sie mit solcher Offenheit korrespondierten, standen sie sich nahe, schrieben sich häufig. Unter Katrinas Unterlagen war sicher eine Notiz – ihre Adresse oder zumindest etwas, woraus er schließen konnte, wo sie lebte.

Vielleicht wusste sie sogar etwas über Dalgarno, was Katrina ihr anvertraut hatte, etwas, das Runcorn helfen konnte.

Er musste noch einmal in Katrinas Wohnung. Die Frage war: Wäre es klüger, dreist im hellen Tageslicht hinzugehen und vorzugeben, er habe die Befugnis dazu, oder in der Nacht einzubrechen und darauf zu vertrauen, dass er nicht erwischt wurde? So oder so hatte er keine richtige Erklärung. Am schlimmsten wäre, wenn man ihn mit Emmas Adresse oder einem weiteren vernichtenden Brief von ihr in der Hand erwischen würde.

Aber es war zu riskant, ihn nicht zu holen, nicht nur, weil Runcorn ihn finden könnte. Zum ersten Mal in seinem Leben lagen – soweit er sich erinnerte – seine Nerven so blank, dass sie ihn verraten konnten, zumindest Hester gegenüber, und sie war ihm noch wichtiger als das Gesetz.

Er wusste nicht, ob es die mutigere Variante war, aber er entschied sich für tagsüber. Wenn er gefragt wurde, hatte er eher die Chance zu bluffen, und es ginge schneller. Er wollte es hinter sich bringen. Das Warten fiel ihm fast so schwer wie die Vorbereitung und die Durchführung.

Katrinas Haus war nicht bewacht, aber zwanzig Meter weiter sah er einen Streifenpolizisten. Sollte er warten, bis der Mann weiterging, und sich dann hineinschleichen und sich, wenn er erwischt wurde, eine Ausrede einfallen lassen? Oder wäre es besser, kühn auf ihn zuzuschreiten, ihn anzulügen, es sei ihm etwas eingefallen und er habe Runcorns Erlaubnis, die Wohnung zu betreten? Im Grunde hatte er sie ja. Runcorn wollte, dass er Dalgarnos Schuld bewies.

Es gab nur diese zwei Möglichkeiten, und die zweite barg Gefahren, aber sie war die bessere. Er zwang sich, nicht über die Folgen nachzudenken. Angst würde sich in seinem Gesicht zeigen, und wenn der Polizist gewieft war, würde er seine Unsicherheit sehen. Also ging er forsch auf ihn zu und blieb vor ihm stehen.

»Guten Morgen, Constable«, sagte er mit einem leichten Lächeln, das nicht mehr war als eine höfliche Geste. »Ich heiße

Monk. Sie erinnern sich vielleicht an mich, von der Nacht, in der Miss Harcus umgebracht wurde.« Er sah Wiedererkennen im Gesicht des Mannes und eine Welle der Erleichterung. »Da ich Miss Harcus kannte und an einem Fall für sie arbeitete, hat Mr. Runcorn mich um Hilfe gebeten. Ich muss noch einmal ins Haus und nach etwas suchen. Ich brauche Sie nicht. Ich wollte Ihnen nur Bescheid sagen, damit Sie sich keine Sorgen machen, falls Sie mich dort sehen.«

»In Ordnung, Sir. Vielen Dank«, sagte der Polizist und nickte. »Wenn Sie mich brauchen, Sir, bin ich da.«

»Gut. Falls etwas ist, schicke ich nach Ihnen. Guten Tag.« Und bevor der Mann seine Anspannung bemerken konnte, drehte er sich um und ging, so schnell er es wagte, auf das Haus zu. Er hatte keine Schlüssel. Er würde am Schloss herumfingern müssen, um sich Eintritt zu verschaffen, aber das war eine Kunst, die er in den Tagen vor seinem Unfall von einem Meister gelernt und nicht wieder vergessen hatte.

Innerhalb von Sekunden war er im Haus und ging die Treppe zu Katrinas Wohnung hinauf. Ihre Wohnungstür zu öffnen ging noch schneller, und dann war er drin. Ein eigenartiges Gefühl umfing ihn, die Stille, der feine Staubfilm, der in dem Sonnenlicht, das durch das Erkerfenster fiel, auf dem Holz zu erkennen war. Für jemand anderen mochte es aussehen wie die Wohnung von jemandem, der in Urlaub war; für ihn war hier der Tod so gegenwärtig, als würde er ihn abwartend beobachten.

Er zwang seine Aufmerksamkeit in die Gegenwart zurück. Er hatte keine Zeit, darüber nachzudenken, was hier geschehen war, sich vorzustellen, wie Dalgarno, falls er es gewesen war, da gestanden hatte, wo Monk jetzt stand, sie umgarnt oder mit ihr gestritten hatte und dann mit ihr hinaus auf den Balkon getreten war – die letzten wütenden Worte, der Kampf und dann ihr Sturz ...

Er suchte nach Papieren, Briefen, Adressbüchern. Wo konnten sie sein? In dem Tisch, wo Runcorn bereits nachgeschaut hatte, oder an einem ähnlichen Platz. Er ging rasch zum Sekretär, öffnete ihn und nahm sich erst die Ablagefächer vor und dann die Schubladen. Für eine Frau, die sich selbst um ihre Angelegenheiten kümmerte, waren sie überraschend leer, und nichts reichte weiter zurück als ein paar Monate. Wahrscheinlich war das der Zeitpunkt, an dem sie nach London gekommen war.

Es gab keine weiteren Briefe an Emma, was ihn nicht überraschte. Natürlich waren sie alle aufgegeben worden. Der Gedanke, dass Emma sie womöglich hatte, ließ ihn frösteln. Und es schien, als hätte Katrina die Briefe Emmas nicht aufgehoben, zumindest nicht im Schreibtisch. Er fand auch keine Adresse. Hatte sie diese so gut gekannt, dass sie sie nicht notieren musste?

Er sah sich um. Wo konnte sie sonst noch Schriftliches aufbewahren? Wo kochte sie? Befanden sich ihre Kochbücher und Haushaltsabrechnungen woanders? Ein Tagebuch? Wo bewahrte eine Frau ihr Tagebuch auf? Im Nachttisch oder im Schlafzimmerschrank? Unter der Matratze, wenn es etwas sehr Persönliches enthielt.

Er suchte immer verzweifelter, versuchte, nicht nervös zu werden und methodisch vorzugehen, nichts zu übersehen, alles so zurückzulassen, wie er es vorgefunden hatte. Es gab keine weiteren Briefe, kein Adressbuch, nur Kochrezepte, wie jede Frau sie hatte, und kurze Notizen, wie besonders empfindliche Stoffe zu waschen waren.

Kurz bevor er aufgeben wollte, fand er das Tagebuch. Er hatte sich mit schweißnassem Gesicht aufs Bett gesetzt, die Enttäuschung hatte seine Hände starr und ungeschickt gemacht, da spürte er etwas Hartes in dem mit Spitzen besetzten Zierkissen, das am Kopfende auf der Tagesdecke lag. Er griff in den Bezug und zog ein kleines gebundenes Buch hervor. Er wusste augenblicklich, was es war, und schlug es auf, wobei er aus Angst, was er wohl finden würde, die Luft anhielt. Es konnte alles enthalten, weitere Zweifel an ihm, Worte, die Dalgarnos Schuld bewiesen oder die eines anderen, oder auch gar nichts von Bedeutung. Und er verabscheute es, in ihre Privatsphäre einzudringen. Tagebücher waren oft schrecklich persönlich. Er wollte es nicht lesen, aber er musste.

Auf dem Vorsatzblatt war eine Widmung: »Für meine liebste Katrina, von Deiner Tante Eveline.« Er blätterte die Seiten flüchtig durch. Das erste Datum war älter als zehn Jahre, und die Einträge waren nur sporadisch erfolgt, manchmal kaum mehr als ein Datum, zuweilen eine ganze Seite, wichtige Ereignisse waren auch schon einmal auf zwei Seiten festgehalten. Er hatte keine Zeit, alle zu lesen, und so konzentrierte er sich auf die jüngsten Eintragungen, besonders seit sie Dalgarno kennen gelernt hatte.

Er hatte ein schlechtes Gewissen, als er las, was in einigen Fällen die geheimsten Gedanken einer jungen Frau waren über die Menschen in ihrem Leben und die Gefühle, die sie in ihr erweckten. Oft waren ihre Worte jedoch so rätselhaft, dass er nur Vermutungen anstellen konnte, was er lieber nicht tat. Er stellte sich vor, was er empfinden würde, hätte er je seine Gedanken dem Papier anvertraut und ein vollkommen Fremder würde sie lesen.

Er fand den Brief von Emma fast am Ende des Buches. Er war in der gleichen gedrängten, geneigten Handschrift geschrieben wie der, den er verbrannt hatte. Er war sehr viel unspezifischer, enthielt nur Worte allgemeiner Zuneigung, als sei er eine Antwort auf einen Brief von Katrina, der keiner Wiederholung bedurfte, um seinerseits verstanden zu werden.

Er las ihn zweimal, dann faltete er ihn wieder zusammen, legte ihn in das Tagebuch und schob dieses vorsichtig in seine Tasche. Offensichtlich hatte Runcorn es nicht gefunden, also würde er es auch nicht vermissen. Er konnte es später lesen und sehen, ob irgendetwas zu Emma führte.

Keine halbe Stunde nachdem er die Wohnung betreten hatte, stand er wieder auf der Straße, sagte dem Polizisten, er hätte bedauerlicherweise nichts gefunden, und dann wünschte er ihm einen guten Tag und ging mit raschen Schritten auf die große Verkehrsstraße zu.

Die Spätausgabe wurde an diesem Abend von einer Nachricht beherrscht: MICHAEL DALGARNO WEGEN DES BRUTALEN MORDES AN KATRINA HARCUS VERHAFTET. ZWEITE TRAGÖDIE FÜR BALTIMORE UND SÖHNE.

Runcorn musste glauben, dass er genug hatte, um vor Gericht zu gehen. Himmel, hoffentlich hatte er Recht!

Aber Runcorn war sich alles andere als sicher. Monk wusste es in dem Augenblick, als er ihn am nächsten Morgen zu Gesicht bekam, auch wenn er es leugnete. Sie waren in Runcorns Büro, der ganze Tisch war mit Unterlagen bedeckt, und das Sonnenlicht, das durchs Fenster fiel, malte helle Muster auf den Fußboden.

»Natürlich reicht es!«, antwortete Runcorn. »Er hat die Investoren von Baltimore und Söhne beim Kauf von Land betrogen, und Katrina Harcus wusste es. Sie sagte es ihm auf den Kopf zu und bat ihn, damit aufzuhören. Er hatte zwei Gründe, ihren Tod zu wünschen.« Er hielt zwei Finger in die Luft. »Damit sie wegen des Betrugs schwieg, für den sie womöglich einen Beweis hatte, den er dann vernichtete. Das hat sie Ihnen so gut wie gesagt. Und er hatte jetzt die Chance, Livia Baltimore zu heiraten, die in Kürze eine reiche Frau sein wird.« Er sah Monk herausfordernd an. »Ob er etwas mit Nolan Baltimores Tod zu tun hatte oder nicht, werden wir wohl nie erfahren. Möglich wäre es.« Er holte Luft und hielt einen weiteren Finger hoch. »Hinzu kommt, dass er nicht beweisen kann, wo er zum Zeitpunkt ihres Todes war. Er behauptet, er sei zu Hause gewesen, aber es gibt niemanden, der das bezeugen kann.«

»Was ist mit dem Umhang?«, fragte Monk und wünschte im selben Augenblick, er hätte nichts gesagt. Es erinnerte Runcorn sicher auch an den Knopf, und er hatte sich noch nicht seiner Jacke entledigt oder die Gelegenheit gefunden, einen Ersatzknopf zu besorgen, falls er das überhaupt wagte.

Runcorn seufzte gereizt. »Keine Spur davon«, sagte er. »Kann niemanden finden, der ihn in einem Umhang oder etwas Ähnlichem gesehen hat. Er hatte ein Cape für die Oper.« Sein Tonfall deutete an, was er davon hielt. »Aber das hat er noch.«

Monk war enttäuscht.

»Auch mit dem Knopf nichts«, fuhr Runcorn fort. »An keinem seiner Mäntel und Jacken fehlt einer, und sein Diener sagt, es sei alles da.«

»Dann hängt alles daran, ob es einen Betrug gibt«, meinte Monk. Er sagte es ungern, aber es war die Wahrheit. »Und das können wir nicht beweisen.«

»Das Land!«, sagte Runcorn trotzig und schob das Kinn vor. »Sie haben doch erzählt, es gäbe dort Kaninchen, Sie hätten sie mit eigenen Augen gesehen. Könnte denn ein Hügel, in den eine Kolonne von Streckenarbeitern keinen Tunnel gesprengt kriegt, so einfach von Kaninchen durchbuddelt werden, Donnerwetter noch mal?«

»Natürlich nicht. Zumindest hoffe ich das«, sagte Monk sarkastisch. »Aber selbst wenn es deswegen ein wenig mehr Gewinn gab, dann nicht, weil Dalgarno der Besitzer des Landes war, über das die Strecke nach der Umleitung führte.«

»Warum haben sie es dann getan, wenn es keinen Gewinn abwarf?«, wollte Runcorn wissen.

Monk war geduldig. »Ich habe nicht gesagt, dass es keinen Gewinn gab, nur, dass er nicht deswegen gemacht wurde, weil Dalgarno dieses Stück Land besaß. Es war nicht seines und auch nicht das der Baltimores. Vielleicht ging es um Schmiergeld. Jemand hat gut dafür bezahlt, dass die Strecke nicht über sein Land führte, aber dafür haben wir keinerlei Beweise, und ich glaube auch nicht, dass Katrina welche hatte. Zumindest hat sie mir nichts davon erzählt ...« Er unterbrach sich.

»Was?«, sagte Runcorn schnell. »Was ist, Monk? Sie haben sich an etwas erinnert!«

»Ich glaube, sie wusste noch etwas, was sie mir noch nicht gesagt hatte«, räumte er ein.

»Dann war es das!« Runcorns Miene erhellte sich. »Das war der Beweis, den sie Ihnen geben wollte, aber Dalgarno hat sie vorher umgebracht! Sie wollte noch einmal versuchen, ihn zu überreden, es aufzugeben ...«

»Dafür haben wir keinen Beweis!«, schnitt Monk ihm das Wort ab.

»Sehen Sie!« Runcorn ballte die Faust und konnte sich nur mit Mühe beherrschen, nicht damit auf den Tisch zu schlagen. »Dieser Betrug ist eine Kopie des ersten, für den Arrol Dundas vor sechzehn Jahren verurteilt wurde, nicht wahr?«

Monk spürte, dass sein Körper sich anspannte. »Ja«, sagte er sehr leise.

»Worüber Nolan Baltimore Bescheid gewusst haben muss, entweder damals oder als alles vor Gericht herauskam?«, drängte Runcorn.

»Ja ...«

»Gut. Also, dieser Dundas war kein Narr. Er kam eine ganze Zeit damit durch – fast hätte man ihn ja gar nicht erwischt. Nolan Baltimore wusste alles darüber, womöglich auch Jarvis Baltimore – und sehr wahrscheinlich auch Michael Dalgarno. Es gehört schließlich zur Geschichte der Gesellschaft. Finden Sie heraus, wie Dundas aufflog, Monk. Finden Sie die Einzelheiten, Stück für Stück.«

»Es war das Land«, sagte Monk müde. »Er kaufte es, bevor die Eisenbahntrasse verlegt wurde, und verkaufte es ihnen dann teuer, nachdem er den Vermessungsbericht über die Höhe und Beschaffenheit des Hügels gefälscht hatte.«

»Und Baltimore und Söhne macht diesmal genau dasselbe und leitet die Strecke wieder um?« Runcorn machte große Augen. »Und ich soll glauben, das sei alles nur Zufall? Unsinn! Dalgarno wusste alles über das erste Mal, und er hat genau den gleichen Trick angewandt ... aus einem sehr guten Grund. Irgendwo steckt da für ihn ein Gewinn drin. Und Katrina fand einen Beweis dafür. Sie kennen sich mit Eisenbahnen aus, Sie wissen, wie Bankgeschäfte abgewickelt werden – finden Sie's raus, und zwar bevor wir vor Gericht gehen! Ich sorge dafür, dass Sie das Geld bekommen, um nach Liverpool oder, falls erforderlich, auch woandershin zu reisen. Bringen Sie Beweise mit.«

Monk konnte sich nicht weigern, ebenso sehr um seinetwillen wie um Runcorns oder Katrinas willen. Er streckte die Hand aus, und nachdem er ihn einen Augenblick ausdruckslos angeschaut hatte, zog Runcorn seine Schreibtischschublade auf, holte sechs Guineen heraus und drückte sie Monk in die Hand. »Ich schicke Ihnen noch was, falls Sie mehr brauchen«, versprach er. »Aber bleiben Sie nicht unnötig lange weg. Man bringt ihn sicher bald vor Gericht.«

»Ja«, meinte Monk. »Ja, vermutlich.« Er steckte das Geld in die Tasche und ging zur Tür hinaus.

9

Als Hester nach Hause kam und eine Nachricht von Monk fand, er sei nach Liverpool gefahren, wo er Beweise für Dalgarnos Schuld an dem Betrug zu finden hoffe, begriff sie genau, warum er das getan hatte. Sie hätte an seiner Stelle das Gleiche getan. Und doch fühlte sich das Haus schrecklich leer an, ebenso wie sie selbst. Sie hatte ihm bei diesem Fall nicht helfen können, und ungeachtet aller oberflächlichen Erklärungen und trotz allem Verständnis wusste sie, dass tiefe und heftige Gefühle im Spiel waren, an denen er sie nicht hatte teilhaben lassen, und die meisten davon waren schmerzlich.

Vielleicht war sie von den Problemen am Coldbath Square

so in Anspruch genommen, dass sie ihn nicht genug gedrängt hatte, mit ihr darüber zu reden. Es fiel ihm schwer, über die Wahrheit zu sprechen, weil sie die Jahre seines Lebens betraf, während deren er, wie er glaubte, weniger wert gewesen war als der Mann, der er heute war.

Warum vertraute er immer noch nicht darauf, dass sie einen großzügigen Geist hatte und bereitwillig und aufrichtig davon absah, das wissen zu wollen, was besser begraben blieb? Glaubte ein Teil von ihm immer noch, sie sei kritisch, selbstgerecht und habe all die kalten und engstirnigen Eigenschaften, deren er sie einst beschuldigt hatte, bevor sie sich eingestanden hatten, dass sie sich liebten?

Oder hatte sie vergessen, ihm zu sagen, dass sie ihn damals nur der Arroganz, des Zynismus und des Opportunismus angeklagt hatte, weil sie Angst vor ihrer eigenen Verletzlichkeit hatte? Sie hatte etwas Behagliches gesucht, einen Mann, den sie lieben konnte, ohne ihre innere Unabhängigkeit aufzugeben. Eine Liebe, die angenehm und sicher war, die nie mehr von ihr verlangte, als sie zu geben bereit war, und die ihr nie Schmerzen bereitete, die durch das Lachen und die Freude nicht wieder aufgewogen wurden.

Er hatte sich aus den gleichen Gründen zurückgezogen!

Er hatte Frauen hofiert, die weich, willfährig und hübsch waren, die ihn nicht herausforderten, ihn nicht verletzten und nicht alles von ihm verlangten, was er zu geben hatte, und die ihm nicht die Vorwände und Schutzschilde entrissen, um sein Herz zu erreichen.

Wenn er zurück war, würde sie alles anders machen – würde aufhören, gefällig und höflich zu sein und um die Wahrheit herumzuschleichen wie um den heißen Brei. Sie würde zu der leidenschaftlichen Ehrlichkeit zurückkehren, die sie beide am Anfang verbunden hatte, als sie die Dinge mit solch einer Intensität geteilt hatten, dass Berührungen, Worte, selbst das Schweigen wie ein Akt der Liebe waren.

Aber jetzt musste sie sich beschäftigen und etwas wegen der Frauen unternehmen, die dem Wucherer Geld schuldeten und geschlagen wurden, weil sie ihre Schulden nicht zurückzahlen konnten. Sie war sich fast sicher, dass Squeaky Robinson der Missetäter war. Aber bevor sie nicht noch einmal mit ihm gesprochen hatte und ein gutes Stück weiter in ihn gedrungen war, war ihr Verdacht nicht genug. Er hatte Angst vor etwas. Es wäre sehr hilfreich zu erfahren, wovor.

Es war ein warmer Tag. Sie brauchte kaum ein Umschlagtuch, ganz zu schweigen von einem Mantel, und die Straßen waren bis zur Tottenham Court Road, wo sie einen Hansom suchte, voller Menschen. Sie erwog, bei einem Straßenhändler ein Pfefferminzwasser zu kaufen – es sah verlockend aus –, aber dann überlegte sie es sich anders und sparte das Geld. Sie kam an einem Zeitungsjungen vorbei, und ihr Blick fiel auf einen Artikel über den Krieg in Amerika. Schuldbewusst zögerte sie lange genug, um zumindest den Anfang zu lesen, und erinnerte sich mit Schrecken daran, wie sie in die erste furchtbare Schlacht dieses Krieges verwickelt worden war. Es schien, als wäre es den Unionstruppen zutiefst peinlich gewesen, dass viele der Waffen, die aus den kilometerlangen Befestigungsanlagen der Konföderierten ragten, in Wirklichkeit nur angemalte Holzknüppel waren. Die Kanoniere hatten sich schon vor einiger Zeit nach Süden zurückgezogen.

Sie lächelte über die Ironie und eilte weiter, und an der nächsten Ecke fand sie einen Hansom.

Sie betrat das Haus am Coldbath Square, nur um Bessie zu sagen, wohin sie wollte, sodass diese, falls Hester gebraucht wurde, nach ihr schicken konnte, und auch, damit jemand wusste, wo sie war. Mehr Sicherheit gab es nicht. Nicht dass sie glaubte, Squeaky Robinson wollte ihr etwas antun. Er hatte keinen Grund, ihr etwas Böses zu wünschen – sie waren angeblich auf derselben Seite, zumindest dachte er das. Dennoch war es eine Art von Vorsichtsmaßnahme.

Bessie fand es sehr zweifelhaft. Sie stand mit verschränkten Armen und geschürzten Lippen da. »Also, alles, was ich sagen kann, ist, wenn Sie nicht in zwei Stunden heil und gesund wieder hier sind – und ich kann die Uhr lesen –, dann gehe ich Constable Hart suchen! Und ich werde kein Blatt vor den Mund nehmen! Er kommt gleich hinter Ihnen her! Er mag Sie nämlich, jawoll!« Es klang wütend, als sei es eine Drohung. Aber dass Bessie bereitwillig mit einem Polizisten sprechen, ja sich ihm sogar anvertrauen und ihn um Hilfe bitten wollte, war beredtes Zeugnis dafür, mit wie vielen Vorbehalten sie Hesters Unternehmen betrachtete.

Zufrieden damit, dass sie ihren Standpunkt gut vertreten hatte, dankte Hester ihr, schlang sich trotz der Sonne das Tuch um den Kopf und machte sich auf den Weg zur Portpool Lane.

Squeaky empfing sie steif. Er saß aufrecht auf seinem Stuhl hinter dem Schreibtisch, und ein Tablett mit Teegeschirr stand auf dem einzigen Platz, der nicht mit Papier bedeckt war. Eine Brille klemmte auf seiner langen Nasenspitze, und seine Finger waren voller Tintenflecke. Er wirkte zutiefst unglücklich. Seine Haare standen in alle Richtungen, als wäre er sich unablässig mit den Händen hindurchgefahren.

»Was wollen Sie?«, fragte er barsch. »Ich habe Ihnen nichts zu sagen. Ich habe Jessop nicht gesehen.«

»Ich schon«, sagte Hester schnell, setzte sich auf den Stuhl ihm gegenüber und drapierte ihre Röcke etwas eleganter, als wollte sie eine Weile bleiben. »Er will immer noch mehr Geld – das wir nicht haben.«

»Niemand hat Geld!«, sagte Squeaky aufgebracht. »Ich bestimmt nicht, also hat's keinen Sinn, sich an mich zu wenden. Die Zeiten sind hart. Ausgerechnet Sie sollten das doch wissen.«

»Wieso ich?«, fragte Hester unschuldig.

»Weil Sie wissen, dass kaum eine Seele auf der Straße ist!«, sagte er wütend. »Die feinen Herren gehen woandershin, um ihr Vergnügen zu suchen. Wir werden noch alle im Armenhaus enden, das ist sicher!« Das war übertrieben. Bevor es zu so einer Katastrophe kam, würde er eher zum Dieb werden, aber in seiner Stimme schwang Panik mit, die durchaus echt war.

»Ich weiß, dass es schwer ist«, sagte sie ernst. »Politischer Druck sorgt dafür, dass die Polizei überall ist, obwohl niemand erwartet, dass sie herausfinden, wer Baltimore umgebracht hat.«

Ein merkwürdiger Ausdruck huschte über sein Gesicht, eine Art unterdrückte Wut. Warum? Wenn er wusste, wer der Mörder war, warum informierte er dann nicht, heimlich natürlich, die Polizei, damit der ganze Spuk endlich ein Ende hatte? Dann könnten er und alle anderen wieder zur Normalität zurückkehren.

Darauf gab es nur eine Antwort – weil er oder zumindest sein Haus irgendwie in die Sache verwickelt war. Schützte er seine Frauen, selbst auf Kosten des Geschäfts? Das konnte Hester sich schwer vorstellen. Er benutzte Frauen, bis sie keinen Wert mehr für ihn hatten, dann ließ er sie fallen, wie alle Zuhälter. Sie waren Eigentum.

Aber sie waren besonders kostbares Eigentum, schwer zu ersetzen. Er konnte nicht einfach rausgehen und sie anwerben; sie mussten ihm in die Falle gehen.

»Sie werden's nicht rausfinden«, feixte er, aber darunter lag wachsende Anspannung, und er betrachtete sie ebenso eindringlich wie sie ihn. »Wenn sie irgendeinen Ansatzpunkt hätten, hätten sie den Fall inzwischen längst gelöst«, fuhr er fort. »Sie sind nur hier, um die Empörung einiger feiner Pinkel zu besänftigen, weil eine Nutte es gewagt hat zurückzuschlagen.« In seinen Augen war Hass, aber auf was, konnte sie nicht sagen.

Was war mit der Frau geschehen, von der Baltimore umgebracht worden war, falls es sich um eine Frau handelte? Oder hatte sie ihn einfach geschlagen und womöglich geschrien, und jemand wie der Möchtegernbutler an der Tür hatte ihn umgebracht? Vielleicht sogar unabsichtlich. Womöglich hatte Baltimore bei einem Kampf am oberen Treppenabsatz das Gleichgewicht verloren und war gestürzt.

»Scheint, als würde jemand sie schützen«, sagte sie, doch dann schwieg sie, weil sie seine abwehrende Miene sah. »Sie glauben das nicht?«

Er machte ein neutrales Gesicht. »Woher soll ich das wissen? Vielleicht?«

»Sie haben es doch zu Ihrem Geschäft gemacht, alles zu wissen«, antwortete sie, ohne den Blick abzuwenden. »Möchten Sie, dass man Sie für unfähig hält – für dumm?«, fügte sie deutlich hinzu, falls er sie nicht verstanden haben sollte.

Er wurde rot vor Wut – oder vielleicht Verlegenheit?

»Sie müssen auf Ihren Ruf achten«, sagte sie.

»Was wollen Sie?«, fuhr er sie schrill an, mit kaum kontrollierter Anspannung. »Ich kann Jessop nicht aufhalten, das hab ich Ihnen schon gesagt. Wenn Sie möchten, dass ihm jemand ein bisschen Vernunft einprügelt, kostet Sie das was. Mir ist es egal, ob Sie Geld haben oder nicht, aber für nichts gibt's nichts.«

Es war nicht nur Gier, die ihn antrieb, es war auch Angst; sie konnte sie hören und sehen, sie war fast körperlich zu greifen. Angst wovor? Nicht vor der Polizei, die war weit entfernt von einer Lösung. Das wusste sie von Constable Hart. Angst vor dem schweigsamen Mann, der jungen Frauen Geld lieh und sie dann erpresste und in die Prostitution trieb? Ein Mann, der so etwas tat, war sicher ein grausamer und möglicherweise auch gefährlicher Partner. Drohte er Squeaky, falls dieser trotz der Umstände nicht das normale Einkommen erzielte?

Sie lächelte. Der Gedanke, dass der Möchtegernbutler Jessop ein blaues Auge verpasste und ihm ordentlich Angst einjagte, war sehr reizvoll. Sie könnte in Versuchung geraten.

Squeaky beobachtete sie wie die Katze eine Maus.

»Fünf Pfund«, sagte er.

Ein relativ bescheidener Betrag. Margaret würde ihn sicher auftreiben können. Warum bot Squeaky ihr an, so etwas für nur fünf Pfund zu tun? War sein Partner wirklich so anspruchsvoll? Er war ein Wucherer. Geld war sein Betriebsmittel. War Squeaky so blank, dass fünf Pfund ihm schon weiterhalfen?

»Für Sie und Ihren Partner?«, fragte sie.

»Mich!«, fuhr er sie an. »Er ist ...« Dann verschwand der Hohn in seiner Miene, und er räumte alles ein. »Für mich«, wiederholte er.

Es dauerte ein oder zwei Sekunden, bis ihr klar wurde, was er sagte, dann begriff sie – er war allein. Aus irgendeinem Grund hatte er keinen Partner mehr. Daher seine Panik – die Tatsache, dass er nicht wusste, wie er das Geschäft allein weiterführen sollte.

Die wilde Idee, die ihr ihm Haus von Marielle Courtney gekommen war, verdichtete sich fast zu einer Gewissheit. Nolan Baltimore war Squeakys Partner gewesen, und durch seinen Tod, durch Mord oder Unfall, hatte Squeaky niemanden mehr, der für ihn den Geldverleih betrieb.

Er brauchte einen neuen Partner, jemanden, der Zugang zu solchen jungen Frauen hatte, die womöglich Schulden machten, und der die geschliffenen Manieren besaß, um ihr Vertrauen zu erringen, und den Geschäftssinn, ihnen Geld zu leihen und darauf zu bestehen, dass sie es auf diese Weise zurückzahlten.

Eine noch wildere Idee kam ihr fast ungebeten in den Sinn. Es war ungeheuerlich, aber es konnte funktionieren. Wenn es funktionierte, wenn es ihr gelang, ihn zu überzeugen, könnte sie dadurch auch ihre eigenen Probleme lösen. Es würde nicht ans Tageslicht bringen, wer Baltimore umgebracht hatte, oder die Polizei aus der Gegend verschwinden lassen, aber sie musste zu ihrer Überraschung feststellen, dass sie das kaum interessierte. Wenn Baltimore der Wucherer gewesen war und zugleich Kunde seines eigenen scheußlichen Gewerbes, dann konnte sie seinen Tod nicht betrauern.

»Ich werde über Ihr Angebot nachdenken, Mr. Robinson«, sagte sie selbstbewusst. Sie stand auf. Jetzt, als sie einen Plan hatte, war sie begierig, die Probe aufs Exempel zu machen.

Er sah fast ein wenig hoffnungsvoll drein. Wegen des Geldes oder der Aussicht, Jessop richtig Angst einjagen zu können? Egal. »Lassen Sie es mich wissen«, sagte er mit einem dünnen Lächeln.

»Das werde ich«, versprach sie. »Guten Tag, Mr. Robinson.«

Hester musste bis zum Abend warten, bevor sie Margaret in ihren Plan einweihen konnte. Alice und Fanny ging es gut, sie unterhielten sich. Hester hörte sie gelegentlich kichern. Hester setzte sich mit Margaret hin, um eine Tasse Tee zu trinken. Sie konnte sich nicht länger beherrschen.

Margaret starrte sie mit großen Augen ungläubig an. »Das wird er nie im Leben tun! Nie im Leben!«

»Also, vielleicht nicht«, meinte Hester und griff nach Butter und Marmelade für ihren Toast. »Aber glauben Sie nicht, dass es funktionieren könnte – falls er zustimmt?«

»Falls ... glauben Sie ...« Margaret konnte es schwerlich abstreiten, aber sie glühte vor Aufregung.

»Kommen Sie mit mir, um es zu versuchen?«, fragte Hester.

Margaret zögerte. Ihr Eifer war ihr deutlich ins Gesicht geschrieben, aber auch ihre Angst vor Peinlichkeit oder Scheitern. Man hielt sie vielleicht für zu dreist, und sie könnte sich eine Abfuhr einhandeln, die sie mehr verletzen würde, als sie verkraften konnte.

Hester wartete.

»Ja«, meinte Margaret und atmete tief ein, als wollte sie ihre Zusage wieder zurücknehmen, stieß die Luft seufzend aus und griff nach ihrer Tasse.

»Gut.« Hester lächelte sie an. »Wir gehen morgen früh. Ich

treffe Sie um neun Uhr in der Vere Street.« Sie gab Margaret keine Chance, es sich noch einmal zu überlegen. Sie stand auf, nahm ihren Toast mit und ging zu Fanny, um sich mit ihr zu unterhalten, als sei die ganze Angelegenheit damit entschieden und besprochen.

Der Morgen war wieder hell und kalt, und Hester zog ein schickes dunkelblaues Kleid und einen Mantel an. Sie nahm einen Hansom in die Vere Street, um kurz vor neun dort zu sein. Sie wusste, Margaret würde pünktlich sein und vor Anspannung zittern. Hester achtete ihre Gefühle, aber abgesehen davon wollte sie ihr keine Gelegenheit geben, einen Rückzieher zu machen.

Margaret kam zu spät, und Hester ging schon ängstlich auf dem Gehweg auf und ab. Schließlich kam ein Hansom angefahren, und Margaret stieg, geschmackvoll gekleidet, mit weniger Anmut als sonst aus.

»Es tut mir Leid!«, sagte sie hastig, nachdem sie den Kutscher entlohnt hatte. »Der Verkehr war schrecklich. Am Trafalgar Square sind zwei mit den Rädern zusammengestoßen, und eine Achse brach. Dann fingen sie an, sich zu beschimpfen. Was für ein Durcheinander. Sind wir ...«

»Ja«, antwortete Hester, zu erleichtert, um wütend zu sein. »Sind wir! Kommen Sie!« Damit nahm sie Margaret beim Arm, und sie betraten Rathbones Kanzlei.

Sie waren zu früh, wie Hester erwartet hatte. Sie war sehr erleichtert zu hören, dass Rathbone an diesem Morgen nicht zum Gericht musste, und wenn sie warteten, bestand die Chance, dass er sie nach seinem ersten Mandanten empfangen konnte, der um halb zehn einen Termin hatte, zu welcher Zeit der Sekretär auch Rathbone selbst erwartete.

Kurz nach zehn wurden sie in sein Büro gebeten, aber Hester hatte das Gefühl, wäre nicht Margaret dabei gewesen, hätte sie länger warten müssen.

Rathbone kam ihnen entgegen, um sie zu begrüßen, und zögerte einen Augenblick, an wen er sich zuerst wenden sollte. Es war so ein kurzes Zögern, dass Hester es kaum bemerkte, und doch kannte sie ihn weit besser als Margaret und hatte sich nicht geirrt.

»Hester, wie schön, Sie zu sehen«, sagte er lächelnd. »Selbst wenn ich mir vollkommen sicher bin, dass Sie um diese frühe Stunde in geschäftlichen Angelegenheiten kommen, die zweifellos mit Ihrem Haus am Coldbath Square zu tun haben.« Er wandte sich Margaret zu. »Guten Morgen, Miss Ballinger.« Seine Wangen wurden von einer leichten Röte überzogen. »Ich freue mich, dass Sie ebenfalls kommen konnten, obwohl ich fürchte, dass mir noch kein Weg eingefallen ist, wie man Ihren Geldverleiher mit den Mitteln des Gesetzes aufhalten kann. Und glauben Sie mir, ich habe darüber nachgedacht.«

Margaret erwiderte seinen Blick mit einem offenen Lächeln, doch als ihr plötzlich klar wurde, wie kühn sie war, senkte sie den Blick. »Ich bin mir sicher, Sie haben alles getan, was ...«, sagte sie und unterbrach sich dann. »Wir haben auch viel darüber nachgedacht, und bestimmte Vorkommnisse haben die Sachlage erheblich beeinflusst. Hester wird es Ihnen erzählen, es ist ihre Idee ... obwohl ich ihr von Herzen beipflichte.«

Nachdem er sie gebeten hatte, Platz zu nehmen, wandte sich Rathbone mit hochgezogenen Augenbrauen und einem ausgeprägten Gefühl böser Vorahnungen Hester zu. »Und?«

Sie wusste, dass ihre Zeit bemessen war, und wollte keine Worte verschwenden oder die falschen wählen. Sie war bereit, das Risiko einzugehen und zu übertreiben. Wenn sie sich irrte, konnte sie sich später entschuldigen. Sie stürzte sich kopfüber hinein.

»Ich weiß, wer der Wucherer ist ... war«, sagte sie mit Gewissheit. »Es war eine Partnerschaft, ein Mann hat die jungen Frauen ausfindig gemacht und ihnen Geld geliehen, und der andere hat das Bordell geführt und die alltäglichen Angelegenheiten geregelt. Er hat die Rückzahlungen eingesammelt und die Strafen eingetrieben, wenn sie zu spät erfolgten. Derjenige, der das Geld verliehen hat, ist tot«, fügte sie hinzu.

»Dann hat das Geschäft ein Ende?«, fragte er zweifelnd. »Wird er keinen anderen Geldverleiher finden oder den Part selbst übernehmen?«

»Das kann er nicht«, antwortete sie. »Er hat weder die nötigen Fähigkeiten noch die Gelegenheit, junge, äußerst verletzliche Frauen zu treffen. Er ist ein Bordellbesitzer, und er sieht aus und spricht wie einer.« Sie beugte sich leicht vor. »Was er braucht, im Augenblick verzweifelt braucht, ist jemanden, der ein Gentleman zu sein scheint, der aber geschäftliche Fähigkeiten besitzt und ein gewisses Quantum Charme, um junge verschuldete Frauen so zu täuschen, dass sie sich in dem Glauben, sie könnten es mit ehrlicher Arbeit zurückzahlen, etwas von ihm leihen.« Sie beobachtete ihn aufmerksam, um sicherzugehen, dass sie den Fall verständlich darlegte, aber doch nicht so offensichtlich, dass er ihr voraus war und sich weigern würde, bevor sie die Gelegenheit hatte, den ganzen Plan zu erläutern.

»Ich nehme an, dass er jemanden finden wird«, sagte Rathbone und machte das humorvoll-betretene Gesicht, das sie so gut kannte. »Der Gedanke, dass es ihm vielleicht nicht gelingt, ist sehr reizvoll, aber unrealistisch. Es tut mir Leid.«

»Ich bin ganz Ihrer Meinung.« Hester nickte. »Wenn ihm das nicht gelingen würde, müssten wir uns keine Sorgen machen.«

»Ich kann es nicht verhindern, Hester«, sagte er ernst. »Und ich kann auch nicht herausfinden, wer es sein wird. Ich wünschte, ich könnte. Oder wollen Sie andeuten, dass wir, wenn wir dem ganzen Spuk ein Ende bereiten wollen, nur sehr wenig Zeit haben?« Er sah zutiefst bekümmert aus. »Ich würde etwas unternehmen, wenn ich nur wüsste, was. Es hat keinen Sinn zu versuchen, das Haus zu schließen. London ist voller Prostitution und wird es womöglich auch immer sein, wie alle großen Städte.« Seine Augen und sein Mund baten um Entschuldigung. Er sah Margaret nicht an.

»Ich weiß«, antwortete Hester leise. »Ich bin nicht so idealistisch zu glauben, ich könnte die menschliche Natur ändern, Oliver, ich möchte nur Squeaky Robinson aus diesem bestimmten Geschäft werfen.«

»Miss Ballinger hat angedeutet, dass Sie eine Idee hätten«, sagte er vorsichtig, und das leichte Stirnrunzeln war wieder da.

Sie konnte ein amüsiertes Lächeln nicht verbergen. Er war früher schon in den einen oder anderen ihrer Pläne eingespannt worden und tat recht daran, argwöhnisch zu sein.

»Wir müssen zuschlagen, bevor er einen Partner findet«, sagte sie energisch und betete, dass sie die richtigen Worte fand, die ihn davon überzeugten, dass ihr Plan nicht nur möglich, sondern auch vollkommen moralisch und vernünftig war. Nicht einfach!

»Zuschlagen?«, fragte er misstrauisch und warf einen Blick zu Margaret hinüber.

Sie lächelte in aller Unschuld.

Er schaute unbehaglich drein und wandte sich wieder Hester zu.

Sie holte tief Luft. Jetzt kam es darauf an. »Bevor er selbst einen Partner findet«, sagte sie, »müssen wir ihm einen unterschieben ... der natürlich die Bücher prüfen muss, bevor er sich auf die Sache einlässt ...«

Rathbone sagte nichts.

»... und damit die Gelegenheit hat, den Laden auffliegen zu lassen«, endete sie.

Er machte ein verdutztes Gesicht. »Er wird Ihnen nicht glauben«, sagte er mit ernstem Bedauern. »Ihr Ruf ist zu bekannt, Hester. Und wenn er kein vollkommener Narr ist, wird er auch Monk nicht glauben.«

»Na, das ist mir klar«, stimmte sie ihm zu. »Aber Ihnen würde er glauben, wenn Sie sich geschickt anstellen.«

Er machte große Augen und erstarrte.

Es gab nur einen Weg, nämlich weiterzumachen. »Wenn Sie mit uns hingehen und behaupten würden, Sie wären daran interessiert, ein wenig Geld in einen so profitablen Nebenerwerb zu investieren.« Sie merkte, dass sie zu schnell sprach. »Eine Prüfung der Bücher durchzuführen, die Schulden, die noch einzutreiben sind und so weiter, dann wären auch Sie in der Lage, in Zukunft geeignete junge Damen zu beschaffen. Sie kommen in Ihrer Praxis oft genug mit ihnen in Kontakt ...«

»Hester!«, widersprach er entsetzt. »Um Gottes willen ...« Er wirbelte zu Margaret herum. »Ich bitte um Verzeihung, Miss Ballinger, aber ich kann mich unmöglich auf Wucherei und Prostitution einlassen! Ganz zu schweigen davon, die brutale Bestrafung von Menschen, die ihre Schulden nicht abzahlen können, billigen ...«

»Ach was, aber das müssten Sie doch gar nicht!«, sagte Margaret geradeheraus. »Sie müssten nur ein Mal hingehen.« Sie blickte ihm fest in die Augen. »Und Anwälte haben doch sicher oft mit recht fragwürdigen Menschen zu tun? Sie können kaum Menschen verteidigen, die nicht zumindest eines Verbrechens angeklagt wurden, ob sie schuldig sind oder nicht?«

»Ja, aber das ist ...«, widersprach er.

Ihr Lächeln überzog ihr Gesicht mit einer Weichheit und einer Herzlichkeit, die unmissverständlich waren. Sie hätte ihre Bewunderung für ihn in diesem Augenblick nicht verbergen können, selbst wenn sie es versucht hätte, was sie nicht tat. »Sollte irgendjemand davon erfahren und es erwähnen, könnten Sie hinterher vollkommen offen darüber sprechen, warum Sie dort waren«, redete sie ihm zu. »Könnte irgendetwas gerechtfertiger sein, als unbescholtene junge Frauen vor einem Leben als Prostituierte zu retten?«

Seine Miene verriet vollkommene, sowohl geistige als auch emotionale Verwirrung. Hester, die ihn gut kannte, konnte es deutlich sehen.

»Sie wollen mir doch nicht vorschlagen«, sagte er zögernd und sah von einer zur anderen, »ich soll zu diesem ... Squeaky gehen?«

»Ja ... Squeaky Robinson.« Hester nickte.

»Und ihm anbieten, als Wucherer und Zuhälter sein Partner zu werden?«, endete er.

»Nur anbieten«, sagte Hester, als wäre es die vernünftigste Sache der Welt. »Sie müssen es nicht tun.«

»Der Unterschied zwischen Absicht und Ausführung dürfte schwer zu beweisen sein«, sagte er mit einem Anflug von Sarkasmus.

»Für wen?«, fragte Hester. »Wer wird denn davon erfahren, außer Squeaky Robinson, der nicht in der Position ist, sich zu rächen, und Margaret und mir, die Ihnen unsterblich dankbar wären. Und natürlich wissen wir genau, wo Sie moralisch stehen.«

»Hester, das ist ...«, versuchte er es noch einmal.

»... gerissen und unangenehm«, antwortete Hester für ihn. »Natürlich ist es das.« Ihre Stimme drückte Verständnis und Enttäuschung aus. Sie machte große Augen, voller Sanftmut, als wollte sie ausdrücken, dass sie zu viel erwartet hatte.

Rathbone wurde rot. Er war sich vollkommen bewusst, dass sie und Margaret fast jeden Tag am Coldbath Square arbeiteten, wo sie ungeachtet des Schmutzes und der Gefahr ihren Ruf aufs Spiel setzten.

»Wann haben Sie das geplant?«, fragte er vorsichtig.

»Letzte Nacht«, antwortete Hester, ohne zu zögern.

Margaret lächelte hoffnungsvoll und schwieg.

»Letzte Nacht! Ich ...« Rathbone war einen Augenblick lang verblüfft. »Ich ...«

»Vielen Dank«, murmelte Hester.

»Hester!«, widersprach er, obwohl er, wie sie alle drei wussten, längst kapituliert hatte.

Margarets Augen strahlten, ihre Wangen waren leicht gerötet, obwohl niemand hätte sagen können, ob der Grund dafür die Vorfreude auf den Abend mit einem möglichen Sieg war oder das Wissen, dass Rathbone in erster Linie ihretwegen nachgegeben hatte.

Hester stand auf, und Rathbone und Margaret taten es ihr nach. Zeit war knapp, aber ganz abgesehen davon, war es klug, sich zurückzuziehen, bevor das Gefühl des Triumphes durch eine gedankenlose Bemerkung in eine Niederlage verwandelt wurde.

»Haben Sie vielen Dank«, sagte Hester aufrichtig. »Wo möchten Sie sich mit uns treffen? Coldbath Square ist nicht unbedingt ratsam.«

»Wie wäre es mit der Fitzroy Street?«, schlug Margaret vor. »Ich kann da sein, wann immer Sie wünschen.«

»Dann komme ich um neun Uhr«, antwortete Rathbone. Er sah Hester mit einem ironischen Lächeln an. »Was trägt man, wenn man sich in ein Bordell einkaufen möchte?«

Sie betrachtete seinen äußerst eleganten grauen Anzug und das weiße Hemd mit der perfekt geknoteten Krawatte. »Ich würde mich nicht umziehen, wenn ich Sie wäre. So gekleidet, wird er glauben, dass Sie Geld und Einfluss besitzen.«

»Wie ist es mit Gier, Lasterhaftigkeit und perversem Geschmack?«, fragte er mit leichtem Schürzen der Lippen.

»Dafür gibt es keine passende Kleidung«, antwortete sie vollkommen ernst. »Bedauerlicherweise.«

»Touché!«, murmelte er. »Bis neun. Ich nehme an, Sie werden mir dann sagen, was ich sonst noch wissen muss?«

»Ja, natürlich. Vielen Dank, Oliver. Auf Wiedersehen.«

Er deutete eine leichte Verbeugung an. »Auf Wiedersehen.«

Hester und Margaret gingen hoch erhobenen Hauptes nebeneinanderher, ohne etwas zu sagen, jede in ihre eigenen Gedanken vertieft. Hester nahm an, dass Margarets Gedanken bei Rathbone waren, vielleicht eher von Gefühlen bestimmt als von der Vernunft. Auch ihre eigenen drehten sich um Gefühle, denn sie hatte bemerkt, dass Rathbone, ob er es wusste oder nicht, dabei war, sich ebenso heftig in Margaret zu verlieben, wie er einst in Hester verliebt gewesen war. Sie empfand eine starke Mischung aus Bedauern und Freude, aber sie wusste, dass die Freude bald überwiegen würde.

Als der Hansom kurz nach halb zehn in der Farringdon Road hielt, wussten Hester, Margaret und Rathbone genau, welche Rolle jeder von ihnen beim – wie sie hofften – Niedergang von Squeaky Robinsons Unternehmen spielen würde. Sie stiegen aus und gingen das kurze Stück im unbeständigen Licht der Laternen an der Hatton Wall entlang und über die Leather Lane in die Portpool Lane, die düster im Schatten der Brauerei lag. Keiner sprach ein Wort, jeder konzentrierte sich auf seine Rolle und das, was zu sagen war.

Hester war nervös. Als sie das erste Mal darüber nachgedacht hatte, war es ein brillante Idee gewesen. Jetzt, da sie sie bald in die Tat umsetzen würden, sah sie alle Probleme, von denen sie erst Margaret und dann Rathbone so eifrig überzeugt hatte, dass sie keine Rolle spielten.

Sie führte die beiden in die Gasse, die immer noch bemerkenswert sauber war, und die Stufen hinauf zur Tür. Wie zuvor wurde sie von dem Mann in dem abgetragenen Butleranzug geöffnet.

»Sie schon wieder«, sagte er etwas ungnädig zu Hester, bevor er einen Blick auf die anderen beiden warf. Sein Gesicht umwölkte sich. »Wer sind die denn?«, wollte er wissen.

»Freunde von mir«, antwortete sie selbstsicher. »Der Herr ist in einem Bereich tätig, der Mr. Robinson interessieren könnte. Ich weiß um gewisse« – sie zögerte taktvoll – »augenblickliche Erfordernisse. Sie sollten ihm sagen, dass ich hier bin.«

Er war ermächtigt, Entscheidungen zu treffen; das sah man seiner Miene an. Es war zudem mehr als wahrscheinlich, dass er vollkommen über die durch Baltimores Tod ausgelösten

Probleme Bescheid wusste. Es konnte gut sein, dass er die Leiche weggeschafft und im Haus von Abel Smith abgelegt hatte. Er hielt, leicht überrascht, die Tür weit auf. »Dann sollten Sie wohl besser reinkommen«, meinte er. »Aber nehmen Sie sich keine Freiheiten heraus. Ich sehe nach, ob Mr. Robinson Zeit für Sie hat.«

Er ließ sie in dem kleinen Nebenzimmer zurück, in dem Hester schon einmal gewartet hatte. Es war nicht einmal so groß, dass Platz gewesen wäre für drei Stühle.

Rathbone sah sich neugierig und mit einem leicht angewiderten Naserümpfen um.

»Sind Sie allein hier gewesen, Hester?«, fragte er besorgt.

»Ja, natürlich«, antwortete sie. »Niemand hatte mich begleiten können. Schauen Sie nicht so. Es ist mir nichts passiert.«

»Weiß Monk davon?«, fragte er.

»Nein. Und Sie werden es ihm auch nicht sagen!«, erwiderte sie hitzig. »Das tue ich selbst, wenn die Zeit dafür reif ist.«

Er lächelte schwach. »Und wann wird das sein?«

»Wenn die Angelegenheit erledigt ist«, sagte sie. »Wissen Sie, es ist nicht immer ratsam, allen alles zu erzählen. Manchmal muss man seine Absichten für sich behalten.«

Er warf ihr einen scharfen Blick zu.

»Hester ist sehr mutig«, sagte Margaret loyal. »Viel mutiger als ich ... in einigen Dingen.«

»Sie haben hoffentlich mehr Verstand!«, sagte er heftig.

Margaret wurde rot und senkte den Blick, dann sah sie ihn rasch wieder an. »Ich finde, Sie sollten Hester nicht kritisieren, Sir Oliver. Sie tut das, was sie tun muss, um Menschen zu beschützen, die sonst niemanden haben, der sich um ihre Belange kümmert. Die Tatsache, dass sie in manchen Fällen einen Irrtum begangen haben, unterscheidet sie nicht von uns.«

Plötzlich lächelte er. Ein warmes, charmantes Lächeln. »Sie haben ganz Recht. Ich bin es einfach nicht gewöhnt, dass Frauen solche Risiken auf sich nehmen. Es ist meine Angst um sie, die da spricht. Ich lerne nur sehr langsam, dass mein Unbehagen sie beunruhigen, aber keineswegs aufhalten wird.«

»Hätten Sie das gerne?«, fragte Margaret herausfordernd.

Er dachte nach.

Hester wartete, überraschend interessiert, was er wohl antworten würde.

»Nein«, sagte er schließlich. »Das war mal so, aber zumindest so viel habe ich inzwischen gelernt.«

Margaret erwiderte sein Lächeln, dann schaute sie weg, da sie sich bewusst war, dass sein Blick auf ihr ruhte.

Der Butler kehrte zurück. »Kommen Sie nur«, sagte er, wies mit dem Kopf in Richtung des Korridors und führte sie tiefer in das Kaninchengehege aus Durchgängen und Treppen.

Squeaky Robinson saß in dem Raum, in dem er Hester zuvor schon empfangen hatte. Überall um ihn herum türmte sich stapelweise Papier, eine Gaslampe brannte und warf ein gelbes Licht auf den Tisch. Wieder stand darauf ein Tablett mit Teegeschirr. Er sah müde aus, fast erschöpft; seine Haut war faltig, und er hatte dunkle Ringe unter den Augen. Wäre er ein gewöhnlicher Geschäftsmann gewesen, hätte er Hester Leid getan, aber sie musste nur an Fanny, Alice und die anderen Frauen denken, denen es ähnlich ergangen war, dann kamen solche Gefühle gar nicht erst auf.

Squeaky stand langsam auf, warf einen kurzen Blick auf Hester und schaute dann direkt Rathbone an. Margaret nahm er kaum zur Kenntnis. Vielleicht waren Frauen im Wesentlichen unsichtbar für ihn, wenn er sie nicht gerade als Ware begutachtete.

»Guten Abend, Mr. Robinson«, sagte Hester so ruhig wie möglich. »Ich habe diesen Herrn mitgebracht, dessen Namen Sie nicht wissen müssen, denn er ist daran interessiert, Geld in ein Geschäft zu investieren, das ein bisschen abseits vom Gewöhnlichen liegt und bei dem er sichere und schnelle Erträge machen kann. Es wäre wünschenswert, wenn diese der Aufmerksamkeit der Steuerinspektoren verborgen blieben und bestimmten Mitgliedern seiner Familie nicht erklärt werden müssten, mit denen er sie ansonsten teilen müsste.« Sie deutete auf Margaret. »Und diese Dame kennt sich mit Büchern und Zahlen aus; stets ratsam, wenn man eine Investition tätigen will.«

Squeaky machte ein Gesicht wie ein Mann, der lange durch eine trockene Ebene gewandert ist und glaubt, Wasser zu sichten. Er starrte Rathbone an, nahm dessen makellose Stiefel wahr, seinen perfekt geschnittenen Anzug aus ausgezeichnetem Tuch, seine schneeweiße Krawatte und die humorige Intelligenz seiner Züge.

»Guten Tag, Mr. Robinson.« Rathbone reichte ihm nicht die Hand. »Mrs. Monk sagte mir, dass Ihrem ehemaligen Geschäftspartner ein bedauerliches Unglück zugestoßen ist und die Position daher jetzt vakant ist. Ist das korrekt?«

Squeaky fuhr sich mit der Zunge über die Lippen. Seine Unentschlossenheit war augenfällig. Egal, was er darauf antwortete, es barg ein Risiko. Einerseits gab er womöglich zu viel von sich preis, andererseits konnte er Rathbones Interesse und damit den neuen Partner, den er zum Überleben brauchte, verlieren.

Das Schweigen lastete schwer im Raum. Das Gebäude schien sich zu setzen und zu knarren, als sinke es tiefer in den unsichtbaren Sumpf unter ihm.

Rathbone sah Hester ungeduldig an und runzelte die Stirn. Squeaky sah es. »Ja!«, sagte er abrupt. »Er starb. Plötzlich.«

»Eine Untertreibung, zweifellos.« Rathbone zog die Augenbrauen hoch. »Wurde er nicht umgebracht?«

»Oh!« Squeaky schluckte, sein Adamsapfel hüpfte. »Ja. Hatte nichts mit seiner Investition hier zu tun! Eine rein private Angelegenheit. Ein Streit ... seine eigenen ... Gelüste. Äußerst unglücklich.«

»Verstehe.« Rathbone schien zu begreifen, obwohl Hester wusste, dass er nicht die geringste Ahnung hatte. »Nun, das ist mir egal. Ich habe nicht vor, Ihre Dienste wahrzunehmen. Ich möchte einfach nur Geld investieren und Ertrag erzielen. Aber ich würde es vorziehen, wenn ich davon ausgehen könnte, dass Sie nicht viele Kunden haben, denen Unfälle zustoßen. Es weckt die falsche Art von Aufmerksamkeit. Eine Runde Mordermittlungen kann ich wohl überstehen, aber nicht zwei.«

»Ach, das passiert nicht noch einmal«, versicherte Squeaky ihm. »Es ist auch vorher noch nie vorgekommen, und ich werde mich darum kümmern. Die Frau ist weg, das kann ich Ihnen versichern.«

»Gut!« Rathbone lächelte beinahe. »So weit zufrieden stellend. Aber ich muss natürlich mehr über Ihr Geschäft erfahren – zum Beispiel über die finanzielle Seite, die Einkünfte und Ausgaben, die allgemeine Geschichte –, bevor ich mich festlege.«

»Natürlich … natürlich!« Squeaky nickte nachdrücklich. »Das würde jeder. Man muss sich ja vorsehen.«

»Ich sehe mich vor«, sagte Rathbone mit einem knappen Lächeln.

Hester hatte plötzlich den Verdacht, dass er die Rolle, die er spielte, zum Teil genoss. Die Art, wie er dastand und die Arme an den Seiten entspannt herunterhängen ließ, zeigte eine lässige Eleganz. Sie würde ihn deswegen vielleicht ein wenig aufziehen, wenn alles vorbei war. Wahrscheinlich würde er es im Leben nicht zugeben.

»Es ist ein gutes Unternehmen«, versicherte Squeaky ihm. »Sehr profitabel und, wohlgemerkt, streng legal. Hier wird nur ein wenig Geld verliehen, an Bedürftige. Könnte man fast als Wohltätigkeit betrachten.« Er sah den Ausdruck in Rathbones Gesicht und ergänzte seine Ausführungen. »Also … es spielt keine Rolle, was die anderen denken, denn es wird niemand etwas davon erfahren.«

»Von mir nicht«, antwortete Rathbone trocken. »Und wenn Sie klug sind, von Ihnen auch nicht.«

»Da brauchen Sie sich keine Sorgen zu machen, Sir!« Squeaky nickte heftig und machte große Augen. »Gar keine Sorge!«

»Vorher sehen Sie auch keinen Penny von mir«, versicherte ihm Rathbone. »Wie kamen Sie mit Ihrem verstorbenen Partner ins Geschäft?«

Hester warf ihm einen Blick zu. Es spielte doch keine Rolle, wie Baltimore hierher gekommen war. Ihr war auch egal, wer ihn umgebracht hatte, erst recht, wenn es eines seiner eigenen Opfer gewesen war, wegen des Geldes oder um sich gegen seine Gelüste zu wehren. In gewisser Weise war der Gerechtigkeit bereits Genüge getan worden.

»Manche Herren haben andere Vorlieben«, sagte Squeaky mit einem anzüglichen Grinsen. »Er war einer von ihnen.«

»Und solche Männer ziehen Sie ins Vertrauen?«, fragte Rathbone angewidert. Hester sah, dass er die Hände zu Fäusten ballte. Sie fürchtete, dass Squeakys Antwort es Rathbone schwer machen könnte, die Rolle des Investors beizubehalten. Er war zu weit gegangen. Sollte sie sich einmischen? Aber wie?

»Sie haben das Geschäft zusammen mit ihm gegründet?«, unterbrach sie. »Vermutlich war es seine Idee?«

»Nein!«, sagte Squeaky wütend, und seine Stimme stieg in alarmierende Höhen. »Es war bereits ein sehr gutes Unternehmen, als er dazukam.« Er nahm ihre Einmischung übel.

»Schwer zu glauben«, sagte sie vernichtend.

Squeaky zeigte mit dem Finger auf sie. »Sehen Sie, Miss, tun Sie einfach Ihre guten Taten in Coldbath und überlassen Sie das Geschäft denen, die etwas davon verstehen. Ich hatte die Bude hier gut am Laufen, bevor Mr. Baltimore das erste Mal einen Fuß hereingesetzt hat. Mein damaliger Partner, Preece hieß er, war ein gieriger Kerl. Er versuchte, einen oder zwei wohlhabendere Kunden zu erpressen. Das ist dumm. Das heißt, das Huhn schlachten, das goldene Eier legt. Genug ist genug.« Er durchschnitt die Luft mit seiner sehnigen Hand mit den tintenfleckigen Fingern. »Egal, Baltimore wurde sehr wütend, und sie gingen aufeinander los wie Preisboxer.« Er schürzte in einer Geste des Widerwillens die Lippen, sah aber ein wenig blass aus bei der Erinnerung. »Preece war ein großer fetter Kerl, und er bekam einen Anfall. Wurde rot und blau, griff sich an die Brust und fiel um. Ist direkt da gestorben.« Er schaute an Hester vorbei auf Rathbone. »Das Herz!«, sagte er ernst. »Zu viel Bauch und zu wenig Verstand. Seine eigene Schuld.«

Rathbone nickte. »Scheint so.«

Hester sah, dass er sich ein wenig entspannte, so wenig, dass es kaum wahrnehmbar war. Sie warf Margaret einen Blick zu, die hinter ihm im Schatten stand, und sah auch in deren Gesicht Erleichterung.

»Jedenfalls«, fuhr Squeaky fort, »brauchte ich jemanden, der seinen Platz einnehmen konnte, und Baltimore wollte, dass das Geschäft weiterlief – wahrscheinlich in seinem eigenen Interesse. Wir waren die Einzigen, die seinen Wünschen entsprachen, sonst hätte er sozusagen von neuem auf die Pirsch gehen müssen. War ja ganz praktisch für ihn.«

»Bis auch er starb …«, bemerkte Rathbone.

»Das war seine eigene Schuld!«, sagte Squeaky sofort. »Dummerweise dachte er, nur weil er einen Anteil am Geschäft hat, könnte er mit den Mädchen ganz nach Belieben umspringen.«

»Eine von ihnen hat ihn umgebracht?«, fragte Rathbone sehr leise.

»Ja. Aber sie ist weg. Die war außer sich. Hat ihn aus dem Fenster gestoßen. Aus dem obersten Stock.« Er zuckte zusammen. »Was für ein Schlamassel! Aber es ist in Ordnung, denn die Polizei weiß nicht mal, dass es hier passiert ist.« Er grinste. »Wir haben die Leiche ins Haus vom alten Abel Smith geschafft, als wäre er dort die Treppe runtergefallen.«

»Sehr ordentlich«, bemerkte Rathbone. »Sie haben das Talent, das Beste aus einer verfahrenen Situation zu machen.«

»Vielen Dank.« Squeaky verbeugte sich.

Margaret schnappte nach Luft.

»Jetzt würde ich nur noch gerne einen Blick in die Bücher werfen«, sagte Rathbone.

Squeaky zögerte und sah Rathbone an, als wollte er dessen Aufmerksamkeit nicht verlieren, während er überlegte. Er blickte zu Hester hinüber, dann zu Margaret, die im Hintergrund blieb, und dann wieder auf Rathbone.

Rathbone begriff sofort, was das zu bedeuten hatte. »Miss ...« Dann überlegte er es sich anders. »Ich kann mich nicht auf ein Geschäft einlassen, bevor ich mir nicht ein Bild von der finanziellen Situation gemacht habe, Mr. Robinson – eines, dem ich vertraue.« Sein Lächeln war kaum mehr als ein Lockern seiner Anspannung. »In dieser speziellen Angelegenheit würde ich lieber darauf verzichten, meine Bank zu konsultieren.«

Squeaky grinste und nickte dann zufrieden. Er drehte sich um und ging zu einem Schrank am anderen Ende des überfüllten Zimmers. Er nahm einen Schlüssel – der mit einer Kette an seiner Hose festgemacht war – aus der Tasche und öffnete die Türen, dann holte er ein großes Hauptbuch heraus, verschloss die Tür wieder und brachte es mit zum Schreibtisch.

Margaret trat vor. »Ich brauche einen ruhigen Ort, um die Zahlen zu überprüfen.« Sie sagte es ganz ruhig, aber an der Spannung ihrer Schultern und einem Ansteigen ihrer Stimme erkannte Hester, dass sie nur zu genau wusste, wie wichtig dieser Augenblick war. »Allein und ohne dass ich gestört werde, wenn Sie so freundlich wären«, fügte Margaret hinzu. »Wenn alles richtig ist, können Sie Ihre Vereinbarungen treffen.«

Squeaky betrachtete sie neugierig. Sie war ganz offensichtlich nicht so, wie er erwartet hatte, und das verwirrte ihn. Sie wollte nicht so recht in die vorgefertigten Schubladen seiner Welt passen.

Sie wartete. Niemand unterbrach die Stille.

Rathbone verlagerte sein Gewicht von einem Fuß auf den anderen. Hester hielt fast die Luft an.

»Na gut«, sagte Squeaky schließlich. Er schob das Buch Margaret hinüber, die mit kaum zitternden Händen danach griff und es an sich drückte.

»Da hindurch«, sagte Squeaky und zeigte auf eine weitere, von einem Vorhang verdeckte Tür in der Ecke.

»Vielen Dank«, sagte Hester schnell, und zu Squeakys offensichtlicher Erleichterung ließen sie und Margaret ihn mit Rathbone allein.

Das angrenzende Zimmer war klein und offenbar fensterlos, doch beim Hochdrehen des Gaslichts kam ein quadratisches Fensterchen zum Vorschein, das auf Dächer hinausblickte, die vor dem nächtlichen Himmel kaum zu erkennen waren.

In dem Zimmer standen ein Stuhl und ein Tisch mit wackligen Beinen. Margaret setzte sich und schlug das Hauptbuch auf, und Hester beugte sich über ihre Schulter und las zusammen mit ihr darin. Es war in einer sehr ordentlichen, kritzeligen Handschrift verfasst, alle Ziffern neigten sich ein wenig nach links.

Falls die Einträge korrekt waren, konnte man auf Anhieb einen Gewinn verzeichnen. Aber das war unerheblich, denn es war ja nicht illegal. Sie brauchten die Schuldscheine.

Margaret blätterte die Seiten schneller um, dann nahm sie das ganze Hauptbuch und drehte es um. Nichts fiel heraus.

»Sie sind nicht hier!«, sagte sie mit einem Anflug von Verzweiflung.

»Lassen Sie uns noch einen Augenblick warten, als hätten wir es ganz durchgeschaut«, antwortete Hester. »Dann gehe ich rein und frage danach. Ich sage ihm, Sie bräuchten sie, um einen Eindruck von den laufenden Geschäften zu bekommen.«

Gehorsam wandte Margaret ihre Aufmerksamkeit wieder den Zahlenreihen zu und addierte sie flüchtig.

»Baltimore hat hier einen hübschen Gewinn eingestrichen«, sagte sie nach einer Weile erbittert. »Dies hier sieht nach den Rückzahlungen von Alice aus.« Sie zeigte darauf. »Hören um die Zeit von Baltimores Tod auf. Eigentlich gibt es danach gar keine Rückzahlungen mehr, nur die eine hier.«

»Stimmt«, sagte Hester energisch. »Das ist alles, was ich brauche. Ich gehe zu Mr. Robinson.« Sie öffnete, ohne zu klopfen, die Tür und trat in das Zimmer, in dem Rathbone und Squeaky einander in einer anscheinend ernsten Unterredung gegenübersaßen. Squeaky wirkte aufgeregt und ängstlich, und durch seine Haltung wurde sein zerfurchtes Gesicht vom Gaslicht in ein grobes Relief verwandelt, während Rathbone sich auf seinem Stuhl entspannt lächelnd zurücklehnte.

Beide drehten sich um, als Hester hereinkam.

»Was ist?«, wollte Squeaky wissen.

Rathbone runzelte die Stirn und suchte ihren Blick.

»Es sieht alles sehr einträglich aus, Mr. Robinson«, sagte Hester ruhig. »Es gibt nur noch eine Sache zu überprüfen.«

»Ach ja?«, fragte Squeaky barsch. »Und was soll das sein?«

»Es ist vor kurzem zu einem fast vollständigen Aussetzen der Rückzahlungen gekommen – seit drei Wochen, um genau zu sein«, antwortete sie.

»Natürlich ist es das!«, explodierte Squeaky. »Um Gottes willen, auf jeder verdammten Straße spaziert ein Polyp! Wie soll denn da irgendjemand was verdienen? Wo haben Sie denn Ihren Verstand?«

Rathbone versteifte sich.

»Ich möchte den schriftlichen Beweis dafür sehen, dass noch Beträge offen sind«, antwortete Hester ruhig und wich Rathbones Blick aus. »Niemand möchte in ein Geschäft einsteigen, bei dem nicht regelmäßig etwas eingeht.«

Squeaky sprang auf. »Die habe ich!«, sagte er wütend und stieß den Finger in die Luft. »Ich habe noch jede Menge Außenstände, aber nichts ist ewig! Was glauben Sie, für was ich einen Partner brauche? Wenn die Schulden eingetrieben sind, brauchen wir neue!« Er ging zu dem Schrank hinüber, wo er das Hauptbuch herausgeholt hatte, zog den Schlüssel aus seiner Tasche und schloss die Tür auf. Er schob die Hand hinein und suchte kurz darin herum, dann zog er ein Bündel Papier hervor. Die Türen ließ er weit offen stehen, kam zurück zu Hester und hielt es ihr hin. »Da! Alles Schulden!«, sagte er und fuchtelte damit durch die Luft.

»Das sagen Sie«, meinte sie und widerstand dem Impuls, sich die Zettel einfach zu schnappen. »Wir zählen sie zusammen, ziehen ein wenig für ... Unglücksfälle ab und kommen auf einen Betrag, den wir präsentieren können.« Sie neigte den Kopf in Rathbones Richtung, vermied es aber sorgfältig, seinen Namen zu nennen.

Squeaky hielt die Zettel immer noch fest.

Hester sah noch einmal Rathbone an.

Rathbone schürzte die Lippen und machte Anstalten, sich zu erheben.

»Gut!«, sagte Squeaky und hielt Hester das Bündel hin. »Aber denken Sie daran, nur in diesem Zimmer. Sie sind viel wert.«

»Natürlich«, sagte Rathbone. »Sonst wäre ich nicht bereit, mein Geld in das Unternehmen zu stecken.«

Hester nahm die Zettel aus Squeakys widerstrebenden Händen und ging hinüber zur Tür, wobei sie jeden Augenblick erwartete, Squeakys Schritte hinter sich zu hören. Sie griff erleichtert nach der Türklinke, öffnete die Tür und schloss sie wieder hinter sich. Margaret schaute zu ihr auf, das Gesicht blass und angespannt. Sie schluckte, als sie die Papiere in Hesters Hand sah, und entspannte sich ein wenig.

Hester sah sie sich nur so lange an, bis sie sicher war, dass es die unterzeichneten Original-Schuldscheine waren und nicht irgendwelche Kopien in Squeakys Handschrift. Als sie zufrieden festgestellt hatte, dass sie echt waren, schaute sie auf und nickte Margaret zu.

Margaret nahm sie und ging zum Kamin. Sie hielt eine Wachskerze an die Gasflamme in der Lampe, entzündete sie, schützte sie mit der Hand, bückte sich und zündete die Zettel damit an, alles in vollkommenem Schweigen.

Hester stand mit klopfendem Herzen mit dem Rücken zur Tür. Die Flammen loderten auf. Margaret sah zu, bis nichts mehr übrig war, dann nahm sie die Zange und zerstieß die schwarzen Reste. Mit einem triumphierenden Lächeln im Gesicht drehte sie sich zu Hester um.

Hester griff nach dem Hauptbuch. »Möchten Sie?«, fragte sie Margaret.

Diese schüttelte den Kopf. »Sie sind dran«, antwortete sie. »Aber ich möchte zusehen.«

Hester deutete eine Verbeugung an, öffnete mit der freien Hand die Tür und ging zurück in das andere Zimmer.

Squeaky schaute auf. »Und?«, wollte er wissen. »Hab ich's Ihnen nicht gesagt?«

»Allerdings«, meinte Hester und legte das Hauptbuch vor ihn auf den Tisch. »Die Schuldbeträge waren beträchtlich. Aber da ich die Schuldscheine gerade verbrannt habe, werden Sie nicht mehr in der Lage sein, sie einzutreiben.«

Squeaky starrte sie verständnislos an. Der Schrecken war zu groß, um es zu begreifen.

Selbst Rathbone wirkte erstaunt. Er hatte erwartet, sie würden gehen und es Squeaky überlassen, es herauszufinden, wenn sie längst weg waren. Er war völlig verdutzt.

»Sie ... Sie Närrin!«, schrie Squeaky, als ihm allmählich dämmerte, dass sie die Wahrheit sagte. »Sie ... Sie ...«

»Keine Närrin, Mr. Robinson«, sagte Hester ruhig, obwohl ihre Hände feucht waren und sie merkte, dass sie zitterte. »Es war genau das, was ich von Anfang an wollte.«

»Ich bin ruiniert!« Squeakys Gesicht war rot, seine Augen traten hervor. Er streckte die Hände aus, als wollte er sie wirklich packen und würgen.

Sie trat einen Schritt zurück, als Rathbone aufstand. »Nein, das sind Sie nicht«, sagte sie mit erstickter Stimme. »Ich habe eine Idee, wie Sie dieses Haus ... wirklich gut nutzen können.«
»Sie haben was?«, fragte er fassungslos. Sie war ungeheuerlich! Einfach unglaublich.
»Ich ... ich habe eine Idee«, wiederholte Hester. »Wir brauchen neue Räumlichkeiten, besser als jetzt und billiger ...«
»Billiger?«, schrie Squeaky. »Sie sollten mir eine Entschädigung zahlen! Das sollten Sie ... Sie ... Sie Verrückte!«
»Unsinn!«, sagte sie energisch. »So kommen Sie wenigstens nicht ins Gefängnis. Sie können aus diesem Haus ein Krankenhaus machen. Es ist groß genug.«
Er schluckte und würgte.
»Das Geld kriegt man durch Spenden zusammen«, fuhr sie in der ohrenbetäubenden Stille fort. »Sie haben viele junge Frauen hier, die zu Krankenschwestern angelernt werden könnten. Es wäre ...«
»Allmächtiger!«, platzte Squeaky gequält heraus.
»Hester!«, widersprach Rathbone.
»Mir scheint das einen guter Handel zu sein.« Hester strahlte große Ernsthaftigkeit aus.
Squeaky wandte sich an Rathbone, um an ihn zu appellieren.
»Es tut mir Leid«, sagte Rathbone, und seine Stimme klang, als schwankte er zwischen Entsetzen und Lachen. »Ich habe nicht die Absicht, in Ihr Geschäft zu investieren, Mr. Robinson. Außer natürlich, Sie machen sich Mrs. Monks Vorschlag zu Eigen. Ich hatte keine Ahnung, dass sie so etwas im Sinn hatte, aber mir kommt es vor, als könnte ich eine bestimmte Summe beisteuern und noch andere finden, die dazu bereit wären.« Er atmete tief durch. »Ich nehme an, es würde Ihren Ruf unter Ihren Kollegen ruinieren, aber Sie könnten sich von anderer Seite eine gewisse Nachsicht verdienen.«
»Was für eine andere Seite?«, jammerte Squeaky. »Sie verlangen von mir Schlimmeres, als nach dem Gesetz zu handeln. Es

wäre geradezu ... gut!« Er sprach das Wort aus, als wäre es ein Fluch.

»Von Seiten des Gesetzes«, klärte Rathbone ihn auf. »Ich bin Anwalt!« Er verbeugte sich leicht. »Sir Oliver Rathbone, Anwalt der Krone.«

Squeaky Robinson stieß ein langes Stöhnen aus.

»Dann sind wir ja alle bestens dabei weggekommen«, sagte Hester zufrieden.

»Wir können sogar Mr. Jessop sagen, dass wir sein Haus nicht mehr brauchen«, fügte Margaret hinzu. »Ich persönlich werde das sehr genießen. Wir werden Sie natürlich nicht fürstlich bezahlen, Mr. Robinson, aber ohne diese hohen Unkosten werden die Spenden genügen, um Sie ausreichend zu ernähren und ordentlich zu kleiden. Wenn Sie das Haus verwalten, haben Sie etwas zu tun. Die jungen Damen können sich ein bescheidenes Einkommen verdienen, ganz ehrenhaft ...«

Squeaky heulte.

»Gut«, sagte Margaret mit großer Befriedigung. Schließlich warf sie einen Blick auf Rathbone und wurde rot, als sie die Bewunderung in seinen Augen bemerkte. Sie sah Hester an.

»Sie stecken allesamt unter einer Decke!«, sagte Squeaky anklagend, seine Stimme schraubte sich vor Wut bis ins Falsett.

»Ganz richtig«, sagte Rathbone freundlich und lächelte, als sei er außerordentlich zufrieden mit sich. »Und jetzt haben Sie das Glück, mit uns zusammen darunter zu stecken, Mr. Robinson. Mein aufrichtiger Rat, den ich Ihnen nicht in Rechnung stellen werde, lautet, das Beste daraus zu machen.«

Squeaky stieß ein letztes verzweifeltes Stöhnen aus, was die anderen überhörten.

10

Die Fahrt nach Liverpool verlief ebenso wie die anderen Reisen. Monk konnte das Rattern der Eisenräder über die Dehnungsfugen der Schienen hören, selbst als er, obwohl er energisch dagegen ankämpfte, in den Schlaf glitt. Er hatte Angst, was die Träume bringen würden, Angst vor dem Entsetzen und dem Kummer, dem stechenden, grausamen Wissen um Schuld, obwohl er immer noch nicht wusste, weswegen.

Er starrte aus dem Fenster auf die vorbeigleitende Landschaft. Die gepflügten Felder waren an den Stellen, wo das Getreide noch nicht gekeimt hatte, dunkel und dort, wo das Frühgetreide schon wuchs, grün, als wäre eine Gaze über die Erde geworfen worden. Die Kirsch-, Pflaumen- und Birnbäume waren voller Blüten, aber all das beeindruckte ihn kaum. Er stieg, ungeduldig dem Ziel entgegenfiebernd, bei jedem Halt des Zuges aus und wieder ein.

Kurz vor Einbruch der Nacht erreichte er steif und müde die Lime Street Station in Liverpool und suchte sich ein Quartier für die Nacht.

In der kühlen Morgenluft hatte Monk einen Entschluss gefasst, wo er mit seinen Nachforschungen anfangen würde. Wie weh es auch tun würde und welche Geheimnisse auch enthüllt würden, er musste mit Arrol Dundas anfangen. Wo hatte er gelebt? Wer waren seine Freunde gewesen, seine Kollegen? Was für ein Leben hatte er gelebt? Seit die ersten Erinnerungsfetzen zurückgekehrt waren, hatte Monk all das wissen wollen und gleichzeitig Angst davor gehabt. Es war an der Zeit, sich sowohl den Hoffnungen als auch den Ängsten zu stellen.

In den Zeitungsberichten hatte gestanden, wo Dundas zur Zeit seiner Verhaftung gelebt hatte. Das war leicht zu überprüfen, und er nahm eine Droschke in die elegante, baumbesäumte Straße. Vor Nummer vierzehn blieb er in dem Hansom sitzen und betrachtete die schönen Häuser, die groß und sorgfältig gepflegt waren. Dienstmädchen klopften hinter den Häusern Teppiche, lachten mit Austrägern oder stritten sich mit ihnen über den Preis für Fisch oder frisches Gemüse. Hier trödelte ein müßiger Stiefelputzer ein paar Minuten herum, dort stand ein Diener und machte ein wichtiges Gesicht. Ohne dass es ihm jemand sagte, wusste Monk: Dies war eine teure Wohngegend.

»Sind wir richtig, Sir?«, fragte der Kutscher.

»Ja. Ich möchte nicht reingehen. Nur hier warten«, antwortete Monk. Er wollte nachdenken und die Atmosphäre, den Anblick und die Geräusche in sich aufnehmen. Vielleicht riss irgendetwas hier die Schleier weg und zeigte ihm, was zu sehen er ebenso hoffte wie fürchtete – sich selbst, wie er damals gewesen war, großzügig oder habgierig, blind loyal oder ein Betrüger. Die Vergangenheit bemächtigte sich seiner. Nur noch eines, eine Tatsache, ein Geruch, ein Geräusch, und er würde ihr endlich unmittelbar gegenüberstehen.

Wer lebte jetzt in diesem Haus? War am oberen Treppenabsatz immer noch ein Fenster mit Glasmalerei, bevor die Treppe um die Ecke ins nächste Stockwerk hinaufführte? War im Garten immer noch ein Birnbaum voller weißer Frühlingsblüten? Im Salon lag sicher ein anderer Teppich, kein rot-blauer mehr, und die roten Vorhänge hingen womöglich auch nicht mehr dort.

Mit einem Ruck erinnerte er sich ganz deutlich daran, dass er am Esszimmertisch gesessen hatte. An der Fensterreihe gegenüber von ihm waren blaue Vorhänge. In den Kronleuchtern flackerten Kerzen, die sich in den silbernen Bestecken auf dem weißen Leinen spiegelten. Er konnte das Muster auf den Griffen erkennen, als hielte er jetzt einen in der Hand, reich verziert, mit einem in der Mitte eingravierten D. Es gab auch Fischmesser, eine neue Erfindung – vorher hatte man Fisch mit zwei Gabeln gegessen –, über die Mrs. Dundas außerordentlich erfreut war. Er sah Ruhe und Glück in ihrem Gesicht. Sie hatte etwas Pflaumenfarbenes getragen, das gut zu ihrer blassen Haut passte. Schön war sie nicht, aber sie strahlte Würde aus und war eine individuelle Persönlichkeit, die er stets geschätzt hatte. Es war ihre Stimme, die ihm am meisten gefiel, tief und ein wenig heiser, besonders wenn sie lachte. Dann lag darin pure Freude.

Ein Dutzend Menschen saßen am Tisch, alle elegant gekleidet, Juwelen glitzerten, die Gesichter waren entspannt und glücklich, und am Kopfende führte Arrol Dundas den Vorsitz über die fröhliche Gesellschaft.

Sie waren reich, sehr reich.

War es das Ergebnis eines Betrugs? Gründeten die ganze Eleganz und der Wohlstand auf den Verlusten anderer Menschen? Der Gedanke war dermaßen hässlich, dass Monk überrascht war, dass es ihm dabei nicht das Herz zerriss. Vielleicht hatten Katrinas Tod und die bruchstückhaften Erinnerungen und Bilder des Unfalls ihn zu sehr betäubt, sodass er nicht noch mehr Schmerz empfinden konnte.

Er beugte sich vor und klopfte kräftig an die Kutschenwand, um die Aufmerksamkeit des Kutschers auf sich zu lenken.

»Vielen Dank. Bringen Sie mich bitte zurück zum Archiv«, bat er ihn.

»Ja, Sir. In Ordnung.« Der Kutscher hatte oft mit exzentrischen Fahrgästen zu tun, doch ihm war es egal, solange sie zahlten. Er schlug leicht mit der Peitsche, und das Pferd, das froh war, nicht länger im grellen Sonnenlicht stehen zu müssen, setzte sich in Bewegung. Im Schatten war der Nachtfrost auf den Pflastersteinen noch nicht geschmolzen.

Hatte das Haus Dundas gehört, oder war es nur gemietet gewesen? Monk hatte die Angelegenheiten so vieler Menschen erforscht und wusste, dass so manch einer auf Kredit lebte. Er erinnerte sich an Mrs. Dundas, wie sie ihm an einem anderen

Ort vom Tod ihres Mannes erzählt hatte. Hatte sie dieses schöne Haus aus finanziellen Gründen verlassen oder weil sie es nicht ertrug, in der Nähe ihrer alten Freunde zu leben, nachdem ihr Mann in Ungnade gefallen war? Es würde keine Einladungen mehr geben, keine Besuche, keine Gespräche auf der Straße. Jeder wäre weggezogen – er auch!

Dundas musste ein Testament hinterlassen haben. Und wenn das Haus verkauft worden war, würde es datierte Akten darüber geben.

Er brauchte bis zum Nachmittag, um herauszufinden, wonach er suchte. Doch was er fand, machte ihn ratlos und konfrontierte ihn mit einem Geheimnis, das er längst gelöst haben sollte. Das Haus war bereits vor Dundas' Tod verkauft worden, und seiner Witwe war am Ende nicht mehr geblieben als ein sehr bescheidenes Haus und eine winzige Jahresrente, mit der sie, wenn sie sparsam wirtschaftete, gerade so auskam.

Was ihn verblüffte und mit zitternden Händen und einem Gefühl der Enge in der Brust zurückließ, war der Name des Testamentsvollstreckers: William Monk.

Er stand vor dem Regal, in dem das Buch offen vor ihm lag, und beugte sich darüber. Seine Beine wurden schwach.

Was war mit dem Geld aus dem Verkauf des Hauses geschehen? Das Gericht hatte es nicht eingezogen. Der Gewinn aus dem betrügerischen Verkauf des Landes war noch nicht ausgezahlt worden. Dundas hatte das Haus zwölf Jahre lange besessen, sodass auf dessen Kauf kein Makel lag.

Wo war das Geld geblieben? Er sah noch einmal nach und noch einmal, aber trotz aller Sorgfalt konnte er keine Unterlagen darüber finden. Wenn er die Angelegenheit selbst bearbeitet hatte, und es schien, als habe Dundas ihm das anvertraut, dann hatte er alle Spuren verwischt. Warum? Der einzige Grund dafür, dass ein Mann seine Geldgeschäfte verbarg, konnte doch wohl nur der sein, dass sie unlauter waren?

Es war ein Vermögen gewesen! Wenn er selbst es genommen

hatte, dann wäre er ein sehr reicher Mann gewesen. Das hätte er doch kaum vergessen können? Als er zur Polizei ging, hatte er nichts besessen als die Kleider, die er am Leib trug – und noch ein paar zum Wechseln. Kleider – Dundas hatte ihm beigebracht, sich gut, sehr gut zu kleiden, und das Vergnügen daran hatte er nie verloren.

Erinnerungsfetzen von Anproben bei Schneidern tauchten auf, Dundas, der sich zurücklehnte und Anweisungen gab, da noch ein wenig höher, dort einen Zentimeter mehr oder weniger, in den Beinen ein wenig länger. *Ja – so stimmt's! Dieser Hemdenschnitt ist der beste, ägyptische Baumwolle, so knotet man eine Krawatte. Elegant, aber vulgär – tragen Sie nie so eine! Untertreiben, immer untertreiben. Ein Gentleman hat es nicht nötig, Aufmerksamkeit auf sich zu lenken. Diskret, aber teuer. Qualität macht sich auf lange Sicht bezahlt.*

Monk stellte fest, dass er unwillkürlich lächeln musste, dabei hatte er einen Kloß im Hals, den er nur mit Mühe hinunterschlucken konnte.

Diese Vorliebe hatte er immer noch; er gab immer noch viel zu viel Geld für Kleider aus.

Was war mit dem Geld passiert?

Was hatte Mrs. Dundas hinterlassen, als sie starb?

Auch das war leicht herauszufinden, als er ihr Testament entdeckte: sehr wenig. Die Jahresrente erlosch mit ihrem Tod. Das Haus war eine kleine Summe wert, aber ein Teil davon ging für die Begleichung offener Schulden drauf. Sie hatte an den Grenzen ihres mageren Einkommens gelebt.

Wenn er Dundas' Testamentsvollstrecker gewesen war, wie war er das Geld dann losgeworden? Wo? Bei wem? Und vor allem, warum? Diese Frage quälte ihn auf Schritt und Tritt, wie ein zu enger, scheuernder Schuh.

Er trank einen heißen Kaffee, war jedoch zu angespannt, um etwas zu essen.

Was hatte das mit Baltimore zu tun? Vielleicht würden ihm

die Verhältnisse von Baltimore und Söhne Aufschluss darüber geben oder ihn auf eine neue Spur führen, der er folgen konnte.

Er brauchte bis zum nächsten Tag, um jemanden zu finden, der sowohl fähig als auch willens war, die Sache mit ihm zu besprechen: Mr. Carborough, der im Hinblick auf eigene Investitionen eine Untersuchung von Unternehmen durchführte.

»Gute Gesellschaft«, sagte er begeistert und fuhr mit einem Bleistift durch die Luft. »Klein, aber gut. Hat hübsche, wenn auch nicht übermäßige Gewinne aus den Landkäufen gezogen, und noch höhere natürlich aus dem Eisenbahnbau selbst. Zentrale jetzt in London, glaube ich. Bauen noch so eine hübsche Strecke nach Derby.«

Sie saßen in Carboroughs Büro, das eine schmale belebte Straße in der Nähe der Docks überblickte. Salzgeruch trieb zu dem halb offenen Fenster herauf, Rufe, Verkehrslärm und das Quietschen der Winden, mit denen Ballen auf- und abgeladen wurden, drangen herein.

»Was ist mit Dundas und dem Landbetrug?«, fragte Monk mit betont ruhiger Stimme, als hätte er kein persönliches Interesse an dem Thema.

Carborough schürzte die Lippen. »Dumm, sich bei einer solchen Banalität erwischen zu lassen«, sagte er und schüttelte den Kopf. »Habe es nie begriffen. Er war brillant. Einer der besten Handelsbankiers in der Stadt, wenn nicht sogar der beste. Dann geht er hin und macht so etwas Dummes, wie die Gitternetzmarkierungen auf einem Messtischblatt zu ändern, damit der Streckenverlauf über seinen eigenen Grund geführt wird, und er macht – wie viel?« Er zuckte die Achseln. »Höchstens tausend Pfund. Als hätte er die nötig gehabt. Zur selben Zeit sollte er einen Anteil von dem bekommen, was die Gesellschaft mit den neuen Bremsen verdiente. Er beschaffte das Geld für ihre Entwicklung.«

»Welche neuen Bremsen?«, fragte Monk schnell.

Carborough machte große Augen.

»Ach ... Sie haben ihr eigenes Bremssystem für Eisenbahnwagen und Güterwaggons entwickelt. Um einiges billiger als die Standardausführung, die jetzt benutzt wird. Hätte ein Vermögen eingebracht. Weiß nicht, was da passiert ist. Sie haben die Sache nie weiterverfolgt.«

»Warum nicht?«, fragte Monk. Erinnerungsmomente blitzten auf und versanken im selben Augenblick wieder.

»Das weiß ich nicht, Mr. Monk«, antwortete Carborough. »Nach Dundas' Prozess schien alles eine Weile stillzustehen. Dann starb er, wissen Sie?« Er legte den Bleistift neben seinen Block und richtete ihn parallel dazu aus. »Im Gefängnis, der arme Teufel. Vielleicht war der Schock zu viel für ihn. Jedenfalls haben sie sich danach auf neue Strecken konzentriert. Schienen die Sache mit den Bremsen völlig zu vergessen. Bauten ihre eigenen Wagen und so. Haben ganz schön was damit verdient. Sind, wie gesagt, nach London gezogen.«

Monk stellte ihm weitere Fragen, aber Carborough wusste nichts über Dundas persönlich und hatte, soweit er sich erinnerte, Monks Namen noch nie gehört.

Es gab auch keine Spur des Geldes, das Dundas für das Haus bekommen haben musste. Es war so vollständig verschwunden, als wären die Banknoten, mit denen es bezahlt worden war, verbrannt worden.

Als Nächstes wollte er zu Reverend William Colman, der eine sehr eindrucksvolle Zeugenaussage gegen Dundas abgegeben hatte. Es konnte eine unerfreuliche Begegnung werden, denn Colman erinnerte sich sicher noch an Monk. Er würde der Erste sein, der Monk noch von damals kannte. Dundas und seine Frau waren tot, ebenso Nolan Baltimore. Monk würde mit dem Menschen konfrontiert werden, der er damals gewesen war, und am Ende würde es kein Entrinnen vor dem geben, an was Colman sich erinnerte.

Hatte er den Mann damals wegen seiner Zeugenaussage gehasst? War er unfreundlich zu ihm gewesen und hatte versucht, ihn in Verruf zu bringen? Hatte Colman Monk für genauso schuldig gehalten wie Dundas, nur dass es sich nicht beweisen ließ?

Colman war noch im Amt, und es war nicht schwierig, ihn im *Crockford's Clerical Directory*, dem Adressbuch der anglikanischen Kirche, zu finden. Am späten Nachmittag ging Monk in einem Dorf am Stadtrand von Liverpool den kurzen Weg zur Pfarrhaustür hinauf. Er spürte ein Flattern im Magen, und seine Hände waren klamm und schmerzten, so oft hatte er sie zu Fäusten geballt. Er zwang sich, sich zu entspannen, und zog am Glockenstrang.

Die Tür wurde überraschend schnell geöffnet, und ein großer Mann in leicht verknitterten Kleidern und einem Kollar schaute ihn erwartungsvoll an. Er war schlank, hatte graues Haar und ein energisches, intelligentes Gesicht. Monk wusste mit einem Schauer der Erinnerung, der so heftig war, dass er ihm den Atem verschlug, dass es Colman war – er hatte eine Zeichnung von ihm in der Zeitung gesehen, er war unter den Demonstranten gegen die Eisenbahn gewesen. Viel lebendiger aber hatte er ihn in seinen Träumen gesehen, wie er sich verzweifelt durch die Trümmer des brennenden Zuges kämpfte.

Im selben Augenblick erkannte ihn Colman, und der Mund stand ihm einen Augenblick lang offen vor Verblüffung.

»Monk?« Er schaute genauer hin. »Sie sind Mr. Monk, nicht wahr?«

Monk hatte Mühe zu sprechen. »Ja, Mr. Colman. Ich wäre Ihnen dankbar, wenn Sie mir ein wenig Ihrer Zeit widmen würden.«

Colman zögerte einen winzigen Augenblick, dann machte er die Tür weit auf. »Kommen Sie herein. Was kann ich für Sie tun?«

Monk hatte bereits beschlossen, dass der einzige Weg, etwas

zu erreichen, der war, dass die ganze Wahrheit herauskam, falls das überhaupt möglich war. Das hieß auch, offen über seinen Gedächtnisverlust und die einzelnen Bruchstücke, die jetzt auftauchten, zu sprechen.

Colman ging in ein Zimmer voraus, in dem er Gemeindemitglieder empfing, und bat ihn, Platz zu nehmen. Er betrachtete Monk neugierig, was nur allzu natürlich war, denn er hatte ihn sechzehn Jahre nicht gesehen. Er suchte sicher nach den Veränderungen, dem Charakter, der sich tiefer in seine Züge eingegraben hatte, die kleinen Unebenheiten, seine abgemagerte Gestalt.

Monk war sich Colmans Persönlichkeit und der Macht der Gefühle, die er früher in ihm gespürt hatte, deutlich bewusst – nichts hatte sie geschwächt. Die Trauer war noch da, die Erinnerung daran, wie er die Toten begraben und die betroffenen Familien getröstet hatte.

Colman wartete.

Monk fing an zu berichten. Es fiel ihm schwer, und seine Stimme stockte, als er die Jahre von damals bis heute zusammenfasste und mit der Geschichte von Baltimore und Söhne und der neuen Eisenbahnlinie endete.

Während Colman ihm zuhörte, lag Zurückhaltung in seiner Miene, der Widerhall von früherer Wut, Kummer und Schmerz. Damals hatten sie auf verschiedenen Seiten gestanden, und das war seiner Miene, seinem wachsamen Blick und seinen leicht zusammengekniffenen Lippen deutlich anzusehen, und auch seiner angespannten Körperhaltung – ein Bein über das andere geschlagen, die Hände zu Fäusten geballt. Sie waren immer noch Gegner. Das würde niemals in Vergessenheit geraten.

»Nolan Baltimore ist ermordet worden«, erklärte Monk. Er sah Colman erschrocken zusammenfahren, dann ein zufriedenes Glitzern und gleich danach Schuld, die ihn sogar leicht erröten ließ. Aber er beeilte sich nicht, die gewöhnlichen Beileidsbekundungen auszusprechen. Daran hinderte ihn seine Ehrlichkeit.

»Von einer Prostituierten«, fügte Monk hinzu. »Während er perversen Vergnügungen nachging.«

Colmans Gesicht zeigte deutlichen Widerwillen.

»Und deswegen sind Sie hier?«, fragte er argwöhnisch.

»Nicht direkt«, antwortete Monk. »Aber es bedeutet, dass wir ihn nicht nach etwas fragen können, das wie ein ganz ähnlicher Betrug bei Baltimore und Söhne aussieht, der fast genauso abläuft wie die Sache damals.«

Colman setzte sich ruckartig auf. »Ein weiterer Betrug? Aber Dundas ist tot, die arme Seele. Ausgerechnet Sie müssen das doch wissen. Ihr Erinnerungsvermögen kann doch nicht dermaßen ... in Mitleidenschaft ... ich meine ...« Er unterbrach sich.

Monk rettete ihn aus der peinlichen Situation. »Ich erinnere mich daran. Aber an was ich mich nicht erinnere, ist, wie der Betrug damals aufgedeckt wurde ... nicht im Einzelnen. Sehen Sie, diesmal sieht es so aus, als sei ein Mann namens Dalgarno verantwortlich, nur dass sein wichtigster Ankläger auch tot ist ... ermordet.« Diesmal sah er das pure Mitleid in Colmans Miene. »Eine Frau«, fuhr Monk fort. »Sie war mit ihm verlobt, und dank dieser privilegierten Stellung entdeckte sie bestimmte Dinge, die Geschäftliches betrafen, hörte Gespräche mit an und sah Unterlagen, die ihr klar machten, dass etwas ernstlich nicht stimmte. Sie brachte alles zu mir. Ich habe die Sache so weit wie möglich untersucht, aber ich konnte keinen Betrug entdecken. Ein bisschen Preistreiberei, aber das ist alles.«

»Aber sie wurde umgebracht?«, unterbrach Colman ihn und beugte sich vor.

»Ja. Und Dalgarno wurde des Mordes angeklagt. Aber um seine Schuld zu beweisen, müssen wir den Betrug zweifelsfrei nachweisen.«

»Verstehe.« Seine Miene machte deutlich, dass er tatsächlich vollkommen verstand. »Was möchten Sie von mir wissen?«

»Sie waren derjenige, der damals als Erster den Verdacht auf Betrug hegte. Warum?«

Colman runzelte die Stirn. Er war eindeutig fasziniert von dem Gedanken an einen solchen vollständigen Gedächtnisverlust, wo Monk sich doch damals so leidenschaftlich in der Sache engagiert hatte. »Sie erinnern sich wirklich nicht daran?« Er erstarrte, und seine Stimme klang belegt. »Sie erinnern sich nicht an meine Kirche? In dem Tal zwischen den alten Bäumen? An den Friedhof?«

Monk mühte sich, aber vergeblich. Er machte sich ein Bild davon, aber rein aus der Fantasie, nicht aus der Erinnerung. Er schüttelte den Kopf.

»Sie war schön«, sagte Colman traurig. »Eine alte Kirche. Ursprünglich normannisch, mit einer Krypta darunter, wo man schon vor rund tausend Jahren Menschen beerdigt hat. Der Friedhof war voller alter Familiengräber, fünfzehn oder zwanzig Generationen. Es war die Geschichte des Ortes. Geschichte besteht schließlich aus Menschen.« Er sah Monk eindringlich an, suchte nach dem Mann hinter der Fassade, den Leidenschaften, die er tiefer aufrühren – und verletzen – konnte als den analytischen Verstand. »Sie haben die Eisenbahnlinie mitten hindurchgebaut.«

Jetzt regte sich in Monks Erinnerung etwas: ein milder, vernünftiger Bischof, der voller Bedauern war, aber den Fortschritt und den Bedarf an Arbeitsplätzen, Transportmöglichkeiten und den Fortschritt der Menschheit anerkannte. Es hatte einen scheuen Hilfspfarrer gegeben, der sich dafür begeisterte, das Alte zu bewahren und gleichzeitig das Neue zu befördern, und der nicht einsehen konnte, dass das unmöglich war.

Und zwischen den beiden stand Reverend Colman, ein Enthusiast und Befürworter der ungebrochenen Kette der Geschichte, für den die Eisenbahn eine verheerende Gewalt war, die die familiären Bande mit den Toten zerriss und die Denkmäler, welche die spirituelle Verbindung lebendig hielten, mutwillig zerstörte. Monk hörte Stimmen, die sich erhoben, Angst- und Wutschreie, und sah hassverzerrte Gesichter.

Aber Colman hatte mehr getan, als nur zu protestieren, er hatte ein Verbrechen nachgewiesen. War er das, war diese schwer fassbare Erinnerung der Beweis? Wen würde er anklagen – Baltimore oder Monk? Monk räusperte sich. Sein Hals war so eng, dass er kaum atmen konnte.

»Man hat die Kirche abgerissen?«, fragte er.

»Ja. Die neue Strecke verläuft genau da, wo einst die Kirche stand.« Colman fügte nichts weiter hinzu, seine Stimme sagte genug.

»Wie haben Sie den Betrug entdeckt?« Monk zwang sich, normal zu sprechen. Er war kurz vor der Wahrheit.

»Ganz einfach«, antwortete Colman. »Jemand erzählte mir, er habe Kaninchen auf dem Hügel beobachtet, um den sie herumgebaut hatten, weil es angeblich zu teuer war, einen Tunnel hindurchzutreiben. Ein Gemeindemitglied, das Probleme hatte wegen Wilderei. Als ich ihn fragte, wo er erwischt worden sei, erzählte er es mir. Kaninchen graben nicht in Granit, Mr. Monk. Streckenarbeiter können fast alles sprengen, bei Felsen dauert es nur ein wenig länger und kostet daher mehr. Ich habe die ursprünglichen Messtischblätter gefunden. Wenn man die, die Baltimore benutzte, genauer betrachtete, sah man, dass sie gefälscht waren. Wer immer es gemacht hatte, er war zu schlau gewesen, um die Höhenangaben oder die Bodenbeschaffenheit zu verändern – er suchte sich einen Hügel, der woanders lag, und änderte die Gitternetzmarkierungen. Äußerst geschickt.«

Monk stellte die Frage, die er stellen musste, aber er musste sich erst räuspern: »Arrol Dundas?«

»Es sah so aus«, sagte Colman bedauernd, als wäre es ihm lieber gewesen, wenn es jemand anders gewesen wäre.

»Hat er es je zugegeben?«

»Nein. Doch er hat auch niemand anderen beschuldigt, und zwar wohl eher aus Würde oder moralischen Gründen als aus Ahnungslosigkeit.«

Es dauerte einen Augenblick, bis Monk erfasste, was Colmans Worte wirklich bedeuteten. Er hatte schon seine nächste Frage stellen wollen, unterbrach sich aber mitten im Satz.

»Sie meinen, Sie bezweifelten Dundas' Schuld?«, fragte er ungläubig.

Colman blinzelte. »Sie haben stets behauptet, er sei es nicht gewesen. Auch nach der Verurteilung haben Sie geschworen, er sei nicht derjenige gewesen, der das Messtischblatt manipuliert hat, und sein Gewinn sei allein durch kluge Spekulation und nicht durch Unredlichkeit zusammengekommen. Er hat einfach billig ge- und teuer verkauft.«

Monk war verwirrt. »Wer hat denn dann die Unterlagen gefälscht? Baltimore? Warum sollte er? Er besaß dort kein Land!«

»Und hatte hinterher auch keine Verkaufserlöse auf der Bank«, stimmte Colman ihm zu. »Ich weiß die Antwort nicht. Wenn es nicht Dundas war, dann kam das Geld womöglich durch Bestechung herein, aber das wird man nie beweisen können.«

»Warum sollte jemand anders die Messtischblätter gefälscht haben?«, hakte Monk nach.

Colman runzelte die Stirn und überlegte sich seine Antwort gut, seine Worte waren sorgfältig gewählt. »Die Eisenbahnlinie führte mitten durch meine Kirche, und das war das Einzige, an was ich damals denken konnte.« Plötzlich füllten sich seine Augen mit Tränen. »Und der Unfall … die Kinder …« Er unterbrach sich. Er fand nicht die richtigen Worte, und vielleicht sah er das Entsetzen in Monks Miene und wusste, dass Worte auch nicht notwendig waren.

Monks Erinnerung an Colman verdichtete sich. Er hatte sich damals gewünscht, ihn zu mögen, aber seine Zeugenaussage gegen Dundas hatte es verhindert. Jetzt war das für beide längst Vergangenheit, und es gab nichts mehr, um was sie sich streiten mussten.

Colman blinzelte und lächelte entschuldigend. »Ich fürchte, ich bin Ihnen keine große Hilfe beim Sammeln der Beweise, die Sie brauchen, um zu belegen, dass Dalgarno die junge Frau umgebracht hat oder dass Baltimore den Betrug begangen hat. Aber wenn ich Sie richtig verstanden habe, war er bereits tot, als sie umgebracht wurde.«

»Ja, zwei oder drei Wochen.«

»Dann war Dalgarno womöglich in den Betrug verstrickt und konnte, sobald Baltimore tot war, den ganzen Profit alleine einstreichen?«, meinte Colman.

»Oder ihn mit dem Sohn, Jarvis Baltimore, teilen«, berichtigte ihn Monk. »Das scheint wahrscheinlich zu sein; insbesondere da Dalgarno – wie meine Frau beobachten konnte – jetzt der Tochter, Livia, den Hof macht.«

Colman machte große Augen. »Ihre Frau ist mit den Baltimores bekannt?«

Monk machte sich nicht die Mühe, sein Lächeln zu verbergen, ebenso wenig wie den Stolz, der hoch und strahlend in ihm aufwallte, auch wenn ihm zugleich der Schmerz wie ein Dolchstoß durchs Herz fuhr bei dem Gedanken, was er verlieren konnte. »Nein. Sie leitet am Coldbath Square ein Haus, wo Prostituierte Zuflucht und medizinische Hilfe finden, und Livia Baltimore wandte sich nach dem Tod ihres Vaters verärgert und betrübt und Hilfe suchend an sie. Hester bekam ein paar Informationen und besuchte sie. Sie war als Krankenschwester auf der Krim. Es gibt kaum etwas, was sie aufhalten kann, wenn sie einmal überzeugt ist, dass sie im Recht ist.«

Colman schüttelte den Kopf, auch wenn seine Augen strahlten. »Ich hoffe, sie musste Miss Baltimore nicht über den wahren Charakter ihres Vaters aufklären«, sagte er. »Es könnte ja sein, dass er den gleichen Trick noch einmal angewandt hat.

Aber ich weiß nicht, wie Sie das den Geschworenen klar machen wollen, wenn Sie keine Beweise dafür haben. Das erste Mal kam er davon, weil offensichtlich war, dass er keinerlei finanziellen Gewinn daraus zog, Dundas dagegen sehr wohl.«

»Dundas starb sehr arm«, sagte Monk und wurde von alter Traurigkeit und Wut überschwemmt.

Auch Colman wurde plötzlich sehr ernst. »Das habe ich gehört, obwohl es sehr merkwürdig ist. Er war ein ausgezeichneter Bankier, einfach brillant. Aber das können Sie doch nicht vergessen haben?«

»Nein, hab ich nicht. Aber wo ist das Geld hingekommen?«

Colman sah Monk düster an.

»Ich habe keine Ahnung. Niemand wusste es. Und kurz danach hat dieser Unfall alle anderen Gedanken verdrängt.« Plötzlich war sein Gesicht abgehärmt, und die Farbe wich ihm aus den Wangen. »Es war die Hölle auf Erden. Die Schreie werde ich mein Lebtag nicht vergessen. Die Erinnerung an den Geruch nach verbranntem Haar verursacht mir immer noch Schweißausbrüche und Übelkeit. Aber Sie kennen das. Sie waren dort.«

Er sah krank aus. Monk senkte den Blick. Er wusste, was Colman meinte. Er hatte einiges davon in seinem eigenen Albtraum erfahren. Es war merkwürdig, fast belanglos real, Colman sagen zu hören, Monk sei dort gewesen; er wusste es sehr genau und auf schreckliche Weise aus den Albträumen seiner verborgenen Erinnerung.

»Was war die Ursache?«, fragte er.

Colman blickte langsam auf. »Das hat man nie herausgefunden. Aber es war nicht das neue Gleis. Das war vollkommen in Ordnung. Zumindest ... soweit die Untersuchungen ergaben.« Der letzte Tropfen Blut wich aus seinem Gesicht, und er erstarrte. »O nein! Sie glauben doch nicht, dass das noch einmal passiert? Mein Gott, bloß nicht! Ist es das, was Sie fürchten?«

»Was Katrina Harcus fürchtete«, antwortete Monk. »Aber ich habe alles untersucht; ich bin die Schienen abgelaufen und konnte keinerlei Fehler entdecken. Sagen Sie mir, Mr. Colman, wie kann ich diesen Betrug beweisen? Es ist wieder passiert, und doch sehe ich ihn einfach nicht!«

Colman sah ihn, von heftigem Mitleid ergriffen, an. »Ich weiß nicht. Glauben Sie, wenn ich es wüsste, hätte ich all die Jahre geschwiegen? Egal, wem es geschadet hätte, ich hätte gesprochen. Ich weiß es einfach nicht!«

Monk blickte hilflos auf, seine Gedanken waren gefangen wie Strandläufer in der Brandung, er spürte, wie das Wasser an seinen Füßen zerrte, ihm das Gleichgewicht raubte, und doch ergab das alles keinen Sinn.

»Suchen Sie nach Bestechungsgeldern«, drängte Colman. »Etwas anderes kann es nicht sein.«

Beim Thema Bestechung wollte Monk ihm nicht widersprechen. Colman hatte sich längst seine Meinung gebildet. Er blieb noch eine Weile, dankte Colman und verabschiedete sich. Seine Schritte waren jetzt leichter. Ein alter Feind war versöhnt. Jetzt würde er keine Angst mehr haben, wenn er Colmans Gesicht in seinen Träumen sah.

Aber die eine Tatsache, die ihm, wie er überzeugt war, helfen würde, alle anderen aus dem festen Knoten seiner Erinnerung zu entwirren, hatte er nicht gefunden.

Monk hatte den Mut und den Willen, sich diese Tatsache anzusehen, aber der winzige Teil von ihm, der tief in ihn hineinschaute und wusste, was es war, hielt es immer noch vor seinem Bewusstsein verborgen.

Um ihm zu trotzen ... oder ihn zu schützen?

Er fuhr über Derby nach London zurück, sah sich noch einmal die ursprüngliche Streckenführung an und überprüfte, über wessen Besitz sie genau geführt hätte. Es gab einen großen, wohlhabenden Bauernhof, dessen Weideflächen geteilt worden wären, was es unmöglich gemacht hätte, Vieh von einer Seite auf die andere zu treiben.

Die Strecke hätte zudem durch ein Gehölz geführt, eines der besten in der Gegend, um Füchse aufzustöbern, ein beliebtes Jagdrevier. Waren Bestechungsgelder gezahlt worden, um die Strecke eine oder zwei Meilen weiter über ungenutztes Land zu führen? Im Großen und Ganzen wahrscheinlich nicht, denn es schien sowieso das Naheliegendste zu sein. Der Akt der Zerstörung hätte sonst bei den Bewohnern der nächstgelegenen Stadt zu gefährlicher Feindseligkeit geführt.

War das denn wirklich ein Verbrechen? War es überhaupt eine Sünde, die es wert war, mit mehr als einem flüchtigen Bedauern darüber nachzudenken?

Michael Dalgarno hatte sich in seiner Beziehung zu Katrina als unwürdiger Mann erwiesen. Er hatte ihre Liebe angenommen, so lange es ihm passte, und sie fallen lassen, als sich durch Livia Baltimore eine finanziell lukrativere Verbindung geboten hatte. Aber auch das war kein Verbrechen ... wenngleich eine Sünde, deren sich viele schuldig machten.

Aber nichts davon konnte Motiv genug für Dalgarno sein, Katrina zu ermorden.

Einen Betrug zu verdecken wäre ein Motiv gewesen, aber worin lag er? Monk konnte nichts beweisen. Alles, was er hatte, waren Ideen und Verdächtigungen. Monk erinnerte sich an den Brief, in dem er namentlich erwähnt wurde und den er bei Katrina mitgenommen hatte. Seine Hand tat ihm weh, als hätte er sich die Finger daran verbrannt. Hätte er ihn dort gelassen, wäre Runcorn jetzt hinter ihm her, und wäre es nicht Runcorn, sondern einer seiner Kollegen, wäre dieser von seiner Schuld genauso überzeugt!

»Natürlich ist er schuldig!«, sagte Runcorn ungehalten, als Monk vom Bahnhof aus direkt zu ihm fuhr, um ihm von seinem Misserfolg zu berichten. Sein Büro war wie immer mit Akten überhäuft, aber sie waren alle ordentlich gestapelt, als hätte er sie bereits durchgearbeitet. Er war zu beschäftigt, um

Monk einen Tee anzubieten. Wie dem auch sei, er schien ihn inzwischen eher als Kollegen denn als Gast zu betrachten. Er sah ihn skeptisch und ein wenig enttäuscht an. »Die Tatsache, dass Sie keinen Beweis für einen Betrug mitgebracht haben, bedeutet nicht, dass er unschuldig ist«, sagte er grimmig. »Es heißt nur, dass er es so gut verborgen hat, dass Sie es nicht aufdecken können. Vermutlich hat er aus Dundas' Fehlern gelernt. Zwei Farmen oder Landsitze, oder was sagten Sie?«

»Ja«, antwortete Monk zugeknöpft. »Und wenn ich die Strecke geplant hätte, hätte man mir kein Bestechungsgeld zahlen müssen, damit ich sie um den Hügel herum- und nicht hindurchführe, um die Teilung eines solchen Landgutes zu vermeiden.«

»Wollen Sie sich etwa mit Dalgarno vergleichen?« Runcorn zog in einer Mischung aus Überraschung und Zweifel die Augenbrauen hoch.

Monk zögerte. Die Frage war sarkastisch gemeint gewesen, aber er erkannte ein Körnchen Wahrheit darin. Es gab eine physische Ähnlichkeit, die durch entsprechendes Selbstbewusstsein – man könnte auch Arroganz sagen –, die Vorliebe für exzellente Kleidung und eine gewisse Anmut in den Bewegungen noch verstärkt wurde. Wenn der Zeuge tatsächlich jemanden auf dem Dach bei Katrina gesehen hatte und seine Beschreibung auf Dalgarno passte, passte sie auch auf Monk. Viele Leute hatten ihn mit Katrina gesehen – zum Beispiel im Park. Auf einen zufälligen Betrachter mochte es gewirkt haben, als hätten sie gestritten. Mit einem Frösteln in der Magengrube erinnerte sich Monk daran, wie sie seinen Mantel gepackt und dabei den Knopf abgerissen hatte. Er wusste, wann das passiert war, aber sie hatte ihn in der Hand gehalten, als sie starb. Warum? Warum hatte sie ihn so viel später immer noch in der Hand gehalten? Ohne ein Motiv war Dalgarno nicht schuldiger als Monk. Vielleicht war der Beweis gegen Dalgarno genauso vom Zufall oder vom Unglück begünstigt?

»Monk!«, sagte Runcorn laut. »Wollen Sie sich mit Dalgarno vergleichen?«

Monk zwang sich mit einem Ruck in die Gegenwart zurück. »Irgendwie schon«, antwortete er.

»Irgendwie?«, fragte Runcorn, der sich darüber wunderte, dass Monk dies ernst meinte.

Monk spürte, dass er an einem Abgrund stand, und zog sich zurück. »Oberflächlich betrachtet«, antwortete er. Sein Kopf war bereits mit etwas anderem beschäftigt, mit seinen Zweifeln und seiner Not. »Nur oberflächlich.« Er wollte sich so rasch wie möglich entschuldigen. Er musste zu Rathbone. Es war dringend. Womöglich war es schon zu spät.

»Mehr ist da nicht«, sagte er. »Sie werden sich auf die Staatsanwaltschaft verlassen müssen. Es tut mir Leid.«

Runcorn stöhnte. »Ich nehme an, ich sollte dankbar sein, dass Sie's versucht haben.«

Monk musste anderthalb Stunden warten, bis Rathbone Zeit hatte, ihn zu empfangen. Es waren unglückliche anderthalb Stunden, viel zu lang, um dazusitzen und darüber nachzudenken, wie schwierig das war, was er tun musste, und in welche Verlegenheit es ihn brachte.

Als Rathbone schließlich kam und Monk in sein vertrautes elegantes Büro führte, machte er keine langen Worte.

»Michael Dalgarno wurde des Mordes an Katrina Harcus angeklagt, aber der Beweis hängt davon ab, ob er ein Motiv hat«, sagte er freiheraus.

»Natürlich.« Rathbone nickte und sah Monk mit wachsendem Interesse an. Sie kannten sich so gut, dass er wusste, dass Monk ihn nicht aufsuchte, um etwas so Offensichtliches zu sagen. Er wäre auch nicht so angespannt und seine Stimme nicht so gepresst, ginge es nicht um eine äußerst wichtige und schmerzliche Angelegenheit. Die Beziehung zwischen ihnen war tief, doch gelegentlich gab es auch Rivalität zwischen dem geistig abgeklärten und selbstsicheren Rathbone, dem es jedoch an emotionalem Mut fehlte, und dem arroganten, unsicheren Monk, der fast so aussah und sich verhielt wie ein Gentleman und der doch die innere Leidenschaft besaß, sein Herz zu binden, und der jetzt verzweifelt fürchtete, nach aller Mühe, Veränderung und Hoffnung am Ende doch zu verlieren.

Rathbone betrachtete ihn ernst und wartete darauf, dass er sich erklärte.

»Runcorn hält Dalgarno für schuldig, weil Katrina einen Beweis dafür hatte, dass er in den betrügerischen Kauf und Verkauf von Land für die neue Eisenbahnstrecke von Baltimore und Söhne nach Derby verwickelt war«, fing er an. »Ich dachte das auch, aber ich habe so gründlich wie möglich gesucht, habe sogar alle geschäftlichen Transaktionen mit denen bei dem Betrug von Baltimore und Söhne in Liverpool vor sechzehn Jahren verglichen, als ich noch selbst für die besagte Bank arbeitete.« Er sah, dass Rathbone überrascht war, dies jedoch gleich wieder verbarg. »Aber ich kann keinen Beweis finden«, fuhr er fort. »Jedenfalls nicht genug, um einen Mann wegen eines Mordes zu hängen.«

Rathbone betrachtete seine Hände, dann sah er Monk an. »Worin genau bestand Ihre Verwicklung in den ersten Betrug damals, soweit Sie wissen?«, fragte er.

Jetzt war der Zeitpunkt gekommen, an dem nur die nackte Wahrheit weiterhelfen konnte. Jedes Ausweichen konnte als Schuld auf ihn zurückfallen wie ein Messer, das alles Gute zerstörte, das ihm geblieben war.

»Arrol Dundas, der Mann, der mir alles Wissenswerte beibrachte und fast wie ein Vater zu mir war, wurde beschuldigt, Land billig gekauft und es dann, nachdem er die Messtischblätter geändert hatte, damit die Strecke verlegt wurde, mit riesigem Gewinn verkauft zu haben«, antwortete er. »Man befand ihn für schuldig, und er starb im Gefängnis.« Es war merkwürdig, es in so knappen Worten zusammenzufassen. Es klang wie ein juristischer Fall und nicht wie das Leben von Menschen, das man zerstört hatte. Am besten brachte er es hinter sich und fügte den hässlichsten Part auch gleich hinzu. »Und während er im Gefängnis war, geschah der schlimmste Eisenbahnunfall aller Zeiten. Ein Kohlenzug stieß mit einem Sonderzug voller Kinder zusammen.«

Rathbone war so entsetzt, dass er erst einmal schwieg. »Verstehe«, sagte er schließlich, wobei seine Stimme so leise war, dass man sie kaum hörte. »Und hatte er etwas mit dem Betrug zu tun?«

»Nicht dass ich wüsste. Der Unfall wurde menschlichem Versagen zugeschrieben, womöglich sowohl des Zugführers als auch des Bremsers.«

»Beweise?« Rathbone hob leicht die Augenbrauen.

»Keine. Niemand hat je etwas herausgefunden. Aber man hat noch nie von Streckenarbeitern gehört, die eine fehlerhafte Strecke gebaut hätten. Es gibt zu viele Kontrollen, und es sind zu viele Leute daran beteiligt, die ihr Handwerk verstehen.«

»Verstehe. Und hatte Dundas den Betrug begangen, oder war es jemand, der noch lebt? Dalgarno?«

»Nicht Dalgarno, er war vor sechzehn Jahren noch ein Schuljunge. Ich weiß nicht, ob es Dundas war. Damals war ich von seiner Unschuld überzeugt ... Zumindest glaubte ich es.« Er wich Rathbones Blick nicht aus. »Ich habe darum gekämpft, dass er freigesprochen wird ... und ich kann mich an den Kummer und die Hilflosigkeit erinnern, als er verurteilt wurde.«

»Aber ...«, stocherte Rathbone vorsichtig wie ein Chirurg mit einem Skalpell, und deshalb tat es auch weh.

»Aber ich kann mich nicht erinnern. Ich fühle mich wegen irgendetwas schuldig. Ich weiß nicht, ob deswegen, weil ich ihm nicht helfen konnte. Ich war gerade in Liverpool und habe mir die finanziellen Angelegenheiten angeschaut, so weit mir das ohne weitere Befugnisse möglich war. Er war damals recht wohlhabend. Vermutlich hatte er Gewinne aus dem Landverkauf gezogen ...«

Rathbone nickte. »Natürlich. Man nimmt an, dass das zum Beweis des Betrugs beitrug. Was ist damit?«

»Er starb sehr arm.« Diesmal sah Monk Rathbone nicht an. »Er verkaufte sein großes Haus, und seine Witwe lebte äußerst bescheiden in einem recht zweifelhaften Viertel. Als sie starb, hinterließ sie nichts. Sie hatte von einer Jahresrente gelebt, die mit ihrem Tod endete.«

»Und Sie wissen nicht, was mit dem Geld geschah?«

Monk blickte auf. »Ich habe alles Mögliche versucht, um mich daran zu erinnern: Ich habe Orte wieder aufgesucht und die Zeitungen von damals gelesen, aber es fällt mir nicht ein.«

»Wovor haben Sie Angst?« Rathbone ersparte ihm nichts. Vielleicht war das notwendig, wie wenn ein Arzt tastete, um zu sehen, wo es am meisten wehtat.

Konnte er lügen? Zumindest in diesem Punkt? Um was ging es? Er musste Rathbone erzählen, dass er die Briefe verbrannt hatte, die ihn – fälschlicherweise – in die Sache hineinzogen.

»Dass ich damals Bescheid wusste«, antwortete er. »Ich war sein Testamentsvollstrecker. Er muss mir vertraut haben.«

Rathbone hielt sich keineswegs bedeckt, obwohl er zögerte und man seiner Stimme anhörte, dass es ihn schmerzte. »Könnte es sein, dass Sie das Geld genommen haben?«

»Weiß ich nicht! Vielleicht. Ich erinnere mich nicht.« Monk beugte sich vor und blickte zu Boden. »Alles, was ich deutlich vor mir sehe, ist ihr Gesicht, das Gesicht seiner Witwe, als sie mir sagte, dass er tot sei. Wir waren in einem ganz gewöhnlichen Haus, klein und ordentlich. Ich hatte das Geld nicht, aber ich weiß nicht, ob ich nicht etwas damit gemacht habe. Ich habe mir den Kopf zermartert, aber ich kann mich einfach nicht erinnern!«

»Verstehe«, sagte Rathbone freundlich. »Und wenn Dundas unschuldig war, wie Sie damals glaubten, bedeutet das, dass es keinen Betrug gegeben hat oder dass jemand anders ihn begangen hat?«

»Ich glaube, das ist die entscheidende Frage«, sagte Monk, richtete sich langsam auf und begegnete Rathbones Blick. »Vor sechzehn Jahren gab es Betrug, zweifelsfrei. Auf dem Messtischblatt waren falsche Gitternetzmarkierungen. Wenn es nicht Dundas war, dann war es jemand anders, möglicherweise Nolan Baltimore …«

»Warum?«, unterbrach ihn Rathbone. »Warum sollte Baltimore einen Vermessungsbericht fälschen, wenn Dundas persönlich davon profitierte?«

»Ich weiß nicht. Es ergibt in meinen Augen keinen Sinn«, räumte Monk geschlagen ein. Er fühlte sich wie von allen Seiten umzingelt. »Aber ich glaube nicht, dass es diesmal Betrug gab. Die Strecke wurde verlegt, aber das Land gehörte Dalgarno nicht. Wenn illegal Profit gemacht wurde, dann allenfalls durch Bestechungsgelder, um die Strecke umzulenken, damit keine landwirtschaftlichen Betriebe oder Güter zerteilt wurden. Aber so, wie die liegen, hätte jeder die Strecke umgeleitet – auch ohne Bestechung.«

Rathbone schaute ihn mit ernster Miene an. »Monk, was Sie da sagen, ist, dass Dalgarno keinen Ihnen bekannten Grund hatte, diese Frau umzubringen. Wenn er kein Motiv hatte und niemand ihn dabei beobachtet hat, gibt es keinen Beweis, um ihn auf das Verbrechen festzunageln.«

»Ein paar kleine gibt es«, sagte Monk langsam und sehr deutlich. Er hörte die Worte fallen wie Steine, unwiederbringlich. »Ein Papier, das Katrina hinterließ und das ihn beschuldigt. Aber sie hinterließ auch eines, auf dem sie – auf den ersten Blick – mich beschuldigt. Und der Knopf.« Jetzt konnte er keinen Rückzieher mehr machen. Rathbone würde ihn zwingen, die ganze Wahrheit zu erzählen.

»Knopf?« Rathbone runzelte die Stirn.

»Als sie starb, hielt sie den Knopf einer Herrenjacke in der Hand.«

»Beim Kampf abgerissen? Warum, zum Teufel, haben Sie das nicht gleich gesagt?«

Jetzt war Rathbone voller Eifer, seine Augen funkelten. »Damit kann man ihn festnageln – Motiv hin oder her!«

»Eben nicht«, sagte Monk trocken, sich selbst in diesem schrecklichen Augenblick des makabren Witzes bewusst.

Rathbone machte den Mund auf, um etwas zu sagen, dann spürte er etwas, was tiefer und jenseits aller Worte lag, und sagte nichts.

»Ich hatte mich am Mittag mit ihr im Park getroffen«, fuhr Monk fort. »Sie war sehr beunruhigt und immer noch leidenschaftlich von Dalgarnos Schuld überzeugt. Wir stritten uns mehr oder weniger darüber, zumindest muss es für etliche Passanten so ausgesehen haben.«

In höchster Konzentration beugte sich Rathbone ein wenig über den Tisch.

Monk wurde es heiß und kalt. Er zitterte. »Sie griff nach mir, als wollte sie meine Aufmerksamkeit auf sich lenken. Und dann riss sie mir den Knopf von der Jacke. Das war der Knopf in ihrer Hand.«

»Mehrere Stunden später? Als sie mit ihrem Mörder rang?«, fragte Rathbone leise. »Monk, sagen Sie mir die ganze Wahrheit? Wenn ich Sie verteidigen soll, müssen Sie das tun.«

Monk richtete langsam den Blick auf ihn. Er fürchtete, was er sehen würde. »Ich bin hier, um Sie zu bitten, Dalgarno zu verteidigen«, sagte er und überging Rathbones Überraschung. »Ich glaube, er ist unschuldig. So oder so, ich möchte, dass er auf die bestmögliche Weise verteidigt wird. Wenn er hängt, muss ich über alle vernünftigen oder sonstigen Zweifel hinaus sicher sein, dass er sie wirklich umgebracht hat.«

»Ich mache mir mehr Sorgen darum, Ihren Hals zu retten«,

sagte Rathbone ernst. »Sie kannten diese Frau, Sie wurden am Tag ihres Todes beobachtet, wie Sie mit ihr stritten, und sie hielt den Knopf Ihrer Jacke in der Hand. Und Sie haben mir noch nicht gesagt, was mit den Briefen geschehen ist, die Sie belasten.«

»Ich habe sie an mich genommen«, erklärte ihm Monk. »Runcorn bat mich, ihm ihre Wohnung zu zeigen. Ich habe sie zuerst entdeckt und habe sie an mich genommen und zu Hause verbrannt.«

Rathbone stieß einen langen Seufzer aus. »Verstehe. Und an wen waren diese Briefe gerichtet?«

»An eine Frau namens Emma, mehr weiß ich nicht, außer dass sie nicht in London lebt. Ich ging noch einmal hin« – er sah Rathbone zusammenzucken, ignorierte es aber – »und suchte nach weiteren Briefen oder einem Adressbuch, aber ich habe keines gefunden.«

»Haben sie regelmäßig korrespondiert?«

Monks Stimme war heiser. »Weiß ich nicht!« Das Tagebuch ließ er unerwähnt. Niemand wusste davon, und er hielt an dem winzigen Hoffnungsfaden fest, dass es ihm irgendetwas über Katrina sagen würde, was ihm einen – wenn auch noch so vagen – Hinweis geben konnte. Zudem enthielt es ihre Träume, die er bewahren wollte. Wenn er ehrlich war, ging es ihm hauptsächlich darum.

»Verstehe«, wiederholte Rathbone leise. »Und Sie fürchten, Ihre Handlungen bringen einen Mann an den Galgen, der unschuldig ist.« Das war keine Frage.

Monk sah ihn unverwandt an. »Ja. Würden Sie ihn bitte verteidigen?«

»Er hat vielleicht längst einen Anwalt«, meinte Rathbone. »Aber ich will alles in meiner Macht Stehende tun. Versprochen.«

Monk wollte »unbedingt« sagen, merkte jedoch, wie dumm das war. Er bat um einen – vielleicht unmöglichen – Gefallen, für den er Rathbone nicht bezahlen konnte. »Vielen Dank«, sagte er stattdessen.

Rathbones Lächeln war wie ein kurzer Sonnenstrahl auf einer Winterlandschaft. »Dann lassen Sie uns anfangen. Wenn Dalgarno sie nicht umgebracht hat, und Sie waren es auch nicht, wer war es dann? Haben Sie irgendeine Idee?«

»Nein«, sagte Monk einfach. Es war die nackte Wahrheit. Er merkte, wie wenig er im Grunde über Katrina Harcus wusste. Er hätte sie bis ins kleinste Detail beschreiben können – ihr Haar, ihr Gesicht, ihre bemerkenswerten Augen, wie sie sich bewegte, das Timbre ihrer Stimme. Er hätte Rathbone sagen können, was sie bei ihren Verabredungen getragen hatte. Aber bis zum Tag ihres Todes hatte er nicht einmal gewusst, wo sie wohnte, ganz abgesehen davon, woher sie kam, wer ihre Familie war oder wie ihr tägliches Leben aussah.

Rathbone kniff die Lippen zusammen und schluckte einen Kommentar über Monks Leichtgläubigkeit hinunter. Wenn er so richtig darüber nachdachte, wusste auch er über manche seiner eigenen Mandanten nicht sehr viel. »Also, dann sollten Sie als Erstes so viel wie möglich über sie herausfinden«, sagte er düster. »Gehen Sie allem nach, aber erstatten Sie mir jeden Tag Bericht.« Eigentlich hätte er das nicht betonen müssen.

Monk stand auf. Rathbone war gnädig mit ihm umgegangen, hatte ihn weder kritisiert noch beschuldigt, aber Monk kannte ihn gut genug, um zu wissen, was er dachte. Dennoch fühlte er sich so niedergeschlagen, als hätte Rathbone alles offen ausgesprochen.

Rathbone reichte ihm das Geld, das er brauchen würde.

»Vielen Dank«, sagte Monk, dem das eigentlich gar nicht recht war. Ob Rathbone wenigstens einen Teil davon von Dalgarno zurückbekommen würde, stand in den Sternen, aber Monk konnte es sich nicht leisten, es abzulehnen. Er hatte keine Ahnung, wohin ihn seine Suche führen würde. Nicht nur Dalgarnos Leben würde davon abhängen, sondern sein eigenes

Bewusstsein und seine Identität und, wenn es hart auf hart kam, sogar sein Leben. Sollte es so aussehen, als würde man Dalgarno verurteilen, musste er dem Gericht von dem Papier berichten, das er in Katrinas Zimmer gefunden und zerstört hatte, und aussagen, dass der Knopf von ihm stammte. Wie sollte Rathbone ihn dann noch vor dem Strick retten können?

Und doch war er unschuldig. Und vielleicht auch Dalgarno.

»Ich muss bei Dalgarno selbst anfangen«, sagte er laut. »Sorgen Sie dafür, dass ich mit ihm sprechen kann.«

Die Uhr hatte neun geschlagen, als Monk in der Zelle des Newgate-Gefängnisses stand. Rathbone saß an der Seite auf dem einzigen Stuhl. Dalgarno, blass und unrasiert, ging ruhelos auf und ab. Sein Gesicht war bereits gezeichnet von dem Schock der Erkenntnis, dass ihm möglicherweise der Galgen bevorstand.

»Ich habe sie nicht umgebracht!«, sagte er verzweifelt, und seine Stimme war so hoch, dass sie fast brach.

Monk hielt seine Gefühle eisern unter Kontrolle. Das war die einzige Möglichkeit, überhaupt klar zu denken.

»Dann hat es jemand anders getan, Mr. Dalgarno«, antwortete er. »Kein Geschworener wird Sie freisprechen, wenn Sie ihnen nicht einen anderen Schuldigen nennen können.«

»Ich weiß nicht, wer, um Gottes willen, das getan hat!«, rief Dalgarno erregt. »Glauben Sie, ich säße im Gefängnis, wenn dem so wäre?« Er sah Monk an, als wäre dieser ein völliger Idiot.

Monk empfand Mitleid mit ihm und Schuldgefühle wegen seiner eigenen Beteiligung, aber mögen konnte er den Mann nicht. Ob er sie nun umgebracht hatte oder nicht, er hatte Katrina Harcus schlecht behandelt.

»Hysterie bringt uns nicht weiter«, sagte er frostig. »Logik ist das Einzige, was helfen könnte. Was wissen Sie über Katrina? Und bitte, erzählen Sie mir alles, und die Wahrheit, ob sie schmeichelhaft für Sie ist oder nicht. Ihr Leben könnte davon abhängen. Es ist nicht der richtige Zeitpunkt, um Rücksicht auf Ihren Ruf oder Ihren Stolz zu nehmen.«

Dalgarno starrte erst ihn und dann Rathbone wütend an. Rathbone nickte unmerklich.

»Ich habe sie auf einem Gartenfest kennen gelernt«, sagte Dalgarno gedämpft. »Sie war charmant, voller Leben. Ich fand, sie war die interessanteste Frau, die ich je getroffen hatte. Aber ich wusste nichts über ihre soziale Herkunft, außer, dass sie offensichtlich aus gutem Hause stammte und genügend Geld besaß, um sich modisch zu kleiden.«

»Wer waren ihre Freunde?«, fragte Monk.

Dalgarno ratterte ein halbes Dutzend Namen herunter. Monk sagten sie nichts, aber er sah, dass Rathbone wohl einige kannte.

»Vielleicht hat einer von ihnen sie umgebracht«, sagte Dalgarno verzweifelt. »Ich wüsste nicht, warum, aber ich habe es nicht getan. Warum sollte ich? Sie schien zu glauben, ich wollte sie heiraten, dabei hatte ich das nie vor.« Er errötete leicht. »Aber es gab keinen Betrug – ich schwöre es!« Er fuhr ruckartig mit der Hand durch die Luft. »Wir haben vielleicht hier und da ein bisschen abgezweigt, aber das tun alle.«

Monk ließ das unkommentiert. Es war jetzt nicht wichtig. »Das ist genau der Grund, warum ich mehr über Katrina erfahren muss, Mr. Dalgarno. Jemand hat sie umgebracht. Wo kam sie her? Was ist mit ihrer Familie?«

»Ich weiß es nicht!«, sagte Dalgarno ungeduldig. »Darüber haben wir nicht gesprochen.«

»Aber Sie hatten vorgehabt, Sie zu heiraten«, sagte Monk. »Als ambitionierter junger Mann haben Sie doch sicher Erkundigungen eingeholt?«

Dalgarno wurde rot. »Ich ... ich glaube, Sie kam ursprünglich aus der Gegend um Liverpool. Sie sagte, beide Eltern seien tot.«

Das ergab Sinn. Der Betrug, dessen sie Dalgarno beschuldigte, war eine nahezu identische Kopie dessen, weswegen man Dundas damals verurteilt hatte. Wenn sie in der Nähe von Liverpool aufgewachsen war, konnte sie davon und von dem Unfall, von dem sie Monk erzählt hatte, gehört haben.

Er stellte weitere Fragen, aber für einen Mann, der angeblich verliebt gewesen war, wusste Dalgarno überraschend wenig über sie. Doch dann erinnerte sich Monk mit brutaler Offenheit daran, wie wenig er über einige der jungen Frauen gewusst hatte, denen er früher den Hof gemacht hatte.

Vielleicht weil er Hester seit den ersten Monaten nach dem Unfall kannte und sie alle anderen aus seinem Herzen verdrängt hatte. Sie war real, die anderen waren nur Idealisierungen gewesen, die zu begehren er geglaubt hatte.

Hatte Dalgarno so gegenüber Katrina Harcus empfunden? Wenn ja, konnte ihm Monk daraus keinen Vorwurf machen. Es hatte wenig Sinn, Dalgarno nach ihrer Beziehung zu fragen, denn sie hatten keine Möglichkeit, seine Aussagen zu überprüfen.

»Was ist mir Ihrer Familie, Mr. Dalgarno?«, fragte er. »Haben Sie ihnen Miss Harcus vorgestellt? Ihre Mutter hat Sie doch sicher nach ihr gefragt? Vielleicht wollte sie mehr über sie wissen?«

Dalgarno wandte den Blick ab. »Meine Familie lebt in Bristol. Mein Vater ist bei schlechter Gesundheit, er kann nicht reisen, und meine Mutter lässt ihn nicht allein.«

»Aber Sie und Miss Harcus hätten reisen können«, wandte Monk ein.

Dalgarno wirbelte herum und sah ihn wütend an. »Ich habe Miss Harcus nicht gefragt, ob sie meine Frau werden will!«, fuhr er ihn an. »Sie hat sich das vielleicht eingebildet, aber so sind Frauen!«

»Besonders, wenn man ihnen Grund zu der Annahme gibt«, sagt Monk ebenso heftig.

Dalgarno machte den Mund auf, als wollte er widersprechen, und schloss ihn dann zu einem dünnen Strich.

Monk konnte nichts Hilfreiches mehr erfahren. Am Ende verließ er die überwältigend bedrückende Atmosphäre des Gefängnisses und ging mit Rathbone durch die Newgate Street. Keiner von ihnen sagte, ob er Dalgarno leiden mochte oder nicht, oder erwähnte die Tatsache, dass er kein Mitleid für Katrina Harcus gezeigt hatte und keine Gewissensbisse, dass er sie so unfein benutzt hatte.

»Liverpool«, sagte Rathbone lakonisch. »Wenn es etwas mit Ihrer Vergangenheit zu tun hat, liegt der Hund dort begraben. Die Polizei kümmert sich um das, was in London zu finden ist, also sollten Sie damit nicht Ihre Zeit vergeuden. Ehrlich, Monk, ich weiß nicht, wonach Sie suchen.«

Monk sagte nichts. Er wusste es auch nicht, aber das zuzugeben wäre einer Kapitulation gleichgekommen, die er sich nicht leisten konnte.

Als Monk in die Fitzroy Street kam, war das Haus leer, aber kaum war er zehn oder fünfzehn Minuten zu Hause, da kam Hester völlig aufgeregt herein. Sie strahlte übers ganze Gesicht, als sie ihn sah, ließ ihre Einkäufe auf den Tisch fallen und trat, ohne zu zögern, auf ihn zu, als zweifelte sie keinen Augenblick daran, dass er sie in die Arme schließen würde.

Er konnte gar nicht anders, als sie fest zu umarmen und zu spüren, wie innig sie seine Umarmung erwiderte.

Sie machte sich frei und schaute zu ihm auf. »William, ich habe den Mord an Nolan Baltimore aufgeklärt, zumindest zum Teil. Ich weiß nicht genau, wer es getan hat, aber ich weiß, warum.«

Er musste unwillkürlich lächeln. »Wir alle wussten es, mein Liebling. Wir wussten es die ganze Zeit. Frag irgendeinen Stiefelputzer oder Straßenhändler. Er hat seine Rechnungen nicht bezahlt. Irgendein Zuhälter hatte was dagegen, und es kam zu einem Streit.«

»Nicht ganz«, sagte sie wie eine unzufriedene Gouvernante.

»Das ist nur eine Vermutung. Ich habe dir doch erzählt, dass es ein Bordell gibt, in dem der eine Partner anständigen jungen Frauen, die aus dem einen oder anderen Grund in Schulden geraten sind, Geld leiht ...«

»Ja, hast du. Was hat das damit zu tun?«

»Der Partner war er!«, sagte sie. Und als sie die Entrüstung in seiner Miene sah, fuhr sie fort: »Ich dachte mir, dass du so denken würdest. Er hat das Geld verliehen, und Squeaky Robinson hat das Bordell geführt. Aber Baltimore war dort auch Freier! Deswegen wurde er umgebracht, weil er zu weit ging. Eines der Mädchen hat sich gewehrt und ihn aus einem Dachgeschossfenster gestoßen. Squeaky ließ die Leiche dann zu Abel Smith schaffen.«

»Hast du das der Polizei gesagt?«

»Nein! Ich hatte eine sehr viel bessere Idee.«

Sie glühte vor Zufriedenheit. Er fürchtete, dass er ihr diese würde rauben müssen. »Besser?«, fragte er vorsichtig.

»Ja, ich habe die Schuldscheine verbrannt und Squeaky Robinson aus dem Geschäft geworfen. Wir übernehmen das Gebäude, mietfrei, und die jungen Frauen dort können sich um die Patientinnen kümmern.«

»Das hast du getan?«, fragte er ungläubig. »Wie?«

»Also, nicht allein ...«

»Wirklich?« Seine Stimme wurde unwillkürlich höher. »Und wessen Hilfe hast du in Anspruch genommen? Oder wäre es mir lieber, ich wüsste es nicht?«

»Ach, ganz ehrbare«, wandte sie ein. »Margaret Ballinger und Oliver!«

»Was?« Er konnte es nicht fassen.

Sie lächelte und küsste ihn zärtlich auf die Wange. Dann erzählte sie ihm in allen Einzelheiten, was sie gemacht hatten, und endete mit einer Entschuldigung. »Ich fürchte, es wird bei der Geschichte mit dem Eisenbahnbetrug nicht viel nützen. Es hat überhaupt nichts damit zu tun.«

»Nein«, meinte er, aber innerlich verspürte er einen winzigen Funken Stolz. »Ich muss in dieser Sache noch einmal nach Liverpool.«

»Ach ...«

Dann erzählte er ihr im Gegenzug, was Runcorn gesagt hatte.

»Das ist kein Beweis, nicht wahr?«, sagte sie. »Aber sie müssen die Strecke doch aus irgendeinem Grund umgeleitet haben, und Miss Harcus sagte, sie erwarteten einen riesigen Gewinn, der geheim bleiben musste.« Sie blickte ihn fest an. »Was hast du vor?«

Das machte es leichter für ihn, da sie sowieso davon ausging, dass er etwas tun würde.

»Noch einmal nach Liverpool fahren«, antwortete er, »und versuchen herauszufinden, welche Fehler Arrol Dundas begangen hat, dass er erwischt wurde.« Er sah, dass sie große Augen machte, und hörte, wie sie nach Luft schnappte und ausatmete, ohne etwas zu sagen. »Wegen dieses Falles«, meinte er. »Nicht wegen der Vergangenheit.«

Sie entspannte sich und lächelte.

Er quartierte sich wieder in derselben Pension ein, wo er sich inzwischen vertraut, ja sogar willkommen fühlte. Als Erstes musste er herausfinden, ob Katrina Harcus hier geboren worden war. Ihrem Alter nach schloss er, dass das um 1830 herum gewesen sein musste, kurz vor der standesamtlichen Geburtenregistrierung, was hieß, dass er in einer örtlichen Kirche nach dem Eintrag ihrer Taufe suchen musste. Es blieb ihm nichts anderes übrig, als von einer Gemeinde zur anderen zu gehen. Um Rathbone davon zu unterrichten, schickte er ihm ein Telegramm.

Monk brauchte vier beschwerliche und ermüdende Tage, um den Eintrag in den Büchern einer kleinen gotischen Kirche am Stadtrand von Liverpool zu finden. Katrina Mary Harcus.

Ihre Mutter war Pamela Mary Harcus. Ihr Vater war nicht aufgeführt. Die Schlussfolgerung war offensichtlich. Eine uneheliche Geburt war ein Stigma, von dem sich nur wenige erholten. Er empfand Mitleid, als er den einsamen Eintrag las. Er stand in dem staubigen Seitenschiff, wo die Sonne in leuchtenden Streifen durch die Buntglasfenster fiel, und sah den Gemeindepfarrer auf sich zukommen. Vielleicht war es gar nicht überraschend, dass Katrina ihr Zuhause verlassen hatte und nach London gezogen war, wo man sie nicht kannte und wo sie keine Freunde hatte, um eine bessere Zukunft zu suchen und den Makel, ein uneheliches Kind zu sein, hinter sich zu lassen.

»Haben Sie es gefunden?«, fragte der Geistliche hilfsbereit.

»Ja, vielen Dank«, antwortete Monk. »Lebt Mrs. Harcus noch in der Gemeinde?«

Das sanfte, freundliche Gesicht von Reverend Rider wurde traurig. »Nein«, sagte er leise. »Sie ist vor etwa drei Monaten gestorben, die arme Frau.« Er seufzte. »Sie war eine so charmante Person, voller Leben, voller Hoffnung. Sah stets das Beste in allem. War nicht mehr dieselbe nach dem ...« Er besann sich, bevor er fortfuhr. »Nachdem ihr Wohltäter gestorben war«, endete er.

War das ein Euphemismus für ihren Liebhaber, Katrinas Vater?

»War es danach schwer für sie?«, fragte Monk besorgt. Er trug um des Vikars willen Mitleid zur Schau, das er normalerweise auch empfunden hätte, aber im Augenblick konnte er die Energie, die es ihn gekostet hätte, nicht aufbringen.

»Ja ... ja.« Rider schürzte die Lippen und nickte. »Allein zu sein bei schwindender Gesundheit und ohne Geld, ist immer hart. Die Menschen können sehr herzlos sein, Mr. Monk. Unsere eigenen Schwächen betrachten wir im Allgemeinen mit viel Nachsicht und die der anderen mit sehr wenig. Ich nehme an, weil wir wissen, wie heftig die Versuchungen sind, und alle inneren Gründe kennen, warum wir so leicht vom Weg abkommen. Bei anderen Menschen erkennt man nur das Äußere, und selbst das entspricht nicht immer der Wahrheit.«

Monk wusste sehr genau, was der Vikar meinte, genauer, als dieser sich vorstellen konnte. Auf diese Weise beurteilt zu werden war äußerst schmerzlich. Er spürte, wie sich über ihm die Drohung zusammenbraute, auf Unrecht reagieren zu müssen, das in einer Zeit begangen worden war, an die er sich nicht erinnerte, und das ihm vorkam, als hätte es ein Fremder begangen.

Aber er hatte keine Zeit, seinen eigenen Gefühlen nachzuhängen, wie sehr sie ihn auch bestürmten.

»Ja«, sagte er, um nicht schroff zu erscheinen. »Diese Engstirnigkeit ist den meisten Menschen gemein. Vielleicht wäre es heilsam, für kurze Zeit von anderen beurteilt zu werden, statt selbst zu urteilen.«

Rider lächelte. »Sehr weitsichtig von Ihnen, Mr. Monk.«

»Wissen Sie, wer ihr Wohltäter war? Vielleicht der Vater ihrer Tochter, die ich kannte und der ich bei einem gewissen Problem zu helfen versucht habe.«

»Kannte?«, fragte Rider schnell, der sich über die Vergangenheitsform wunderte.

»Sie ist tot.« Monk musste keine Trauer vorschützen. Und er empfand mehr als nur Schuld, dass er es nicht verhindert hatte; es war der Verlust eines Menschen voller Leidenschaft und einer Eindringlichkeit, an der er, auch wenn ihm das nicht bewusst war, Anteil genommen hatte.

Rider war überwältigt, eine große Erschöpfung überkam ihn. »O Gott ... das tut mir Leid«, sagte er leise. »Sie war stets so voller Leben. Ein Unfall?«

»Nein.« Monk wagte es, die Wahrheit zu sagen. »Sie wurde umgebracht ...« Er unterbrach sich, als er sah, wie schockiert Rider war.

»Es tut mir Leid«, meinte Monk. »Ich hätte es Ihnen schonender beibringen sollen. Ich bin besorgt, denn ich fürchte, sie haben den falschen Mann verhaftet, und die Zeit, die Wahrheit herauszufinden, ist knapp.«

»Wie kann ich Ihnen helfen?«

Monk war sich nicht sicher, aber er stellte die offensichtliche Frage. »Wer war ihr Vater? Und wann ist sie hier weggegangen?«

»Vor etwa zwei Jahren«, antwortete Rider und runzelte vor Konzentration die Stirn.

»Und ihr Vater?«, hakte Monk nach.

Rider sah ihn betroffen an. »Ich wüsste nicht, was das mit ihrem Tod zu tun haben sollte. Das ist lange her. Alle Betroffenen sind tot – sogar die arme Katrina. Lassen Sie sie in Frieden ruhen, Mr. Monk.«

»Wenn sie tot sind«, wandte Monk ein, »kann man ihnen damit nicht mehr wehtun. Ich werde es niemandem sagen, außer wenn es notwendig ist, um das Leben eines Mannes zu retten, der sonst womöglich unschuldig gehängt wird.«

Rider seufzte, sein Gesicht vor Bedauern zerfurcht. »Es tut mir Leid, Mr. Monk, ich kann das Vertrauen nicht brechen, nicht einmal das der Toten. Sie wissen aus dem Taufregister bereits mehr, als ich Ihnen gesagt hätte. Abgesehen von meiner persönlichen Achtung, waren diese Menschen meine Gemeindemitglieder, und ihr Glaube war mir anvertraut. Wenn der junge Mann unschuldig ist, wird das Gesetz dies feststellen und um der armen Katrina willen den Schuldigen finden. Vielleicht auch um seinetwillen, obwohl es nicht an uns ist zu urteilen.« Er atmete tief durch. »Es tut mir aufrichtig Leid, zu hören, dass sie tot ist, Mr. Monk, aber ich kann Ihnen nicht helfen.«

Monk drängte ihn nicht weiter, er sah in Riders freundlichem, traurigem Gesicht, dass er in seiner Überzeugung nicht wanken würde.

»Es tut mir Leid, dass ich Ihnen solche Neuigkeiten gebracht habe«, sagte er leise. »Vielen Dank, dass Sie mir Ihre Zeit gewidmet haben.«

Rider nickte. »Guten Tag, Mr. Monk, und möge Gott Sie bei Ihrer Suche leiten.«

Monk zögerte, wappnete sich und drehte sich noch einmal um.

»Mr. Rider, hatte Katrina eine Freundin namens Emma?« Sein Herz klopfte wild. Er sah die Antwort in Riders Miene, bevor dieser etwas sagte.

»Nicht dass ich wüsste. Es tut mir Leid. Meines Wissens waren da nur sie, ihre Mutter und ihre Tante, Eveline Austin. Doch die starb vor zehn oder zwölf Jahren. Aber ich werde ihren Tod natürlich nächsten Sonntag in der Kirche erwähnen, und es wird sich zweifellos herumsprechen.« Er lächelte traurig. »Das haben schlechte Nachrichten so an sich.«

Monk schluckte, sein Mund war trocken. Er spürte, dass alles Kostbare ihm wie Wasser zwischen den Fingern zerrann, und er konnte nichts tun, um es festzuhalten.

»Alles in Ordnung, Mr. Monk?«, fragte Rider besorgt. »Sie sehen ein wenig unwohl aus. Es tut mir Leid, dass ich so ... so wenig helfen kann.«

»Nein!« Monk nahm sich zusammen. Es war eine Ausflucht, denn noch war er alles andere als frei. »Vielen Dank. Sie haben mir nur die Wahrheit gesagt. Vielen Dank für Ihre Zeit. Guten Tag.«

»Guten Tag, Mr. Monk.«

11

Der mit Squeaky Robinson abgemachte Plan klappte so weit wie am Schnürchen. Zwar war es ein ziemliches aufwändiges Unterfangen, mit den vielen Betten, Möbeln, Medikamenten und Geräten vom Coldbath Square zur Portpool Lane umzuziehen, aber die von ihren Schulden befreiten Frauen waren über die neue und geradezu bewundernswerte Art, ihren Lebensunterhalt zu verdienen, hocherfreut. Lügen oder Ausflüchte hatten sie von nun an nicht mehr nötig. Vorbei war auch die Angst, die eigene Vergangenheit verheimlichen zu müssen und den moralischen Maßstäben der Hausherrin nicht zu genügen.

Squeaky beklagte sich heftig, aber, so vermutete Hester, wahrscheinlich nur, weil er glaubte, es würde von ihm erwartet. Selbst wenn er sich weigerte, das zuzugeben – er war überaus erleichtert, denn seine größte Sorge war ihm genommen.

Es war äußerst befriedigend gewesen, Jessop mitzuteilen, dass er sich wegen der fragwürdigen Mieterinnen seines Hauses am Coldbath Square keine Sorgen mehr zu machen brauchte, da sie andere Räumlichkeiten gefunden hatten, größer und zu einem günstigeren Mietzins – nämlich gar keinem –, und daher so bald wie möglich ausziehen würden, spätestens aber in ein oder zwei Tagen.

Er war verblüfft. »Wir hatten eine Vereinbarung, Mrs. Monk!«, protestierte er. »Wissen Sie etwa nicht, dass Sie einen Monat Kündigungsfrist einzuhalten haben?«

»Nein«, sagte sie schlicht. »Sie haben mir mit fristloser Kündigung gedroht, und ich habe Sie beim Wort genommen. Ich habe etwas anderes gefunden – und das wollten sie doch von mir.«

Er tobte und weigerte sich, die im Voraus bezahlte Wochenmiete für die nun ungenutzte Wohnung zurückzuerstatten.

Daraufhin lächelte sie ihn, wenn auch nicht ganz so liebenswürdig wie geplant, an und sagte, das würde ihr nicht das Geringste ausmachen. Er war verwirrt darüber, und das wiederum machte ihn zornig. Gegen Ende des Meinungsaustauschs hatten sich zahlreiche Zuhörer eingefunden, die deutlich auf Hesters Seite waren.

Wutentbrannt stürmte Jessop davon, klug genug, sich mit Drohungen zurückzuhalten. Diejenigen, die mächtiger sind als man selbst, machte man sich besser nicht zum Feind. Jessop kannte seine Grenzen. Wer immer Hester und Margaret sein Haus kostenlos überlassen hatte, musste einen schönen Batzen Geld übrig haben, und Geld war Macht.

Die Genugtuung, die sie bei seinem Abgang empfanden, war unermesslich. Bessie gluckste vor Freude.

Sie versicherte Hester und Margaret, dass sie, sobald die Gerichtsverhandlung angefangen hatte, tagsüber auch sehr gut ohne die beiden auskommen würde. Im Notfall würde sie einen Straßenjungen aus der Gegend zu Mr. Lockhart schicken, und wenn das immer noch nicht reichte, auch zu einer von ihnen. Da die Geschäfte immer noch schlecht liefen und Leute in der Gegend bei Widrigkeiten im Großen und Ganzen wenigstens für die Dauer der Krise zusammenhielten, würde es sowieso friedlicher zugehen als sonst.

Auch Constable Hart versprach bei Bedarf seine diskrete Unterstützung. Zu seiner Verlegenheit bedankte sich Hester überschwänglich und schenkte ihm ein Glas Schwarze-Johannisbeer-Marmelade, das er erfreut mit beiden Händen entgegennahm. Unter den Polizisten war er eindeutig die Ausnahme von der Regel, fand sogar Bessie.

Bei Eröffnung der Gerichtsverhandlung saßen Margaret, Hester und Monk also zusammen auf der Besuchergalerie und Dalgarno kreidebleich auf der Anklagebank. Ein paar Reihen vor ihnen rutschte der unglückliche Jarvis Baltimore nervös hin und her, neben ihm die schweigsame Livia. Mr. Talbot Fowler eröffnete das Verfahren mit der Anklage.

Er ging äußerst sorgfältig vor. Nach und nach rief er alle Zeugen auf, um Dalgarnos Talent und Ehrgeiz zu beweisen, sein Genie im Umgang mit Zahlen und wie erfolgreich er beim Bau der Eisenbahnstrecke von London nach Derby für Baltimore und Söhne die Grundbesitzverhandlungen geführt hatte.

Am zweiten Tag legte er dar, wie offensichtlich Dalgarno Katrina Harcus den Hof gemacht hatte. Dass er sich absichtlich oft mit ihr gezeigt hatte, hätte nicht nur sie von seiner Zuneigung überzeugt. Auch zwei Zeugen hatten noch im selben Monat mit der Verlobungsanzeige gerechnet.

Margaret, die neben Hester saß, lehnte sich etwas nach vorne. Mehrmals war sie nahe daran, etwas zu sagen, und Hester wusste, dass sie sich fragte, warum Rathbone die Zeugen nicht ins Kreuzverhör nahm, um wenigstens den Schein einer Verteidigung zu wahren. Doch ihre Gefühle für Rathbone bewahrten sie davor, ihre Angst in Worte zu kleiden, die wie Kritik gewirkt hätten.

Monk, auf ihrer anderen Seite, saß auch angespannt und steif da, mit hochgezogenen Schultern, die Augen starr nach vorne gerichtet. Ihm ging es wohl ähnlich, aber aus völlig anderen Gründen.

Wenn Rathbone versagte, bedeutete das für ihn mehr, als nur von jemandem enttäuscht zu werden, in den man sich gerade verliebte hatte; für ihn würde es wahrscheinlich bedeuten, seinen Platz mit dem auf der Anklagebank zu tauschen.

Obwohl Fowler einen Zeugen nach dem anderen aufmarschieren ließ, sagte und tat Rathbone gar nichts.

»Um Himmels willen!«, flehte Monk verzweifelt, als er am Abend in seinem Wohnzimmer auf und ab ging. »Er kann das doch nicht einfach so weiterlaufen lassen! Er muss doch mehr tun, als darauf zu hoffen, dass die anderen nichts beweisen können. Soll Dalgarno denn wegen eines inkompetenten Verteidigers verurteilt werden?« Sein Gesicht war aschfarben, seine Augen lagen tief in den Höhlen. »Er tut das doch nicht etwa, um mich zu retten?«

»Natürlich nicht«, sagte Hester sofort und trat vor ihn.

»Mich wohl nicht«, sagte Monk mit schmerzvoller Ironie. »Dich schon.«

Sie nahm seinen Arm. »Er ist nicht mehr in mich verliebt.«

»Desto größer der Narr!«, gab er zurück.

»Er ist in Margaret verliebt«, erklärte sie. »Er ist jedenfalls auf dem Weg dahin.«

Er starrte sie an und zog die Luft ein. »Das wusste ich nicht!«

Über ihr Gesicht huschte ein Ausdruck der Ungeduld. »Natürlich nicht«, erwiderte sie. »Ich weiß nicht, was er tun wird, William, aber etwas wird er tun – aus Ehrgefühl, Stolz, was auch immer. Er wird nicht kampflos aufgeben.«

Aber Rathbone war das ganze Wochenende über nicht zu erreichen. Als Hester am Samstagmorgen frische Milch holen ging, schnappte sich Monk, kaum dass er ein paar Minuten alleine war, Katrinas Tagebuch. Er tat es nicht gerne, aber aus lauter Verzweiflung griff er gierig nach jedem noch so kleinen Hinweis.

Er verstand nur Bruchstücke. Es war verschlüsselt, als wollte sie sich nur ihrer Gefühle erinnern. Die Menschen, die sie dazu inspiriert hatten, waren so sehr mit ihrem Leben verwoben gewesen, dass sie nur wenig gebraucht hatte, um sie sich wieder ins Gedächtnis zu rufen. Es ergab keinen Sinn.

Er kämpfte mit seiner eigenen Erinnerung. Es gab da etwas, genau dort, hinter seinem Verstand, etwas, das alles erklärte, aber der Schatten verwischte, und je schärfer er hinschaute, desto schneller löste er sich in Chaos auf und lieferte ihn der langsamen, peinlich genauen Prozedur des Gesetzes aus.

Als sich das Gericht am Montagmorgen zum dritten Verhandlungstag zusammenfand, sah es aus, als hätte Rathbone es tatsächlich darauf abgesehen, die Verhandlung ohne Kampf zu beenden.

Monk, Hester und Margaret vergingen schon fast vor Ungeduld, als Fowler die Polizeizeugen hereinbrachte, zuerst den Polizisten, der die Leiche gefunden hatte, und dann Runcorn, der seine eigene Rolle im Geschehen beschrieb.

Und jetzt endlich beantwortete Rathbone die bereits in sarkastischem Tonfall gestellte Frage, ob er den Zeugen verhören wolle, mit »Ja«.

»Meine Güte!«, sagte Fowler amüsiert, um bei den Geschworenen, die bis jetzt nichts als unbestrittene Zeugenaussagen gehört hatten, Eindruck zu schinden.

»Superintendent Runcorn«, begann Rathbone höflich. »Sie haben uns Ihr Vorgehen gerade wunderbar genau geschildert. Sie haben bestimmt nichts übersehen.«

Runcorn sah ihn misstrauisch an. Er hatte genug Erfahrung als Zeuge, um ein Kompliment nicht bloß für ein solches zu halten. »Danke«, sagte er ungerührt.

»Ich nehme an, Sie haben nach Anhaltspunkten gesucht, die beweisen, dass der auf dem Balkon gefundene Umhang Mr. Dalgarno gehörte?«

»Natürlich«, stimmte Runcorn ihm zu.

»Und, ist es Ihnen gelungen?«, hakte Rathbone nach.

»Nein, Sir.«

»Hat Mr. Dalgarno denn keinen Umhang?«

»Doch, Sir, aber nicht diesen hier.«

»Besitzt er etwa zwei?«

»Nicht dass ich wüsste, Sir. Aber das heißt nicht, dass dieser ihm nicht gehörte«, verteidigte sich Runcorn.

»Sicher nicht. Er hat diesen hier heimlich gekauft, um ihn dann auf dem Balkon, von dem er Miss Harcus in den Tod stürzte, liegen zu lassen.«

Ein nervöses Kichern ging durch den Saal. Ein paar Geschworene blickten verwirrt drein. Sanft legte Jarvis Baltimore seine Hand auf Livias.

»Wie Sie meinen, Sir«, sagte Runcorn gelangweilt.

»Aber nein, nicht ich sage das!«, entgegnete Rathbone heftig. »Sie haben es gesagt! Ich sage, er gehörte jemand anders ... der auf dem Dach war und Miss Harcus' Tod zu verantworten hat ... jemand, dessen Spur zu verfolgen Sie nicht mal in Erwägung gezogen haben.«

»Niemand sonst hatte ein Motiv«, sagte Runcorn ruhig.

»Soweit Sie wissen!« Rathbone forderte ihn heraus. »Ich werde Ihnen gleich eine ganz andere Interpretation der Umstände geben, Superintendent, eine, die Ihre kühnsten Vorstellungen übertrifft ... eine, die zu beweisen Sie niemals auch nur versucht haben, weil sie so außergewöhnlich ist, dass niemand darauf gekommen ist. Ich danke Ihnen. Das ist alles.«

Monk drehte sich hastig herum und sah Hester mit weit aufgerissenen Augen an.

»Ich weiß es nicht«, flüsterte sie ihm zu. »Keine Ahnung.«

Die Geschworenen starrten einander an. Im Gerichtssaal schwirrten die Vermutungen durcheinander.

»Wichtigtuerei!«, sagte Fowler hörbar, die Stimme vor Empörung gepresst.

Rathbone lächelte in sich hinein, aber Hester hatte eine furchtbare Ahnung, dass es genau das war und dass Fowler nicht einfach so herausgeplatzt war, sondern Bescheid wusste.

Margaret lehnte sich vor und ballte ihre Hände zu Fäusten.

Fowler rief seinen nächsten Zeugen auf, den Polizeichirurgen, von dem Rathbone nichts weiter wissen wollte, und dann die Nachbarn, die an jenem Abend etwas gesehen oder gehört hatten.

Hin und wieder blickte Rathbone auf seine Uhr.

»Worauf wartet er denn noch?«, zischte Monk.

»Ich weiß nicht!«, sagte Hester einen Ton schärfer als gewollt. Was erhoffte sich Rathbone? Welche Lösung gab es denn noch? Er hatte keine einzige Aussage in Frage gestellt, geschweige denn diese Alternative vorgebracht, die er auf so dramatische Weise angekündigt hatte.

Das Gericht vertagte sich, und die Menschen strömten in die Gänge und Vorräume. Ein ums andere Mal hörte Hester jemanden sagen, man habe keine Lust wiederzukommen.

»Ich verstehe nicht, wie ein Mann wie Rathbone solch einen Fall übernehmen konnte«, sagte einer voller Abscheu und stieg die breite Treppe zur Straße hinunter. »Er weiß doch, dass er hier nur verlieren kann.«

»So gut, wie wir angenommen haben, ist er jedenfalls nicht«, sagte sein Begleiter.

»Er weiß, dass sein Mandant schuldig ist!« Der Erste schürzte die Lippen. »Trotzdem denkt man doch, er würde es wenigstens versuchen.«

Hester war so wütend, dass sie losstürzte, jedoch innehielt, als sie den Druck von Monks Hand auf ihrem Arm spürte. Schwungvoll drehte sie sich zu ihm um.

»Was wolltest du denn sagen?«, fragte er sie.

Sie holte tief Luft und merkte, dass ihr nichts Sinnvolles einfiel. Sie sah Margarets Kummer und wachsende Verwirrung. »Er wird kämpfen!«, versicherte sie ihr, denn sie wusste, wie sehr Margaret daran glauben wollte.

Margaret versuchte zu lächeln. Sie bat um Entschuldigung und nahm sich einen Hansom nach Hause, um sich auf den Abend am Coldbath Square vorzubereiten.

Dem vierten Verhandlungstag blickte Hester mit sinkendem Mut entgegen. In der Nacht zuvor hatte sie wach gelegen und überlegt, ob sie zu Rathbones Haus gehen und nach ihm verlangen sollte, hatte dann aber eingesehen, dass sie dort nichts Hilfreiches erfahren würde und sie selbst auch nichts zu bieten hatte. Weder hatte sie eine Vermutung, wer Katrina Harcus getötet haben konnte, noch warum. Sie wusste nur, dass Monk es nicht war. An Dalgarnos Schuld glaubte sie immer weniger, obwohl sie den Mann nicht mochte. Wenn sie ihn in diesen Tagen vor sich sah, konnte sie in seiner Miene, in seinen hängenden Schultern, den zusammengepressten Lippen und der Blässe seiner Haut zwar Furcht erkennen, aber keinerlei Mitleid für die Tote. Auch um Livia Baltimore schien er sich kaum zu sorgen. Sie wurde mit jeder Zeugenaussage, die belegte, wie gefühllos er eine junge Frau behandelt hatte, die an seine Liebe geglaubt und ihn wirklich geliebt hatte, ein bisschen unglücklicher.

Am Morgen bei Gericht fiel Hester auf, dass Livia ein verquollenes Gesicht hatte und so verkrampft dasaß, als klammerte sie sich noch immer an ihre Hoffnungen. Selbst wenn Rathbone ein Wunder bewirkte und für Dalgarno einen Freispruch erreichte, was hätte er schon unternehmen können, um Dalgarno auch von arglistiger Täuschung und Bestechlichkeit freizusprechen?

Fowler erklärte das Plädoyer der Anklage für abgeschlossen.

Hester legte ihre Hand kurz auf die von Monk. Das war leichter, als Worte zu suchen, wo ihr keine einfielen.

Rathbone erhob sich, um die Verteidigung zu eröffnen. Die Besuchergalerie war fast zur Hälfte leer. Er rief den Gutachter wieder herein.

Fowler beschwerte sich. Er verschwende nur die Zeit des Gerichts. Der Gutachter habe bereits im Detail ausgesagt, das Thema sei erschöpfend behandelt worden.

»Euer Ehren«, sagte Rathbone geduldig, »mein geschätzter Kollege weiß wie alle hier, dass ich ihn nur nach den Themen fragen kann, die bereits während der ersten Vernehmung besprochen wurden.«

»Gibt es denn überhaupt noch irgendwelche nicht besprochenen Themen?«, fragte Fowler in die Zuschauermenge hinein, was eine Welle des Gelächters zur Folge hatte. »Über die Bauweise von Eisenbahnen wissen wir schon mehr als nötig, womöglich sogar mehr, als wir wissen wollen.«

»Möglicherweise mehr, als uns lieb ist, Euer Ehren.« Rathbone lächelte ganz sanft. »Nicht, dass wir es nicht nötig hätten. Wir sind immer noch zu keinem klaren Abschluss gekommen.«

»Sie als Rechtsanwälte«, sagte der Richter trocken, »können doch jede Rechtsfolgerung herbeiargumentieren. Egal, fahren Sie fort, Sir Oliver, aber verschwenden Sie nicht unsere Zeit. Sollten Sie nur reden um des Redens willen, werde ich Mr.

Fowlers Einspruch stattgeben oder sogar selbst Einspruch erheben.«

Rathbone verbeugte sich lächelnd. »Ich werde mich bemühen, weder langweilig noch belanglos zu sein«, versprach er.

Der Richter blickte skeptisch drein.

Nachdem der Gutachter vorschriftsmäßig an seinen Eid erinnert worden war und seine beruflichen Qualifikationen noch einmal dargelegt hatte, trat Rathbone ihm gegenüber. »Mr. Whitney«, fing er an, »Sie haben uns schon erzählt, dass Sie die von Baltimore und Söhne ursprünglich geplante Eisenbahnstrecke von London nach Derby begutachtet haben sowie die, die dann tatsächlich gebaut wurde. Gibt es zwischen den beiden einen nennenswerten Unterschied bezüglich der Kosten?«

»Nein, Sir, keinen nennenswerten«, antwortete Mr. Whitney.

»Was bezeichnen Sie als nennenswert?«, fragte Rathbone.

Whitney dachte einen Moment nach. »Mehr als ein paar hundert Pfund«, führte er aus. »Keine tausend.«

»Eine Menge Geld«, fand Rathbone. »Genug, um mehrere durchschnittliche Einfamilienhäuser zu kaufen.«

Fowler erhob sich.

Der Richter winkte ihm zu, er sollte sich wieder setzen, und sah Rathbone an. »Wenn Sie zu einer Schlussfolgerung kommen wollen, Sir Oliver, sind Sie weiter vom Weg abgekommen als besagte Eisenbahnlinie. Sie täten besser daran, Ihre Rundreise zu erklären.«

Die Zuschauer kicherten. Zumindest wurde ihnen jetzt ein bisschen Unterhaltung geboten. Sie sahen es gerne, wenn Rathbone unter Druck gesetzt wurde; er gab ein besseres Opfer ab als der Angeklagte, der längst jegliches Mitleid verwirkt hatte.

Rathbone holte tief Luft und riss sich zusammen. Sich die Bemerkung des Richters zu Herzen nehmend, wandte er sich wieder dem Zeugenstand zu. »Mr. Whitney, wäre ein noch größerer Betrug als der hier zuvor erwähnte technisch möglich, einer über mehrere tausend Pfund, und zwar wieder durch das Umleiten einer geplanten Route?«

Whitney war überrascht. »Aber sicher. Diese Strecke hier war nur um wenig länger, lediglich einige hundert Meter. Man könnte viel mehr tun, um Geld herauszuschlagen.«

»Zum Beispiel?«, fragte Rathbone.

Whitney zuckte die Achseln. »Selbst Land kaufen, bevor die Strecke umgelenkt wird, und nachher zu einem höheren Preis wieder verkaufen«, antwortete er. »Mit viel Fantasie und den richtigen Kontakten gäbe es viele Möglichkeiten. Einen Abschnitt nehmen, der viele Bauarbeiten erfordert, Brücken, Straßenüberführungen, Tunnel oder lange Einschnitte, und einen Anteil von den Materialien abziehen – es gibt zahllose Möglichkeiten.«

»Euer Ehren!«, sagte Fowler laut. »Mein verehrter Kollege stellt nur unter Beweis, dass der Angeklagte nicht einmal ein besonders kompetenter Betrüger ist. Das ist keine Rechtfertigung.«

Gelächter im Saal. Man amüsierte sich unverhohlen.

Nachdem das Gelächter verebbt war, wandte sich Rathbone an Fowler. »Ich versuche zu beweisen, dass er den Mord nicht begangen hat«, sagte er höflich, aber unterschwellig verärgert. »Warum lassen Sie mich nicht einfach?«

»Es sind die Umstände, die Sie davon abhalten, nicht ich«, erwiderte Fowler und erntete lautes Gelächter.

»Ihre Umstände!«, fuhr Rathbone ihn an. »Meine erlauben es mir nicht nur, sie verpflichten mich geradezu.«

»Mr. Fowler!«, sagte der Richter mit klarer Stimme. »Sir Oliver hat Recht. Wenn Sie keine juristisch relevanten Einwände haben, lassen Sie Ihre Unterbrechungen, sonst sitzen wir noch bis in alle Ewigkeit hier!«

»Danke, Euer Ehren«, sagte Rathbone ironisch. Hester glaubte, er wollte in Wirklichkeit nur Zeit gewinnen, wusste aber nicht, für was. Auf wen oder was wartete er?

Rathbone sah zu Whitney auf. »Sie haben uns weitere Möglichkeiten aufgezeigt, wie man einen Betrug durchführen könnte. Haben Sie Kenntnis von einem solchen Betrug – ich meine, wissen Sie von einem bestimmten Vorkommnis?«

Whitney blickte leicht verwundert drein.

»Zum Beispiel«, half Rathbone ihm auf die Sprünge, »vor fast sechzehn Jahren in Liverpool? Die darin verwickelte Gesellschaft war Baltimore und Söhne. Da wurde ein Gutachten gefälscht, die Gitternetzmarkierungen verändert ...«

Fowler stand wieder auf.

»Setzen Sie sich, Mr. Fowler!«, verlangte der Richter. Er sah Rathbone fest an. »Ich nehme an, Sie haben Fakten, Sir Oliver? Passen Sie auf, dass Sie niemanden verleumden.«

»Es ist alles amtlich belegt, Euer Ehren«, versicherte ihm Rathbone. »Ein Mann namens Arrol Dundas wurde auf Grund dieses Verbrechens verurteilt. Leider wurde er im Gefängnis krank und starb. Die Einzelheiten des Verbrechens waren jedoch zur Zeit der Gerichtsverhandlung publik gemacht worden.«

»Verstehe. Über die Bedeutung für den gegenwärtigen Fall kann man leicht mutmaßen, dennoch verlangen wir Beweise.«

»Ja, Euer Ehren. Ich werde beweisen, dass Baltimore und Söhne darüber Akten geführt hat, sodass die älteren Mitarbeiter der Firma Kenntnis davon hatten, obwohl sie damals nichts damit zu tun hatten, ja nicht einmal die Schule abgeschlossen hatten.«

»Sehr interessant. Sorgen Sie dafür, dass es auch für Mr. Dalgarnos Unschuld von Bedeutung ist.«

»Ja, Euer Ehren.« Rathbone entlockte Whitney noch weitere Einzelheiten und entließ ihn dann. Fowler wollte ihn anscheinend noch etwas fragen, machte aber einen Rückzieher, und Whitney trat aus dem Zeugenstand.

An Monks angespanntem, weißem Gesicht und seinem verwirrten Gesichtsausdruck konnte Hester erkennen, dass auch er nicht durchschaute, was Rathbone vorhatte. Er runzelte die Stirn und starrte den Gerichtsschreiber an, der fleißig mit der linken Hand Protokoll schrieb, da seine Rechte bandagiert war.

Dann rief Rathbone einen Bürogehilfen von Baltimore und Söhne auf, der bestätigte, dass Belege der zuvor erwähnten Geschäfte zur Verfügung gestellt werden könnten – nicht so leicht, aber wenn man gründlich danach suchte, könnte man sie schon herbeischaffen.

»Und der Fall ging an die Öffentlichkeit?«, fragte Rathbone zum Schluss.

»O ja, Sir.«

Fowler versuchte einzuwenden, diese Information läge zu sehr im Dunkeln, und es sei unwahrscheinlich, dass Dalgarno darauf aufmerksam geworden war.

»Das könnte ich nicht behaupten, Sir«, sagte der Angestellte nüchtern. »Es ist anzunehmen, dass solche Dinge bekannt sind, Sir, wenn auch nur als Musterbeispiel für das, was man nicht tun sollte.«

Fowler zog sich zurück. »Ich kann nur wiederholen, Euer Ehren, dass Unfähigkeit nicht mit Unschuld gleichzusetzen ist!«, sagte er barsch. »Die Staatsanwaltschaft sagt nicht, dass der Angeklagte den Betrug geschickt eingefädelt hat, sondern nur, dass er betrogen hat!«

Rathbone machte sehr große Augen. »Wenn die Staatsanwaltschaft wünscht, Euer Ehren, kann ich eine Reihe von Zeugen aufrufen, die darlegen, dass Mr. Dalgarno ein ehrgeiziger und äußerst fähiger junger Mann war, dass er sich von einer relativ unbedeutenden Position bis zum Partner hochgearbeitet hat ...«

Der Richter hielt die Hand hoch. »Das haben Sie bereits getan, Sir Oliver. Wir haben verstanden, dass die Natur des Betrugs, den man ihm vorwirft, sehr viel weniger ausgeklügelt ist als das frühere Beispiel, für das Mr. Dundas verurteilt wurde. Das Einzige, was für uns hier von Bedeutung ist, ist die Tatsache, dass der frühere Fall Mr. Dalgarno sehr wohl bekannt gewesen sein dürfte, und man fragt sich, warum er ihm, falls er wirklich betrügen wollte, nicht nacheiferte. Bislang haben Sie Ihre Aufgabe noch nicht erfüllt. Fassen Sie sich kurz!«

»Ja, Euer Ehren.« Rathbone rief den Vorarbeiter der Trupps, die an der Strecke nach Derby gearbeitet hatten, noch einmal auf und entlockte ihm umfassendere Einzelheiten über die Durchstiche und Sprengungen, die notwendig waren, um die Schienen durch einen Hügel zu legen, und über die Arbeit und die Kosten für den Bau eines Viadukts. Er hätte genauso gut Jarvis Baltimore fragen können, aber der Streckenarbeiter kannte sich nicht nur mit den Einzelheiten besser aus, er war nachweislich unparteiisch.

Der Richter machte sich nicht die Mühe, sein absolutes Desinteresse zu verbergen.

Sie vertagten sich bis nach dem Mittagessen. Monk sagte Hester, sie solle mit Margaret gehen, er werde später zu ihnen stoßen. Sie gehorchte widerwillig, und er schob sich durch die Menge in die entgegengesetzte Richtung, bis er vor dem Gerichtsschreiber stand.

»Entschuldigen Sie bitte«, sagte er, und obwohl er versuchte, nicht unhöflich zu sein, war seine Stimme schneidend.

Der Mann hatte Mühe, höflich zu bleiben. Er war immer noch dabei, seine Notizen zu vervollständigen. Seine Handschrift war verkrampft, ungeschickt und merkwürdig nach links geneigt. Monk empfand ein seltsames Schwindelgefühl, als sei ihm der Anblick irgendwie vertraut. War er etwa auf der richtigen Spur?

»Ja, Sir?«, fragte der Schreiber geduldig.

»Was haben Sie mit Ihrer Hand gemacht?«, fragte ihn Monk.

»Ich habe mich verbrannt, Sir.« Der Mann wurde ein bisschen rot. »Am Herd.«

»Gestern haben Sie doch mit der anderen Hand geschrieben, nicht wahr?«

»Ja, Sir. Zum Glück kann ich mit beiden Händen schreiben. Nicht so ordentlich, aber es geht.«

»Vielen Dank«, sagte Monk und wurde von einer Woge der Erkenntnis überschwemmt. Deutlich standen ihm diese merkwürdig charakteristischen Buchstaben aus Emmas Brief vor Augen: Es waren dieselben wie in Katrinas Tagebuch, nur nach links geneigt. Und plötzlich sah er die Widmung in dem Kochbuch vor sich – Eveline Mary M. Austin – EMMA! Sie hatte Katrina geliebt, und Katrina hatte sie in ihrer Fantasie lebendig gehalten, indem sie an sie geschrieben und sogar Antwortbriefe geschrieben hatte, und zwar mit der linken Hand.

So etwas war peinlich und exzentrisch, und obwohl er jetzt die Erklärung hatte, beunruhigte es ihn.

Zu Beginn des Nachmittags waren in den Zuschauerbänken noch weniger Zuschauer.

»Ich rufe Miss Livia Baltimore auf«, sagte Rathbone, was unmittelbar mit Spekulationen und Unmutsbekundungen beantwortet wurde. Livia machte ein verdutztes Gesicht, als sei sie darauf nicht vorbereitet, doch die Menge bekundete ihr Interesse. Mehrere Geschworene richteten sich auf ihren Plätzen auf, als sie den Saal durchquerte und in den Zeugenstand stieg, wobei sie sich ein wenig am Handlauf festhielt, als brauchte sie eine Stütze.

»Bitte verzeihen Sie, dass ich Ihnen diese Tortur zumute, Miss Baltimore«, sagte Rathbone freundlich. »Wäre es vermeidbar, würde ich es nicht tun, aber das Leben eines Mannes steht auf Messers Schneide.«

»Ich weiß«, sagte sie so leise, dass man es kaum verstand. Das leichte Rascheln im Gerichtssaal wurde lauter, als mühten sich alle, nicht ein Wort zu versäumen. »Ich will alles tun, um Ihnen beweisen zu helfen, dass Mr. Dalgarno dieses schreckliche Verbrechen nicht begangen hat.«

»Und Ihre Zeugenaussage wird mir sehr helfen«, versicherte

er ihr. »Wenn Sie mir genau die Wahrheit sagen, soweit sie Ihnen bekannt ist, absolut genau! Bitte vertrauen Sie mir, Miss Baltimore.«

»Ja«, flüsterte sie.

Der Richter bat sie, lauter zu sprechen, und sie wiederholte: »Ja!«

Rathbone lächelte. »Ich vermute, Sie werden wohl Mitleid für Miss Harcus empfinden. Sie war jung, kaum vier oder fünf Jahre älter als Sie und sehr verliebt in einen charmanten, dynamischen Mann. Sie wissen bestimmt, wie sie sich fühlte, da sie die ganze Zukunft noch vor sich hatte, voller Verheißungen.«

Sie schluckte krampfhaft und nickte.

»Es tut mir Leid, aber Sie müssen es laut sagen.«

»Ja«, sagte sie heiser. »Ich kann es mir sehr gut vorstellen.«

»Waren Sie jemals verliebt, Miss Baltimore, auch wenn daraus noch nicht mehr geworden ist als ein gutes Einvernehmen?«

Fowler hatte sich erhoben. »Euer Ehren, das ist absolut irrelevant für den Prozess und äußerst aufdringlich! Miss Baltimores persönliche Gefühle haben hier nichts verloren und sollten respektiert werden ...«

Der Richter wedelte ungeduldig mit der Hand. »Ja, ja, Mr. Fowler. Sir Oliver, sagen Sie, worauf wollen Sie hinaus? Sonst untersage ich Ihnen diese weitläufige Abschweifung.«

»Euer Ehren.« Rathbone schaute zu Livia hinauf. »Miss Baltimore, hat Mr. Dalgarno Ihnen den Hof gemacht? Bitte seien Sie nicht bescheiden oder taktvoll zum Schaden der Wahrheit. Vertrauen Sie mir. Und zwingen Sie mich nicht, andere Zeugen zu bitten, Ihre Aussage zu widerlegen, falls Sie es leugnen, um Ihren Ruf zu schützen. Sie müssen sich nicht schämen, dass jemand Ihnen den Hof gemacht hat, Ihnen sogar seine Liebe erklärt hat und Sie gebeten hat, seine Frau zu werden.«

Ihr Gesicht war scharlachrot, aber sie sah Rathbone direkt an. »Ja. Mr. Dalgarno hat mir die Ehre erwiesen, mich zu fragen, ob ich seine Frau werden will. Wir können es so kurz nach dem Tod meines Vaters einfach nicht publik machen. Es wäre gefühllos ... und ... falsch.«

Überall im Gerichtssaal wurde nach Luft geschnappt. Jetzt endlich hatte Rathbone ihre Aufmerksamkeit. Mit aufgerissenen Augen schüttelte der Richter langsam den Kopf, nicht abwehrend, sondern vor Überraschung.

Fowler stand auf, und noch bevor ihn jemand zurechtwies, setzte er sich wieder.

»Ganz recht«, sagte Rathbone, als der Lärm allmählich verebbte. »Ganz zu schweigen vom Tod seiner früheren Verlobten, die erst vor wenigen Wochen von seinem Sinneswandel erfuhr und unverwandt an ihren leidenschaftlichen Gefühlen für ihn festhielt. Ich nehme an, Miss Baltimore, dass Sie nichts von ihr wussten, auch wenn sie von Ihnen erfahren haben muss?«

Hester schaute zu Dalgarno hinüber und sah die angespannte Verzweiflung in seiner Miene. Er musste mit ansehen, dass die Geschworenen ihn immer mehr verachteten. Eine Frau zu enttäuschen und fallen zu lassen war schließlich nicht strafbar, solange es kein Eheversprechen gab. Aber nicht immer hatte rationales Denken den Vorrang vor dem Gefühl. Er warf Rathbone einen hasserfüllten Blick zu, der, hätte Rathbone ihn gesehen, ihn zum Schweigen gebracht hätte.

Livia sah aus, als hätte man sie geschlagen. Die Röte wich aus ihrem Gesicht, bis sie aschfahl war. Sie hielt die Luft an. »Michael hätte sie nicht umgebracht!«, keuchte sie. »Niemals!« Aber es klang mehr wie ein Flehen denn wie eine Versicherung.

»Nein, Miss Baltimore«, stimmte Rathbone ihr laut und sehr deutlich zu. »Natürlich nicht. Er hatte keinen Grund, ihr etwas Schlimmes zu wünschen, sondern nur den Wunsch, dass sie ihn in Ruhe ließ, damit er sich einer passenderen Braut widmen konnte. Haben Sie sie jemals bei sich zu Hause gesehen, seit Mr. Dalgarno Ihnen den Hof machte?«

Sie schüttelte den Kopf, Tränen standen ihr in den Augen.

»Nein«, wiederholte Rathbone für sie. »Oder in der Öffentlichkeit, wo sie versuchte, Mr. Dalgarno in Verlegenheit zu bringen oder zu verfolgen?«

»Nein«, flüsterte sie.

»Sie wussten also wirklich nichts von ihrem Interesse an ihm?«

»Nein ... nichts.«

»Vielen Dank, Miss Baltimore, das war alles, was ich Sie fragen wollte.«

Fowler schüttelte den Kopf. »Das ist unerheblich, Euer Ehren. Wir jagen Geister. Alles, was mein geschätzter Kollege bewiesen hat, ist, dass Dalgarno sein Werben um eine relativ arme Frau aufgab, als eine reichere ihm Hoffnung auf Erfolg machte.«

»Nein, Euer Ehren«, widersprach ihm Rathbone. »Ich beweise dem Gericht, dass Miss Harcus jeden Grund hatte, sich von einem Mann, den sie liebte und von dem sie ehrlich glaubte, er liebte sie auch, verzweifelt betrogen zu fühlen. Das wird, zusammen mit anderen Fakten, die ich mit Hilfe von Zeugenaussagen und Dokumenten untermauern werde, erklären, was am Abend ihres Todes geschah und warum. Und es wird zeigen, dass Mr. Dalgarno nichts damit zu tun hatte. Er ist nur schuldig, die Liebe einer Frau missbraucht zu haben, was, wie ich mit Bedauern feststellen muss, viele Männer tun und sich dann davonmachen. Solch ein Verhalten gilt als verachtenswert, aber nicht als Verbrechen.«

»Dann tun Sie das, Sir Oliver«, befahl der Richter. »Sie haben noch einen weiten Weg vor sich.«

»Ja, Euer Ehren«, sagte Rathbone gehorsam.

Hester war überzeugt, dass er bluffte. Sie fror.

»Ein Zeuge, wenn Sie so freundlich wären, Sir Oliver«, sagte der Richter klagend. »Lassen Sie uns fortfahren. Wir haben noch eine Stunde, bevor wir uns wieder vertagen müssen.«

»Ja, Euer Ehren. Ich rufe Mr. Wilbur Garstang auf.«

»Wir haben Mr. Garstangs Aussagen bereits gehört ... in aller Ausführlichkeit!«, widersprach Fowler.

»Alle Zeugen haben wir bereits in aller Ausführlichkeit gehört, einschließlich Sie selbst«, erwiderte der Richter. »Bitte beschränken Sie Ihre Unterbrechungen auf ein Minimum, Mr. Fowler. Sir Oliver, gibt es tatsächlich etwas, was Mr. Garstang tun kann, außer Zeit zu schinden?«

»Ja, Euer Ehren, ich glaube schon«, antwortete Rathbone, obwohl im Kommentar des Richters mehr Wahrheit steckte, als er zugeben wollte.

»Rufen Sie Wilbur Garstang herein«, sagte der Richter müde.

Mr. Garstang stieg die Stufen hoch und wurde vom Richter belehrt, dass er immer noch unter Eid stand. Er war ein kleiner Mann mit einem Hang zum Nörgeln und Kritteln.

»Ich habe Ihnen bereits gesagt, was ich beobachtet habe«, sagte er zu Rathbone und schaute über den Rand seiner goldgefassten Brille auf ihn hinunter.

»In der Tat«, stimmte Rathbone ihm zu. »Aber ich möchte es in den Köpfen der Geschworenen neu verankern, und zwar mit einem etwas anderen Akzent. Sie sind ein genauer und scharfer Beobachter, Mr. Garstang, das ist der Grund, warum ich noch einmal mit Ihnen sprechen wollte. Ich bitte um Verzeihung für die Unannehmlichkeiten, die Sie dadurch zweifellos haben.«

Garstang brummte, aber ein zufriedener Ausdruck glättete seine Züge ein wenig. Er war überzeugt, unempfänglich für Schmeicheleien zu sein, was ein großer Irrtum war.

»Ich werde mein Bestes tun«, sagte Garstang, strich sein Revers ein wenig glatt und wartete bereitwillig.

Rathbone verbarg ein Lächeln, aber er war angespannt. Sogar seinen Bewegungen fehlte die gewohnte Anmut. »Vielen Dank, Mr. Garstang. An dem Abend, an dem Miss Harcus starb, standen Sie also am Fenster. Würden Sie uns bitte den Grund dafür noch einmal in Erinnerung bringen?«

»Sicher.« Garstang nickte. »Mein Wohnzimmer liegt ihrer

Wohnung gegenüber, wenn auch ein wenig tiefer, denn die Etagen in dem Haus, in dem meine Wohnung liegt, haben eine etwas geringere Deckenhöhe. Ich hörte etwas, einen Schrei. Für den Fall, dass jemand Hilfe brauchte, ging ich zum Fenster und zog die Vorhänge auf ...«

»Ganz recht«, schnitt Rathbone ihm das Wort ab. »Würden Sie uns jetzt genau sagen, was Sie gesehen haben, so präzise, als würden Sie ein Bild malen? Bitte erzählen Sie uns nicht, was Sie glaubten oder seither erfahren haben. Ich weiß, dass das schwer ist und ein sehr genaues und buchstabengetreues Erinnerungsvermögen erfordert.«

»Also ... wirklich«, stöhnte Fowler.

Garstang warf ihm einen Blick voller Abneigung zu. Er fühlte sich beleidigt und mitten im Wort unterbrochen, bevor er richtig angefangen hatte.

»Bitte, Mr. Garstang«, redete Rathbone ihm gut zu. »Es ist von äußerster Wichtigkeit. Das Leben eines Menschen steht auf dem Spiel.«

Garstang nahm eine Haltung äußerster Konzentration ein, bis es still war im Gerichtssaal, dann räusperte er sich und begann.

»Auf dem gegenüberliegenden Balkon sah ich die dunkle Silhouette einer Gestalt, die von der offenen Tür in die Ecke taumelte ... Sie schien zu schwanken und ihre Umrisse ständig zu verändern. Wie lange, kann ich nicht sagen, denn ich war von der Tragödie, die sich dort gleich abspielen würde, entsetzt.«

»Warum?«, fragte Rathbone.

»Sie baten mich doch, wahrheitsgetreu zu sein«, sagte Garstang verärgert. »Ich habe Ihnen genau beschrieben, was ich gesehen habe, und es war doch klar, dass es zwei Menschen waren, die miteinander rangen, und der eine hatte vor, den anderen vom Balkon zu werfen.«

»Aber Sie konnten die beiden Gestalten nicht voneinander unterscheiden?«, fragte Rathbone.

»Nein. Sie waren in einem Kampf auf Leben und Tod miteinander verbunden.« Garstang sprach mit schulmeisterlicher Stimme, wie zu einem besonders begriffsstutzigen Kind. »Wenn er nur einmal losgelassen hätte, wäre sie womöglich entkommen, und wir müssten nicht hier sein und der Gerechtigkeit Genüge tun.«

»Lassen Sie uns nicht vergessen, dass wir ja genau dazu hier sind«, sagte Rathbone. »Nicht, um uns mit unseren persönlichen Gefühlen zu beschäftigen. Bisher haben Sie sehr genau beschrieben, was Sie gesehen haben, Mr. Garstang. Haben Sie gesehen, wie eine Gestalt vom Balkon gestürzt ist?«

»Ja, natürlich. Da verließ ich das Fenster und lief aus dem Zimmer und die Treppe hinunter, um zu sehen, ob ich der armen Frau helfen oder womöglich ihren Mörder ergreifen könnte«, antwortete Garstang.

Rathbone hielt die Hand hoch. »Einen Augenblick, Mr. Garstang. Ich fürchte, ich muss Sie bitten, in diesem Punkt noch genauer zu sein. Ich bitte um Verzeihung für die Fragen, die für jeden anständigen Menschen sehr belastend sein müssen. Ich versichere Ihnen, ich würde Sie nicht erneut befragen, wenn es eine andere Möglichkeit gäbe.«

Fowler stand auf. »Euer Ehren, der Zeuge hat uns bereits in aller Ausführlichkeit dargelegt, was er gesehen hat. Mein geschätzter Kollege schmeichelt ...«

»Ich schmeichle dem Zeugen keineswegs, Euer Ehren!«, schnitt Rathbone ihm das Wort ab. »Mr. Garstang ist womöglich der Einzige, der genau beobachtet hat, was passiert ist, und es uns sagen kann, und nicht, was er seither geschlussfolgert hat.«

»Wenn Sie Unrecht haben, Sir Oliver, werde ich nicht noch einmal nachsichtig sein!«, warnte ihn der Richter. »Fahren Sie fort, aber fassen Sie sich kurz.«

Sogar von dort, wo Hester saß, war Rathbone deutlich anzusehen, wie erleichtert er war, auch wenn sie keine Ahnung hatte, warum. Sie konnte nichts entdecken, was anders war. Sie warf einen Blick zu Monk hinüber und sah in dessen Miene die gleiche Verwirrung.

Rathbone schaute zu Garstang hinauf. »Mr. Garstang, Sie sahen sie vom Balkon stürzen. Sind Sie sicher, dass sie es war, die stürzte?«

Einen Augenblick schwiegen alle ungläubig, dann wurde es laut: Geplapper, Empörung, Gelächter und Zorn wallten auf.

Garstang sah ihn an, und Unglaube wurde abgelöst von einer schrecklichen Erinnerung.

Die Stimmen im Raum verstummten. Selbst Fowler setzte sich wieder.

Monk reckte sich vor.

Hester saß mit geballten Fäusten da.

»Ich sah ihr Gesicht ...«, sagte Garstang heiser. »Ich sah ihr Gesicht, als sie fiel ... weiß ... war sie ...« Er schauderte heftig. »Sie war zwischen Mord ... und Tod.« Er bedeckte seine Augen mit beiden Händen.

»Ich bitte um Verzeihung, Mr. Garstang«, sagte Rathbone sanft und mit einer Aufrichtigkeit, die sich im Saal ausbreitete wie Wärme. Einen Augenblick sprach er nur zu Garstang und nicht zum Gericht. »Aber Ihre Zeugenaussage ist der Schlüssel zu der ganzen schrecklich tragischen Wahrheit, und wir alle danken Ihnen für Ihren Mut, Sir. Sie haben heute einem Mann das Leben gerettet.«

Fowler stand auf und drehte sich herum, als suchte er nach etwas, das nicht da war.

Rathbone wandte sich zu ihm um und lächelte. »Ihr Zeuge, Mr. Fowler.«

»Wozu?«, wollte Fowler wissen. »Er hat nichts Neues gesagt! Was, um alles in der Welt, spielt es für eine Rolle, dass er ihr Gesicht gesehen hat? Wir alle wissen, dass sie es war, die gefallen ist!« Er sah den Richter an. »Das ist absurd, Euer Ehren. Sir Oliver macht aus einer Tragödie eine Farce. Ob er sich rechtlich gesehen der Missachtung des Gerichts schuldig gemacht hat oder nicht, moralisch auf jeden Fall.«

»Ich bin geneigt, Ihnen zuzustimmen«, sagte der Richter mit sichtlichem Zögern. »Sir Oliver, es ist Ihnen zweifellos gelungen, unsere Aufmerksamkeit zu fesseln, aber Sie haben nichts bewiesen. Ich kann Ihnen nicht erlauben, auf diese Weise fortzufahren. Wir haben die Öffentlichkeit in unseren Gerichten, damit sie sehen kann, dass Gerechtigkeit waltet, und nicht, um sie zu unterhalten. Ich erlaube Ihnen nicht, weiter der Versuchung nachzugeben, hier als Schauspieler aufzutreten, obwohl Sie in dieser Richtung offensichtlich Talent besitzen.«

Im Gerichtssaal wurden Gemurmel und nervöses Lachen laut.

Rathbone verbeugte sich in vorgetäuschter Reue. »Ich versichere Ihnen, Euer Ehren, ich werde sogleich zeigen, dass die Tatsache, dass Mr. Garstang ihr Gesicht sah, von größter Bedeutung ist.«

»Stellen Sie ihre Identität in Frage?«, fragte der Richter verblüfft.

»Nein, Euer Ehren. Dürfte ich meinen nächsten Zeugen aufrufen?«

»Sie dürfen, aber diese Zeugenaussage sollte wichtig sein, sonst werde ich Sie der Missachtung des Gerichts bezichtigen, Sir Oliver.«

»Das wird sie, Euer Ehren, vielen Dank. Ich rufe Reverend David Rider auf.«

Hester hörte, wie Monk nach Luft schnappte. Margaret sah Hester und dann Monk fragend an. Hester zuckte hilflos die Achseln.

Das Gericht beobachtete schweigend, wie der Vikar die Stufen zum Zeugenstand hinaufstieg und sich dabei am Handlauf festklammerte. Er sah müde aus, aber eher gefühlsmäßig erschöpft als von körperlicher Anstrengung. Er war blass, die Haut um die Augen herum aufgedunsen, und er erwiderte

Rathbones Blick, als herrschte zwischen ihnen ein tiefes Verständnis, das nicht nur von bloßem Kummer, sondern von der überwältigenden Last geteilter Erkenntnis herrührte.

Rider nannte seinen Namen, seinen Beruf und seinen Wohnort am Stadtrand von Liverpool und wurde vereidigt.

»Warum sind Sie hier, Mr. Rider?«, fragte Rathbone ihn ernst.

Rider sprach sehr leise. »Ich habe mit meinem Gewissen gerungen, seit Mr. Monk mich vor einer Woche aufgesucht hat, und bin zu dem Schluss gekommen, dass ich verpflichtet bin zu sagen, was ich weiß und was Katrina Harcus betrifft. Meine Pflicht den Lebenden gegenüber ist zu groß, um sie um der Toten willen zu leugnen.«

Im Gerichtssaal war leises Rascheln zu hören, dann wurde es absolut still.

Hester schaute zu Dalgarno hinüber, ebenso wie mehrere Geschworene, doch sie sahen nichts als völlige Verwirrung.

»Sie kannten Katrina Harcus?«, fragte Rathbone.

»Seit ihrer Geburt.«

Fowler rutschte unbehaglich auf seinem Platz hin und her, aber er unterbrach ihn nicht.

»Dann nehme ich an, dass Sie auch ihre Mutter kannten?«, fragte Rathbone.

»Ja. Pamela Harcus war mein Gemeindemitglied.«

»Sie sagten, war?«, bemerkte Rathbone. »Ist sie tot?«

»Ja. Sie starb vor etwa drei Monaten. Ich ... ich bin froh, dass sie das hier nicht mehr miterleben musste.«

»In der Tat, Mr. Rider.« Rathbone neigte in Anerkenntnis der Tragik der Situation leicht den Kopf. »Haben Sie auch Katrina Harcus' Vater gekannt?«

»Nicht persönlich, aber ich wusste von ihm.« Und ohne darauf zu warten, dass Rathbone ihn danach fragte, fügte er hinzu: »Sein Name war Arrol Dundas.«

Monk stieß unwillkürlich einen Schrei aus, und Hester legte ihm die Hand auf den Arm. Die Berührung verriet ihr, wie angespannt er war.

Der Richter beugte sich vor. »Ist das der Arrol Dundas, der vor sechs Jahren des Betruges schuldig gesprochen wurde, Sir Oliver?«

»Ja, Euer Ehren.«

»Nur damit ich Sie richtig verstehe«, fuhr der Richter fort. »War sie ehelich oder unehelich?«

Rathbone sah Rider im Zeugenstand an.

»Unehelich, Euer Ehren«, antwortete Rider.

»Was hat das mit ihrem Tod zu tun?«, wollte Fowler wissen.

»Wir alle wissen, dass Unehelichkeit ein Stigma ist, das lange Schatten wirft. Die Kinder werden für die Sünden der Väter bestraft, ob uns das gefällt oder nicht, aber für den Tod dieses armen Geschöpfes ist es belanglos. Es entschuldigt nichts!«

»Es ist auch nicht als Entschuldigung gedacht«, sagte Rathbone scharf. Er drehte sich noch einmal zu Rider um. »Wusste Katrina, Ihres Wissens nach, wer ihr Vater war?«

»Mit ziemlicher Sicherheit«, antwortete Rider. »Er hat großzügig für Pamela Harcus und ihre Tochter gesorgt. Er war ein wohlhabender Mann und nicht knauserig. Sie kannte ihn und seinen Kollegen, der sie offensichtlich wie eine Nichte behandelte.«

»Das war wohl ein Mann im Alter ihres Vaters, nehme ich an?«, sagte Rathbone.

»Soweit ich das beurteilen konnte«, stimmte Rider zu.

»Aber trotzdem konnte ihr Vater sie nicht legitimieren?«, fuhr Rathbone fort.

Rider sah noch unglücklicher aus. Er verlagerte leicht das Gewicht und umklammerte mit geschwollenen Fingern die Brüstung des Zeugenstands. Offensichtlich fiel es ihm schwer, Dinge preiszugeben, die seiner Ansicht nach privat und schmerzlich waren.

Hester blickte Monk an und sah, dass er enttäuscht war und

gleichzeitig verzweifelt bemüht, sich an etwas zu erinnern. Sie brannte darauf, ihm zu helfen, aber für die Wahrheit gab es weder Schutz noch Balsam.

»Er hätte es tun können«, sagte Rider so leise, dass die Stille sich noch verdichtete, weil alle versuchten, seine Worte zu verstehen. »Vielleicht war es ihm aber zu unehrenhaft. Seine Frau trug daran ja keine Schuld. Sie zu verlassen wäre grausam gewesen ... ein Bruch des ehelichen Bundes. Aber es wäre nicht unmöglich gewesen. Männer lassen ihre Frauen fallen. Mit Geld und Lügen kann man alles erreichen.«

»Aber Arrol Dundas tat das nicht?«

Rider schaute deprimiert drein. »Er wollte. Er war innerlich sehr zerrissen. Seine Frau hatte keine Kinder. Pamela Harcus hatte ihm eine Tochter geboren und würde vielleicht weitere Kinder gebären. Aber er hatte einen Schützling, einen Mann, den er fast als Sohn betrachtete. Und der überzeugte ihn schließlich, es nicht zu tun. Ich glaube wohl, zu Mr. Dundas' Glück.« Monk war so bleich, dass Hester fürchtete, er würde in Ohnmacht fallen. Er schien die Luft anzuhalten und ihre Hand, die seinen Arm festhielt, nicht zu spüren. Hester hatte keinen Blick für Margaret.

»Kennen Sie seinen Namen?«, wiederholte Rathbone.

»Ja ... es war William Monk.«

Sehr langsam hob Monk die Hände zum Gesicht und verbarg es, sogar vor Hester. Rathbone drehte sich nicht um, aber er musste sich der Wirkung dieser Worte wohl bewusst sein.

»Verstehe«, sagte er. »Und wissen Sie, ob Pamela Harcus oder Katrina wussten, wer dafür sorgte, dass ihre finanzielle Behaglichkeit und – weit mehr noch – ihre Ehre, ihre Legitimität und ihre soziale Akzeptanz ein Ende fanden?«

»Katrina war ein Kind, vielleicht sieben oder acht Jahre alt«, antwortete Rider. »Aber Pamela wusste es, dessen bin ich mir sicher. Sie hat es mir erzählt, aber ich habe es auch noch einmal überprüft. Ich habe mit Dundas gesprochen.«

»Haben Sie versucht, ihn zu überreden?«
»Natürlich nicht. Alles, was er sagte, war, für den Fall seines Todes seien finanzielle Vorkehrungen für die beiden getroffen worden. Er schwor mir, das bereits getan zu haben.«
»Also waren sie nach seinem Tod finanziell versorgt?«
Riders Stimme wurde immer leiser, bis er kaum noch zu verstehen war. »Nein, Sir, das waren sie nicht.«
»Waren sie nicht?«, wiederholte Runcorn.
Rider griff nach dem Geländer. »Nein. Arrol Dundas starb, während er wegen Betrugs im Gefängnis saß, von dem ich persönlich nicht glaube, das er ihn begangen hat. Aber die Beweise schienen damals unstrittig zu sein.«
»Aber sein Testament?«, hakte Rathbone nach. »Sicher wurde es doch wunschgemäß vollstreckt?«
»Vermutlich. Die Vorkehrungen für Pamela und Katrina müssen mündlich getroffen worden sein, möglicherweise aus Rücksicht auf die Gefühle seiner Frau. Vielleicht hat sie davon gewusst, vielleicht auch nicht, aber da ein Testament eine öffentliche Angelegenheit ist, wäre es zutiefst verletzend für die beiden gewesen, darin erwähnt zu werden«, antwortete Rider. Er schaute auf seine Hände hinunter. »Es war eine kleine Notiz, so sagte er mir zumindest. Ein persönlicher Auftrag an seinen Testamentsvollstrecker.«
»Und der war?« Rathbone starrte ihn an und drehte sich nicht einen Augenblick zu der Zuschauergalerie um, wo Monk saß, bleich und angespannt.
»Sein Schützling, William Monk.«
»Nicht der Kollege, von dem Sie vorhin sprachen?«, fragte Rathbone.
»Nein. Er traute einzig und allein Mr. Monk.«
»Verstehe. Dann ging das ganze Geld an Dundas' Witwe?«
»Nein. Nicht einmal sie bekam mehr als ein paar Pfennige«, antwortete Rider. »Dundas war zur Zeit des Verfahrens ein reicher Mann. Als er ein paar Wochen später starb, besaß er kaum

genug, dass es für ein kleines Haus und eine Jahresrente für seine Witwe reichte, die mit ihrem Tod endete.«

Im Saal breitete sich empörtes Raunen aus. Mehrere Leute drehten sich um und starrten Monk wütend an. Beschimpfungen und Pfiffe wurden laut.

»Ruhe!«, rief der Richter und klopfte mit seinem Hammer laut auf den Tisch. »Solch ungehörigen Lärm dulde ich hier drin nicht. Sie sollen zuhören und keine Kommentare abgeben. Wenn Sie nicht Ruhe geben, lasse ich den Saal räumen.«

Der Lärm verebbte, nicht jedoch die Wut, die in der Luft hing.

Hester rückte näher zu Monk, aber sie wusste nichts zu sagen. Sie spürte seinen Schmerz, als strahlte er aus wie Hitze.

Auf ihrer anderen Seite legte Margaret in einer Geste großzügiger Freundschaft ihre Hand zärtlich auf Hesters.

»Ich nehme an, wenn sie keine Hilfe von anderer Seite erhielten, lebten Pamela und Katrina Harcus nach Dundas' Tod in äußerst bescheidenen Verhältnissen?«, fragte Rathbone unbarmherzig.

»Äußerst«, antwortete Rider. »Ich fürchte, es gab sonst niemanden, der ihnen half. Ihre Tante, Eveline Austin, war damals bereits tot.«

»Verstehe. Nur noch eines, Mr. Rider. Wären Sie so freundlich, uns Katrina Harcus zu beschreiben?«

»Sie beschreiben?« Zum ersten Mal schaute Rider ratlos drein. Bis hierher hatte er alles verstanden, aber jetzt kam er nicht mehr mit.

»Wären Sie so freundlich? Wie sah sie aus? Beschreiben Sie sie so genau wie möglich.«

Rider quälte sich ein wenig. Es war ihm offensichtlich unbehaglich.

»Sie ... war ... sie war ziemlich groß ... für eine Frau, meine ich. Sie war hübsch, sehr hübsch, auf unkonventionelle Weise ...« Er wusste nicht weiter.

»Welche Farbe hatte ihr Haar?«, fragte Rathbone.
»Hm ... irgendwie dunkel, dunkelbraun, und glänzend.«
»Ihre Augen?«
»Also ... ja, ihre Augen waren ungewöhnlich, sehr schön, in der Tat. Goldbraun, sehr hübsch.«
»Vielen Dank, Mr. Rider. Ich bin mir bewusst, dass das für Sie in der Tat sehr schwer war, sowohl weil es um den tragischen Tod einer Frau geht, die Sie seit ihrer Kindheit kannten, als auch, weil Sie öffentlich über Dinge sprechen mussten, die Sie sehr viel lieber vertraulich behandelt hätten.« Er drehte sich zu Fowler um, doch Monk oder Hester sah er immer noch nicht an. »Ihr Zeuge, Sir.«

Fowler betrachtete Rider und schüttelte langsam den Kopf. »Eine traurige, aber keineswegs ungewöhnliche Geschichte. Hat sie in irgendeiner Weise etwas damit zu tun, dass Michael Dalgarno Katrina Harcus vom Balkon ihrer Wohnung gestürzt hat?«

»Das weiß ich nicht, Sir«, antwortete Rider. »Ich hatte angenommen, dass wir das hier entscheiden müssen. Nach dem, was ich von Sir Oliver gehört habe, könnte es durchaus sein.«

»Also, nach dem, was wir von Sir Oliver gehört haben, ist es einfach ein sehr bewegendes, aber völlig belangloses tragisches Theaterstück«, sagte Fowler trocken. »Die arme Frau ist tot ... beide sind tot! Und Arrol Dundas und seine Frau ebenso, und außer Katrina sind alle gestorben, bevor das Verbrechen, das uns hier zusammengeführt hat, verübt wurde.«

»Kann ich annehmen, dass Sie ihm keine Fragen stellen wollen, Mr. Fowler?«, fragte der Richter.

»Ach, eine Frage habe ich tatsächlich, Euer Ehren, aber ich bezweifle, dass Mr. Rider sie beantworten kann«, sagte Fowler in scharfem Ton. »Meine Frage lautet ... wann wird Sir Oliver die Verteidigung seines Mandanten angehen?«

»Ich gehe die Sache auf einer höheren Ebene an, aber es dient dem gleichen Ziel, Euer Ehren«, sagte Rathbone, und vielleicht war Hester die Einzige im Saal, die die Anspannung in seiner Stimme hörte. Bei aller Angst und aller Sorge um Monk wusste sie, dass auch Rathbone Angst hatte. Er spielte sehr viel höher, als zu verlieren er sich leisten konnte – um den Preis von Monks Leben. Rathbone schien irgendwie blindlings vorzugehen.

Sie spürte eine Hitzewelle durch sich hindurchschießen, dann fröstelte sie.

»Wahrheit«, endete Rathbone. »Ich versuche, die Wahrheit aufzudecken.« Und als Fowler nur noch ein höhnisches Schnauben zustande brachte, fuhr er fort: »Euer Ehren, ich rufe William Monk in den Zeugenstand.«

12

Es dauerte einen Augenblick, bis Monk überhaupt begriff, was Rathbone gesagt hatte.

»William!«, flüsterte Hester ängstlich.

Monk stand auf. Sicher bemerkte er die Feindseligkeit im Saal. Hester konnte sie förmlich in der Luft spüren, sah sie in den Augen und Mienen derjenigen, die sich umdrehten und zusahen, wie er durch den Saal stolperte und langsam die Stufen zum Zeugenstand hinaufging.

Rathbone sah ihn ausdruckslos an, als kontrollierte er sich mit sehr viel Mühe, damit ihm nicht auch gewöhnliche Verachtung anzusehen war.

»Ich habe nur wenige Fragen an Sie, Mr. Monk. Ich möchte, dass Sie dem Gericht sagen, wie Katrina Harcus gekleidet war, wenn Sie sie bei den verschiedenen Gelegenheiten trafen, bei denen Sie ihr von Ihrem Fortschritt auf der Suche nach Beweisen für einen Betrug berichteten.«

»Euer Ehren!«, sagte Fowler in einem Wutausbruch. »Das ist absurd!«

Auch Monk war völlig verwirrt. Sein Gesicht war so weiß wie das von Dalgarno in der Anklagebank, und die Geschworenen starrten ihn an, als würden sie ihn gerne dort neben dem Angeklagten sitzen sehen.

»Wenn ich bitten darf!«, sagte Rathbone eindringlich, am Ende brach seine wachsende Panik sich doch Bahn. »War sie gut gekleidet oder ärmlich? War sie jedes Mal gleich angezogen?«

»Nein!«, sagte Monk schnell, als erwachte er endlich aus seiner Erstarrung. »Sie war sehr gut gekleidet. Ich wünschte, ich könnte meiner Frau solche Kleider kaufen.«

Hester schloss die Augen, innerlich völlig zerknirscht vor Zorn, Mitleid und Hilflosigkeit. Weil er sich um so etwas Banales sorgte und es auch noch öffentlich sagte, war sie wütend auf ihn. Das ging niemanden etwas an.

»Und sie hat Sie angemessen für Ihre Arbeit bezahlt?«, fuhr Rathbone fort.

Jetzt blickte Monk überrascht auf. »Ja.«

»Haben Sie eine Ahnung, woher sie das Geld hatte?«

»Nein ... nein.«

»Vielen Dank. Das ist alles. Mr. Fowler?«

»Ich finde mich ebenso wenig zurecht wie alle anderen«, sagte Fowler mit wachsendem Unmut.

Der Richter sah Rathbone grimmig an. »Dies wirft weitere unbeantwortete Fragen auf, Sir Oliver, aber ich sehe nicht, welche Relevanz es für den Tod der armen Frau haben sollte.«

»Es wird deutlich, Euer Ehren, wenn wir die Aussage meiner letzten Zeugin hören. Ich rufe Hester Monk auf.«

Sie glaubte es nicht. Es ergab keinen Sinn. Was, um alles in der Welt, hatte Rathbone vor? Monk sah sie an. Auf der anderen Seite saß Margaret, ganz blass vor Angst, die Lippen rot, da sie draufgebissen hatte. Ihre Loyalität war einer schweren Zerreißprobe ausgesetzt, und sie konnte sich kaum noch beherrschen.

Hester erhob sich mit zitternden Knien. Sie ging unsicher zwischen den Reihen der Menschen hindurch und spürte deren vernichtende Blicke, weil sie Monks Frau war. Sie war wütend auf die Leute wegen ihres vorschnellen Urteils, aber sie hatte nicht die Macht, sie zurechtzuweisen oder ihn zu verteidigen.

Sie durchquerte den Saal und ermahnte sich ein ums andere Mal, Rathbone zu vertrauen. Niemals würde er Freunde hintergehen, nicht für Dalgarno, nicht, um einen Fall zu gewinnen, für gar nichts.

Aber was, wenn er Dalgarno wirklich für unschuldig hielt und Monk für schuldig? Ehre ging vor Freundschaft. Einen Unschuldigen lässt man nicht für einen anderen Mann hängen.

Sie ging die Stufen hinauf und hielt sich dabei am Handlauf fest wie Rider. Als sie oben war, rang sie nach Luft, aber nicht wegen der körperlichen Anstrengung, sondern wegen des Erstickungsgefühls in ihrer Brust. Ihr Herz klopfte heftig und viel zu schnell, und der Saal verschwamm vor ihren Augen.

Sie hörte Rathbone ihren Namen sagen und zwang sich, sich zu konzentrieren und zu antworten, zu sagen, wer sie war und wo sie wohnte, und zu schwören, dass sie die Wahrheit und nichts als die Wahrheit sagen würde. Sie richtete den Blick auf Rathbones Gesicht. Er sah genauso aus wie immer, mit seiner langen Nase, seinen ruhigen dunklen Augen, seinem sensiblen, humorvollen Mund und dem klugen Gesicht, das jeder Grausamkeit entbehrte. Noch vor kurzem hatte er sie sehr geliebt. Das tat er doch sicher als Freund immer noch.

Er sagte etwas. Sie musste zuhören.

»Ist es wahr, Mrs. Monk, dass Sie in der Gegend um den Coldbath Square ein wohltätiges Haus für die medizinische Behandlung von Prostituierten führen, die krank oder verletzt sind?«

»Ja ...« Warum, um alles in der Welt, fragte er das?

»Sie sind vor kurzem umgezogen, aber in der Nacht, als Mr.

Nolan Baltimore starb, lag Ihr Haus direkt am Coldbath Square?«

»Ja ...«

»Haben Sie und Miss Ballinger an diesem Abend gearbeitet?«

»Ja.«

Fowler wurde unruhig. Rathbone ignorierte ihn ganz bewusst – er wandte ihm den Rücken zu.

»Mrs. Monk«, fuhr er fort, »kamen in dieser Nacht Verletzte zu Ihnen?«

Sie hatte keine Ahnung, warum er sie danach fragte. Glaubte er am Ende doch, dass Nolan Baltimores Tod etwas mit dem Eisenbahnbetrug zu tun hatte? Etwas, was Monk übersehen hatte?

Alle beobachteten sie und warteten.

»Ja«, antwortete sie. »Drei Frauen kamen, und später noch einmal zwei.«

»Schlimm verletzt?«

»Weniger als viele andere. Eine hatte sich das Handgelenk gebrochen.« Sie versuchte, sich genau daran zu erinnern. »Die anderen hatten blaue Flecken und Schnittwunden.«

»Wissen Sie, wie sie sich ihre Verletzungen zugezogen hatten?«

»Nein. Ich frage nicht danach.«

»Wissen Sie, wie sie heißen?«

Fowler konnte seine Ungeduld nicht mehr im Zaum halten. »Euer Ehren, das ist alles gut und schön, aber es vergeudet die Zeit des Gerichts! Ich ...«

»Es ist wesentlich für die Verteidigung, Euer Ehren!«, schnitt Rathbone ihm das Wort ab. »Um alles verständlich zu machen, kann ich nicht schneller vorgehen.«

»Verständlich!«, explodierte Fowler. »Dies ist das größte Kauderwelsch, das ich in zwanzig Jahren je in einem Gerichtssaal gehört habe ...« Er hielt abrupt inne.

Der Richter zog die Augenbrauen hoch. »Sie sollten diese Beobachtung vielleicht anders ausdrücken, Mr. Fowler. So klingt sie ein wenig unglücklich. Andererseits möchten Sie Sir Oliver vielleicht erlauben fortzufahren, in der Hoffnung, dass wir zu einem Schluss kommen, bevor es Abend wird.«

Fowler setzte sich.

»Wissen Sie, wer die Frauen sind, Mrs. Monk?«, fragte Rathbone noch einmal.

»Nell, Lizzie und Kitty«, antwortete Hester. »Ich bitte sie nur um einen Vornamen, mit dem ich sie ansprechen kann.«

»Und erzählen Sie ihnen mehr über sich selbst?«, fragte er.

Der Richter runzelte die Stirn.

»Tun Sie das?«, hakte Rathbone nach. »Wissen diese Frauen zum Beispiel, wer Sie sind oder wo Sie wohnen? Bitte, beantworten Sie diese Frage sehr genau, Mrs. Monk!«

Sie versuchte, sich darauf zu besinnen, und erinnerte sich an Nells Neckerei und ihre Bewunderung für Monk. »Ja«, sagte sie laut und deutlich. »Nell wusste es. Sie sagte etwas über meinen Mann, sein Auftreten, seinen Charakter, und sie nannte mich beim Namen.«

Erleichterung überzog Rathbones Gesicht wie ein Sonnenstrahl. »Vielen Dank. Wussten sie vielleicht auch, zumindest ungefähr, in welcher Gegend Sie wohnen?«

»Ja .. in etwa.«

»Hat eine von ihnen zufällig Mr. Monks Beruf erwähnt?«

»Ja … ja, Nell. Sie … findet ihn interessant.«

Der Richter schaute Rathbone an. »Kommen Sie bald zur Sache, Sir Oliver? Ich sehe das bislang noch nicht. Endlos lasse ich das nicht zu.«

»Das tue ich, Euer Ehren. Ich bitte um Verzeihung für die Zeit, die es braucht, aber wenn ich nicht die ganze Geschichte darlege, ergibt sie keinen Sinn.«

Der Richter verzog ein wenig das Gesicht und lehnte sich zurück.

Rathbone wandte seine Aufmerksamkeit wieder Hester zu. »Haben Sie in Ihrem Haus am Coldbath Square auch weiterhin verletzte Frauen aufgenommen, Mrs. Monk?«

»Ja.« Wollte er die Tatsache ans Licht bringen, dass Baltimore Squeaky Robinsons Partner gewesen war? Aber warum? Sein Tod hatte nichts mit Dalgarno zu tun. Und auch nicht mit Katrina Harcus.

»Gab es besonders schwer verletzte Frauen?«, wollte Rathbone wissen.

Das war es wohl, worauf er hinauswollte. »Ja«, antwortete sie. »Es gab zwei Frauen, bei denen wir uns nicht sicher waren, ob sie es überleben würden. Eine hatte eine Stichwunde im Bauch, die andere war so brutal geschlagen worden, dass sie vierzehn Knochenbrüche erlitten hatte. Wir fürchteten, sie würde an inneren Blutungen sterben.« Sie hörte die Wut und das Mitleid in ihrer Stimme.

Im Gerichtssaal erhob sich empörtes Murmeln, etliche rutschten unbehaglich auf ihren Plätzen hin und her, peinlich berührt von einem Leben, über das sie gar nicht so viel wissen wollten und das sie doch unwillkürlich emotional aufwühlte.

Der Richter sah Rathbone stirnrunzelnd an. »Das ist entsetzlich, aber dieses Gericht ist nicht der Ort für einen moralischen Kreuzzug, Sir Oliver, so gerechtfertigt dieser auch sein mag.«

»Es geht mir nicht um einen moralischen Kreuzzug, Euer Ehren, es geht um den Tod von Katrina Harcus und wie es dazu kam«, antwortete Rathbone. »Ich bin bald am Ziel.« Ohne abzuwarten, wandte er sich wieder an Hester. »Mrs. Monk, haben Sie erfahren, wie diese Frauen sich ihre schlimmen Verletzungen zugezogen haben?«

»Ja. Es waren ehrbare Frauen gewesen, eine von ihnen war Gouvernante, sie hatte einen Mann geheiratet, der sie in Schulden gestürzt und sie dann verlassen hatte. Sie liehen sich Geld bei einem Wucherer, um ihre Schulden zu begleichen, und als sie ihre Verpflichtungen nicht durch ehrliche Arbeit zurückzahlen konnten, zwang er sie in das Bordell, an dem er beteiligt war, wo sie sich um die etwas abnormen Gelüste bestimmter Männer kümmern mussten ...« Sie konnte nicht fortfahren, denn im Gerichtssaal wurden Empörung und Entrüstung immer lauter.

Der Richter klopfte mehrmals mit seinem Hammer auf den Tisch. Allmählich wurde es ruhiger, aber der Zorn hing noch knisternd in der Luft.

»Ehrbare junge Frauen mit einiger Bildung, einiger Würde und dem Wunsch, rechtschaffen zu sein?«, sagte Rathbone, und seine Stimme war rau vor Gefühlen.

»Ja«, antwortete Hester. »Es passiert vielen, wenn sie verlassen werden, ihre Arbeit verlieren und keine Empfehlung ...«

»Ja«, unterbrach er sie. »Hat sie dies bewogen, Schritte zu unternehmen, Mrs. Monk?«

»Ja.« Sie wusste, dass der Richter bald die Geduld verlieren würde. »Ich habe zwar herausgefunden, wo dieses Bordell liegt, erfahren, wer der Geldverleiher war, aber nicht, wer den Frauen die Schläge und Stichwunden zugefügt hat.« Sie wusste nicht, ob er das auch wissen wollte, aber sie fügte hinzu: »Es hat inzwischen ein Ende gefunden. Wir haben das Bordell schließen können, um dort einen besseren Zufluchtsort als am Coldbath Square einzurichten.«

Er zeigte ein winzig kleines Lächeln. »Tatsächlich. Was ist mit dem Wucherer geschehen?«

»Er wurde umgebracht.« Wollte er hören, dass es Baltimore war? Sie sah ihn an, brachte es aber nicht heraus.

»Aber die Schuldscheine?«

»Die haben wir vernichtet.«

»Wussten Sie damals, dass er umgebracht worden war?«

»Ja ... er verlieh nicht nur das Geld, er war auch ein Freier. Er ging zu weit, und eine der Frauen, die neu im Geschäft war, empörte sich dermaßen über das, was er von ihr verlangte, dass sie nach ihm schlug und er rückwärts aus dem Fenster auf das Pflaster in den Tod stürzte.«

In den Besucherreihen wurden starke Gefühlsbekundungen laut. Jemand klatschte sogar.

»Ruhe!«, sagte der Richter laut. »Ich verlange Ruhe! Ich verstehe Ihre Empörung – ja, ich teile sie –, aber ich verlange Respekt vor dem Gesetz! Sir Oliver, diese Geschichte ist furchtbar, aber ich sehe immer noch keinen Zusammenhang mit dem Tod von Katrina Harcus und Mr. Dalgarnos Schuld oder Unschuld in der Sache.«

Rathbone drehte sich noch einmal zu Hester um. »Mrs. Monk, haben Sie unter den Schuldscheinen die der jungen Frau gefunden, Kitty, die in der Nacht, in der Nolan Baltimores Leiche in der Leather Lane in der Nähe des Coldbath Square gefunden wurde, mit Schnittwunden und blauen Flecken zu Ihnen kam?«

»Ja.«

»Gehörte sie zu den einst ehrbaren jungen Frauen, die darauf reduziert wurden, ihren Körper für eine besonders widerwärtige Art von Missbrauch zu verkaufen, um ihre durch hohe Wucherzinsen stets wachsenden Schulden zurückzuzahlen, auch wenn ihnen dies nie gelingen würde?«

»Ja.«

»Könnten Sie sie für das Gericht beschreiben, Mrs. Monk? Wie sah sie aus?«

Jetzt begriff sie. Es war so schrecklich, dass ihr übel wurde. Der Saal um sie herum schwankte, als wäre sie auf See, die wogende Stille dröhnte ihr in den Ohren. Sie hörte Rathbones Stimme nur aus der Ferne.

»Mrs. Monk? Geht es Ihnen gut?«

Sie klammerte sich an das Geländer und griff so fest zu, dass der körperliche Schmerz sie wieder in die Gegenwart zurückbrachte.

»Mrs. Monk?«

»Sie war ...« Sie schluckte und fuhr sich mit der Zunge über ihre trockenen Lippen. »Sie war ziemlich groß und recht hübsch. Sie hatte dunkles Haar und goldbraune Augen ... sehr hübsch. Sie nannte mir den Namen Kitty ... und auf dem Schuldschein stand Kitty Hillyer ...«

Rathbone drehte sich sehr langsam zum Richter um. »Euer Ehren, ich glaube, wir wissen jetzt, woher Katrina Harcus das Geld hatte, um sich so zu kleiden, wie es für eine hübsche, aber mittellose junge Frau notwendig war, die unehelich geboren wurde und, als ihr Vater starb und das versprochene Legat ausblieb, verarmte. Sie reiste nach Süden, um sich in London einen Mann zu suchen und eine glückliche Ehe einzugehen. Innerhalb von zwei Monaten starb ihre Mutter, ihr Verlobter verließ sie wegen einer reicheren Braut, und ihre Schulden wuchsen so an, dass sie in die abstoßendste Form der Prostitution gezwungen wurde, um den Wucherer zufrieden zu stellen. Dieser stellte sich als der Kollege ihres Vaters heraus, den sie als Kind gekannt hatte, an den sie sich in der fremden Stadt um Hilfe gewandt hatte und der sie nun so schändlich behandelte. Seine Forderungen empörten sie dermaßen, dass sie ihn von sich stieß und er in den Tod stürzte.«

»Ruhe!«, befahl Richter den lauten, zornigen Zuschauern im Saal, aber es dauerte eine Weile, bevor er sich durchsetzte, so heftig waren die Gefühle. Mit einem Nicken bat er Rathbone fortzufahren.

»Und als sie an diesem Abend von zwei anderen Prostituierten zum Coldbath Square gebracht wurde, um ihre Verletzungen behandeln zu lassen«, fuhr Rathbone fort und sah jetzt die Geschworenen an, »entpuppte sich die hilfreiche Krankenschwester ausgerechnet als die Frau des Mannes, der ihrer Auffassung nach der Urheber all der seit ihrer Kindheit erlittenen Ungerechtigkeit und ihres Kummers war. Sie hörte den Namen von Mrs. Monk und die Beschreibung von Mr. Monks äußerer Erscheinung, seines Charakters und seines neuen Berufes. Ich glaube, von diesem Augenblick an plante sie eine furchtbare Rache.«

Ein abscheulicher, unglaublicher Gedanke schlich sich in Hesters Kopf.

Fowler stand auf, aber er wusste nicht, was er sagen sollte. Zudem hörte ihm sowieso niemand zu.

Hester konnte nur an Monk denken. Dalgarno, die Geschworenen und sogar Rathbone verschwammen vor ihren Augen. Monk saß reglos da, seine Augen waren groß und lagen tief in ihren Höhlen, aus seiner Haut war jegliche Farbe gewichen. Margaret war näher an ihn herangerückt, aber sie wusste nicht, wie sie ihm ein Wort oder eine Geste des Trostes bieten sollte.

»Katrina Harcus hatte nichts mehr zu verlieren«, sagte Rathbone leise, aber in der jetzt eingetretenen Stille war jedes Wort deutlich zu hören.»Ihre Mutter war tot, der Mann, den sie liebte, hatte sie verlassen, und sie hatte nicht die Hoffnung, ihn je wiederzugewinnen, denn bei ihr war allzu offensichtlich nichts zu holen. Sie war so tief verschuldet, dass sie es nie im Leben hätte zurückzahlen können, und sie hatte ihren Körper auf so erniedrigende Art verkauft, dass sie glaubte, den Schmutz nie mehr abschütteln zu können. Und jetzt war sie auch noch schuld am Tod eines Mannes. Sie war welterfahren genug, um zu wissen, dass die Gesellschaft es als Mord betrachten würde, ungeachtet der erlittenen Provokation und der Tatsache, dass sie ihn nicht hatte umbringen wollen. Es war nur eine Frage der Zeit, bis die Polizei sie fand, und sie würde den Rest ihres Lebens in Angst vor der Entdeckung leben.«

Er breitete die Arme aus. »Das Einzige, was ihr noch blieb, war Rache. Und das Schicksal legte ihr die perfekte Gelegenheit dazu vor die Füße, als sie am Coldbath Square Mrs. Monk kennen lernte. Sie wusste alles über den ursprünglichen Betrug in Liverpool, für den ihr Vater, Arrol Dundas, verurteilt worden war. Sie erweckte den Eindruck, als sei der gleiche Betrug noch einmal begangen worden, denn sie wusste, Monk würde der Versuchung nicht widerstehen können, der Sache nachzugehen. Die Wahrscheinlichkeit, dass er sie wiedererkannte, war sehr gering. Wenn er sie überhaupt jemals gesehen hatte, dann nur als achtjähriges Mädchen.«

Er schaute vom Richter zu den Geschworenen. »Sie sorgte dafür, dass sie sich in der Öffentlichkeit trafen, wo sie von vielen Menschen gesehen wurden. Sie sorgte zudem dafür, dass Monk an diesem Abend zu dem Haus in der Cuthbert Street kam, wo sie wohnte. Wir können Mr. Monk nötigenfalls in den Zeugenstand rufen, um das zu bezeugen.« Er holte tief Luft und sah wieder den Richter an. »Nun, Euer Ehren, folgt die Erklärung für Mr. Garstangs sehr ausführliche Zeugenaussage. Er sah ihr Gesicht, als sie stürzte. Inspector Runcorn sagte, sie habe auf der Erde gelegen, auf der Seite ... nicht auf dem Rücken. Niemand sah zwei einzelne Gestalten, und der Umhang wurde auf dem Dach zurückgelassen, Euer Ehren, weil sie nicht gestürzt oder geschubst wurde. Sie sprang!«

Der Tumult aus Verblüffung, Unglauben und Entsetzen, der im Saal entstand, hinderte ihn vorübergehend daran fortzufahren. Aber es wurde rasch wieder still, als die schreckliche Wahrheit den Menschen allmählich ins Bewusstsein drang.

Als er fortfuhr, erklang seine Stimme in vollkommener Stille.

»Euer Ehren, Michael Dalgarno ist des Mordes unschuldig, weil es keinen Mord gab ... zumindest nicht, als Katrina Harcus vom Balkon ihrer Wohnung in den Tod stürzte. Was die Nacht betrifft, in der sie Nolan Baltimore umbrachte, sollten wir ...«

Er wurde von Livia, die jetzt mit aschfahlem Gesicht aufsprang, daran gehindert, das zu sagen, was er hatte sagen wollen.

»Das ist nicht wahr!«, schrie sie. »So etwas zu behaupten ist sündhaft! Es ist eine Lüge!« Ihre Stimme erstickte in einem Schluchzen. »Eine böse ... schreckliche Lüge! Mein Vater ...« Sie schlug links und rechts mit den Armen aus, als kämpfte sie gegen ein Hindernis. »Mein Vater hätte nie so etwas ... Ekelhaftes getan! Einfach abscheulich! Ich habe diese Frauen gesehen ... sie waren ...« Tränen strömten ihr übers Gesicht. »Sie hatten gebrochene Knochen, Blutungen ... wer immer das getan hat, war ein Ungeheuer!«

Rathbone sah unglücklich drein. Er wollte etwas sagen, seinem Kummer Luft machen, aber es gab nichts mehr zu sagen.

»Er kann nicht so gestorben sein!«, fuhr Livia fort, indem sie sich dem Richter zuwandte. »Er hatte sich an diesem Abend schrecklich mit Michael und Jarvis gestritten!«, sagte sie verzweifelt. »Es ging wieder um die Eisenbahn, die große Bestellung für die Bremsen, die sie entwickelt haben. Michael und Jarvis haben das zusammen gemacht, und Papa hat es an diesem Abend erst erfahren, Euer Ehren! Er geriet furchtbar in Wut und sagte, sie würden die Firma ruinieren, weil Mr. Monk ihn vor Jahren gezwungen hatte, einen Brief zu unterschreiben, in dem er sich verpflichtete, diese Bremsen niemals wieder zu bauen. Er hatte ein Vermögen bezahlt, um jemanden zum Schweigen zu bringen, aber der Preis war, dass niemand jemals diese Bremsen benutzen würde ...«

Monk sprang auf. »Wo ist Jarvis Baltimore?«, rief er Livia zu. »Wo ist er?«

Sie starrte ihn an. »Im Zug«, sagte sie. »Die Eröffnungsfahrt.«

Monk sagte etwas zu Margaret und warf Hester, die noch im Zeugenstand stand, einen Blick zu, dann kletterte er an den Leuten vorbei, lief den Gang hinunter und verschwand durch die Tür.

Der Richter blickte Rathbone an. »Verstehen Sie das, Sir Oliver?«

»Nein, Euer Ehren.« Er wandte sich zum Zeugenstand um. »Hester?«

»Der Eisenbahnzusammenstoß vor sechzehn Jahren«, antwortete sie. »Ich glaube ... Ich glaube, er weiß jetzt, was ihn ausgelöst hat.« Sie blickte Livia an. »Es tut mir Leid ... Ich wollte es Ihnen nicht sagen. Ich wünschte, Sie hätten es nicht erfahren müssen. Die meisten Menschen können ihre Geheimnisse bewahren.«

Livia stand noch einen Augenblick da, während ihr Tränen über die Wangen liefen, dann sank sie langsam auf ihren Platz und vergrub das Gesicht in den Händen.

»Es tut mir so Leid ...«, sagte Hester noch einmal. Sie verabscheute Nolan Baltimore ebenso sehr für das, was er seiner Familie angetan hatte, wie für die Verletzungen, die er Katrina, Alice, Fanny und den anderen Frauen beigebracht hatte. Diese heilten vielleicht. Ob Livia sich von dieser Wahrheit je erholen würde, war fraglich.

Rathbone sah Dalgarno an, weiß und bitter in der Anklagebank, dann den Richter. »Euer Ehren, ich beantrage, dass die Anklage fallen gelassen wird. Katrina Harcus wurde nicht umgebracht. In dem verzweifelten Versuch, das Einzige, was ihr ihrer Meinung nach noch geblieben war, zu erreichen – nämlich Rache –, nahm sie sich das Leben.«

Der Richter sah zu Fowler hinüber.

Fowler wirbelte herum, um die Geschworenen anzuschauen, dann blickte er wieder den Richter an. »Ich gebe mich geschlagen«, sagte er achselzuckend. »Gott steh ihr bei ...«

Die Straße vor dem Gericht war fast leer, und Monk brauchte nur fünf Minuten, um einen Hansom zu finden, einzusteigen und dem Kutscher zuzurufen, er solle ihn, so schnell das Pferd laufen könnte, zur Euston Station fahren. Er würde ein Pfund extra bekommen, wenn er den Eröffnungszug auf der neuen Strecke nach Derby noch erwischte. Monk hätte ihm gerne noch mehr gegeben, aber das ging nicht. Womöglich musste er sich den Zugang zum Zug durch Bestechung verschaffen.

Der Kutscher nahm ihn beim Wort und fuhr mit einem anspornenden Ruf und einem Schnalzen mit der Peitsche los, als wäre er auf der Rennbahn.

Es war eine haarsträubende Fahrt, mehrmals kamen sie nur

knapp davon, etliche Fahrzeuge streiften sie um Haaresbreite, und mehr als einmal sprangen Fußgänger um ihr Leben und riefen ihnen Flüche hinterher. Der Kutscher fuhr am Bahnhof vor und hielt an. Monk steckte ihm das Geld zu – er hatte es sich verdient, ob er den Zug noch bekam oder nicht – und lief zum Bahnsteig.

Er hatte noch fünf Minuten. Also strich er sich die Jacke glatt, fuhr sich mit der Hand durchs Haar und schlenderte zur Tür des letzten Waggons, als hätte er jedes Recht dazu.

Ohne sich umzublicken, um zu sehen, ob er beobachtet worden war – wodurch er womöglich verraten hätte, dass er gar keine Einladung besaß –, zog er am Griff, schwang die Tür weit auf und stieg ein.

Das Innere des Waggons war aufwändig möbliert. Es war ein langer Zug, nur mit Waggons erster und zweiter Klasse. Dies war die zweite Klasse, und doch von einem bewundernswerten Luxus. Zweifellos saß Jarvis Baltimore in der ersten Klasse. Da sein Vater tot war, war dies sein Zug, sein ganzes Unternehmen. Er unterhielt sich sicher mit den verschiedenen Würdenträgern, die auf dieser Fahrt dabei waren, und prahlte mit der neuen Strecke, den neuen Waggons und vielleicht auch dem neuen Bremssystem, die tödliche Schwachstelle. Obwohl er das vermutlich nicht wusste.

Der Zug würde entlang der Strecke mehrmals halten. Monk würde jedes Mal einen Waggon weiter nach vorne gehen, bis er Jarvis fand.

Er nickte den anderen Leuten in seinem Abteil zu, dann setzte er sich auf einen der polierten Holzsitze.

Es gab einen Ruck. Irgendwo vorne ertönte ein Pfiff, und der Zug setzte sich in Bewegung und nahm Fahrt auf. An den Fenstern strichen Dampfschwaden vorbei. Draußen wurde gerufen, aufgeregte und jubelnde Schreie drangen aus den anderen Abteilen, und durch die offenen Fenster des Waggons vorne rief jemand einen Toast aus und schrie: »Hurra!«

Monk machte es sich für die Reise bequem, da er erwartete, dass es knapp eine Stunde dauern würde, bis er die Gelegenheit bekam, Baltimore zu suchen. Aber bis dahin war die Strecke die ganze Zeit zweigleisig. Er kannte sie wahrscheinlich so gut wie Baltimore selbst.

Der Zug wurde schneller. Die grauen Straßen und Dächer der Stadt glitten vorbei. Dann mehr Bäume und offene Landschaft.

Es gab Fußwärmer in dem Abteil, einen sogar ganz in seiner Nähe, aber Monk fror so sehr, dass er anfing zu zittern. Bis zum ersten Halt konnte er wegen Baltimore nichts tun. Doch er konnte sich gedanklich mit den neuen Erkenntnissen beschäftigen, die er, als ihm die Sache mit den Bremsen klar geworden war und er erkannt hatte, dass es wieder passieren konnte, erst einmal beiseite geschoben hatte.

Es hatte keinen Mord an Katrina Harcus gegeben, zumindest war sie in der Cuthbert Street nicht vom Balkon gestoßen worden. Er sah ihr Gesicht mit den strahlenden Augen vor sich, als säße sie ihm gegenüber. Aber nichts war so, wie es ausgesehen hatte. Jetzt war es klar: Sie hatte die ganze Sache mit Leidenschaft und außerordentlicher Raffinesse eingefädelt, bis dahin, dass sie ihm den Knopf von der Jacke riss, um ihn dann bei ihrem Fall – Sprung – in der Hand zu halten.

Der Gedanke, dass sie ihn so gehasst hatte, dass sie in die Dunkelheit gesprungen war, in den Abgrund des Todes, unten aufgeschlagen war und sich auf dem Pflaster die Knochen gebrochen hatte, einzig wegen der Gewissheit, dass er mit ihr ruiniert werden würde, trieb ihm die Kälte bis ins Mark.

Und beinahe hätte sie es geschafft!

Von einem anderen Menschen derart gehasst zu werden, das war beängstigend. Es konnte niemals wieder gutgemacht werden, denn sie war tot. Er konnte sich ihr nicht erklären und ihr nicht mehr sagen, warum er damals so gehandelt hatte.

Sie war Arrol Dundas' Tochter! Die Wunde hatte sich für immer eingebrannt und würde niemals heilen.

Er saß zusammengekauert da und wich dem Blick seiner Mitreisenden aus. Beim ersten Halt stieg er wie alle anderen aus. Als der Pfiff zum nächsten Abschnitt der Reise ertönte, stieg er in einen der Erste-Klasse-Waggons und ging von Abteil zu Abteil – poliertes Holz, Wärme und weiche Sitze –, aber Baltimore war nicht da.

Am nächsten Bahnhof stieg er wieder aus und ging weiter nach vorn, und auch am übernächsten. Die Zeit wurde knapp. Er spürte einen Anflug von Panik. Schließlich fand er Baltimore im ersten Waggon. Er war wohl ebenfalls nach vorne gegangen, um mit all seinen Gästen zu sprechen. Im Augenblick unterhielt er sich mit einem stattlichen Herrn, der ein Glas Champagner in der Hand hielt.

Monk musste seine Aufmerksamkeit auf sich lenken, möglichst so, dass es kein Aufsehen erregte. Er schob sich unauffällig weiter, bis er nah genug stand, um Baltimore am Ellenbogen zu packen, und zwar so fest, dass der ihn nicht abschütteln konnte.

Baltimore drehte sich verdutzt zu Monk um, da dieser ihm wehtat. Er erkannte Monk nach kurzem Zögern, und seine Züge verhärteten sich.

»Mr. Baltimore«, sagte Monk ruhig und sah ihn, ohne zu blinzeln, an. »Ich habe Nachrichten für Sie aus London, die Sie sich so schnell wie möglich anhören sollten. Ich glaube, am besten unter vier Augen.«

Baltimore verstand, er legte keinen Wert darauf, seinen Triumph durch eine peinliche Unterredung schmälern zu lassen. »Entschuldigen Sie mich, meine Herren«, sagte er mit einem Lächeln, an dem seine Augen nicht beteiligt waren. »Es dauert nur einen kurzen Augenblick. Bitte amüsieren Sie sich. Genießen Sie unsere Gastfreundschaft.« Er drehte sich zu Monk um und flüsterte ihm etwas zu, während er ihn zur Tür hinaus- und in ein leeres Abteil schob.

»Was, zum Teufel, machen Sie hier?«, wollte er wissen. »Ich

dachte, man würde Sie gerade befragen, was mit Dundas' Geld passiert ist! Sind Sie etwa auf der Flucht?« Seine Züge verhärteten sich wieder. »Also, ich will verdammt sein, wenn ich Ihnen helfe. Mein Vater hat mir in der Nacht seines Todes verraten, wie Sie ihn aus dem Geschäft zu drängen versuchten. Wozu? Aus Rache, weil er Dundas entlarvt hat?«

»Ich habe versucht, Hunderte von Leben zu retten ... ohne Sie aus dem Geschäft zu drängen!«, presste Monk zwischen den Zähnen hervor. »Halten Sie um Gottes willen den Mund, und hören Sie mir zu. Wir haben nicht viel Zeit. Falls ...«

»Lügner!«, stieß Baltimore hervor. »Ich weiß, dass Sie meinen Vater einen Brief unterschreiben ließen, dass er niemals wieder solche Bremsen herstellen würde. Womit haben Sie ihm gedroht? Er ließ sich nicht so leicht ins Bockshorn jagen ... was haben Sie mit ihm gemacht?« Er riss sich aus Monks Griff los. »Also, mir jagen Sie keine Angst ein. Eher sorge ich dafür, dass Sie im Gefängnis landen.«

»Warum, glauben Sie wohl, war Ihr Vater einverstanden?«, fragte Monk, dem es nur mit äußerster Mühe gelang, sein Temperament zu zügeln, während er in Baltimores arrogantes, wütendes Gesicht schaute und spürte, wie der Zug unter ihren Füßen schaukelte und rüttelte, als er Geschwindigkeit aufnahm und auf das lange Gefälle und den dahinter liegenden Viadukt zuraste. »Nur, weil ich ihn darum gebeten habe?«

»Keine Ahnung«, antwortete Baltimore. »Aber ich gebe nicht klein bei!«

»Ihr Vater hat nie jemandem einen Gefallen getan«, sagte Monk mit zusammengebissenen Zähnen. »Nach dem Unfall in Liverpool hat er den Bau der Bremsen eingestellt, weil ich, um die Gesellschaft vor dem Ruin zu retten, dafür bezahlt habe, dass die Ermittlungen menschliches Versagen ergeben – aber nur unter der Bedingung, dass er diesen Brief unterschrieb.« Er war verblüfft über die Klarheit, mit der er sich daran erinnerte, wie er in Nolan Baltimores prächtigem Büro mit Blick auf den Mersey gestanden hatte. Baltimore hatte an seinem Tisch gesessen und mit hochrotem Gesicht, schockiert und wütend, den Kopf geschüttelt, während er den Brief schrieb, den Monk ihm diktierte, und ihn schließlich unterschrieb. Sonnenstrahlen hatten die abgetragenen Stellen des üppigen grünen Teppichs hervorgehoben. Die Bücher auf den Regalen waren in Leder gebunden, der Schreibtisch aus poliertem Walnussholz. Das war endlich das fehlende Stück! Das war es! Jetzt ergab alles einen Sinn.

Jarvis Baltimore blickte ihn mit großen, runden Augen erstaunt an, sein Brustkorb hob und senkte sich, er rang nach Luft. Er schluckte und wollte sich räuspern. »Was ... was sagen Sie da? Dass der Unfall in Liverpool ...« Er unterbrach sich, da er die Worte nicht über die Lippen brachte.

»Ja«, sagte Monk barsch. Er hatte keine Zeit, die Gefühle seines Gegenübers zu schonen. »Der Unfall wurde dadurch ausgelöst, dass Ihre Bremsen versagten. In diesem Sonderzug waren zweihundert Kinder!« Er sah, dass Baltimore das Blut aus den Zügen wich, bis er weiß war. »Und in diesem Zug hier sitzen bestimmt rund hundert Leute. Befehlen Sie dem Lokführer anzuhalten, solange Sie noch können.«

»Welches Geld?«, fragte Baltimore, der es nicht wahrhaben wollte und den Kopf schüttelte. »Woher sollten Sie genug Geld haben, um eine Untersuchung zu beeinflussen? Das ist absurd. Sie versuchen ... ich weiß nicht, warum ... etwas zu vertuschen. Sie haben Dundas' Geld gestohlen. Sie hatten alles in Verwahrung! Sie haben nicht mal seiner Witwe etwas übrig gelassen – verdammt!«

»Dundas' Geld!« Monk hatte Mühe, ihn nicht anzubrüllen. Sie schaukelten beide vor und zurück. Der Zug wurde immer schneller. »Er war einverstanden. Sie glauben doch nicht, dass ich es sonst angerührt hätte. Der Mann war im Gefängnis, nicht tot. Ich habe ihnen alles gegeben, was da war, bis auf das wenige für seine Frau, zum Teufel – es war nicht viel! Ich musste fast alles Geld darauf verwenden, damit sie die Wahrheit verschwiegen.«

Baltimore kämpfte immer noch dagegen an. »Dundas war ein Hochstapler. Er hatte die Gesellschaft bereits betrogen ...«

»Nein, hat er nicht!« Da war die Wahrheit endlich, klar und deutlich wie der Sonnenaufgang. »Er war unschuldig! Er hat Ihren Vater gewarnt, dass die Bremsen nicht ausreichend getestet waren, aber niemand hat auf ihn gehört. Er hatte keinen Beweis, aber er hätte ihn beschaffen können, doch dann hat man ihm den Betrug angehängt, und danach hat ihm niemand mehr geglaubt. Er hat es mir gesagt ... aber ich konnte nichts tun. Sein Wort zählte nicht mehr, denn er war schon gebrandmarkt.«

Baltimore schüttelte den Kopf, aber der Widerspruch erstarb ihm auf den Lippen.

»Alles Geld, das ich zusammenkratzen konnte, ging dafür drauf«, fuhr Monk fort. »Aber es hat den Ruf der Gesellschaft gerettet. Und Ihr Vater drohte, er würde mit mir genauso verfahren wie mit Dundas, wenn ich es nicht schaffen würde. Den Zugführer konnte man nicht mehr verklagen. Also besser, es ihm anzuhängen, als dass alle anderen ihre Arbeit verloren. Im Gegenzug kümmerten wir uns um seine Familie.« Er schämte sich. »Aber richtig war es nicht. Es war ja nicht seine Schuld ... es war Ihr Vater. Und jetzt sind Sie dabei, das Gleiche zu tun ... außer, Sie halten den Zug an.«

Baltimores Kopfschütteln wurde heftiger, sein Blick war wie irr, seine Stimme schrill. »Aber wir liefern diese Bremsen nach ganz Indien! Es gibt Bestellungen in Höhe von mehreren zehntausend Pfund!«

»Rufen Sie sie zurück!«, schrie Monk ihn an. »Aber zuerst sagen Sie dem Lokführer, er soll den verdammten Zug anhalten, bevor die Bremsen versagen und wir vom Viadukt stürzen!«

»Tat... tatsächlich?«, fragte Baltimore heiser. »Beim Test haben sie wunderbar funktioniert. Ich bin doch kein Idiot!«

»Sie versagen nur bei Gefälle und bei einiger Belastung«, erklärte ihm Monk, für den sich mehr und mehr Teile zu einem Erinnerungsbild zusammensetzten. Diese Dringlichkeit hatte er doch schon einmal empfunden, das Rattern der Räder über die Schwellen gehört, die brausende Bewegung gespürt, das bevorstehende Unheil im Voraus geahnt.

»Die meiste Zeit funktionieren sie ausgezeichnet«, fuhr er fort. »Aber wenn das Gewicht und die Geschwindigkeit ein bestimmtes Maß überschreiten und wenn dann noch eine Kurve hinzukommt, dann halten sie nicht. Dieser Zug ist um einiges schwerer als gewöhnlich, und vor dem Viadukt ist eine solche Stelle. Wir können nicht mehr weit davon entfernt sein. Um Gottes willen, stehen Sie nicht herum! Gehen Sie zum Zugführer, und sagen Sie ihm, er soll langsamer fahren und dann anhalten! Los!«

»Ich glaube Ihnen nicht ...« Es waren Protest und Lüge in einem, das war Baltimores verzweifeltem Blick und seinen trockenen Lippen deutlich anzusehen.

Der Zug wurde immer schneller. Es wurde immer schwieriger, aufrecht zu stehen, selbst für Baltimore, der mit dem Rücken an der Abteilwand lehnte.

»Sind Sie sich dessen so sicher, dass Sie Ihr Leben aufs Spiel setzen?«, fragte Monk unbarmherzig. »Ich nicht. Ich gehe, mit Ihnen oder ohne Sie.« Damit wich er zurück und verlor fast das Gleichgewicht, als er sich umdrehte und an den anderen Abteilen vorbei auf die Spitze des Zuges zueilte.

Baltimore drehte sich um und stürzte hinter ihm her.

Monk stürmte durch das nächste Abteil, scheuchte die wenigen Firmenmitarbeiter, die an der Eröffnungsfahrt teilnahmen, auseinander. Sie waren zu verblüfft, um ihn aufzuhalten.

Er durchlebte ein euphorisches Hochgefühl, wie er es seit vielen Jahren nicht gehabt hatte. Er konnte sich erinnern! So furchtbar einige Erinnerungen auch waren, voller Schmerz und Kummer, Hilflosigkeit und dem Wissen, dass Dundas unschuldig gewesen war und er ihn nicht gerettet hatte, so war es doch kein Durcheinander mehr. Es war so klar wie die Realität des gegenwärtigen Augenblicks. Er hatte Dundas im Stich gelassen, aber er hatte ihn nicht betrogen. Er war ehrlich gewesen. Er wusste es, und zwar nicht auf Grund der Worte anderer, sondern weil er sich daran erinnerte.

Jetzt war er im nächsten Abteil, schob sich zwischen den Männern hindurch, die sich über sein Eindringen empörten. Der Zug, der auf das Gefälle und das einzelne Gleis auf dem Viadukt zusauste, erinnerte ihn an einen anderen Zug, als wäre es erst wenige Wochen her. Er erinnerte sich daran, dass Dundas ihm anvertraut hatte, er habe versucht, Nolan Baltimore davon zu überzeugen, noch zu warten und die Bremsen sorgfältiger zu testen. Baltimore hatte sich geweigert. Es gab keinen Beweis, nur Dundas' Angst.

»Verzeihung! Verzeihung!«, rief er immer lauter. Sie machten ihm Platz.

Einer packte ihn am Ärmel. »Was ist denn los?«, fragte er ängstlich, während der Zug von einer Seite zur anderen schwankte.

»Nichts!«, log Monk. »Entschuldigen Sie mich!« Er riss sich los und eilte weiter, Baltimore ihm dicht auf den Fersen.

Damals hatte man Dundas des Betrugs angeklagt, und Monk hatte in dem bangen und aufgeregten Versuch, seine Unschuld zu beweisen, die Bremsen vergessen. Aber es gab zu viele sorgfältig platzierte Beweise. Dundas wurde vor Gericht gestellt, verurteilt und ins Gefängnis geschickt.

Keinen Monat später war es zu dem Unfall gekommen ... an einem Tag wie diesem donnerte ein Zug, Dampf und Funken ausstoßend, durch die friedliche Landschaft und raste blindlings in den Tod aus zerfetztem Stahl, Blut und Flammen.

Monk hatte die Zusammenhänge klar erkannt, aber für ihn gab es nur noch eines: zu retten, was noch zu retten war, und Baltimore an einer Wiederholung zu hindern. Dundas war sogar bereit gewesen, alles, was er besaß, dafür wegzugeben.

Das war es! Das letzte Teilstück fiel an seinen Platz. Monk wurde übel, und er blieb da stehen, wo er stand, am Anfang des Waggons hinter der Lok. Baltimore, nur einen Schritt hinter ihm, stieß mit ihm zusammen und drückte ihm fast die Luft ab.

Als er Baltimore damals das Geld gegeben hatte, um den Untersuchungsausschuss zu bestechen, hatte er es nicht gewusst, er hatte es hinterher erfahren, als es nicht mehr ungeschehen gemacht werden konnte. Es war nicht um Dundas' Ruf oder den der Baltimore'schen Eisenbahngesellschaft gegangen, obwohl das wichtig war, bei tausend Arbeitern und ihren Familien. Nolan Baltimore hatte gedroht, er würde Monk in die Sache mit den fehlerhaften Bremsen mit hineinziehen. Seine Unterschrift war auf den Bankformularen, mit denen das Geld für ihre Entwicklung angewiesen wurde. Um Monk zu retten, war Dundas bereit, alles, was ihm noch geblieben war, herzugeben.

Als Monk weiterstürzte, die Waggontür gegen den Fahrtwind aufdrückte, sich am Türrahmen festhielt und auf den schmalen Sims hinaustrat, waren es nicht nur der Wind, der Rauch und die Rußflocken, die seine Haut und seine Augen brennen ließen, es war der Schmerz der Erinnerung, ein Opfer, ein Verlust, der Preis dafür, dass er vor Ruin und Gefängnis gerettet worden war.

Er drehte sich um, um zu sehen, wie weit er sich zentimeterweise an dem Waggon entlangschieben musste, bis er auf die Plattform zwischen dem Waggon, dem Kohlewagen und der Lok springen konnte.

Baltimore schrie ihm etwas hinterher.

Bis dahin hatte Dundas begriffen, wie hoch der Preis war. Er hatte womöglich sogar schon die Gefängniskrankheit in seinen Knochen gespürt und gewusst, dass er dort sterben würde. Sicher wusste er um den Hass der Verletzten und Hinterbliebenen nach dem Unfall. Die Verantwortung dafür hätte jeden Mann zerstört, ihn für den Rest seines Lebens verfolgt. Armut war noch der geringste Preis. Vielleicht vertraute er darauf, dass seine Frau leichter als Monk einen drohenden Ruin ertrug. Womöglich hatte er sogar mit ihr darüber gesprochen. Vielleicht hatte sie deswegen gelächelt, als sie Monk unter Tränen von seinem Tod erzählt hatte.

Er musste weiter. Der Zug wurde immer schneller. Wenn seine Hand abrutschte, wenn er den Halt am Türrahmen verlor, war er in Sekunden tot. Er durfte die Tür nicht zumachen. Die Landschaft verschwamm wie hinter einem regennassen Fenster.

Er schob sich zentimeterweise vor, erst die Hände, dann die Füße. Es war nicht weit zur Spitze des Waggons, vielleicht zwei Meter, aber es waren die längsten Meter auf Erden.

Er hatte keine Zeit zu verlieren, keine Zeit, um nachzudenken. Er schob eine Hand, so weit er es wagte, vor und streckte das Bein aus, bis er Halt fand. Dann löste er die andere Hand von der Stange und warf sich mit dem ganzen Körper nach vorne. Der Waggon schaukelte, und er glitt aus und griff zu. Er stürzte fast auf das Trittbrett hinter dem Kohlewagen, und ihm brach am ganzen Körper der Schweiß aus.

Er drehte sich um und sah Baltimore auf der Ecke schwanken und die Hand nach ihm ausstrecken, damit er ihn herüberzog. Baltimores Knie gaben nach, als er auf die Plattform sank.

Der Lärm war unbeschreiblich. Monk deutete auf den Kohlewagen.

Baltimore kletterte auf die Füße und winkte.

»Er hört uns nie im Leben!«, schrie er verzweifelt. Das Haar wehte ihm um den Kopf, in seinen Augen stand die Panik, und sein Gesicht war vom Wind gerötet und bereits mit Rußflecken verschmiert.

Monk winkte wieder in Richtung Kohlewagen und ging darauf zu.

»Das können Sie nicht!«, schrie Baltimore und wich gegen die Waggonwand zurück.

»Das kann ich verdammt gut!«, brüllte Monk. »Und Sie auch! Kommen Sie schon!«

Allein der Gedanke, an dem Wagen hinaufzuklettern und auf Händen und Füßen durch den erstickenden Rauch über die lose Kohle zu kriechen, während der Zug über die Schienen ratterte und immer schneller wurde und von einer Seite zur anderen schuckelte, versetzte Baltimore in Angst und Schrecken. Das lange Gefälle vor ihnen wurde steiler, und Monk konnte schon die Kehre dahinter ahnen, die zum Viadukt führte.

Er drehte sich um und sah Baltimore an. »Fährt auf dieser Strecke noch ein anderer Zug?«, schrie er und fuchtelte mit den Händen in die andere Richtung, um anzuzeigen, was er meinte.

Baltimore fuhr sich mit einer Hand über das Gesicht, das jetzt aschgrau war. Er senkte leicht den Kopf. Wie ein Mann in einem Albtraum trat er vor, taumelte, richtete sich auf und legte die Hände an den Kohlewagen. Diese Antwort war mächtiger und schrecklicher als jedes gesprochene Wort.

Monk folgte ihm und kletterte auf die raue Kohle und spürte, wie der Wind ihm entgegenschlug und der Wagen unter ihm schwankte wie ein Schiff auf hoher See.

Der Heizer drehte sich um, die Schaufel in der Hand. Bei dem Anblick, der sich ihm bot, staunte er mit offenem Mund. Baltimore, dem das Haar nach hinten wehte, sein Gesicht eine einzige Maske des Entsetzens, kam über die Kohlen auf die Lok zugeklettert. Einen Meter hinter ihm folgte Monk.

Der Heizer warf die Schaufel zur Seite und stürzte sich auf Baltimore. Dieser schrie ihm etwas zu, aber der Fahrtwind riss ihm die Worte von den Lippen.

Der Heizer streckte die Hände nach ihm aus.

Der Zug wurde immer schneller, je steiler das Gefälle wurde.

Monk bemühte sich verzweifelt, Baltimore einzuholen. Die Kohlen kullerten unter ihm weg. Ein großer Klumpen löste sich und rollte zur Seite, und er rutschte hinterher, wobei er sich beinahe die Schulter verletzt hätte.

Er stemmte sich hoch, ohne auf seine aufgeschürften Hände zu achten, und warf sich mit dem ganzen Gewicht nach vorne. Baltimore hatte den Heizer schon fast überzeugt.

Monk schrie ihm etwas zu, aber seine Stimme wurde von dem metallischen Dröhnen und dem Heulen des Windes übertönt.

Baltimore stürzte nach vorn und riss den Heizer mit sich zu Boden.

Monk zog sich hoch und schwang herum, um auf den Füßen zu landen.

Der Bremser starrte ihn an, Schweiß lief ihm über das Gesicht, als er sich mit dem Hebel abmühte und spürte, dass er nachgab. Der Lokführer kam ihnen winkend entgegen.

Plötzlich wusste Monk, was zu tun war. Er hatte es schon einmal getan, hatte sich mit seinem ganzen Gewicht und aller Kraft auf die Bremsen geworfen und gespürt, wie sie rissen, genau wie jetzt. Er wusste genau, was los war, und bei der Erinnerung daran wurde ihm übel vor Entsetzen. Damals hatte er sich allerdings im letzten Waggon des Zugs befunden und war durch den Zusammenprall hinausgeschleudert worden. Er hatte sich mehrmals überschlagen und war, voller blauer Flecken und Abschürfungen, aber lebend, die Böschung hinuntergerollt – während die anderen umgekommen waren. Das war die Schuld, die er so schmerzlich empfand – er hatte überlebt und sie nicht. Sie waren alle in diesem Inferno aus Flammen und Stahl zermalmt worden.

»Heizen!«, schrie er, so laut er konnte. Er schwang die Arme. Er hatte begriffen, was sie tun mussten, es war ihre einzige Chance. »Die Bremsen haben versagt! Sie sind nutzlos! Fahren Sie schneller!«

Hinter ihm erhoben sich Baltimore und der Heizer auf die Füße. Er drehte sich um. »Heizen!« Diesmal formte er das Wort unhörbar mit den Lippen. »Schneller!« Er schwang die Arme.

Baltimore war völlig verängstigt. Der Heizer machte Anstalten, auf Monk zuzukommen, ihn zu packen und festzuhalten. Baltimore stürzte sich auf ihn. Die beiden schwankten und wankten, während der Zug durch die einbrechende Dämmerung toste und taumelte wie ein Schiff im Sturm.

Monk hob die Schaufel auf und machte sich daran, mehr Kohle in den Kessel zu schaufeln. In der Mitte war das Feuer schon gelb, und die Hitze versengte ihm das Gesicht, aber er warf eine Schaufel Kohle nach der anderen hinein. Sie mussten den Viadukt passieren, bevor der andere Zug kam; es war ihre einzige Chance. Nichts auf der Welt konnte ihre Fahrt jetzt noch verlangsamen.

Baltimore schrie etwas hinter ihm, winkte mit den Armen. Dem Heizer hatte es die Sprache verschlagen. Verrückte waren plötzlich in sein Reich eingefallen, sein Zug kreischte durch die Abenddämmerung, der eingleisige Viadukt lag vor ihnen, und jeden Augenblick konnte ihnen ein Zug entgegenkommen.

Endlich begriff der Bremser. Er hatte gespürt, dass die Bremsen gerissen waren, und er wusste, wie sinnlos es war, sein Gewicht oder seine Kraft weiter dagegenzuwerfen. Er griff nach der anderen Schaufel und tat es Monk nach.

Sie fuhren schneller und schneller. Der Lärm war ohrenbetäubend, die Hitze versengte ihnen die Haut und die Augenbrauen, und trotzdem schaufelten sie weiter Kohlen ins Feuer, bis der Heizer Monk am Arm griff und wegzog. Er schüttelte den Kopf. Erst kreuzte er die Arme vor der Brust, dann streckte er sie weit auseinander.

Monk begriff. Noch mehr, und der Kessel würde explodieren. Jetzt konnten sie nur noch warten und allenfalls beten. Sie fuhren so schnell, wie eine Maschine auf der Welt nur fahren konnte. Funken flogen durch die Luft, Dampf riss wie Wolken vom Schornstein ab und zerfetzte im Wind. Unaufhörlich donnerten die Räder über die Gleise.

Der Viadukt kam in Sicht, und im nächsten Augenblick waren sie schon darauf.

Monk sah zu Baltimore hinüber und sah das Entsetzen in dessen Miene – und eine Art Jubel. Jetzt konnten sie nur noch warten. Entweder erreichten sie rechtzeitig das Ende der eingleisigen Streckenführung, oder es würde einen Zusammenstoß geben, eine Explosion, die Wrackteile tausend Kilometer in alle Richtungen schleuderte, bis auf den Felsen unter ihnen nichts Lebendes mehr zu finden war.

Der Atem wurde ihnen von den Lippen gerissen, und der Wind brannte und stach mit Asche, Rußflocken und roten Funken wie Hornissen. Ihre Kleider waren zerrissen und angesengt.

Der Lärm war wie eine niedergehende Lawine.

Aber Monk hatte Recht gehabt: Dundas war unschuldig, die Bremsen waren nicht ausgereift gewesen, wie er gesagt hatte. Er hatte ganz bewusst einen schrecklichen Preis dafür bezahlt, um einen jungen Mann zu retten, der ihn selbstlos und uneingeschränkt liebte. Seine Liebe war größer gewesen als Katrinas Hass, und er würde sie für immer in seinem Herzen bewahren.

Sein Name war gerettet!

Es wurde dunkel und noch lauter, und etwas rauschte so schnell an ihnen vorbei, dass es fort war, bevor Monk überhaupt erkannte, dass sie wieder auf dem zweigleisigen Streckenabschnitt waren. Sie waren in Sicherheit.

Die Männer um ihn herum jubelten, aber er hörte sie nicht, er sah nur ihre vom Feuerschein erleuchteten hochgerissenen Arme und den Triumph in ihren geschwärzten Gesichtern. Der Zugführer taumelte rückwärts gegen die Wand, ließ beinah die Steuerung los. Der Heizer und der Bremser umarmten einander.

Auch Jarvis Baltimore streckte die Hand aus, und Monk griff danach.

»Vielen Dank!«, flüsterte Baltimore. »Vielen Dank, Monk! Für damals und für heute!«

Monk stellte fest, dass er nur idiotisch grinsen konnte und ihm nichts einfiel, was er sagen könnte. Er hätte sowieso nicht sprechen können, denn seine Stimme war tränenerstickt.

JEFFERY DEAVER

»Der beste Autor psychologischer
Thriller weit und breit!«
The Times

»Jeffery Deaver ist brillant!«
Minette Walters

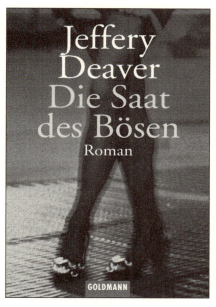

43715

NOAH GORDON

Die faszinierenden Abenteuer des Waisenjungen Jeremy Cole, der im Jahre 1021 von einem fahrenden Bader in seine Dienste genommen wird und später im fernen Isfahan die höheren Weihen der medizinischen Heilkunst erhält.

Der Weltbestseller in neuer Übersetzung!

43768

ANN BENSON

Die Archäologin Janie Crowe findet bei ihren Nachforschungen über Alejandro Chances ein ungewöhnliches Tuch aus dem Mittelalter. Sie ahnt dabei nicht, daß ihre Entdeckung eine tödliche Bedrohung für die Menschheit birgt ...

44077

GOLDMANN

DIANA GABALDON

Eine geheimnisvolle Reise ins schottische Hochland des 18. Jahrhunderts. Und eine wildromantische Liebe, stärker als Zeit und Raum...

»Prall, üppig, lustvoll, kühn, historisch korrekt – und absolut süchtigmachend!«
Berliner Zeitung

43772

GOLDMANN

HISTORISCHE ZEITEN
BEI GOLDMANN

Große Persönlichkeiten, gefährliche Abenteuer und farbenprächtige Zeitgemälde – in diesen opulenten Roman erwacht die Vergangenheit zu neuem Leben.

42955

43778

44077

44238

GOLDMANN

*Das Gesamtverzeichnis aller lieferbaren Titel erhalten Sie
im Buchhandel oder direkt beim Verlag.
Nähere Informationen über unser Programm erhalten Sie auch im Internet unter:*
www.goldmann-verlag.de

★

Taschenbuch-Bestseller zu Taschenbuchpreisen
– Monat für Monat interessante und fesselnde Titel –

★

Literatur deutschsprachiger und internationaler Autoren

★

Unterhaltung, Kriminalromane, Thriller
und Historische Romane

★

Aktuelle Sachbücher, Ratgeber, Handbücher und
Nachschlagewerke

★

Bücher zu Politik, Gesellschaft, Naturwissenschaft und Umwelt

★

Das Neueste aus den Bereichen
Esoterik, Persönliches Wachstum und Ganzheitliches Heilen

★

Klassiker mit Anmerkungen, Anthologien und Lesebücher

★

Kalender und Popbiographien

★

Die ganze Welt des Taschenbuchs

★

Goldmann Verlag • Neumarkter Str. 28 • 81673 München

Bitte senden Sie mir das neue kostenlose Gesamtverzeichnis

Name: _____

Straße: _____

PLZ / Ort: _____